U0147012

出土思想文物與文獻研究叢書（四十一）

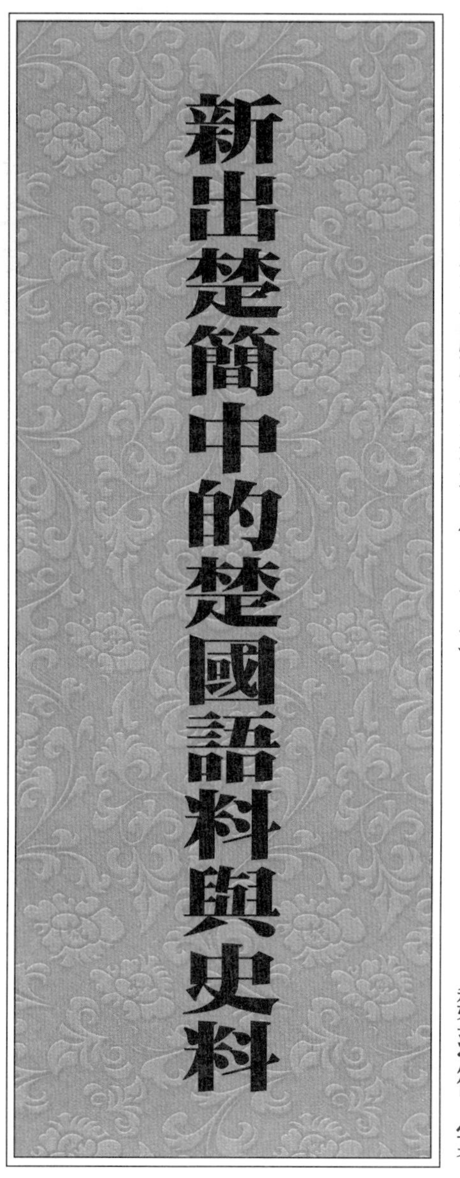

新出楚簡中的楚國語料與史料

魏慈德／著

五南圖書出版公司 印行

本書第一章獲九十八年度國家科學委員會專題研究計畫補助（計畫編號：NSC 98-2410-H-259-054-）、第三章獲九十七年度國家科學委員會專題研究計畫補助（計畫編號：NSC 97-2410-H-259-031-）、第五章獲一○一年度國家科學委員會專題研究計畫補助（計畫編號：NSC 101-2410-H-259-045-），謹此致謝。

序

今年春夏之際，我承乏受聘臺灣東華大學中文系客座教授，在花蓮客居兩閱月。其間除舉辦講座、參加答辯及學術會議外，還飽覽花蓮的綺麗風光，盡吸東海岸的新鮮空氣，身心俱得，意氣兩佳。我與東華大學中文系魏慈德教授是多年的好友，在花蓮期間，與其時相過從，相談甚歡。忽一日，魏教授貽我《新出楚簡中的楚國語料與史料》一書書稿，并囑作序。不學如我，何堪重託，然高情雅意，萬難推辭，只好勉力應命，聊為喤引。

《新出楚簡中的楚國語料與史料》一書，主要以《上海博物館藏戰國楚竹書》（一）至（九）和《清華大學藏戰國楚簡》（壹）（貳）（叁）為研究對象，對其所收楚簡中的楚國語料和史料分別從語言學和歷史學角度進行了總結、歸納和考證。此書的主體來自作者近年有關楚簡研究的幾篇重要文章，經過重新的增刪排比，補苴附麗；踵事增華，錦上添花，從而以首尾完具，結構謹嚴的面貌出現在讀者面前。

粗讀此書一過，有如山陰道上行，美景不暇目接。在此有幾點感受想和今後讀此書和利用此書的讀者分享。

一個感受是，當今臺灣有關出土文獻與古文字研究的質量有大幅度的提升，其原因首先是因資訊的發達，在獲取資料的時效上，基本上可以做到與大陸同步，甚至偶爾超前。這保證了臺灣學者可以及時看到第一手資料，始終站在學術前沿，具有與大陸學界進行同步對話的能力。這一點在魏慈德教授的書中就有充分的體現。該書所用的原始資料是最新的，引用的相關論述也很完備，包括專著、論文集、已刊發的論文和未正式刊發的學位論文、網站文章等，既新且全，絶少遺漏。這一方面是受資訊發達之賜，一方面也歸功於作者的搜討之力。

一個感受是，臺灣學界歷來有一個優點，就是在資料的收集和排比上，鉅細靡遺，清晰縝密。魏慈德教授此書中有關楚簡的語言學研究就充分凸顯了這一優點。如其書第一章對楚人楚事簡中錯漏字例的校析，第二章對楚人楚事簡及楚器中用字的比較，第三章對楚人楚事簡及楚簡中的通假習慣用字的比較等，都通過例舉大量的實例說明各種現象，有時還通過列表以清眉目，最後說明揭示出的規律和問題。徵引博洽，識斷精審。這些大量例證的收集和排比是極為繁瑣費力的，如何收集完備且能踵武前修而自鑄新意，卻是“看似尋常最奇崛，成如容易卻艱辛”的，是既體現工作量，又體現學術功力的工作。

一個感受是，出土文獻與古文字研究是個邊緣學科，與語言學、歷史學、考古學都關係密切，在語言學範疇內，文字學、訓詁學、音韻學是一個學者必要的知識儲備，而在歷史學範疇內，文獻學，或說是讀古書的能力，更是一個學者研究能力的背後支撐。縮小到文字學範疇，作為一個研究者，最好要掌握或儘量熟悉從甲骨到秦漢簡帛全時段的材料，不要偏於一隅，畫地為牢，否則很難有大的成就。從魏慈德教授的書中，可以看出他對從甲骨到秦漢簡帛全時段的材料都很熟稔，能夠綜合運用文字、訓詁、音韻的知識進行有深度的分析論證，讀古書的語感也很到位，這是出土文獻與古文字研究領域一個優秀學者的標誌。縱觀臺灣出土文獻與古文字研究學界，專家不少，但是像魏慈德教授這樣能夠貫通的人還應更多。

總之，魏慈德教授《新出楚簡中的楚國語料與史料》一書辨析精微，論證確固，授後學以矩矱，度來者以金針，堪稱名篇，洵為佳構。

魏慈德教授出自蔡哲茂教授門下，早年以研究甲骨為主，曾出版過《殷墟 YH127 坑甲骨卜辭研究》和《殷墟花園莊東地甲骨卜辭研究》兩部專著和許多篇研究甲骨的文章，在學界很有影響。近年來他除了研究甲骨之外，還開始簡帛的研究，并大有新出轉精，後來居上之勢。此外他還有一些利用簡帛補正、校釋先秦古書和將甲骨和簡帛參照比較研究相關問題的文章，亦新見迭出，勝意如雲。

魏慈德教授溫厚淳謹，和易撝謙，甘於寂寞，不鶩聲華，因此才能有今天的成就。我衷心希望他能本著“昔日之得，不足以為矜，後日之成，不容以自限。”的精神，往昔努力更新去，而今邁步從頭來，在學術研究上取得更大的成績。

是為序。

劉釗

2013 年 10 月

於滬上書馨公寓

目　次

第三章　楚人楚事簡及楚簡中的通假習慣用字比較

第四章　楚居中的楚國神話與先祖居地問題

第五章　繫年中的楚國歷史問題

結　論

附　錄

參考書目

後　記

各章圖表

緒　論

第一章

第二章

第三章

緒　論

本書所討論的「新出楚簡」主要是指《上海博物館藏戰國楚竹書》（一）至（九）及《清華大學藏戰國竹簡》（壹）、（貳）、（叁）這兩批出土材料而言。

第一節　《上博》、《清華》簡相關內容概述

《上博》所藏戰國竹簡從 1994 年春在香港古玩市場出現後，入藏上海博物館，經數年的整理，自 2001 年 11 月由馬承源等人整理出版《上博》第一冊以來，到目前（2012 年年底）為止已出版九冊。而《清華》藏簡從 2006 年冬在香港出現，2008 年夏入藏清華大學，2010 年 12 月出版第壹冊，至目前也已出版了三冊。再就《上博》、《清華》已公布的簡數而言，前者已累積有 960 多支完殘簡，後者也有 340 多支完殘簡。《上博》簡目前已公布的簡數已達先前馬承源預估上博藏簡總量的五分之四，[1]而《清華》簡也公布了藏簡總量的近五分之一，[2]兩者相加的簡數已逾千支。

---

[1] 馬承源說到上博收購的戰國竹簡計一千二百餘支完殘簡，文字三萬餘，字形工整或潦草不一，執筆者有十餘人，竹簡所著內容包括少數重本的書篇在內，約百種。見氏著：〈戰國楚竹書的發現保護和整理〉，《上海博物館藏戰國楚竹書（一）》（上海：上海古籍出版社，2001 年），頁 3。1994 至 2000 年以來上博入藏的楚簡共有四批，分別是 1994 年 3 月 12 日，首購 400 餘簡；1994 年 4 月 27 日，收購第二、三批，計 800 餘枚；2000 年 3 月 6 日收購 400 餘枚。參濮茅左：〈上海博物館楚竹書概述〉，日本大東文化大學，2007 年 12 月 3 日。而在購入上博前，這批竹簡就已散出，如〈緇衣〉、〈子羔〉中都有可與香港中文大學藏簡綴合者。這種情形同 2007 年湖南大學嶽麓書院由香港購回的一批秦簡情形相同，同批竹簡中的部分，已入私人收藏家手，其後捐贈嶽麓書院。陳松長：〈嶽麓書院所藏秦簡綜述〉，《文物》2009 年 3 期，頁 75。

[2] 清華簡的總藏簡數目據《清華大學藏戰國竹簡（壹）．前言》所言，整簡及

另《上博》藏簡根據整理者所作的釋文統計，至第九冊時，已公布了六十七篇的書篇（暫依《上博》所整理，重出者另計），[3]這些書篇有些接續抄寫在他篇之後（如〈申公臣靈王〉等），也有抄寫在他篇簡背者（〈蘭賦〉），但大部分的篇章還都是獨自成篇，且有些在簡背或簡末還附記標題。[4]這其中篇幅最長者為〈曹沫之陳〉，計65簡。而《清華》藏簡至目前已公布19篇，[5]許多篇章在簡背有數字編序，甚者在簡背有刻劃線，[6]還見在簡尾下端編序（如〈卜書〉、

斷簡共2388個編號，而估計原簡在1700到1800支上下。李學勤主編：《清華大學藏戰國竹簡（壹）・前言》（上海：中西書局，2010年），頁4。

[3] 如沈培以為〈平王問鄭壽〉與〈平王與王子木〉當合在一起，篇名或可名為〈平王問鄭壽・平王與王子木〉，兩個故事應是一個大篇中的兩小段。而〈平王與王子木〉的最後一支簡，為〈志書乃言〉的簡8。見〈《上博（六）》中《平王問鄭壽》和《平王與王子木》應是連續抄寫的兩篇〉，《簡帛（第六輯）》（上海：上海古籍出版社，2011年），頁304。陳劍主張〈競建內之〉與〈鮑叔牙與隰朋之諫〉當合為一篇；且將〈志書乃言〉併入〈王居〉，取消〈志書乃言〉篇名。見〈談談《上博（五）》的竹簡分篇、拼合與編聯問題〉，武漢大學簡帛網，2006年2月。及〈《上博（八）・王居》復原〉，復旦大學出土文獻與古文字研究中心網站，2011年7月。陳偉認為〈成王為城濮之行〉甲乙兩本當是一本，乙本中重複的文句為甲本後面的追述。見〈成王為城濮之行初讀〉，武漢大學簡帛網，2013年1月。

[4] 《郭店・緇衣》簡在末簡（簡47）有「二十又三」的章數統計數字，這種統計章數的尾題，目前未見於已出版的《上博》、《清華》簡篇中。此外，〈尊德義〉簡11、12、15、28及〈成之聞之〉簡13背面，分別書有「百八」、「百四」、「百一」、「百」和「七十二」幾個數字，其書文方向與正面文字相反。參劉祖信、鮑雲豐：〈郭店楚簡背面計數文字考〉，武漢大學中國傳統文化研究中心編，《新出楚簡國際學術研討會會議論文集》（2006年）。

[5] 李學勤指出初步估計清華簡包含書籍63篇。見氏著：〈清華簡九篇綜述〉，《文物》2010年5期，頁51。其中與《尚書》、《逸周書》有關或與兩者體裁相近的，約有20多篇，是清華簡的主要內容。李學勤：〈清華簡與《尚書》、《逸周書》的研究〉，《史學史研究》2011年2期，頁104。

[6] 孫沛陽指出《清華》簡的〈尹至〉、〈尹誥〉、〈程寤〉、〈耆夜〉、〈金縢〉、〈皇門〉、〈楚居〉皆見簡背刻劃線，而《上博》簡的〈子羔〉簡5、〈容成氏〉簡53、〈曹沫之陳〉簡2、〈競公虐〉簡2、〈凡物流形・甲〉

〈筮占〉），及簡首上端設有圓孔者（如〈算表〉）。[7]《上博》亦見少數簡有簡背劃線或墨劃線，只是《上博》未曾公布全部的簡背照片，無法證實其是否也大量存在。而同樣的在某些簡背或簡末書有標題，其中篇幅最長者為〈繫年〉，計 138 簡。然而〈繫年〉乃由廿三段首尾自一篇的文字所組成，體例異於前此所公布的他篇。

關於這兩批竹簡的性質，前者在《上博（一）．序》中說到「經過年代測定，這些竹簡的時代均為戰國晚期，簡文所涉史事多與楚國有關，有的是楚國的文學作品，簡文字體為楚國文字」，[8]整理者馬承源更具體地說明如下：

> 由於這些竹簡是劫餘截歸之物，出土的時、地已無法知

簡 3 的簡背有刻劃線；〈莊王既成〉簡 1 背則有墨劃線。見氏著：〈簡冊背劃線初探〉，《出土文獻與古文字研究》第四輯（上海：上海古籍出版社，2011 年），頁 454。今見〈命〉（簡 11 背）、〈王居〉（1 背）有墨劃線，〈良臣〉、〈祝辭〉也有刻劃線。李均明指出《清華》簡的簡背劃痕多呈斜線，亦有雙線交叉及扇狀雙線。〈程寤〉無序碼，但簡冊上有一從左上角向右偏下的斜線劃痕，因劃痕的緣故致使其中四簡在劃痕處斷折。一般而言排序準確者簡背劃痕亦能連成一線。賈連翔也指出《清華》簡首集九篇簡背發現了規律性的斜線劃痕，似用刀、錐一類的利器所為，其中〈金縢〉的現象尤為典型。依照目前竹簡編排的次序來看，這些斜線劃痕有的十分連貫，有的部分連貫，也有的篇目中個別竹簡有這種現象。其可能產生於竹簡的書寫和編聯之前，在竹簡製作工藝中使用這種方法作為排序標記。兩文分見〈清華簡首集簡冊文本解析〉與〈清華簡九篇書法現象研究〉，皆收錄於清華大學出土文獻研究與保護中心等編：《古代簡牘保護與整理研究》（上海：中西書局，2012 年），頁 49、60。而韓巍再針對北大簡《老子》的簡背劃痕作分析，以為其乃形成於製簡之前，即製簡工匠先在截成適宜長度的竹筒上劃出螺旋狀的劃線，然後再將竹筒劈破，製成一枚枚竹簡。然因先劃線後製簡，故製簡過程中損耗的簡，會造成相鄰竹簡劃痕間的間隔。參氏著：〈西漢竹書《老子》簡背劃痕的初步分析〉，收錄於北京大學中國古代史研究中心編：《『簡牘與早期中國』學術研討會暨第一屆出土文獻青年學者論壇論文集》，2012 年 10 月，頁 240。

[7] 李均明、馮立昇：〈清華簡《算表》概述〉，《文物》2013 年 8 期。

[8] 陳燮君：《上海博物館藏戰國楚竹書（一）．序》，頁 2。

> 道，當時傳聞約來自湖北。以後《郭店楚墓竹簡》出版，其中《緇衣》篇和《性自命出》篇在這批竹簡中竟有重篇。據《郭店楚墓竹簡》報告，郭店楚墓為一九九三年冬發掘，流散竹簡為一九九四年春初現，則兩者時間相隔不遠。這和山西曲沃晉國墓地的情況有些類似，同一片墓地一端為考古研究所科學發掘，另一端之晉侯墓地則被盜掘，晉侯墓地流散文物，其可遇之物亦已搶救回歸。但這批竹簡由於不是發掘品，出土地點是否必為郭店墓地，亦僅是據情況推想而已，並無確證。
>
> 從簡文內容看，其中一些史事記載頗多與楚國有關。簡文字體，乃慣見的楚國文字。據《上海博物館竹簡樣品的測量證明》和中國科學院上海原子核所超靈敏小型回旋加速器質譜計實驗室測年報告，標本的時代在戰國晚期。而且，其中有兩篇未經著錄的賦殘簡，顯然是楚國的文學作品。流傳至今的賦多是戰國晚期之作，荀子的《賦》和屈原的《離騷》都屬於這一時期，這批竹簡中的賦，大體上也是同一時代的作品。據種種情況推斷和與郭店楚簡相比較，我們認為上海博物館所藏的竹簡乃是楚國遷郢以前貴族墓中的隨葬物。[9]

馬承源推論《上博》藏簡為楚簡的理由主要有二，一是與郭店楚墓出土竹簡比較，包括出現的時間接近，內容有重篇；一是從簡文的字體和內容來判定，包括字體為慣見的楚文字，而且有賦的殘簡，為楚人的文學作品。然而這幾點理由中，與郭店楚墓出土的時間點接近及兩者有重複篇章，並不能作為《上博》藏簡為楚簡的堅強證據，傳聞來自湖北與兩者出現時間點接近的巧合，都只能說明其可能而非必然為楚簡。且古書多以單篇流傳，流傳過程中時常經過述者的增補改動，所以常常同一篇文字存在著文意相近的不同本子；[10]而縱使未經

---

[9] 馬承源：〈戰國楚竹書的發現保護和整理〉，《上海博物館藏戰國楚竹書（一）》，頁 2。

[10] 根據馬承源的說法，當然也可作出「（《上博》）出現時間距郭店一號墓的清理很近，可能是盜墓者獲知郭店一號墓出簡的消息之後，在鄰近地區的

述者的改動，一篇文字經過抄者之手後，受到抄寫者的個人因素，包括用字習慣、書寫特色或文化程度高低不同等，也都會產生文字略異之數本的現象。以《上博》為例，〈天子建州〉、〈鄭子家喪〉、〈君人者何必安哉〉、〈凡物流形〉，都有文字幾近相同的二個抄本，而且其不僅非屬同一人所抄寫，可能還是抄自於不同的底本。

而《郭店》中除了〈性自命出〉、〈緇衣〉兩篇與《上博》的〈性情論〉、〈緇衣〉同屬一篇數本的例子外，〈五行〉也見於馬王堆漢墓帛書《老子》甲本卷後古佚書之〈五行〉，然帛書〈五行〉有《經》與《說》兩部分，[11]而《郭店·五行》內容僅見於帛書〈五行〉中《經》的部分，推測《說》的部分是在《郭店》寫定的戰國中晚期到馬王堆帛書寫定的漢代初年間所加入。[12]

因此兩墓葬出土同一篇目文字，只能證明該篇流傳廣，多經述者加工及抄手複寫，並不能援以證明兩墓時代接近或墓主人國別相同等。因此《上博》為楚簡，其出土於楚人墓葬的說法，還要藉由其它的證據來說明。而且《上博》與《郭店》同出的〈性情論〉與〈緇衣〉均為儒家文獻，並非記楚地楚事與楚人思想者，無法證成其與楚人有任何關係，最多只能說其是經由楚人之手所抄寫，故要判定竹簡出自楚墓，為楚人所書，還當從《上博》出土各篇的思想內容與文字各方面來判定方可。

馬承源認定《上博》為楚簡的另一項理由，是從簡文的字體和內

一個楚墓中盜掘出來的。這批竹書中並有兩篇跟郭店墓所出竹書相重，看來兩批竹書抄寫的時間不會相距很遠」的可能推測。裘錫圭：〈新出土先秦文獻與古史傳說〉，《中國出土古文獻十講》（上海：復旦大學出版社，2004年），頁19。但誠如上文所言，雖然可信度極高，終非堅強證據。

[11] 依龐樸分節，帛書〈五行〉的「說」（即解《經》的《傳》），是從「聖之思也輕」（第六章）以下，即《郭店·五行》的15簡開始，才有解《經》的《說》。見氏著：〈竹帛〈五行〉篇比較〉，《竹帛〈五行〉篇校注及研究》（臺北：萬卷樓圖書公司，2000年），頁93。

[12] 關於《說》的作者有子思門人、思孟學派門徒、孟子學派門徒、世碩、孟子等說法。參單育辰：《楚地戰國簡帛與傳世文獻對讀之研究》，吉林大學歷史文獻學專業博士學位論文，2010年6月，頁139。

容來判定，包括字體為慣見的楚文字，而且有賦的殘簡，為楚人的文學作品。關於字體為慣見的楚文字這點，先秦楚國簡帛文字材料的出土，從長沙子彈庫戰國楚墓帛書（出土時間 1942A.D.，下同）、信陽長台關一號戰國楚墓竹簡（1957A.D.）、荊州江陵望山一、二號戰國楚墓竹簡（1965A.D.）、荊門十里鋪包山崗二號戰國楚墓竹簡（1987A.D.）到荊門郭店一號戰國楚墓竹簡（1993A.D.）等楚地簡帛出土以來，不管是「文書類」或是「書籍類」竹帛文字，[13]都已經累積了相當多的研究成果，再加上有自宋代以來出土的楚國銅器銘文的輔證，[14]今日學界對楚文字的常見寫法及用字現象等都能作正確地辨

---

[13] 出土簡帛時間及內容可參閱單育辰：〈1900 年以來出土簡帛一覽〉，《簡帛（第一輯）》（上海：上海古籍出版社，2006 年），頁 481。而馮勝君主張將出土於楚地的簡冊分為「文書類」與「古書類」，前者籠統地包括遣策、卜筮祭禱紀錄、法律文書、日書；後者單純指六藝、諸子、詩賦類的文獻。見氏著：《論郭店簡《唐虞之道》《忠信之道》《語叢》一～三以及上博簡《緇衣》為具有齊系文字特點的抄本》（北京大學博士後研究工作報告，2004 年），頁 1。風儀誠則將楚地簡冊分為「文書類」和「書籍類」，「文書類」包括喪葬文書（如喪葬物疏、告地策）和文書檔案（如書信、簿籍）兩種；「書籍類」包括實用書籍（如日書、法典）和圖典書籍（如郭店《老子》、武威《儀禮》）兩種。見氏著：〈古代簡牘形式的演變〉，《簡帛》第四輯（上海：上海古籍出版社，2009 年），頁 358。其以「喪葬物疏」指稱一般學者習用的「遣冊」一詞，還把「日書」、「法典」歸入廣義的「書籍類」中。陳偉則主張分為三類，即「喪葬記錄」、「官私文書」、「書籍」。「喪葬記錄」如湖北江陵望山二號墓竹簡、湖北荊門包山二號墓竹簡中的喪葬類；「官私文書」如荊門包山二號墓竹簡中官府檔案和墓主昭佗的卜筮紀錄；「書籍」包括河南信陽長台關一號墓、湖南慈利石板村卅六號簡出土的古書，以及荊門郭店一號墓所出竹簡和據推測也出於荊門、江陵一帶，流傳到香港古物市場，後來被上海博物館購買、收藏的上博藏楚竹書。見氏著：《新出楚簡研讀》（武漢：武漢大學出版社，2010 年），頁 204。

[14] 對楚簡的字形、詞彙、字形與音義關係、用字現象作過專門研究者有：魏宜輝：《楚系簡帛文字形體訛變分析》，南京大學考古與博物館學專業博士學位論文，2003 年 4 月、張新俊：《上博楚簡文字研究》，吉林大學歷史文獻學專業博士學位論文，2005 年 4 月、王穎：《包山楚簡詞滙研究》（廈門：廈門大學出版社，2008 年）、禤健聰：《戰國楚簡字詞研究》，中山

析，這也是馬承源能從字形上判定其為楚簡的原因。

而其所說的賦的殘篇，即《上博（八）》所收錄的〈李頌〉、〈蘭賦〉、〈有皇將起〉、〈鶹鷅〉諸篇，這些篇章中〈李頌〉、〈有皇將起〉、〈鶹鷅〉三篇大量於隔句或每句句尾加「可」或「含可」（「可」讀為「兮」），且隔句或句句押韻，與傳世《楚辭》作品的形式相同，[15] 屬於楚辭體的賦，因此可作為楚地簡的證據。

當然除了這幾篇楚人的賦篇外，同樣是記載楚人楚地楚事者，還有一些形式類似《國語》一類的歷史故事，如〈成王為城濮之行〉、〈莊王既成〉、〈申公臣靈王〉、〈靈王遂申〉、〈平王問鄭壽〉、〈平王與王子木〉、〈昭王毀室〉、〈昭王與龔之脽〉、〈柬大王泊旱〉等等，其內容都是記載某位楚王的故事或是發生於某位楚王時大臣間的故事，因此這些篇章都可當作《上博》為楚人所書簡的證據。

而《清華》簡為楚簡的理由，《清華一・前言》提到「根據簡的形制和字的特徵，判斷其時代為戰國中晚期，與郭店簡、上博簡相近

大學漢語言文字學專業博士論文，2006 年 4 月、陳斯鵬：《楚系簡帛中字形與音義關係研究》（北京：中國社會科學出版社，2011 年）、周波：《戰國時代各系文字間的用字差異現象研究》，復旦大學古典文獻學專業博士學位論文，2008 年 4 月。而且自《上博》公布以來，學者們還利用新的研究成果，回頭去探討早期出土的楚地簡帛或銅器銘文內容，解決了不少問題，如陳斯鵬：〈戰國楚帛書甲篇新釋〉，《簡帛文獻與文學考論》（廣州：中山大學出版社，2007 年），頁 1-9。程鵬萬：《安徽壽縣朱家集出土青銅器銘文集釋》（哈爾濱：黑龍江人民出版社，2009 年）等。而北宋以來就有楚國青銅器銘文著錄，如〈楚公逆鐘〉、〈楚王酓章鎛〉、〈楚王媵邛仲嬭南鐘〉等，清代也有〈楚公冢鐘〉、〈王孫遺者鐘〉、〈王子申盞〉、〈中子化盤〉等銘文著錄。大規模的楚墓出土有 1933 年的安徽壽縣朱家集李三孤堆戰國楚墓、1977 年河南淅川下寺春秋楚墓群及 1990 年河南淅川和尚嶺春秋楚墓。

15 《楚辭》中有兩句一韻，上句末尾用「兮」，下句末為韻字者，如〈離騷〉及〈惜誦〉、〈哀郢〉、〈惜往日〉、〈悲回風〉、〈思美人〉者；也有兩句一韻，而「兮」字用於下句末者，如〈橘頌〉；更有兩句一韻，句句用「兮」者，如〈九歌〉。其中〈李頌〉的押韻方式同〈橘頌〉，而〈有皇將起〉、〈鶹鷅〉則同於〈九歌〉。

似」，[16]指出在簡的形制，簡上文字的特徵與寫定的時間皆近似於已公布的郭店簡與上博簡。此外李學勤還說到：「簡上的戰國文字很難釋讀，雖然大多可知是楚系文字，而我們對楚文字的了解相對較多，仍然會遇到許多障礙」，[17]以及〈清華大學所藏竹簡鑒定會鑒定意見〉中說的「從竹簡形制和文字看，鑒定組認為這批竹簡應是楚地出土的戰國時代簡冊。」[18]說明這批材料因簡的形制及文字特徵被認定是戰國時代楚地出土的楚簡。而除了形制、字體的特徵外，《清華》中的〈楚居〉和〈繫年〉兩篇，也都與楚人有密切關係，前者記載楚人的建國神話以及綜述從季連到楚悼王以來廿三位楚公楚王的居所與遷移；後者綜述西周初年至戰國前期的史事，而東周以來部分以楚、晉兩國發展及交往的過程為主，其中與楚國有關的部分，包含楚國自文王到悼王間的歷史，而事件的紀年主要是以楚王世系作為時間經緯，因此當為楚人所記。

因此雖然說《上博》與《清華》這兩批材料均為非經考古發掘的出土品，但我們可以從字體及篇章內容認定其皆為出土於戰國楚人墓葬的簡冊，為楚人所書簡。但這兩批材料的內容多樣，除了前面說到的記載楚國歷史與文學的內容外，還有六藝經典及儒家文獻等等。這些非楚國本身歷史、文學等等內容的記錄，當都是楚人的轉抄本。而我們從這些轉抄的內容來看，可以想見當時楚地學術思想內容的豐富多樣性，源至齊魯的儒學和楚地的老子道家學派，在當時極盛一時。

---

[16] 清華大學出土文獻研究與保護中心編：《清華大學藏戰國竹簡（壹）上冊·前言》，頁 3。

[17] 李學勤：〈清華簡整理工作的第一年〉，《清華大學學報》（哲學社會科學版），2009 年 5 期，頁 6。其也說到「清華簡的文字屬於戰國時期的『古文』，富有楚文字的特徵，與郭店簡等相類，因而其年代可推斷為戰國中晚期之際，即公元前 300 年上下。」見氏著：〈論清華簡《保訓》的幾個問題〉，《文物》2009 年 6 期，頁 76。

[18] 劉國忠：《走近清華簡》（北京：高等教育出版社，2011 年），頁 2、48。鑒定委員包括李伯謙、裘錫圭、李家浩、吳振武、陳偉、曾憲通、張光裕、宋新潮、胡平生、陳佩芬、彭浩，共 11 人。

還有與齊、魯、晉等國有關的歷史文獻，說明當時楚國極力吸收鄰近各國的文化。以下根據《漢書・藝文志》的分類將目前所公布的《上博》及《清華》簡根據內容粗略分類如下。

第二節　《上博》、《清華》簡內容分類

《漢書・藝文志》說到漢興，改秦之敗，大收篇籍，廣開獻書之路。武帝時建藏書之策，置寫書之官。成帝時以書頗散亡，求遺書於天下，並詔劉向等人校書。向卒，其子歆卒父業，總群書而奏《七略》，有〈輯略〉、〈六藝略〉、〈諸子略〉、〈詩賦略〉、〈兵書略〉、〈數術略〉、〈方技略〉。《七略》中〈輯略〉是「六篇之總最」，而類分為六，《漢書・藝文志》即以此六類來對先秦古籍分類，下援用劉歆、班固的分類方法，對《上博》、《清華》簡作分類。

一　六藝略

（一）易類

〈周易〉。

（二）書類

〈成王既邦〉、[19]〈尹至〉、〈尹誥〉、〈程寤〉、〈保訓〉、〈耆夜〉、〈金縢〉、〈皇門〉、〈祭公〉、〈說命〉（三篇）。[20]

---

[19] 〈成王既邦〉字體多樣，李松儒區分為四組，而學者們也曾指出簡 2、簡 4 非屬本篇。故其以為此篇本來為幾種不同文本，但被整理者誤合為一。《戰國簡帛字跡研究》，吉林大學歷史文獻學專業博士學位論文，2012 年 6 月，頁 308。

[20] 《清華》簡中與《尚書》有關的篇章，除已公布的九篇外，據李學勤所言還有〈冏命〉，其中〈說命〉、〈冏命〉皆見於偽古文《尚書》中。〈說命〉與古文《尚書》內容多所不同，而與《國語・楚語上》所載傳說事迹相近。

（三）詩類

〈孔子詩論〉、〈周公之琴舞〉、〈芮良夫毖〉。

（四）禮類

〈緇衣〉、〈民之父母〉、〈武王踐阼〉、〈內禮〉。

（五）春秋類

〈容成氏〉、〈昭王毀室〉、〈昭王與龔之脽〉、〈柬大王泊旱〉、〈競建內之〉、〈鮑叔牙與隰朋之諫〉、〈姑成家父〉、〈競公虐〉、〈莊王既成〉、〈申公臣靈王〉、〈平王問鄭壽〉、〈平王與王子木〉、〈鄭子家喪〉、〈君人者何必安哉〉、〈吳命〉、〈命〉、〈王居〉（含〈志書乃言〉）、〈楚居〉、〈繫年〉、〈成王為城濮之行〉、〈靈王遂申〉、〈陳公治兵〉、〈邦人不稱〉。

（六）論語類

〈子羔〉、〈魯邦大旱〉、〈從政〉、〈中弓〉、〈相邦之道〉、〈季庚子問於孔子〉、〈君子為禮〉、〈弟子問〉、〈孔子見季桓子〉、〈子道餓〉、〈顏淵問於孔子〉。

此一部分中「易」、「書」、「禮」類的〈周易〉見傳世本十三經所收《周易》經文，〈金滕〉見伏生所傳今文《尚書》廿九篇中，而〈尹誥〉文曾被傳世本《禮記．緇衣》及出土的《郭店》與《上博》中的〈緇衣〉所引用，說明其為漢人伏生未及載的真古文《尚書》遺篇。[21]〈皇門〉、〈祭公〉兩篇見晉人孔鼂所注《逸周書》中，而〈程

李學勤：〈清華簡與《尚書》、《逸周書》的研究〉，《史學史研究》2011年2期，頁105。

[21] 傳世本《小戴禮記．緇衣》第十章引《尚書》文曰：「〈尹吉〉曰：『惟尹躬及湯，咸有壹德』。」鄭玄已指出「吉當為告。告，古文誥字之誤也。」

寤〉在《逸周書》中僅存篇名，今復得見其內容。〈說命〉三篇內容除先秦文獻中所徵引的古書句外，與梅賾所獻古文《尚書》內容皆不同，證成古文《尚書》之偽。

詩類的〈孔子詩論〉為孔子後學所載孔子對《詩》的評論，〈周公之琴舞〉與〈芮良夫毖〉形制、字迹相同，兩者皆是詩。〈周公之琴舞〉是一組由十篇詩組成的頌詩（主要由成王所作的儆毖之詩），〈芮良夫毖〉則是由芮良夫針對時弊所作的訓誡之辭，同屬毖詩。

禮類的〈緇衣〉見傳世本《禮記》所收諸篇中；〈民之父母〉內容大部分見於《禮記・孔子閒居》及《孔子家語・論禮》中；〈武王踐阼〉內容亦大部分見於《大戴禮記・武王踐阼》中；[22]〈內禮〉則部分段落分見於《大戴禮記・曾子立孝》、〈曾子事父母〉與《儀禮・士相見禮》中。[23]

相同引文又見《郭店・緇衣》簡 5「尹𦧪員：『隹尹允及湯咸又一悳』」及《上博・緇衣》簡 3「尹𦧪員：『隹尹允及康咸又一悳』」。而《清華・尹誥》簡 1 作「隹尹既汲湯咸又一悳」（「既汲」、「允及」義同），句正為所引。其句意可參虞萬里：〈清華簡《尹誥》「隹尹既汲湯咸又一悳」解讀〉，《史林》2011 年 2 期。而周鳳五解「尹允」為「伊尹」，「一」讀作「殪」。參氏著〈說「尹既及湯咸又一德」〉，中國古文字研究會第十九屆學術年會論文，上海：復旦大學出土文獻與古文字研究中心，2012 年 10 月 23 日。《禮記・緇衣》所引〈尹誥〉文，見於偽古文《尚書》的〈咸有一德〉，該篇《偽孔傳》以為是伊尹誥於太甲之言，而《清華・尹誥》內容則為伊尹誥湯之語。而《史記・殷本紀》亦以為〈咸有一德〉為伊尹誥湯之言（「伊尹作〈咸有一德〉，咎單作〈明居〉。湯乃改正朔，易服色，上白，朝會以晝。」），證明《清華・尹誥》才是《禮記・緇衣》所引原古文尚書〈尹誥〉篇。

[22] 劉嬌把〈民之父母〉與《禮記・孔子閒居》、《孔子家語・論禮》及〈武王踐阼〉與《大戴禮記・武王踐阼》這種內容有重見的現象，歸類為「某種單獨成篇的古書全篇被吸收入其他古書，成為書中某篇的主要內容」。氏著：《西漢以前古籍中相同或類似內容重複出現現象的研究－以出土簡帛古籍為中心》，復旦大學中國古典文獻學專業博士學位論文，2009 年 4 月。頁 125。

[23] 福田哲之以為〈內禮〉內容與《大戴禮記・曾子立孝》、《大戴禮記・曾子事父母》、《禮記・內則》、《禮記・曲禮上》、《儀禮・士相見禮》等

「春秋類」篇目中除〈容成氏〉、〈楚居〉、〈繫年〉三篇外，記載與某王（或某侯）有關的故事，包括與楚成王（〈成王為城濮之行〉）、楚莊王（〈莊王既成〉、〈鄭子家喪〉）、楚靈王（〈申公臣靈王〉、〈靈王遂申〉）、楚平王（〈平王問鄭壽〉、〈平王與王子木〉）、楚昭王（〈昭王毀室〉、〈昭王與龔之脽〉）、楚簡王（〈柬大王泊旱〉）有關的故事；及與齊桓公（〈競建內之〉、〈鮑叔牙與隰朋之諫〉）、齊景公（〈競公虐〉）、晉厲公（〈姑成家父〉）有關的故事。其中〈平王與王子木〉內容又見《說苑・辨物》以及阜陽漢簡《說類雜事》簡中。而〈競公虐〉與《左傳・昭公二十年》「齊侯疥遂痁」事的記載及《晏子春秋・內篇・景公病久不愈欲誅祝史以謝晏子諫》、《晏子春秋・外篇・景公有疾梁丘據裔款請誅祝史晏子諫》內容有雷同的地方。[24]

而記通史的〈容成氏〉、〈楚居〉、〈繫年〉三篇，性質也有不同，〈容成氏〉記載從上古帝王容成氏等諸帝到禹、湯、文、武間的傳說及歷史，其中說到古帝王「之有天下也，皆不授其子而授賢」（簡1），至禹讓乎益，「啟於是乎攻益自取」（簡 34）後，王位乃用武力來奪取。其盛倡禪讓思想，與〈子羔〉及《郭店・唐虞之道》主題接近，而所述及的遠古諸帝王皆與楚先祖無關，非楚人作品。[25]〈楚

諸篇傳世文獻相連，與《大戴禮記・曾子立孝》、《大戴禮記・曾子事父母》之間有特別密切的對應關係。然其中也存在不少相異處。見氏著：〈上博楚簡《內禮》的文獻性質－以與《大戴禮記》之《曾子立孝》、《曾子事父母》比較為中心〉，《簡帛（第一輯）》，頁 161。

[24] 〈景公虐〉內容與《晏子》及《左傳》的對比研究，可參梁靜：〈〈景公虐〉與〈晏子春秋〉的對比研究〉，《中國歷史文物》2010 年 1 期；劉嬌：《西漢以前古籍中相同或類似內容重複出現現象的研究－以出土簡帛古籍為中心》，頁 157。

[25] 〈容成氏〉、〈子羔〉和〈唐虞之道〉皆鼓吹禪讓，因此學者們認為其寫成時間都在燕王噲禪讓失敗事件之前（315B.C.）。然因顧頡剛曾主張禪讓之說起墨家，故對這三篇的學派思想歸屬造成了紛歧。而〈子羔〉透過儒家人物孔子與子羔的問答來言夏商周始祖的降生神話，〈唐虞之道〉主張要「考後（聖）而歸先（聖）」、「愛親」、「知命」，都與墨家的「法夏」、「兼

居〉則載楚人從季連至悼王以來楚公楚王的世系和居所，其中涉及楚人的起源神話，而季連－緹伯、遠仲到穴熊（即鬻熊）－佀叔、麗季（熊麗）的世系，不僅與傳世古籍中屢見楚人先祖為顓頊、祝融的說法不同，亦未見緹伯、遠仲、佀叔諸人。[26]〈繫年〉則分章記載從周

愛」、「非命」不同。很明顯是儒家思想的作品。参裘錫圭：〈讀《郭店楚墓竹簡》札記三則〉，《中國出土古文獻十講》，頁 284。而〈容成氏〉為儒家學派作品的看法則未定，趙平安、郭永秉都主張是墨家學派作品，尤其後者以〈容成氏〉簡 33、34 中的「其生也賜養，其死賜葬」及「禹有子五人，不以其子為後，見皋陶之賢也，欲以為後」為據，認為即墨子學說的「節用」、「節葬」思想，以及《墨子．尚賢下》的「禹有皋陶」句。因此該篇很難否定其與墨家學說有關。參氏著：《帝繫新研－楚地出土戰國文獻中的傳說時代古帝王系統研究》（北京：北京大學出版社，2008 年），頁 133。而更可注意的是〈容氏成〉中的上古帝王世系與《大戴禮記．五帝德》等以黃帝為始祖的世系不同，《上博》中出現「黃帝」者，目前僅見〈武王踐阼〉，以「黃帝、顓頊、堯、舜」序列而下，不僅異於〈容成氏〉，也與〈楚居〉不同，說明其本非楚人史觀。

[26] 《史記．楚世家》載「季連生附沮，附沮生穴熊。其後中微，或在中國，或在蠻夷，弗能紀其世。周文王之時，季連之苗裔曰鬻熊」未見「緹伯」、「遠仲」、「佀叔」三人，且〈楚居〉未有「附沮」之名。今在《望山》、《包山》、《葛陵》楚簡中都見祭「三楚先」，如《包山》217、237 簡有「舉禱楚先老僮、祝融、媸酓」（《望山》120、121 亦見），《葛陵》甲三 35 作「老童、祝融、穴熊」（穴熊即媸酓，見本書第四章第二節中的討論），知楚簡中關於季連之前的楚先祖還有「老童」（〈楚世家〉訛成「卷章」）、「祝融」二人。但《包山》、《望山》、《葛陵》這些資料中都未有祭祀季連的現象，只見祭祀季連以上的祝融及之後的鬻熊。此外〈楚居〉述楚之先祖亦未上溯及「顓頊（高陽）」，與屈原〈離騷〉「帝高陽之苗裔兮」的說法不同。而《葛陵簡》甲三 11+24 有「昔我先出自𨛭逍」語，董珊以為「𨛭逍」即「顓頊」（〈新蔡楚簡所見的「顓頊」和「雎漳」〉，武漢大學簡帛網，2003 年 12 月），若然，則「顓頊」、「老童」、「祝融」、「季連」這些楚先名，皆見於楚簡中。關於「𨛭逍」為「顓頊」說，李學勤有不同的看法，其以為當讀「均隹」，即指「妣隹」（季連娶於盤庚之子，曰妣隹）。見氏著：〈論清華簡《楚居》中的古史傳說〉，《中國史研究》2011 年 1 期，頁 55。而裘錫圭主張「逍」的聲符本為「𦣻」，字像止（趾）在自上，為「踰」的表意初文。進而將「𨛭逍」讀為「𨛭竇」，且「𨛭竇」與〈楚居〉的「穴

武王籍田千畝以來至楚悼王五年韓、魏率師圍武陽，楚師大敗之事。而東周以來部分是以楚、晉兩國歷史為主，旁及當時列國大事，且全篇主要以楚王年號來記年，知其出自楚人手筆。

「論語類」內容主要為孔子應答弟子、時人及弟子相與言而接聞於夫子之語，屬儒家傳記類的作品。故上列諸篇皆載及孔子與弟子或時人問答語，篇中相關人物包括有：孔門弟子「高柴（子羔）」（〈子羔〉）、「端木賜（子貢）」（〈魯邦大旱〉、〈相邦之道〉、〈君子為禮〉、〈弟子問〉）、「冉雍（仲弓）」（〈中弓〉）、「顏回（子淵）」（〈君子為禮〉、〈顏淵問於孔子〉）、「言偃（子游）」（〈弟子問〉、〈子道餓〉）、「宰予（子我）」（〈弟子問〉）；以及時人「魯哀公」（〈魯邦大旱〉）、「季康子」（〈季庚子問於孔子〉）、「季桓子」（〈孔子見季桓子〉）。而〈從政〉中雖未出現孔門弟子與時人之名，但文中的「聞之曰」語，多同於《論語》，故雖未明言聞之於何人，知當與孔子有關，故亦列於此。[27]

本部分「六藝略」中以「春秋類」和「論語類」的篇目較多，春秋類內容以記史為主，論語類則以記言記事為主。而春秋類篇中還可根據記載的特性，粗分為兩類，一是以年代為經緯，詳記王世與列國盟會戰爭的《春秋》類史料（或是以朝代先後為經緯，詳記王世更替及徙居）；一類是著重人物對話與故事性的《國語》類史料。[28]前者

窮」可能是異名同指。見氏著：〈說從「㕣」聲的從「貝」與從「辵」之字〉，《文史》2012 年 3 期，頁 23。

[27] 周鳳五以為〈從政・甲〉簡 15 的「毋暴、毋虐（虐）、毋賊（賊）、毋貪」內容出自《論語・堯曰》，而歐陽禎人還進一步申說以為該篇內容體現了子張氏之儒的政治思想。周鳳五：〈讀上博楚竹書《從政》甲篇劄記〉，朱淵清、廖名春編，《上博館藏戰國楚竹書研究續編》（上海：上海書店，2004 年），頁 189。歐陽禎人：〈論子張氏之儒與孔子的思想差異－由上博館藏楚竹書《從政》的「四毋」說開去〉，丁四新主編，《楚地簡帛思想研究（三）》（武漢：湖北教育出版社，2007 年），頁 249。

[28] 李零將簡帛中相當於後世史書類性質的篇目分為四類，分別是「譜牒類的史書」、「紀年類的史書」、「檔案類的史書」、「故事類的史書」。見氏著：《簡帛古書與學術源流》（北京：生活・讀書・新知三聯書店，2004

如〈繫年〉，後者如〈昭王毀室〉等等。且前者多為通史，後者多為以王或大臣為事件主角的記傳文。

而目前公布的《上博》、《清華》中，尚未見可歸入《漢志・六藝略》分類中的「樂」、「孝經」及「小學」類內容者，李學勤曾說到《清華》簡中有類似《儀禮》的禮書，前所未見的樂書（或指〈周公之琴舞〉，其結構近《大武》樂章），與《周易》有關的占書（將發表的〈筮法〉），近於《國語》的史書等來不及深入了解的內容。[29]將來公布後，將可補充「禮」、「樂」二類。而相傳《上博》也有尚未公布的〈字析〉，為迄今為止最早的字書，[30]將來正可歸入「小學」類。

二　諸子略

（一）儒家類[31]

〈性情論〉、〈昔者君老〉、〈三德〉、〈鬼神之明〉、〈天子

年），頁 261。若依此四分法，則〈楚居〉屬「譜牒類的史書」；〈繫年〉屬「紀年類的史書」；餘為「故事類的史書」。

[29] 李學勤：〈初識清華簡〉，《光明日報》2008 年 12 月 1 日。復載於劉國忠：《走近清華簡》（北京：高等教育出版社，2011 年），頁 161。單育辰也提到《上博》尚未公布的資料包括《樂禮》、《武王踐阼》（已公布）、《子路》、《四帝二王》等共七十餘篇。見氏著：〈1900 年以來出土簡帛一覽〉，《簡帛（第一輯）》，頁 509。

[30] 2000 年入藏上海博物館的楚簡共 400 餘支，內容為吳越史料及字書等。其中的字書被名為〈字析〉，其介紹可參福田哲之：〈上海博物館藏戰國楚簡「字書」的相關情報〉，《中國研究集刊》第卅四號，大阪大學中國哲學研究室，2007 年，頁 114。

[31] 《漢志》在諸子略・儒家中列《晏子》八篇，然晏子非孔門弟子，故後人或入墨家或改入史傳。而《管子》在《漢志》中列為道家，而《隋志》卻列法家之首。今〈季庚子問於孔子〉中有孔子引管仲語（「君子恭則遂，驕則侮，備言多難」簡 4），也可見管仲學說與儒家亦有相近處。

建州〉、〈舉治王天下〉、〈史蒥問於夫子〉、〈良臣〉。

（二）道家類

〈恆先〉、〈彭祖〉、〈慎子曰恭儉〉、〈凡物流形〉、〈殷高宗問于三壽〉。[32]

（三）其它類

〈融師有成氏〉、〈用曰〉、〈赤鵠之集湯之屋〉。

本類略分為儒家類、道家類及其它類三部分。在歸類上，諸子略的儒家類書篇亦有可能歸入六藝略的禮類或論語類性質的材料中，權將簡文中未見與三《禮》文內容有相當數量並見者，及文中未見（或未能肯定為）孔子與弟子或時人問答的內容，暫歸入此類。[33]

儒家類中的〈性情論〉同於《郭店．性自命出》，為儒家思孟學派言「性」與「情」的作品，其強調外界對人之性情的改變和影響，出於孔子對性的看法。[34]〈昔者君老〉講國君自衰老至亡故，太子朝

---

[32] 把〈恆先〉、〈彭祖〉視為道家佚書者，見濮茅左等人說法。參氏著：〈上海博物館楚竹書概述〉，日本大東文化大學，2007 年 12 月 3 日。而林志鵬進一步以為《上博》的〈恆先〉、〈彭祖〉、〈慎子曰恭儉〉、〈凡物流型〉篇，皆是以稷下為中心的黃老道家們，以《老子》思想為根基，吸收了子思的心學、法家的形名之術、陰陽數術家的形上學及宇宙論、兵家的權謀之術、醫家的精氣及養生說，形成的大道治國理論潮流下的作品。見氏著：《戰國諸子評述資料輯校及相關文獻探討－以《莊子．天下》為主要線索》，北京大學博士後研究工作報告，2010 年 8 月，頁 23。

[33] 如《漢志．諸子略》儒家類下收有《子思》廿三篇、《曾子》十八篇等書，而〈曾子〉諸篇即《大戴禮記》中的〈曾子立事〉、〈曾子本孝〉、〈曾子立孝〉、〈曾子大孝〉、〈曾子事父母〉、〈曾子制言．上〉、〈曾子制言．中〉、〈曾子制言．下〉、〈曾子疾病〉、〈曾子天圓〉諸篇。故凡簡文內容出自上篇者，皆視為出自《大戴禮記》中，而歸入六藝略的禮類中。如〈內禮〉部分段落分見於〈曾子立孝〉與〈曾子事父母〉，即歸入六藝略。

[34] 《漢書．藝文志》儒家者流有《子思子》廿三篇，今佚，而李學勤最早指出《郭店》中有《子思子》，其以為〈緇衣〉、〈五行〉、〈成之聞之〉、

見過程中的行為規範，與禮制有關，其中「內言不以出，外言不以內」（簡 3）語，與《禮記・內則》及〈曲禮上〉文句接近。[35]而篇中出現的「君子曰」形式，正同於〈內禮〉。[36]〈三德〉與《大戴禮記・四代》、《呂氏春秋・上農》及《黃帝四經》有相似的文句，[37]文中強調人倫、君權，並講刑生德殺（刑德思想亦見〈魯邦大旱〉），較近於儒家思想，但仍含有墨家敬天畏神的觀念。〈鬼神之明〉最初被整理者曹錦炎定調為「《墨子》佚文」，以為是墨子與弟子或他人的對話。[38]但因篇中說到「鬼神有所明，有所不明，此之謂乎。」（簡

〈尊德義〉、〈性自命出〉、〈六德〉六篇皆屬《子思子》。見氏著：〈荊門郭店楚簡中的〈子思子〉〉，《文物天地》1998 年 2 期，頁 28。後來學者們也著文倡和，包括姜廣輝、楊儒賓、李景林、郭沂、王葆玹、詹群慧等人，其還主張把其它篇章也納入《子思子》。但能確定是子思子所作者，當只有〈魯穆公問子思〉、〈緇衣〉（《隋書・音樂志》引梁沈約說「〈中庸〉、〈表記〉、〈坊記〉、〈緇衣〉皆取《子思子》」）、〈五行〉（《荀子・非十二子》批判子思「案往舊造說，謂之五行」）。參單育辰：《楚地戰國簡帛與傳世文獻對讀之研究》，頁 133。

35 《禮記・內則》「男不言內，女不言外」、「內言不出，外言不入」。《禮記・曲禮上》「外言不入於梱，內言不出於梱」。馬承源主編：《上海博物館藏戰國楚竹書（二）》，頁 245。

36 林素清主張將〈昔者君老〉簡 3 內容改置於〈內禮〉簡 8 與簡 9 之間，並進一步提出〈昔者君老〉與〈內禮〉可視為同一篇文獻資料，〈昔者君老〉的 1、2、4 簡一起編入〈內禮〉似亦無不可。見氏著：〈上博四《內禮》篇重探〉，《簡帛（第一輯）》，頁 157。

37 《大戴禮記・四代》「子曰：『有天德，有地德，有人德，此謂三德。三德率行，乃有陰陽，陽曰德，陰曰刑。』」、《呂覽・上農》「時事不共，是謂大凶。奪之以土功，是謂稽，不絕憂唯，必喪其粃。奪之以水事，是謂籥，喪以繼樂，四鄰來虛。奪之以兵事，是謂厲，禍因胥歲，不舉銍艾。數奪民時，大饑乃來。」此二段文與〈三德〉文句最接近。可參王晨曦：《上海博物館藏戰國楚竹書《三德》研究》，復旦大學漢語言文字學專業碩士學位論文，2008 年 5 月。其認為「〈三德〉所歸屬的思想學派目前尚沒有定論。」（頁 4）

38 曹錦炎以為《墨子・明鬼》篇原分為上、中、下三篇，今本只存下篇。本篇不知是否即為〈明鬼〉上、中篇散佚的一部分。見馬承源主編：《上海博

5）認為鬼神也有不明之處，與墨子「明鬼」思想相悖，故有學者提出反對看法，如李銳以為是儒家之徒董無心所作，丁四新更進一步主張將此篇易名為〈鬼神〉。[39]然而屬楚人作品的〈君人者何必安哉〉中有「民有不能也，鬼無不能也」句（甲簡 7），知這類以鬼神有所不明的說法，亦非屬楚人傳統觀念。〈天子建州〉據整理者曹錦炎所言，為一篇儒家文獻，所記主要關乎「禮」制，其中有些內容可以在今本大、小戴《禮記》中見到相似記載。[40]

而〈舉治王天下〉和〈史留問于夫子〉中，前者由五篇文章連續抄寫而成，分別是古公見太公望、堯王天下、舜王天下、禹王天下、文王訪尚父，內容皆載有關舉治的問答，其中有「昔我得中，世世毋有後悔。」（簡 6）、「天之所向，若或與之；天之所背，若拒之。」（簡 9）後者則記載了史留與孔子的問答，內容說到「夫子曰：『敬也者，信。』」（簡 8）都體現了儒家思想。

〈良臣〉則歷述了黃帝以來的良輔之才，從黃帝之師至春秋以來的晉文公、楚成王、楚昭王、齊桓公、吳王光、越王句踐、秦穆公、宋（襄公）、魯哀公、鄭桓公、鄭定公、子產之師、子產之輔、楚共王的賢相良臣。其中以孔丘為魯哀公之輔，及詳述子產之師輔，都可

物館藏戰國楚竹書（五）》，頁 307、308。《墨子・貴義》：「子墨子南游於楚，見楚獻惠王，獻惠王以老辭，使穆賀見子墨子。」知墨子活動時間在楚惠王前後，《上博》諸篇的寫定年代也有在這一段時間者，見後。

[39] 李銳：〈論上博簡〈鬼神之明〉篇的學派性質－兼說對文獻學派屬性判定的誤區〉，《湖北大學學報（哲學社會科學版）》2009 年 1 期，頁 28。《論衡・福虛》：「儒家之徒董無心，墨家役纏子，相見講道。纏子稱墨家佑鬼神，是引秦穆公有明德，上帝賜之九十年。纏〈董〉子難以堯、舜不賜年，桀、紂不夭死。堯舜桀紂猶為尚遠，且近難以秦穆公、晉文公。」丁四新：〈上博楚簡《鬼神》篇注釋〉，《楚地簡帛思想研究（三）》（武漢：湖北教育出版社，2007 年），頁 151。儒、墨兩家在某些看法上相合，有時僅憑幾個詞並不容易分辨，上舉〈容成氏〉就是個例子。而早期長台關楚簡因為文中有「先王」、「三代」、「周公」，被認為是儒家文獻，後來由於簡文與《太平御覽》所收《墨子》佚文相合，才證明是墨子佚簡，也是一例。

[40] 馬承源主編：《上海博物館藏戰國楚竹書（六）》，頁 309。

見與儒家有關。而文末增補的楚共王一條，更見楚人手筆。

〈恆先〉、〈彭祖〉、〈慎子曰恭儉〉、〈凡物流形〉諸篇皆與黃老道家有關。〈恆先〉整理者已指出是一篇首尾完具的道家作品，且「恆先」即「道」的別名；[41]〈彭祖〉亦先秦道家佚籍，內容托言耈老問道於彭祖，不少文句可和《老子》、《莊子》、《管子》互證，[42]，〈殷高宗問于三壽〉亦借武丁之口問於彭祖（三壽之一），闡述政治與道德，也屬這一類；〈慎子曰恭儉〉中有「逆友以載道」語（簡 1），「逆友」一語學者或讀為「卻宥」或「去宥」，與《莊子・天下》言宋鈃一派「接萬物以別囿為始」說同，定為宋鈃等稷下道家一派思想。[43]而〈凡物流形〉內容窮究天地萬物之理，以道為化生萬物之原則，其道接近道家所尊崇的道，且其有「守一以為天地旨」（簡 17）的話，「一」即道家所謂「道」的別稱。其形式曹錦炎曾以之比擬《楚辭・天問》而歸入楚辭類作品，[44]但其體裁與〈李頌〉、〈蘭賦〉諸篇不類，故根據文中思想列於此。

諸子中除儒道外，尚有陰陽、法家、名家、墨家、縱橫家、雜家、

---

[41] 馬承源主編：《上海博物館藏戰國楚竹書（三）》，頁 287。

[42] 參陳斯鵬：〈上海博物館藏竹簡〈彭祖〉新釋〉，《華學》第七輯（廣州：中山大學出版社，2004 年），頁 156。林志鵬則進一步以為〈彭祖〉為宋鈃學派逸書。見氏著：《戰國楚竹書《彭祖》及相關文獻研究》，武漢大學歷史學、歷史地理專業博士學位論文，2008 年 5 月，頁 27。

[43] 李學勤：〈談楚簡〈慎子〉〉，《中國文化》第 25、26 期合刊，頁 43。宋鈃年代早於慎到，宋鈃的「別囿」說後為慎到所吸收。原整理者李朝遠以為文獻中的「慎子」即「慎到」（395B.C.-315B.C.），戰國時趙國人，曾在齊國的稷下學宮講學，負有盛名。慎子一般被視為法家，本篇名曰「慎子曰恭儉」，但內容幾不見於現存各種版本的《慎子》，而似與儒家學說有關。故簡文中的「慎子」與文獻中的「慎子」是否為同一人，尚有待研究。參馬承源主編：《上海博物館藏戰國楚竹書（六）》，頁 275。

[44] 馬承源主編：《上海博物館藏戰國楚竹書（七）》，頁 222。曹錦炎在《上博（八）》未公布前就已指出《上博》藏簡中有五篇楚辭類作品，包括〈凡物流形〉、〈李頌〉、〈蘭賦〉、〈有皇將起〉、〈鶹鷅〉。見氏著：〈上海博物館藏戰國竹書《楚辭》〉《文物》2010 年 2 期，頁 59。

農家、小說家，上舉篇章中大半很難只被歸類在某家思想之下，如上舉〈鬼神之明〉、〈慎子曰恭儉〉，都很難說沒有墨家、儒家的思想雜於其中，如同前舉的〈容成氏〉也是雜有儒墨家思想，因為竹簡寫定的年代也正是各家思想互相吸收包容改造的時代。

三　詩賦略

（一）屈原賦

〈李頌〉、〈蘭賦〉、〈有皇將起〉、〈鶹鷅〉。

（二）歌詩

〈采風曲目〉、〈逸詩〉。

此類中屬賦的有〈李頌〉、〈蘭賦〉、〈有皇將起〉、〈鶹鷅〉四篇，四篇中在句中或句尾處皆見「可」（讀為「兮」）與《楚辭》中的作品一致。其中〈有皇將起〉作「含可」，李零以為是「和聲唱法」中的語氣詞。[45]而屬歌詩類的有〈采風曲目〉和〈逸詩〉，後者包含〈交交鳴烏〉、〈多薪〉兩首詩。〈采風曲目〉所載形式，先出律名，後載曲名，整理者認為有卅九篇曲目，[46]是一篇歌曲或樂曲的

---

[45] 李零把後來《上博（八）》公布的〈蘭賦〉、〈鶹鷅〉（其名為〈鵬賦〉）都列入辭賦類，而對於〈李頌〉、〈有皇將起〉則視為一篇。其言「有一篇，篇尾題『是故聖人兼此』，與另一篇簡文合抄（正背連抄）。其形式比較特殊，每句後面，都綴有嘆詞『含可』，估計可能是和聲唱法中的語氣詞，疑或讀為『含兮』或『今兮』，為今傳辭賦所未見。」見氏著：《簡帛古書與學術源流》，頁 334。今「是故聖人兼此」句為〈李頌〉簡 3，而〈李頌〉簡 1 正背也都有文字，合於李零所言，然該篇未見有「含兮」一詞，句尾有「含兮」者見〈有皇將起〉，或是當初曾誤將〈李頌〉、〈有皇將起〉視為一篇。然〈李頌〉和〈有皇將起〉二篇在形制上不同（編線距離與書寫位置不同），或是現今析為二篇之因。

[46] 馬承源主編：《上海博物館藏戰國楚竹書（四）》，頁 161。

目錄。

四　兵書略

〈曹沫之陳〉、〈陳公治兵〉（部分）。

此兩篇是已亡佚的先秦兵學文獻，前篇先指出了「有固謀而無固城，有克政而無克陳。」（簡 13）的道理，再詳述了為和於邦、舍、陳及敗戰、盤戰、甘戰等等之道。後篇則提到納王卒、止師徒、整師徒等的方法，並歷數了楚人立國以來師不絕者的大戰役。或可歸入〈漢志〉兵權謀一類。

五　數術略

〈卜書〉、〈筮法〉、〈祝辭〉、〈算表〉、〈日書〉。

《上博》中屬〈漢志〉蓍龜類的有〈卜書〉、〈筮法〉，屬雜占類的有〈日書〉。〈卜書〉為講龜卜之書，內容包括四位古龜卜家之語，其中討論到兆象、兆色與兆名，是目前發現最早的卜書。〈筮法〉詳述占筮的理論和方法，並舉了許多數字卦為占例，其中有八卦分配於八方的卦位圖，是目前所見最早的卦位圖，與傳世的〈說卦〉有密切的關係。[47]〈日書〉據李零所言，與其它簡合抄，是由一個講廿八宿占的片斷和一個講裁衣宜忌的片斷構成，為摘抄性質。[48]

〈祝辭〉為巫術之類，內容為呪語，包括防溺水、救火及射箭（隨弓、外弓、踵弓）時的祝辭。〈算表〉由三道編繩與十八條朱色欄線構成表格之橫列，共廿列，21 簡形成表格縱向之豎行，共廿一行。格間填有數字，是九九術衍生出來的運算工具。亦是目前所見最早數學文獻實物。

---

[47] 李學勤：〈清華簡《筮法》與數字卦問題〉，《文物》2013 年 8 期。

[48] 李零：《簡帛古書與學術源流》，頁 405、409。

六　方技略

未見。

以上根據《漢志》來區分《上博》與《清華》簡的內容，可見目前以「六藝略」的作品為多，而這其中又以其下的「春秋類」和「論語類」的書篇最多。春秋類中以記某王或某臣的故事居多，論語類亦以記人物（孔門弟子與時人）間的故事為主。因人物有明確的國籍及活動時間，因此我們還可掌握這樣的特性，對這批材料作國別的區分，並從人物的國別來推測其可能為它國傳入楚國的文獻，或源自楚國本身的文獻。

《上博》、《清華》簡中可根據人物的國別或集團屬性來判定為魯國文獻者；或以孔子為中心的魯國儒家文獻者包括有：〈民之父母〉（子夏問孔子）、〈子羔〉（子羔問孔子）、〈魯邦大旱〉（魯哀公、孔子、子貢對答）、〈中弓〉（季桓子使仲弓為宰，仲弓告孔子）、〈相邦之道〉（魯公、子貢與孔子對答）、〈曹沫之陳〉（魯莊公與曹沫對答）、〈季庚子問於孔子〉、〈君子為禮〉（孔子與顏淵對答）、〈弟子問〉（孔子與子貢、顏淵、言游、宰我、子路問答）、〈孔子見季桓子〉、〈子道餓〉（言游故事）、〈顏淵問於孔子〉。其中人物活動時間有年代可考者，有曹沫，據《左傳》載，其最早出現於《莊公十年傳》（楚文六年，684B.C.）；季桓子（季孫斯），即位於定公五年（楚昭十一年，505 B.C.）；季康子（季孫肥），即位於哀公三年（楚昭廿四年，492 B.C.）。事件發生時間有年代可考者為季桓子使仲弓為宰事，仲弓為季桓子宰的時間推測在季氏家臣陽虎失勢後，約在定公八年後（楚昭十四年，502 B.C.）。而孔門弟子主要出現於孔子周遊列國時，孔子去魯適衛始因於季桓子受齊女樂，據《史記‧十二諸侯年表》在定公十二年時（楚昭王十八年，498 B.C.）。[49]

---

[49] 漢‧司馬遷著，瀧川龜太郎考證：《史記會注考證》（臺北：文史哲出版社，1993 年），頁 263。然孔子因季桓子受齊女樂而去魯的時間，《考證》

並於十四年後歸魯（〈孔子世家〉），時為哀公十一年（楚惠王五年，484 B.C.）。歸魯後，哀公、季康子問政於孔子。因此仲弓為季孫斯宰當在陽虎失勢後至孔子去魯之前，即定公八年到定公十二年的四年間。[50]《論語・子路》篇亦記有「仲弓為季氏宰，問政。子曰：『先有司，赦小過，舉賢才。』」其可與〈中弓〉中「季桓子使仲弓為宰」事互證。

因此上舉魯國文獻，可依篇中人物及事件發生先後約略排列如下：

一、春秋初期故事

〈曹沫之陳〉（魯莊公時）。

二、春秋晚期故事

（一）孔子去魯前故事

〈孔子見季桓子〉、[51]〈中弓〉。

（二）孔子周遊列國時故事（定公十二年，498 B.C.）

〈君子為禮〉、〈顏淵問於孔子〉（以上顏淵問）、〈弟子問〉（子貢、顏淵、言游、宰我、子路問）、〈民之父母〉（子夏問）、〈子羔〉（子羔問）、〈子道餓〉（言游故事）。

（三）孔子回魯後故事（哀公十一年，484 B.C.）

〈魯邦大旱〉（魯哀公問）、〈相邦之道〉（魯哀公問）、〈季

指出〈魯世家〉同〈十二諸侯年表〉在定公十二年；〈孔子世家〉則在定公十四年，〈衛世家〉在定公十三年。

[50] 廖名春：〈楚簡《仲弓》與《論語・子路》仲弓章讀記〉，《淮陰師範學院學報》2005 年 1 期，頁 1。

[51] 濮茅左以為本篇時間約在魯定公五年至定公十四年的十年間。如果排除季氏家臣陽虎強秉國政及孔子不仕之年，那麼，時間可縮小在魯定公九年至十三年的五年間。《孔子家語》記載孔子二見季桓子，但未留下具體內容。《韓詩外傳》、《新序》記載「孔子侍坐於季孫」，也未留下具體的內容，只有其間插曲「君使人假馬」事，孔子與季桓子的談話內容一直成為歷史之謎。見馬承源主編：《上海博物館藏戰國楚竹書（六）》，頁 195。其乃以《史記・孔子世家》說法為據，定孔子去魯時間為定公十四年。

庚子問於孔子〉。[52]

孔子於哀公十一年冬回魯，並亡於哀公十六年夏（楚惠十年，479 B.C.），故以上三篇故事的時代背景為孔子臨終前五年間事。

可根據人物的國別來判定為齊國文獻者有：〈競建內之〉、〈鮑叔牙與隰朋之諫〉、〈競公虐〉。〈競建內之〉、〈鮑叔牙與隰朋之諫〉二篇學者們都主張合而為一，篇名為〈鮑叔牙與隰朋之諫〉，[53]篇中出現鮑叔牙與隰朋諫桓公情節，還說到「日蝕」（〈競建內之〉簡1）、「或以豎刁與易牙為相」與「是歲也，晉人伐齊，既至齊地，晉邦有亂，師乃歸」（〈鮑叔牙與隰朋之諫〉簡 8）事。

齊桓公以豎刁、易牙為相在管仲死後，[54]而《史記・齊太公世家》載「（桓公四十一年）是歲管仲，隰朋皆卒。」因故若要符合簡文在隰朋未卒前諫桓公任用豎刁、易牙為相，就只能在管仲死後的幾個月內。管仲卒於僖公十五年（楚成廿七年，645 B.C.），而桓公卒於魯僖公十七年（楚成廿九年 643 B.C.）。若文本記載符合史實，故事發生的背景就不會晚於西元前 643 年，甚至是 645 年後。而《左傳・僖

[52] 〈魯邦大旱〉中魯國大旱發生時間，整理者馬承源以為是在哀公十五年夏秋之時，因《春秋經・哀公十五年》有「秋八月，大雩」的記載，「雩」為求雨典禮。見馬承源主編：《上海博物館藏戰國楚竹書（二）》，頁 204。反對說法可參李桂民：〈上博簡《魯邦大旱》的史實背景和思想特點新論〉，《聊城大學學報》2007 年 2 期，頁 21。〈季庚子問於孔子〉的背景時間，整理者濮茅左推測是在公元前 484 至 479 年間。見馬承源主編：《上海博物館藏戰國楚竹書（五）》，頁 195。

[53] 陳劍：〈談〈上博（五）〉的竹簡分篇、拼合與編連問題〉，武漢大學簡帛網 2006 年 12 月 9 日。李學勤：〈試釋楚簡《鮑叔牙與隰朋之諫》〉，《文物》2006 年 9 期。

[54] 《史記・齊太公世家》「管仲病，桓公問曰：『群臣誰可相者？』管仲曰：『知臣莫如君。』公曰：『易牙如何？』對曰：『殺子以適君，非人情，不可。』公曰：『開方如何？』對曰：『倍親以適君，非人情，難近。』公曰：『豎刁如何？』對曰：『自宮以適君，非人情，難親。』管仲死，而桓公不用管仲言，卒近用三子。三子專權。」漢・司馬遷著，瀧川龜太郎考證：《史記會注考證》，頁 542。

公十五年》（即齊桓公四十一年）「夏五月，日有食之」，與簡文似乎能相合。但這段時間內古籍中並未見載「晉人伐齊」事。[55]

〈競公虐〉則發生在齊景公時，會譴與梁丘據諫景公，事又見載於《左傳・昭公廿年》，時為楚平王七年（522 B.C.）。

可根據人物的國別來判定為晉國文獻者有〈姑成家父〉，篇中記載厲公命長魚矯殺三郤，及欒書弒厲公事。此二事分見《左傳・成公十七年》與《成公十八年傳》，前者傳文載「胥童、夷羊五帥甲八百將攻郤氏，長魚矯請無用眾，公使清沸魋助之。抽戈結衽，而偽訟者。三郤將謀於榭，矯以戈殺駒伯（郤錡）、苦成叔（郤犨）於其位」；後者傳文為「十八年春王正月庚申，晉欒書、中行偃使程滑弒厲公。」魯成公十八年即楚共王十八年（573 B.C.）。

疑似吳國文獻者有〈吳命〉一篇，整理者曹錦炎以為其可能是《國語・吳語》佚篇，[56]然因所記故事皆不見載於古籍，無法確定其年代。文中有「我先君蓋盧」一名，推測所載事件在闔廬之後（闔廬死於

---

[55] 李學勤以為《春秋經》僖公十五年，即齊桓公四十一年，公元前 645 年，雖有「夏五月，日有食之」一條，《左傳》已云「不書朔與日，官失之也。」該次日食前人已指出「中原不可得見」。且其時管仲尚在，與簡文史事不合。不僅日全食一事，在桓公最後這幾年中，也沒有晉國伐齊國的史事，可見簡文有托古性質不可全信。李學勤：〈試釋楚簡《鮑叔牙與隰朋之諫》〉，頁 95。這類故事性語類史料的內容常對史實加以改造，常是真人物、真事件加上假情節，「日食」、「任用豎刁、易牙」當都是真人物與真事件，但日食是否必定要發生在管仲死後，隰朋未死前的數月，否則本篇內容純屬偽造不可信，則非必然。將時間點接近的事件加以串聯，以增加故事的可看性，也是這類故事慣用的手法。

[56] 〈吳命〉簡 4「𦵂（荊）為不道」，簡 9「楚人為不道，不思其先君之臣事先王。灋（廢）其貢獻，不共承王事。」與《國語・吳語》「吳王夫差既退于黃池，乃使王孫苟告勞于周，曰：『昔者楚人為不道，不承共王事，以遠我一二兄弟之國』」有相似句。簡 6「聶（攝）周孫＝（子孫），隹（惟）舍（余）一人所豊（禮）。寧心敹（援）𢝊（憂），亦隹（惟）吳白（伯）父」與《國語・吳語》「昔吳伯父不失，春秋必率諸侯以顧余一人。」有相同用詞。曹錦炎以為此篇的吳王為夫差，事件發生時間約在魯哀公十三年吳、晉黃池爭霸期間。馬承源主編：《上海博物館藏戰國楚竹書（七）》，頁 303。

魯定公十四年，楚昭王廿年，496 B.C.）越滅吳之前。越滅吳時間據《左傳・哀公廿二年》及《史記・楚世家》所載在楚惠王十六年（473 B.C.）。而 2000 年入藏於上博的 400 餘支楚簡中，也有部分內容為吳越史料，目前尚未公布。

可根據人物的國別來判定為楚國文獻者有：〈昭王毀室〉、〈昭王與龔之脽〉、〈柬大王泊旱〉、〈莊王既成〉、〈申公臣靈王〉、〈平王問鄭壽〉、〈平王與王子木〉、〈鄭子家喪〉、〈君人者何必安哉〉、〈命〉、〈王居〉（含〈志書乃言〉）、〈成王為城濮之行〉、〈靈王遂申〉。

李零曾說到上博楚簡中和《春秋事語》、《戰國縱橫家書》類似的約有 20 種古書，其中歸屬齊國、晉國、吳國的故事目前皆已公布，而屬楚國者仍有多篇尚未公布，[57]比較其所例舉篇名，今尚未見公布者有，〈叔百〉、〈子玉治兵〉（分甲乙兩本）、兩棠之役五種（包括〈兩棠之役〉乙本、〈楚分蔡器〉、〈司馬子有問于白炎〉、〈閻轂先驅〉甲本、〈左司馬言〉）、〈靈公既〉、〈閻轂先驅〉乙本、〈百占辭賞〉；以及被列為「其它」類，而可能與楚人故事有關的〈昭王聽賽人之告〉殘簡、〈有所〉殘簡、〈寢尹曰〉殘簡。

這其中〈子玉治兵（甲・乙）〉當即〈成王為城濮之行（甲・乙）〉，〈楚分蔡器〉即〈靈王遂申〉，〈百占辭賞〉為〈邦人不稱〉。[58]而

[57] 其中已公布者，後來《上博》命名與李零所名有些差異，如〈鄭子家喪〉為〈兩棠之役〉；〈平王問鄭壽〉為〈景平王問鄭壽〉；〈平王與王子木〉為〈景平王命王子木迈城父〉；〈申公臣靈王〉為〈敔於析遂〉；〈昭王毀室〉為〈昭王迈逃珤〉；〈王居〉為〈王居蘇瀨之室〉；〈命〉為〈葉公子高之子見令尹子春〉；〈君人者何必安哉〉為〈范戊賤玉〉，而〈謙恭淑德〉疑指〈平王問鄭壽〉簡 7（郭永秉：〈讀〈平王問鄭壽〉篇小記兩則〉，武漢大學簡帛網，2007 年 8 月 30 日）。另〈百占辭賞〉一篇李零以為是記楚昭王廿七年（479B.C.）白公之亂後的事。然白公之亂在惠王十年（479B.C.），昭王廿七年為昭王卒于城父之年。今依其西元紀年改為記楚惠王時事。李零：《簡帛古書與學術源流》，頁 274。

[58] 〈成王為城濮之行〉內容主要載城濮戰前子玉治兵事，並與子文作比。內容可與《左傳・僖公廿七年》所載相對照，名為「子玉治兵」乃概括而言。

〈陳公治兵〉，李零名為〈陳公忹治兵〉。除此之外，〈靈王既〉也可能是〈靈王遂申〉，因該篇首簡言「靈王即位，繡（申）賽（息）不憖」。而〈有所〉與〈寢尹曰〉殘簡可能分別為〈陳公治兵〉與〈邦人不稱〉部分簡文，因〈陳公治兵〉簡 12 有「有所謂畏，有所謂恭，有所謂裕，有所謂一，有所謂斷」句。而〈邦人不稱〉簡 1 有「寢尹曰：『天加禍於楚邦』」句。因此推測尚未公布的楚王臣故事的簡文可能只剩下〈叔百〉、〈司馬子有問于白炎〉、〈閻斁先驅（甲·乙）〉、〈左司馬言〉，及其它類的〈昭王聽賽人之告〉。

今據篇名中的王名、文中人物時代或事件發生時間，依楚王世次一併附記如下。

楚成王事：〈成王為城濮之行〉、〈叔百〉（未公布）。

楚莊王事：〈莊王既成〉、〈鄭子家喪〉。

楚共王事：無。

楚康王事：無。

楚靈王事：〈申公臣靈王〉、〈靈王遂申〉。

楚平王事：〈平王問鄭壽〉、〈平王與王子木〉。

楚昭王事：〈昭王毀室〉、〈昭王與龔之腓〉、〈閻斁先驅〉（未公布）、〈昭王聽賽人之告〉（未公布）。

楚惠王事：〈命〉、〈王居〉（含〈志書乃言〉）、〈邦人不稱〉、〈司馬子有問於白炎〉（未公布）、〈左司馬言〉（未公布）。

楚簡王事：〈柬大王泊旱〉。

上舉已公布的篇章中，未能從篇名判定出屬於何王世者，包括〈鄭子家喪〉、〈命〉、〈王居〉、〈君人者何必安哉〉、〈陳公治兵〉。

而「靈王既」為〈靈王遂申〉句首，「楚分蔡器」為〈靈王遂申〉內容，或者李零所言為同一篇。然因該篇簡上寫到「靈王既」與「取蔡之器」語者，皆在簡 1，也可能分屬兩篇。而「百占辭賞」一語又見〈邦人不稱〉簡 11，為「百貞辭曰：『君王嘉臣之請命，未嘗不許。』辭不受賞。」故知當初略括簡文為名。而「叔百」可能是「叔伯」，即蔿呂臣，為「蔿賈（伯贏）」（〈成王為城濮之行〉中的「遠白珵」）之父。

其中〈鄭子家喪〉說到鄭子家喪，邊人來告事；及楚人圍鄭三月；與楚、晉的兩棠之役（即邲之役），事見《左傳・宣公十年》、〈宣公十二年傳〉，為莊王十五、十七年事。

〈命〉說到「鄴（葉）公子高之子見於令尹子春」（簡 1），葉公子高即沈諸梁，白公勝之亂時，曾平亂使惠王得復位，其活動時間在惠王初期，惠王在位五十七年，故其子當為惠王中後期人。而惠王前期的令尹為子國（公孫寧），故子春任令尹的時間當在其後。因此本篇屬惠王時故事。[59]而「令尹子春」還見載於〈王居〉（含〈志書乃言〉），故這兩篇故事的時間當接近。[60]

其中〈君人者何必安哉〉中有楚七十老臣范乘（范戊），目前尚不能確定為何人，文中說到「先君靈王乾谿云薔」（簡 9），說明其所處時代在靈王之後。[61]而〈陳公治兵〉說到楚與晉人戰於兩棠的故

---

[59] 劉信芳以為〈柬大王泊旱〉中的太宰晉侯有「聖人虘良倀子」之譽，而「虘良」當讀為「諸梁」，「聖人」乃楚人對「沈諸梁」的殊譽。故太宰晉侯（子止），即沈諸梁的長子。參氏著：〈上博藏竹書〈柬大王泊旱〉聖人諸梁考〉，《中國史研究》2007 年第 4 期。而將葉公子高之子視為簡王時人。或可參。

[60] 〈王居〉的內容時代，《上博》整理者以為在楚昭王時，並以為令尹子春是曾參弟子樂正子春。馬承源主編：《上海博物館藏戰國楚竹書（八）》，頁 205。然昭王時期的令尹，據清人顧棟高的《春秋大事表・卷廿三・春秋楚令尹表》，昭王時期的令尹有子常（囊瓦）、子西二人，未見子春。〔清〕顧棟高輯，吳樹平、李解民點校：《春秋大事表》（北京：中華書局，1993 年），頁 1833、1834。若魯人曾子弟子樂正子春真為篇中的令尹子春，其可能任楚令尹的時間也在惠王以後，不會在昭王時。徐少華以為樂正子春年歲與曾申相當，活動時間約在魯哀公至穆公時期。其若於曾參死後離魯，也在惠王末年到簡王聲王時期。氏著：〈上博八所見「令尹子春」及其年代試析－兼論出土文獻整理與解讀中的二重證法〉，《出土文獻研究方法國際學術研討會會議論文集》，頁 139。臺灣大學中文系，2011 年 11 月 26 日。而〈王居〉中所見人物尚有觀無畏、彭徒、郘昌三人，皆於史無證。

[61] 《上博》的釋文考釋以為〈君人者何必安哉〉事件發生在楚昭王時，因第 9 簡稱楚靈王為「先君」，又第 4 簡「君王有楚，侯子三人，一人杜門而不出」，楚靈王之後有三子者，以楚昭王與本篇事跡相合。而文中「范乘」即歷史上的范無宇，其歷經郟敖、靈王、平王、昭王等四朝的楚國老臣。馬承源主編：

事，知其所處時代在莊王後。

下面以圖表形式來呈現上類各國故事約略的早晚先後，並以楚王世系（根據〈楚世家〉及〈楚居〉、〈繫年〉中的楚王名）為時間坐標。

表一　《上博》故事類篇章背景人物事件約略時間表

楚世家	楚居	西元年						
武王	武王	741B.C.						
文王	文王	689B.C.	曹沫之陳					
莊敖	堵囂	676B.C.						
成王	成王	671B.C.	鮑叔牙與隰朋之諫	成王為城濮之行	叔百			
穆王	穆王	625B.C.						
莊王	臧王	613B.C.	莊王既成	鄭子家喪				
共王	龔王	590B.C.	姑成家父					
康王	康王	559B.C.						
郟敖	乳子王	544B.C.						
靈王	靈王	540B.C.	申公臣靈王	靈王遂申				
平王	競坪王	528B.C.	平王問鄭壽	平王與王子木	競公虐			
昭王	卲王	515B.C.	昭王毀室	昭王與龔之脽	昭王聽賽人之告	閻轂先驅	孔子見季桓子	中弓
			君子為禮	顏淵問於孔子	弟子問	民之父母	子羔	子道餓
惠王	獻惠王	488B.C.	魯邦大旱	相邦之道	季庚子問於孔子	吳命	命	王居
			邦人不稱	司馬子有問於白炎	左司馬言			
簡王	柬大王	431B.C.	柬大王泊旱					
聲王	王大子聖趄王	407B.C.						

《上海博物館藏戰國楚竹書（七）》，頁 191、192。其說仍缺乏證據。而陳偉提出范戊指陳的三回中，第三回屬於重大的習俗或祭祀，表示當時楚王正推行重大的變革。而從現存資料看，這位君王可能是任用吳起，厲行變法的悼王。參氏著：〈《君人者何必安哉》新研〉，《古文字與古代史》第三輯（臺北：中研院史語所，2012 年），頁 368。亦可備一說。

悼王	⿱卲心折王 列折王	401B.C.							
肅王		380B.C.							
宣王		371B.C.							

就圖表內容來看，目前《上博》公布的篇章中以〈曹沫之陳〉的背景時代最早，離楚悼王時期約莫近乎三百年左右，乃相當於楚文王時代的故事。而楚人故事中以〈成王為城濮之行〉較早，次為〈莊王既成〉、〈鄭子家喪〉。《上博》所收有人物或事件可考的各國故事，其時代比較集中發生的時間，約在楚平王至楚惠王時的一百年間左右。

以上所推測的時間若配合〈繫年〉來看的話，也能得到一些類似的數據。如〈繫年〉所載與楚國有關者，最早為第五章的「文王伐蔡滅息娶息媯」事，最晚為廿三章的楚聲、悼王時期的楚宋、晉鄭間桂陵、蔑與武陽之戰。故〈繫年〉簡寫定時間最早在悼王後的肅王時期，甚至可再晚。由於〈繫年〉廿章有「至今晉越以為好」（簡 113），說明其時越國尚存，故李學勤以楚滅越的時間（威王七年，333 B.C.）為下限，推測「〈繫年〉的寫作大約在楚肅王時（或許在晚一些，在楚宣王世），也就是戰國中期，這和《清華大學藏戰國竹簡》第一輯所收《楚居》篇的寫成時間是差不多一樣的。」[62]

---

[62] 李學勤：〈清華簡《繫年》及有關古史問題〉，《文物》2011 年 3 期，頁 71。關於楚滅越的時間《史記・越世家》以為是楚威王興兵伐越，破齊於徐州之時，據〈六國年表〉即楚威王七年，周顯王卅六年時。然清人黃以周以為《史記》載越國事疏略頗多，如謂王无彊聽齊威王言伐楚，為楚威王所滅，在圍齊徐州前一事乃大謬不然者，「〈年表〉齊威王卒於周顯王廿六年，楚威王立於周顯王三十年，兩威王初不同時。徐州之圍，在周顯王卅六年，是時齊威王之墓拱矣。且徧考秦漢古書，楚圍徐州之年，並無三大夫圍於中，景翠圍南陽事。〈楚世家〉〈年表〉書楚圍徐州，並不書楚之敗越滅越，是司馬氏不能無疑也。楚之敗越殺王无彊，當在周赧王八年，為楚之懷王之二十二年。時秦攻宜陽，兵罷於韓，與楚和親，而越適亂，楚遂乘而滅之。其明年，齊遺楚為從，而楚臣昭睢有王雖東取地于越，不足以刷恥，秦破宜陽，韓猶事秦之語。皆就當日事情，規戒其君。」《史記會注考證》，頁 656（黃

〈繫年〉最早記事在文王時，約同於〈曹沫之陳〉，略早於〈成王為城濮之行〉的時代。而以肅宣之間為〈繫年〉、〈楚居〉寫定下限的話，文王時的作品離寫定時間約在三百年左右。而《上博》簡中楚王大臣們的故事時代主要集中在肅、宣王時的一百年前左右。或許上述楚國故事的形成，約經過了百年甚至百年以上的流傳後，才被寫定，成了現在我們所看到的樣子。

這類有背景人物可考的書篇，其形成時間有些遠比諸子略中的篇章還來的早許多，如思孟學派的〈性情論〉（子思 483 B.C.-402 B.C.，孟子 372 B.C.-289 B.C.），[63]宋鈃等稷下道家的〈慎子曰恭儉〉（宋鈃 382 B.C.-305 B.C.）等，[64]其學說存在時間較接近於《上博》、《清

說可見《儆季雜著・史越世家補并辨》）。後來楊寬力倡此說，並據〈楚世家〉懷王廿年昭雎對懷王言「王雖東取地於於越」，及《史記・甘茂列傳》范蜎語楚王「王前嘗用召滑於越，而內行章義之難。越國亂，故楚南塞厲門，而郡江東」，證明楚滅越在懷王廿三年或稍前。楊寬：《戰國史》（上海：上海人民出版社，1991 年），頁 330。中山王嚳鼎出土後，朱德熙還據鼎銘「昔者吳人并雩=（越，越）人餘斆（教）備恁，五年復吳，克并之至于含（今）」語，證明此鼎鑄造時（齊破燕後，314B.C.後）越未被滅，指出楊說正確。見氏著：〈平山中山王墓銅器銘文的初步研究〉，《朱德熙古文字論集》（北京：中華書局，1995 年），頁 98。然李學勤以為「威王敗越」與「懷王亡越」是二件事，前者楚敗越，取吳故地至于浙江，越君无彊自殺，族子爭立，國名存而實亡；後者懷王趁越內亂，取得土地並在江東設郡。然而越君卻一直要到秦吞併關東，无諸被廢時才絕。且《史記・六國年表》經過與《竹書紀年》的校正，兩威王可同時。故楚滅越在威王七年仍不可易。見氏著：〈關於楚滅越的年代〉，《李學勤集》（哈爾濱：黑龍江教育出版社，1989 年）頁 249。陳偉還補充說，〈繫年〉最後二章，楚國以外的國君多無謚稱，……除越君外，其它國君在傳世文獻中都載有謚號。這可能是因為〈繫年〉寫作時間與這些國君去世定謚的時間相近，作者尚未知悉而缺載。如然，〈繫年〉寫作於肅王之世的可能性也比宣王之世要大。〈清華大學藏竹書《繫年》的文獻學考察〉，《史林》2013 年 1 期，頁 44。

[63] 葉志衡：《戰國學術文化編年》（杭州：浙江大學出版社，2007 年），頁 101。

[64] 此依顧實：《莊子天下篇講疏》（臺北：商務印書館，1980 年），頁 128。而錢穆曾將宋鈃生卒年定在 360B.C.-290B.C.間，參氏著：《先秦諸子繫年：

華》簡文被寫定時間。

第三節　《上博》、《清華》簡形式分類

以下就竹簡的形制來對《上博》、《清華》作分類。

《上博》一至九各冊都有「圖版」及「釋文考釋」兩大部分，「圖版」部分中除了有每篇竹書排序圖版外，還有每簡放大 3.65 倍的彩色圖版，[65]在「釋文考釋」部分中各篇的「說明」裏也注出每篇的完殘簡數、滿簡字數、完簡長度及簡端形制，大半還附記有編線契口數和契口間距。

《清華》簡則除了有原大圖版（包括所有竹簡正、背面影像）和 2 倍的放大圖版外，在「釋文注釋」部分也對簡長、編線數、滿簡字數作說明，還有「竹簡信息表」對竹簡的長度作更精確的記載，可惜的是沒有契口間距記錄，但因為有原大圖版，可逕自行測量。

一　《上博》簡簡編形制

若根據《上博》簡的形制，可先依編線的數目（據契口數而來）及書寫的形式區分出二類三組，分別是簡上有三道編線的「三 A」、「三 b」組，及簡上有兩道編線的「二 A」組（以大小寫的 Ab 來區分文字是否寫於最上一道編繩之上或最下一道編繩之下）。

外一種》（石家莊：河北教育出版社，2000 年），頁 622。關於宋鈃的生卒年，因在《孟子・告子下》載及「宋牼將之楚，孟子遇於石丘，曰：『先生將何之？』曰：『吾聞秦、楚構兵，我將見楚王，說而罷之；楚王不悅，我將見秦王，說而罷之』。」時在楚懷王十七年，顧實以為孟子時六十歲，而以「先生」稱宋鈃，又自稱「軻」。假定宋鈃長孟子十年左右，則宋子七十矣。錢穆以為「年未能長於孟子。先生自是稷下學士先輩之通稱。孟子亦深敬其人，故遂自稱名為謙耳。」（〈宋鈃攷〉，頁 411）林志鵬主張顧說合理，參氏著：《戰國諸子評述資料輯校及相關文獻探研－以《莊子・天下》為主要線索》，頁 168。

[65] 馬承源主編：《上海博物館藏戰國楚竹書（一）》「凡例」，頁 1。

因為在《上博》簡中同樣是三道編繩者，簡的長度也有很大的差異，如目前所見最長簡為〈性情論〉，簡長 57 公分；而最短簡為〈季庚子問於孔子〉，簡長 39 公分，兩者相差近 20 公分。〈季庚子問於孔子〉簡因最上面的編線（據上契口位置推測）離簡頂端只剩 1.3 公分，最下面的編線（第三道編線）離簡尾端也只剩 1.3 公分，故文字只書寫於第一道編線之下，第三道編線之上，於第一道編線之上和第三道編線之下留白（即留有天頭地腳者）。茲將這一種書寫形式名為「三 b」組，屬於此種形式者有〈民之父母〉、〈容成氏〉、〈周易〉、〈中弓〉、〈亙先〉等。而與〈性情論〉長度接近的〈魯邦大旱〉（簡長 55.4 公分），第一道編線之上還有 8.6 公分，第三道編線之下也有 7.9 公分，故文字滿寫於簡上三道編線的上下，茲將此種書寫形式名為「三 A」組，如〈子羔〉、〈彭祖〉、〈弟子問〉、〈鬼神之明〉、〈蘭賦〉等。

而作二道編線者，簡的長度均較短，兩道編線將簡面作三分後，第一道編線之上與第二道編線之下通常仍有較大空間，所以文字亦書寫於第一道編線上與第二道編線下，茲以「二 A」組表示這一種書寫形式，其包括有〈柬大王泊旱〉、〈莊王既成〉、〈平王問鄭壽〉、〈鄭子家喪〉等。以下分別討論。

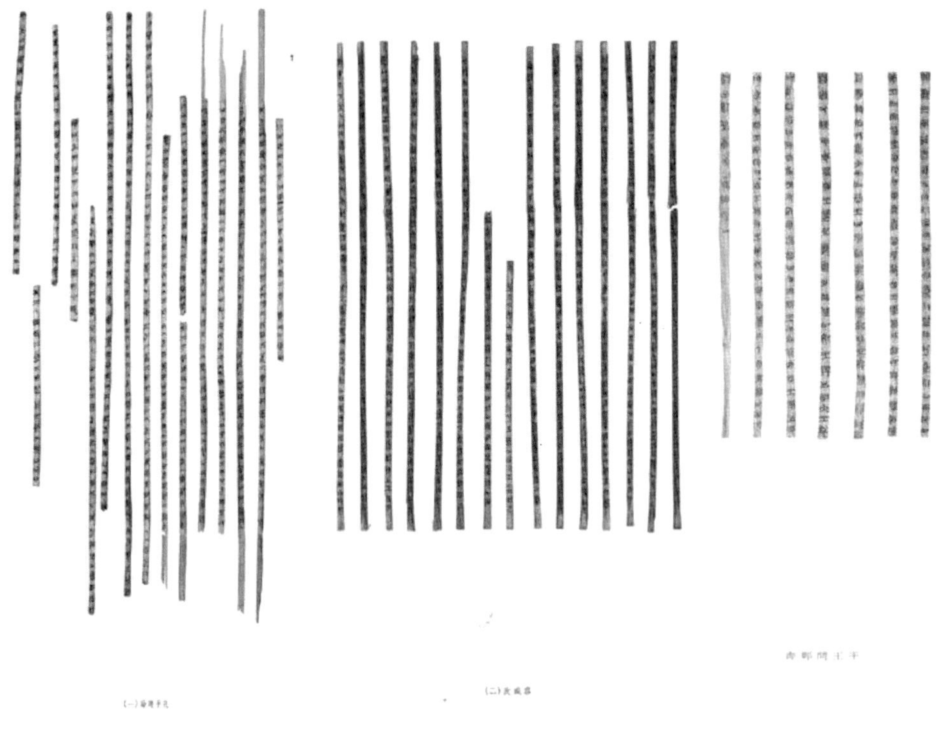

孔子詩論(三 A)　　容成氏(三 b)　　平王問鄭壽(二 A)

圖一　三 A、三 b、二 A 組簡形圖

（一）三道編線類

三道編線類可分為「三 A」與「三 b」兩組，前者為字滿寫於第一編線上與第三編線下者（「滿寫簡」），後者為字寫於第一與第三道編線間，留有天頭地腳者。

1.三 A 組

這一組若依各篇中的最長簡來作先後排列，分別是（以公分為單位，並列出從簡頂端到各契口至簡尾端的距離、滿簡字數）：[66]

---

[66] 最長簡的長度有時與契口至簡頂端及簡尾相加的距離不同，但這些數據都抄錄自《上博》各篇的說明。推測其原因或與契口至頂尾兩端的距離，並非以最長簡來計算，或是最長簡乃據脫水後的簡作推測所得結果，如〈孔子見

〈性情論〉（57.2。未載。38-46 字）
〈采風曲目〉（56.1⁺。未載）
┌〈孔子詩論〉（55.5。8.7／?／?／8。54-57 字）
├〈子羔〉　（54.2⁺。同孔子詩論、魯邦大旱。52 字）
└〈魯邦大旱〉（55.4。8.6／19.4／19.5／7.9。50-51 字）
〈競公虐〉（55⁺。8.4／19／19／8.4）
〈紂衣〉　（54.3。9／18.1／18.1／9。44-55 字）
〈君子為禮〉（54.5。10.5／13.2／19.5／10.3。40-42 字）
〈彭祖〉　（53.7⁺。未載。52-53 字）
┌〈鬼神之明〉（52.1⁺。10.7／15.4／15.4／10.6。39-46 字）
└〈融師有成氏〉（53。43 字。與鬼神之明同卷連抄）
┌〈蘭賦〉　（52.8。11／15.6／15.5／10.7。51-48 字。後為李頌）
└〈李頌〉（52。10.8／15.3／15.4／10.5。57-56 字。抄於蘭賦背）
〈吳命〉　（51.1⁺。10.6／16.5／16.7／?。64-66 字）
〈相邦之道〉（51.6⁺。未載）
〈弟子問〉（45.2⁺。未載）

此組簡中〈性情論〉簡長最長，〈吳命〉較短，〈相邦之道〉與〈弟子問〉簡因有殘損，不能知其確切長度。

關於本組簡中的〈孔子詩論〉、〈子羔〉、〈魯邦大旱〉三篇，〈孔子詩論〉的整理者馬承源說到「本篇與〈子羔〉篇及〈魯邦大旱〉篇的字形、簡之長度、兩端形狀，都是一致的，一個可以選擇的整理方案是列為同一卷。」[67]但其因三篇的內容不同，且只有〈子羔〉有

季桓子〉的「說明」寫道「本篇竹書簡較長，在流傳過程中折損嚴重，存簡也無完整者。經上海博物館實驗室專家處理後，簡最長為 50.2 釐米，即本篇的第五簡，……根據竹簡的現狀可知：原完簡兩端平齊，不作弧狀，或梯形狀。長約 54.6 釐米，三道編繩。」50.2 釐米為脫水後測量所得，而 54.6 釐米為原簡的推測值。馬承源主編：《上海博物館藏戰國楚竹書（六）》，頁 195。又「⁺」者表示多於，「?」表示未知。

[67] 馬承源主編：《上海博物館藏戰國楚竹書（一）》，頁 121。

篇名，仍認為〈子羔〉乃孔子對子羔的答問，不可能包括許多內容，故提出「因此有兩種可能性：同一卷內有三篇或三篇以上的內容；也可能用形制相同的簡，為同一人所書，屬於不同的卷別。」[68]

馬承源的兩種推測中的後一種，以「用形制相同的簡，為同一人所書，屬於不同的卷別」來解釋〈子羔〉等三篇的關係，其可能性極低。我們只要看三 A 組的各篇簡長長短不一，以及各篇的編線位置皆不同即可知。若還加上簡端圓頭的特徵，要把有如此明顯形制及字跡相同特徵的三篇分屬於不同的三卷，似乎不是很恰當。因此李零主張將這三篇統括名為〈子羔〉，以為原〈子羔〉包括今〈子羔〉、〈孔子詩論〉與〈魯邦大旱〉三篇（因為〈子羔〉有篇題）。[69]而我們可進一步推論，若此三篇為一卷，當時的一卷可以為 50 簡（29+14+6）左右。[70]而「子羔」當是此卷的「卷題」，「卷題」與「篇題」不盡

---

[68] 馬承源主編：《上海博物館藏戰國楚竹書（一）》，頁 121。

[69] 李零以為〈孔子詩論〉簡 1 前「行此者其有不王乎」下有墨節，表示「三王之作」部分的結尾（〈子羔〉篇為子羔向孔子請教「三王之作」事），而〈魯邦大旱〉篇末有結束的墨節，證明其在篇末，故〈子羔〉包含〈孔子詩論〉與〈魯邦大旱〉兩篇。李零：《上博楚簡三篇校讀記》（北京：中國人民大學出版社，2007 年），頁 6。

[70] 以 50 簡為一卷之約數，在《上博》與《清華》中不能成說者，似乎只有〈說命〉三篇，因其在每篇末簡的簡背均有卷題。如此則三篇分成三卷，每卷僅不到 10 支簡，似過於單薄。但若從形制上看，此三篇簡長度接近，很有可能當時也是成一卷的。以卷題來區分，乃因此篇原本即分為三，卷題只起提示作用，或者說原本當書於篇末的篇題被寫到了簡背成卷題了。馮勝君認為《郭店》簡的「卷」之大小懸殊，最小的卷是〈忠信之道〉，由 9 簡組成；最大的卷是〈語叢一〉112 簡。〈出土材料所見先秦古書的載體以及構成和傳布方式〉，《出土文獻與古文字研究》第四輯（上海：上海古籍出版社，2011 年），頁 212。其分析是否同卷的依據是由竹簡的形制判定的，且認為同一篇文一定抄寫在同一卷上。關於後者我認為同一篇文若篇幅太長仍可書於多卷上，如〈繫年〉。而且今所見《郭店》簡完全沒有卷題（亦無篇題），但仍可依其簡長略分為三類，這三類中考量字體與簡端形制後，如〈緇衣〉（47 簡）、〈五行〉（50 簡）、〈六德〉（49 簡）、〈成之聞之〉（40 簡）、〈性自命出〉（67 簡）、〈尊德義〉（39 簡）、〈唐虞之道〉加〈忠信之

相同，「篇題」針對篇章內容而發，囊括篇章的主旨，通常書於篇文末；而「卷題」或取同卷中的一篇為代表，可以說明該卷來源（如〈競建內之〉）或代表其它意涵，通常書於卷首第 2 或 3 簡的簡背或是卷尾 2 或 3 簡的簡背。且篇題通常是抄手抄寫篇文時所寫，字跡同於篇文；而卷題則在捆卷後所加，不一定是抄寫篇文的抄手所寫，如卷題「訟城氏」就非抄寫正文的抄手所寫。[71]

承前所論，除了〈子羔〉、〈孔子詩論〉、〈魯邦大旱〉三篇為同一卷外，〈鬼神之明〉簡（含〈融師有成氏〉）與〈蘭賦〉簡（含〈李頌〉）不僅簡長接近，編線所隔出的間距也接近，並且今日都斷成上下兩截，很可能也是同一卷。而此組簡中今日斷成二截者還有〈彭祖〉與〈吳命〉，由於前者稍長，目前還難以遽定為同卷。

斷成三截者有〈競公虐〉與〈紂衣〉，兩者編線隔出的間距相當，然〈緇衣〉斷簡的長度平均長於〈競公虐〉的斷簡。加上〈緇衣〉簡的兩端梯形特徵，亦不見於〈競公虐〉，故亦難以定為同卷。[72]

推測本組簡的可能卷數有：

卷 1：〈子羔〉、〈孔子詩論〉、〈魯邦大旱〉。計 50 簡

卷 2：〈鬼神之明〉、〈融師有成氏〉、〈蘭賦〉、〈李頌〉等。目前計 14 簡。尚缺大半簡。〈李頌〉篇末有「氏古聖人兼此」語，這六字書寫的位置可以是前文的篇題，然也可能是這一卷的卷題，因為〈李頌〉寫於〈蘭賦〉背面，其所書寫的位置即在簡背。

卷 3：〈性情論〉。計 45 簡，未見卷題。

道〉（38 簡），也似乎有 50 簡為一卷的可能在內。

[71] 根據李松儒的分析，篇題與正文為不同字跡者有：〈內禮〉、〈容成氏〉、〈亙先〉、〈曹沫之陳〉、〈莊王既成〉、〈凡物流形〉、〈王居〉、〈命〉。參氏著：《戰國簡帛字跡研究》各章中的討論。

[72] 程鵬萬根據竹簡形制，主張〈彭祖〉簡 4 當併入〈競公虐〉，接於〈競公虐〉簡 5 之上。復旦大學出土文獻與古文字研究中心網站，2010 年 1 月 17 日。

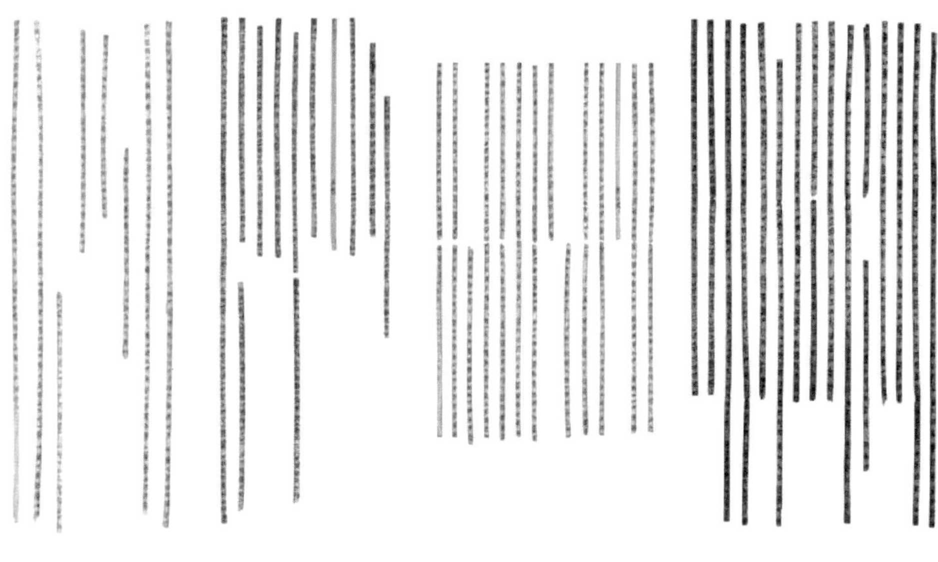

彭祖　　　　吳命　　　　競公虐(缺下截)　　紂衣

圖二　斷二截者彭祖、吳命與斷三截者競公虐、紂衣簡形圖

2.三 b 組

此組簡依簡長短排列為下：

〈孔子見季桓子〉（54.6。1.1／25.5／26.5／1.5。41 字）
〈有皇將起〉（50。1.3／23／16／?。39 字）
〈鶹鷅〉　（49.4。1.2／23.4／?／1.4。36 字）
〈曹沫之陳〉（47.5。未載。30-34 字）
〈中弓〉　（47。0.8／23／22.4／1.6。34-37 字）
〈顏淵問於孔子〉（46.2。2.6／20.5／20.5／2.6。31-33 字）
〈舉治王天下〉（46。1.5／22.5／20.5／1.5。31-33 字）
〈成王既邦〉（45.9。1.4／21.7／21.4／1.4。33-34 字）
〈用曰〉　（45.9。1.2／22／22／0.7。35-42 字）
〈武王踐阼〉（43.7+。?／20／21／2.7）
〈民之父母〉（45.8。2.2／20.6／20.9／2.5。34 字）

〈天子建州・甲〉（44.6。未載。31-33 字）

〈容成氏〉（44.6。未載。42-45 字）

〈姑成家父〉（44.4。0.9／21／21／1。50-56 字）

〈昔者君老〉（44.2。1.2／21／21／1。44-46 字）

〈內禮〉　（44.2。1.3／21／21／0.9。37-45 字）

┌〈昭王毀室〉（44。1.2／20.5／21／1.2。39-44 字）

└〈昭王與龔之脽〉（44.2。35-43 字。與〈昭王毀室〉同卷連抄）

〈子道餓〉（44.1。1.2／20.9／20.7／1.3。34-36 字）

〈陳公治兵〉（44。1.3／20.7／20.7／1.3。34-37 字）

〈周易〉　（43.8。1.2／21／20.5／1.2。42-49 字）

〈卜書〉　（43.5。1.4／20.6／20.4／1.。32-33 字）

〈天子建州・乙〉（43.9。未載。29-38 字）

┌〈競建內之〉（43.3。1.8／19.7／19.8／1.8。33-36 字）

└〈鮑叔牙與隰朋〉（43.2。1.8／19.7／19.8／1.8。38-51 字）

〈從政・甲〉（42.6。未載。35-39 字）

〈從政・乙〉（42.6。未載。37 字）

〈凡物流形・乙〉（40.1。1.1／19.2／18.8／1。36-37 字）

〈亙先〉　（39.4。未載。37-43 字）

〈季庚子問於孔子〉（39。1.4／18／18.2／14。31-39 字）

其中〈孔子見季桓子〉簡長過長，與本組它篇長度不類，而根據編線所區隔出的間距，可以發現有四群形制較接近的，分別為：

（一）〈有皇將起〉、〈鶹鷅〉；

（二）〈顏淵問於孔子〉、〈民之父母〉、〈武王踐阼〉；

（三）〈成王既邦〉、〈昔者君老〉、〈子道餓〉、〈姑成家父〉、〈昭王毀室〉、〈內禮〉、〈舉治王天下〉、〈陳公治兵〉、〈卜書〉。[73]

[73] 林素清以為〈內禮〉簡的長、編繩、契口形制及部分字體與〈昔者君老〉十分接近。並主張將〈昔者君老〉簡 3 改編入〈內禮〉，並排於〈內禮〉簡 8、簡 9 之間。見氏著：〈上博四《內禮》篇重探〉，《簡帛（第一輯）》，頁 156。相同看法者還有井上亙、陳松長等。參李松儒：《戰國簡帛字跡研

（一）中〈有皇將起〉與〈鷅鷅〉兩篇的形制十分接近，〈有皇將起〉的第三契口以下全殘，〈鷅鷅〉簡 1 亦同，且〈鷅鷅〉簡 1 兩段殘簡長度（17.4+21.7）也與〈有皇將起〉上下兩段殘簡長度（簡 5：17.2+21.9）極為接近，又兩篇皆為楚辭體作品，同卷的可能性很大，計 8 簡，未見卷題及篇名。後來程少軒指出〈鷅鷅〉的兩簡可綴成一簡，並也提出兩篇是同冊編連的說法。[74]

（二）中〈武王踐阼〉簡較完整，而〈顏淵問於孔子〉簡多斷成上長下短的二截（簡 5：29.3⁺+14），而簡 13 有斷成上下略等長的現象（簡 13：上+23.1），其與〈民之父母〉同；有斷成上長下短者（簡 10：上+23.3），也見上下略等者（簡 3：28.6⁺+13.9）。此三篇同一卷的可能性非常大，三篇共 43 簡，且未見卷題及篇名，本卷中或還有其它殘簡。[75]

（三）中諸篇形式接近，三道編線間所隔出的二個區塊距離都在 21 公分左右，而從簡況來看，〈成王既邦〉、〈子道餓〉、〈內禮〉、〈昭王毀室〉都有明顯斷成二截的現象，而前二者與後二者斷簡的長度分別比較接近。由於六篇的簡數總和較多，當時可能分抄在二卷以上的竹簡。

而超過 50 簡的篇章有〈曹沫之陳〉（65 簡）、〈周易〉（58 簡）、〈容成氏〉（53 簡），除〈周易〉外都有卷題，〈周易〉由於書寫的形式特殊，加上有彩色符號，故無須卷題亦能識出，而其與〈卜書〉

究》，頁 16。

[74] 程少軒：〈上博八《鷅鷅》與《有皇將起》編冊小議〉，中國古文字研究會第十九屆學術年會會議論文，復旦大學出土文獻與古文字研究中心，2012 年 10 月 25 日。拼合後為「……含兮，子遺余鷅鷅含可。鷅鷅之止含可，欲衣而惡枲含可。鷅鷅之羽含可，子可舍余含可。鷅鷅鵝翩飛含可，不織而欲衣含可。」

[75] 劉洪濤以為〈武王踐阼〉與〈民之父母〉在形制（簡長、契口、編連）、書體與保存狀態基本一致，原來可能是合編為一卷的。見氏著：〈《民之父母》、《武王踐阼》合編一卷說〉，復旦大學出土文獻與古文字研究中心網站，2009 年 1 月。

簡長接近，也說明這類性質的書在形式上的共性。這三篇可能都是一篇一卷者。而〈中弓〉、〈亙先〉兩個卷題也表示其分屬不同卷。

此外，信陽楚簡中抄寫有周公與申徒狄對話的第一組簡，據《信陽楚墓》的描述為「估計原簡長在 45 釐米左右，約書 30 字，簡的兩端和中部分別用三根黃色絲線編聯，文字係用墨書寫在竹黃的一面，書寫時上下均有一釐米左右的空白。」[76]也當是形制上屬於三 b 組的簡。

（二）二道編線類

二道編線類依簡長排列分別為：

〈鄭子家喪・乙〉（47.5。13.5／22.8／11.2。28-34 字）
〈三德〉（45.1。未載。40-49 字）
〈史蒥問於夫子〉（37。10／17／10。）
〈君人者何必安哉・甲〉（34。9.3／16.2／8.5。24-31 字）
〈君人者何必安哉・乙〉（33.5。9.1／16.2／8.2。26-31 字）
┌〈莊王既成〉（33.8。9.5／15／9.3。26 字）
└〈申公臣靈王〉（33.9。24 字。與莊王既成同卷連抄）
┌〈平王問鄭壽〉（33.2。9.5／15／8.5。25-28 字）
└〈平王與王子木〉（33。22-27 字。與平王問鄭壽同卷連抄）
〈凡物流形・甲〉（33.6。9.8／14.8／9。25-32 字）
〈命〉　　（33.4。9.5／15／8.9。24-28 字）
┌〈王居〉　（33.3。9.5／15／8.8。24-25 字）
└〈志書乃言〉（33.2。9.4／15／8.8。23-24 字。併入王居）
〈成王為城濮之行〉（33.3。9／16.2／8.1。21-31 字）
〈靈王遂申〉（33.3。9.5／15／8.8。29-36 字）
〈邦人不稱〉（33。9.4／15／8.6。32-33 字）
〈鄭子家喪・甲〉（33.2。9.5／15.7／8。31-36 字）

[76] 河南省文物研究所：《信陽楚簡》（北京：文物出版社，1986 年），頁 67。

〈慎子曰恭儉〉（32。7.9／18.1／6.1。28字）
〈柬大王泊旱〉（23。7.5／9／7.5。24-27字）

此類簡從簡長看來差異甚大，〈鄭子家喪・乙〉與〈三德〉屬於長簡群，〈柬大王泊旱〉為短簡，餘皆在32-34公分間。這些屬長度中等的簡，其形制接近的有〈莊王既成〉（申公臣靈王）、〈命〉、〈王居〉（〈志書乃言〉）、〈平王問鄭壽〉（平王與王子木）、〈鄭子家喪・甲〉、〈凡物流形・甲〉等，出現有〈莊王既成〉、〈命〉、〈王居〉、〈凡物流形〉、〈慎子曰恭儉〉五個卷題。其中〈慎子曰恭儉〉的編線距離異於他組，明顯地可別出一卷。其它的四個卷題，說明這一群形制接近的簡至少抄在四卷上。

這一類中〈鄭子家喪・乙〉與〈三德〉從簡的外觀上即可看出差異，而〈柬大王泊旱〉為過短之簡，因此其皆當屬不同卷別。

下面以近出的秦簡及漢簡形制作比。[77]

里耶簡長23公分，兩道編繩。嶽麓簡則有三種長度，分別為30、27、25公分，已公布的〈質日〉、〈為吏治官及黔首〉、〈占夢書〉、〈數〉形式都屬三b類，其中質日分〈▨七年質日〉（54簡）、〈卅四年質日〉（65簡，簡背有卷題）、〈卅五年私質日〉（46簡，簡背有卷題）。而〈為吏治官及黔首〉共87簡，簡背有卷題。〈占夢書〉計48簡，無卷題、〈數〉計219簡，簡背有卷題。

北大漢簡有三種長度，長者約46公分；次者29.5-32.5公分；短者23公分，前二者為三道編繩，即三b類，後者為二A類。而長者內容抄寫數術；短者則抄醫方。已公布的《老子》屬長度中等簡（32.1cm，三b），分抄於二卷，二卷背各有〈老子上經〉、〈老子下經〉的卷題。其中上經有123簡；下經有98簡。其長度略短於本組簡。

[77] 湖南省文物考古研究所編：《里耶秦簡〔壹〕》（北京：文物出版社，2012年）、朱漢民、陳松長主編：《嶽麓書院藏秦簡（壹）》（上海：上海辭書出版社，2011年）、北京大學出土文獻研究所編：《北京大學藏西漢竹書〔貳〕》（上海：上海古籍出版社，2012年）。

比較看來里耶、嶽麓、北大簡的長度都短於《上博》，如今所見三 b 類最短的〈季康子問於孔子〉有 39 公分，長於嶽麓簡的三道編繩類及北大簡《老子》。而 2 A 類最短的〈柬大王泊旱〉有 24 公分，與里耶、嶽麓、北大簡二道編繩類長度接近。而其一卷之數有 46 簡（〈卅五年私質日〉）、48 簡（〈占夢書〉）、54 簡（〈☑七年質日〉）、65 簡（〈卅四年質日〉）、87 簡（〈為吏治官及黔首〉）、98 簡（〈老子下經〉）、123 簡（〈老子上經〉），可供參考。

表二　上博簡同卷篇目推測表

組	卷數	內容	簡數	卷題
3A	卷 1	子羔、孔子詩論、魯邦大旱	49	子羔
	卷 2(殘)	鬼神之明、融師有成氏、蘭賦、李頌	14	
	卷 3	性情論	45	
	卷 4(殘)	吳命	9	吳命
	卷 5(殘)	競公虐	13	競公虐
	?	其餘不明		
3b	卷 1(殘)	有皇將起、鶹鷅	8	
	卷 2(殘)	顏淵問於孔子、民之父母、武王踐阼	43	
	卷 3 卷 4	成王既邦、子道餓、昔者君老、內禮、昭王毀室、昭王與龔之脽、姑成家父、舉治王天下、陳公治兵、卜書	121	內禮
	卷 5	曹沫之陳	65	散蔑之戟
	卷 6	周易	58	
	卷 7	容成氏	53	訟城氏
	卷 8(殘)	競建內之、鮑叔牙與隰朋之諫	19	競建內之
	卷 9(殘)	孔子見季趄子	27	
	卷 10(殘)	中弓	28	中弓
	卷 11(殘)	亙先	13	亙先
	?	其餘不明		
2A	卷 1(殘)	鄭子家喪乙	7	
	卷 2(殘)	三德	23	
	卷 3(殘)	柬大王泊旱	23	
	卷 4(殘)	慎子曰恭儉	6	訢子曰共僉
	卷 5(殘) 卷 6(殘) 卷 7(殘)	莊王既成、申公臣靈王、平王問鄭壽、平王與王子木、命、王居（志書乃言）、成王為城濮之行、靈王遂申、邦人不稱、鄭子家喪甲	80	臧王既成 命 王居
	卷 8(殘)	君人者何必安哉甲乙	18	
	卷 9(殘)	凡物流形甲	30	𠯑勿流型
	卷 10(殘)	史蒥問於夫子	12	
	?	其餘不明		

二 《清華》簡簡編形制

現已公布的《清華》簡，其形制可分為二類，一為三道編線類，一為二道編線類，其中除了〈保訓〉、〈良臣〉、〈祝辭〉外，[78]皆屬三道編線類。三道編線類的抄寫形式，都屬於「三 b」組，即留有天頭地角的形式。而這些屬於三 b 組的篇章，除了〈楚居〉簡長稍長外，其餘長度都在 45 分上下。而由於〈耆夜〉、〈金滕〉簡背有卷題（〈祭公〉有篇題，無卷題），〈說命〉三篇及〈周公之琴舞〉、〈赤鵠之集湯之屋〉簡背亦見卷題，說明此類組至少分抄於五卷上。而〈說命〉三篇雖有三個卷題，實際上是把篇題抄寫在卷題的位置，原因也可能是沿襲底本形式而來，原來其或者正分抄於三卷。因為其性質屬六藝略，尊經而不可移易。但今從《清華》的形制上來看，三卷的編線距離一致，故這三篇可能是被編寫在同一卷上的。〈周公之琴舞〉與〈芮良夫毖〉形制、字迹皆同，推測可能也是被編成一卷的。因前已有〈周公之琴舞〉卷題，故將〈芮良夫毖〉簡背上的字刮削掉。

二 A 組的〈保訓〉、〈良臣〉與〈祝辭〉，後二者的形制及字迹同，因此推測抄寫在二卷之上。

而〈繫年〉共有 138 簡，若依簡背書寫序數的上下位置來區分的話，可分為一組（一章至七章，簡 1-44）、二組（八章至十四章，簡，45-69）、三組（十五章至十七章，簡 70-95）、四組（第十八章至廿三章，簡 96-120，簡 121-134 位置稍異）、五組（第廿三章 135-138）。簡數分別為 44、25、26、39、3，其中一組及二、三組相加的數量都接近 50，即前文估量的 50 簡為一卷之數。或許簡背序數書寫位置與所書卷簡不同有關。而未公布的〈筮法〉，共 63 簡，

---

[78] 〈保訓〉的形制屬二 A 類，簡長 28.6 公分，書寫 22 至 24 字。其與漢初出土的孔壁《古文尚書》的形制接近。《漢書・藝文志》說：「劉向以中古文校歐陽、大小夏侯三家經文，〈酒誥〉脫簡一，〈召誥〉脫簡二。率簡二十字者，脫亦二十五字；簡二十二字者，脫亦二十二字；文字異者七百有餘，脫字數十。」中古文（孔壁古文）滿簡字數 25 至 22，與〈保訓〉接近。

捲成一卷，每支簡尾正面有次序編號。其也可作為推算《清華》一卷簡數的參考。因此已公布的《清華》簡的卷數推測在 12 卷以上。

圖三　繫年簡背序數書寫位置圖

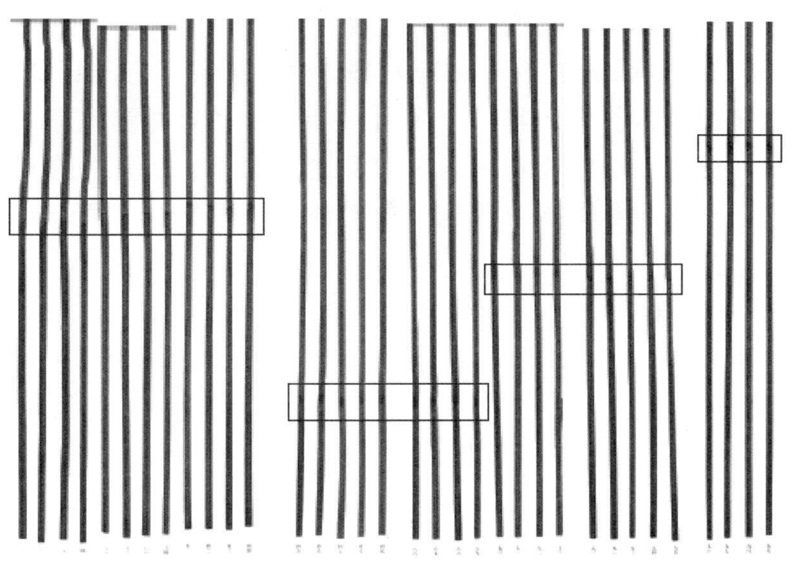

簡 1-44、簡 45-69、簡 70-95 簡背序號位置圖

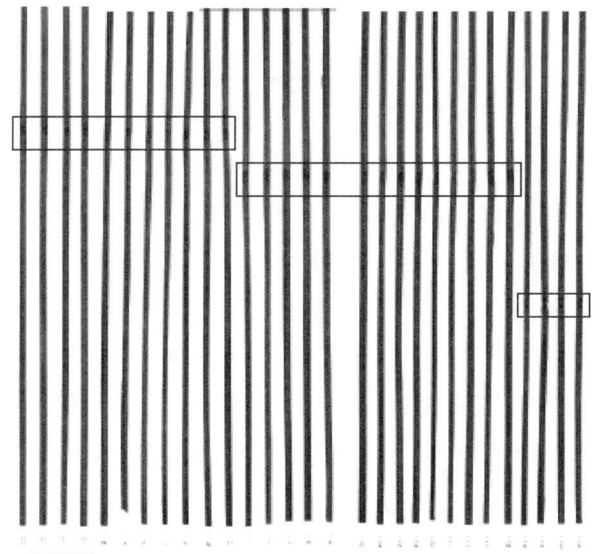

簡 96-120、簡 121-134、簡 135-138 簡背序號位置圖

以上討論了已公布的《上博》及《清華》簡的形制，總體看來「三b」組形式的簡最多，而簡長以 45 公分上下為常見，所記者有六藝略的〈周易〉、〈金縢〉、〈姑成家父〉、〈昭王毀室〉等，也有諸子略的〈亙先〉，兵書略的〈曹沫之陳〉。而「二 A」組形式的簡亦不少，簡長在 33 公分左右，載有六藝略春秋一類〈莊王既成〉及諸子略〈慎子曰恭儉〉等。其中〈保訓〉與〈柬大王泊旱〉是此組中較短的簡，〈保訓〉長度與《郭店．唐虞之道》、〈忠信之道〉接近；而〈柬大王泊旱〉稍短於《郭店．魯穆公問子思》、〈窮達以時〉，但仍長於〈語叢〉一類。

三 A 組形式的簡未出現於《郭店》簡及目前已公布的《清華》簡中，簡長約在 54 公分上下。目前所見最長者為〈性情論〉，所記篇文包括六藝略的〈子羔〉、〈競公虐〉，詩賦略的〈蘭賦〉等。就這些材料的簡長與內容看來，並未出現以簡的長度來區分題裁的現象。

下面再針對「卷題」提出一些看法。

在《上博》中可發現有些篇章是接續抄寫在他篇之後，如〈申公臣靈王〉接抄在〈莊王既成〉之後，〈昭王與龔之雎〉接抄於〈昭王毀室〉之後，〈融師有成氏〉接抄於〈鬼神之明〉後，〈平王與王子木〉接抄於〈平王問鄭壽〉簡 6 下；有些則連抄後，因整卷簡面已抄完，故轉抄至簡背，如〈李頌〉抄於〈蘭賦〉後，並接續抄至簡背。而〈申公臣靈王〉因其接抄於〈莊王既成〉第 4 簡下，且中間有分篇符號隔開，後還有約一字空白的距離，故可判斷是兩篇連抄，同樣的，〈昭王毀室〉下連抄〈昭王與龔之雎〉，〈鬼神之明〉下接抄〈融師有成氏〉，〈平王問鄭壽〉下接抄〈平王與王子木〉，其兩篇文中間都有一墨節或空白以表示篇文結束；而〈李頌〉第 2、3 簡內容，因為抄至〈蘭賦〉第 5 及第 4 簡的簡背，故也很容易判定是兩篇連抄，因此〈李頌〉第 3 簡的「氏古聖人兼此」語，本來依簡文書寫體例是要抄在簡背上，但其所在位置即簡背，故抄於篇文後，而與篇題所在位置混同。這說明古人抄寫篇文時是以卷為單位，篇幅較小的內容往往數篇抄在同一卷。但今日因竹簡出土後編線皆已腐蝕不見，故在一支支的殘簡中要將之復原成一卷，非常不易。而一卷連抄的數篇，更多數是另篇接抄於前篇末簡的下一支簡，因此在編線殘缺的情形下，要知道那兩篇文字接抄，實屬不易。而以上根據種種迹象嘗試復原出《上博》的同卷之篇，然因線索有限，僅能推測到目前的結果。

而在確定篇是文意的單位，而卷是古人抄寫的單位後，我們可以來檢視卷的標題作用。一直以來被稱為篇題的文字，多數抄寫於簡背，若以簡文自名的篇題來看，今日楚地出土書籍簡中有篇題者包括以下：

抄於簡背者：子羔（5 背）、訟城氏（53 背）、中弓（16 背）、亙先（3 背）、內禮（1 背）、散蔑之戰（2 背）、競建內之（1 背）、競公虐（2 背）、臧王既成（1 背）、訢子曰共僉（3 背）、凡物流型（3 背）、吳命（3 背）、命（11 背）、王居（1 背），以上《上博》。旨阝夜（14 背）、周武王有疾周公所以代武王之志（14 背）、周公之琴舞（1 背）、赤鵠之集湯之屋（15 背）、殷高宗問於三壽（28 背），以上《清華》。

抄於簡文後者：鞰弔𦣻與級俚之諫（9 正）、氏古聖人兼此（3 正），以上《上博》；纏公之賜命（21 正），以上《清華》。

抄於簡背者，或因卷向前收而題名於簡首，如〈子羔〉、〈亙先〉等；或因卷向後收而題名於簡末，如〈訟成氏〉、〈中弓〉等。而抄於簡文後者，皆抄於正文之末。實則抄於簡背、正文後者，性質大不同。依以卷為竹簡抄寫的單位來看，連抄數篇者，在捲成一卷後，抄手只書一個卷題，故今日我們看到的篇文，大半是沒有卷題的，少數有卷題者，正好是抄寫位置居於卷前或卷後的篇文，當然也有一篇一卷者。而其也正是抄者用以提示卷內文字的卷題。然一卷數篇，他篇或者因性質接近而連抄在一起；或者因為皆為抄者所抄，某篇與某篇何以連抄在抄者心中本已循著某種道理，故縱使不一一於卷題上注明同卷內抄了哪些篇，抄者一見卷題，即可於某卷中找到某篇。再者有些篇幅較長的內容，可能一篇即一卷，或超過一卷，若其內容特殊，抄者當也可不用注卷題，如〈周易〉有 58 簡，當時或是一卷之數，不注卷題，或許乃因形式上雜有不同色塊，再加上文字內容區別度高，故不書卷題。當然今日看到的〈周易〉是殘本，首尾簡俱亡。

因此今日宜重新再來區分「卷題」與「篇題」，書寫於簡背者，宜名為「卷題」，因以收卷後，提示內容所用；而書於簡文後者，宜名為「篇題」，乃總括該篇文內容大要而言。

卷題與篇題性質不同，前者主要起提示作用，故文意是否完備，不甚重要，有時也可以用關鍵字或篇文來源作為標注；而後者主要概括大義，通常文義完整。如真正屬於篇題者，包括前面提到的「鞈弔否與級倗之諫」與「纏公之賜命」，其正好都指出了篇文的主旨（「氏古聖人兼此」的卷題因簡背已書寫文字，故寫於文末）。然卷題中卻有一些文義不完整或與篇文無關的內容，如：

競建內之：指競建所納篇文。與篇文來源有關。

競公虐：篇首文字「齊景公疥且虐，欲誅祝史，經晏子諫乃止」的略寫。此篇內容《晏子春秋》中作「景公有疾，梁丘據裔款請誅祝史晏子諫」。以「景公虐」為名，僅起提示作用，若以篇首字為名，或當作「齊景公疥」。

莊王既成：當是篇首文字「莊王既成亡射」之省，而該篇內容主旨實為莊王以亡射大鐘為喻，問沈尹莖楚國的未來前途。

慎子曰恭儉：當是篇首文字「慎子曰恭儉以立身，堅強以立志，忠質以反□」之省。

凡物流形：當是篇首文字「凡物流形，奚得而成」之省。

命：該篇講命尹子春向沈尹諸梁之子請教其父的治國大道，以「命」為卷題，既非篇首「葉公子高之子見於令尹子春」文字，也不全然符合篇文大要。該篇之命出現二處，一在「君王命吾（命尹子春）為楚邦」、一在「僕（葉公子高之子）既得辱視日之廷，命求言以答，雖伏於斧鑕，命之勿敢違」。「命」的標注有起提示的作用，與今日的關鍵字雷同。

王居：以篇首文字「王居於蘇澫之室」為題。

周公之琴舞：以篇首文字「周公作多士儆毖，琴舞九絉」為題，實則內容主要是成王所作的儆瑟詩九首。

赤鵠之集湯之屋：以篇首文字「曰故有赤鵠集於湯之屋」為

題，實則內容為伊尹的故事。

其中不足義的「競公瘧」、「莊王既成」、「慎子曰恭儉」、「凡物流形」，或可說拈篇首數字為題。而「是古聖人兼此」與〈李頌〉文末「是故聖人兼此，和物以來人情。人因其情，則樂其事，遠其情。」有關，亦起提示作用。

因此卷題的使用多樣，以起提示作用為主。然而也並非所有的卷都要卷題，卷題的標注與藏書卷的多寡和卷的大小有關。如信陽楚簡的「周公與申徒狄對話」篇未見卷題，因其量少；而《郭店》全無卷題，很可能與墓主擁有的卷書不多，及其卷所含的簡數較少有關。此外，〈容成氏〉卷題筆跡與篇文筆跡不同，也證明寫卷題者並不一定是抄者，甚者兩者寫定的時間點也非同時。

再者因為古人多不著篇題，因而後人名篇時，會出現命名不一致的情形，如《郭店》中數篇，李零的命名便不同於整理者，如：〈說之道〉（整理者題〈語叢四〉）、〈性〉（整理者題〈性自命出〉）、〈教〉（整理者題〈成之聞之〉）、〈六位〉（整理者題〈六德〉）、〈父無惡〉（整理者題〈語叢三〉）、〈物由望生〉（整理者題〈語叢一〉）、〈名數〉（整理者題〈語叢二〉，以上參《郭店楚簡校讀記》）；以及《上博》的〈兩棠之役〉（整理者題〈鄭子家喪〉）、〈景平王問鄭壽〉（整理者題〈平王問鄭壽〉）、〈景平王命王子䢐城父〉（整理者題〈平王與王子木〉）、〈敔于析述〉（整理者題〈申公臣靈王〉）、〈昭王䢐逃寶〉（整理者題〈昭王與龔之脽〉）、〈王居蘇瀨之室〉（整理者題〈王居〉）、〈葉公子高之子見令尹子春〉（整理者題〈命〉）、〈范戊賤玉〉（整理者題〈君人者何必安哉〉）、〈三郤之難〉（整理者題〈苦成家父〉等，以上參《簡帛古書與學術源流》）。而〈命〉篇雖有篇題，但因其書寫於 11 簡背，故簡 1 的「葉公子高之子見令尹子春」被李零誤作篇題。

這其中的成因，還來自於今所見的書籍簡上少篇題，而多數篇因連抄成數卷，卷上只有一個卷題，後人一直以來把卷題視作篇題所造成。因而重新去區別卷題與篇名實有助於卷題在簡文中所起的作用。

表三　《上博》（一至九）簡形制表[79]

<table>
<tr><td rowspan="2">今定篇名</td><td rowspan="2">卷題或篇題</td><td>簡數</td><td>最長簡cm</td><td>編繩</td><td>滿簡字數</td><td rowspan="2">簡背及簡況</td><td rowspan="2">備　註</td></tr>
<tr><td colspan="4">簡端至上中下三道契口及至尾端距離</td></tr>
<tr><td rowspan="2">孔子詩論</td><td rowspan="2">無</td><td>29</td><td>55.5【2】</td><td>三b
三A</td><td>54-57</td><td rowspan="2">完簡1</td><td rowspan="2">簡1至7屬三b組，餘為三A組。與子羔及魯邦大旱字形簡形制一致。兩端圓頭</td></tr>
<tr><td colspan="4">頂-上8.7／上-中?／中-下?／下-尾8【2】</td></tr>
<tr><td rowspan="2">紂衣</td><td rowspan="2">無</td><td>24</td><td>54.3【6】</td><td>三A</td><td>44-55</td><td rowspan="2">完簡8，在二竹節處斷成3截</td><td rowspan="2">與郭店緇衣重篇。先編後寫。簡10上接香港中文學藏簡。兩端梯形</td></tr>
<tr><td colspan="4">頂-上9／上-中18.1／中-下18.1／下-尾9</td></tr>
<tr><td>性情論</td><td>無</td><td>40+5</td><td>57.2【6】</td><td>三A</td><td>38-46</td><td>完簡9</td><td>與周易及恆先為同人所寫。與郭店性自命出重篇。最長簡</td></tr>
<tr><td rowspan="2">民之父母</td><td rowspan="2">無</td><td>14</td><td>45.8【5】</td><td>三b</td><td>34</td><td rowspan="2">完簡5，殘者斷2至3截</td><td rowspan="2">篇末墨鉤</td></tr>
<tr><td colspan="4">頂-上2.2／上-中20.6／中-下20.9／下-尾2.5</td></tr>
<tr><td rowspan="2">子羔</td><td rowspan="2">子羔(5背)</td><td>14</td><td>54.2【1】(殘)</td><td>三A</td><td>52</td><td rowspan="2">有卷題無完簡，斷於二竹節處</td><td rowspan="2">與孔子詩論及魯邦大旱字形簡形制一致。簡11下接香港中文大學藏簡3。兩端圓頭。篇末墨節</td></tr>
<tr><td colspan="4">與孔子詩論、魯邦大旱形制一致</td></tr>
<tr><td rowspan="2">魯邦大旱</td><td rowspan="2">無</td><td>6</td><td>55.4【3】</td><td>三A</td><td>50-51</td><td rowspan="2">完簡2，在竹節處斷二截</td><td rowspan="2">與孔子詩論及子羔字形簡形制一致。兩端圓</td></tr>
<tr><td colspan="4">頂-上8.6／上-中19.4／中-下19.5／下-尾7.9</td></tr>
</table>

[79] 「最長簡」依《上博．釋文考釋》中各簡釋文及注釋內容所載，無則據「說明」，並附注簡號。若該篇未有一支完簡，則在最長簡長度後補「（殘）」。「編繩」數若《上博》未言則依圖版判斷，不能判斷者缺。「滿簡字數」依《上博．釋文考釋》「說明」所載，若「說明」中未載，則據各簡釋文及注釋中的完簡字數加以比較（不計殘簡字數），以得出最大字數，而字數計算時合文算一字，重文不計。如〈民之父母〉中僅一完簡（簡5），字數33（不計合文），故「滿簡字數」欄為「33」，然若通篇皆殘簡，則採殘簡中字數最大則為代表。

							頭。篇末墨節
從政(甲篇)	無	18	42.6【5】	三 b	35-39	完簡9，在竹節處斷二截	
從政(乙篇)	無	6	42.6【1】	三 b	37	完簡1	
昔者君老	無	4	44.2【1】	三 b	44-46	完簡3	篇末墨鉤
		頂-上 1.2／上-中 21／中-下 21／下-尾 1					
容成氏	訟城氏(53 背)	53	44.6【2】	三 b	42-45	有卷題完簡35，在竹節處斷二截	
周易	無	58	43.8【11】	三 b	42-49	完簡34	32 簡綴香港中文大學藏簡
		頂-上 1.2／上-中 21／中-下 20.5／下-尾 1.2					
中弓	中弓(16 背)	28	47	三 b	34-37	有卷題無完簡，在二竹節處斷成3截	
		頂-上 0.8／上-中 23／中-下 22.4／下-尾 1.6					
亙先	亙先(3 背)	13	39.4【1】	三 b	37-43	有卷題完簡11	篇末墨節
彭祖	無	8	53.7【1】(殘)	三 A	52-53	無完簡斷2截	篇末墨鉤
采風曲目	無	6	56.1【3】(殘)	三 A	35	無完簡	
逸詩	無	6	27【3】(殘)	不明	25	無完簡	篇末墨鉤
昭王毀室	無	5	44【1】	三 b	39-44	完簡1，斷於竹節	篇末墨節。並與昭王與龔之脾連抄
		頂-上 1.2／上-中 20.5／中-下 21／下-尾 1.2					
昭王與龔之脾	無	5⁺	44.2【8】	三 b	35-43	完簡4，斷於竹節	與昭王毀室連抄。篇末墨鉤
		同昭王毀室					
柬大王泊旱	無	23	24【1】	二 A	24-27	全完簡	簡16為末簡篇末有墨節
		頂-上 7.5／上-下 9／下-尾 7.5					
內豊	內禮(1 背)	10	44.2【1】	三 b	37-45	有卷題完簡4，斷於竹節處	
		頂-上 1.3／上-中 21／中-下 21／下-尾 0.9					
相邦之道	無	4	51.6【1】(殘)	三 A	41	無完簡	篇末墨鉤
曹沫之陳	散蔑之戦 (2背)	65	47.5【9】	三 b	30-34	有卷題完簡45，從竹節處斷 2	篇末墨鉤

<table>
<tr><td></td><td></td><td colspan="4"></td><td>截</td><td></td></tr>
<tr><td rowspan="2">競建內之</td><td rowspan="2">競建內之(1 背)</td><td>10</td><td>43.3【4】</td><td>三 b</td><td>33-36</td><td rowspan="2">有卷題[80]完簡 7</td><td rowspan="2"></td></tr>
<tr><td colspan="4">頂-上 1.8／上-中 19.7／中-下 19.8／下-尾 1.8</td></tr>
<tr><td rowspan="2">鮑叔牙與隰朋之諫</td><td rowspan="2">鞄弔[illegible]與級[illegible]之諫(9 正)</td><td>9</td><td>43.2【3】</td><td>三 b</td><td>38-51</td><td rowspan="2">有篇題完簡 6</td><td rowspan="2">篇末墨鉤</td></tr>
<tr><td colspan="4">頂-上 1.8／上-中 19.7／中-下 19.8／下-尾 1.8</td></tr>
<tr><td rowspan="2">季庚子問於孔子</td><td rowspan="2">無</td><td>23</td><td>39【3】</td><td>三 b</td><td>31-39</td><td rowspan="2">完簡 8，從竹節處斷 2 截</td><td rowspan="2">篇末留白</td></tr>
<tr><td colspan="4">頂-上 1.4／上-中 18／中-下 18.2／下-尾 1.4【3】</td></tr>
<tr><td rowspan="2">姑成家父</td><td rowspan="2">無</td><td>10</td><td>44.4【6】</td><td>三 b</td><td>50-56</td><td rowspan="2">完簡 6</td><td rowspan="2">篇末墨鉤</td></tr>
<tr><td colspan="4">頂-上 0.9／上-中 21／中-下 21／下-尾 1</td></tr>
<tr><td rowspan="2">君子為禮</td><td rowspan="2">無</td><td>16</td><td>54.5【3】</td><td>三 A</td><td>40-42</td><td rowspan="2">完簡 2</td><td rowspan="2"></td></tr>
<tr><td colspan="4">頂-上 10.5／上-中 13.2／中-下 19.5／下-尾 10.3</td></tr>
<tr><td>弟子問</td><td>無</td><td>25</td><td>45.2【4】(殘)</td><td>三 A</td><td>36</td><td>無完簡</td><td></td></tr>
<tr><td>三德</td><td>無</td><td>22+1</td><td>45.1【10】</td><td>二 A</td><td>40-49</td><td>完簡 6，在二竹節處斷成 3 截</td><td>先編後寫。附簡為香港中文大學藏</td></tr>
<tr><td rowspan="2">鬼神之明</td><td rowspan="2">無</td><td>5</td><td>52.1【1】綴</td><td>三 A</td><td>39-46</td><td rowspan="2">無完簡，從竹節處斷 2 截</td><td rowspan="2">簡 1 中段空白。簡 2 背有補正面漏抄文。篇末墨節並與融師有成氏連抄</td></tr>
<tr><td colspan="4">頂-上 10.7／上-中 15.4／中-下 15.4／下-尾 10.6【1】</td></tr>
<tr><td rowspan="2">融師有成氏</td><td rowspan="2">無</td><td>3^+</td><td>53</td><td>三 A</td><td>43</td><td rowspan="2">無完簡</td><td rowspan="2">與鬼神之明連抄</td></tr>
<tr><td colspan="4">同鬼神之明</td></tr>
</table>

[80] 陳劍將〈競建內之〉與〈鮑叔牙與隰朋之諫〉合為一篇，並主張〈鮑叔牙與隰朋之諫〉才是篇題。然而兩者形制長短皆同，但文字卻不同。其後，禤健聰、郭永秉都對〈競建內之〉簡 2、7、8 的字體質疑，以為是〈鮑叔牙與隰朋之諫〉簡抄手所為，參武漢大學簡帛網 2006 年 2 月，及李松儒：《戰國簡帛字跡研究》，頁 17。李學勤以為〈競建內之〉簡 10 與〈鮑叔牙與隰朋之諫〉簡 4 文句相銜接，第 1 簡的「競建內之」寫在簡反面下部，揣想「競建」是人名，「內」讀為「納」，這篇竹簡是該人所獻納。見氏著：〈試釋楚簡《鮑叔牙與隰朋之諫》〉，《文物》2006 年 9 期，頁 91。〈競建內之〉與〈鮑叔牙與隰朋之諫〉當是一卷中的一篇，而書於篇文之後的「鮑叔牙與隰朋之諫」為篇題，但書於簡背的「競建內之」為卷題，或如李說，乃競建所獻。

<table>
<tr><td rowspan="2">競公虐</td><td rowspan="2">競公虐(2 背)</td><td>13</td><td>55(殘)</td><td>三 A</td><td>45</td><td rowspan="2">有卷題
無完簡
，從竹節處斷3截，下截全失</td><td rowspan="2">被折成上中下三段。下段全殘</td></tr>
<tr><td colspan="4">頂-上 8.4／上-中 19／中-下 19／下-尾 8.4</td></tr>
<tr><td rowspan="2">孔子見季𧻚子</td><td rowspan="2">無</td><td>27</td><td>54.6</td><td>三 b</td><td>41</td><td rowspan="2">無完簡在二竹節處斷成3截</td><td rowspan="2">篇末墨鉤</td></tr>
<tr><td colspan="4">頂-上 1.1／上-中 25.5／中-下 26.5／下-尾 1.5</td></tr>
<tr><td rowspan="2">莊王既成</td><td rowspan="2">臧王既成(1 背)</td><td>4</td><td>33.8【1】</td><td>二 A</td><td>26</td><td rowspan="2">有卷題
全完簡</td><td rowspan="2">篇末墨鉤並與申公臣靈王連抄</td></tr>
<tr><td colspan="4">頂-上 9.5／上-下 15／下-尾 9.3【1】</td></tr>
<tr><td rowspan="2">申公臣靈王</td><td rowspan="2">無</td><td>5+</td><td>33.9【7】</td><td>二 A</td><td>22-24</td><td rowspan="2">全完簡</td><td rowspan="2">與莊王既成連抄。篇末墨鉤</td></tr>
<tr><td colspan="4">頂-上 9.4／上-下 15／下-尾 9.5【7】</td></tr>
<tr><td rowspan="2">平王問鄭壽</td><td rowspan="2">無</td><td>7-1[81]</td><td>33【1】</td><td>二 A</td><td>25-28</td><td rowspan="2">全完簡</td><td rowspan="2">簡6下連抄平王與王子木</td></tr>
<tr><td colspan="4">頂-上 9.5／上-下 15／下-尾 8.5【1】</td></tr>
<tr><td rowspan="2">平王與王子木</td><td rowspan="2">無</td><td>5+1[82]</td><td>33【1】</td><td>二 A</td><td>22-27</td><td rowspan="2">全完簡</td><td rowspan="2">與平王問鄭壽連抄。[83]簡4下接志書乃言簡8，篇末墨鉤</td></tr>
<tr><td colspan="4">頂-上 9.5／上-下 15／下-尾 8.5【1】</td></tr>
<tr><td rowspan="2">慎子曰恭儉</td><td rowspan="2">訢子曰共僉(3 背)</td><td>6</td><td>32</td><td>二 A</td><td>28</td><td rowspan="2">有卷題
無完簡</td><td rowspan="2">契口數多於編繩數，且有編繩蓋於字跡上現象</td></tr>
<tr><td colspan="4">頂-上 7.9／上-下 18.1／下-尾 6.1</td></tr>
<tr><td rowspan="2">用曰</td><td rowspan="2">無</td><td>20</td><td>45.9【6】</td><td>三 b</td><td>35-42</td><td rowspan="2">完簡 4</td><td rowspan="2">篇末留白</td></tr>
<tr><td colspan="4">頂-上 1.2／上-中 22／中-下 22／下-尾 0.7【6】</td></tr>
<tr><td>天子建州(甲本)</td><td>無</td><td>13</td><td>44.6【4】</td><td>三 b</td><td>31-33</td><td>完簡 4</td><td></td></tr>
<tr><td>天子建州(乙本)</td><td>無</td><td>11</td><td>43.9【2】</td><td>三 b</td><td>29-38</td><td>完簡 8</td><td>與甲本為不同抄手</td></tr>
</table>

81 〈平王問鄭壽〉簡 7 不屬於此篇內容，當剔除。簡末有篇未鉤識符號，當為某篇末簡。其曾被李零名為〈謙恭淑德〉，以為記楚惠王事。見李零：《簡帛古書與學術源流》，頁 274。

82 〈平王與王子木〉末簡為〈志書乃言〉8 簡。故於原簡數上加一簡。沈培：《〈上博（六）〉與〈上博（八）〉竹簡相互編聯之一例》，復旦大學出土文獻與古文字研究中心網站，2011 年 7 月 17 日。

83 沈培：〈《上博（六）》中《平王問鄭壽》和《平王與王子木》應是連續抄寫的兩篇〉，《簡帛（第六輯）》（上海：上海古籍出版社，2011 年），頁 304。

武王踐阼	無	15	43.7【4】(殘)	三 b	38	頂-上 ?／上-中 20／中-下 21／下-尾 2.7	無完簡皆殘上契口上端一小塊	各簡自上契口以上皆殘。篇末墨鉤
鄭子家喪(甲本)	無	7	33.2【1】	二 A	31-36	頂-上 9.5／上-下 15.7／下-尾 8【1】	全完簡	篇末墨鉤
鄭子家喪(乙本)	無	7	47.5【5】	二 A	28-34	頂-上 13.5／上-下 22.8／下-尾 11.2【5】	完簡 1	與甲本不同抄手
君人者何必安哉(甲本)	無	9	34【5】	二 A	24-31	頂-上 9.3／上-下 16.2／下-尾 8.5【5】	全完簡	篇末墨節
君人者何必安哉(乙本)	無	9	33.5【3】	二 A	26-31	頂-上 9.1／上-下 16.2／下-尾 8.2【3】	完簡 1	篇末墨節及黑底白文「乙」字
凡物流形(甲本)	㔻勿流型(3 背)	30	33.6【21】	二 A	25-32	頂-上 9.8／上-下 14.8／下-尾 9【21】	有卷題完簡 23	篇末墨鉤下有「之力古之力乃下上」衍文
凡物流形(乙本)	無	21	40.1【2】	三 b	36-37	頂-上 1.1／上-中 19.2／中-下 18.8／下-尾 1【2】	完簡 3	與甲本不同抄手。篇末墨鉤
吳命	吳命(3 背)	9	51.1【9】(殘)	三 A	64-66	頂-上 10.6／上-中 16.5／中-下 16.7／下-尾?【9】	有卷題無完簡斷 2 截	
子道餓	無	6-2[84]	44.1【2】	三 b	34-36	頂-上 1.2／上-中 20.9／中-下 20.7／下-尾 1.3【2】	完簡 2 斷 2 截	
顏淵問於孔子	無	14	46.2	三 b	31-33	頂-上 2.6／上-中 20.5／中-下 20.5／下-尾 2.6	無完簡於竹節處斷 2 截，上長下短	
成王既邦	無	16	45.9【15】	三 b	33-34	頂-上 1.4／上-中 21.7／中-下 21.4／下-尾 1.4【15】	完簡 2。斷 2 截	
命	命(11 背)	11	33.4【10】	二 A	24-28	頂-上 9.5／上-下 15／下-尾 8.9【10】	有卷題全完簡	篇末墨鉤簡背墨線
王居	王居(1 背)	7	33.3【2】	二 A	24-25		有卷題	篇末墨鉤

[84] 復旦吉大讀書會以為〈子道餓〉簡 6 字體不同於他簡，當剔除。而簡 4 與簡 5 可綴合。《上博八〈子道餓〉校讀》，復旦大學出土文獻與古文字研究中心網站，2011 年 7 月 17 日。

<table>
<tr><td></td><td></td><td colspan="4">頂-上 9.5／上-下 15／下-尾 8.8【2】</td><td>斷 2 截</td><td>簡背墨線</td></tr>
<tr><td rowspan="2">志書乃言[85]</td><td rowspan="2">無</td><td>7[86]</td><td>33.2【2】</td><td>二 A</td><td>23-24</td><td rowspan="2">完簡 5</td><td rowspan="2">併入王居</td></tr>
<tr><td colspan="4">頂-上 9.4／上-下 15／下-尾 8.8【2】</td></tr>
<tr><td rowspan="2">李頌</td><td rowspan="2">氏古聖人兼此
(3 正)</td><td>1[87]</td><td>52【1】</td><td>三 A</td><td>56-57</td><td rowspan="2">疑是卷題。綴簡。</td><td rowspan="2">先編後寫。簡 1 前面抄蘭賦。簡 2 簡 3 抄於蘭賦簡 5 簡 4 背。篇末留白</td></tr>
<tr><td colspan="4">頂-上 10.8／上-中 15.3／中-下 15.4／下-尾 10.5【1】簡 2 簡 3 同蘭賦簡 5 簡 4</td></tr>
<tr><td rowspan="2">蘭賦</td><td rowspan="2">無</td><td>5</td><td>52.8【5】</td><td>三 A</td><td>48-51</td><td rowspan="2">無完簡
斷 2 截</td><td rowspan="2">簡 5 簡 4 背為李頌簡 2 簡 3。與李頌同卷</td></tr>
<tr><td colspan="4">頂-上 11／上-中 15.6／中-下 15.5／下-尾 10.7【5】</td></tr>
<tr><td rowspan="2">有皇將起</td><td rowspan="2">無</td><td>6(殘)</td><td>50</td><td>三 b</td><td>39</td><td rowspan="2">無完簡
斷 2 截
下殘</td><td rowspan="2">篇末墨節</td></tr>
<tr><td colspan="4">頂-上 1.3／上-中 23／中-下 16／下-尾?</td></tr>
<tr><td rowspan="2">鶹鷅</td><td rowspan="2">無</td><td>1[88](殘)</td><td>49.4</td><td>三 b</td><td>36</td><td rowspan="2">無完簡
斷 2 截
下殘</td><td rowspan="2"></td></tr>
<tr><td colspan="4">頂-上 1.2／上-中 23.4／中-下?／下-尾 1.4【1】【2】</td></tr>
<tr><td rowspan="2">成王為城濮之行(甲)(乙)</td><td rowspan="2">無</td><td>5+4(殘)</td><td>33.3【甲 3】</td><td>二 A</td><td>22-31</td><td rowspan="2">完簡 4</td><td rowspan="2">甲乙本當合併為同篇</td></tr>
<tr><td colspan="4">頂-上 9／上-下 16.2／下-尾 8.1【甲 3】</td></tr>
<tr><td rowspan="2">靈王遂申</td><td rowspan="2">無</td><td>5</td><td>33.3【1】</td><td>二 A</td><td>29-36</td><td rowspan="2">全完簡</td><td rowspan="2">篇末墨節</td></tr>
<tr><td colspan="4">頂-上 9.5／上-下 15／下-尾 8.8【1】</td></tr>
<tr><td rowspan="2">陳公治兵</td><td rowspan="2">無</td><td>20(殘)</td><td>44【1】</td><td>三 b</td><td>34-37</td><td rowspan="2">完簡 9
殘者上段約 22 下段約 17.5</td><td rowspan="2"></td></tr>
<tr><td colspan="4">頂-上 1.3／上-中 20.7／中-下 20.7／下-尾 1.3【1】</td></tr>
<tr><td rowspan="2">舉治王天下</td><td rowspan="2">無</td><td>35</td><td>46【8】</td><td>三 b</td><td>26-40</td><td rowspan="2">完簡 5
餘殘損嚴重</td><td rowspan="2">五篇連抄，各篇間有墨節</td></tr>
<tr><td colspan="4">頂-上 1.5／上-中 22.5／中-下 20.5／下-尾 1.5【8】</td></tr>
</table>

85 陳劍以為〈志書乃言〉當併入〈王居〉。見〈《上博（八）・王居》復原〉，復旦大學出土文獻與古文字研究中心網站，2011 年 7 月 20 日。

86 〈志書乃言〉第 8 簡（「臣楚邦」）當移至〈平王與王子木〉末簡。沈培：《〈上博（六）〉與〈上博（八）〉竹簡相互編聯之一例》，復旦大學出土文獻與古文字研究中心網站，2011 年 7 月 17 日。

87 〈李頌〉共 3 簡，第一支簡為卷冊末簡，簡 2、3 為〈蘭賦〉的簡 5、4 背面，計算簡數時扣除重複計算者，故為 1 簡。

88 程少軒將〈鶹鷅〉簡 1 與簡 2 相綴，拼成一支簡。又以為〈有皇將起〉的簡長《上博》記載有誤，長度當在 50 釐米左右。見氏著：〈上博八《鶹鷅》與《有皇將起》編冊小議〉。

邦人不稱	無	13	33【4】	二A	32-33	完簡 6 殘者上段約 8 下段約 24.6	篇末墨鉤
		頂-上 9.4／上-下 15／下-尾 8.6【4】					
史蒥問於夫子	無	12	37	二A		無完簡	
		頂-上 10／上-下 17／下-尾 10					
卜書	無	10	43.5【7】	三b	32-33	完簡 4 殘者缺下段	簡面標簡序 篇末墨節
		頂-上 1.4／上-中 20.6／中-下 20.4／下-尾 1.1【7】					
共 66 篇	14 卷題	964 簡					

表四 《清華》（壹、貳、叁）簡形制表

篇名	卷篇題	簡數	簡長 cm	編繩	滿簡字數	簡背	備　註
		簡端至上中下三道契口及至尾端距離					
尹至	無	5	45	三b	29-32	數字編序	與尹誥為同一書手所抄
		頂-上 0.9／上-中 21.7／中-下 21.4／下-尾 0.9【4】					
尹誥	無	4	45	三b	31-34	數字編序	與尹至為同一書手所抄
		頂-上 0.7／上-中 21.8／中-下 21.6／下-尾 1【1】					
程寤	無	9	45	三b	33		中段編繩契口位於竹節處，故七支簡中段斷折
		頂-上 1／上-中 20.8／中-下 21.5／下-尾 1.2【6】					
保訓	無	11	28.6	二A	22-24		
		頂-上 7／上-下 15.5／下-尾 6.2【6】					
耆夜	旨阝夜(14 背)	14	45.2	三b	27-31	數字編序 有卷題	
		頂-上 0.9／上-中 21.5／中-下 21.8／下-尾 0.9【5】					
金縢	周武王有疾周公所自以代王之志(14 背)	14	45	三b	32-30	數字編序 有卷題	
		頂-上 0.9／上-中 20.2／中-下 23.3／下-尾 0.8【5】					
皇門	無	13	45.4	三b	39-42	數字編序	
		頂-上 1.1／上-中 21.5／中-下 21.6／下-尾 1.3【5】					
祭公	[illegible]公之賜命(21 正)	21	45.1	三b	23-32	有篇題	
		頂-上 0.9／上-中 21.8／中-下 21／下-尾 1【5】					
楚居	無	16	47.6	三b	37-48		

		頂-上 1.1／上-中 22.6／中-下 22.6／下-尾 1.2【4】					
繫年	無	138	45.1	三 b	36-29	數字編序	分章書寫，每章下有墨鉤或墨節，少數無
		頂-上 0.8／上-中 22／中-下 21.2／下-尾 0.8【1】					
說命(上)	尃敚之命(7 背)	7	45.2【2】	三 b		數字編序 有卷題	篇末墨鉤
說命(中)	尃敚之命(7 背)	7	45.1【6】	三 b		數字編序 有卷題	篇末墨鉤
說命(下)	尃敚之命(10 背)	9	45.3【10】	三 b		數字編序 有卷題	篇末墨鉤
周公之琴舞	周公之琴舞(1 背)	17	45.1【16】	三 b		數字編序	篇末墨鉤
芮良夫毖	無	28	45【5】	三 b		數字編序位置分三類	簡 1 背原有「周公之頌詩」被刮削 篇末墨鉤
良臣	無	11	32.8【1】	二 A 簡端至第一編線距太長		有刀刻線	與祝辭由同書手寫在同編卷上 篇末墨節
祝辭	無	5	32.8【1】	二 A		有刀刻線	與良臣同書手同簡編
赤鵠之集湯之屋	赤咎之集湯之屋(15 背)	15	45.1【7】	三 b		數字編序	篇末墨鉤
筮法	無	63	35			簡尾正面有數字編序	
算表	無	21	43.5	三 b		圓孔有殘存絲線	上端有圓孔由 18 條朱線與三道編繩形成 20 列
共 20 篇	7 卷題	344 簡					

表五　《郭店》簡形制表

今定篇名	篇題	字體分類[89]		簡數	最長簡	編繩(間距)	形制與合卷
		周	李				

[89] 「周」為周鳳五：〈郭店竹簡的形式特徵及其分類意義〉，《郭店楚簡國際學術研討會論文集》（武漢：湖北人民出版社，2000 年），頁 43-63；「李」為李零：《郭店楚簡校讀記：增訂本》（北京：中國人民大學出版社，2007 年），頁 3-5 中的字體分類。

老子甲	無	一	1類	39	32.3	二 A(13)	兩端梯形。
老子乙	無	一	1類	18	30.6	二 A (13)	兩端平齊。
老子丙	無	一	1類	14	26.5	二 A (10.8)	兩端平齊。與太一生水同卷
太一生水	無	一	1類	14	26.5	二 A (10.8)	兩端平齊。與老子丙同卷
緇衣	無	一	2類	47	32.5	二 A (12.9)	兩端梯形。
魯穆公問子思	無	一	2類	8	26.4	二 A (9.6)	兩端梯形。與窮達以時同卷
窮達以時	無	一	2類	15	26.4	二 A (9.5)	兩端梯形。與魯穆公問同卷
五行	無	一	2類	50	32.5	二 A (13)	兩端梯形。
唐虞之道	無	四	3類	29	28.3	二 A (14.3)	兩端平齊。
忠信之道	無	四	3類	9	28.3	二 A (13.5)	兩端平齊。
成之聞之	無	二	4類	40	32.5	二 A (17.5)	兩端梯形。
尊德義	無	二	4類	39	32.5	二 A (17.5)	兩端梯形。
性自命出	無	二	4類	67	32.5	二 A (17.5)	兩端梯形。
六德	無	二	4類	49	32.5	二 A (17.5)	兩端梯形。33、34、36、44 契口左側。
語叢一	無	三	5類	112	17.4	三 b	兩端平齊。
語叢二	無	三	5類	54	15.2	三 b	兩端平齊。
語叢三	無	三	5類	72	17.7	三 b	兩端平齊。64 號簡後分上下欄。17 簡後契口左側。
語叢四	無	一	1類	27	15.2	二 A (6.1)	兩端平齊。

第四節　《上博》、《清華》簡字跡分類

關於《上博》的抄寫者問題，最早馬承源曾指出《上博》簡執筆者有十餘人，[90]而在《上博》各篇的〈說明〉中，有些也述及字形、書法、書體等與抄手有關問題，以下先列出《上博》整理者的意見。

1.〈孔子詩論〉、〈子羔〉及〈魯邦大旱〉篇的字形一致。（〈孔子詩論．說明〉，馬承源整理）。

[90] 馬承源主編：《上海博物館藏戰國楚竹書（一）．前言》，頁 3。李松儒以為根據目前公布的《上博》篇章來看，已存在四十餘個抄手。李松儒：《戰國簡帛字跡研究》，頁 69。

2.〈性情論〉與〈周易〉、〈恆先〉書體相同，為同一人所寫。而滿簡字數相差（36-46）之大，顯然是兩次抄寫而成。（〈性情論．說明〉，濮茅左整理）

3.〈鄭子家喪〉甲乙兩本書體不同，不是同一抄手。（〈鄭子家喪．說明〉，陳佩芬整理）

4.〈天子建州〉乙本書法未及甲本工整，書體不同於甲本，為另一抄手作。（〈天子建州．說明〉，曹錦炎整理）

5.〈凡物流形〉兩本，據乙本知甲本有抄漏抄錯現象，甲本書法未及乙本工整。乙本亦有不少抄漏抄重現象。書法工整，書體不同於甲本，為另一抄手所抄。（〈凡物流形．說明〉曹錦炎整理）

上文所舉出的「字形」、「書體」、「書法」等概念，都可以含攝於「字跡」的範圍中，[91]而根據不同的字跡即可判定為不同的抄寫者所為。上引《上博》整理者的意見，有指出數篇為同一抄手所書者；以及同篇的甲乙兩本為不同抄手所書者兩類，前者有〈孔子詩論〉、〈子羔〉、〈魯邦大旱〉與〈性情論〉、〈周易〉、〈亙先〉兩組；後者有〈鄭子家喪〉甲乙本、〈天子建州〉甲乙本、〈凡物流形〉甲乙本。

《上博》公布後學者們對抄手的問題有更廣泛地探討，以下略分為一篇由數位抄手寫成者及數篇為同一抄手所寫者兩大類，並將學者們所提出的意見引述如下。

---

[91] 《上博》的各篇〈說明〉中或用「字形」「書法」「書體」來指稱不同的「用字」、不同的「寫法」（異體）與不同的書寫「風格」。不同字體的比較（包括不同字形或偏旁與部件有異者）可一視即辨，然若要分析篇文是否為同一抄手所寫，則無法僅靠不同字體的比較，因為抄手對同一字也有可能改變形體或任意增添及減省筆畫而造成異構，甚至還會受到底本影響而改變習慣寫法，所以要判定諸篇是否同一抄手通常還涉及書寫者的書寫風格、書法體勢等，李松儒主張以「字跡」來取代傳統的「字體」、「書體」、「風格」、「書跡」、「手跡」等概念，認為其涵蓋「書寫水平」、「書法體式」、「寫法特徵」、「羨筆」、「字的整體佈局」、「標點符號書寫形態」，本文沿用之。李松儒：《戰國簡帛字跡研究》，頁 22。

（一）一篇由數位抄手寫成者

1.同篇有甲乙本者

《上博》中同一篇有甲乙兩個抄本者，包括〈天子建州〉、〈鄭子家喪〉、〈君人者何必安哉〉、〈凡物流形〉。其中〈鄭子家喪〉、〈天子建州〉、〈凡物流形〉的甲乙二個本子，整理者都以為是出自不同抄手。

李松儒針對有甲乙本的四篇字跡作過分類，其以為〈天子建州〉兩本共由三個抄手負責寫，甲本全為一抄手所寫；乙本由兩個抄手完成，簡 1 至簡 9 前後半屬不同抄手。[92]〈君人者何必安哉〉兩本共由三個抄手完成，主要由一抄手完成，另二人作校改與續補。〈凡物流形〉兩本由二個抄手完成，甲本有二種字跡，乙本一種，皆不同。而以上三篇中曾出現過相同字跡，表示某一抄手同時抄寫了上述三篇。[93]〈鄭子家喪〉兩本，甲乙本字跡不同，乙本字跡同〈莊王既成〉等篇。

2.單篇者

(1)〈性情論〉：為兩抄寫而成（濮茅左）。前三簡為一抄手，餘為另一抄手（李松儒）。

(2)〈武王踐阼〉1 到 10 簡為一部分；11 到 15 簡為另一部分，兩者為不同書手所抄（復旦讀書會）。[94]

---

[92] 李松儒以為乙本是由兩個抄手抄寫完成，後來又由第三個抄手對著乙本進行謄抄，第三個抄手所抄本即甲本。而乙本二個抄手的抄寫分界在簡 9 的第 10 字。〈《天子建州》甲乙本字迹研究〉，《出土文獻研究》第十一輯，頁 70。

[93] 李松儒還認為〈天子建州・乙〉前半抄手與〈君人者何必安哉・甲〉主要抄者、〈凡物流形・甲〉簡 1-11 抄手皆為同一人。《戰國簡帛字跡研究》，頁 279。

[94] 復旦大學出土文獻與古文字研究中心研究生讀書會：〈《上博七・武王踐阼》校讀〉，《出土文獻與古文字研究》第三輯，頁 255。李松儒更細分為三種字跡，A 為簡 1-10（簡 10 末三字除外）、簡 11、12（首字至「之道」）；B 為簡 12（「君齋」至簡尾）、簡 13-15；C 為簡 10 末三字。《戰國簡帛字跡研究》，頁 152。

(3)〈周易〉由三個抄手分工抄寫而成（李松儒）。

(4)〈競建內之〉（即〈競建內之〉與〈鮑叔牙與隰朋之諫〉合篇）由二個抄手分工抄寫而成，後抄者還對前抄者校改（郭永秉）。[95]

(5)〈李頌〉簡 2 下段（「氏古」至簡末）為另一抄手所寫，其字跡同於〈吳命〉、〈彭祖〉、〈競公虐〉，為同一抄手（李松儒）。

(6)〈平王與王子木〉由二抄手寫成，簡 1、2、3、5 及簡 4 前半一抄手；簡 4 後半為另一抄手，字跡同〈平王問鄭壽〉（李松儒）。[96]

(7)〈成王既邦〉有四種字跡，為四個抄手所寫。其中簡 2、簡 4 分別為兩抄手所寫。而其中一個抄手還寫了〈舉治王天下〉部分內容（李松儒）。

（二）數篇為同一抄手所寫者

1.形制屬三 A 組簡

(1)〈孔子詩論〉、〈子羔〉、〈魯邦大旱〉為同抄手所寫。

(2)〈性情論〉、〈周易〉、〈亙先〉為同抄手所寫。

(3)〈紂衣〉、〈彭祖〉為同抄手所寫（李守奎）。

(4)〈紂衣〉、〈彭祖〉、〈競公虐〉為同抄手所寫（馮勝君）。

(5)〈紂衣〉、〈彭祖〉、〈吳命〉為同抄手所寫（復旦讀書會）。[97]

(6)〈吳命〉字體結構與書寫方式接近〈孔子詩論〉、〈子羔〉、

[95] 郭永秉以為〈競建內之〉的簡 1「隰」，簡 2「宗」「䜌」，簡 7「則」，簡 8「公曰吾不知其為不善也今內之」，簡 9「剶」、「華」字跡同於〈鮑叔牙與隰朋之諫〉的抄手。見氏著：〈關於〈競建〉和〈鮑叔牙〉的字體問題〉，武漢大學簡帛網，2006 年 3 月 5 日。

[96] 李松儒以為〈平王與王子木〉簡 1「智」字與簡 4 自「王子」兩字至簡末為一人所寫，同〈莊王既成〉等四篇抄手。〈平王與王子木〉簡 1-3、簡 5、簡 4 前半（「王子」兩字前）為一人所寫。《戰國簡帛字跡研究》，頁 234。

[97] 馮勝君：〈從出土文獻看抄手在先秦文獻傳佈過程中所產生的影響〉，《簡帛》第四輯（上海：上海古籍出版社，2009 年），頁 419。復旦大學出土文獻與古文字研究中心研究生讀書會：〈《上博七・吳命》校讀〉，《簡帛》第三輯（上海：復旦大學出版社，2010 年），頁 264。

〈仲弓〉（沈寶春）。[98]

(7)〈君子為禮〉、〈弟子問〉可能為同抄手在不同時段所寫（李松儒）。

(8)〈鬼神之明〉、〈融師有成氏〉與〈蘭賦〉及〈李頌〉部分為同一抄手所寫。其還寫了三 b 組的〈陳公治兵〉。

2.形制屬三 b 組簡

(1)〈民之父母〉與〈武王踐阼〉書體一致，本合編為一卷（劉洪濤）。

(2)〈昔者君老〉與〈內禮〉為同抄手所寫（井上亘）。

(3)〈昔者君老〉、〈內禮〉、〈季康子問於孔子〉為同抄手所寫（福田哲之）。[99]

(4)〈仲弓〉、〈孔子詩論〉、〈子羔〉、〈魯邦大旱〉為同抄手所寫（陳松長）；〈仲弓〉部分字跡同於〈子羔〉等三篇，但非同抄手所寫（李松儒）。

(5)〈昭王毀室〉、〈昭王與龔之脽〉兩篇連抄，同抄手所寫。

3.形制屬二 A 組簡

(1)〈莊王既成〉、〈申公臣靈王〉、〈平王問鄭壽〉、〈平王與王子木〉四篇，為二個抄手所寫（福田哲之、高佑仁、李松儒）。同一抄手所寫（黃麗娟）。[100]

---

[98] 沈寶春：〈試論上博七《吳命》簡的抄手與底本的時代地域特徵〉，出土資料と漢字文化研究會編：《出土文獻と秦楚文化》第 5 號，2010 年。李松儒以為〈吳命〉中有兩枚簡與它簡字跡不同，簡 2 字跡近〈子羔〉一類；簡 5a 近〈競公虐〉一類。並主張將該二簡剔除於〈吳命〉外。氏著：《戰國簡帛字跡研究》，頁 138。

[99] 劉洪濤：〈〈民之父母〉、〈武王踐阼〉合編一卷說〉，復旦出土文獻與古文字研究中心網站，2009 年 1 月 5 日；井上亘：〈〈內禮〉篇與〈昔者君老〉篇的編聯問題〉，簡帛研究網，2005 年 10 月 16 日；福田哲之：〈上博四〈內禮〉附簡、上博五〈季康子問於孔子第十六簡的歸屬問題〉〉，武漢大學簡帛網，2006 年 3 月 7 日。

[100] 福田哲之以為〈莊王既成〉、〈申公臣靈王〉、〈平王問鄭壽〉簡 1-6 為一人所寫，〈平王問鄭壽〉簡 7 為一人所寫，〈平王與王子木〉為另一人所

(2)〈命〉、〈王居〉、〈志書乃言〉為同一抄手（復旦吉大讀書會）。[101]

(3)〈靈王遂申〉與〈鄭子家喪甲〉為同一人所寫。

清華簡部分，賈連翔以為《清華（壹）》九篇中有七種字體，〈尹至〉、〈尹誥〉為一種；〈耆夜〉、〈金滕〉為一種；其餘五篇各為一種；[102]李松儒則以為〈尹至〉、〈尹誥〉、〈耆夜〉、〈金滕〉、〈祭公〉為同一抄手所寫；〈保訓〉、〈程寤〉、〈皇門〉、〈楚居〉、〈繫年〉分別為不同抄手所寫。[103]而其中〈保訓〉的字體爭議最大，其多見裝飾性的筆劃，或以為受秦晉文字影響，或以為具有齊魯地區的書法風格。[104]其字體與〈良臣〉有形似之處，但非一人所寫。

寫。然〈平王問鄭壽〉簡 7 本不屬於此篇，故以為〈莊王既成〉等四篇為二人所寫。〈別筆和篇題－〈上博（六）〉所收楚王故事四章的編成〉，武漢大學簡帛網 2008 年 11 月 15 日。高佑仁以為〈莊王既成〉、〈申公臣靈王〉、〈平王問鄭壽〉為同一人所寫，〈平王與王子木〉為另一人所寫。《上博楚簡莊、靈、平三王研究》，頁 34。黃麗娟認為〈平王問鄭壽〉與〈平王與王子木〉為同人所寫。〈上博六〈平王與王子木〉校釋〉，《2010 簡帛資料文哲研讀會成果發表暨簡帛資料研討會論文集》（臺北：臺灣師範大學，2010 年）。

[101] 復旦吉大古文字專業研究生聯合讀書會：〈上博八〈命〉校讀〉，復旦大學出土文獻與古文字研究中心網站，2011 年 7 月 17 日。其可分為兩卷，分別為：「王居 1（簡背有卷題）+乃言 1+乃言 2+乃言 3+命 4+命 5+乃言 5+乃言 4+乃言 6+乃言 7+王居 5+王居 6+王居 2+……+王居 3+……+王居 4+……+王居 7」與「命 1+命 2+命 3+命 6+命 7+命 8+命 9+命 10+命 11（簡背有卷題）」。參鍾碩整理：〈網摘：《上博八》專輯〉，復旦大學出土文獻與古文字研究中心網站，2011 年 10 月 1 日。

[102] 賈連翔：〈清華簡九篇書法現象研究〉，《古代簡牘保護與整理研究》，頁 61。

[103] 李松儒：《戰國簡帛字跡研究》，頁 20。

[104] 李守奎以為〈保訓〉文字眾體雜糅，可能是書法習作。且很多筆畫屈曲誇張，帶有美術字特點。〈《保訓》二題〉，《出土文獻（第一輯）》（上海：中西書局，2010 年），頁 85。李均明以為〈保訓〉字體受秦晉文字影響較多，抄手或是居於楚但與秦晉有關人物，或乃因文本源自秦晉。〈清華簡首集簡冊文本解析〉，《古代簡牘保護與整理研究》，頁 42。馮勝君以為〈保

由於字跡的判定牽涉到較多主觀的成分，而且若字跡非常接近者，肉眼比較之下，即可看出，學者也會重複提及。因此這一部分主要介紹學者們的意見，以供讀者參考，個人不作過多的推論與論辯。

而從學者對《上博》各篇字跡的分析可見，同卷同抄手的比例極高，如「子羔、孔子詩論、魯邦大旱」、「鬼神之明、融師有成氏、蘭賦、李頌」、「有皇將起、鶹鷅」、「曹沫之陳」、「容成氏」等都是同一卷由同一抄手來書寫的例子。表示當時抄手通常以卷為單位來書寫。

下附同卷字跡分類表。

表六　上博簡同卷篇目及抄手推測表

組	卷數	內容	抄手	卷題
3A	卷 1	子羔、孔子詩論、魯邦大旱	抄 1	子羔
	卷 2(殘)	鬼神之明、融師有成氏、蘭賦、	抄 4	
		李頌	抄 4. 抄 3	
	卷 3	性情論	抄 2.抄 5	
	卷 4(殘)	吳命	抄 3.抄 1	吳命
	卷 5(殘)	競公虐	抄 3	競公虐
	?	紂衣	抄 3	
	?	彭祖	抄 3	
	?	君子為禮	抄 6	
	?	弟子問	抄 6	
	?	采風曲目	抄 33	
	?	相邦之道	抄 35	
3b	卷 1(殘)	有皇將起、鶹鷅	抄 43	
	卷 2(殘)	顏淵問於孔子、民之父母	抄 7	
		武王踐阼	抄 7 抄 8	
	卷 3(殘)	昔者君老、內禮	抄 9	內禮
	卷 4(殘)	昭王毀室、昭王與龔之脽	抄 10	?
		成王既邦、舉治王天下	抄 26.抄 27. 抄 28.抄 29. 抄 42	

訓〉中的某些字寫法同於戰國齊魯地區文字寫本的三體石經（如「保」、「念」、「丑」、「若」、「及」、「昔」、「今」、「弗」、「又」等），故判定為「書法風格具有齊魯地區特徵的楚文字抄本」。〈試論清華簡〈保訓〉篇書法風格與三體石經的關係〉，《〈清華大學藏戰國竹簡（壹）〉國際學術研討會會議論文集》，頁 56。清華大學，2011 年 6 月。

		姑成家父	抄 38	
		陳公治兵	抄 4	
		子道餓	抄 42	
	卷 5	曹沫之陳	抄 36	散蔑之戟
	卷 6	周易	抄 2.抄 22.抄 23	
	卷 7	容成氏	抄 31	訟城氏
	卷 8(殘)	競建內之、鮑叔牙與隰朋之諫	抄 24.抄 25	競建內之
	卷 9(殘)	孔子見季趄子	抄 40	
	卷 10(殘)	中弓	抄 32(抄 1?)	中弓
	卷 11(殘)	亙先	抄 2	亙先
	?	天子建州甲	抄 14	
	?	天子建州乙	抄 15.抄 16	
	?	凡物流形乙	抄 20	
	?	季庚子問於孔子	抄 37 抄 9	
	?	從政甲	抄 30	
	?	從政乙	抄 30	
	?	用曰	抄 41	
2A	卷 1(殘)	鄭子家喪乙	抄 11	
	卷 2(殘)	三德	抄 39	
	卷 3(殘)	柬大王泊旱	抄 34	
	卷 4(殘)	慎子曰恭儉	抄 29	訢子曰共僉
	卷 5(殘) 卷 6(殘) 卷 7(殘)	莊王既成、申公臣靈王、平王問鄭壽	抄 11	臧王既成 王居 命
		平王與王子木	抄 12.抄 11	
		王居（志書乃言）	抄 13	
		命、成王為城濮之行	抄 13. 抄 15. 抄 18	
		鄭子家喪甲、靈王遂申	抄 21	
	卷 8(殘)	凡物流形甲	抄 15.抄 19	呂勿流型
	?	君人者何必安哉甲	抄 15.抄 17	
	?	君人者何必安哉乙	抄 15.抄 18	

第五節　《上博》、《清華》簡中的楚國材料

對於楚簡中的楚人用字寫法特徵的重新界定，實際上是針對楚簡中出現的非常見楚文字寫法的區別而來的。

首先周鳳五根據「形體結構」和「書法體勢」將《郭店》簡的字體分為四類，第一類為常見於楚國簡帛，字體結構是楚國文字本色，

為楚國文字的標準字體（包括〈老子〉三組、〈太一生水〉、〈五行〉、〈緇衣〉、〈魯穆公問子思〉、〈窮達以時〉、〈語叢四〉）；第二類出自齊魯儒家經典抄本，但已經被楚國所馴化，為兩漢以下《魏三體石經》、《汗簡》、《古文四聲韻》所載古文所本（包括〈性自命出〉、〈成之聞之〉、〈尊德義〉、〈六德〉）；第三類用筆類似小篆，與服虔所見的「古文篆書」較接近，應當是戰國時代齊、魯儒家經典文字的原始面貌（包括〈語叢一〉、〈語叢二〉、〈語叢三〉）；第四類與齊國文字的特徵最吻合，是楚國學者新近至齊國傳抄、引進的儒家典籍，保留較多齊國文字的形體結構與書寫風格（包括〈唐虞之道〉、〈忠信之道〉）。[105]

後來馮勝君將〈唐虞之道〉、〈忠信之道〉、〈語叢〉一～三以及上博簡〈緇衣〉與六國文字和傳抄古文（主要指《說文》古文、《三體石經》古文）相對比，論證這幾篇簡文與楚文字有別，而更多與齊系文字及傳抄古文相合。因此主張對於楚地出土的戰國簡，雖都是楚人所抄寫，但不用籠統的「楚簡」名稱，而改用「具有某系文字特點的抄本」。[106]

馮勝君的方法是從「文字形體」和「用字習慣」兩方面對〈唐虞之道〉等篇和傳抄古文作比較，前者主要指形體與筆劃的不同；後者

[105] 周鳳五：〈郭店竹簡的形式特徵與分類意義〉，《郭店楚簡國際學術研討會論文集》，頁 43-63。楚人抄寫的楚簡中雜有非楚文字用字及寫法的說法最早見李學勤及李家浩，前者言〈唐虞之道〉和〈忠信之道〉是三晉文字；後者言〈唐虞之道〉、〈忠信之道〉、〈語叢一～三〉以及上博〈緇衣〉可能是戰國時期的魯國抄本。見馮勝君：《論郭店簡《唐虞之道》、《忠信之道》、《語叢》一～三以及上博簡《緇衣》為具有齊系文字特點的抄本》，北京大學博士後研究工作報告，2004 年，頁 4。而因楚簡中雜有齊魯文字的寫法，李學勤還曾提出孔壁古文是用楚文字書寫的說法。見氏著：〈論孔子壁中書的文字類型〉，《中國古代文明研究》（上海：華東師範大學出版社，2005 年），頁 200。

[106] 馮勝君：《論郭店簡《唐虞之道》、《忠信之道》、《語叢》一～三以及上博簡《緇衣》為具有齊系文字特點的抄本》，頁 6。

則為不同的字體，包括偏旁不同與使用不同的字來表示等。[107]這兩種方法後來成為學者們辨析楚地出土簡中抄手是根據楚人書寫底本，或是來自他國底本傳抄的判定依據。

而沿續馮勝君的方法，對《上博》各篇的底本作國別屬性推測的嘗試，後來見有：黃人二、蘇建洲認為〈周易〉文本之底本為齊魯文字；[108]蘇建洲以為〈曹沫之陳〉、〈昔者君老〉、〈孔子見季桓子〉的底本來自齊魯一系，〈鮑叔牙與隰朋之諫〉的底本來自齊。[109]馮勝君以為〈競公虐〉的底本源自於齊魯。[110]而沈培還將〈鮑叔牙與隰朋之諫〉簡 2 中的「遻」讀為「凡」，以為是齊方言的反映（蒸、侵相通），[111]為該篇底本可能來自齊的說法加添了證據。

除了能在楚地出土的古書類簡文中找到可能帶有他國文字形體的特點，進而推測底本可能來自他國外，學者們也指出了《上博》中

---

[107] 所舉例字在文字形體方面有：慮（  ）、大（ 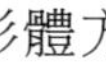 ）、智（ 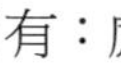 ）、夫（  ）、者（ 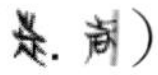 ）、終（  ）、厚（  ）、於（ 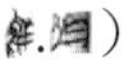 ）；在用字習慣方面有：必（ 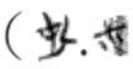 ）、向（ ）、矣（ 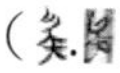 ）、聞（ 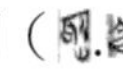 ），前者為〈緇衣〉、後者為〈彭祖〉。見氏著：《論郭店簡《唐虞之道》、《忠信之道》、《語叢》一～三以及上博簡《緇衣》為具有齊系文字特點的抄本》，頁 3。

[108] 黃人二：〈上博藏簡《周易》為西漢古文經本子源流考〉，《中國經學》第一輯（桂林：廣西師範大學出版社，2005 年）。蘇建洲：《《上博楚竹書》文字及相關問題研究》（臺北：萬卷樓圖書股份有限公司，2008 年），頁 219。

[109] 蘇建洲：《《上博楚竹書》文字及相關問題研究》，頁 240、246、250。周波以為由於目前出土的戰國齊系文字資料相對來說還不太豐富，學界對齊系文字字形、用字的掌握也還不夠，所以要完全鑒別這批文字資料中哪些屬於齊系文字特點，哪些屬於楚文字的特點還有一定困難。見氏著：《戰國時代各系文字間的用字差異現象研究》，頁 21。

[110] 馮勝君：〈從出土文獻看抄手在先秦文獻傳布過程中所產生的影響〉，《簡帛》第四輯（上海：上海古籍出版社，2009 年），頁 420。然其也認為不必然是記某國事者都一定會在簡文中呈現某國的文字特色，如〈姑成家父〉記晉國事，但全篇未見三晉文字的特色（頁 418）。

[111] 沈培：〈小議上博簡《鮑叔牙與隰朋之諫》中的虛詞「凡」〉，《出土文獻與古文字研究》第一輯（上海：復旦大學出版社，2006 年），頁 54。

真正能代表楚人的材料，如在《上博（四）》的〈昭王毀室〉、〈昭王與龔之脽〉、〈柬大王泊旱〉三篇公布後，陳偉認為此三篇是目前所見竹書中能夠確定為楚國作品者。其還從此三篇中對楚王的稱呼不冠以國名，認定其乃是以楚人身份來講述本國的故事。[112]而這一類楚人記楚國事的篇章，後來還公布了不少，內容大都與楚王有關，由於皆屬楚人記楚國事，故當然都是楚人的作品。

前此李零曾指出楚簡中有很多通假習慣不是憑音同音近就可以任意選擇，而是要由楚地當時的書寫習慣來限定範圍和具體指認。有些寫法不太固定，可以有兩三種選擇。有些則相當固定，幾乎處處都是同一用法。[113]其後周波根據戰國時代各系的文字資料，包括簡帛、銅器、玉石等載體上的文字，對各系文字的用字習慣作了全面的分析，對於今後判定抄本的底本來源很有助益。[114]若再加上楚地出土簡中的文書類簡（包括喪葬記錄、官私文書）上的文字用法，及楚器上的銘文用例，今日我們有相當的材料依據可以在《上博》與《清華》簡中區別出一類真正是楚人所寫，而非傳抄自他國的簡文來。若再根

112 陳偉：〈《昭王毀室》等三篇竹書的國別與體裁〉，收錄於丁四新主編，《楚地簡帛思想研究（三）》（武漢：湖北教育出版社，2007 年），頁 201、204。其還舉出〈鮑叔牙與隰朋之諫〉中稱「齊桓公」為「公」，不言「齊」；〈姑成家父〉中稱「晉厲公」為「厲公」，不言「晉」；〈曹沫之陳〉中首次出現魯君之稱時，冠以國名，其後使用「莊公」、「公」的稱謂，亦證其為齊、晉、魯國文獻。

113 其所舉出的固定通假習慣例子包括：「郊作蒿」、「甲作𢼿」、「李作李」、「陵作陸」、「仁作㤅」、「吾作虛」、「勝作勳」、「姓作眚」。其還認為楚簡中有些錯字反覆出現，乃因被當時的書寫習慣所認可。這類「形近混用」的例子，有：「恒和極」、「寒和倉」、「吏和弁」、「危和坐」、「來和求」、「執和埶」，見氏著：《郭店楚簡校讀記：增訂本》，頁 248、250。

114 「用字習慣」的概念最早為裘錫圭指出，見〈簡帛古籍的用字方法是校讀傳世先秦秦漢古籍的重要根據〉，收錄於《中國出土古文獻十講》（上海：復旦大學出版社，2004 年），頁 170。而除了周波外，禤健聰的《戰國楚簡字詞研究》也針對楚簡中的習慣用字、專用字加以考察，只是其對所分析的材料未加以嚴格區分為楚人或非楚人者。

據這些楚人所記簡中所使用文字與所記載內容，便可分析楚簡中的楚國的語料與史料，得到楚文字語言的特點和楚人自己如何來記載自己的歷史。

根據以上的原則，我們可以區分出《上博》、《清華》中楚人作品，包括第一類記載楚王君臣故事內容的簡文；第二類楚人的文學作品。第一類簡有：〈昭王毀室〉、〈昭王與龔之脽〉、〈柬大王泊旱〉、〈莊王既成〉、〈申公臣靈王〉、〈平王問鄭壽〉、〈平王與王子木〉、〈鄭子家喪〉、〈君人者何必安哉〉、〈命〉、〈王居〉、〈成王為城濮之行〉、〈靈王遂申〉、〈陳公治兵〉、〈邦人不稱〉、〈楚居〉、〈繫年〉楚國歷史的部分；[115]第二類簡有：〈李頌〉、〈蘭賦〉、〈有皇將起〉、〈鶹鷅〉。

下面的章節就針對這些楚人原作簡的內容來加以分析。而權將這類楚人所寫記楚事、名楚物的簡文稱為「楚人楚事簡」。並針對楚人楚事簡中的重篇文字校正、用字現象、通假習慣、楚國神話及與古籍中所載楚史有異者，加以分析比較並討論。

115 〈繫年〉所載內容從周武王作帝籍以登祀上帝，至楚悼王五年後的楚齊聯軍戰晉師於武陽事。其中包括楚國史事與西周以來至楚悼王時期各國發生的大事，為當時歷史事件的摘抄本。楚國外其他國家的地名、人名及事件，可能都抄自他國史料，故不得全視為楚人原作，然其中有關楚國歷史的部分，或加入了楚人的看法。而篇中許多用字不統一，如「歸」作「[illegible]」（簡 26）、「[illegible]」（簡 81）、「䢜」（簡 86）、「蘬」（簡 106）；趙作「邹」（簡 96）、「[illegible]」（簡 97）；「且」作「[illegible]」（簡 87）、「[illegible]」（簡 87）、「虘」（簡 102）；「師」作「帀」（簡 56）、「𠂤」（簡 101）等。而部分字的「虎」旁，如「[illegible]」（簡 72），以及「欠」旁，如「[illegible]」（簡 32），都明顯地與楚文字不同。

第一章　楚人楚事簡中的重篇文字及楚簡中的錯漏字例校析

前文論及《上博》、《清華》簡中的楚人楚事簡有〈昭王毀室〉、〈昭王與龔之脽〉、〈柬大王泊旱〉、〈莊王既成〉、〈申公臣靈王〉、〈平王問鄭壽〉、〈平王與王子木〉、〈鄭子家喪〉、〈君人者何必安哉〉、〈命〉、〈王居〉、〈成王為城濮之行〉、〈靈王遂申〉、〈陳公治兵〉、〈邦人不稱〉、〈楚居〉、〈繫年〉與楚國有關部分；以及〈李頌〉、〈蘭賦〉、〈有皇將起〉、〈鶹鷅〉。其中屬成王時代的故事有〈成王為城濮之行〉；莊王時的故事有〈莊王既成〉、〈鄭子家喪〉；屬靈王時故事有〈申公臣靈王〉、〈靈王遂申〉；屬平王故事有〈平王問鄭壽〉、〈平王與王子木〉；屬昭王故事有〈昭王毀室〉、〈昭王與龔之脽〉；屬惠王時故事有〈命〉、〈王居〉、〈邦人不稱〉，屬簡王故事有〈柬大王泊旱〉，不能確定為某王世故事者有〈君人者何必安哉〉、〈陳公治兵〉，這些篇章可統稱為「楚王臣故事十五篇」。而綜論楚史者有〈楚居〉與〈繫年〉部分內容，其餘為「楚辭四篇」，包括〈李頌〉、〈蘭賦〉、〈有皇將起〉、〈鶹鷅〉。

楚辭四篇與綜論楚史的兩篇在整理者發表後，對於簡序的編聯基本上沒有太大的問題，而楚王臣故事十五篇中，某些篇在整理公布後，學者們又對不同篇的簡作了重新接連，或將同篇少數簡的順序予以更動；或者在無法連讀的情形下，將同篇簡分成數個組群，組群內的簡文可連讀。這種根據文義採取部分連讀的折衷方式，無疑對簡文的理解提供了較可信的看法。這些被調動或新接連簡序的篇文主要包括有〈平王問鄭壽〉、〈平王與王子木〉、〈柬大王泊旱〉、〈命〉、〈王居〉、〈成王為城濮之行〉、〈陳公治兵〉，而原《上博（八）》的〈志書乃言〉被散入〈王居〉與〈平王與王子木〉中；〈柬大王泊旱〉依通讀與否被分成數個組群。以下主要根據學者們的看法整理比較重訂如後。

第一節　楚人楚事簡的編聯與重篇文字校正

一　楚人楚事簡的相關編聯問題

楚王臣故事十五篇中的〈平王問鄭壽〉、〈平王與王子木〉、〈命〉、〈王居〉、〈柬大王泊旱〉、〈成王為城濮之行〉、〈陳公治兵〉諸篇，其簡數有些可增補或移除，而簡序有些則需更動，其中〈柬大王泊旱〉還當分成數個組群。以下採較為可信的說法分別討論。

（一）〈平王問鄭壽〉

〈平王問鄭壽〉簡 6 末的「臣弗」兩字，當下接〈平王與王子木〉簡 1 首的「智」字，補足文句為「臣弗知▍」，[1]「知」下有一短墨節，並有二三個字距的空白，表示一篇的結束。其與〈平王與王子木〉同卷連抄。原簡 7「喪，温恭淑惠，民是瞻望▍」句當剔除，歸入他篇。

（二）〈平王與王子木〉

〈平王與王子木〉的內容可與《說苑・辨物》對讀，而依文義當將簡 5 移至簡 1 後，連讀成「景平王命王子木蹠城父。過陳，舍食於䢵寇。城公幹遇【1】跪於藚中。王子問城公：「此何？」城公答曰：「藚。」王子曰：「藚何以為？」【5】曰：「以種麻。」王子曰：「何以麻為？」答曰：「以為衣。」【2】[2]

---

[1] 何有祖：〈讀〈上博六〉劄記〉，武漢大學簡帛網，2007 年 7 月 9 日；沈培：〈《上博（六）》中《平王問鄭壽》和《平王與王子木》應是連續抄寫的兩篇〉，《簡帛（第六輯）》，頁 304。

[2] 凡國棟：〈《上博六》楚平王逸篇初讀〉，武漢大學簡帛網，2007 年 7 月 9 日。

而簡 4 後接〈志書乃言〉簡 8，而足句義為「王子不得君楚邦，或不得【4】臣楚邦▌　。」【8】[3]故重編簡序為〈平王與王子木〉簡 1－簡 5－簡 2－簡 3－簡 4－〈志書乃言〉簡 8。

（三）〈柬大王泊旱〉

〈柬大王泊旱〉從陳劍重排簡序以來，諸說並出，所見有董珊、陳斯鵬、季旭昇、周鳳五、張桂光、葉國良、陳偉、陳斯鵬等說，[4]然其看法大半相同，故依諸家之說約略分成數個編聯組（採諸家之說的交集）：

一、簡 1－簡 2－簡 8－簡 3－簡 4－簡 5－簡 7。

二、簡 19－簡 20－簡 21－簡 6－簡 22－簡 23。

三、簡 9－簡 10－簡 11－簡 12。

四、簡 14－簡 13－簡 15－簡 16。

其中簡 17、簡 18 的位置諸家說法差異頗大，單獨別出。

各組內容分別為：

第一組

柬大王泊旱，命龜尹羅貞於大夏，王自臨卜。王向日而立，王

3 沈培：〈《上博（六）》中《平王問鄭壽》和《平王與王子木》應是連續抄寫的兩篇〉，《簡帛（第六輯）》，頁 306。

4 陳劍：〈上博竹書《昭王與龔之脽》和《柬大王泊旱》讀後記〉，清華大學簡帛研究網站，2005 年 2 月 15 日；季旭昇：〈上博四零拾〉，清華大學簡帛研究網站，2005 年 2 月 15 日；董珊：〈讀《上博藏戰國楚竹書（四）雜記》〉，清華大學簡帛研究網站，2005 年 2 月 20 日；陳斯鵬：〈《柬大王泊旱》編聯補議〉，清華大學簡帛研究網站，2005 年 3 月 10 日；周鳳五：〈上博四《柬大王泊旱》重探〉，《簡帛》第一輯（上海：上海古籍出版社，2006 年），頁 119；張桂光：〈《柬大王泊旱》編聯與釋讀略說〉，《古文字研究》第廿六輯（北京：中華書局，2006 年），頁 266；葉國良：〈《柬大王泊旱》詮解〉、陳偉：〈《柬大王泊旱》新研〉，以上兩文見中國簡帛學國際論壇 2006 國際學術研討會，武漢大學簡帛研究中心，2006 年 11 月。諸說並可詳參陳偉：《新出楚簡研讀》，頁 191。

滄（汗）至【1】綁。龜尹知王之庶（炙）於日而病，芥（蓋）愁愈迗。釐尹知王之病，乘龜尹速卜【2】高山深溪。王以問釐尹高▎：「不穀㵳，甚病，驟夢高山深溪。吾所得【8】地於膚（莒）中者，無有名山名溪欲祭於楚邦者乎？當誋（蔽）而卜之於【3】大夏，如褱，將祭之。」釐尹許諾。誋（蔽）而卜之，褱。釐尹致命於君王：「既誋（蔽）【4】而卜之，褱。」王曰：「如褱，速祭之。吾㵳，一病。」釐尹答曰：「楚邦有常故，【5】安敢殺祭？以君王之身殺祭，未嘗有。」王內，以告安君與陵尹子高：「卿（向）為【7】

第二組

私該（變），人將笑君。」陵尹、釐尹皆辭其言，以告大宰：「君，聖人且良長子，將正【19】於君。」大宰謂陵尹：「君入而語僕之言於君王，君王之㵳從今日以瘛（瘥）。」陵尹與【20】釐尹：「有故乎？恋（願）聞之。」大宰言：「君王元君，不以其身變釐尹之常故；釐尹【21】為楚邦之鬼神主，不敢以君王之身變亂鬼神之常故。夫上帝鬼神高明【6】甚，將必知之。君王之病將從今日以已▎。」令尹子林問於太宰子止：「為人【22】臣者亦有爭乎？」太宰答曰：「君王元君，君善，大夫何羕（用）爭。」令尹謂太宰：「唯【23】

第三組

王若。將鼓而涉之。王夢三閨未啟，王以告相徙與中余：「今夕不穀【9】夢若此，何？」相徙、中余答：「君王當以問太宰晉侯，彼聖人之子孫，將必【10】鼓而涉之是可。」太宰進，答：「此所謂之旱母，帝將命之修諸侯之君之不【11】能治者，而刑之以旱。夫雖毋旱，而百姓移以去邦家，此為君者之刑。」【12】

第四組

王仰天句（呼）而泣，謂太宰：「一人不能治政，而百姓以絶」。侯太宰遜迣。進【14】太宰：「我何為，歲安簹（熟）？」太宰答：「如君王修郢高（郊）方若然里，君王毋敢戋（戴）害

【13】豸（蓋），相徙、中余與五連小子及寵臣皆逗（屬），毋敢執篥籁。」王許諾，修四郊。【15】三日，王有野色，逗（屬）者有暌人。三日，大雨，邦蕙（賴）之。發馹迈（蹠）四疆，四疆皆箮（熟）▎。【16】

（四）〈命〉與〈王居〉

《上博（八）》的〈命〉、〈王居〉、〈志書乃言〉（以下簡稱〈乃言〉）三篇，依復旦吉大古文字專業研究生聯合讀書會及陳劍等人的意見，[5]合併為〈命〉與〈王居〉兩篇，簡序與部分內容分別是：

1.〈命〉（卷題「命」，見簡 11 背）

〈命〉簡 1－簡 2－簡 3－簡 6－簡 7－簡 8－簡 9－簡 10－簡 11。

其中簡 3 與簡 6 相連部分的簡文為：

……答曰：「僕既得辱視日【2】之廷，命求言以答，雖欽（伏）於斧疐（鑕），命勿之敢違。如以僕之觀視日也，【3】十又三亡僕▎。命尹曰：「先大夫辭令尹，受司馬，治楚邦之政，黔首萬民【6】莫不欣喜。▎

2.〈王居〉（卷題「王居」，見簡 1 背）

〈王居〉簡 1－〈乃言〉簡 1－〈乃言〉簡 2－〈乃言〉簡 3－〈命〉簡 4－〈命〉簡 5－〈乃言〉簡 5－〈乃言〉簡 4－〈乃言〉簡 6－〈乃言〉簡 7－〈王居〉簡 5－〈王居〉簡 6－〈王居〉簡 2－〈王居〉簡 3－〈王居〉簡 4－〈王居〉簡 7。

新編簡文如下：

王居穌潓之室，彭徒樊（返）諹闗致命▎，郘昌為之告，王未

[5] 復旦吉大古文字專業研究生聯合讀書會：《上博八〈命〉校讀》，2011 年 7 月 16 日、復旦吉大古文字專業研究生聯合讀書會：《上博八〈王居〉、〈志書乃言〉校讀》， 2011 年 7 月 17 日、陳劍：《〈上博（八）・王居〉復原》，2011 年 7 月 20 日，以上三文皆見復旦大學出土文獻與古文字研究中心網站。以及林素清：〈上博八〈命〉篇研究〉，《第廿三屆中國文字學國際學術研討會論文集》（臺中：靜宜大學中文系），2012 年 6 月。

答之，觀無愄【王 1】持書乃言：「是楚邦之強梁人| ，反昃（側）其口舌，以對譌王、大夫之言| ，縱【乃言 1】不獲罪，或猷走趨事王| ，邦人其謂之何| ？王作色曰：「無愄，此是【乃言 2】謂死罪| ，吾安爾而𢧵（設）爾，爾亡以慮枉正我。毆（抑）忌諱讒（讒）[illegible]，以[illegible]惡吾【乃言 3】外臣。而居吾左右，不稱賢進何以屏輔我，則戠為民[illegible]，吾聞古【命 4】之善臣，不以私惠私怠（怨）內于王門| ，非而所以復，我不能聃（貫）壁而視聽，【命 5】吾以爾為遠目[illegible]，爾縱不為吾稱擇，吾父兄甥舅之有[illegible]善，【乃言 5】蟲材以為獻| ，或不能節[illegible]，所以罪人。然以流言相謗| ，爾思（使）我【乃言 4】得尤於邦多巳| ，吾欲致爾於罪，邦人其謂我不能稱人，朝起而【乃言 6】夕灋（廢）之，是則盡不穀之罪也。後余勿然。雖我愛爾，吾無如社【乃言 7】稷何！而必良慎之| 。其明日，令尹子春猷| 。王就之曰：「夫彭徒罷勞，為【王 5】吾謐之。」令尹答：「命須其儘。」王謂：「吾欲速| 。」乃許諾，命須後佖| 。王就【王 6】令尹：「少進於此。吾一恥於告大夫。述日，徒自關致命，昌為之告。吾未【王 2】☐毀惡之，是言既聞於眾巳| ，邦人其沮志解體，謂【王 3】☐[illegible]能進後人，願大夫之毋[illegible]徒以員，不穀之【王 4】☐言之[illegible]| 。令尹許諾| ，乃命彭徒為洛卜尹| 。【王 7】

（五）〈成王為城濮之行〉

〈成王為城濮之行〉在《上博（九）》中分為甲、乙兩本，陳偉指出其可能原為一本，乙本中重複的文句，為後面的追述，[6]後經汗天山、曹方向等人的重編後，已大致可通讀。[7]其中乙 3 下段非本篇簡，當剔除。新編簡文如下：

---

[6] 陳偉：〈《成王爲城濮之行》初讀〉，武漢大學簡帛網，2013 年 1 月 5 日。

[7] 曹方向：〈上博九《成王為城濮之行》通釋〉，武漢大學簡帛網，2013 年 1 月 7 日。曹文的簡序為甲 1－甲 2－甲 3－乙 1－乙 2－甲 4－乙 3 上－乙 4－甲 5。

成王為城濮之行，王使子文教子玉，子文受師於𫯛。一日而𧧸（畢），不散（抶）一人，子【甲 1】玉受師出之𢻤，三日而𧧸（畢）斬三人。舉邦賀子文，以其善行師。王歸，客於子=文=甚喜，【甲 2】合邦以𩛱=。遠（蔿）伯珵（嬴）猷約，須寺𪟍𩛱=子=文舉𧼈𠭁伯珵（嬴）曰：穀於菟為【甲 3】楚邦老，君王免余辠，以子玉之未患，君王命余受師於𫯛，一日而𩱩（畢）【乙 1】不散（抶）一人。子玉出之𡉚，三日而𩱩（畢），斬三人。王為余𩚤，舉邦賀余，女【乙 2】獨不余見，飤是𩙿而弃不思正人之心。伯珵（嬴）曰：「君王謂子玉未患【甲 4】，命君教之。君一日而𩱩（畢）不散（抶）……【乙 3】……子玉之【乙 4】師，既敗師也，君為楚邦老，喜君之善而不誅子玉之帀之……【甲 5】

（六）〈陳公治兵〉

〈陳公治兵〉內容大致可區分為楚先王之戰役師不絕者、楚王命陳公整（止）師徒及陳公言兵法三部分。簡文經張崇禮、馬楠等人的重排，[8]已大致可通讀。其中有些關鍵字的銜接、類似句式或內容的排比及語句的先後順序，都是簡文重排的重要依據，以下分別言之。

1.就語言的邏輯來看，當先出現「陳公恎」完整的名字，後再簡稱「陳公」。故簡 14 要排於其它出現陳公記載的簡之前，而簡 14 末的「陳公恎」正可與簡 9 首句連讀，而成「陳公恎【14】既聽命…陳公…【9】」。而簡 10 有「陳公復聽命於君王」可接於後，成為「陳公恎【14】既聽命…陳公…【9】…又復於君王……陳公復聽命於君王…【10】」的語句。例句內容如下：

童之於後，以𨽥王卒丨　。三鼓乃行，𡧊內王卒不止，遂鼓乃行，君王喜之，焉命陳公恚侍之。陳公恚【14】既聽命，乃逝整師

[8] 馬楠：〈上博九〈陳公治兵〉初讀〉，清華大學簡帛研究網站，2013 年 4 月 22 日。其簡序為 1－14－9－10－7－8+6－11－13－12－3－2－4－5+15－16－17－19+18－20。

徒。陳公乃就軍，執事人君魯☐【9】又復於君王以逞師徒，師徒皆懼，乃各得其行。陳公復聽命於君王，君王不知臣之無才，命臣相執【10】

2.關鍵字的銜接。可作為連讀兩簡的關鍵字有「執事人」、「師徒」、「左右司馬」、「名之曰」。例句如下：

(1)不知其啟卒㚒行，遂納王卒，而毋止師【7】徒乎？王謂陳公：「如納王卒，而毋止師徒，毋亦善乎？」【8】

(2)君王不知患之無才，命患相執【6】事人整師徒，執事人必善命之。【11】

(3)如既至於仇人之間，將出師，既斯軍，左右【4】司馬進於將軍，命出師徒，將軍乃許若左右司馬☐【5】

(4)將軍後出焉，名【15】之曰弇行，如閔如逆閔……【16】

3.同類句式或事件的排比。本篇根據性質接近可排比的簡文有：「以…以…」句式、「師不絕」事件、「陳於某」類文句。

(1)鉦鐃以左，錞釪以右，金鐸以停，木鐸以起，鼓以進之，鼙以止之。鋸澫【13】以戕士喬山以退之……【12】

(2)戰於鄴呇，師不絕丨。酓霝、子林與陣人戰於駱州，師不絕丨。焉得其皺羿。屈嗇與陣令尹戰於塊，【3】戰而待之。先君武王與邔人戰於莆寞，師不絕丨。先君☐【2】戰於㵎漳之滸，師不絕。又與晉人戰於兩棠，師不絕……【4】

(3)陳於隨陓，則鴈飛，陳於㴸舉，深草霜露，車則☐【19】☐徒甲居後，陳於坎，則徒甲進退，【18】倆陳後，乃右林左林，陳後若[illegible]。或倆陳前，右林左☐【20】

其它諸篇內容請參見附錄一「楚人楚事簡簡文」。

二　楚人楚事簡的重篇文字校正

楚王臣故事十五篇中，〈鄭子家喪〉與〈君人者何必安哉〉兩文有重篇，前者的甲、乙本由不同抄手書寫；後者的甲、乙兩本也有不同抄手的字跡呈現。[9]因為兩本同抄一篇，故文字理應相同，然比較兩本文字，卻也發現有不同處，因此可據文義來對異文加以校正。

（一）〈鄭子家喪〉甲乙本異文校正

〈鄭子家喪〉甲乙二本簡編的形制都屬於二道編線類（2A），但甲本的長度（33.2 公分）短於乙本（47.5 公分）甚多，兩本都寫於 7 支簡上，因此乙本的字距遠大於甲本。且乙本的簡長也遠長於二道編線類的他篇簡長度，因此乙本的書寫形式來自於模仿底本的可能性很高。兩本文字如下：[10]（為呈現文本的用字原貌，暫不予通讀及寬式隸定）

甲本文字：

> 奠子彖辿，鄒人奎告。臧王ā夫=而與之言曰：「奠子彖殺丌君，不穀日欲吕告夫=，吕邦之㥯【1】吕忍於含。而遙楚邦囟為者疾正。含奠子彖殺亓君，牆保亓㦒炎吕叟內隉。女上帝禋【2】神吕為惹，虖牆可吕倉？唯邦之㥯，牆必為帀。」乃起帀回奠三月。奠人青亓古，王命倉之曰：「奠子【3】彖遉逡天下之豊，弗悬禋神之不恙，慼鼎丌君。我牆必囟子彖毋吕城名立於上，而威【4】炎於下。」奠人命吕子良為敠，命思子彖利木三畲。紝索吕楾，毋敢丁門而出，數之城垄。【5】王許之。帀未還，晉人涉，牆救奠，王牆還。夫=皆進曰：「君王之起此帀，吕子彖之古。含晉【6】人牆救子彖。君王必進帀吕迈之！」王安還軍吕迈之，與之戰於兩棠，大敗晉帀安┃　。【7】

---

[9] 李松儒推測甲本在簡 5 與簡 7 上出現兩種字跡，乃是一名抄手在原先另一名抄手完成的文本上作校改。而乙本在簡 5、7、9 上出現了第三種字跡，乃因此本由兩名抄手分工完成，而其中一名抄手即原甲本抄手。《戰國簡帛字跡研究》，頁 263。

[10] 釋文主要參考林清源：〈《上博七・鄭子家喪》文本問題檢討〉，《古文字與古代史》第三輯（臺北：中研院史語所，2012 年）；及高佑仁：《上博楚簡莊、靈、平三王研究》，成功大學中國文學研究所博士論文，2011 年。

乙本文字：（〔〕中文字表與另本對讀的缺文、〈〉中文字表與另本對讀的錯字，方格內文字為根據殘簡空間所補文、{}中文字表與另本對讀的衍文）

> 子豙旹𨛬人䢜告。臧王亶夫＝而与之言曰：「奠子𡨄𣏌亓君，不穀日欲㠯告夫＝，㠯【1】邦之㥶㠯忍於含，而遂楚邦囟為者侯侯正〔今〕奠子𡨄𣏌亓君，酒保亓𢓊炎㠯及內𨸏。女上帝鬼【2】神㠯為蒠，豦酒可㠯倉？唯邦之㥶，酒必為帀。」乃记帀回奠三月。奠人情亓古，王命倉之曰「鄭子【3】𡨄𩁁復天下之豊，弗思〈畏〉䰠神之不恙，𢠸䚄亓君。我酒必囟子𡨄毋以成名立於上而滅炎【4】於下。」奠人命㠯子良為𧗟，命囟子𡨄利木三𥶍，紝索㠯𦂇，毋敢丁門而出，數之城【5】至。王許之。帀未還，晉人涉，酒救奠，王酒還。夫＝皆進曰：「君王之记此帀，㠯子𡨄之古。含晉人將救【6】子𡨄，君王必進帀㠯迈之！」王安還軍㠯迈之，與之戰於兩棠，大敗晉帀安。【7】

兩本的異文有以下：（甲本列於前，乙本列於後）

1.家。「家」字在楚簡中作「𡨄」，〈鄭子家喪〉甲本中亦同。而乙本有作「豭」（簡1、2）者，明顯地少了「宀」符，他處又改作「𡨄」（簡4、5、6、7），知其為錯字。

2.與。甲本均作「與」（簡1）；乙本則「与」（簡1）或「與」（簡7）互見，寫法不一。

3.後。作「遂」（甲2）或「遂」（乙2）。前者的「口」旁為繁加飾符。

4.殁（沒）。甲本作「以叟入地」（簡 2）；乙本則作「以及入地」（簡 2），當以「殁入地」語為是，[11]乙本的「及」字因形近而誤。

[11] 復旦研究生讀書會：〈《上博七・鄭子家喪》校讀〉，復旦大學出土文獻與古文字研究中心網站，2008 年 12 月 31 日。後刊於《出土文獻與古文字研究》第三輯，頁 286；李天虹：〈上博七《鄭子家喪》補釋〉，《江漢考古》2009 年第 3 期，頁 111。

5.起。甲本作「」（簡 3、6）；乙本作「」（簡 3、6）。前者為「迌」；後者為「记」。「起」在楚簡中以作「」（從已）為常，如〈有皇將起〉簡 1 等；但從「巳」者也見，如「」（〈用曰〉簡 18）。

6.我。甲本作「」（簡 4）；乙本作「」（簡 4）。前者與「」（〈繫年〉簡 52）的寫法接近，為「我」字異體。

7.囟。甲本作「思」（簡 5），乙本作「囟」（簡 5），皆表「使」義。

8.丁。甲本作「」（簡 5），乙本作「」（簡 5）。[12]「丁」字寫法可見〈程寤〉作「」（簡 2），知後者為一形近訛字。

乙本有脫字，乙本簡 2「使為諸侯正，鄭子家殺其君」句，「鄭子家」前奪「今」字；而乙本簡 4「弗思鬼神之不祥」，「思」為「畏」之訛。此外甲本的「奠」（鄭）下半或從「亓」（簡 1、2、3、5）或從「丌」（簡 1、6），「其」或作「丌」（簡 1、4）或作「亓」（簡 3），表示抄手寫「其」偏旁時不固定作某形。相較於乙本的「奠」都從「丌」，「其」都作「亓」，明顯不統一。

（二）〈君人者何必安哉〉甲乙本異文校正

〈君人者何必安哉〉甲乙兩本形制、簡長接近，皆為兩道編線簡（2A）。兩本文字如下：[13]

甲本文字：

> 戉曰：「君王又白玉三回而不戔，命為君王戔之，敢告於見日。」王乃出而【1】見之。王曰：「軋乘，虗訙又白玉三回而不戔才！」軋乘曰：「楚邦之中又飤【2】田五貞，竽祇臭於歬；君

---

[12] 復旦研究生讀書會：〈《上博七・鄭子家喪》校讀〉，《出土文獻與古文字研究》第三輯，頁 290。

[13] 釋文主要參考：復旦大學出土文獻與古文字研究中心研究生讀書會：〈《上博七・君人者何必安哉》校讀〉，《出土文獻與古文字研究》第三輯，頁 270。

王又楚，不聖籛鐘之聖，此亓一回也。珪=之君，百【3】眚之宔，宮妾㠯十百數。君王又楚，侯子三人，一人土門而不出，此亓二回也。州徒【4】之樂，而天下莫不語之〈先〉王斋=㠯為目𦘔也。君王龍亓祭而不為亓樂【5】此亓三回也。先王為此，人胃之安邦，胃之利民。含君王𦘔去耳【6】目之欲，人㠯君王為所㠯戰。民又不能也，䰠亡不能也。民乍而凶□【7】之。君王唯不長年，可也。戊行年𡰥=矣，言不敢睪身，君人者可必安才！傑【8】、受、幽、萬𣩠死於人手。先君霝王卓溪云菖，君王人者可必安才▎！【9】

乙本文字：

戊曰：「君王又白玉三回而不戔，命為君王戔之。敢告於見日。」王乃出而見【1】之。王曰：「軓乘，虗軌又白玉三回而不戔才！」軓乘曰：「楚邦之中又飴田五【2】貞，竽琟𦤎於岓；君王又楚，不聖籛鐘之聖，此亓一回也。珪=之君，百眚之宔，【3】宮妾㠯十百數。君王又楚，侯子三人，一人土門而不出，此亓二回也。州徒之樂，而【4】天下莫不語先王斋=㠯為目𦘔也。君王龍亓祭而不為亓樂。此亓三【5】回也。先王為此，人胃之安邦，胃之利民。含君王𦘔去耳目之欲，人㠯君王為【6】所㠯戰。民又不能也，䰠亡不能也。民乍而凶□之。君王唯不長年，可【7】也。戊行年𡰥=矣，言不敢睪身，君人者可必安才！傑、受、幽、萬𣩠【8】死於人手。先君霝王卓溪云菖，君人者可必安才▎！

兩本的異文有以下：

1.一人。甲本兩字寫的太近，而作「」（簡 4），疑來自於對底本不熟悉。

2.先王。甲本作「之王」（簡 5），乙本作「先王」（簡 5）。

3.所。甲本作「」（簡 7），異於同篇他處「所」字寫法（參「」簡 5，「之所」合文），乙本缺。該字寫法同於「」（「所」，〈尊德義〉24），[14]辭例為「猶戶之亡所適也」，在句中讀為「人」。[15]「戶」可能是一個可讀成「所」或「人」的字。

「百眚（姓）之主」的「眚」字，兩本作「」，與同篇「（貞）」（甲 3）字形近，是罕見寫法。楚文字的「食」作「飤」，此處還多加了一個口飾符，作「飴」。另「䡅」字復旦讀書會以為是「𨊠」的誤字。

此外，〈成王為城濮之行〉中前後有重複的文句，也有可作為異文比較的材料，如下面二段文字：

1.子市於。一日而，不（敭）一人，子【甲 1】玉市出之，三日而漸三人。【甲 2】
2.君王命余市於，一日而【乙 1】不一人。子玉出之，三日而，漸三人。

其中「受師」的「受」作「」、「」、「」，或加辵或不加，而第一體下半所從的手形為訛形。「一日而詩（畢）」的「詩」作「」、「」、「」、「」，從三或或繁加肉。「不敭（抶）一人」的「敭」作「」、「」，後者將兔形的上半訛成「句」。而子玉受師之地，作「」、「」，這二字可能是異體，《左傳．僖公廿七年》載子玉治兵於蔿，其很可能要通讀為「蔿」。

此外〈靈王遂申〉中申城公之子簡文有作「」、「」（簡 2）、「」、「」（簡 5）者，除了異體外，錯字的可能性也很大。

第二節　楚簡中的錯漏字例校析

《上博》中除了〈鄭子家喪〉、〈君人者何必安哉〉有重篇外，

[14] 陳斯鵬將〈尊德義〉中的此字讀為「戶」，並以為「所」下所從為「勹」。讀該句為「為邦而不以禮，猶戶（戶）之亡适（樀）也。」，參氏著：〈郭店楚簡解讀四則〉，《古文字研究》廿四輯（北京：中華書局，2002 年），頁 409。可備一說。

[15] 劉釗：《郭店楚簡校釋》（福州：福建人民出版社，2003 年），頁 132。

〈天子建州〉、〈凡物流形〉亦見甲乙兩本，而除了《上博》本身外，《上博》與《郭店》也見重篇，如《上博・性情論》與《郭店・性自命出》及《上博・緇衣》與《郭店・緇衣》，還有《馬王堆帛書・五行》與《郭店・五行》。此外有些篇章也見載於流行於世的傳世古籍，可以用來互相對讀，如上舉的〈緇衣〉、《郭店・老子》與〈周易〉、〈武王踐祚〉等，這些都是可對校簡文的好材料。以下就以這些材料為主，旁及一些較為可信的訛脫字例，討論如下。

在《郭店》與《上博》中都可以看到篇文裏存在著一些錯別字，有些錯別字抄手已經意識到自己寫錯，並加以注出，有些錯別字則是抄手無意識地寫錯。關於楚簡錯別字的研究，最早裘錫圭曾針對〈緇衣〉和〈性自命出〉中的錯別字加以舉例，指出「從這兩批竹書看，當時抄書的人不時寫錯字，有時把字寫得不成字，有時把字寫成另一個形近的字」。[16]而其確認錯別字的方法，便是利用二篇同樣內容的文獻加以比校互勘，因其內容相同，故若用字不同容易被發現，而且〈緇衣〉還有今傳本文獻可以對校，因此錯別字的認定較為容易。今日《上博》出現有重篇例子，已有〈鄭子家喪〉、〈君人者何必安哉〉、〈天子建州〉、〈凡物流形〉，加上有文獻可對照的〈緇衣〉、〈老子〉、〈周易〉、〈武王踐祚〉及《清華》中與今傳本《尚書》有關的諸篇，甚者有些篇章中的文句在今傳本的文獻中有相同或類似的內容重複出現，因故這類文獻都可透過文本互勘來認定錯別字。雖說如此，但錯別字判定不易，因為楚簡中的用字，常出現不用本字的情形，有時是因通假；有時是義近通用；有時是形近通用；還有些是形體部件通用，[17]或個人書寫習慣所造成的異體，以及不同國別的用字差異

[16] 裘錫圭：〈談談上博簡和郭店簡中的錯別字〉，《中國出土古文獻十論》（上海：復旦大學出版社，2004 年），頁 308。

[17] 「偏旁」與「部件」的不同在於，「偏旁」指合體字進行拆分後，所分出的獨體的「文」；「部件」指由筆畫組成的具有組配漢字功能的構字單位。部件比偏旁小，有時一個偏旁可以再區分出數個部件來。可參見梁春勝：《楷書部件演變研究》，復旦大學漢語言文字學專業博士學位論文，2009 年 4 月。頁 1。

等等，成因多樣故不容易判定。[18]而簡文中錯字的類型，除了裘錫圭所指出的被寫的不成字的錯字，及把字寫成另一個形近的字外，還有些是把原本要寫的字誤成另一個字等。以下針對《郭店》、《上博》及《清華》中比較沒有疑義的錯字加以舉例並分類說明。

一　簡文中被標注出的錯漏字句

簡文常見書寫於竹黃面，書寫時若書手意識到寫了錯字，照理來說應該是用削刀刮除訛字後重寫，[19]而竹簡被削刀刮削後，會有磨削痕跡或變薄現象，[20]而且誤字若無刨除乾淨還會殘留墨漬（如〈芮良夫毖〉的篇題「周公之頌志」），這些都是判定削改錯字的客觀條件。但這種痕跡由於竹簡被埋在地下數千年後，變薄且脆弱，因誤字而造成的削薄現象已不易分辨，加上若刨削的部分較小，重新寫上的文字

---

[18] 通假的例子如「借備為服」、「借卣為攸」、「借蒿為郊」等；義近而通的例子，如「借倉為寒」（〈昭王與龔之脽〉8、〈用曰〉6）、「借凥為居」（〈性情論〉28 作「居凥」，他處「凥」或讀為「居」）；形近而通者，如借「黽」為「龜」（〈柬大王泊旱〉1）。形體部件通用或個人書書寫習慣而造成的異體，如「而」（或作[illegible]、[illegible]形，下半兩筆外撇或相合）、「矣」（或作[illegible]）、「聞」（或作昏、[illegible]、[illegible]）、「來」（或作「[illegible]」）、「傷」（或作「剔」）、「歌」（或作「訶」）、「體」（或作「僼」）、「巧」（或作「攷」）、「今」（或作「含」）、「當」（或作「尚」）、「功」（或作「攻」）等。不同國別的用字差異，如楚文字將「谷」寫作「浴」、「躬」寫作「[illegible]」、「失」寫作「遊」等。

[19] 1958 年發現的信陽長台關一號楚墓中，出土有一書寫工具箱，內有銅鋸、錛、削、夾刻刀、錐和毛筆，其中削即為刨削竹簡用。河南省文物研究所編：《信陽楚墓》（北京：文物出版社，1986 年），頁 65。〈鬼神之明〉簡 1 在上段中部留有空白約 7 公分，其即刪削竹簡後所留。

[20] 竹簡刮削而變薄的現象除〈鬼神之明〉簡 1 外，還有〈孔子詩論〉簡 2 至 7。後者彭浩曾言「（〈孔子詩論〉）留白處都明顯呈露出縱向的竹纖維，而有字迹的部分則竹纖維不十分明顯。由此判斷，竹簡上下端的留白部分是經人工修削後產生的，因而比有字部分要薄許多。」〈《詩論》留白簡與古書的抄寫格式〉，新出楚簡與儒學思想國際學術研討會論文，北京清華大學，2002 年 4 月。

蓋滿削痕，讀者確實不易識出。而若是刮削在竹青的一面，因刮削部分會與其它部分有顏色差異，故較易被發現，如〈恆先〉篇題所在位置，刮削部分與未刮削部分有明顯色差。[21]因此在帛書上曾發現塗改的痕跡，[22]但在竹簡，尤其是主要用來書寫的竹黃一面文字中就不易看到。[23]而簡上所發現的抄手更正文字，都是將正確的字書寫於簡背，[24]如〈五行〉簡 36 背有「解」字，李零指出其為更正字，[25]簡的正面有文作「敬而不[illegible]，嚴也，嚴而畏之，尊也。」（36、37 簡），《馬王堆帛書．五行》作「敬而不解，嚴。嚴而威之，尊也」（194）。兩者互校，知竹書〈五行〉的「敬而不[illegible]」即帛書〈五行〉的「敬而不解」，「[illegible]」當讀為「解（懈）」，因「[illegible]」（[illegible]）為誤字，故抄手於

[21] 程鵬萬：《簡牘帛書格式研究》，吉林大學歷史文獻學專業博士學位論文，2006 年 6 月，頁 21。李天虹還指出〈子羔〉、〈仲弓〉、〈內禮〉、〈曹沫之陳〉篇題所在位置也有刮削痕跡。參氏著：〈湖北出土楚簡（五種）格式初探〉，《江漢考古》2011 年 4 期，頁 105。

[22] 帛書中對訛文進行修改、處理的情形，可分為三種類型。一是將寫錯之字用朱墨或墨塗去，下面接著寫正確的文字。如《馬王堆漢墓帛書〔壹〕》所收《老子》卷前古佚書圖版 85 行「長」字上原有一個未寫全的「夜」字，用朱墨塗去；《馬王堆漢墓帛書〔叁〕》中《戰國縱橫家書》圖版 227 行「市朝未罷」句中「市」字下原有誤文二處，用墨塗去。第二種類型是將寫錯的部分用朱砂蓋住，在朱砂上補寫正確的文字。如馬王堆帛書《老子》甲本圖版 58 行「無執也故無」五字，及 154 行「夫兵者不祥之器」七字都是寫在朱砂上面。第三種類型是將誤字用墨塗去，改正之以小字寫在上下文字的空隙處，如《馬王堆漢墓帛書〔叁〕》中《戰國縱橫家書》圖版 231「代馬胡狗」句，「代」字原誤為「伐」，後用墨塗去，將「代」字以小字寫在塗去的誤文和「狗」字之間。馮勝君：〈從出土文獻談先秦兩漢古書的體例〉，《文史》2004 年第 4 輯，頁 30。

[23] 〈天子建州．乙〉簡 8「士一辟，事鬼」下有疑有刮削未淨的墨跡。而〈君人者何必安哉．甲〉簡 5 的「也」、「亓」等字下也疑似有殘留字影。

[24] 劉信芳以為有以點圈標示出錯字的例子，如〈周易〉簡 51「六五：來章有慶譽」的「慶」字作「[illegible]」，下訛從叉形，因此於下加三小點，以示其誤。參氏著：《楚系簡帛釋例》（合肥：安徽大學出版社，2011 年），頁 402。

[25] 李零：《郭店楚簡校讀記》（北京：中國人民大學出版社，2007 年），頁 106。

簡背加注「解」字。[26]

而若抄手發現漏抄字時，通常是直接於缺字處補入所缺字，但由於前後文已寫定，補字的空間不足，故常以小字偏右或左，書寫於簡側，也有直接以扁平小字，插於二字間者。有時還會加上「=」或「-」符號以註記，如《郭店・老子甲》簡 7、8「是謂果而不強。其事好-，長古之善為士者，必非溺玄達，深不可志，是以為之頌（容）」。其中「好-」，表示「好」字下缺一「還」字。[27]比起錯字來，這種缺字較易判定。而若抄手缺抄一整段文字，通常將缺文補於簡背。今所見《郭店》、《上博》、《清華》中補字及補句的例子如下。

（一）補字例

1.補「之」字

〈五行〉簡 44「君子知而舉之，謂之尊賢」中的「之」，寫在「謂」

[26] 李零的這個想法來自《郭店・五行・釋文注釋》註 48 的「裘按（裘錫圭按語）」。荊門市博物館：《郭店楚墓竹簡》（北京：文物出版社，1998 年），頁 153。李春桃提出反對看法，以為未有充分證據說明該字是錯字，其也可能是一個生僻字，簡背之「解」字可以看作此形的注音或釋文。並推測其或許來自古文「解」字（「[illegible]」）的訛寫。參氏著：《傳鈔古文綜合研究》，吉林大學古文字學專業博士學位論文，2012 年 6 月，頁 531。

[27] 荊門市博物館：《郭店楚墓竹簡》，頁 119。因為加上「=」符可以表示缺文，故〈競公虐〉簡 9「今內寵有割（會）疾（譴），外=有梁丘據縈㤌」一語，林素清以為「外=」為「外寵」缺文。見氏著：〈競公虐簡文考釋二則〉，〈競公虐簡文考釋二則〉，收錄於臺灣大學中國文學系主編：《孔德成先生學術與薪傳研討會論文集》（臺北，臺灣大學中文系，2009 年）。然其也有用以表示相關聯的字，如劉信芳以為「外=」是「承上文『內寵』，而以重文符號代替『寵』」。該「外=」，《上博》整理者濮茅左讀「外外」，陳偉讀「外姦」，李天虹讀「外褻」，何有祖作「外夕」、張崇禮讀「外卜」。劉說最早發表於武漢大學簡帛網（2007.08.10），後來魏宜輝、楊錫全都對秦簡中的「是=」提出解釋，認為當讀「是謂」，與將「外=」讀為「外寵」用法同。參劉信芳：《楚系簡帛釋例》，頁 393。

與「尊」之間，偏右小字書寫。[28]（圖 1）

〈彭祖〉簡 4「既只於天或椎於淵，夫子之悳登矣」，其中「之」偏右小字補寫。（圖 2）

2.補「也」字

〈成之聞之〉簡 18、19「反此道也民必因此厚也以復之」中的「也」缺漏，補寫在「道」「民」之間。（圖 3）

〈相邦之道〉簡 4「子貢曰：「䖒子之答也何如？」「也」字補寫在「答」、「可」兩字之間。

3.補「丌」字

《上博・緇衣》簡 11「聖汝丌=弗克見」中的「丌」，原簡缺漏，後以偏右小字補寫於「女」與「弗」之間，抄手還在「丌」字下加「=」符號，表示補文。（圖 4）

4.補「以」字

《上博・緇衣》簡 13「故慈以悉之則民有親」，句中「以」字偏右下，為補文。（圖 5）

5.補「才」字

〈競建內之〉簡 5、6「公身（簡 5）為亡道，不遷（遷）於善而敓（說）之，可虐（乎）才！公曰：『甚才（哉）！』」其中「才」字偏左偏下，寫於上下兩字之間，為補文。[29]（圖 6）

---

[28] 郭店楚簡〈五行〉的釋文注釋還指出「帛書本於本句前有『前王公之尊賢者也』，簡本脫去。」《郭店楚墓竹簡》（北京：文物出版社，1998 年），頁 154。簡文作「君子智（知）而與（舉）之，胃（謂）之尊臤（賢），智（知）而事之，胃（謂）之尊臤（賢）者也，後，士之尊臤（賢）者也」（43、44 簡）；帛書〈五行〉則作「君子知而舉之，謂之尊賢；君子從而事之，謂之尊賢者。前，王公之尊賢者也，後，士之尊賢者也。」（207、208、209）。因此這段文字，書手不僅先缺「之」字而後補上，還缺抄了一句。

[29] 陳劍：〈談談《上博（五）》的竹簡分篇、拼合與編聯問題〉，武漢大學簡帛網，2006 年 2 月 19 日。

6.補「人」字

〈季庚子問於孔子〉簡 18「氏（是）故賢人大於邦而有㽞（㔭）心，能為鬼☐」，其中「人」字，偏左小字，寫於「賢」、「大」兩字之間。（圖 7）

7.補「含」字

〈姑成家父〉簡 6「顣頷以至於含才（哉）」，「今」字體扁小，寫於「於」、「才」兩字之間，明顯地看出是一個後補的字。（圖 8）

8.補「曰」字

〈君子為禮〉簡 1「夫子曰坐，虗語汝」，「曰」偏右小字，寫於「子」與「坐」之間。（圖 9）

9.補「亡」字

〈競公虐〉簡 2「公疥且瘧逾歲不已，是虗亡=祝史也」，其中「亡」偏右小字書寫，還於其下加一「=」符號，標注補文。（圖 10）

10.補「咎」字

〈周易〉簡 54「六三，𩠳（渙）其躳，亡咎。六四，𩠳（渙）其羣，元吉。」「咎」字褊小，夾於「亡」、「四」兩字之間，為後補之字。

11.補「左右」二字

〈吳命〉簡 8「寡君問左右：『箸（孰）為師徒，踐履陳地』」。「左」「右」兩字分別以小字寫於「昏（問）」下的左右兩側。（圖 11）

12.補「未」字

〈王居〉簡 1「郘昌為之告，王未答之」，句中的「未」字體稍小寫於「王」與「答」之間。

13.補「能」字

〈命〉簡 5「我不能聃壁而視聽」，句中的「能」字體稍小寫於「不」

與「聑」之間。

14.補「子」字

〈王居〉簡 5「亓明日，令尹子春厭」，「子」字稍小寫於「尹」與「春」之間。

（二）補句例

1.補「苟有言必聞其聲」句

《郭店・緇衣》簡 40 背有「苟有言，必䎽其聖（聲）」句（圖 12），抄於簡背，為正面缺文。正面簡文作「苟有衣，必見其敝；人苟有行，必見其成」（簡 40）；通行本〈緇衣〉廿三章作「子曰：『苟有車，必見其軾；苟有衣，必見其敝；人苟或言之，必聞其聲；苟或行之，必見其成』」，知背面簡文要插在簡文「苟有行，必見其成」前，而足句義為「苟有衣，必見其敝；人苟有言，必䎽其聲；苟有行，必見其成。」

2.補「內之或內之，至之或至之」句

〈語叢四〉27 簡背有字作「內之或內之▌ 至之或至之」（圖 13）。而簡正面文字作「聖（聽）君而會視䧅（廟）而內▌ 之至而亡及也已」（圖 14），正面的「之」是衍文。全句當為「聽君而會，視廟而內，內之或內之，至之或至之｛之｝，至而亡及也已。」背面簡文為正面簡文的缺文，當插於正面簡文「至而亡及也已」前。

3.補「此以桀折於鬲山而受𦣻於岐社」句

〈鬼神之明〉簡 2 背面有文作「此以桀折於鬲山而受（紂）𦣻於只（岐）社」。正面簡文作「及桀受（紂）幽厲焚聖人殺訐（諫）者賊百姓亂邦家▌ 身不沒為天下笑」。背面簡文當插在「身不沒為天下笑」之前，而使全句為「及桀紂幽厲，焚聖人，殺諫者，賊百姓，亂邦家，此以桀折於鬲山，而紂𦣻於岐社，身不沒為天下笑。」

然而也有缺文未補的例子，如〈太一生水〉簡 4「倉然者四時」，後脫「之所生也，四時」一段，抄手未發現及補抄。[30]

二　楚簡中錯字的類別

古書內容的訛誤主要指書面材料發生誤、脫、衍、倒的現象，楚簡中的脫文例，已見上舉，下面再舉出楚簡中「誤」、「衍」、「倒」文的例子。俞樾在《古書疑義舉例》卷五至卷七中，對王念孫在《讀書雜志．淮南內篇》後序列舉的古書中各種誤例加以增補，[31]以下援用王、俞兩家所訂古書訛誤條目及楚簡中的訛誤類別，加以歸類。

（一）誤文例

1.因字不習見而誤例

(1)「[illegible]」誤作「[illegible]」。

《郭店．緇衣》簡 6「謹惡以[illegible]民[illegible]」，「[illegible]」字不識，《上博．緇衣》此句作「[illegible]惡以[illegible]民淫」（簡 4），「[illegible]」相當於「[illegible]」。通行本《禮記．緇衣》十二章，此句作「慎惡以御民之淫」，相校之下知「[illegible]」與「[illegible]」及通行本〈緇衣〉的「御」可相互對讀。「御」為疑母魚部字，「魚」亦為疑母魚部字，故從虍魚聲的「[illegible]」，可與通行本「御」字通假。而「[illegible]」字未見，裘錫圭以為此字上端之「亡」與「木」的上半為「虍」之誤摹，「木」的下半和下部橫置的「水」為「魚」之誤摹。[32]

---

[30] 馮勝君：〈從出土文獻談先秦兩漢古書的體例〉，頁 32。同樣缺句疑還有〈武王踐阼〉簡 6「銘於席之四端曰安樂必戒」，「曰」字後疑脫「席前左端曰」。缺字則有〈從政〉「十曰口惠而不係（繼）」（乙 1），對照《禮記．表記》「口惠而實不至，怨及其身」，疑簡文缺「實」字。

[31] 俞樾：《古書疑義舉例五種》（臺北：長安出版社，1978 年）。及程千帆、徐有富：《校讎廣義－校勘編》（濟南：齊魯書社，1998 年），頁 13。

[32] 馮勝君以為「[illegible]」上半的部分當釋為「桊」，字釋「渫」，《說文》「渫，除去也。」「渫民淫」為除去老百姓的貪侈之心。見氏著：〈郭店《緇衣》『渫』字補釋－兼談戰國楚文字桊、桀、宗之間的形體區別〉，2007 中國

而之所以誤摹「」字的原因，當是書手對「」字不熟悉所致，〈緇衣〉屬古書簡，書手抄錄時大半根據底本用字來謄寫，故若所見底本是一個罕見字，書手又不識時，在轉錄過程中就很容易抄錯。

(2)將「」誤作「」

〈天子建州・甲〉「士建之以室」的「室」作「」（簡 1），而乙本同處則作「」（簡 1），後者明顯是一誤字。「室」如此常見之字會致訛，或因對底本的誤讀。同簡「邦君五世」的「五」，甲本作「」乙本作「」，也都與常見的「五」（「」〈周易〉簡 1）寫法有異，後者尤可能是誤字，其產生的原因可能都與底本用字有關。〈繫年〉簡 5 中的「取」訛寫成「」，然同簡已見「取」字，作「」，這個訛寫的字，或也是來自同樣原因。

(3)將「」誤作「」。

〈成王為城濮之行〉中「受師」的「受」有從辵與不從辵的寫法，分別作「」（甲 1）、「」（甲 2）、「」（乙 1）。從辵者在楚簡中罕見，推測書手第一次抄錄此字時因不常見而將「受」下的手形寫錯，再來因看到不從辵的「受」字而知其誤，故第三次抄錄此字時就已能正確地寫出從辵從受的字。

2.因字形似而誤例

(1)「淫」誤作「涇」

上舉《郭店・緇衣》6 簡「謹惡以民」的「」，字右旁從「巠」，楚簡中從「巠」的字，如「」（《上博・緇衣》22），所從的「巠」旁與此同。然此字《上博・緇衣》作「」（簡 4），通行本《禮記・

簡帛學國際論壇會議論文，2007 年 11 月，臺灣大學中文系。然今本、上博簡都作「御」（或讀御），將郭店此字釋為「渫」不妥。陳偉以為水旁之上的形體與《說文》「困」字古文相似，應釋為「涃」。見氏著：《楚地出土戰國簡冊〔十四種〕》（北京：經濟科學出版社，2009 年），頁 167。然「困民淫」亦難通。寇占民以為字的上半部份是「榦」的省形，「困」的古文。「榦」的省形，「困」的古文。隸作「涃」，有防御義。〈金文釋詞二則〉，《中國文字》2008 年 2 輯（鄭州：大象出版社，2008 年），頁 30。亦難通。

緇衣》作「淫」，三者相校下，知郭店簡的「」當為「」的形近誤字（「㸒」見〈孔子見季桓子〉簡 17 作「」），因為書手將「⺌」誤寫成「巠」的上半，故把「淫」字誤寫成「涇」。同樣的，〈競公虐〉簡 12「神見吾『（逕）暴』」，董珊讀為「淫暴」，也以為「逕」是「淫」之誤字。[33]〈說命・中〉「若大旱，汝作淫雨」（簡 4）的「淫」寫作「」（從心從巠），也是同樣的現象。

(2)「褱」誤作「裹」

《郭店・緇衣》簡 41「私惠不德」，《上博》作「私惠不褱德」（簡 21），「褱」字作「」。通行本《禮記・緇衣》廿二章作「私惠不歸德」。「懷德」，即安於德，與「歸德」義同，鄭玄注「『歸』或為『懷』」。互校之下知「」為「褱」的訛體（「褱」見〈天子建州〉簡 9「」、〈芮良夫毖〉簡 15「」，「瀤」〈繫年〉簡 99則省作「㵎」），《郭店・緇衣》書手將「褱」字中間部件錯寫成「馬」，而訛成「裹」字。[34]〈說命・中〉「若（圜）水，汝作舟」，此句《楚語・上》作「若津水，用汝作舟」，故《清華大學藏戰國竹簡（叁）・釋文》以為「圜」所從的「馬」為「廌」之訛，「濾」為「津」（〈容成氏〉簡 51 的「盂濾」即〈周本紀〉的「盟津」）。[35]此例是將未識字的偏旁誤作「馬」的例子。

(3)「谷」誤作「㕣」

《上博・緇衣》簡 5「君好則民之」，《郭店・緇衣》此句作「君好則民之」（簡 8）。通行本《禮記・緇衣》十七章作「君好之，民必欲之」，對校之下，知「」當讀為「欲」。而楚簡「欲」字多借「谷」字表之，郭店的「」正作「谷」加心旁形。而「」乃「㕣」字，與「谷」有別，一作口上四筆，一作二筆，書手抄錄時因缺畫而誤成他字。[36]

---

[33] 董珊：〈讀《上博六》雜記〉，武漢大學簡帛網，2007 年 7 月 10 日。

[34] 裘錫圭：〈談談上博簡和郭店簡中的錯別字〉，頁 309。

[35] 清華大學出土文獻研究與保護中心編：《清華大學藏戰國竹簡（叁）・下冊》（上海：中西書局，2012 年），頁 127。

[36] 裘錫圭：〈談談上博簡和郭店簡中的錯別字〉，頁 309。

然也見有將形近「㕣」的部件訛寫作「谷」者，如〈競公虐〉簡2「吾欲致（誅）諸祝史」中的「欲」作「」，便是在「兊」上繁加了二斜筆。

(4)「氒」誤作「氏」、「升」誤成「氒」

《上博．緇衣》簡 19「集大命于氏身」，《郭店》作「其集大命于氒身」，今本作「其集大命于厥躬」。「氒」即「厥」古體，「身」「躬」義近。故相校之下，知上博的「氏」為「氒」之誤。

同樣為「氒」字的誤例，又見上博《周易．睽》六五爻辭「陞（升）宗躛（噬）肤（膚）敳（往）何咎」（簡 33），通行本《周易》作「厥宗噬膚，往何咎」，馬王堆帛書《周易》作「登宗筮膚，往何咎」（75下）。「升」、「登」義近，故帛書的「登宗」與竹書的「陞宗」義通，然通行本《周易》作「厥宗」不通，其「厥」字乃由「升」字因形近誤寫而成。[37]

(5)「咸」誤作「臧」

《上博．緇衣》簡 1「民咸而型不𠜳」，此句《郭店．緇衣》作「民臧放而型不屯」（簡 1），其中《上博》的「」（咸），在《郭店》中誤成了「臧」。[38]而《上博》的「」，《郭店》作「放」；《上博》的「𠜳」，《郭店》作「屯」。通行本《禮記．緇衣》第二章將此句作「刑不試而民咸服」，「不屯」即「不陳」，與「不試」義同。「」、「放」兩字對應通行本的「服」字，〈芮良夫毖〉簡11「和專同心，毋有相放」，「放（服）」轉讀為「負」。「放」從力從攵，故「」上所從當為「手」省形，從手的字，如「拇」，作「」（〈周易〉簡 26），「拜」作「」（〈競建內之〉簡 9）、「」〈彭祖〉簡 8），均可見所從的「手」旁與「」的上半部分形

---

[37] 何琳儀以為「厥（氒）」「升」是形近而誤，兩字在楚簡中的寫法形似。〈滬簡《周易選釋》〉，收錄於劉大鈞編：《簡帛考論》（上海：上海古籍出版社，2007 年），頁 28。又見李學勤：《周易溯源》（成都：巴蜀書社，2006 年），頁 287。

[38] 李零：〈郭店楚簡校讀記〉，收錄於陳鼓應主編《道家文化研究》第十七輯（北京：生活．讀書．新知三聯書局，1999 年），頁 485。

似。

而「」「」兩字皆從兩手形，為《說文·十二篇上·手部》「拜」字古文，「，首至手也。從手𠦪，古文拜，從二手」。而《十二篇上·手部》「手」字的古文作「」，也與此形近。從上知「」上所從為「手」的訛形。

(6)「瀘」誤作「鹿」

《郭店·緇衣》簡 9「故心以體（瀘）」，《上博·緇衣》簡 5 相同文句作「故心以僼（鹿）」，李零以為「鹿」為「瀘」之誤，二字形近混淆。[39]

(7)「求」誤作「隶」

「求」、「隶」二字在楚簡中形近易訛，〈性自命出〉簡 36「凡學者其心為難」的「求」，簡文寫作「隶」。[40]同篇「求」字作「」（簡 37），知「」非「求」。相應的文句見〈性情論〉簡 31，「求」字作「」，相校下知《郭店》將「求」的中間筆畫誤成「又」，又於兩側加點畫。

(8)「武」誤作「戒」

〈從政·甲〉簡 15「不修不武謂之必成，則暴不教而殺則虐」，該句可和《論語·堯曰》「子張問於孔子曰：『何如斯可以從政矣？』子曰：『尊五美，屏四惡，斯可以從政矣。』……子張曰：『何謂四惡？』子曰：『不教而殺謂之虐；不戒視成謂之暴』」對讀，其中簡文的「不武」當即「不戒」，簡文「武」為「戒」之誤。[41]簡文「武」作「」，與「戒」的常見寫法「」（〈容成氏〉簡 37）接近，上半皆從「戈」。

(9)「已」誤作「肉」、「已」誤作「也」

《上博·緇衣》簡 11「忠敬不足而富貴過」，《郭店·緇衣》

---

[39] 李零：《上博楚簡三篇校讀記》（臺北：萬卷樓圖書有限公司，2002 年），頁 49、51。

[40] 劉釗：《郭店楚簡校釋》，頁 100。

[41] 陳劍：〈上博簡〈子羔〉〈從政〉篇的拼合與編連問題小議〉，武漢大學簡帛網，2003 年 1 月 8 日。

作「忠敬不足而富貴過」（20 簡）。今本《禮記・緇衣》十四章作「忠敬不足，而富貴已過也」。上博簡的「」，郭店簡的「」，都當是今本《禮記・緇衣》的「已」。在楚簡中「已」寫作「巳」，而「巳」作「」、「」、「」等形。楚簡中因為「巳」「也」形近，且都可作語尾助詞，因此經常互訛。兩字主要的區別在於「也」字是先寫上面的「口」，再於「口」下作一曲筆「乙」，「乙」形有時簡化成「乚」。而「口」與「乙」也可借筆而成，甚至「口」也可寫成「廿」（也字例有：「」、「」、「」、「」）；而「巳」字則是一筆連成，先畫一圈再連筆成「乚」者。[42]因此《郭店》的「」是「也」字，而在句中當視為誤作「也」形的「巳」字；而《上博》的「」（肉）則為「巳」的誤字。

其次，《上博・緇衣》簡 11 的「富」作「」形，《郭店》作「」，後者是「富」字的常見寫法，「富」也可加「宀」，作「」（〈曹沫之陳〉簡 3）。《上博・緇衣》中還有一個「富」字作「」（簡 22），與「」字相校，知後者的上半是前者的訛體，而前者上半所從為「伏」，乃將「宀」變形音化成「伏」，成為一個雙聲字。

(10)「于」誤作「可」

上博竹書〈周易・豫〉六三爻辭「可余（豫）悔遲有悔」（簡 14）。通行本《周易・豫》作「盱豫，悔遲有悔」。馬王堆帛書《周易・豫》作「杅餘（豫），悔遲有悔」（三四上），三者相校，發現竹書「可余」，帛書作「杅餘」，通行本作「盱豫」，「杅」「盱」皆從「于」聲，故可通假，而二者與「可」不通。竹書的「可」當為「于」之誤。[43]

(11)「出」誤作「此」

[42] 參拙作：〈從出土文獻的通假現象看「改」字的聲符偏旁〉，《文與哲》第十四期（2009.06），頁 16。

[43] 阜陽漢簡〈周易〉豫卦的「盱豫」作「歌豫」。阜陽漢簡整理組：〈阜陽漢簡簡介〉，《文物》1983 年 2 期，頁 22。及韓自強：《阜陽漢簡《周易》研究》（上海：上海古籍出版社，2004 年），頁 53。「于」為魚部字，「歌」為歌部字，不排除是音的通假。

〈相邦之道〉簡 1「先其欲，備（服）其強，牧其惓，靜以待時出，故（出？）事=（事事）（出）政=毋忘所始」，句當讀作「先其欲，服其強，牧其倦，靜以待時出，故出事，事出政，政毋忘所始」。[44]其中兩個「出」字，一作「」；一作「」，前者為「此」，後者為「出」。《上博》中「此」作「」（〈孔子詩論〉7）、「」（〈曹沫之陳〉42）；「出」作「」（〈緇衣〉15）、「」（〈從政甲〉16）、「」（〈姑成家父〉9），若將「出」的下筆橫畫寫得彎曲，便很容易與「此」相混。[45]

(12)「行」誤作「非」

〈君子為禮〉簡 11「子人子羽問於子贅（貢）曰」，「行子人子羽」當即春秋晚期鄭國的「行人子羽」，[46]也即《論語．憲問》中「為命，裨諶草創之，世叔討論之，行人子羽脩飾之，東里子產潤色之。」中的「行人子羽」公孫揮。由於「行」、「非」形近，故此處的「」，單從字形上看很容易誤讀為「非」，《上博》釋文就讀作「非人子羽」。[47]同篇的「行」字作「」（簡 3），「」（簡 7）與「（非）」（〈用曰〉簡 6）十分形似。

(13)「先」誤作「之」

楚簡「先」作「」形，「之」作「」形，「先」上半所從即「之」。〈性自命出〉簡 17「觀其之後而逆訓（順）之」，此句在〈性情論〉作「觀其先後而逆訓（順）之」（簡 9、10）。[48]相校之

---

[44] 裘錫圭：〈上博簡《相邦之道》1 號簡考釋〉，《中國文字學報》第一輯（北京：商務印書館，2006 年），頁 71。

[45] 「出」、「此」形似之例，還可見安徽壽縣朱家集出土的楚考烈王熊前器，由於器銘中「前（歬）」所從的「止」下筆往上斜出，作「」（《集成》4551），故有釋為「歬」（劉節），亦有釋「朏」（胡光煒）者。可參程鵬萬：《安徽壽縣朱家集出土青銅器銘文集釋》（哈爾濱：黑龍江人民出版社，2009 年），頁 38。

[46] 陳劍以為「行子人」的「子」為「涉下文子羽之子而誤衍」。〈談上博五的竹簡分篇編聯與拼合問題〉，武漢大學簡帛網，2006 年 2 月 19 日。

[47] 馬承源主編：《上海博物館藏戰國楚竹書（五）》，頁 261。

[48] 劉釗：《郭店楚簡校釋》，頁 89。

下知〈性自命出〉句中的「之」為「先」之誤。上舉〈君人者何必安哉．乙〉的「先王」（簡 5），在甲本中作「之王」（簡 5），也是同樣的例子。然而作「之」讀「先」的例子相繼又出現不少，如〈天子建州〉，甲本簡 16「書不與事，之知四海」、甲本簡 26「賊㤂（盜）之作，可之知」，此兩處的「之」都當讀「先」，曾侯乙墓漆箱蓋頂文字，一處作「之匫」；另一處作「後匫」，說明前者的「之」當讀「先」，故「之」或許是「先」的省寫方式。[49]

(14)「宗」誤作「宋」

〈繫年〉第一章「至于厲王，厲王大虐于周，卿士、諸正、萬民弗忍于厥心，乃歸厲王于徹（彘），龍（共）伯和立。十又四年，厲王生宣王，宣王即位，龔（共）伯和歸于宋。」其中「歸于宋」一事於史無徵，李學勤以《經典釋文》引《莊子》司馬彪注作「共伯復歸於宗」，證「宋」為「宗」之訛。[50]

3.涉上下文而誤例

(1)誤「咎陶」為「叴咎」

〈容成氏〉中將舜時的李（理官）「皐陶」，寫作「咎陶」（簡 29）、「叴咎」（簡 34）與「叴秀」（簡 34）。「皐」為見母幽部字，「咎」為群母幽部字，而「九」為見母幽部字，故「皐」、「叴」音同，而其與「咎」韻部同，聲母發音部位相同，故「皐」「咎」「叴」三者可通假。[51]

「陶」為餘母幽部字，「秀」為心母幽部字。兩字韻部相同，而聲母為心母與餘母的相通，心餘二母相通例可見《九店簡》中記載叢

---

[49] 李松儒：《戰國簡帛字跡研究》，頁 285。

[50] 李學勤：〈清華簡《繫年》及有關古史問題〉，《初識清華簡》（上海：中西書局，2013 年），頁 92。

[51] 「叴」通「咎」例又見包山簡，包山簡 269 中「朱縞七[illegible]」的「[illegible]」字，李家浩指出其在別處作「[illegible]」，「[illegible]」當從「叴」聲，並疑「[illegible]」所從的「各」是「咎」的省寫，且簡文中「[illegible]」字當讀為「就」。見氏著：〈包山楚簡的旍旆及其它〉，《李家浩自選集》（合肥：安徽教育出版社，2002 年），頁 263。

辰內容的第 27 簡，「利以申戶秀」，「戶秀」讀為「戶牖」，[52]「牖」為餘母幽部字，正與「陶」同。

而「叴咎」寫法中的「咎」字，當沿上字而誤。簡 29 將「皐陶」的「皐」作「咎」，又因「咎」與「陶」「秀」同韻，故誤將「陶」（或「秀」）作「咎」。在〈唐虞之道〉簡 12 及〈良臣〉簡 1 中都見「皐陶」之名，分作「咎采」、「咎囨」，亦都以「咎」代替文獻中的「皐」。

而「采」在《郭店》中多讀為「由」，如〈唐虞之道〉簡 8「六帝興於古，咸采（由）此也」、〈忠信之道〉簡 6「故行而爭悅民，君子弗采（由）也」等，[53]「由」為餘母幽部字與「陶」音同。

(2)誤「亡備」為「亡體」

〈民之父母〉簡 11、12「無體之禮，威儀遲遲；亡服之喪，內[illegible]悲；亡聲之樂，塞于四方；亡體之禮，日逑月相；亡體之（11 簡）喪，屯德同明；亡聲之樂，施及子孫」。句中先後論述了「無體之禮」、「無服之喪」與「無聲之樂」，後再分論三者。而 11 簡末的「亡體之」下接 12 簡的「喪屯德同明，亡聲之樂」，前句講「亡體之豊」，接著論「亡體之□」，與「亡聲之樂」，「亡體之□」當是指「亡備（服）之喪」，「體」為「備」之訛，沿上文而誤。

4.偏旁或部件的訛誤

(1)訛「辵」為「卒」

《郭店・緇衣》簡 12「百姓以為仁道」，通行本《禮記・緇衣》第五章作「百姓以仁遂焉」，《上博》相當於「道」之字作「[illegible]」（簡 7），似從卒從頁。「仁遂」乃由「仁道」之義引申而來，故《上博》的「仁[illegible]」當也是「仁道」義。從「[illegible]」字右旁還保留「道」所從的「首（頁）」來看，字左旁的「卒」當是由「辵」旁誤摹而來。[54]

---

[52] 湖北省文物考古研究所、北京大學中文系：《九店楚簡》（北京：中華書局，2000 年），頁 81。

[53] 陳斯鵬：《楚系簡帛中字形與音義關係研究》，頁 195。

[54] 裘錫圭：〈談談上博簡和郭店簡中的錯別字〉，頁 310。

(2)訛「豊」為「壴」

〈性自命出〉簡 22、23「笑，[illegible]之淺澤也；樂，[illegible]之深澤也」，「[illegible]」、「[illegible]」兩字下半從心。而〈性情論〉相應於句中「[illegible]」「[illegible]」之字作「憙」（簡 13），即「喜」字。楚簡中的「豊」作「[illegible]」（〈民之父母〉簡 2）、「[illegible]」（《上博・緇衣》簡 13），〈性自命出〉的「[illegible]」字上半即作「[illegible]」形的寫法。從文義上看此句當作「笑，喜之淺澤也；樂，喜之深澤也」，〈性自命出〉將「壴」旁誤寫成了形近的「豊」字。[55]

(3)訛「必」為「弋」

《郭店・老子甲》簡 27「知之者弗言=之者弗知[illegible]其逸賽（塞）其門」，其內容即通行本《老子》五十六章的「知者不言，言者不知。塞其銳，閉其門」。《郭店》的「[illegible]」字對應今本《老子》的「閟」，「[illegible]」字從「戈」，「戈」當為「必」誤，「閟」、「閉」音近可通，故「必」因形近被誤「戈」。

(4)訛「㐱」為「方」

《郭店・五行》簡 40「匿之為言也猶匿=也，少（小）而[illegible]（訪）者也」，此句《馬王堆・五行》作「匿之為言也猷匿，匿小而軫者」（204、205）。簡文「訪」對應帛書「軫」，「匿」、「軫」都有隱之義，[56]故當以「軫」義為正。簡文「訪」為「診」（軫）之誤，乃誤偏旁「㐱」為「方」。[57]

(5)訛「夬」為「右」

〈性情論〉簡 6「[illegible]於其者之謂悅」，此句〈性自命出〉作「[illegible]（快）於己者之謂悅」（簡 12），前者的「[illegible]」對應後者的「[illegible]」。知「[illegible]」乃將上所從的「夬」聲訛成「右」形。〈性情論〉簡 38「其為人之[illegible]如也」句，〈性自命出〉作「有其為人之[illegible]（快）如也」（47 簡），

---

[55] 裘錫圭：〈談談上博簡和郭店簡中的錯別字〉，頁 313。

[56] 馬王堆漢墓帛書整理小組：《馬王堆漢墓帛書〔壹〕》（北京：文物出版社，1989 年），頁 25。

[57] 劉釗：《郭店楚簡校釋》，頁 84。

「」與「」（快）對應，「」當是「慧」的訛字，「慧」為匣母月部字，「夬」為見母月部字，韻部同而聲母為見匣兩母相通例，見匣兩母相通例又見楚簡中的「借句為后」、「借句為後」、「借句為厚」、「借堇為限」、「借割為會」、「借往為廣」等例。故〈性情論〉的這個「」字所從的「夬」一樣被錯寫成「右」。

(6)訛「火」為「而」

〈容成氏〉簡 29「乃支（辨）陰陽之（氣）」，同篇簡 30「舜乃欲會天地之（氣）」，句中的兩個「氣」字寫法，前者作「從既從而」，後者作「從既從火」。楚簡中從「既」聲的「氣」，都寫作從火，如「」（〈恆先〉簡 9）、「」（〈從政・甲〉簡 9）。故上舉從「而」的「氣」字，為從「火」之誤。

(7)訛「耑」為「光」

上博竹書〈周易〉簡 24，〈頤〉初九「豫尔靈黽（龜），觀我頤」，「」字乃「散（微）」。通行本《周易・頤》初九作「舍爾靈龜，觀我朵頤」，馬王堆帛書《易・頤》初九作「舍而靈龜觀我頤」。「」字，張政烺以為「此處掇字微殘，尚可辨認」，[58]將之隸作「掇」。「掇」從「短」聲，與通行本的「朵」，一為端母元部，一為端母歌部，聲母同且韻部有陰陽對轉的關係。因此帛書的「掇頤」與通行本的「朵頤」可通。然竹書作「微頤」則與以上二者難通，「散」當為「敚」之誤，「耑」聲與「短」聲可通。[59]楚簡中「耑」、「光」兩字形近，前者作「」（〈武王踐阼〉簡 1），後者作「」（〈孔子詩論〉簡 16），兩者因形近致誤。

(8)訛「朮」為「米」，訛「心」為「目」。

《上博・緇衣》簡 2「為上可（望）而知也，為下可而（志）也」，[60]「」形近「」（類，〈李頌〉1 背「木異類兮」）。此句

---

[58] 張政烺：《馬王堆帛書周易經傳校讀》（北京：中華書局，2008 年），頁 73。

[59] 孟蓬生：〈上博竹書周易字詞考釋〉，《華學》第八輯（北京：紫禁城出版社，2006 年），頁 122。

[60] 馮勝君以為「望」作「」形，與齊璽文字有關，為具有齊系文字特點的字

《郭店・緇衣》作「為上可睉（望）而知也，為下可[illegible]而等也」（簡3）。今本《禮記・緇衣》第十章作「為上可望而知也，為下可述而志也」。互校之下知「[illegible]」「[illegible]」對應今本「述」，「[illegible]」「等」對應今本「志」。楚簡中的「述」作「[illegible]」（〈容成氏〉簡 40）、「[illegible]」（〈彭祖〉簡 6），「[illegible]」字左旁部件即為「述」的偏旁，知「[illegible]」可通「述」，而「[illegible]」乃為「[illegible]」之訛，其乃將「朮」旁錯寫成「米」，故郭店簡的「[illegible]」當為「頛」的訛字。

而「[illegible]」「等」對應今本《禮記・緇衣》的「志」，《上博・緇衣》中的「志」以作「[illegible]」（簡 6、19）為常，然簡 19 中「故君子多聞齊而守之，多[illegible]齊而親之」句，《郭店・緇衣》作「故君子多聞齊而獸（守）之，多[illegible]（志）齊而親之」（簡 38、39）。「[illegible]」對應「[illegible]」，相同地，今本《禮記・緇衣》十九章「故君子多聞，質而守之；多志，質而親之」，「[illegible]」亦對應「志」字，故知《上博・緇衣》中的「志」字有三種寫法，分別作「[illegible]」「[illegible]」「[illegible]」，後二種或為一字異體。《郭店・緇衣》簡 3 與「[illegible]」對應的字為「等」，從寺聲，而寺從之聲，與「志」同。〈民之父母〉簡 7「何峕是迡」，其中「峕（志）」字在句中讀成「詩」，[61]同樣的例子還有〈金滕〉簡 8「於後，周公乃遺王峕（志）曰：『雕鴞』」。句中「峕」亦當讀為「詩」。因此從寺聲的「等」當然也可讀成「志」。「[illegible]」「[illegible]」為從之聲字，下半類似「目」，為「目」形的特殊寫法。[62]這種寫法的「志」目前僅見

體。《論郭店簡《唐虞之道》《忠信之道》《語叢》一～三以及上博簡《緇衣》為具有齊系文字特點的抄本》，頁 12。

[61] 劉洪濤：《上博竹書《民之父母》研究》，北京大學漢語言文字學專業碩士學位論文，2008 年 5 月，頁 15。

[62] 「[illegible]」「[illegible]」兩字所從的「目」形，馮勝君以為前者具有明顯的齊文字特點，後者則兼具齊、三晉文字特點，而與三晉文字更為接近。《論郭店簡《唐虞之道》《忠信之道》《語叢》一～三以及上博簡《緇衣》為具有齊系文字特點的抄本》，頁 8。張富海則提出前者所從的「目」形，在《說文》古文中都訛變成「囧」，如悉、冒、省、睦、直等字的古文。《漢人所謂古文之研究》（北京：線裝書局，2007 年），頁 34。

於此，懷疑這個字是將「心」訛成「目」旁的一個錯字。

(9)訛「目」為「由」

〈魯邦大旱〉簡 2「孔子曰：『庶民知說之事也，不知刑與悳。』」「」字上半類「視」，下半從「示」。此字當為「鬼」，[63]句義當為庶民知「事鬼」不知「刑與德」。與這個「鬼」字接近的寫法見「」（〈柬大王泊旱〉簡 6）、「」（〈金縢〉簡 4），相校之下知〈魯邦大旱〉的「」字，乃將上半「鬼」字的部件「由」誤作「目」。

(10)訛「目」為「工」

〈容成氏〉簡 29「民有餘食，無求不得，民乃，驕態始作」。句中「」當讀為「實」，[64]讀作「民乃實，驕態始作」。「實」字作「」（〈容成氏〉簡 19）、「」（〈皇門〉簡 6），〈容成氏〉簡 29 的「」乃將「實」字中間「目」部件訛寫成三個「工」形。

(11)訛「口」為「田」

《上博．緇衣》簡 9「=（虩，赫）師尹，民具尔」，其中「」字《郭店．緇衣》作「」（簡 16）。此句乃引自《詩．小雅．節南山》文。「」、「」當都表「瞻」義，兩字都從「詹」旁。前者將「詹」所從的「言」旁的「口」部件訛作「田」，而形似「酉」的寫法；後者則作「詹」的異體「詹」並從「見」。從木的「檐（檐）」見〈陳公治兵〉簡 9「檐徒、州其徒衛」、〈鄂君啟車節〉「如檐徒，屯二十檐以當一車」（《集成》18.12110）。然而這種訛形的方式，在某些字中或許也有可能是通用，如「昏」、「䎙」所從的「日」有作「田」者，如「」（〈莊王既成〉簡 1）、「」（〈王居〉簡 3），都將「日」作「田」。而「昷（明）」〈平王問鄭壽〉簡 4 作「」，

---

[63] 黃德寬：〈戰國楚竹書（二）釋文補正〉，《上海博物館藏戰國楚竹書研究續編》（上海：上海書店，2004 年），頁 439。

[64] 林素清：〈楚簡文字叢釋（二則）〉，中國古文字研究會第十六屆年會暨國際學術研討會論文，廣州，2006 年 11 月。唐洪志以為「民乃賽」要讀為「民乃息」，或可參。〈說《容成氏》「民乃賽」乃相關問題〉，《文物》2013 年 8 期。

也屬這種情形。[65]〈天子建州‧甲〉簡 8 作「」，相同文句，在〈天子建州‧乙〉簡 7 作「」，知在「昏」中作「日」、「田」可通。

(12)訛「又」為「卩」

《上博‧緇衣》簡 11「大人不親其所而信其所賤」，中的「」字，郭店簡中作「」（簡 17），知前者當為「賢」字異構。「賢」字在楚簡中作「臤」、「臤」，或更於其上繁加「子」（如「」〈彭祖〉簡 8、「」〈命〉簡 4、「」〈命〉簡 7），「」乃訛「臤」的右旁為「㔾」。

(13)訛「人」為「勿」

《上博‧緇衣》簡 17「穆=文王，於義止」，「」形似「幾」，然楚簡中「幾」作「」（〈曹沫之陳〉簡 40）、「」（〈莊王既成〉簡 2），下從「人」，此字在「人」旁多了二道斜筆，而形似「勿」。前舉〈靈王遂申〉申城公之子名有作「」、「」（簡 2）者，虍下所從部分的差異也有可能是屬於這一類形訛。

此句今傳本《禮記‧緇衣》八章作「穆穆文王，於緝熙敬止」，為引《詩‧大雅‧文王》語。郭店作「穆=文王於偮遁敬𡳿」（簡 33、34）。相校下《上博》的「於幾義止」，當即「於緝熙敬止」、「於偮遁敬𡳿」。「幾」與「緝」通假，「義」與「熙」通假，並知《上博‧緇衣》句中有缺文，當於「義」「止」之間補入「敬」。

(14)訛「人」為「力」

〈曹沫之陳〉簡 9「以亡道稱而歿身就（世）亦天命」句中的「世」又見〈季康子問於孔子〉簡 14，作「」，[66]兩者皆在「世」字上繁加「死」符，而差異在於前者所從的「死」從「力」。「死」在他處作「」（〈魯邦大旱〉簡 4）、「」（〈昭王毀室〉簡 8）「」（〈姑成家父〉簡 7），「」（〈鮑叔牙與隰朋之諫〉簡 5）

---

[65] 秦漢文字中則「田」形常常省作「日」形，見黃文傑：《秦至漢初簡帛文字研究》（北京：商務印書館，2008 年），頁 108。

[66] 陳劍：〈談談《上博（五）》的竹簡分篇、拼合與編聯問題〉，武漢大學簡帛網，2006 年 2 月。

皆「從歺從人」，而「」字所從的「死」從力，乃知其將「人」訛成「力」。[67]

(15)訛「串」為「單」

〈競公虐〉簡 8「約夾者關」的「關」字作「」，乃將「闗（關）」所從的「串」聲訛成「單」。而〈容成氏〉的「六律六郘（呂）」（簡 30+16）中便將「呂」旁訛成了「串」，而寫作「」形。[68]

(16)訛「柬」為「東」

《郭店・五行》簡 39「東之為言猷練也，大而晏者也。」此句《馬王堆・五行》作「簡之為言也，猷賀，大而罕者。」（204）故《郭店簡・釋文》以為「東」為「柬」之訛。[69]

(17)訛「再」為「甬」

〈周公之琴舞〉簡 3「再啟曰」的「再」作「」，比較〈芮良夫毖〉的「再」字作「」（簡 2）、「」（簡 26），知「內」被訛寫成「甬」。

5.省缺筆畫而致訛

(1)「寡」缺筆訛作「須」

《郭店・老子甲〉》簡 2「視索（素）保樸，少私欲」。其中「寡欲」的「寡」作「」，「寡」字在楚簡中作「」（〈孔子詩論〉簡 9）、「」（〈三德〉簡 14）形，〈老子〉中的這個「」，由於「頁」的下半右旁少了二畫，因此訛成「須」，「須」字寫法如「」（〈容成氏〉簡 46）、「」（〈三德〉簡 1）、「」（〈王居〉簡 6），與「寡」形近易訛。

(2)「」因省寫造成難識

〈彭祖〉簡 5「五紀必（畢）周，雖貧必修；五紀不，雖富必遴」。

---

[67] 楚簡中還可見「人」「力」兩形相混的現象，見宋華強：《新蔡葛陵楚簡初探》（北京：線裝書局，2008 年），頁 144。

[68] 陳劍：〈上博楚簡容成氏與古史傳說〉，《中央研究院成立 75 周年紀念論文集－中國南方文明學術研討會》（臺北：中研院史語所，2003 年），頁 6。

[69] 荊門市博物館：《郭店楚墓竹簡》，頁 151。

其中「」字當是「正」，[70]楚簡中的「正」字作「」（《上博·緇衣》簡 13）、「」（〈容成氏〉簡 18）、「」（〈鬼神之明〉簡 8），「」是「」寫法的訛體，將中間兩筆寫得太直的結果，而〈周易〉簡 13，〈謙〉上六爻辭「鳴嗛，可用行師征邦」的「征」作「」，所從的「正」旁與此接近。

(3)「」因所從鹿旁省筆而造成難識

〈柬大王泊旱〉簡 4、5 中有一個「」字，該字沈培以為是上半是「鹿」下半是「衣」，但由於「鹿」字作偏旁時罕見有省成鹿頭形者，故該字有很多不同的隸定與釋讀。然因〈孔子詩論〉簡 23「鹿鳴」的「鹿」作「」，從鹿省從彔，鹿、彔皆聲，所從的「鹿」也省寫成鹿頭形，因此替「」的上半可釋作「鹿」的說法找到證據。此字即《說文》「表」字古文，其在〈柬大王泊旱〉中讀「孚」。[71]

(4)「」字不識可能為某字缺筆

《上博·緇衣》簡 13「教之以悳，齊之以禮，則民有心」，「心」一詞，《郭店·緇衣》簡 24 作「心」，即「懽（歡）心」。今本《禮記·緇衣》三章作「夫民教之以德，齊之以禮。則民有格心。」「心」對應「歡心」與「格心」。[72]李零以為「字從凵從立，疑同『昪』，而以音近讀為『恥』」。[73]然此字實像「（當）」（〈曹沫之陳〉簡 50）的下半，不明為何字，很可能是某字缺筆所造成。

6.增添筆畫而致訛

[70] 周鳳五：〈上海博物館楚竹書《彭祖》重探〉，《南山論學集》（北京：北京圖書館出版社，2006 年），頁 13。

[71] 沈培：〈從戰國簡看古人占卜的「蔽志」〉，《古文字與古代史》第一輯（臺北：中研院史語所，2007 年），頁 404。

[72] 《郭店·緇衣》作「歡」，裘錫圭通讀為「勸」，今傳本〈緇衣〉作「格」。陳偉提出包山簡中此字作姓氏，楚有權氏、歡氏，而亦有人名公子格。陳偉：《楚地出土戰國簡冊〔十四種〕》，頁 30。楚簡有觀氏，見〈王居〉簡 1「矔（觀）無畏」、《包山》簡 231「𧡦（觀）緗」、簡 249「矔（觀）義」等，未作「」形。

[73] 李零：《上博楚簡三篇校讀記》，頁 55。

(1)「」多一筆

〈曹沫之陳〉簡 5「臣聞之曰：鄰邦之君明，則不可以不修政而善於民，不然亡焉。」其中「」讀「恐」。字上半從「王」，然「恐」字從工聲，故當從「工」非「王」。「恐」字又見〈武王踐祚〉「」（簡 5）、〈命〉「」（簡 1）。而從王的字，如「任」作「」（〈慎子曰恭儉〉簡 3），「王」與「工」有一橫之別，知「」字在聲符「工」上多增加了一筆。

(2)「」為「遂」的增筆

〈從政・甲〉簡 3「教之以刑則」，「」字不辨，疑為「」（〈鬼神之明〉簡 2），即「遂」字之訛。其先是將「㒸」寫作「豕」，又將「豕」下部分訛成左右兩畫。在此「逐」要讀為「遯」，作「逐」讀為「遯」的字，可視為從「豚」省聲的字。[74]「」字因形近「述」（），而楚人書寫時習慣借「述」為「遂」，[75]故書手在寫「遂」字時，不自覺的將「遂」的偏旁，訛作「述」的「朮」旁。

（二）衍文例

1.涉上下文而衍例 [76]

(1)衍「子」字

[74] 馬王堆帛書《周易》經文將「遯」卦寫作「掾」，陳劍以為「掾」所從的「彖」為「豕」，此「掾」來源於「豚」字異體「腞」，故「掾」應分析為從手腞（豚）省聲。〈金文「彖」字考釋〉，《甲骨金文考釋論集》（北京：線裝書局，2007 年），頁 259。其與此例同。

[75] 「借述為遂」例見〈容成氏〉簡 34、37、39、41、44、〈恆先〉簡 12、〈季康子問孔子〉簡 4、〈三德〉簡 15，參本書附錄二。

[76] 關於衍文，存在一疑例，見〈五行〉簡 3、4「聖形於內謂之德之行，不形於內謂之德之行」，句中「不形於內謂之德之行」句，或謂衍「之德」或「德之」二字。陳來以為〈五行〉中用「德之行」與「行」來區別「德性」和「德行」，而對於「聖」，因為沒有德性和德行的分別，故形於內、不形於內，皆謂之「德之行」。陳來：〈竹簡《五行》篇與子思思想研究〉，《北京大學學報》2007 年 3 月，頁 2。

〈容成氏〉簡 14「舜於是乎始免蓺[illegible]耨[illegible]而坐之，子堯南面，舜北面」。其中「子堯」不辭，裘錫圭以為「子」字因涉簡 13「乃及邦子」的「子」而衍。[77]。

(2) 衍「不」字

《郭店・老子甲》簡 37、38「持而浧（盈）之不不若已」。句中衍一「不」字。

（三）倒文例

〈窮達以時〉簡 14「窮達以時，悳行弌也，譽毀在旁▌聖之弋母之白」。其中「聖之弋母之白」一句不解，陳劍以為「『母之』二字誤抄倒。『母之白』的『之』字右旁靠上的竹簡邊有一個小墨點，是起提示此處『母之』二字係誤抄倒作用的。「母白」，讀為『梅伯』，商紂王時的諸侯」。（圖 15）[78]並將「弋」讀為「賊」，譯作旁人對同一人的毀譽不同，或以為聖，或以為賊。

三　楚簡中錯字的成因

以上主要分析了《郭店》、《上博》簡中的誤、衍、倒文例，從這些例子中我們發現抄手致誤的現象有「因字不習見而誤」、「因兩字形似而誤」、「涉上下文而誤（衍）」、「偏旁或部件的訛誤」、「省缺筆畫而致訛」、「增添筆畫而致訛」。這裏面除了「不習見而誤」一項外，其餘可能大半都是基於抄手無意識的寫錯。而與之相對的「非無意識的寫錯」，指因抄手不識該字，只好依自己所判斷的構

---

77 見郭永秉：《帝系新研－楚地出土戰國文獻中的傳說時代古帝王系統研究》（北京：北京大學出版社，2008 年），頁 89。

78 陳劍：〈郭店簡〈窮達以時〉、〈語叢四〉的幾處簡序調整〉，《國際簡帛研究通訊》第 2 卷第 5 期，2002 年，頁 3。李天虹反對此說，以為抄倒之證據不足，並懷疑「弋母」讀為「戴侮」。〈郭店竹簡《窮達以時》篇 14、9 號簡再讀〉，《古文字研究》廿八輯（北京：中華書局，2010 年），頁 406。

形方式加以謄錄，而形成誤字。如上舉的《郭店・緇衣》將「[illegible]」誤摹的不成字，抄手肯定對自己的寫法存疑，但無法判斷對錯。否則就會如〈五行〉那樣，在「[illegible]」字的背面，再加注一個「解」。其致誤的主因是由於底本寫了一個罕見的「[illegible]」字，若底本用的是常見的「御」字，肯定不會出現這種情形。「因兩字形似而誤」、「涉上下文而誤（衍）」、「偏旁或部件的訛誤」、「省缺筆畫而致訛」、「增添筆畫而致訛」等這些非無意識的寫錯的成因，有學者名為「類化」，很多俗字的產生就是先出現以上這幾種錯字的寫法而形成的。[79]

而從以上字形訛誤的例子來看，有不少是出現在古書簡的篇章中，包括〈緇衣〉、〈周易〉、〈老子〉中，這類古書簡在抄寫時，由於文字較古樸，或引用成語較多，若書手對其內容不熟悉就容易抄錯，除了上舉的把罕見字摹的不成字外，還會有因讀錯而抄成另一字者，如竹書〈周易〉誤將〈豫〉六三爻辭「盱豫」寫成「可余（豫）」；誤將〈頤〉初九的「敳頤」寫作「敚頤」，大半可能是基於抄手誤讀的結果，因這些古僻的辭句，不易從上下文來判定，故書手的誤讀造成了誤字的出現。

而無意識的寫錯，包括把一個字寫成另一個字，把一個字的偏旁或部件，錯寫成了另一個形體，其大半都出於書手的粗心，如把「谷」錯成「台」、把「咸」錯成「臧」、把「巳」錯成「肉」、把「先」錯成（或省寫成）「之」等，「谷」、「咸」、「巳」、「之」都非罕見字，實因與「台」、「臧」、「肉」、「之」形近而致誤；而把偏旁或部件寫錯的也是由於粗心，故把「閟」所從的「必」寫成「弋」、把「軫」所從的「㐱」寫成「方」、把「快」所從的「夬」寫成「右」、把「嬖」所從的「火」寫成「而」，把「死」所從的「人」寫成「力」。若抄手在抄錄完後能再重新檢閱一遍，相信有些錯字一定能被更正。

[79] 張涌泉舉出俗字中有「受上下文影響而類化」，如「石榴」類化作「石磂」、「爛漫」類化作「爛熳」、「息婦」類化作「媳婦」；「受潛意識影響而類化」，如「聽」字受「敢」的影響而作「聸」。見氏著：《漢語俗字研究》（北京：商務印書館，2010 年），頁 63-69。都可以和楚簡中的錯別字類型作比較。

而「涉上下文而誤」的例子，可能是書手雖知要寫正確的字，但心中所默記的形體，在寫時卻不自覺地沿上文而誤，故把「㕣（咎）陶」寫成了「㕣咎」，把「亡備」寫成了「亡體」。此外，楚地特殊的書寫習慣也會造成書手寫誤字的原因，如因楚地文獻習見「借述為遂」，故當書手看到底本的「遂」字時，不自覺地想到「述」，故「遂」字寫到一半又變成了「述」的部件，才形成了〈從政．甲〉中那種既像「遂」，又似「述」的「」字寫法。

然這其中比較不易百分百認定為錯字的是那些在部件或偏旁上增減一二筆畫的字。在楚簡中有些字的部件或偏旁雖增減一二筆畫，但因是常見字，縱使增減一二筆也不妨礙字形的認定或文義的判斷，且通用的例子多了，反而成了可被接受的寫法。如楚簡中「口」「日」有時形近互作，如「三」作「」「」，又可作「」「」；「日」「田」有時形近互作，如「昔」、「昏」都從「日」，但有作從「田」者，如「」（〈鬼神之明〉簡 7）、「」（〈莊王既成〉簡 1）；「衣」「卒」有時形近互作，「卒」有作「」（〈孔子詩論〉簡 25、〈陳公治兵〉簡 7）也有作「」（〈曹沫之陳〉簡 28）者，前者從《說文》小篆「衣」字寫法，後者從「卒」。因此文中所舉的「」將「口」訛作「田」的例子，很可能也是受了這種形近而通的類化影響。

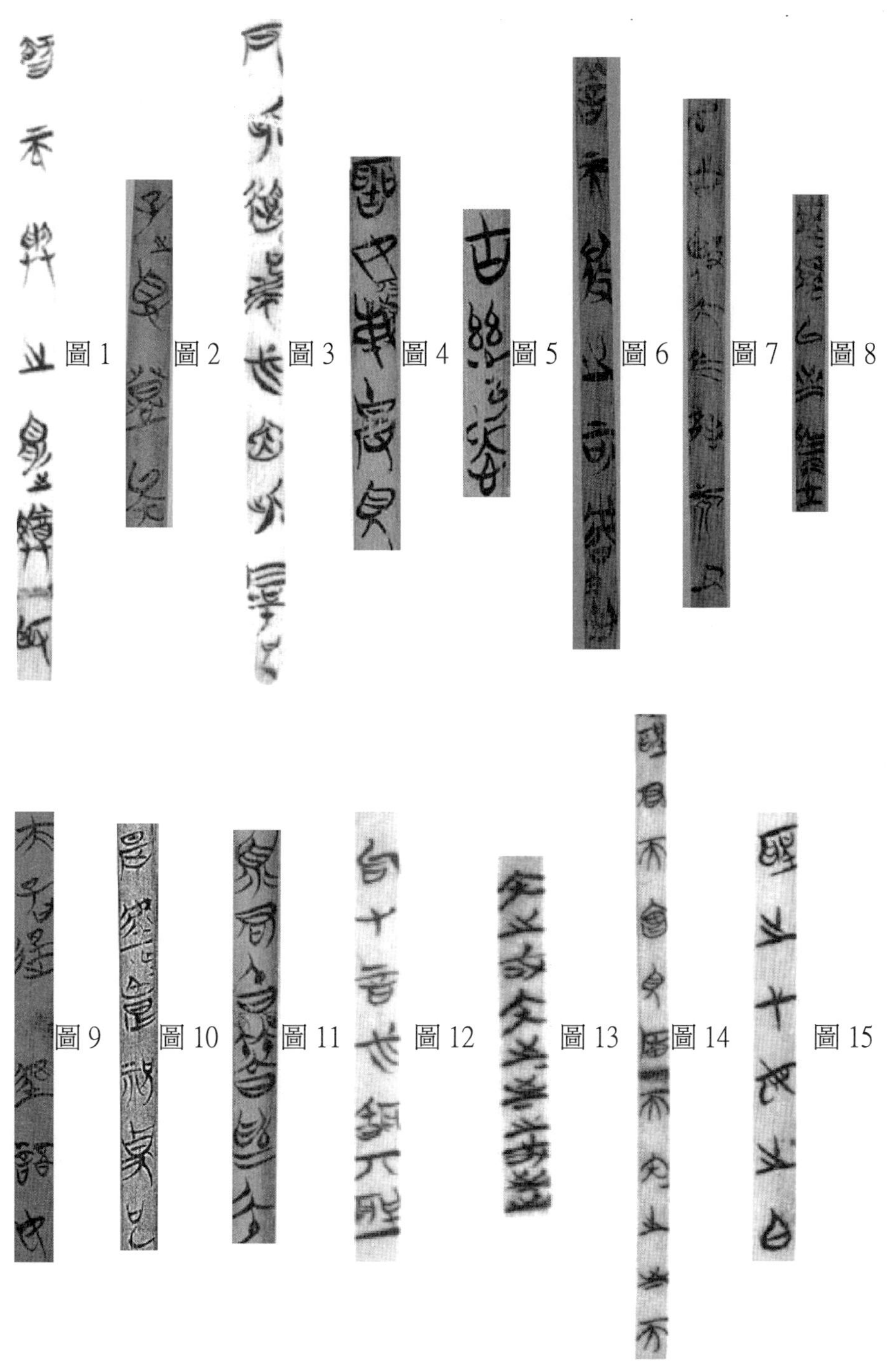

圖一　楚簡中的補字補句例

第二章　楚人楚事簡及楚器中的用字比較

許慎《說文・敘》說到戰國時期「諸侯力政，不統於王，惡禮樂之害己，而皆去其典籍，分為七國，田疇異晦，車涂異軌，律令異灋，衣冠異制，言語異聲、文字異形。」直到始皇兼併天下，聽取李斯的建議，才用小篆統一文字。認為戰國時期各國文字的差異甚大，已到異形的地步。民國以來王國維承繼許慎戰國時期各國文字異形的看法，主張把戰國時期文字分為東土文字和西土文字，並提出「秦用籀文，六國用古文說」（見〈史籀篇疏證序〉、〈漢代古文考〉），[1]後來唐蘭沿襲他的二分說，並把東土文字易名為「六國文字」，西土文字易名為「秦系文字」（《古文字學導論》）。

此後由於出土材料漸多，二分說無法彰顯不同地域出土材料的文字特性，故李學勤在討論戰國時期青銅器上的銘文及石刻文字時，就採用國別的分法，進一步細分為「齊國題銘」、「燕國題銘」、「三晉題銘」、「兩周題銘」、「楚國題銘」、「秦國題銘」，[2]標誌著戰國文字分域研究的開始。[3]其後黃盛璋主張三晉系文字即中原地區所使用文字，此區除三晉外，還應包括東周及衛星國中山與衛，可名為「中原組」，與東齊、西秦、南楚、北燕四組文字有明顯不同。[4]而何琳儀在《戰國文字通論》中即將戰國文字分成齊、燕、晉、楚、秦

1 李學勤：〈王國維《桐鄉徐氏印譜序》的背景與影響〉，《文物中的古文明》（北京：商務印書館，2008 年），頁 565。

2 李學勤：〈戰國題銘概述（上）、（中）、（下）〉，分見《文物》1959 年的 7、8、9 期。

3 李學勤：〈戰國題銘概述（下）〉，《文物》1959 年 9 期，頁 58。

4 黃盛璋：〈三晉銅器的國別、年代與相關制度問題〉，《古文字研究》十七輯（北京：中華書局，1989 年），頁 54。

五系來立論。[5]這五系分法正是目前研究戰國文字學者們所普遍接受的分法。

當年李學勤討論楚國題銘時，分析的材料主要包括長沙出土楚帛書、信陽長臺關竹簡、長沙楊家灣竹簡與安徽壽縣李三孤堆銅器群及鄂君啟節，而今日我們看到的楚簡材料已遠超過當時，而且楚地出土簡中的書籍簡大量出現，還是在郭店簡公布以後。故《上博》及《清華》中豐富的書籍簡內容，提供了我們對書籍簡的形制、抄寫方式、用字及通假等研究面向的一個極佳材料。

前文已針對《上博》、《清華》所收錄篇章區分出一類楚人楚事簡來，這一類楚人楚事簡是楚人原創的作品，因故抄手在抄寫時，基本上不會出現因國別用字不同而造成的誤字，簡文中所用文字，大半是抄手的語言習慣，而這些字例由於牽涉到底本寫定時間的早晚不同，故可能是楚國當地一段較長時間的語言用字習慣的綜合表現。

以下針對楚人楚事簡的用字加以分析。

第一節　楚人楚事簡中的用字情況

一　楚人楚事簡中的用字現象

下面根據《說文》順序，對楚人楚事簡中的用字情況加以討論。

卷一

001 一

作「一」、「翟」、「戝」。例見〈昭王毀室〉簡 1「有一君子，喪服曼廷將蹠閨」、〈君人者何必安哉〉簡 4「一人杜門而不出」、〈王居〉簡 5「夫彭徒翟勞為吾謐之」、〈王居〉簡 2「吾戝恥於告大夫」、〈柬大王泊旱〉簡 5「吾瘵戝病」。然「翟」又可通讀為「抑」，見〈邦人不稱〉簡 8「翟懼君之不終」。

[5] 何琳儀：《戰國文字通論》（北京：中華書局，1989 年），頁 78。

002 上

作「走」、「𠄞」、「上」。例見〈莊王既成〉簡 3「載之塼車以走乎？」、〈鄭子家喪·甲〉簡 2、3「如上帝鬼神以為怒」、〈柬大王泊旱〉簡 6「夫𠄞=鬼神高明甚，將必知之。」

003 祥

作「恙」。例見〈鄭子家喪·甲〉簡 4「弗畏鬼神之不恙」。

004 社

作「䄕」。例見〈王居〉（〈志書乃言〉簡 7）「吾無如䄕稷何，爾必良慎之。」

005 禍

作「禍」、「䄆」、「訛」。例見〈昭王與龔之脽〉簡 9「天加禍於楚邦」、〈平王問鄭壽〉簡 1「䄆敗因重於楚邦」、〈邦人不稱〉簡 1「天加訛於楚邦」。

006 三

作「三」、「厽」。例見〈命〉簡 11「焉樹坐友三人，立友三人。」、〈柬大王泊旱〉簡 16「厽日，王有豫色。」

007 理

作「李」。例見〈李頌〉簡 2「是故聖人兼此和物，以李人情。」而「李」亦可表「李」，〈李頌〉1 背「素府宮李」。

008 靈

作「需」、「霝」。如〈靈王遂申〉簡 1「需王即位，申息不憖。」、〈君人者何必安哉·甲〉簡 9「先君需王乾谿云薔」、〈繫年〉簡 80「霝王即殜，競平王即位。」

009 中

作「审」。例見〈李頌〉簡 1「斷外𦔢审」、〈蘭賦〉簡 1「決去選物，宅在茲审。」

010 莊

作「臧」、「臧」。例見〈莊王既成〉簡 1「臧王既成亡射」、〈繫年〉簡 61「楚臧王立十又四年」。

011 蘇

作「鯀」。例見〈王居〉簡 1「王居鯀澫之室」。

012 莒

作「膚」。例見〈柬大王泊旱〉簡 3「吾所得地於膚中者，無有名山名溪。」

013 蘭

作「蘭」。例見〈蘭賦〉簡 3「蘭斯秉德」。

014 荑

作「荑」。例見〈蘭賦〉簡 1「荑薜茂豐」。而「夷」字作「𡰥」，見〈繫年〉簡 43「令尹子玉遂率鄭衛陳蔡及群蠻𡰥夷之師，以交文公。」

015 葉

當封地時作「鄴」。如〈命〉簡 1「鄴公子高之子見於令尹子春」。〈邦人不稱〉簡 5「卲夫人謂鄴公子高」。

016 茂

作「茅」。例見〈蘭賦〉簡 1「荑薜茅豐」。

017 落

當木落時作「箬」，當落成典禮時作「袼」、「条」、「袼」。如〈李頌〉簡 1「旱冬之旨寒，燥其方箬。」〈昭王毀室〉簡 1「昭王為室於死湑之滸，室既成，將袼之。王戒邦大夫以飲酒。既，型条之，王內，將袼。」同篇簡 5「爾姑須，既袼，焉從事。」及〈靈王遂申〉簡 5「城公與虛歸，為袼。」

018 蔡

作「郗」，但寫法有「」、「」、「」的不同。如〈繫年〉簡 15「王自復鄢」、同篇簡 43「令尹子玉遂率鄭衛及群蠻夷之師」，〈靈王遂申〉簡 1「靈侯」，〈邦人不稱〉簡 8「大祝」。

019 蓋

作「盍」。例見〈平王與王子木〉簡 4「知饔不盍，酪不酸。」、〈邦人不稱〉簡 3「如就復邦之後，盍冕為王。」、〈王居〉簡 12「盍膚內郢」、〈繫年〉簡 84「吳王盍虖」。

020 范

作「軛」。例見〈君人者何必安哉〉之「軛戉」。

021 春

作「萅」或「旾」。例如〈莊王既成〉簡 1「以供萅秋之嘗」及〈命〉中的「令尹子旾」，〈王居〉則作「令尹子萅」。

卷二

022 必

作「必」、「朼」。例見〈君人者何必安哉〉中的「必」。作「朼」者見〈楚居〉簡 5「抵今曰栾，栾朼夜。」

023 物

作「勿」。例見〈蘭賦〉簡 5「蘭有異勿，蔘則簡逸，而莫之能效矣。」而「勿」也有表否定副詞的用法，如〈命〉簡 3「命勿之敢違」。

024 吾

作「虗」。例見〈昭王與龔之脽〉簡 10「虗未有以憂」。

025 召

作「訋」。例見〈昭王毀室〉簡 2「爾必止小人，小人將訋寇。」

026 問

作「昏」、「聞」。例如〈莊王既成〉簡 1「莊王既成亡射，以昏沈子莖。」、〈平王與王子木〉簡 5「王子聞城公：『此何』？」然「昏」、「聞」亦可表「聞」，如〈昭王與龔之脽〉簡 8「大尹昏之，自訟於王。」、〈王居〉（〈命〉簡 4、5）「吾聞古之善臣」、〈蘭賦〉簡 2「盈訛邇而達聞于四方」。

027 和

作「咊」。例見〈李頌〉簡 2「是故聖人兼此咊物」。

028 周

作「遃」。例見〈有皇將起〉簡 4「遃流天下今兮」。

029 喪

作「芒」、「死」。例如〈鄭子家喪・甲〉簡 1「鄭子家芒，邊人來告」、〈昭王毀室〉簡 2「有一君子死服曼廷將蹠閨」。

030 逸

作「㳉」。例見〈蘭賦〉簡 5「蘭有異物，蓡則簡㳉，而莫之能效矣。」「㳉」又可通讀為「抶」（《說文・十二篇上・手部》「抶，笞擊也。」），〈繫年〉簡 58「宋公之車暮駕，用㳉宋公之御。」又作「𢿌」，如〈成王為城濮之行・甲〉簡 1「一日而畢不𢿌一人」。

031 退（復）

作「遚」、「退」，分別見於〈陳公治兵〉簡 12「喬山以遚之」與簡 18「徒甲進退」。

032 起

作「记」、「迲」。例如〈鄭子家喪・甲〉簡 3「乃迲師圍鄭三月」，此句乙篇作「乃记師圍鄭三月」。楚簡中「起」字以作「记」為常，「迲」或為形近而通。作從己聲者，又見〈平王與王子木〉簡 2「城公记曰：『臣將有告』。」、〈王居〉（〈志書乃言〉簡 6）「朝记而夕廢之」、〈陳公治兵〉簡 13「木鐸以记」。

033 越

作「逑」。例見《蘭賦》簡 5「不罔天道其逑也」，而地名的「越」則作「戉」，如〈繫年〉「吳越」之「越」作「戉」（簡 111）。

034 趙

作「邚」、「屰」。例見〈繫年〉簡 96「令尹子木會邚文子武及諸侯之大夫」、同篇簡 115「晉魏斯屰浣韓啟章率師圍黃池」。

035 止

作「峕」、「峊」、「戠」。例如〈申公臣靈王〉簡 4「陳公子皇峕皇子，王子圍奪之。」、〈邦人不稱〉簡 4「三戰而三峕，而邦人不稱勇。」[6]、〈昭王毀室〉簡 2「君王始入室，君之服不可以進。不峊。」、〈繫年〉簡 85「晉景公會諸侯以救鄭，鄭人

6 此處陳劍主張讀為「捷」，參氏著：〈簡談《繫年》的「戠」和楚簡部分「峕」字當釋讀為「捷」〉，復旦大學出土文獻與古文字研究中心網站，2013 年 1 月 16 日。

戠郥公儀，獻諸景公。」「㞷」也可讀為「止之」合文，如〈繫年〉簡 23「息嬀將歸於息，蔡哀侯命㞷=曰：『以同姓之故，必入。』」

036 歸

作「逯」、「歸」。〈平王問鄭壽〉簡 2「使先王無所逯」、〈繫年〉簡 28「殺息侯，取息嬀以歸。」

037 正

作「正」、「貞」。例如〈鄭子家喪．甲〉簡 2「而後楚邦使為諸侯正」、〈君人者何必安哉．甲〉簡 3「食田五貞」。而《清華．程寤》簡 1「隹王元祀貞月既生霸」，亦是相同用法。

038 是

作「氏」。例如〈李頌〉簡 1「氏故聖人兼此和物，以理人情。」

039 徒

作「辻」。例見〈王居〉簡 7「乃命彭辻為洛卜尹」、〈靈王遂申〉簡 2「令人毋敢辻出」。

040 過

作「䢔」、「悠」。例見〈平王與王子木〉簡 1「景平王命王子木蹠城父。䢔申。」、〈有皇將起〉簡 2「有悠而能改今兮」。

041 遇

作「瓜」。例見〈平王與王子木〉簡 1「城公幹瓜，跪於疇中。」

042 適

作「啻」。例見〈蘭賦〉簡 5「荑薛之方起，夫亦啻其歲也。」

043 徙

作「遅」、「遷」。例如〈昭王毀室〉簡 5「王遅處於坪滿」、〈楚居〉簡 7「若敖熊儀遷居鄀」。

044 遷

作「遂」。例見〈平王問鄭壽〉簡 5「君王遂處，辱於老夫。」

045 返

作「䍐（樊）」。例見〈王居〉簡 1「王居蘇瀟之室，彭徒䍐諹關致命。」

046 連

作「連」或「䜌」。例如〈柬大王泊旱〉簡 15「五連小子」、〈楚居〉簡 1「季䜌初降於畏山」。

047 遂

作「述」。例見〈繫年〉簡 83「以敗楚師於柏舉，述入郢。」、〈邦人不稱〉簡 5「乃乘駟車五乘，述蹠郢。」「述」又可通讀為「墜」，如〈靈王遂申〉簡 5「王將述邦弗能止，而或欲得焉。」

048 復

作「返」、「遉」。例見〈平王問鄭壽〉簡 4「明歲，王返見鄭壽出。」、〈陳公治兵〉簡 10「又遉於君王」。

049 彼

作「皮」。例見〈柬大王泊旱〉簡 10「皮，聖人之子孫。」

050 待

作「峕」。例見〈莊王既成〉簡 1「以供春秋之嘗；以峕四鄰之賓客。」字又可讀為「時」，見〈李頌〉簡 1「鵬鳥之所集，竢峕而作兮。」

051 後

作「逡」、「遂」。如〈鄭子家喪〉簡 2「而逡楚邦使為諸侯正」、〈陳公治兵〉簡 14「踵之於逡」；〈王居〉（〈志書乃言〉簡 7）「是則盡不穀之罪也，遂余勿然。」

052 遲

作「遟」。例見〈楚居〉簡 2「穴熊遟徙於京宗」。

053 御

作「馭」、「馯」。例見〈繫年〉簡 58「宋公之車暮駕，用抶宋公之馭」、〈靈王遂申〉簡 3「得此車，又不能馯之以歸。」

054 跪

作「𡋲（坐）」、「䟫」。如〈申公臣靈王〉簡 8「陳公𡋲拜，起答曰：『臣為君王臣，君王免之死，不以振斧鑕，何敢心之有！』」、〈平王與王子木〉簡 1「城公幹遇，䟫於疇中。」

055 蹠

作「迈」。〈平王與王子木〉簡 3「莊王迈河雍之行」、〈邦人不稱〉簡 4「聞令尹、司馬既死，將迈鄢。」

056 路

作「逄」。例見〈有皇將起〉簡 3「……大逄今兮，戟栽與楮今兮。」〈平王問鄭壽〉簡 4「鄭壽出，居逄以須。」

卷三

057 世

作「殜」。例見〈繫年〉簡 80、81「靈王即殜，景平王即位。」

058 語

作「語」。例見〈平王問鄭壽〉簡 4「王與之語」。

059 謂

作「胃」。例見〈王居〉（〈志書乃言〉簡 2、3）「王作色曰：『無愄，此是胃死辠。』」

060 請

作「青」、「情」、「請」。如〈鄭子家喪・甲〉簡 3「鄭人青其故」、同篇乙本簡 3「鄭人情其故」。〈命〉簡 7「子謂陽為賢於先大夫，請問其故？」

061 諸

作「者」。例見〈鄭子家喪・甲〉簡 2「而後楚邦使為者侯正」、〈邦人不稱〉簡 4「葉之者老皆諫曰：『不可，必以師。』」「者」也有作代詞用法的，如〈柬大王泊旱〉簡 3「無有名山名溪，欲祭於楚邦者乎。」

062 諷

作「凬」。例見〈命〉簡 2「先大夫之凬誠遺命」。

063 諫

作「柬」。見〈邦人不稱〉簡 4「葉之諸老皆柬曰：『不可，必以師』。」

064 謗

作「忞」、「旁」。如〈王居〉（〈志書乃言〉簡 4）「然以讒言相忞」、〈有皇將起〉簡 6「訡三夫之旁也今兮」。

065 讒

作「譴」、「讉」。例見〈王居〉（〈志書乃言〉簡 4）「然以譴言相謗」、〈繫年〉簡 81「少師亡忌讉連尹奢而殺之」。

066 僕

作「儯」、「僕」。例見〈昭王毀室〉簡 3「以儯之不得并儯之父母之骨」、〈命〉簡 2「僕既得辱視日之廷，命求言以答。」

067 共

作「龔」。如〈楚居〉簡 11「（楚）龔王」。

068 舉

作「舉」。如〈成王為城濮之行・甲〉簡 2「舉邦賀子文，以其善行師。」

069 叔

作「弔」。如〈楚居〉簡 3「生侸弔、麗季」。

070 友

作「畬」。例見〈命〉簡 8「亡僕之掌楚邦之政，坐畬五人，立畬七人。」

071 書

作「箸」。例見〈王居〉簡 1（接〈志書乃言〉簡 1）「無愄持箸乃言」。

072 及

作「憠」、「及」。例如〈鄭子家喪・甲〉簡 1、2「以邦之病，以憠於今」。〈平王問鄭壽〉簡 5「前冬言曰：『邦必喪我，及今何若？』」

073 殺

作「殺」。例見〈鄭子家喪・甲〉簡 1「鄭子彖殺丌君」。

074 寸

作「籥」。例見〈鄭子家喪・甲〉簡 5「命使子彖梨木三籥」。

075 將

作「牆」、「蹡」。例如〈平王與王子木〉簡 5「城公起：『臣牆有告』。」而「將軍」之「將」作「牆」、「蹡」或「羘」。〈柬大王泊旱〉簡 17「君皆楚邦之𨝍軍」。〈繫年〉則兩體並見，簡 131 作「𨞄」；簡 132 作「𨝍」。〈繫年〉簡 81「伍雞逘吳人以圍州來」，則率領義的「將」作「逘」。

076 效

作「𢽽」。例見〈蘭賦〉簡 5「而莫之能𢽽矣」。而「教」亦作「𢽽」或「𡥈」，如〈成王為城濮之行・甲〉簡 1「王使子文𢽽子玉」、〈有皇將起〉簡 1「惟余𡥈保子今兮」。

077 故

作「古」。例見〈鄭子家喪・甲〉簡 3「鄭人請其古」。〈柬大王泊旱〉簡 5「楚邦有常古」。「古」還可讀為「姑」，如〈昭王毀室〉簡 5「爾姑須。既落，焉從事」。而從固聲的「涸」作「沽」，亦從「古」，如〈蘭賦〉簡 2「何淵而不沽」。

078 寇

作「寇」。例見〈昭王毀室〉簡 4「君不為僕告，僕將召寇。」

079 鼓

作「鼚」、「鼓」。例見〈君人者必安哉・甲〉簡 3「君王有楚，不聽鼚鐘之聲。」、〈柬大王泊旱〉簡 9「王若，將鼓而涉之。」

080 數

作「婁」。例見〈君人者何必安哉・甲〉簡 4「宮妾以十百婁」。

081 變

作「㝊」。〈柬大王泊旱〉簡 6「不敢以君王之身，㝊亂鬼神之常故。」

卷四

082 相

作「梖」或「相」。例如〈柬大王泊旱〉簡 9「王夢三閨未啟，王以告梖徙與中余。」、〈李頌〉簡 1「相吾官樹，桐且怡兮。」

083 皆

作「𣅀」、「皆」，例見〈昭王與龔之脽〉簡 10「使邦人𣅀見之」。〈繫年〉簡 99「昭公頃公𣅀早世」。作「皆」者，見〈李頌〉簡 1 背「豈不皆生」。而從皆聲的「階」作「𨼆」，如〈昭王毀室〉

簡 3「僕之父之骨在於此室之隋下」。

084 魯

魯國之「魯」作「魯」。例見〈繫年〉簡 71「郤之克率師救魯」。

085 智

作「智」或「智」。例如〈平王與王子木〉簡 4「王子不智麻，王子不得君楚邦。」〈柬大王泊旱〉簡 6、22「夫上帝鬼神高明甚，將必智之。」

086 離

作「鹿」。例見〈有皇將起〉簡 4「鹿處而同欲今兮」。

087 美

作「媺」。見〈邦人不稱〉簡 4「邦人不稱媺」。

088 集

作「集」。例見〈李頌〉簡 1 背「謂羣眾鳥，敬而勿集兮。」

089 鵬

作「鸜」。例見〈李頌〉簡 1「鸜鳥之所集」。

090 難

作「戁」。例見〈平王問鄭壽〉簡 3「如不能，君王與楚邦懼戁。」

091 焉

作「安」。例見〈鄭子家喪・甲〉簡 7「王安還軍以仍之，與之戰於兩棠，大敗晉師安。」句中兩個「安」分別作連詞與語氣詞。

092 幼

作「學」。例見〈靈王遂申〉簡 3「小人學，不能以它器。」

093 予

作「豸」、「叙」。例如〈昭王與龔之脽〉簡 7「王召而豸之衼袍」、〈繫年〉簡 76「取其室以叙申公」。

094 敖

作「囂」。例見〈楚居〉簡 6、7「若囂熊儀徙居箬」、〈繫年〉簡 114「莫囂陽為」、〈邦人不稱〉簡 10「百貞故為葉連囂與蔡樂尹」。

095 爭

作「埩」、「静」、「竫」。例如〈申公臣靈王〉簡 5「王子圍奪之，陳公埩之」、〈柬大王泊旱〉簡 23「為人臣者亦有静乎」、〈繫年〉簡 76「連尹襄老與之竫，奪之少盂。」

096 殘

作「戔」。例見〈蘭賦〉簡 3「戔賊螻蟻虫蛇」。

097 背

作「伓」。如〈陳公治兵〉簡 15「伓車而陳」。

098 胡

胡國之「胡」作「𦙶」。例見〈繫年〉簡 105「昭王即位，陳蔡𦙶反楚，與吳人伐楚。」

099 刑

作「型」。例見〈柬大王泊旱〉簡 12「帝將命之修諸侯之君之不能治者，而型之以旱。」

100 衡

作「奥」。例見〈君人者何必安哉・甲〉簡 3「竽瑟奥於前」。

卷五

101 簡

作「柬」。例見〈繫年〉簡 114「楚柬大王立七年，宋悼公朝于楚。」

102 巫

作「晉」。例見〈楚居〉簡 3「晉并賅其脅以楚」。

103 嘗

作「尚」，而嘗祭之「嘗」作「棠」。例見〈柬大王泊旱〉簡 7「以君王之身殺祭，未尚有。」、〈邦人不稱〉簡 11「未尚不許」；〈莊王既成〉簡 1「吾既果成亡射，以供春秋之棠。」而「尚」亦可表「當」與「掌」，如〈柬大王泊旱〉簡 3「尚謐而卜之於大夏」、「君王尚以問太宰晉侯」、〈命〉簡 8「亡僕之尚楚邦之政」。「棠」亦可表「常」，如〈柬大王泊旱〉簡 21「不以其身變釐尹之棠故」。

104 乎

作「虖」、「峉」。例如〈莊王既成〉簡 3「四與五之間虖？」、〈柬大王泊旱〉簡 21「有故峉，願聞之。」〈陳公治兵〉簡 8「毋亦善峉？」

105 平

作「坪」。例見〈平王與王子木〉簡 1「景坪王命王子木蹠城父」。

106 豈

作「敳」、「幾」。例見〈邦人不稱〉簡 13「吾敳敢以爾亂邦」。〈李頌〉簡 1 背「幾不皆生，則不同兮。」

107 盈

作「浧」。例見〈蘭賦〉簡 2「浧訛迡而達聞于四方」。

108 盡

作「𦘒」。例見〈王居〉（〈志書乃言〉簡 7）「此則𦘒不穀之罪也」。

109 去

作「迲」。〈柬大王泊旱〉簡 12「夫雖無旱而百姓移以迲邦家」。

110 主

作「宔」。〈柬大王泊旱〉簡 6「釐尹為楚邦之鬼神宔」、〈君人者何必安哉・甲〉簡 3「珪玉之君，百姓之宔。」

111 食

作「飤」。如〈君人者何必安哉・甲〉簡 2、3「楚邦之中有飤田五正」。

112 今

作「含」、「今」。例如〈申公臣靈王〉簡 7、8「含日陳公事不穀，必以是心。」而在〈楚居〉與〈繫年〉中作「今」。

113 入

作「內」。例見〈昭王毀室〉簡 2「君王始內室，君之服不可以進。」

114 就

作「豪」、「臺」。例如〈鄭子家喪・甲〉簡 2「鄭子家喪，邊人來告。莊王豪大夫而與之言。」、〈王居〉簡 5「王臺之曰：

『彭徒一勞為吾謚之』。」〈邦人不稱〉簡 3「如褱復邦之後」。

115 致

作「至」。例見〈王居〉簡 2「徒自關至命，昌為之告。」

116 憂

作「惪」。〈昭王與龔之脽〉簡 10「吾未有以惪」。

117 夏

作「顕」。例見〈柬大王泊旱〉簡 1「命龜尹羅貞於大顕」。

118 桀

作「傑」。例見〈君人者何必安哉・甲〉簡 8「傑、紂、幽、厲戮死於人手」。

119 乘

作「壅」、「韲」。例見〈君人者何必安哉〉的「范壅」、〈靈王遂申〉簡 2「虛韲一輂車駟馬，告執事人。」亦見有將所從的「几」訛成「工」形者，見〈邦人不稱〉簡 5「乃■駬車五韲，遂蹠郢。」

卷六

120 李

作「李」。例見〈李頌〉簡 1 背「素府宮李，木異類兮。」「李」亦可讀為「理」，見前。

121 榛

作「秦」。例見〈李頌〉簡 1「秦棘之間」。

122 樹

作「梪」、「豉」。例見〈李頌〉簡 1 背「願歲之啟時，思吾梪秀兮。」、〈命〉簡 10「焉豉坐友三人，立友三人。」前者為名詞用法，後者表「樹立」義。

123 枝

作「枳」。例見〈李頌〉簡 1 背「亂木層枳」。

124 檜

作「檜」。見〈陳公治兵〉簡 17「檜徒」。

125 梁

作「杒」。例見〈王居〉(〈志書乃言〉簡 1)「此楚邦之強杒人」。

126 亙

作「死」。見〈李頌〉簡 1「死直兼成」。

127 無

作「無」或「亡」。如〈柬大王泊旱〉簡 8「吾所得地於莒中者，無有名山名溪，欲祭於楚邦者乎？」、〈命〉簡 10「坐友亡一人，立友亡一人。」再者如〈王居〉中有「觀無畏」(簡 1)；〈繫年〉中有「孫伯亡畏」(簡 58)。但「亡」有「亡失」義，「無」則否。例如〈繫年〉簡 136「楚邦多以亡城」。

128 麓

作「彔」。例見〈蘭賦〉簡 2「處宅幽彔」。〈繫年〉簡 42，地名「五鹿」的「鹿」作「麢」，從鹿、彔雙聲。

129 師

作「帀」、「𠂤」、「峕」。例見〈鄭子家喪・甲〉簡 7「王焉還軍以仍之，與之戰於兩棠，大敗晉帀焉。」、〈繫年〉簡 56「楚穆王立八年，王會諸侯于厥貉，將以伐宋，宋右帀華孫元欲勞楚帀」。〈繫年〉簡 41「楚成王率諸侯𠂤圍宋伐齊」、同篇簡 28「明歲，起峕伐息，克之。」「𠂤」可繁作「峕」，故「歸」亦作「歸」。

130 華

作「芋」。例見〈李頌〉簡 2「豐芋緟光，民之所好兮。」〈繫年〉簡 56 宋華元作「宋芋孫元」。然「芋」亦可讀為「盂」，〈繫年〉簡 57「宋公為左芋，鄭伯為右芋」，此句《左傳・文公十年》作「宋公為右盂，鄭伯為左盂。」

131 固

作「固(固)」或「惆」。例如〈莊王既成〉簡 1「沈尹固辭」、〈繫年〉簡 28「王固命見之」、〈平王問鄭壽〉簡 2「鄭壽辭不敢答，王惆繇之」。而「乾涸」的「涸」則作「沽」。見〈蘭賦〉簡 2「何淵而不沽」。

132 圍

作「回」。例見〈鄭子家喪・甲〉簡 3「乃起師回鄭三月」。

133 賢

作「掔」、「臤」15。例如〈王居〉（〈命〉簡 4）「不稱掔進，何以屏輔我。」、〈蘭賦〉簡 3「蘭斯秉德，臤□。」

134 賀

作「加」。〈成王為城濮之行・甲〉簡 2「舉邦加子文，以其善行師」。

135 賴

作「蕙」。例見〈柬大王泊旱〉簡 16「三日，大雨，邦蕙之。」

136 質

「人質」的「質」作「𩎟」、「敓」。例見〈鄭子家喪・甲〉簡 5「鄭人命以子良為𩎟，命使子家梨木三寸。」〈繫年〉簡 60「以華孫元為敓」。然「𩎟」亦可讀為「執」，如〈繫年〉簡 80「𩎟吳王子蹶由」，同篇簡 135「三𩎟珪之君」及〈靈王遂申〉簡 1「𩎟事人」。

137 賤

作「戔」。例見〈君人者何必安哉・甲〉簡 1「命為君王戔之」。「戔」又可讀為「殘」，見前。

138 郊

作「蒿」。例見〈柬大王泊旱〉簡 15「王許諾，修四蒿。」

卷七

139 時

作「時」或「旹」。例見〈李頌〉簡 1 背「願歲之啟時，思吾樹秀兮。」同篇簡 1「鵬鳥之所集，竢時而作兮。」

140 早

作「棗」。〈繫年〉簡 99「昭公、頃公皆棗世。」

141 景

作「競」。〈平王與王子木〉簡 1「競平王命王子木蹠城父」。

142 昭

作「卲」。〈有皇將起〉簡 5「日月卲明今兮」。「昭王」一名，

〈邦人不稱〉簡 2 作「卲王」、〈良臣〉簡 5 則作「韶王」。

143 旱

作「旟」、「旗」、「汗」。例見〈柬大王泊旱〉簡 1「柬大王泊旟」、〈李頌〉簡 1「旗冬之耆寒，燥其方落兮。」同篇簡 2「……汗其不雨」。而「桿」作「樔」，如〈李頌〉簡 2「守物強樔，木心一心兮。」

144 明

「明」作「明」，然「明歲」之「明」則省作「田」或「日」。例見〈柬大王泊旱〉簡 6「上帝鬼神高明甚」；「明歲」的例子如〈平王問鄭壽〉簡 4 作「昷歲」、〈繫年〉簡 28、88、132 作「昷歲」，而〈王居〉簡 5 的「明日」作「昷=」。另「明」還可表「盟」，〈繫年〉簡 89「子變及諸侯大夫明於宋」，亦作「盟」，如〈繫年〉簡 44「遂朝周襄王于衡雍，獻楚俘馘，盟諸侯於踐土。」而「盟」亦可借為「孟」，〈繫年〉簡 57 的「盟者」即《左傳》的「孟諸」。

145 移

作「迻」。例見〈柬大王泊旱〉簡 12「夫雖無旱而百姓迻以去邦家，此君者之刑。」

146 稱

作「爯」、「再」。〈王居〉（〈命〉簡 4）「不爯賢進，何以屏輔我」、同篇（〈志書乃言〉簡 5）「爾縱不為吾再擇」、〈邦人不稱〉簡 4「邦人不再美」。

147 竊

作「䜌」。例見〈楚居〉簡 4「乃䜌鄀人之犝以祭」。

148 麻

作「林」。例見〈平王與王子木〉簡 2「王子曰『何以林為？』答曰『以為衣』。」

149 家

作「豪」。於「家」上繁加「爪」形，與「卒」繁加「爪」形作「卒」的構形同。見〈鄭子家喪〉中「子家」的寫法。

150 宅

作「矺」、「庑」。例見〈楚居〉簡 1「矺處爰波」、〈蘭賦〉簡 1「決去選物，庑在茲中。」

151 容

作「宊」。例見〈昭王與龔之脽〉簡 8「罪其宊於死」。

152 宰

作「宰刂」。例見〈柬大王泊旱〉簡 20 中「太宰」的寫法。

153 守

作「獸」。例見〈昭王與龔之脽〉簡 8「老臣為君王獸視之臣」、〈李頌〉14「獸物強桿，木一心兮。」

154 寵

作「龍」。例見〈柬大王泊旱〉簡 15「相徙、中余與五連小子及龍臣皆屬」。

155 寑（寢）

作「寑」。例見〈邦人不稱〉簡 1「寑尹」。

156 寓

作「宇」。例見〈楚居〉簡 8「乃潰疆浧之陂而宇人焉，抵今曰郢。」

157 寒

作「倉」。〈昭王與龔之脽〉簡 8「僕見脽之倉也，以告君王。」

158 病

作「㤳」、「疠」、「肪」。例見〈鄭子家喪・甲〉簡 1「以邦之㤳以及於今」、〈柬大王泊旱〉簡 2「龜尹知王之炙於日而疠」、同篇簡 22「君王之肪將從今日以已」。

159 瘥

作「瘧」。例見〈柬大王泊旱〉簡 20「君王之瘵從今日以瘧」。

160 罔

作「罟」。例見〈蘭賦〉簡 5「不罟天道其越也」。

卷八

161 側

作「昃」。例見〈王居〉（〈志書乃言〉簡 1）「此楚邦之強梁人，反昃其口舌，以對譌王大夫之言。」

162 作

作「复」、「倿」。例見〈柬大王泊旱〉簡 17「复色而言於廷」、〈李頌〉簡 1「竢時而倿兮」。

163 侵

作「截」。例見〈繫年〉簡 127「鄭人截犢關」。

164 儉

作「會」。例見〈蘭賦〉簡 4「年前其約會，端後其不長。」

165 使

作「囟」、「思」。例見〈昭王與龔之腓〉簡 10「囟邦人皆見之」、〈鄭子家喪・甲〉簡 5「命思子家梨木三寸」。[7]

166 免

作「孯」。例見〈平王問鄭壽〉簡 6「如我得孯，後之人何若。」、〈成王為城濮之行・乙〉簡 1「君王孯余罪」。

167 重

作「貤」。例見〈蘭賦〉簡 5「身體貤輕，而目耳勞矣。」

168 襲

作「袭」。例見〈楚居〉簡 9「至成王自箬郢徙袭湫郢」。

169 卒

作「翠」。例見〈昭王毀室〉簡 5「翠以大夫飲酒於坪滿」、〈繫年〉簡 62「晉成公翠于扈」、〈陳公治兵〉簡 8「如納王翠而毋止師徒，毋亦善乎？」。「翠」為從「卒」繁加「爪」。而不加「爪」形的「卒」則讀為「衣」，如〈鶹鷅〉簡 2「不織而欲卒今兮」、〈平王與王子木〉簡 2「『何以麻為？』答曰：『以為

---

[7] 楚簡中「囟」、「思」、「史」都可表「使」義，同篇中有互為用者，如〈競公虐〉簡 8「今薪登（蒸）思（使）虞守之；澤梁史（使）漁守之；山林史（使）衡守之」。〈赤鵠之集湯之屋〉簡 8「是囟（使）后疾而不知人」；簡 12「是思（使）后棼棼眩眩而不知人」。

卒』。」

170 層

作「曾」。例見〈李頌〉簡 1 背「亂木曾枝」。

171 屬

作「逗」。例見〈柬大王泊旱〉簡 15「中余與五連小子及寵臣皆逗」。

172 兄

作「䛗」。例見〈王居〉(〈志書乃言〉簡 5)「吾父䛗甥舅」。

173 服

作「備」。例見〈昭王毀室〉簡 2「君之備不可以入」。

174 親

作「親」。例見〈蘭賦〉簡 3「親眾秉志，違遠行道」。「新」則作「新」，〈平王問鄭壽〉簡 2「如毀新都」。「新」也可表「莘」，如〈繫年〉簡 26 所記文王伐蔡的「新」之役，《左傳》作「莘」。

175 欣

作「忻」。例見〈命〉簡 7「莫不忻喜」。

卷九

176 顛

作「遉」。例見〈鄭子家喪・甲〉簡 4「鄭子家遉復天下之禮，弗畏鬼神之不祥。」

177 願

作「忈」。例見〈柬大王泊旱〉簡 21「有故乎？忈聞之。」

178 順

作「訓」。例見〈繫年〉簡 78「司馬不訓申公」。同篇簡 24「息侯弗訓，乃使人于楚文王。」

179 縣

作「閖」。例見〈繫年〉104 簡「楚靈王立，既閖陳蔡，景平王即位，改邦陳蔡之君」。然「閖」在楚簡中多讀為「間」，如〈莊王既成〉簡 1「四與五之閖乎？」、〈李頌〉簡 1「榛棘之閖」。

180 修

作「攸」、「筀」。例見〈柬大王泊旱〉簡 15「王許諾，攸四郊」、〈蘭賦〉簡 2「備筀庶戒，旁時焉作。」而從條聲的「滌」亦作「攸」，如「緩哉蘭兮，□攸落而猶不失氏芳。」

181 弱

作「礿」。例見〈繫年〉簡 103「至今齊人以不服于晉，晉公以礿。」

182 文

作「𡈼」、「文」。例見〈成王為城濮之行・甲〉簡 1「王使子𡈼教子玉」，而〈繫年〉中「文王」的「文」皆作「文」。

183 令

作「命」。如〈命〉簡 1「葉公子高之子見於命尹子春」。

184 鬼

作「䰟」。例見〈鄭子家喪・甲〉簡 4「弗畏䰟神之不祥，戕賊其君。」

185 畏

作「愄」、「慁」、「䰟」。例見〈鄭子家喪・甲〉簡 4「弗愄鬼神之不祥」、〈王居〉簡中的「觀無慁」及〈陳公治兵〉簡 12「有所謂䰟，有所謂恭。」

186 魏

作「䰠」。例見〈繫年〉簡 115「晉䰠斯趙浣韓啟章率師圍黃池」。

187 廟

作「庿」。例見〈平王問鄭壽〉簡 1「景平王就鄭壽繇之於尸庿」。

188 厥

作「氒」。例見〈楚居〉簡 3「爰得妣㕎，逆流哉水，氒狀聶耳，乃妻之。」

189 厲

作「萬」。例見〈君人者何必安哉〉簡 9「桀、紂、幽、萬戮死於人手」。然〈繫年〉簡 87「晉厲公」之「厲」作「臬」，為借「剌」為「厲」。〈姑成家父〉「晉厲公」之「厲」作「敕（剌）」，同〈繫年〉。

190 危

作「逫」。例見〈柬大王泊旱〉簡 18「邦家以軒輊，社稷以逫歟？」

191 長

作「倀」。〈柬大王泊旱〉簡 19「君，聖人且良倀子。」

卷十

192 騶

作「聚」。例見〈柬大王泊旱〉簡 8「聚夢高山深溪」。

193 駟

作「駐」、「䮂」。例見〈柬大王泊旱〉簡 16「發駐蹠四疆，四疆皆熟。」〈邦人不稱〉簡 5「乃乘䮂車五乘」。

194 狀

作「牄」。〈楚居〉簡 3「厥牄聶耳」。

195 獨

作「蜀」。〈李頌〉簡 1「木斯蜀生，榛棘之間。」、〈靈王遂申〉簡 4「舉邦盡獲，汝蜀亡。」

196 獲

作「隻」、「蒦」、「臒」。例見〈王居〉（〈志書乃言〉簡 2）「縱不隻罪」、〈昭王毀室〉簡 7「蒦引頸之罪」、〈繫年〉26「臒哀侯以歸」。

197 類

作「頛」。例見〈李頌〉簡 1 背「素府宮李，木異頛兮。」

198 熊

作「酓」。例見〈楚居〉簡 2「穴酓遲徙於京宗」。

199 然

作「肰」、「然」。例見〈柬大王泊旱〉簡 13「如君王修郊，方若肰里。」〈王居〉（〈志書乃言〉簡 2）「然以讒言相謗」。

200 熟

作「簹」。例見〈柬大王泊旱〉簡 13「我何為，歲焉簹。」

201 燥

作「喿」。例見〈李頌〉簡 1「喿其方落」。

202 慎

作「新」。例見〈王居〉簡 5「爾必良新之」。

203 怡

作「怠」。例見〈李頌〉簡 1「相吾官樹，桐且怠兮。」

204 懼

作「思」、「瞿」、「懼」。例見〈楚居〉簡 5「思其主，夜而納尸。」、〈邦人不稱〉簡 3「抑瞿君之不終」、〈平王問鄭壽〉簡 3「如不能，君王與楚邦懼難。」

205 愛

作「炁」。〈王居〉（〈志書乃言〉簡 7）「雖我炁爾，吾無如社稷何。」

206 怨

作「悁」、「肙」。〈王居〉（〈命〉簡 5）「吾聞古之善臣，不以私惠私悁入于王門。」及〈繫年〉簡 118「楚以與晉固為肙」。

207 怒

作「惹」、「女」。例見〈鄭子家喪〉簡 3「如上帝鬼神以為惹，吾將何以答。」〈平王問鄭壽〉簡 1「懼鬼神以為女，使先王無所歸。」〈靈王遂申〉簡 4「為之惹：『舉邦盡獲，汝獨無得！』」

208 惡

作「亞」。例見〈鷗鷞〉簡 1「欲衣而亞枲今兮」。

209 悼

作「悡」、「列」。例見〈繫年〉簡 127「聲王即殜，列折王即位。」同篇簡 135「坪亦悡武君」。

210 恐

作「忎」。例見〈命〉簡 8「君王身無人，命吾為楚邦，忎不能以辱斧鑕。」

卷十一

211 治

作「紿」、「詞」。例見〈命〉簡 6「先大夫辭令尹，授司馬，紿楚邦之政。」〈柬大王泊旱〉簡 14「一人不能諂政，而百姓以絕。」

212 汻（滸）

作「澔」。如〈昭王毀室〉簡 1「昭王為室於死湑之澔」、〈陳公治兵〉簡 4「戰於㴸漳之澔」。

213 沈

作「酷」。如〈莊王既成〉中的「酷尹子莖」。

214 海

作「海」。例見〈命〉簡 7「四海之內」。

215 潰

作「渭」。例見〈楚居〉簡 3「麗不縱行，渭自脅出。」同篇簡 8「眾不容於免，乃渭疆涅之陂而寓人焉。」

216 滅

作「威」。例見〈鄭子家喪・甲〉簡 4「我將必使子家無以成名立於上，而威炎於下。」

217 冬

作「沯」。例見〈昭王與龔之脽〉簡 7「至於定沯而披裀衣」。而「冬」則通讀為「終」，如〈邦人不稱〉簡 8「抑懼君之不冬」。

218 露

作「零」。〈蘭賦〉簡 1「雨零不降矣」。

卷十二

219 關

作「闡」。〈王居〉簡 1「王居蘇澫之室，彭徒返諹闡致命。」

220 聽

作「聖」。〈王居〉（〈命〉簡 5）「我不能貫壁而視聖」。〈君人者何必安哉・甲〉簡 3「君王有楚，不聖鼓鐘之聖。」前一「聖」為「聽」，後一「聖」表「聲」。

221 聘

作「嘝」。例見〈楚居〉簡 2「季連聞其有嘝，從，及之，判。」

222 聶

作「聑」。例見〈楚居〉簡 2「厥狀聑耳，乃妻之。」

223 抵

作「氐」。例見〈楚居〉簡 5「氐今曰栾，栾必夜。」

224 持

作「寺」。例見〈王居〉（〈志書乃言〉簡 1）「寺書乃言」。

225 捨

作「豫」。例見〈繫年〉簡 117「楚人豫圍而還，與晉師戰於長城。」

226 擇

作「睪」。〈王居〉（〈志書乃言〉簡 5）「爾縱不為吾稱睪」、〈邦人不稱〉簡 7「睪而立之」；「睪」又讀「懌」，例見〈君人者何必安哉・甲〉簡 8「言不敢睪身」。

227 振

作「昏」。例見〈申公臣靈王〉簡 9「不以昏斧鑕，何敢心之有？」

228 擬

作「惫」。例見〈蘭賦〉簡 5「而比惫高矣」。

229 援

作「鍰」。例見〈繫年〉簡 127「敗晉師於洛陰，以為楚鍰。」

230 失

作「遊」。例見〈蘭賦〉簡 2「緩哉蘭兮，華滌落而猶不遊是芳。」〈邦人不稱〉簡 9「既遊邦，或得之。」

231 姓

作「眚」。例見〈柬大王泊旱〉簡 12「夫雖無旱而百眚移以去邦家，此為君者之刑。」

232 始

作「訇」。例見〈昭王毀室〉簡 2「君王訇入室，君之服不可以進。」「訇」又可讀為「辭」，見〈命〉簡 6「先大夫訇令尹，授司馬」。

233 如

作「女」。例見〈申公臣靈王〉簡 6「女臣知君王之為君，臣將或致焉。」

234 賊

作「㥣」。例見〈鄭子家喪‧甲〉簡 4「弗畏鬼神之不祥，戕㥣其君。」

235 戮

作「殄」。例見〈君人者何必安哉‧甲〉簡 9「桀、紂、幽、厲殄死於人手。」

236 瑟

作「琉」。例見〈君人者何必安哉‧甲〉簡 3「竽琉衡於前」。

237 直

作「稟」。例見〈李頌〉簡 1「亙稟兼成，欿其不還兮。」

238 引

作「瞚」。例見〈昭王與龔之脽〉簡 7「不獲瞚頸之辠〔於〕君王，至於定冬而被裀衣。」

239 發

作「癹」。〈柬大王泊旱〉簡 16「癹馹蹠四疆，四疆皆熟。」

卷十三

240 織

作「戠」。例見〈鶹鷅〉簡 2「不戠而欲衣今兮」。

241 紀

作「絽」。例見〈李頌〉簡 1「斷外疏中，眾木之絽兮」。而「己」繁加「口」形者，又見〈繫年〉簡 27「蔡侯知息侯之誘㠯也」。

242 縱

作「緃」。例見〈王居〉（〈志書乃言〉簡 5）「爾緃不為吾稱擇」。

243 素

作「索」。例見〈李頌〉簡 1 背「索府宮李，木異類兮。」

244 雖

作「唯」。〈君人者何必安哉‧甲〉簡 8「君王唯不長年，可也。」

245 強

作「弝」、「弜」。例見〈王居〉（〈志書乃言〉簡 1）「此楚邦之𢎳梁人」、〈李頌〉簡 2「守物彊梣，木一心兮。」

246 龜

作「黽」。例見〈柬大王泊旱〉簡 1「簡大王泊旱，命黽尹羅貞於大夏。」

247 地

作「埅」。例見〈鄭子家喪・甲〉簡 2「今鄭子家殺其君，將保其𣬉炎以歿入埅。」

248 壁

作「辟」。例見〈王居〉（〈命〉簡 5）「我不能貫壁而視聽」。

249 在

作「才」。〈昭王毀室〉簡 3「僕之父母之骨才於此室之階下」、〈蘭賦〉簡 1「決去選物，宅才茲中」。「才」亦讀為「哉」，如「君人者何必安才」。

250 坐

作「𡍮（坐）」或可加「辵」。「𡍮」即「跪」，坐、跪本同源字。〈命〉簡 8「𨒌友三人」、〈陳公治兵〉簡 13「金鐸以廷（停），木鐸以起」。而「跪」字或可繁加「爪」形，如〈申公臣靈王〉簡 8「申公𡍮拜」、〈平王與王子木〉簡 1「城公幹遇𡍮於蕭中」。

251 毀

作「𣪘」。例見〈昭王毀室〉簡 5「因命至俑𣪘室」。

252 墓

作「𦺇」。例見〈昭王毀室〉簡 5「吾不知其𦺇爾」。

253 舅

作「咎」。例見〈王居〉（〈志書乃言〉簡 5）「父兄甥咎」。

254 甥

作「眚」。例見〈王居〉（〈志書乃言〉簡 5）「父兄眚舅」。

255 功

作「工」。例見〈繫年〉簡 117「楚師無工，多棄旃幕。」

256 勞

作「裻」。例見〈蘭賦〉簡 5「身體重輕，而耳目裻矣。」

257 勇

作「戠」、「甬」。例見〈邦人不稱〉簡 3「邦人不稱戠」，而《史記‧楚世家》中的楚先公名「熊勇」，〈楚居〉作「酓甬」。

卷十四

258 錞

作「鈍」。例見〈陳公治兵〉簡 13「鉦鐃以左，鈍釪以右。」

259 且

作「叚」、「虘」、「虘」。例見〈繫年〉簡 86、87「共王使鄖公聘於晉，叚許成。景公使糴之茷聘於楚，虘修成。」前作「叚」後作「虘」。以及〈李頌〉簡 1「相吾官樹，桐虘怡兮。」

260 斧

作「釹」。例見〈命〉簡 2「恐不能以辱釹鑕」。

261 斷

作「剸」。例見〈李頌〉簡 1「剸外疏中，眾木之紀兮。」

262 輕

作「青」。〈蘭賦〉簡 5「身體重青，而目耳勞矣。」

263 輔

作 「補」。〈王居〉(〈命〉簡 4)「不稱賢進，何以屏補我。」

264 載

作「戝」。例見〈莊王既成〉簡 1「戝之塼車以上乎？」

265 斬

作「漸」，〈成王為城濮之行‧甲〉簡 2「三日而畢，漸三人。」

266 陵

作「陸」。例見〈平王問鄭壽〉簡 2、3「如毀新都、菽陸、臨昜，殺左尹宛、少師亡忌。」

267 陳

作「陳」、「塦」。例見〈繫年〉簡 104「楚靈王立，既縣陳蔡，景平王即位，改邦塦蔡之君。」前作「陳」，後作「塦」。

268 萬

作「墓」。〈命〉簡 6「黔首墓民」。

269 甲

作「韍」或「㡴」。例見〈繫年〉簡 102「晉人且有范與中行氏之禍，七歲不解韍。」〈陳公治兵〉簡 18「徒㡴居後」。

270 乾

作「𠦝」或「秦」。〈君人者何必安哉·甲〉簡 9「先君靈王𠦝溪云薔」、〈楚居〉簡 11「至靈王自為郢徙居秦溪之上，以為處於章華之臺。」

271 成

作「成」、「城」。例見〈莊王既成〉簡 1「莊王既成亡射，以問沈尹子莖，曰：『吾既果城無射，以供春秋之嘗』」。前作「成」後作「城」。「城」亦作「成」，如〈成王為城濮之行·甲〉簡 1「城王為成濮之行」。

272 辭

作「怠」、「𢙍」、「訇」、「詢」。〈莊王既成〉簡 2「沈尹固怠」、〈平王問鄭壽〉簡 2「鄭壽𢙍不敢答」、〈命〉簡 6「先大夫訇令尹，授司馬，治楚邦之政。」〈邦人不稱〉簡 11「詢不受賞」。其中「怠」還可表「怡」已見前。

273 亂

作「𤔔」、「𤔩」、「𢿢」。例見〈柬大王泊旱〉簡 6「不敢以君王之身變𤔔鬼神之常故」，〈李頌〉簡 1 背「𤔩木層枝」、〈陳公治兵〉簡 1「師徒乃𢿢」、〈繫年〉簡 100「許人𢿢，許公𢓭出奔晉。」

274 尤

作「忧」。例見〈王居〉（〈志書乃言〉簡 6）「爾使我得忧於邦多已」。

275 申

作「繡」。〈繫年〉簡 75 中有「繡公屈巫」、〈靈王遂申〉簡 1「靈王即位，繡息不憖。」

276 酸

作「夋」。例見〈平王與王子木〉簡 3「酪不夋」。

二　楚人楚事簡中的合文、習慣用語及稱謂

上文分析了楚人楚事簡中的用字現象，下面再列出其中的合文、習慣用語及稱謂現象。

（一）合文

楚人楚事簡中出現的合文有：

1.夫=：大夫。見〈鄭子家喪〉簡6、〈昭王毀室〉簡5等。

2.畬欠=：飲酒。見〈昭王毀室〉簡1、〈成王為城濮之行・甲〉簡3。

3.㞢=：止之。見〈昭王毀室〉簡1、〈繫年〉簡23、〈陳公治兵〉簡13、〈邦人不稱〉簡8。

4.峙=：待之。見〈陳公治兵〉簡2，同篇簡14作「寺=」。

5.褟=：裀衣。見〈昭王與龔之脽〉簡7。

6.㝉=：左右。見〈王居〉（〈命〉簡4）。

7.昷=：明日。見〈王居〉簡5等。

8.帝=：上帝。見〈柬大王泊旱〉簡6。[8]

9.珪=：珪玉。見〈君人者何必安哉〉簡3。

10.所=：之所。見〈君人者何必安哉〉簡5。

11.𠦃=：七十。見〈君人者何必安哉〉簡8。

12.尖=：小人。見〈靈王遂申〉簡3、〈陳公治兵〉簡11。

13.鍨=：金鐸。見〈陳公治兵〉簡13。

14.頓=：頓首。見〈邦人不稱〉簡9。

（二）習慣用語

1.一般用語

(1)與動作有關，包括：「逾」、「就」、「戕賊」、「丁門而出」、「為（迈）某之行」、「振斧鑕」、「固問（繇）之」、「居路以須」、「辱於某人（毋辱某人）」、「為室」、「辱斧鑕」、「治

[8] 又見〈程寤〉簡4「受商命于皇帝=」。

楚邦之正」、「作色」、「豫色」、「致命」、「致罪」、「免罪」。

(2)與戰爭有關，包括：「顛覆天下」、「起師」、「還師」、「進師」、「受師」、「出（進、止、整）師徒」、「大敗」。

(3)與祭祀有關，包括：「春秋之嘗」、「落祭」、「謐卜」。

(4)與政治有關，包括：「失邦」、「復邦」、「亂邦」、「邦之病」、「邦必喪」、「事不穀」、「告有疾不事」、「君（臣）楚邦」、「命吾為楚邦」。

(5)其它，包括：實詞類有「先王」、「後之人」、「介服名」、「守視之臣」、「亡僕」、「邦人」、「舉邦」、「黔首萬民」、「百眚」、「某（地名）漢」、「某（地名）寞」、「賓于天」；[9]虛詞類有「幾何」、「何若」、「如……乎，抑……乎？」（〈莊王既成〉）、「不知…，如知…，或…」（〈申公臣靈王〉）、「不知…，而…乎？」（〈陳公治兵〉）、「何…之有」（〈申公臣靈王〉）。其中楚王稱百姓以用「邦人」一詞為常。

2.敬畏鬼神的相關用語

「弗畏鬼神之不祥」、「上帝鬼神以為怒」、「變亂鬼神之常故」、「天加禍於楚邦，吾君遏邑。」、「民有不能也，鬼亡不能也。」

3.官名

「酷尹」、「稚人」、「卜令尹」、「大尹」、「陵尹」、「藃尹」、「太宰」、「龜尹」、「令尹」、「相徙」「中余（审鵌）」、「小子」、「邦大夫」、「司馬」、「大祝」、「連囂（敖）」、「樂尹」、「執事人」、「城公」。其中「龜尹」、「藃尹」、「相徙」、「中余」的職掌都與祭祀有關，從〈楚居〉簡 16 將「中余」作「中鵌」，也可知其職事大要。[10]

[9] 「邦人」一詞又見包山簡中，見簡 7。泛指國人、百姓。可參王穎：《包山楚簡詞彙研究》，頁 5。

[10] 劉信芳以為「中余」負責分發各國來客之肉祿，職守與《周禮》「舍人」相似，而龜尹與《周禮》中的「龜人」職掌接近。「陵尹」在包山簡中是負責徵收關稅的官員；稚人為寺人。參氏著：《楚系簡帛釋例》，頁 19、39、45。

（三）稱謂

1.楚王稱謂。

(1)楚王自稱。

「虗」(〈鄭子家喪〉簡 3「如上帝鬼神以為怒，虗將何以答？」)、「不穀」(〈申公臣靈王〉簡 7「不穀以笑陳公，是言棄之」)、「我」(〈平王問鄭壽〉簡 6「如我得免，後之人何若？」)。

(2)臣下稱楚王。

用「君王」一名(〈申公臣靈王〉簡 6「臣為君王臣，君王免之死，不以振斧鑕，何敢心之有？」、〈成王為城濮之行·乙〉簡 1「君王免余罪」)。若是已故楚王，則稱「先君」，如「先君武王」(〈陳公治兵〉簡 2)、「先君靈王」(〈君人者何必安哉〉簡 9)、「先君之子」(〈邦人不稱〉簡 6)。

2.楚王稱臣下。

除官名(「陳公」、「大尹」)或人名(「無畏」、「范乘」)外，也用第二人稱，如「爾」(〈志書乃言〉簡 6「虗欲致爾於罪」)、「而」(〈志書乃言〉簡 5「而縱不為虗稱擇」)。

3.臣下對楚王自稱

「臣」(〈申公臣靈王〉簡 6「臣不知君王將為君」)、「老夫」(〈平王問鄭壽〉簡 6「君王遷處，辱於老夫」)、「老臣」(〈昭王與龔之脽〉簡 8「老臣為君王守視之臣」)、「僕」(〈昭王與龔之脽〉簡 6「僕遇脽將取車」)。

4.大臣中位高者與位低者的稱謂用詞

(1)敬稱上位者或上位者的自稱。

「視日」(〈命〉簡 2「僕既得辱視日之廷」)，為葉公子高之子敬稱令尹子春。[11]

---

[11] 關於「視日」的討論，陳偉在看到〈昭王毀室〉中有「卜令尹為陳眚」後，否定前此主張其是「楚王尊稱」的說法，而易為「是將『告』上呈楚王的值日官」。見《新出楚簡研讀》，頁 189。後來因〈命〉中又見葉公子高之子敬稱令尹子春為視日，故林素清以為是楚人下屬對長官，或臣子對君王的尊稱，通常用於問答體。氏著：〈上博八〈命〉篇研究〉，《第廿三屆中國文

「我」（〈命〉簡 2「先大夫之諷誡遺命亦何以告我」）、「虗」（〈命〉簡 1「君王身亡人，命虗為楚邦」），皆為令尹子春自稱。〈成王為城濮之行〉中的令尹子文則自稱為「余」。

(2)上位者稱下位者或下位者謙稱自己。

「子」（〈命〉簡 7「子謂陽為賢於大夫」），令尹子春稱葉公子高之子。「先大夫」（〈命〉簡 6「先大夫辭令尹」），令尹子春對葉公子高之子稱其亡父。

「僕」（〈命〉簡 3「如以僕之觀視日也」）、「亡僕」（〈命〉簡 6「如以僕之觀視日也，十又三亡僕」），「僕」為葉公子高之子自稱，「亡僕」指稱其死去的父親。

而大臣間的互稱還可用「君」敬稱對方，〈柬大王泊旱〉簡 20「君內而語僕之言於君王」)，其為大宰告陵尹語，大宰自稱「僕」，而敬稱陵尹為「君」。[12]甚至對一般人亦可稱「君」，如〈昭王毀室〉中面對穿喪服欲闖入昭王新室之人，稚人以「君」敬稱之。而著喪服者，則自稱為「小人」或「僕」。該小人亦以「君」稱呼當時的視日卜令尹陳眚。而在〈靈王遂申〉中則見城公之子稱其父，亦用「君」，而其面對執事人的詰問時則同樣自稱為「小人」。

字學國際學術研討會論文集》，頁 289。

[12] 《左傳・桓公十一年》「楚屈瑕將盟貳、軫。鄖人軍於蒲騷，將與隨、絞、州、蓼伐楚師。莫敖患之。鬬廉曰：『鄖人軍其郊，必不誡。且日虞四邑之至也。君次於郊郢，以禦四邑，我以銳師宵加於鄖。鄖有虞心而恃其城，莫有鬬志。若敗鄖師，四邑必離。』」鬬廉亦以「君」敬稱屈瑕。楊伯峻指出「君除指國君外，亦為一般對稱敬稱。」可信。參氏著：《春秋左傳會注》（高雄：復文書局，1986 年），頁 131。

第二節　楚人楚事簡中的用字分析

一　楚人楚事簡用字的音義現象分析

以下將上文所列出的用字現象，根據音義關係分為「一字形表示多音義現象」、「一音義用多字形表示現象」及「特殊習慣用字」三類來討論。

（一）一字形表示多音義現象

1.「䶜」可表「一」與「抑」。

2.「勿」可表「勿」與「物」。

3.「昏」、「䎽」皆可表「問」與「聞」。

4.「牘」可表「逸」與「抶」，表「抶」時還可作「散」。

5.「述」可表「遂」與「墜」。

6.「時」可表「待」與「時」。

7.「者」可表「者」與「諸」。

8.「牆」可表「將（來）」與「將（軍）」。

9.「斈」可表「效」與「教」。

10.「安」可表「安」與「焉」。

11.「余」可表「余」與「予」。

12.「尚」可表示「嘗」、「當」與「掌」。而「棠」可表「嘗」與「常」。

13.「李」可表「李」與「理」。

14.「䞇」可表「質（人質）」與「執」。

15.「戔」可表「殘」、「賤」。

16.「明」可表「明」、「盟」；而「㬮」亦可表「盟」、「孟」。

17.「卒」可表「卒（最後義）」、「卒（死亡義）」。

18.「閒」可表「間」與「縣」。

19.「聖」可表「聽」與「聲」。

20.「睪」可表「擇」與「懌」。

21.「訇」可表「始」與「辭」，「怠」也可表「辭」與「怡」。

22.「才」可表「在」與「哉」。

23.「繡」可表「申」與「陳」。

24.「古」可表「古」、「故」與「姑」。

25.「母」可表「母」與「毋」。

26.「芋」可表「華」與「盂」。

27.「敚」可表「奪」與「脫」。

上舉例子中由於假借而造成的現象有：勿（勿、物）、昏（問、聞）、牘（逸、抶）、時（待、時）、牐（將來、將軍）、安（安、焉）、余（余、予）、尚（嘗、當、掌）、棠（嘗、常）、孷（李、理）、明（明、盟）、盟（盟、孟）、閑（間、縣）、訇（始、辭）、怠（怡、辭）、才（在、哉）、繡（申、陳）、母（母、毋）。

這一類的例子，通常因字與字之間的基本聲符相同而通用，如勿與物；尚與嘗、當、掌等。

而由於同源分化和孳乳所造成的現象有：

者（者、諸）、䞓（質、執）、戔（殘、賤）、卒（終卒、暴卒）、聖（聽、聲）、睪（擇、懌）、古（古、故）。

䞓本執之義，被執之人為「人質」，故用「䞓」表「人質」。然用「質」表示「人質」一詞，乃假借義。「質」從所聲，「所」的本義可能是「斧鑕」，[13]但在楚簡中「斧鑕」的「鑕」通常借「疐」字表示。以「戔」表「殘」、「賤」者，因「戔」有殘損與淺小義，前一義分化出「殘」；後一義分化出「賤」義。[14]

[13] 陳劍：〈說慎〉，《甲骨金文考釋論集》（北京：線裝書局，2007 年），頁 49。

[14] 裘錫圭：《文字學概要》（臺北：萬卷樓圖書有限公司，1995 年），頁 200。

（二）一音義用多字形表示現象

1.「一」可用「一」、「翟」、「戠」表示。

2.「上」可用「走」、「上」、「上」表示。

3.「三」可用「三」、「厽」表示。

4.「禍」可用「禑」、「訛」表示。

5.「落」當落成典禮時可用「洛」、「条」、「袼」表示。

6.「必」可用「必」、「朼」表示。

7.「問」、「聞」都可用「昏」、「聞」表示。

8.「趙」可用「邵」、「肑」表示。

9.「止」可用「耆」、「芷」、「戠」表示。

10.「歸」可用「遉」、「歸」表示。

11.「正」可用「正」、「貞」表示。

12.「徙」可用「遅」、「遷」表示。前者所從聲符為後者省形。

13.「御」可用「馭」、「馯」表示。

14.「請」可用「青」、「情」、「請」表示。

15.「謗」可用「忘」、「旁」表示。

16.「僕」可用「僕」、「眊」表示。

17.「教」可用「季」、「孛」表示。

18.「皆」可用「膚」、「皆」表示。

19.「爭」可用「埩」、「靜」、「姘」表示。其中「靜」為「靜」的省形。

20.「豈」可用「豈」、「幾」表示。

21.「乘」可用「乘」、「奮」表示。

22.「無」可用「亡」、「無」表示。而僅「亡」有「亡失」義。

23.「質（人質）」可用「殺」、「敎」表示。

24.「旱」可用「澣」、「旃」、「汗」表示。

25.「病」可用「恿」、「疠」、「肪」表示。

26.「使」可用「囟」、「思」表示。

27.「文」可用「旻」、「文」表示。

28.「獲」可用「隻」、「䨼」、「臒」表示。

29.「懼」可用「思」、「瞿」、「愳」表示。

30.「治」可用「紿」、「詞」表示。

31.「勇」可用「甬戈」、「甬」表示。

32.「且」可用「县」、「虘」、「虘」表示。

33.「辭」可用「怠」、「怡」、「訂」、「詞」表示。

34.「亂」可用「𤔔」、「𤔲」、「𤔔」表示。

35.「欲」可用「谷」、「欲」表示。

一音義用多字形來表示者，也與假借有關，如一（一、翟、匕）、禍（禍、訛）、必（必、朼）、問（昏、䎽）、聞（昏、䎽）、趙（邵、妁）、正（正、貞）、僕（儯、僕）、豈（敳、幾）、無（無、亡）、質（𦁏、𢼄）、旱（𣺌、旗、汗）、病（悳、疠、肪）、使（囟、思）。

有些是文字異體所造成的，如上（走、上、上）、三（三、厽）、落（袼、条、𥛔）、止（耆、岦、㦸）、歸（逯、歸）、御（馭、馯）、請（青、情、請）、謗（忞、旁）、皆（皆、皆）、爭（埩、靜、𢆉）、乘（乘、䡖）、隻（隻、䨼、臒）、懼（思、瞿、愳）、治（紿、詞）、勇（甬戈、甬）、且（县、虘、虘）、辭（怠、怡、訂、詞）、亂（𤔔、𤔲、𤔔）、欲（谷、欲）。

這一類很多例子是繁加義符而造成的文字異形，如落與袼、𥛔，因「落」乃祭祀典禮，而加「示」；止與岦、耆，因「行止」與「止人」義有別而加上「止」與「首」；爭因有爭地（埩）與力爭（𢆉）義而加上不同義符；乘本立於木上之意，而立於几上、立於車上也都仍保有立於高處的原意；隻也可繁加「爪」（䨼）表抓獲義，而「臒」字所從的「丹」可能即「爪」字寫於隹旁訛形而成。以「甬戈」表「勇」，則是在「勇」字的聲符上，繁加義符「戈」。

這一類繁加義符（或省形加義符）而造成的異文，在簡文中多見，還有以下例子：

1.繁加心符。恙、怎、忍、戁、悃、忻、悤、息、惹、悆、怠、愳、忧、愇。

2.繁加止或辵符。歪、企、蹇、壓、復、逡、洛、遒、迲、迻、遉、迷、遄、㢟、迒。

3.繁加土符。䴥、坪、坠、陳、墓、城、埩。

4.繁加口符。晉、含、昌、啚、絽、還、遙、遷。

5.繁加宀或广符。宙、集、宔、庑。

6.繁加爪符。丞、象、卒、憂。

7.繁加邑符。鄭、郗、邡、鄉。

8.繁加示符。祟、魂、袼。

9.繁加手符。根、要、复。

10.繁加甘符。舂、會。

11.繁加人符。傑、倀。

12.繁加子符。學、穀、學。

13.繁加歹或死符。殄、薨。

14.繁加力符。弱、㔾。

15.繁加戈符。戠、戕。

16.繁加日符。备、昏。

17.繁加言符。叠、詷。

18.繁加竹符。篋。

19.繁加网符。罿。

20.繁加刀符。割。

21.繁加首符。䭫。

22.繁加火符。然。

23 繁加木符。植。

24.繁加糸符。縛。

25.繁加巫符。筮。

（三）特殊習慣用字現象

楚人楚事簡的特殊習慣用字現象，包括通假字及專用字。通假字指借另一個字來表示語句或語境中本當用的字，這一種借他字來表本字者，通常與習慣有關，因而大半的通假字例會經常出現。如借「李」來表示「理」（〈李頌〉簡 2「聖人兼此和物以李人情」），因為「李」

在楚簡中為「李」字（〈李頌〉1 背「素府宮李，木異類兮」），故讀為「理」的「李」是借字。而專用字表示楚人習慣將後世語義中的某字作某形，如「美作𡴓」、「夏作頣」、「免作孕」、「吾作虐」、「變作弁」等。其中「虐」、「弁」也有學者主張是來自「吾」、「變」兩音的通假，[15]故有些專用字也可併入通假字來討論。

楚人楚事簡的通假用例有:（後字為簡文借來表示前字的字義者）

理作李、莊作臧、莒作膚、蘭作蘭、召作詒、趙作邹（㚢）、是作氏、遇作㼌、適作啻、遂作述、蹠作迈、諷作凬、僕作僕、叔作弔、寸作奮、將與迖、離作鹿、敖作嚻、簡作柬、豈作幾、盈作浧、枝作枳、麓作彔、華作芋、圍作回、賴作蕙、郊作蒿、早作棗、昭作卲、景作競、守作戰、側作昃、重作䞿、層作曾、屬作逗、服作備、願作忑、順作訓、修作攸、廟作庿、厲作萬、騶作聚、駟作駐、獨作蜀、類作頪、熊作酓、熟作篙、燥作喿、慎作新、怨作肙、沈作酷、海作浻、滅作威、露作零、聘作嗚、聶作㝪、抵作氐、持作寺、捨作豫、振作唇、姓作眚、織作戠、素作索、壁作璧、舅作咎、甥作眚、功作工、斧作釹、輕作青、輔作補、載作材、申作繡、酸作夋、鑽作疐、掩作數、奪作敓、引作瞚、袍作褓、襟作裣、返作樊、霸作息、炙作庶、蓋作芥、瘥作瘽、用作羕、蓋作羿、紂作受、潰作渭、脅作髗、必作朼、蚡作焚、寓作宇、蒸作承、乾作秦、悼作恖、兮作可、茂作茅、周作迵、胡作㭠、貫作聑、許作讆、兄作𤼈、關作閶。

上舉例子中，有些是借字與本字間，基於有相同聲符而借用者，如：莊作臧、蘭作蘭、適作啻、諷作凬、昭作卲、層作曾、順作訓、修作攸、厲作萬、騶作聚、獨作蜀、類作頪、燥作喿、沈作酷、海作浻、滅作威、露作零、聘作嗚、聶作㝪、抵作氐、持作寺、振作唇、姓作眚、織作戠等等；有些則是不同聲符的通假。而後一種例子中，借字本有自身所代表的意義，又被借來表示另一義，因此可視為一字通讀為多字的例子，關於這一類的例子將於下一章討論。

---

15 陳斯鵬以為「以弁表變本身屬於假借」、「虐其表吾屬假借」。《楚系簡帛中字形與音義關係研究》，頁 170、237。

楚人楚事簡中的專用字如下：

蒹作苣、吾作虘、喪作𠷎（菆）、就作𡖈、逸作𨓅、變作叓、焉作安、憂作惪、夏作頣、免作孳、竊作纍、襲作衺、懼作思、愛作悉、寒作倉、汗作滄、[16]龜作黽、地作𨸏、失作遊、宛作𩸗、瑟作珁、發作癹、雖作唯、勞作褮、斷作剸、陵作陵、甲作韍、美作娩、或作又。

二　楚人楚事簡與包山簡中的用字現象比較

上節已針對楚人楚事簡的用字情形及用字的音義現象加以分析，接著下面將其與包山簡中的用字現象加以比較。包山簡指湖北省荊沙考古隊於 1987 年於湖北荊門十里鋪鎮王場村包山崗所發掘的包山二號楚墓中所出土竹簡，竹簡圖版及釋文初發表於《包山楚簡》中，[17]後來陳偉又對其釋文加以正補，本文並參之。[18]

包山楚簡寫定的時間在左尹卲𨚗下葬前後，該墓的下葬年代為公元前 316 年，即楚懷王十三年。時間上晚於《上博》、《清華》寫定的時間，其內容可分為文書、卜筮禱辭記錄、遣策賵書、簽牌四類，性質上亦異於《上博》、《清華》中收錄的楚人楚事簡。楚人楚事簡內容屬古書類，包山簡則偏向應用文書類。古書類的用字有些來自於早期文本，很多用字及通假用例前有所承，文句古樸雅正，為書面語，反應了楚國較長一段時間以來的語言文字書寫習慣；應用文書類則以口語為基礎，以達意為目的，質直淺白少修飾，反映了當時的口語習慣。

包山簡與楚人楚事簡中的相同用字有：

逘（後）、迲（路）、箸（書）、栖（西）、斳（新）、墜（陳）、頣

[16] 「滄讀汗」例中，因「滄」可通讀「寒」，「寒」轉讀為「汗」。見陳劍：〈上博竹書〈昭王與龔之脽〉和〈柬大王泊旱〉讀後記〉，武漢大學簡帛研究網，2005 年 2 月 15 日。

[17] 湖北省荊沙鐵路考古隊：《包山楚簡》（北京：文物出版社，1991 年）。

[18] 陳偉等著：《楚地出土戰國簡冊〔十四種〕》（北京：經濟科學出版社，2009 年）。

（夏）、陸（陵）、才（在）、帀（師）、厽（三）、䞂（執）、僕（僕）、古（故）、卜（𨑳）、牆（將）、裳（勞）、胃（謂）、弝（強）、李（李）、宔（主）、盟（盟）、㚔（夷）、鄵（蔡）、闡（關）、剌（宰）、霝（靈）、逯（歸）、鄔（邊）、䜌（兄）、膜（獲）、虘（且）、軋（范）、旟（旱）、含（冬）、聖（聲）、固（固）、剆（斷）、翟（羅）、者（都）、含（今）、聖（聽）、䎽（聞）、悁（怨）、陸（地）、沔（海）、梖（相）、新（慎）、疠（病）、榖（穀）、秎（梁）、倀（長）、儯（僕）、迻（移）、睹（暑）、弃（棄）、鄴（葉）、遊（前）、噚（聘）、豪（家）、卒（卒）、䈞（就）、死（亙）、龍（一）、洛（落）、飤（食）、坪（平）、寺（侍）、䧹（集）、訓（順）、亞（惡）、棠（常）、囟（使）、辻（徒）、𦘔（盡）、𦃃（帶）、走（上）、遷（遷）、𡑭（再）、䎁（貫）、𢧵（侵）、攸（條）、材（載）。

這些用字正反應了楚人的習慣寫法。而與楚人楚事簡中相同的通假用例有：

「借囂為敖」（簡 6）、「借安為焉」（簡 8）、「借譬為許」（簡 12）、「借駐為駟」（簡 12）、「借閑為間」（簡 13）、「借氏為是」（簡 13）、「借逗為屬」（簡 15）、「借𩖏為胡」（簡 47）、「借遊為失」（簡 80）、「借李為理」（簡 80）、「借㢑為甲」（簡 81）、「借酓為熊」（簡 85）、「借敚為奪」（簡 97）、「借迈為蹠」（簡 120）、「借樊為返」（簡 130 背）、「借瘽為瘥」（簡 218）、「借逽為將」（簡 226）。

其次，在包山簡中也可看到楚人楚事簡中的專用字，如：

𡯁（簡 73）、鄐（簡 85）、遖（簡 86）、孠（簡 88）、瘢（簡 141）、遈（簡 198）、𡉚（簡 228）。「𡯁」為賢，其在楚人楚事簡作「臤」，或繁加「子」為「孯」，此則繁加「力」。「鄐」為「沈」，楚人楚事簡中的「沈尹」作「酳尹」，包山簡中有姓氏「鄐」從邑。「瘢」為人名，字又見〈柬大王泊旱〉簡 18「邦家大旱，胭瘢知於邦」與〈楚居〉簡 16「邦大瘢」。而「𡉚」在包山簡中可讀「侍」（簡 228「出入𡉚王」），亦可讀「戴」（簡 270「二貞甲皆𡉚胄」）。因侍、戴皆為之部字。

「出入侍王」又作「出入時王」（簡 209）、「出入寺王」（簡 234）、「出入事王」（簡 197），「䖝」、「寺」、「時」、「事」都是之部字，故得通。

而包山簡中亦見名「亡畏」者（「舒亡畏」，簡 176），知「無畏」是楚人常用的名字。而「至（致）命」（簡 128）亦見於楚人楚事簡中，另簡 202 背有「親父既城（成）。親母既城（成）」的記載，表示祭祀完畢。用語與「莊王既城（成）」頗為接近。

同見於包山簡的官名有「中酴」（簡 18、35）、𧀄尹（簡 28），而稱謂語中，「僕」、「小人」、「視日」皆見。如案卷記錄中有下蔡蕁里人余猬的申告之辭，其面告下蔡咎執人時，就自稱「小人」（簡 120），而「秦競夫人之人舒慶，敢告於視日」（簡 132）時，乃自稱為「僕」。

三　底本用字對〈繫年〉及其它篇章的影響

以上針對楚人楚事簡及包山簡中的用字現象加以分析，下面再對周波《戰國時代各系文字間的用字差異現象研究》中的楚系文字用字加以補充。[19]可補充的用字現象有：

(1) 理。楚用字有「李」的寫法。

(2) 必。楚用字有「朼」（〈楚居〉簡 5）的寫法。

(3) 趙。楚用字有「邵」、「肑」的寫法。

[19] 周波：《戰國時代各系文字間的用字差異現象研究》，復旦大學古典文獻學專業博士學位論文，2008 年 4 月。其據以分析的楚文字材料包括長沙子彈庫帛書、仰天湖楚簡、信陽楚簡、望山楚簡、天星觀楚簡、九店楚簡、夕陽坡楚簡、秦家嘴楚簡、包山楚簡、江陵磚瓦廠楚簡、郭店楚簡、上海博物館藏戰國楚竹書（一）至（六）、慈利竹簡、新蔡竹簡等及楚國青銅器。未及《上博》（七）、（八）、（九）及《清華》（壹）、（貳），故本章分析的資料可對其略加補充。主要針對周書「附表　不同區系文字用字差異一覽表」中的內容加以補充（頁 155）。

(4) 過。楚用字有「㳈」的寫法。

(5) 選。楚用字有「選」（〈蘭賦〉簡 1）的寫法。

(6) 予。楚用字有「叙」寫法。

(7) 爭。楚用字有「埩」、「旃」的寫法。

(8) 刑。楚用字有「型」的寫法。

(9) 曹。楚用字有「𣋡」（〈繫年〉簡 42）的寫法。

(10) 襲。楚用字有「衮」的寫法。

(11) 縣。楚用字有「閖」的寫法。

(12) 魏。楚用字有「嵬」的寫法。

(13) 然。楚用字有「然」的寫法。

(14) 輕。楚用字有「青」的寫法。

其中「㳈」被認為是齊用字，「選」、「然」被認為是秦用字，「𣋡」被認為是秦、齊、三晉用字。而「邹」、「㚾」、「衮」、「閖（縣）」、「嵬」、「青」都是首次出現的用法。

而在分析楚人楚事簡的用字現象時，也可發現〈繫年〉中存在一些罕見的用字現象或不統一的用字現象，如：

「師」作「帀」、「𠂤」、「峕」；「奪」作「敚」、「斂」；「縣」作「閖」；「竊」作「[illegible]」；「弭」作「爾」；「棄」作「𠫓」；「旃」作「幝」；「悼」作「洌」；趙作「邹」、「㚾」；「襲」作「𧟌」等。[20]其中「[illegible]」的寫法異於〈楚居〉中的「䕣」，[21]「𧟌」的寫法又見驫羌鐘（《集成》1.157「𧟌敓楚京」）屬三晉文字，而「趙」作「邹」、「㚾」卻未見於三晉文字中，[22]知〈繫年〉的用字並不單

---

[20] 李家浩：〈釋上博戰國竹簡〈緇衣〉中的「[illegible]」合文〉，《康樂集》（廣州：中山大學出版社，2006 年），頁 24。

[21] 〈語叢四〉簡 8 中的「竊」作「[illegible]」，與〈楚居〉中所見同一聲符，皆慣見的楚文字寫法。李零以為楚簡中被通讀為竊、察的那個字，其來源都是卤。〈讀清華簡筆記：卤與竊〉，《清華簡研究（第一輯）》（上海：中西書局，2012 年），頁 331。

[22] 湯志彪：《三晉文字編》，吉林大學歷史文獻學專業博士學位論文，2009 年，頁 247。

純，除了底本來源多樣外，某些字更有複雜的來源。

此外，在〈楚居〉與〈繫年〉中還可發現「于」、「於」兩字用法的消長。楚人楚事簡中幾乎都用「於」字，[23]包山簡中亦只見「於」。風儀誠指出，《郭店》和《上博》簡中許多出土文本，其行文中基本上使用「於」字，但是遇到引用古書時，就改用「于」字，像〈緇衣〉、〈五行〉中遇到引《詩經》、《尚書》句子時，就會改用「于」，而《上博・周易》全文只用「于」字，不用「於」字，說明當時是根據一個古本來抄錄的，抄手在轉抄時基本上保持著古文的原貌。[24]這種說法似乎也可用來解釋〈楚居〉及〈繫年〉中「于」、「於」的用法，〈楚居〉用「于」字只在簡3「妣𡊄賓于天」以前的敘述，[25]〈繫年〉則「于」、「於」兩字穿插互見，出現次數接近。

在楚簡中所抄錄的底本若是經典，通常文字的保守強，這點可從《周易》與《尚書》的文本中看出。如在〈周易〉抄本中，尤其是卦名，通常保守性較強，抄手在抄寫時會保留底本用字，故時會出現卦名與卦辭用字不一的現象。如：

《上博・周易》共涉及卅四卦內容，出現廿五個卦名，這廿五個分別是：

乳（需）、[26]訟、帀（師）、比、壓（謙）、金（豫）、隨、蛊（蠱）、亡忘（无妄）、大𡍮（大畜）、頤、欽（咸）、恆、豚（遯）、楑（睽）、訐（蹇）、繲（解）、敂（姤）、啐（萃）、汬（井）、革、艮、漸、

23 用「于」者目前僅見〈王居〉（〈命〉簡5）「吾聞古之善臣，不以私惠私怨入于王門。」

24 風儀誠：〈戰國兩漢「于」、「於」二字的用法與古書的傳寫習慣〉，《簡帛（第二輯）》（上海，上海古籍出版社，2007年），頁83。

25 包括「抵于穴熊」、「前出于喬山」、「處于方山」（簡1）、「先處于京宗」（簡2）、「妣𡊄賓于天」（簡3）。

26 「乳」字作「[illegible]」，參陳爻：〈竹簡〈周易〉需卦卦名之字試解〉，武漢大學簡帛網，2004年4月29日、趙平安：〈釋戰國文字中的「乳」字〉，《金文釋讀與文明探索》（上海：上海古籍出版社，2011年），頁113。

遊（旅）、𩰫（渙）。

此外還有九個卦載有卦名的首簡殘缺，然雖不見卦名，但仍可根據殘損的爻辭補出卦名。這其中除第 11 簡上〈大有〉卦的殘餘爻辭中不見有「大有」字樣外，其餘八簡的簡名都可根據爻辭中出現的卦名復原如下。

尨（蒙，1 簡）、復（19 簡）、夬（38 簡）、困（43 簡）、豐（51 簡）、小𢔶（小過，56 簡）、既淒（既濟，57 簡）、未淒（未濟，58 簡）

以上卅三個卦名中使用本字（或與今傳本卦名同者）有訟、師、比、隨、蠱、頤、恆、井、革、艮、漸、旅、復、夬、困、豐。不使用本字而用假借字的卦名又可分為二類，一是字形上借字與本字之間具有聲符關係者；一是字形上不具有聲符關係的一類。前者有：壓（謙）、亡忘（无妄）、豚（遯）、楑（睽）、繲（解）、噿（萃）；後者包括：乳（需）、余（豫）、大䇓（大畜）、欽（咸）、訐（蹇）、敂（姤）、𩰫（渙）、尨（蒙）、小𢔶（過）、既淒（濟）、未淒（濟）。

在後一類不具聲符關係的假借字中，有些通假現象在楚簡中是經常看到的，如〈姤〉卦的借「句」為「后」；〈小過〉卦的借「化」為「過」；〈既濟〉、〈未濟〉卦的借「妻」為「濟」，[27]而借「余」為「豫」雖不常見，但是從「余」聲與從「予」聲的字互相通假的例子不少，如〈周易〉簡 49〈艮〉卦六五爻辭「言有序」的「序」作「畬」（余、予雙聲），〈性自命出〉簡 19「其先後之序」的「序」作「舍」、[28]〈從政・甲〉簡 2「王予人邦家土地」的「予」作「舍」。

---

[27] 「句」為「后」者，如〈孔子詩論〉「二后受之」簡文作「二句受之」（簡 6）、〈容成氏〉「后稷」作「句稷」（簡 28）；借「化」為「過」者，如〈老子・丙〉「樂與餌，過客止」，「過」作「𢘍」（簡 4）、〈性自命出〉「有過則咎」的「過」作「𢘍」（簡 49）；借「妻」為「齊」者，如〈語叢一〉「禮齊樂靈則戚」的「齊」作「妻」（簡 34）、〈曹沫之陳〉「行阪濟障」的「濟」作「淒」（簡 43）。

[28] 從「畬」又作「舍」來看，知「㑒」（予）聲又可減省成從「台」。故楚簡

「豫」從「予」聲，予可表余聲，故〈容成氏〉簡 25「豫州」作「敘州」，〈繫年〉簡 42 的「豫回」可讀「捨圍」。然楚簡中「余」以通假為「予」或從余聲之字為常，[29]通讀為「豫」者不常見。《說文・十篇下・心部》有「悆」，許慎言「忘也，嘾也。從心余聲。《周書》曰『有疾不悆』。」段注言「〈金滕〉文，今本作『弗豫』，許所據者壁中古文，今本則孔安國以今文易之也」。[30]認為孔壁古文〈金滕〉借「悆」為「豫」，今《清華・金滕》作「不瘵有遲」（簡 1），皆借「余」表「豫」，用法來自孔壁古文，或屬齊魯一系。

而「豫」字在楚簡中並非罕見字，〈孔子詩論〉簡 4、〈仲弓〉簡 10、〈姑成家父〉簡 1 及〈曹沫之陳〉簡 19、22、23 皆見。就數量而言，「豫」出現的次數遠比假借他字字形來表示的情形多，這說明書手在寫「豫」字或用「豫」這個意思時，習慣上是用本字的。尤其是在〈仲弓〉和〈曹沫之陳〉中出現的許多「豫」字，可能都要通讀成「舍」（捨），這說明「豫」字因為經常使用的關係，還可以用來假借為他字使用。再者楚竹書〈周易〉相當於今本〈頤〉卦初九爻辭「舍（捨）爾靈龜」的簡文，還把「舍」寫成「豫」（24 簡），借用一個在卦名中用假借表示的「豫」來作「舍」，這種現象說明卦名借「余」為「豫」可能非書手的通假習慣，而爻辭的借「豫」為「余（舍）」才是書手的常用習慣。而這種非習慣性的通假寫法，當是來自底本用字。同樣在〈老子・甲〉相當於今本《老子》十五章「豫兮若冬涉川」的「豫」（8 簡）字，竹書假借「夜」表示，這種特殊的通假用法可能同樣是來自於底本用字。[31]

中從予聲的字，有時聲符可省成「呂」或「台」（「谷」），如豫字所從予聲，就有這種現象，常見的寫法是將予聲作「㠯」，（〈周易〉簡 24），但也可省成「谷」（〈孔子詩論〉簡 4）。可參陳劍：〈甲骨金文舊釋「䰜」之字及相關諸字新釋〉，《出土文獻與古文字研究》第二輯，頁 21。

29 劉信芳：《楚簡帛通假彙釋》（北京：高等教育出版社，2011 年），頁 202。

30 漢・許慎撰、清・段玉裁注：《說文解字注》（臺北：書銘出版公司，1997 年），頁 513。

31 又〈成之聞之〉簡 28 有「聖人不可由與憚之」，「由與」一詞劉釗以為要其它的卦名如借「乳」為「需」，借「㘰」為「畜」、借「欽」為「咸」、借「訐」為「蹇」、借「𩕲」為「渙」的例子在竹簡中都相當罕見。但這些卦名本字在楚簡中有些就是常見字，如「需」、「畜」、「咸」三字。竹書〈周易〉爻辭中就有「需」（簡 57），〈既濟〉六四爻辭「繻有衣袽」及上六爻辭「濡其首」，竹書都作「需」，說明卦名「需」假「乳」為之，不會是「倉卒無其字，以音類比方，假借為之」。「畜」字也見〈亡妄〉六二爻辭「不耕而穫，不畜之」（簡 20）及〈遯〉卦九三爻辭「畜臣妾」（簡 30），這同樣也說明借「㘰」為「畜」與書手的通假習慣不合。「欽」字在楚簡中有通讀為「陷」（〈尊德義〉簡 2）[32]、「禁」（〈容成氏〉簡 37）者，[33]通讀為「咸」，目前僅見。而《馬王堆・周易》「咸」卦名亦作「欽」，或許這是承襲著相同古本的寫法而來。「咸」以本字出現在楚簡中的例子，可見〈紂衣〉簡 3「咸有一德」等。

「訐」在〈周易〉中借為卦名「蹇」，其在楚簡中多通讀為「諫」（〈競建內之〉簡 7、〈鮑叔牙與隰朋之諫〉簡 5 等），《說文・三篇上・言部》訐「面相斥罪告訐也」，其義同「諫」，且「訐」、「諫」同為見紐元部字，音義皆同可互換用。「蹇」亦為見紐元部字，故「訐」、「蹇」於音理上可通假，但在楚簡中並不常見。

借「𩕲」為「渙」例中，「𩕲」亦可省作「𩓥」。「渙」字在〈老子・甲〉簡 9 中，相當於今本十五章「渙兮其若釋」中作「覨」，借從袁得聲之字來通讀，「爰」、「袁」都是匣紐元部字，「渙」為曉紐元部字，韻同聲近，故借「爰」、「袁」為「渙」，或許是當時的

通讀成「猶豫」，若可信，則是借「與」為「豫」的特殊用法。但因「猶豫」是連綿詞，字形本不定，也很難說「豫」就是本字，「與」就是「豫」的借字。劉釗：《郭店楚簡校釋》，頁 145。《周易・豫卦》九四爻辭中的「由豫」（猶豫），竹書作「猶余」，說明借「與」為「豫」還是少見。

[32] 劉釗：《郭店楚簡校釋》，頁 125。

[33] 楊澤生提出〈競公虐〉簡 8「舉邦為欽」的「欽」字要讀為「禁」，而陳偉讀作「憾」，原釋文通讀為「歛」。〈說《上博六・競公虐》中「欽」字〉，復旦大學出土文獻與古文字研究中心網站，2007 年 7 月 20 日。

習慣通假用法。

從以上這卦名的通假用字來看，可以發現有些通假現象在楚簡中是較罕見的，有些甚至在爻辭中用本字，而卦名用通假字，如「需」、「畜」，這種卦名與爻辭通假標準不一的情形，當是與沿襲底本用字有關。

在《清華》的《尚書》篇章中，也可見一些罕見用字及通讀例，如〈尹至〉的「彖」（簡 1）、「[illegible]」（簡 3）、〈金縢〉的「[illegible]」（簡 9）；以及〈耆夜〉的「穖」通讀為「邁」（簡 12），〈金縢〉的「年」通讀為「佞」（簡 4），〈皇門〉的「[illegible]」通讀為「助」（簡 4），「訡」通讀為「讒」（簡 9），〈祭公〉的「䢜」通讀為「告」（簡 10）。其來源可能都與底本用字有關。

《逸周書·祭公》中一段文字曾為《禮記·緇衣》所引，今據《清華·祭公》（簡 16）及《上博·紂衣》（簡 12）與《郭店·緇衣》（簡 22）三本比較如下：

(1)《清華·祭公》：

女毋㠯俾譔息尒莊句，女毋㠯少悬敗大慮，女毋㠯俾士息夫=卿李

(2)《上博·紂衣》：

毋㠯少悬敗大惹，毋㠯辟迎書妝句，毋㠯辟士書夫=向傳

(3)《郭店·緇衣》：

毋㠯少悬敗大惹，毋㠯卑迎憩妝句，毋㠯卑士憩夫=卿史

《郭店·緇衣》的用字比較接近〈祭公〉，如〈祭公〉用「俾」〈緇衣〉用「卑」；〈祭公〉用「息」，〈緇衣〉用「憩」，〈祭公〉用「卿」，〈緇衣〉亦同，且三者「大夫」皆作合文。然二本〈緇衣〉的字數及句子順序與《清華簡》皆有不同，說明原〈緇衣〉在引錄〈祭公〉句子時可能就有改動，而抄錄的過程中用字還有所變易，這也說明底本的用字會有沿襲的成分，也會有改造的不同。

其它的還有：

(1)《清華簡·說命中》：

𢼄乃心，日沃朕心。若藥，女不[見見]眴，[阝戉]疾罔瘳。

《古文尚書．說命上》作：

啟乃心，沃朕心，若藥，弗瞑眩，厥疾弗瘳。

《國語．楚語上》「白公子張諷靈王宜納諫」章：

啟乃心，沃朕心。若藥，不瞑眩，厥疾不瘳。

(2)《清華簡．說命中》：

𨹍隹口𢀳戎出好，隹𢦔戈𨹍疾，惟𧘝𢧢𢘓，隹𢦔戈生𤕫身。

《古文尚書．說命中》作：

惟口起羞，惟甲冑起戎，惟衣裳在笥，惟干戈省厥躬。

《禮記．緇衣》引〈說命〉

惟口起羞，惟甲冑起兵，惟衣裳在笥，惟干戈省厥躬。

《清華簡．說命》中的文句都明顯比傳世文獻古樸，且在傳世文獻中不僅字數有所增減，且特殊的用字現象也都被取代了，整體而言，文句更趨於易解順口。

最後再舉〈良臣〉為例，〈良臣〉一篇言及黃帝以來各君王的良臣，所敘君王包括黃帝之師、堯、舜、禹、湯、武丁、文王、武王、晉文公、楚成王、楚䨣王、齊桓公、吳王光、越王句踐、秦穆公、宋（襄公）、魯哀公、鄭桓公、鄭定公、子產之師、子產之輔，而更於文末增補楚恭（共）王的良臣伯州犁。其敘方式是黃帝至周武王止，依時代先後排列，春秋諸侯則依國別記述，其中時代最晚者為魯哀公。我們從其所敘宋國不書國君名，而鄭國國君的賢相較多，偏重與子產相關人物及增補楚共王賢相來看，其底本當非楚人所寫，其中「君陳」的「陳」作「陣」、令尹的「尹」作「肙」、「昭王」的「昭」作「䨣」、「鄴公子高」的「鄴」作「[illegible]」、「史伯」的「伯（白）」作「全」，都非楚簡常見寫法。

第三節　楚人楚事簡與楚器中的用字比較

本節將先據楚人楚事簡內容推測簡文寫定的可能時間，並以此時間為基準，找出時間點前能確定器主為楚人者，排除掉受楚文化影響下的楚式青銅器，以及作器時間無法確定的銅器，將器銘與簡文用字加以比較歸納。

比較的前提是認為用字現象所呈現的書寫習慣會持續很長一段時間，而時間點在後的新用字現象不會影響到時間點在前的書寫方式，故所討論的楚器，雖然作器時間延續很長，但用字習慣的影響本來就會很久，所錄器銘相較於簡文來看，簡文約略是同時所寫，個個不同的器銘則否，兩者在時間點上有長短與早晚的不同。

一　《上博》、《清華》簡寫定前的楚器

今所見《上博》簡寫定時間的下限，若從簡文中涉及的楚王名號來推定的話，大概是以〈命〉及〈王居〉兩篇的時代較晚，兩篇都出現「令尹子春」，而〈命〉載「葉公子高之子見於令尹子春」（簡 1）事，「葉公子高」即平定白公勝之亂的沈諸梁。白公勝之亂發生於楚惠王十年，葉公平亂後曾兼令尹、司馬二事，國寧，使子國為令尹，公孫寬為司馬，而終老於葉（見《左傳・哀公十七年》，而〈命〉、〈邦人不稱〉都載及此事，並言其辭令尹，授司馬）。故葉公之子活動的時間，當在惠王中晚年，甚至可晚至簡王時期。[34]故整體看來，今所見《上博》寫定的時間最早在簡王後的聲王時期，因聲王繼位時間僅五年，故也可能至悼王或再晚一些。

而《清華》中有綜述楚國史事的〈楚居〉、〈繫年〉二篇，〈楚居〉記載從季連到楚悼王以來廿三位楚公楚王的居所與遷移；〈繫年〉

---

[34] 劉信芳以為〈柬大王泊旱〉中的太宰晉侯有「聖人虘良倀子」之譽，其中「虘良」當讀為「諸梁」，「聖人」是楚人對「沈諸梁」的殊譽。故太宰晉侯（子止），即沈諸梁的長子。參氏著：〈上博藏竹書〈柬大王泊旱〉聖人諸梁考〉，《中國史研究》2007 年第 4 期。若然，則〈命〉可視為簡王時故事。然在〈命〉中令尹子春以「先大夫」稱「葉公子高（沈諸梁）」（葉公子高之子以「亡僕」自稱其父），且「虘良」讀為「諸梁」之用法未見，加上惠王享國五十七年，簡王世離白公之亂超過四十七年以上，時間過長，故暫存疑。

則綜述西周以來至戰國前期的史事，其中與楚國有關者，最早見第五章「文王伐蔡滅息娶息媯」事，最晚為第廿三章，記載歷經聲王與悼王的楚宋與晉鄭間的桂陵、蔑、武陽之戰。因此就目前所公布的《清華》來看，其寫定時間最早在悼王後的肅王時期，甚至可更晚。由於〈繫年〉廿章有「至今晉越以為好」（簡 113），而威王滅越在公元前 333 年，故李學勤以為「〈繫年〉的寫作大約在楚肅王時（或許在晚一些，在楚宣王世），也就是戰國中期，這和《清華大學藏戰國竹簡》第一輯所收《楚居》篇的寫成時間是差不多一樣的。」[35]

從《上博》和《清華》簡目前公布的簡文來看，把這批簡的時間定在楚宣王（369B.C.-340B.C.）以前是合宜的。楚宣王時期已入戰國中期，劉彬徽曾將東周楚國銅器和出土銅器墓葬分為七期，楚宣王時代屬第六期中葉以前，[36]並且認為此期的代表墓葬銅器群是江陵天星觀一號墓和信陽長台關一號墓的銅器群。[37]下面便根據劉彬徽所主張的六期中葉以前的楚青銅器銘文來比較其與楚簡中的名號、用字、通假用例。

---

[35] 李學勤：〈清華簡《繫年》及有關古史問題〉，《文物》2011 年 3 期，頁 71。

[36] 劉彬徽的東周以來楚器七期分法，是將春秋分為四期，戰國分為三期，其年代分別為：第一期 770B.C.-670 B.C.；第二期 670 B.C.-600 B.C.；第三期 600 B.C.-530 B.C.；第四期 530 B.C.-450 B.C.；第五期 450 B.C.-380 B.C.；第六期 380 B.C.-300 B.C.；第七期 300 B.C.-223 B.C.。參氏著：《楚系青銅器研究》（武漢：湖北教育出版社，1995 年），頁 52。

[37] 湖北省荊州地區博物館：〈江陵天星觀一號楚墓〉，《考古學報》1982 年第 1 期。河南省文物研究所：《信陽楚墓》（北京：文物出版社，1986 年）。其中天星觀的卜筮記錄中載有「秦客公孫紻𦖞王於葳郢之歲」的紀年，「公孫紻」即說秦孝公變法的衛鞅，《史記・楚世家》載「（宣王）三十年秦封衛鞅於商，南侵楚。是年宣王卒。」而信陽長台關一號墓的年代，《信陽楚墓》定在戰國早期（頁 121），其中出土編鐘銘有「隹𦖞篙屈栾晉人救戎於楚競」，為魯昭公十七年事。劉彬徽從形制、紋飾與天星觀鐘同，及鐘的中長和銑長之比來推論其時代同於天星觀編鐘（頁 237）。關於𦖞篙鐘的年代，《信陽楚墓》有誤，參後文，當在魯哀公四年。

先將劉彬徽《楚系金文彙編》中所列第六期以前的楚器名（排除楚式器）列出，並以黃錦前《楚系銅器銘文研究》中的分類法區分如下。[38]

（一）西周晚期金文

楚公冡鐘及戈、楚公逆鐘。

以上二鐘器都有傳世器與出土器兩種，其中「楚公冡」與「楚公逆」都是楚武王稱王之前的楚君，「楚公冡」或是「熊渠」，「楚公逆」為「熊鄂」。[39]二器屬「楚公楚王」器。

---

[38] 劉彬徽：《楚系金文彙編》（武漢：湖北教育出版社，2009 年）。黃錦前：《楚系銅器銘文研究》。安徽大學文學、漢語言文字學專業博士學位論文，2009 年。其第一章「楚器」分為「楚公楚王器」、「王后器」、「王子臣器」、「王孫器」、「媵器」、「楚王族器」、「其它王族器」、「封君縣公器」、「其它貴族器」、「列國遺民器」、「工官府庫器」、「其它」。

[39] 張亞初以為楚公家即楚公熊渠，「家」為見母魚部字，「渠」為群母魚部字，聲近韻同，而且形制紋飾多同於西周中期器。參氏著：〈論楚公冡鐘和楚公逆鎛的年代〉，《江漢考古》1984 年 4 期。而早期朱德熙主張家從至聲，定為熊摯器。「楚公逆」最早孫詒讓以為「咢（噩）」與「逆」同從「屰」聲，認為其即「熊咢」，且從王國維以來皆同意此說，見《觀堂集林．卷十八．夜雨楚公鐘跋》。李零：〈楚國銅器銘文編年滙釋〉，《古文字研究》第十三輯（北京：中華書局，1986 年），頁 355。而 1993 年山西曲沃北趙晉國墓地第四次發掘，64 號墓出土的一組楚公逆編鐘與傳世的楚公逆鐘為同一楚公器，熊鄂即位於周宣王廿九年（799 B.C.）卒于宣王卅七年（791B.C.），墓主晉穆侯即位於宣王十七年（811 B.C.），卒於宣王四十三年（785 B.C.），兩者時間有重疊，可證成其說。李學勤：〈試論楚公逆編鐘〉，《文物》1995 年 2 期。而出土器銘中有「鎮龕」一語，李家浩認為其可能讀為《逸周書．作雒》「周公立，相天子，三叔及殷東徐、奄及熊盈以略（畔）」的「熊盈」。參氏著：〈楚簡所記楚人祖先「毓（鬻）熊」與「穴熊」為一人說—兼說上古音幽部與微、文二部音轉〉，《安徽大學漢語言文字研究叢書．李家浩卷》（合肥：安徽大學出版社，2013 年），頁 237。

（二）東周第一期金文

楚季苟盤、楚嬴盤與匜、申公彭宇盤、賽公孫𢍰父簠與匜、楚王領鐘。[40]

〈季苟盤〉為楚王族季氏器，〈楚嬴盤（匜）〉中的「楚嬴」為楚國所娶嬴姓女子，屬「王后器」；而「申公彭宇」、「塞公孫𢍰父」都是列國遺民器。[41]〈楚王領鐘〉為楚公楚王器，「領」一名，何琳儀從聲音上推測是文王子莊敖「熊囏」，李零以為郟敖（麇）、靈王（虔）皆有可能，而從讀音上看靈王更近；劉彬徽早期從器形上認為是穆王器，後來又改變說法，主張是「熊囏」。[42]

此期中劉、黃二人都列入〈賽公孫𢍰父簠（匜）〉，前者以為其乃楚王族公孫𢍰父封於塞者；後者以為是「楚封君器」。但讀其器主身份為「塞公」或「塞」地之「公孫𢍰父」，皆不辭。且劉說還以「賽」

[40] 劉彬徽在《研究》（頁 302）中認為楚王領鐘的時代在堵敖（熊艱）後。其以為「在前 678－前 600 年這一年代範圍內，除堵敖外，先後為楚王的有成王、穆王、莊王。楚王沇與成王、莊王名均不合，唯有穆王商臣即位後所改稱之名未見於史書記載，領是否為史書缺載的穆王的名字呢？這並不是不可能的。我們認為可能為楚穆王之鐘，特提出這一新看法，以待今後的新發現予以檢驗。」後來在《彙編》中改變看法，改列於「東周一期」，並以為器主是熊艱（頁 5）。李學勤則以為楚王領鐘的作器者，前人或說是楚成王，失之過早，或說是楚悼王，則失之太晚。比較流行的說法，認為係楚共王審，曾為多數學者接受。1986 年，出現了楚王酓審盞，說明共王之名就是「審」，這一意見已不成立。現在看，楚王領應當是昭王珍，「領」字所從的「今」與「珍」字所從的「㐱」形近，以致傳誤。參氏著：〈有紀年楚簡年代的研究〉，《文物中的古文明》（北京：商務印書館，2008 年），頁 428。昭王名㤂，見楚王酓㤂盤。

[41] 塞氏器，黃錦前以為是楚之顯祖屈氏任封君者（頁 25），然以視為塞國遺民器較合理。

[42] 何琳儀：〈楚王領鐘器主新探〉，《東南文化》1999 年 3 期；李零：《入山與出塞》（北京：文物出版社，2004 年），頁 234；劉彬徽：《楚系青銅器研究》，頁 302。

為「塞地」或是一個名不見經傳的諸侯國。[43]然而最早于豪亮曾推測「䢷」當讀為「息」，以為此器乃息國被滅，息國貴族被迫遷到楚國所作器。[44]由於金文中所見「息」器之「息」作「鄎」，故早期學者或反對于說。今〈繫年〉第五章記楚文王伐蔡、息事，其中「息媯」一名作「賽為」，「䢷」即「賽」的聲符，證成「䢷」可讀「息」，且〈靈王遂申〉簡 1「靈王即位，繡賽不服」，「賽」亦指「息」。而器主「䢷公孫𢍰父」的身份可與〈陳公孫𢍰父鈚〉（《集成》16.9979）比較，後者為楚滅陳後的陳公室器，故此器也可能是息國被滅後，子孫入楚作器。

（三）東周第二期金文

楚王媵邛仲嬭南鐘、楚子𡥜簠、上鄀公簠、以鄧鼎與匜、克黃𪔁。

〈楚王媵邛仲嬭南鐘〉為楚王媵仲嬭（羋）適江器，〈楚子𡥜簠〉器主子𡥜為楚貴族，李零以為是楚成王時的令尹子元，[45]〈上鄀公簠〉乃上鄀公為叔羋、番妃所作器，屬縣公作器。〈以鄧鼎（匜）〉與〈上鄀公簠〉皆出於淅川下寺 M8，李零以為器銘「上鄀公擇其吉金鑄弔嬭番妃媵匿」中的「番妃」可證明「潘」國為「己」姓。而此墓主與淅川下寺 M2 墓主在名前皆冠以「楚叔之孫」，故墓主即「蒍以鄧」。[46]「以鄧」為蒍姓楚叔之孫，屬楚王族蒍氏器。而〈克黃鼎〉出於河南淅川和尚嶺春秋楚墓，器主為莊王時的箴尹克黃，為楚王族鬥氏器。

---

[43] 如劉彬徽主張「塞」是塞地，或一個名不見經傳的諸侯國，後來為楚所滅（《研究》，頁 101）。而何琳儀還主張把「塞」讀為「稷」，見〈釋塞〉，《中國錢幣》2002 年 2 期，頁 11。

[44] 于豪亮：〈論息國和樊國的銅器〉，《于豪亮學術文存》（北京：中華書局，1985 年），頁 64。劉彬徽曾以為器乃楚公族封於塞地者，反對塞為息國說。《楚系青銅器研究》，頁 295。此說不確，因枝江與塞地無關。而鄎子行盆劉彬徽反對是息國器，以為是息國宗族後裔，封於楚息縣（《研究》，頁 299），而黃錦前則認為是息國器（頁 74）。

[45] 李零：〈楚國銅器銘文編年滙釋〉，《古文字研究》第十三輯，頁 360。

[46] 李零：《入山與出塞》，頁 228。

（四）東周第三期金文

王子昃鼎、王子嬰次爐與鐘、楚屈叔沱戈、王子申盞、楚王酓審盞、楚屈子赤目簠、王子午鼎與戈、王孫誥鐘與戟、王孫遺者鐘、倗之器、上鄀府簠、楚子棄疾簠、楚子䞣鼎、王孫霝簠、王子啟疆鼎、䢼兒盞、鄧公乘鼎、蔡兒缶、褱鼎、[47]發孫虜鼎簠、孟縢姬浴缶、子湯鼎、楚旒鼎。

其中楚王器有〈楚王酓審盞〉，「酓審」即楚共王熊審。楚王子器有〈王子昃鼎〉、〈王子嬰次爐（鐘）〉、〈王子申盞〉、〈王子午鼎（戈）〉、〈王子啟疆鼎〉。「王子昃」即「楚公子側」（司馬子反）；「王子嬰次」即「楚公子嬰齊」，莊王之弟，共王時的令尹「子重」；「王子午」即莊王之子，康王時的令尹「子庚」；而「王子申」即楚共王時的「王子申」。[48]

楚王孫器有〈王孫誥鐘（戟）〉、〈王孫遺者鐘〉，[49]其中「王孫誥」為王子午之子。楚王族器有蔿氏的「楚叔之孫倗」器，李零以為「倗」即「薳子馮」。而〈孟縢姬浴缶〉出於淅川下寺 M1，李零以為器主「孟縢姬」即一號墓主人，倗的夫人，為滕國女子，器亦為蔿氏器。而屈氏器有〈楚屈叔沱戈〉和〈楚屈子赤目簠〉。

其它貴族器有楚子棄疾、楚子䞣、䢼兒、蔡兒、褱、發孫虜、子

---

[47] 關於褱鼎的時代，劉彬徽在《研究》（頁 332）中視為「東周第四期金文」，以為「觀此鼎的外撇足及蟠繞龍紋飾，為春秋晚期特點，器之年代應定為春秋晚期，屬楚銅器第四期」。今在《彙編》（頁 12）改至「東周三期」。

[48] 劉彬徽：《楚系青銅器研究》，頁 309。張連航：〈楚王子王孫器銘考述〉，《古文字研究》廿四輯（北京：中華書局，2002 年），頁 253。

[49] 李家浩以為「者」應是「䜌」字，「王孫遺䜌」即《左傳》中的「蔿艾獵」，與王孫誥（蔿敖）為兄弟，同為楚莊王時人，是王子午後人。轉引自李守奎：〈出土楚文獻文字研究綜述〉，《古籍研究整理學刊》2003 年 1 期。「者」字作「[illegible]」，與王孫誥鐘作「[illegible]」同形，下半從其。亦近楚簡，從字形上看來不是「䜌」。楚簡者字作「[illegible]」（〈仲弓〉簡 21）、「[illegible]」（〈內禮〉簡 3）、「[illegible]」（〈柬大王泊旱〉簡 12），上半從之聲，下半有訛似丌者。

湯、楚旅諸器。縣公器有上鄀和鄧縣的〈上鄀府簠〉和〈鄧公乘鼎〉。

（五）東周第四期金文

楚子夜鄴敦、子季嬴青簠、楚叔之孫途為盉、鄧尹疾鼎、永陳尊缶、昭王之諻鼎與簋、蔿子受諸器、王卑命鐘、荊曆鐘。

其中「昭王之諻」為楚王族卲氏器，「楚叔之孫途為」為楚王族蔿氏一族。[50]而蔿子受諸器出土於淅川和尚嶺楚墓，包括有鐘、鎛、鼎、鬲、戟，器主蔿子受亦為蔿氏一支。

「楚子夜鄴」、「永陳」為楚貴族。「鄧尹疾」為鄧縣縣公。「子季嬴青」為楚的黃國遺民。[51]

〈王卑命鐘〉早期名為「秦王卑命鐘」，銘文為「秦王卑命競平王之定救秦戎」，李學勤以之與崇源新獲楚器比較後，以為銘文當讀為「……秦，王卑（俾）命競平王之定救秦戎，……」，而「競平王之定」即楚平王名定的兒子，[52]如同前文「昭王之諻」為昭王之後名諻者。

崇源新獲楚青銅器中的簋、鬲、豆銘，作「惟戠王命競之定救秦戎大有祏于洛之戎甬乍隮彝」，〈王卑命鐘〉的「競平王之定」，在此作「競之定」。關於「救秦戎」一事又可與信陽長台關的〈荊曆鐘〉配合來看，其銘作「隹型篙屈柰晉人救戎於楚競」，李學勤主張鐘銘未完，當讀「隹荊曆屈夕晉人救戎於楚，競」，「競」之後可能接「之定」。而〈王卑命鐘〉銘的「秦」字亦當連上讀，上文殘。這三鐘銘所提到的「救（秦）戎」事，最早顧鐵符曾疑為《春秋·哀公四年經》

[50] 「昭王之諻」張政烺曾主張是昭王之母器，然目前所出楚王后太后諸器中未見以「諻」名母者，一般作「楚嬴」、「曾姬」、「王句少府」、「王句六室」。故「昭王之諻」可能是昭王後人，為「昭之諻」，同「龔之脾」、「競之定」。「途為」乃蔿氏一族，見李零：〈楚國銅器銘文編年匯釋〉，《古文字研究》第十三輯，頁 390。

[51] 黃錦前：〈略論子季嬴諸器的歸屬問題〉，《江漢考古》2011 年 1 期。

[52] 李學勤：〈論「景之定」及有關史事〉，《文物》2008 年第 2 期。

所載，楚國滅戎蠻子赤而引起的楚晉糾紛。後來在朱德熙據睡虎地簡秦楚月名對照表釋出「屈夕」是楚月名後，知救戎者乃為晉人非楚人，因此李學勤、王輝等人復贊同顧鐵符的看法，主張鐘銘上的救戎事是楚昭王廿五年即《春秋經・哀公四年》的「晉人執戎蠻子赤歸于楚」事。而董珊也推測其即〈繫年〉十八章的「楚卲王畝(?)洢洛以復方城之自」事，[53]因此〈王卑命鐘〉、〈荊曆鐘〉當視為楚王族競平王之定器，而時代在春秋末期。

而據秦楚月名對照表知楚月為冬夕、屈夕、援夕、刑夷、夏尿、紡月、七月、八月、九月、十月、爨月、獻馬，以夏曆十月為歲首，建亥。在楚器中出現標舉楚月名者，目前始見於此期。

（六）東周第五期金文

楚王酓璋作曾侯乙器、坪夜君成鼎與戟、盛君縈簠、王孫變戟、番仲戈、析君戟、析君述鼎、掷君戟、蓺君戈、周膓戈、膓戈、鄦之戈。

楚王酓璋器包括鐘、鎛、劍、戈，鐘鎛銘有「惟王五十又六祀」，為楚惠王熊章作贈曾侯乙器。屬楚王器。「王孫變」為楚王孫；盛君為楚成氏一支，屬封君器。坪夜君、析君、掷君、蓺君亦皆為楚封君；周膓戈、膓戈，黃錦前以為是楚君膓之器。[54]番仲戈為楚潘國遺民造戈，鄦（許）戈屬地方遺民邑工官造戈。

（七）東周第六期中葉以前金文

曾姬壺。

53 李學勤，〈有紀年楚簡年代的研究〉，《文物中的古文明》，頁427。王輝：〈也說崇源新獲楚青銅器群的時代〉，《高山鼓乘集　王輝學術文存二》（北京：中華書局，2008年），頁209。董珊：〈讀清華簡《繫年》〉，復旦大學出土文獻與古文字中心網站論文，2011年12月。

54 黃錦前以為「南君膓鄒戈」、「周膓戈」、「膓作□戈」、「膓庶劍」器主為同人或同族者的可能性很大。《楚系銅器銘文研究》，頁26。

〈曾姬壺〉為楚王廿又六年聖趄之夫人曾姬無卹所作，聖趄王即楚聲王。聲王後的悼、肅、宣王中，有廿六年者僅有宣王，故可定為楚宣王廿六年器。

以上配合劉彬徽的楚器分期及黃錦前的楚器分類，對與《上博》、《清華》寫定時間以前的楚器作歸納。此外還可補入有名氏可考的〈楚王酓恷簠（盤）〉、〈章子國戈〉。〈楚王酓恷簠（盤）〉見崇源新獲青銅器，「酓恷」配合同出「競之定」器，為競平王後人以及平王子昭王名「珍」，「珍」與「休」都有「美」之義這二點來看，或即是昭王。[55]時代屬東周第四期；章子國戈根據李家浩的研究，為楚國的章氏貴族戈，[56]時代亦屬東周第三期。

二　楚器與楚簡用字比較

上舉東周第六期中葉以前楚器銘中，與楚王室有關的有「楚公楚王器」、「楚王后器」、「楚王子器」、「楚王孫器」、「楚王媵器」；與楚王族有關的有「季氏器」、「蔿氏器」、「屈氏器」、「鬥氏」、「昭氏」、「景氏」，其它貴族有：「楚子䙹」、「楚子棄疾」、「楚子趌」、「楚子夜鄴」、「章子國」、「圅兒」、「𦾔兒」等，封君器有「坪夜君」、「盛君」、「析君」等；縣公器有「上鄀公」、「鄧公」、「鄧尹」；[57]列國遺民有「申」、「息」、「黃」、「潘」國

[55] 王輝：《高山鼓乘集　王輝學術文存二》，頁 206；黃錦前：《楚系銅器銘文研究》，頁 11。

[56] 李家浩：〈章子國戈小考〉，《出土文獻》第一輯（上海：中西書局，2010年），頁 161。而近來有將 2011 年湖北省隨州市淅河鎮蔣寨村葉家山西周早期曾侯家族墓地 M2 出土的一件「[illegible]子器」視作楚王熊麗或熊繹器者，因證據尚不足，暫不列入討論。

[57] 關於楚國的封君與縣公之別，何浩指出春秋至戰國時期，由楚君任命的楚國縣一級行政長官，多稱「公」或「尹」，所謂「某某公」自必是指該縣縣尹。戰國早期以來，由楚君賜以封地並以封地之名冠以封號的貴族稱為「某某君」或「某某侯」，所謂某某「君」或「侯」，也就是指領有某地封邑的封君。縣公縣尹屬於官職，君、侯屬於爵稱，兩者區別明顯。而楚國最先因獲得封

器；地方工官有「鄦（許）」戈器。

下面從「名號」、「用字特點」、「通假習慣」來看《上博》、《清華》與楚器銘文中的異同。

（一）名號

上舉楚器銘出現的楚公楚王名號有「楚公𧰼」、「楚公逆」、「楚王領」、「楚王酓審」、「楚王酓忎」、「楚王酓璋」，還有〈曾姬壺〉銘「聖𧻚之夫人」中的「聖𧻚」。「楚公家」、「楚公逆」為楚武王稱王前的楚公，「領」、「酓審」、「酓忎」、「酓璋」、「聖𧻚」皆為武王之後的楚王，其中「酓審」、「酓璋」即文獻中的共王「熊審」（〈楚世家〉）與惠王「熊章」（〈楚世家〉）。「領」或以為是莊敖「熊艱」，「忎」或以為是昭王「熊珍」，器銘「忎」字作「[illegible]」形，字又見包山簡，有人名「張[illegible]」（簡 95）。「聖𧻚」則是楚聲王，「聲」是其謚。

《上博》中提及的楚王名者，目前所見都稱謚，如「臧（莊）王」（〈莊王既成〉）、「競（景）坪（平）王」（〈平王問鄭壽〉）、「卲王」（〈昭王毀室〉）、「先君靁（靈）王」（〈君人者何必安哉〉）、「柬大王」（〈簡大王泊旱〉）、「城王」（〈成王為城濮之行〉）、「靁王」（〈靈王遂申〉）、「先君武王」（〈陳公治兵〉）、「卲王」（〈邦人不稱〉）、「楚城王」（〈良臣〉）、「楚韜王」（〈良臣〉）、「楚恭王」（〈良臣〉）。其中「競坪王」即「平王」，「柬大王」即「簡王」。

而〈楚居〉與〈繫年〉中也提及楚先公先王名，其名分別如下。

1.楚先公名

〈楚居〉中的先公名有：（部分世次配合〈楚世家〉推測而來）

穴酓—侸雷

地而成為封君的，是平王之孫，令尹公孫寧，時在惠王十二年（477 B.C.），已是春秋之末。〈魯陽君、魯陽公及魯陽設縣的問題〉，《中原文物》1994 年 4 期，頁 48。

└麗季—酓怪—酓羿—酓只—酓觛—酓樊
　　　　　　　　　　　　　　　└酓賜—酓追

—酓朒
└酓摯
└酓綖—酓甬
　　　└酓嚴—酓相
　　　　　　└酓霝
　　　　　　└酓訓—酓噩—酓義—酓帥—酓鹿
　　　　　　　　　　　若嚚　焚冒　宵嚚

而《史記・楚世家》所載鬻熊以後至武王前的楚先公名為：

鬻熊—熊麗—熊狂—熊繹—熊艾—熊黮—熊勝
　　　　　　　　　　　　　　　└熊楊—熊渠

—熊康（毋康）
└熊紅（摯紅）
└熊執疵（延）—熊勇
　　　　　　└熊嚴—熊霜
　　　　　　　　　└熊徇—熊咢—熊儀—熊坎—熊眴[58]
　　　　　　　　　　　　　　　若敖　霄敖　蚡冒

其中「穴熊」即「鬻熊」，「麗季」為「鬻熊」子「熊麗」，是楚人先公之首，包山簡有祭祀自熊麗至武王的集合廟主（簡 246「舉禱荊王自酓鹿（麗）以豪武王」）。而「酓怪」、「酓羿」、「酓觛」、「酓賜」、「酓追」、「酓摯」、「酓延」、「酓甬」、「酓嚴」、「酓相」、「酓霝」、「酓訓」、「酓噩」、「酓義」，即〈楚世家〉的「熊狂」、「熊繹」、「熊黮」、「熊楊」、「熊渠」、「熊摯紅」、「熊延」、「熊勇」、「熊嚴」、「熊霜」、「熊雪」、「熊徇」、「熊咢」、「熊儀」。而〈楚居〉中的「酓只」、「酓樊」、「酓朒」、「焚冒酓帥」、「宵嚚酓鹿」，在〈楚世家〉中作「熊艾」、「熊勝」、「熊康」、「蚡冒熊眴」、「霄敖熊坎」，其間字體或聲音差異較大。

---

[58] 其中熊毋康到熊延一段據李家浩說法。參氏著：〈清華戰國竹簡《楚居》中的酓胖、酓執和酓綖〉，《出土文獻》第三輯，頁 1-14。

「熊勝」《漢書・古今人表》作「熊盤」，「樊」、「盤」皆為並母元部字，故可通；而「酓只」與「酓胯」的問題，或以為「酓胯」要讀為「熊艾」（夸為乂之初文），史遷錯將兩位楚先王「熊艾」和「熊只」當成一人，而在原本應該是「熊只」的位置寫上了「熊艾」，而將排在「熊渠」後面的「熊艾」遺漏。[59]

另一種看法是「酓只」的「只」為「孓」的形近訛字，「孓」「艾」音近可通。而「胯（乂）」通「埶」，而〈楚世家〉的「摯紅」的「摯（執）」為「埶」之訛，〈楚居〉的「酓胯（埶）」即〈楚世家〉的「熊摯〔埶〕紅」，而熊康未曾繼位，〈楚居〉不載。[60]以上兩說可參。

其中〈楚世家〉載「熊霜六年卒，三弟爭立。仲雪死、叔堪亡避難於濮，而少弟季徇立，是為熊徇」。〈楚居〉在「酓相」和「酓訓」間有「酓霝」一王，據〈楚居〉載「熊雪」或曾繼位為王。

而且〈楚世家〉以為蚡冒熊眴為霄敖熊坎之子，亦與〈楚居〉先焚冒後宵敖不同。〈楚世家〉的「熊坎」〈楚居〉作「酓鹿」，李家浩推測「鹿」為「麢」字省寫（司馬貞《索隱》「坎」一作「菌」），或可參。[61]

2.楚先王名

〈楚居〉中的先王名有：

武王酓䱷、文王、堵囂、成王、穆王、臧王、龔王、康王、乳

[59] 復旦大學出土文獻與古文字研究中心研究生讀書會：〈清華簡《楚居》研讀札記〉，復旦大學出土文獻與古文字研究中心網站，2011 年 1 月 5 日。

[60] 李家浩以為「只」是「孓」的訛體，上古音「孓」為見母月部字，「艾」為疑母月部字。見氏著：〈談清華戰國竹簡《楚居》的「夷宅」及其他－兼談包山楚簡的「宛人」等〉，《出土文獻》第二輯（上海：中西書局，2011 年），頁 58。及〈清華戰國竹簡《楚居》中的酓脾、酓執和酓綎〉，《出土文獻》第三輯，頁 12。其並以為〈楚世家〉的「熊延」並非「熊執疵」，熊延當是摯紅、執疵的下一代，可能是摯紅之子（頁 13）。

[61] 參氏著：〈談清華戰國竹簡《楚居》的「夷宅」及其他－兼談包山楚簡的「宛人」等〉，《安徽大學漢語言文字研究叢書・李家浩卷》，頁 241。

子王、需王、競坪王、卲王、獻惠王、柬大王、王大子、𨛭折王。

〈繫年〉中的先王名：

文王、𡔛囂、成王、穆王、臧王、龏（龍）王、康王、乳子王、需（霝）王、競坪王、卲王、獻惠王、柬大王、聖趄王、列折王。

其中先王名除了〈楚居〉中有武王名「酓䣭」（《史記・楚世家》作「熊通」）外，[62]餘皆稱諡。而「𡔛囂」即「堵敖」，文王之子，〈楚世家〉作「莊敖」。「乳子王」的「乳」乃「孺」的借字，〈周公之琴舞〉（簡 7）作「需子王」，即指康王子「郟敖」（借乳為需可參〈周易〉）。而聲王〈楚居〉作「王大子」，悼王作「𨛭折王」或「列折王」，「召」從「刀」聲，故「𨛭」「列」兩者可通。以上王號中平王、惠王、簡王、聲王、悼王都是雙字諡。[63]

今所見楚器銘中的楚公楚王名，除了曾姬壺銘的「聖趄」外，皆未出現諡號。曾器鑄於聲王死後，故名諡，而未出現諡號的楚王諸器可能是楚王生前所鑄。〈楚居〉中武王之後稱諡不稱名，武王前以「酓」為氏，故「楚公𧰼」當是「酓𧰼」，「楚公逆」當是「酓逆」。兩人不見〈楚居〉，前者有熊儀、熊摯、熊渠、熊眴等說法，[64]或以「熊渠」說為可信，「𧰼」為見母魚部，「渠」為群母魚部，兩者聲近。

---

[62] 「䣭」字從「昏（舌）」聲，李家浩以為楚武王名「熊達」，〈楚世家〉誤作「熊通」（參梁玉繩《史記志疑》），舌、達兩字韻同（月部），而聲母可通。見氏著：〈談清華戰國竹簡《楚居》的「夷宅」及其他－兼談包山楚簡的「𡨦人」等〉，《出土文獻》第二輯，頁 57。

[63] 春秋時的多字諡研究，可參李零：〈楚景平王與古多字諡－重讀「秦王卑命」鐘銘文〉，《傳統文化與現代化》1996 年 6 期。

[64] 鄒芙都：《楚系銘文綜合研究》（成都：巴蜀書社，2007 年），頁 28。其中熊儀說基於「𧰼」蓋「為」之異，熊眴說以為「家」與「旬」字近。熊摯說主「室」、「摯」音近，然「家」與「摯」聲遠。且周原遺址出土楚公𧰼鐘，表明這個楚公一定在平王東遷以前。

而「酓逆」即「酓噩（鄂）」，「逆」與「咢（罗）」同從「屰」聲。

王子公子名號部分，楚簡中有「王子回」（〈申公臣靈王〉）、「王子木」（〈平王與王子木〉）、「王子脣」（〈繫年〉簡 88）、「王子逿」（〈繫年〉簡 88），分別是靈王「王子圍」、平王子「太子建」以及《左傳．成公九年》的「楚公子辰」與《左傳．成公十二年》「楚公子罷」。楚器銘有「王子昃」、「王子嬰次」、「王子申」、「王子午」、「王子啟彊」。

王族名號部分楚簡中有「龔之脽」（〈昭王與龔之脽〉）、「競之賈」（〈繫年〉簡 128）、「卲之瘥」（〈繫年〉簡 135），分別是共王、平王、昭王之後。

職官名號部分，「令尹」一職楚簡中有「命尹子春」（〈王居〉、〈命〉）、「命尹子林」（〈柬大王泊旱〉）、「命尹子玉」（〈繫年〉簡 43、〈成王為城濮之行〉）、「命尹子褈」（〈繫年〉簡 85）、「命尹子木」（〈繫年〉簡 96）、「（命尹）子夒」（〈成王為城濮之行〉）；楚器銘有「命尹子庚」（王子午鼎）。

「封君」名號楚簡中有「旟城洹悉君」（〈繫年〉簡 135）、「郎臧坪君」（〈繫年〉簡 130）、「坪亦悼武君」（〈繫年〉簡 135）；楚器銘有「坪夜君」、「盛君」、「析君」，其中楚器的「坪夜」即〈繫年〉的「坪亦」，當讀為「平輿」，在河南平輿縣北，其又見《包山簡》簡 181、《曾侯乙簡》簡 67、《葛陵》甲三簡 6。「旟城君」亦見《曾侯乙簡》簡 119、163。

「縣公」名號楚簡中有「酷尹子莖」（〈莊王既成〉）、「繡公子皇」（〈申公臣靈王〉）、「（繡）城公旟」（〈平王與王子木〉）、「鄴公子高」（〈命〉、〈邦人不稱〉）、「繡公子義」（〈繫年〉簡 40）、「繡公弔侯」（〈繫年〉簡 57）、「繡公屈巫」（〈繫年〉簡 75）、「遊昜公」（〈繫年〉簡 129）、「繡城公」（〈靈王遂申〉簡 2）、「陳公恙」（〈陳公治兵〉簡 14）、「白公」（〈邦人不稱〉簡 4）。其中「酷尹子莖」為「沈尹莖」，「鄴公子高」為「葉公諸梁」，「繡公子義」為「申公儀」，「繡公屈巫」即「申公巫臣」。而〈申公臣靈王〉故事改編自《左傳．昭公八年》「（靈王）使穿封戌為陳公」事，該篇「繡公」當視為「陳公」，即指穿封戌。然〈陳公治兵〉的陳公慧，可能是另一個陳公。而「遊昜公」，一名又見於《曾侯乙簡》162。[65]「繡城公」則為被封於申地之縣公，可能為申人之後。

楚器中的縣公有「上鄀公」、「鄧公」、「鄧尹」，上鄀與鄧縣都是春秋中晚期所置縣。[66]

此外楚器中的遺民作器有「𨟻公彭宇」、「𡨦公孫䏌父」器，〈繫年〉十六章有「芸公義」，分別是申、息、鄖國遺民，此三國皆滅於楚文王，而「𨟻」即「申」，「𡨦」即「賽」，為文獻中的「息」（〈繫年〉第五章），「芸」即鄖，「芸公義」即《左傳・成公七年》的「鄖公鐘儀」，被滅後成為楚縣。

（二）用字特點

關於楚器與楚簡中可能帶有地域性特徵的相同或相異的用字現象，比較二者後，試舉例說明如下。先是構形的部分。

1.家。〈楚公家鐘〉的「家」作「[illegible]」，從爪從家，其與〈鄭子家喪〉作「[illegible]」同，皆繁從爪。[67]

2.皇。皇字〈申公臣靈王〉作「[illegible]」（簡 4），上半部件加上短畫，這種寫法又見〈周公之琴舞〉簡 8。而〈王孫遺者鐘〉的「皇」作「[illegible]」（「我皇且文考」）雖與簡文不似，但同器從「皇」的「䞔」字作「[illegible]」（「䞔䞔趣趣」），「皇」上半部件亦加短畫與簡文同。

[65] 何浩以為此「魯陽公」並非「魯陽君」（司馬子期之子公孫寬，魯陽文子）。曾侯乙墓的魯陽公死於西元前 433 年，何浩由此推論，魯陽設縣在此之前。而時封君與縣公制同時並存於一縣內。〈魯陽君、魯陽公及魯陽設縣的問題〉，《中原文物》1994 年 4 期，頁 50。

[66] 徐少華：《周代南土歷史地理與文化》（武漢：武漢大學出版社，1994 年），頁 13。

[67] 「家」字在〈鄭子家喪〉甲本中皆作「[illegible]」，而乙本簡 1、2 作「[illegible]」，明顯地少了「宀」符，而乙本他處又改作「[illegible]」（簡 4、5、6、7），知前者為錯字。

3.食。楚文字的「食」繁加人旁作「飤」。楚器的「食」作「飤」，如〈楚子䙶簠〉的「飤匼」、〈王子昃鼎〉的「飤鼾」、〈倗之器〉的「飤鼎」與〈楚子夜鄭敦〉的「飤𩫖」等。楚簡則見〈平王與王子木〉「睹飤於𪍷𡨄」（簡1）。而包山簡「酒食」也都作「酉飤」（簡200、202、229、233）。

4.浴。楚簡中山谷的「谷」作「浴」（〈老子．甲〉簡2「江海所以為百浴王，以亓能為百浴下。」、〈舉治王天下〉簡 30「疏川起浴，以瀆天下。」），[68]而「欲」則作「谷」，如〈王居〉簡6「虗谷速」。而洗浴的「浴」在楚器中則繁加人形作「𣸣」，以別於「浴（谷）」，如〈倗之器〉中有「楚弔之孫鄬子倗之𣸣缶」。

5. 兄。楚簡中父兄的「兄」作「䨇」，從兄繁加「㞷」聲，見〈志書乃言〉簡5「虗父䨇甥舅」以及包山簡「謂殺其䨇」（簡84）等。楚器亦作此形，如〈王孫遺者鐘〉「用樂嘉賓父䨇及我倗友」。而包山簡「兄弟」也作「䨇俤」（簡227）。〈芮良夫毖〉作「俇俤」（簡8），可參。

6.間。楚簡的「間」作「閒」，如〈莊王既成〉「如四與五之閒」（簡3），楚器亦作此形，如〈曾姬壺〉銘「宅茲漾陵蒿閒」。「蒿閒」即「郊間」，詞又見包山簡，「以貸鄗𨜒（間）以糴種」（簡103），「間」字繁加邑旁。

7.陽、揚。楚簡中的「陽」作「𣈱」，見〈繫年〉簡12「楚文王以啟于灘𣈱」、「是武𣈱」（簡126）；亦作「昜」，如「莫囂昜為」（簡114）、「遊昜公」（簡129）。而「揚」字楚器亦作「𣈱」，見〈王孫遺者鐘〉的「中翰𪊨𣈱」。

然亦見楚器與楚簡不同形者，如「克」字，楚簡中作「㝅」，於字下繁加「又」，如「郇之㝅」（〈繫年〉簡67）等，但屬於楚鬥氏的〈克黃鼎〉之「克」，則未見加「又」。

[68] 目前所見「浴」字不讀為「谷」者，僅見〈弟子問〉2「子曰：『延陵季子其天民也乎，生而不因其浴。」「浴」通讀為「俗」。「谷」作「浴」，可能同「井」作「桬」、「川」作「汌」，屬繁加義符。

下面是用字的部分。

1.莊與壯。楚莊王在楚簡中作「臧王」，「臧」又見〈王孫誥鐘〉，作「肅捺臧戠」，此語〈王孫遺者鐘〉作「肅哲聖武」，兩者義當相近。前者的「臧戠」完整辭例為「肅捺臧戠龕于四國」，其中「臧戠」當即「壯武」，多見於兩周金文。莊從壯聲，楚簡楚器都以「臧」來表示「壯」聲及從「壯」聲之字。〈申公臣靈王〉有「戕」字，辭例為「戕於朸述」，此「戕」形近上舉的「戠」，前言「戠」讀「武」，這個「戕」也當讀「武」或與「武」聲近之字。

2.簡與柬。「簡」在楚簡中作「柬」，如楚簡王作「柬大王」，而在〈王孫誥鐘〉與〈王孫遺者鐘〉銘中有從「柬」的「闌」，辭例為「闌闌龢鐘」，楊樹達以為「闌闌」當讀為「柬柬」，即《詩．商頌．那》「奏鼓簡簡」，之「簡簡」，表示贊美樂聲之辭。[69]然「柬」亦有大義，《爾雅．釋訓》「丕丕、簡簡，大也。」「柬」、「大」義近，故楚人以「柬大」為雙字謚。

3.聞或問。楚簡的「聞」或「問」作「昏」（〈莊王既成〉簡 1）或「餌」（〈平王與王子木〉簡 5、〈楚居〉簡 2）；楚器〈王孫誥鐘〉銘有「龕于四國」，「聞」字作「[illegible]」（龕），寫法同於〈姑成家父〉的「[illegible]」（簡 2）。

4.其與期。「其」字楚簡多作「亓」（〈莊王既成〉簡 2、〈昭王毀室〉簡 5 等），楚器中作「其」或「嬰」；而「期」字在楚器中則作「其」、「諆」、「朞」、「期」、「諅」，甚至作「記」。如〈子季嬴青簠〉作「釁壽無其」、〈王子昃鼎〉作「萬年無諆」、〈王子申盞〉作「釁壽無朞」、〈鄧公乘鼎〉作「釁壽無期」、〈褱鼎〉作「釁壽無諅」，而〈上鄀府簠〉作「釁壽無記」。後者借「己」聲之字表「期」。

5.申。楚簡中的「申」作「繡」，如〈平王與王子木〉「坪王命王子木迈城父，逃繡」（簡 1），〈申公彭宇盤〉中的「申」作「鬸」。「繡」即「鬸」的簡化，從糸，或可視為「紳」，楚簡楚器中都借從

[69] 楊樹達：《積微居金文說》（北京：中華書局，1997 年），頁 22。

東聲之字表「申」。

6.郊。楚器及楚簡中「郊」作「蒿」，楚器〈曾姬壺〉銘有「虗宅茲漾陵蒿閒」，「蒿閒」即「郊間」。楚簡則見於〈柬大王泊旱〉的「攸四蒿」（簡 15）。

7.楚器及楚簡中都見「殹」，前者見〈王子午鼎〉銘「命尹子庚殹民之所亟」，「殹」為語助詞，這種用法又見〈志書乃言〉簡 3「殹忑韋」。而〈莊王既成〉亦見「殹」，辭例為「殹四舿以逾虖」（簡 3），義則通「抑」，疑問詞與前者不同。包山簡亦見「殹」（簡 105），有「左司馬殹」一名。

8.蔡。楚器及楚簡中的「蔡」皆作「鄒」，前者見〈王孫霖簠〉銘「王孫霖乍鄒姬飤匿」，「鄒姬」指蔡國來的姬姓女子，後者見〈繫年〉23 簡「鄒哀侯取妻於陳」、〈靈王遂申〉簡 1「王敗鄒靈侯於呂」等。包山簡中地名「下蔡」作「下鄒」（簡 120），知以「鄒」表「蔡」是楚人習慣。

9.享。享字楚器及楚簡皆作「亯」，楚器見〈楚嬴盤〉「子孫永用亯」、〈王子午鼎〉「用亯以孝于我皇且文考」等，楚簡見「戉公內亯於魯」（〈繫年〉簡 121）。

其它楚器楚簡中的常見相同用例還有作「熊」作「酓」、「且」作「虘」（〈柬大王泊旱〉19 簡「君，聖人虘良倀子」；〈王孫遺者鐘〉「中𩏩虘揚」）、「吾」作「虗」（〈莊王既成〉簡 1「虗既果城無鐸」；〈曾姬壺〉「虗宅茲漾陵蒿閒」）、「叔」作「弔」。而比較不同的用字差異，如「于」、「於」二字，楚器中多作「于」，見〈王子午鼎〉、〈王孫誥鐘〉、〈王孫遺者鐘〉、〈楚王酓忎簋〉、〈楚王酓璋鎛〉銘，作「於」者僅見〈荊曆鐘〉銘「隹䎽篙屠栾晉人救戎於楚」。而楚簡多作「於」，如〈申公臣靈王〉簡 4「戠於朸述」、〈平王問壽〉簡 1「禍敗因重於楚邦」、〈鄭子家喪〉簡 2「以忍於含」等。而楚簡中的「于」字不常見，以〈楚居〉為例，僅首二簡用「于」，如「尻于方山」（簡 1）、「先尻于京宗」（簡 2），「妣𡰜賓于天」（簡 3），其後皆用「於」，如「穴酓遅遷於京宗」（簡 2）、「思若嗌卜遷於𡐨宨」（簡 4）、「以為處於章華之臺」（簡 11）、

「王大子以邦逡於洑郢」（簡 14）等，這種現象值得注意。推測「于」字的使用早於「於」，或許有較古正雅樸之義，故多出現在器銘中。

（三）通假習慣

1.借昃為側。楚簡及楚器都見借昃為側的現象，「昃」屬莊母職部字，「側」為初母職部字，兩者聲近韻同。前者見〈王居〉（〈志書乃言〉簡 1）「反昃亓口舌」即「反側其口舌」、〈君子為禮〉簡 6「視毋昃」；後者見〈王子昃鼎〉。「王子昃」一名，張政烺以為「『昃』、『側』音義俱同，故余斷為楚司馬子反之器。」[70]

2.借己為其。〈王子午鼎〉及〈王孫遺者鐘〉銘的「敳嬰趩趩」語，在〈王孫誥鐘〉作「敳[illegible]趩趩」，相當於「嬰」的字作從己從娸形，乃借「己」表「其」的聲符。[71]楚簡中的己、其相通例可見〈王居〉（〈志書乃言〉簡 3）「毆忎韋」，「忎韋」即「忌諱」。己，見母之部；其，群母之部，韻部相同。[72]

3.借中為終。楚簡中「終」都作「冬」，楚器中則借中為終，如〈王子午鼎〉及〈王孫遺者鐘〉的「中倝虘鴋」即「終翰且揚」，形容樂聲又長遠又清揚。中為端母冬部字，終為章母冬部字，兩者韻同。

4.借樊為返。楚簡借樊為返，如〈昭王與龔之脽〉簡 7「
𠬧逃珤」、包山簡「左司馬之𠬧行將以聞之」（簡 130 背），「𠬧逃」、「𠬧行」都當如李守奎言讀為「返逃」、「返行」。「𠬧」是「䉶」的省體，「樊」的異體。〈倗戈〉銘見「新命楚王[illegible]雁受天命」，「[illegible]」所從即「䉶」（樊），[73]義未明。但楚器仍有「返」字，如〈楚王酓璋鎛〉

[70] 張政烺：〈卲王之諻鼎及簋銘考證〉，《張政烺文史論集》（北京：中華書局，2004 年），頁 68。

[71] 甲骨文中有「[illegible]」字（合 9573、合 36523），金文中也見「[illegible]」（〈師寰簋〉），都是己、其皆聲的兩聲字。

[72] 同韻部而聲母為見母與群母的相通例見，「借競為景」，競（群陽）景（見陽）；「借梂為樛」梂（群幽）樛（見幽）；「借台為咎」，台（見幽）咎（群幽）；借敽為矯，敽（見宵）矯（群宵）等。

[73] 李守奎：〈《楚居》中的樊字及出土楚文獻中與樊相關文例的釋讀〉，《文

「隹王五十又六祀返自西䳄」。

此外，從楚器銘所附記的日期還可發現一些特殊現象，如附記月名月相干支的器銘多出現在東周第三期金文（含）以前，而且以「正月初吉丁亥」日鑄器者最多，遠多於其它干支。與兩周金文所反映出來的現象一致。還見有「正六月初吉丁亥」（〈上鄀府簠〉）、「正十又一月辛巳」（〈申公彭宇盤〉）、「八月初吉庚申」（〈楚子䙷簠〉）等含有「正」、「初吉」字樣的干支。而最早見楚月名者為〈荊曆鐘〉上的「屈夕」，屬東周第四期金文。從此後「正月」名為「冬夕」，「六月」名為「紡月」，「十一月」名為「爨月」。而從〈𦼦兒缶〉的「正月初冬吉」一語還可推測楚人正月為初冬，以夏曆十月為歲首。

物》2011 年 3 期。

表一　東周楚國銅器第六期中葉以前器銘

西周晚期	
〈楚公冡鐘〉楚公冡自乍寶大歡鐘孫孫子子其永寶。（傳世器） 楚公冡自鑄鈢錫鐘孫孫子子其永寶。（傳世器） 楚公冡自乍寶大亩龢鐘孫孫子子永寶用。（周原器）	楚公楚王
〈楚公冡戈〉楚公冡秉戈	楚公楚王
〈楚公逆鐘〉唯八月甲申楚公逆自乍大雷鐘氒名曰盉敵鐘楚公逆其萬年壽用保其邦孫子其永寶。（傳世器） 唯八月甲午楚公逆祀氒先高旻考夫工四方首楚公逆出求人用祀四方首休多禽鎮䰞內饗赤金九邁鈞楚公逆用自乍龢鍑錫鐘百飤楚公逆其邁年壽用保氒大邦永寶用。（晉侯墓）	楚公楚王
東周一期金文	
〈楚季苟盤〉楚季苟乍嬭障贉盥般其子子孫孫永寶用亯	王族季氏
〈楚嬴盤〉隹王正月初吉庚午楚嬴盨其寶盤其萬年子孫永用亯。	楚王后器
〈楚嬴匜〉隹王正月初吉庚午楚嬴盨其寚其萬年子孫永用亯。	楚王后器
〈申公彭宇盤〉隹正十又一月辛子𪊨公彭宇自乍𩰫匿宇其釁壽萬年無彊子子孫孫永寶用之	列國遺民
〈𢍰公孫𦣞父簠〉隹正月初吉丁亥考弔𦣞父自乍𩰫匿其釁壽萬年無彊子子孫孫永寶用之	列國遺民
〈𢍰公孫𦣞父匜〉隹正月初吉庚午𢍰公孫𦣞父自作盥盘其釁壽無彊子子孫孫永寶用之	列國遺民
〈楚王領鐘〉隹王正月初吉丁亥楚王領自乍鈴鐘其聿其言	楚公楚王
東周第二期金文	
〈楚王媵邛仲嬭南鐘〉隹正月初吉丁亥楚王賸邛仲嬭南龢鐘其釁壽無彊子孫永保用之。	楚王媵器
〈楚子覭簠〉隹八月初吉庚申楚子覭盨其飤匿子孫永保之	楚貴族器
〈上鄀公簠〉隹正月初吉丁亥上鄀公羼其吉金盨弔嬶番妃贉匿贉釁壽萬年無諆子子孫孫永寶用之	楚縣公器
〈以鄧鼎〉隹正月初吉丁亥楚弔之孫𠂤鄧羼其吉金盨其𩱧鼎永寶用之	王族蒍氏
〈以鄧匜〉隹正月初吉丁亥楚弔之孫𠂤鄧羼其吉金盨其會匜子子孫孫永寶用之	王族蒍氏
〈克黃鼎〉克黃之䵼	王族鬥氏
東周第三期金文	
〈王子昃鼎〉隹正月初吉丁亥王子昃羼其吉金自乍飤𩰫其釁壽無諆子子孫孫永寶用之	楚王子器
〈王子嬰次爐〉王子睘次之庡盧	楚王子器
〈王子嬰次鐘〉八月初吉日唯辰王子嬰次自乍□鐘永用匽喜	楚王子器
〈楚屈叔沱戈〉楚屗弔佗之用	王族屈氏
〈王子申盞〉王子申乍嘉嬭盞盂其釁壽無𣅀永寶用之	楚王子器
〈楚王酓審盞〉楚王酓審之盂	楚公楚王
〈楚屈子赤目簠〉隹正月初吉丁亥楚屗子赤目朕仲嬶璜飤匿其釁壽無彊子子孫孫永保用之。	王族屈氏
〈王子午鼎〉隹正月初吉丁亥王子午羼其吉金自乍𩰫彝𩱧鼎用亯𠂤孝𨛜我皇祖	楚王子器

文考用謍贙壽𦉜龔𦔻屖敳嬰趩趩龏𠪚盟祀永受其福余不敳不差惠邦政遷悉邦威義闌闌獸獸命尹子庚殹民之所亟萬年無諆子孫是利。	
〈王子午戈〉王子午之行䗖	楚王子器
〈王孫誥鐘〉隹正月初吉丁亥王孫誥擇其吉金自乍龢鐘中𣄰虡𥡷元鳴孔諻又嚴穆穆敬事楚王余不敳不差惠于政遷悉于威義𦉜龏𦔻屖敳𠞊趩趩肅𢷎𢧵𢦏于四國龏𠪚盟祀永受其福武于戎攻誨猷不飤闌闌龢鐘用匽㠯喜㠯樂楚王者侯嘉賓及我父兟者士𧻓𧻓𧾷𧾷𨖻年無𡧊永寶鼓之。	楚王孫器
〈王孫誥戟〉王孫誥之行䗖	楚王孫器
〈王孫遺者鐘〉隹正月初吉丁亥王孫遺者擇其吉金自乍龢鐘中𩊍虡𥡷元鳴孔諻用亯台孝于我皇且文考用𢼸贙壽余𦉜龏𦔻屖敳嬰趩趩肅哲聖武惠于政遷悉于威義誨猷不飤闌闌龢鐘用匽台喜用樂嘉賓父兟及我倗友余恁訇心延永余德龢溺民人余尃旬于國䟫䟫𧾷𧾷萬年無諆枼萬子孫永保壴之。	楚王孫器
〈倗〉倗之𪔅𣂼（M2）、楚弔之孫倗之飤𣂼（M1）、倗之飤𣂼（M2）、倗之飤𪔅（M2）、倗之飤鼎（M3）、楚弔之孫倗之𪔅鼎（M2）、楚弔之孫倗擇其吉金自乍浴𦥑贙壽無諆永保用之（M3）、𨙸子倗之障缶（M2）、倗之缶（M1、3）、楚弔之孫𨞐子倗之浴缶（M2）、新命楚王𩁹雁受天命倗用燮不廷陽利□□敾□唯□□（2號墓）。	王族蒍氏
〈上鄀府簠〉隹正六月初吉丁亥上鄀府擇其吉金𥂴其𪔅匿嬰贙壽無記子子孫孫永寶用之	楚縣公器
〈楚子棄疾簠〉楚子棄疾擇其吉金自乍飤匿	楚貴族器
〈楚子𧺆鼎〉楚子𧺆之飤𩞁	楚貴族器
〈王孫霝簠〉王孫霝乍𨜟姬飤匿	楚王孫器
〈王子啟疆鼎〉王子啟疆自乍飤𦀚	楚王子器
〈𦉥兒盞〉𦉥兒自乍𥂴其盞盂	楚貴族器
〈鄧公乘鼎〉鄧公乘自乍飤𪔅其贙壽無𢦏羕保用之	楚縣公器
〈𦿟兒缶〉隹正月初冬吉𦿟兒擇其吉金自乍寶𦉜贙壽無諆子子孫孫永寶用之	楚貴族器
〈章子國戈〉章子𨛭尾其元金為其交戈	楚貴族器
〈褱鼎〉褱自乍飤𥓈𩰫其贙壽無𡧊永保用之	楚貴族器
〈發孫虜鼎〉隹正月初吉丁亥發孫虜擇余吉金自作飤鼎永保用之。	楚貴族器
〈發孫虜簠〉隹正月初吉丁亥發孫虜擇其吉金自作飤匿永保用之。	楚貴族器
〈孟滕姬浴缶〉隹正月初吉丁亥孟𦑻姬擇其吉金自作浴缶永保用之	王族蒍氏
〈子湯鼎〉襄脽子湯之䰜子子孫孫永寶用之	楚貴族器
〈楚旛鼎〉楚旛之石沱	楚貴族器
東周第四期金文	
〈楚子夜鄭敦〉楚子夜鄭之飤𦎫	楚貴族器
〈子季嬴青簠〉子季嬴青擇其吉金自乍飤匿贙壽無其子子孫孫羕寶用之	楚遺民器
〈楚叔之孫途為盉〉楚弔之孫途為之盉	王族蒍氏
〈鄧尹疾鼎〉鄧尹疾之沰盜（器作「𥓈𩰫」）	楚縣公器
〈永陳尊缶〉永陳之尊缶	楚貴族器
〈昭王之諻鼎〉卲王之諻之饋鼎	王族昭氏
〈昭王之諻簋〉卲王之諻之𪊨簋	王族昭氏
〈𨛭子受鐘〉隹十又四年叁月=隹戊申亡𢼸昧喪𨛭子受乍𩐨彝訶鐘其永配𠪚休	王族蒍氏
〈𨛭子受鎛〉隹十又四年叁月=隹戊申亡𢼸昧喪𨛭子受乍𩐨彝訶鐘其永配𠪚休	王族蒍氏

〈郙子受鼎〉郙子受之𩰫𪔋	王族蒍氏
〈郙子受鬲〉郙子受之𩰫鬲	王族蒍氏
〈郙子受戟〉郙子受之用戟	王族蒍氏
〈王𦥑命鐘〉王𦥑命競平王之定救秦戎	王族景氏
〈荊曆鐘〉隹𦥑篙𩰫𣌭晉人救戎於楚	王族景氏
〈楚王酓忎簋〉隹咸王命競之定救秦戎大有𥘅于洛之戎甬乍𨻰彝	楚公楚王
〈楚王酓忎盤〉楚王酓忎乍寺盥盤	楚公楚王
東周第五期金文	
〈楚王酓璋鎛〉隹王五十又六祀返自西𬽡楚王酓章乍曾侯乙宗彝寘之于西𬽡其永時用亯	楚公楚王
〈楚王酓璋戈〉楚王酓璋嚴䝉南戉用乍𨊠戈台卲𬽡文武之	楚公楚王
〈坪夜君成鼎〉坪夜君成之載鼎	楚封君器
〈坪夜君成戟〉坪夜君成之用戟	楚封君器
〈盛君縈簠〉盛君縈之𨥛匿	楚封君器
〈王孫𡢁戟〉楚王孫𡢁之用	楚王孫器
〈番仲戈〉番中作白皇之佶戈	楚遺民器
〈析君戟〉㪿君墨肩之郜鉼	楚封君器
〈析君述鼎〉析君述彝其吉金，自乍飤𩞁其永保用之	楚封君器
〈𨛭君戟〉𨛭君乍之	楚封君器
〈蓺君戈〉蓺君凡造	楚封君器
〈周𬽡戈〉周𬽡之戈	楚封君器
〈𬽡戈〉𬽡乍戠戈	楚封君器
〈䣄之戈〉䣄之散戈	地方工官
東周第六期中葉以前金文	
〈曾姬壺〉隹王廿又六年聖𧽊之夫人曾姬無卹虗宅茲漾陵蒿閒之無駟甬乍宗彝尊壺後𩰫甬之𩞁才王室	楚王后器

第三章　楚人楚事簡及楚簡中的通假習慣用字比較

今日所見的出土文獻中存在著許多假借字，閱讀時若不能易以本字讀之，常不能得其義。正如清人王引之在《經義述聞・序》中說到的「字之聲同聲近者，經傳往往假借。學者以聲求義，破其假借之字，而讀之以本字，則渙然冰釋。如其假借之字，而強為之解，則詰𥳑為病矣。故毛公《詩傳》，多易假借之字，而訓以本字，已開改讀之先。至康成箋《詩》注《禮》，婁云『某讀為某』，而假借之義大明。後人或病康成破字者，不知古字之多假借也。」[1]（《經義述聞・序》）因此對於出土文獻上有疑義之處，有時必須透過破字改讀，將假借之字易之以本字，才能明瞭古書的原義。下面將先針對楚人楚事簡中的通假用字加以分析，進而分析《上博》、《清華》中的通假用字與本字間的聲韻關係。

第一節　楚人楚事簡中的慣用通假字例

楚簡中出現的假借字，可依其借字與本字（「本字」指與假借字相對的字，即上文鄭玄以為在句中當「讀為某」的那些字）的聲符關係區分為二大類，一是借字與本字在形體上使用共同聲符的一類；一是借字與本字在形體上沒有共同聲符的一類。

借字與本字在形體上有共同聲符的一類，其多數例直接從字面上就可以看出二者的共同聲符，如借「又」表「有」、借「女」表「汝」、借「工」表「功」、借「冬」表「終」、借「可」表「何」、借「古」

[1] 清・王引之：《經義述聞》第一冊（臺北：臺灣商務印書館，1979 年），頁 3。

表「故」、借「昌」表「倡」、借「者」表「諸」、借「胃」表「謂」、借「甬」表「用」、借「坪」表「平」、借「嗌」表「益」、借「竺」表「篤」等等。這一類例子中有些聲符一形可兼表數義，如借「谷」字表「欲」與「俗」、借「兑」字表「悅」、「敓」與「說」等。有些借字與本字雖有共同聲符，但因文字構形的簡省訛變，使得聲符不易被辨識出來，如借「欽」為「含」（〈周易〉簡 41）、借「淦」為「陰」（〈用曰〉簡 4）、借「甬」為「庸」（〈恆先〉簡 12）等。前二例中的借字「欽」與「淦」都是從「金」聲之字，「金」為「從土今聲」字，[2]故可借來表示同從「今」聲的「淦」和「陰」。後一例中「甬」從「用」聲，「庸」為「從庚用聲」字，聲符亦同，故可借「甬」表「庸」。「欽」「淦」與「含」「陰」的聲符初文都相同，故也可以說這一類假借是具有聲符初文相同關係的一類。

具有聲符初文相同關係的一類字有時並不易看出，甚者若拘泥於《說文》，有時還會造成混淆。如楚簡中有一「忞」字，構形為「從女從心」。其見於〈天子建州・甲〉簡 6，若從其所在文句的上下文來判讀，當讀為「怒」（「一喜一忞」）。同樣在〈平王問鄭壽〉中有「芠」（簡 1），〈靈王遂申〉中有「葸」（簡 5），其構形為從草從女或繁加心，依其所在文句來判讀也都當讀「怒」（「鬼神以為芠」、「或為之葸」），故知其皆是以從「女」聲之字來通讀為「怒」。可推知在楚簡中「怒」與「忞」、「芠」、「葸」是具有聲符初文相同關係的一類假借字。

然《說文》分析「怒」為「從心奴聲」（十篇下・心部），而聲符「奴」為「從女又」（十二篇下・女部）的會意字，故許慎把「怒」當作「奴」聲字。而同樣在心部內還收有「恕」字，許慎分析為「從心如聲」，並且在該字下列有一「從女從心」的古文，[3]這個古文即

[2]《說文・十三篇上・糸部》「紟」的籀文作「綸」，一從今聲一從金聲，可知「今」「金」聲同。漢・許慎著，清・段玉裁注：《說文解字注》，（臺北：書銘出版公司，1997 年），頁 661。

[3]《說文解字注》，頁 516、622、508、626。

上引楚簡中的「㥏」。知因「如」與「女」字的聲符初文相同（「如」為日母魚部，「女」為泥母魚部。《說文》分析「如」字為「從女從口」），故「恕」可以省聲符「如」為「女」而作「從心女聲」形。而同樣的，「奴」聲與「女」聲都是泥母魚部字，聲符初文也相同，故「怒」字當然也可以省作從「從心女聲」形。但《說文》以「㥏」為「恕」古文，而非「怒」。因此若執著於《說文》以「㥏」為「恕」，就無法通讀相關的文句。

然楚簡中也存在一些雙聲字，因此在判斷借字與本字的聲符時，有時還必須從本字的讀音來作判斷。[4]如「青」字在楚簡中可借來通讀為「清」、「請」、「情」、「靜」，表示「靜」是個從「青」聲的字。但也見借「靜」表「爭」者（〈從政・甲〉簡 18「行在己而名在人，名難靜也。」），故「靜」也可視為從「爭」聲的字，如《說文・五篇下・青部》靜「宷也。從青爭聲」。[5]「靜」為從母耕部、「青」為清母耕部、「爭」為莊母耕部，三者皆為耕部字。「從」、「清」同為齒頭音精系字，「莊」為正齒音莊系字，[6]精、莊二系的聲母在上古音中經常有互諧的現象，因此「靜」既可說是從青聲，也可說是從爭聲。在與「青」「請」等字相通假時，視為從「青」聲；在與「爭」字相通假時說成是從「爭」聲，討論起來會比較方便。而這一類音同或音近的雙聲字還見有「廛」、「囊」（〈孔子詩論〉簡

---

[4] 關於二聲字的研究，可參邱德修：〈《上博・八》「二聲字」研究〉，《第廿三屆中國文字學國際學術研討會論文集》，頁 289。以及〈楚簡駢枝〔一〕《郭簡》所見「二聲字」研究〉等相關論文。

[5] 《說文解字注》，頁 218。楚簡中借「青」為「靜」例，見〈老子・甲〉簡 32「我好青而民自正」（或借「寈」為「靜」，見〈性自命出〉簡 62、〈恆先〉簡 1、〈相邦之道〉簡 1）。借「靜」為「爭」的例子，見〈老子・甲〉簡 5、〈上博・緇衣〉簡 6 等。而〈柬大王泊旱〉簡 23「為人臣者亦有䋫乎」，「䋫」即「靜」之省，亦以「靜」表「爭」。

[6] 本文的上古音聲母及韻部完全根據李珍華、周長楫編撰：《漢字古今音表》（北京：中華書局，1999 年）。其敘例說到「《音表》以王力先生《漢語史稿》（修訂本）上冊的上古音系及擬音為基礎，參照郭錫良先生的《漢字古音手冊》，個別擬音稍作修改。」

23、〈繫年〉簡 42）、「㠯门」（〈周易〉簡 55）、「䜌」（〈周易〉簡 54，字有時還可繁加「収」形，見同簡）等。「麋（㯟）」字從「鹿」聲或「彔」聲，兩字古音皆來母屋部。[7]在〈孔子詩論〉中通讀為「鹿鳴」的「鹿」，在〈繫年〉中讀為地名「五鹿」的「鹿」，故將之視為從「鹿」聲。同樣的「㠯门」從「㠯（以）」聲（餘母之部）與「司」聲（心母之部），在〈周易〉簡 55 中通讀為「夷」（餘母脂部），在〈三德〉簡 3 中通讀為「異」（餘母之部），因此將之視為從「㠯」聲之字。「䜌」為從「睿」（餘母月部）與「爰」（匣母元部）雙聲之字，在〈周易〉簡 54 中通讀為「渙」（曉母元部），因此將之視為從「爰」聲之字。

上舉有共同聲旁的假借字，其借字與本字之間大半都存在著文字學上的本字與後起本字（這裏的本字指分化字所從出的母字）的關係。後起本字有些是因本字的字義引申擴大，造成一形多義，易產生混淆後，人們在本字上以加注或改換意符的方式，所另外造出的新字。如上舉的「工」與「功」、「昌」與「倡」、「者」與「諸」。也有些是為了將假借字與本字區別開來，而在假借字上加意符的一類，如上舉的「可」與「何」、「胃」與「謂」及「又」與「有」。這二種途徑產生的字，因為義符是後加的，聲符是原有的，本字與後起本字之間就會有相同聲符的情形出現。而出土文獻中很多的假借字與本字，便是存在著這種關係，因此呈現出相同的聲旁。這一類的假借字因為借字與本字之間有引申義或假借等關係存在，所以較容易被通讀為本字，通常也比較不會造成閱讀的障礙。

還有一類是借字與本字在形體上沒有共同聲符的假借字，這類假借字其借字與本字之間並不存在本字與後起本字的關係，純粹是因為音同或音近的緣故，被借來表示另外一個字。其最初被選擇來作為他字的假借字，可以說是相當任意性的，而後來因為互相抄襲沿用或透

---

[7] 《說文・六篇上・林部》「麓」字頭下收一古文作「禁」形（頁 274），以及《四篇上・目部》「睩」下，言「讀若鹿」（頁 136）、《十一篇上二・水部》「漉」或體作「淥」（頁 566），都可證「鹿」、「彔」音同。

過師承學習的關係，使得書手們習慣性地借某個字來代表某個字，這一點從某些假借字出現的次數非常多，及借字雖與本字音同或音近，但卻不一定能互為借字來看，就可以得到證明，如楚簡中大量出現借「備」表「服」，借「句」表「後」，借「是」表「氏」的例子，都是當時書手習慣性的寫法，但只見借「氏」表「是」，卻不見有借「服」為「備」及借「後」為「句」的例子。因此這種習慣又很難不被視為是透過學習而來。但是這類假借字的形成，除了習慣性外，也與使用文字的國別以及所援以據的底本用字及當時的語言有關。

這一類與本字沒有共同聲符的假借字，是被借來表示一個與本身字義完全不同的字，因此這類假借字出現在文本中時，除了本形的意義外，還存在一個假借義，而這個假借義通常只存在於假借成立的條件下。故對這一類的假借字而言，其至少有二種讀法，一是本形本義的讀法，一是通讀為所借之字的讀法。以楚簡中借「備」為「服」的例子來看，在楚簡中「備」字除了有「備」的音義外，還潛存著一個「服」的音義，因此可說「備」可讀為「備」、「服」二字。有些假借的情形比較複雜，一個字除了有本形本義的讀法外，還可以讀為數字，如楚簡中的「淒」可以借來表「濟」（〈容成氏〉簡 31）也可以借來表「次」（〈周易〉簡 38），因此「淒」便可讀為「淒」、「濟」、「次」，這類假借字都可視為「一字通讀為多字」的例子。

因為這種「一字通讀為多字」的假借字無法從字義演變的角度上去解釋借字與本字的關係，屬於較為特殊且受習慣影響的用字現象，故本章主要擬從分析借字與本字聲韻構成的方式著手，將目前楚人楚事簡中的一字通讀為多字的例子加以羅列，並比較借字與本字聲韻的異同，試著去解釋這類假借字形成時的聲韻條件。此外又輔以《說文》中「古文」「籀文」「或體」的寫法，「讀若」「讀與某同」「省聲」等音讀的證據，加以確定其通假關係，更進一步分析楚人楚事簡中一字通讀為多字例所反映出的古音現象。

一　楚人楚事簡中具有相同聲符的通假用例

以下先將楚人楚事簡的通假用例中，借字與本字間具有相同聲符關係者列出並討論。其包括有以下：（後者為在簡文中的借字）

(1)莊作臧、將作牆。皆同屬爿字聲系。「莊」從「壯」聲，而《說文・一篇上・示部》壯「從士爿聲」；將《說文・三篇下・寸部》以為「從寸醬省聲」，醬《十四篇下・酉部》以為「從肉酉，爿聲」，其下還有一古文作「牆」。故莊、臧、將、牆皆從爿聲，可通。

(2)蘭作蘝。同屬柬字聲系。《一篇下・艸部》蘭「從艸闌聲」，《十二篇上・門部》闌「從門柬聲」，故蘭、蘝同從柬聲。

(3)適作啻。同屬啻字聲系。《二篇下・辵部》適「從辵啻聲」，故適、啻聲符同。

(4)諷作凬。同屬風字聲系。凬從毛，風省聲，故諷、凬同從風聲。

(5)乎作虖。同屬乎字聲系。

(6)昭作卲。同屬召（刀）字聲系。兩字皆從召聲，《二篇上・口部》召「從口刀聲」。

(7)順作訓。同屬川聲。《三篇上・言部》訓「從言川聲」。順、訓同從川聲。

(8)豈作敳。同屬豈聲。《三篇上・攴部》敳「從攴豈聲」。

(9)賀作加。同屬加聲。《六篇下・貝部》賀「從貝加聲」。

(10)層作曾。同屬曾聲。《八篇上・尸部》層「從尸曾聲」。

(11)修作攸。同屬攸聲。《九篇上・彡部》修「從彡攸聲」。

(12)厲作萬。同屬萬聲。

(13)驟作聚。同屬聚聲。

(14)獨作蜀。同屬蜀聲。

(15)類作頪。《九篇上・頁部》頪「難曉也，從頁米。」段注「謂相似難分別也。頪、類古今字。類本專謂犬後，乃類行而頪廢矣。」[8]

---

[8] 《說文解字注》，頁 426。

(16)燥作喿。同屬喿聲。

(17)懼作瞿。同屬瞿聲。《十篇下・心部》懼「從心瞿聲」，下有一古文作「愳」，所從「䀠」見《四篇上・䀠部》，即懼之本字。

(18)斬作漸。同屬斬聲。《十一篇上一・水部》漸「從水斬聲」。

(19)沈作酖。同屬冘聲。《十一篇上二・水部》沈「從水冘聲」。

(20)海作沇。同屬母聲。

(21)滅作威。同屬威聲。《十一篇上二・水部》滅「從水威聲」。

(22)露作零。同屬各聲。《十一篇下・水部》露「從雨路聲」、零「從雨各聲」。而路即「從足各聲」字（《二篇下・足部》）。

(23)聘作甹。同屬甹聲。《十二篇上・耳部》聘「從耳甹聲」。

(24)聶作塱。塱為聶省聲。聶為會意字，故塱為從聶省聲之字。

(25)抵作氐。同屬氐聲。《十二篇上・手部》抵「從手氐聲」。

(26)持作寺。同屬寺（之）聲。《十二篇上・手部》持「從手寺聲」，《三篇下・寸部》寺「從寸㞢（之）聲」。

(27)擇作睪。同屬睪聲。《十二篇上・手部》擇「從手睪聲」。

(28)振作晨。同屬辰聲。《十二篇上・手部》振「從手辰聲」。

(29)姓作眚。同屬生聲。《十二篇下・女部》姓「從女生，生亦聲」。《四篇上・目部》眚「從目生聲」。

(30)織作戠。同屬戠聲。《十三篇上・糸部》織「從糸戠聲」。

(31)壁作璧。同屬辟聲。《十三篇下・土部》壁「從土辟聲」、《一篇上・玉部》璧「從玉辟聲」。

(32)成作城。同屬成聲。《十三篇下・土部》城「從土成，成亦聲。」

(33)甥作眚。同屬生聲。《十三篇下・男部》甥「從男生聲」。

(34)功作工。同屬工聲。《十三篇下・力部》功「從力工聲」。

(35)勇作甬戈。同屬甬聲。《十三篇下・力部》勇「從力甬聲」，還有一或體作「戚」。

(36)斧作釹。同屬父聲。《十四篇上・斤部》斧「從斤父聲」。

(37)輔作楠。同屬甫（父）聲。《十四篇上・車部》輔「從車甫聲」、《三篇下・用部》甫「從用父，父亦聲」。

(38)申作紳。同屬申聲。

(39)酸作夋。同屬夋（允）聲。《十四篇下・酉部》酸「從酉夋聲」，而《五篇下・夊部》夋「從夊允聲」。

二　楚人楚事簡中的一字通讀為多字例

清代的古韻學研究從顧炎武到江永到段玉裁以來達到高峰，段玉裁有《詩經韻譜》、《群經韻譜》，錢大昕為之作序，並喻為「鑿破混沌」。後來兩書擴充為《六書音韻表》，分古音為十七部。其所用材料主要包括詩經用韻、諧聲偏旁和一字異體，方法與今天採用通讀的方法替古音歸類的方式有相通之處，故下文依段玉裁《古十七部諧聲表》將楚人楚事簡中的一字通讀為多字例，依本字與借字的韻部關係，加以歸類分部。並分為古本音與古合韻二大類。[9]（以下列出每字的上古聲母、韻部、聲調，以及中古音的開合）

（一）古本音類

第一部（之、職）

(1)之部

背作伓。「背」（並之.去。合）。「不」（幫之.去。開）。

載作宰。「載」（精之.上。開）。「宰」（從之.平。開）。

才作栽。「才」（從之.平。開）。「栽」（精之.平。開）。

理作李。「理」（來之.上。開）。「來」（來之.平。開）。

(2)職部

[9] 清・段玉裁在《六書音韻表四・詩經韻分十七部表》中說到「十七部之分於《詩經》及群經導其源也，諦觀《毛詩》用韻，第一部、第十五部、第十六部之分；第二、第三、第四、第五之分；第十二、第十三、第十四之分，以及入聲之分配皆顯然不辨而自明。……顧氏《詩本音》、江氏《古韻標準》雖以三百篇為據，依未取三百篇之文，部分而彙譜之也。玉裁紬繹有年，依其類為之表，因其自然無所矯拂，俾學者讀之知周秦韻與今韻異，凡與今韻異部者，古本音也；其於古本音有齟齬不合者，古合韻也。」《說文解字注》，頁 844。

側作昃。「側」（莊職.入。開）。「昃」（莊職.入。開）。

(3)之職相通

服作備。「服」（並職.入。合）。「備」（並之.去。開）。

息作賽。「息」（心職.入。開）。「賽」（心之.去。開）。

本部中之、職兩部有陰入對轉的關係。而上古聲調的相通，見有「上與平」與「入與去」兩種，段玉裁主張「古平上為一類；去入為一類」，似乎可用以說明。[10]中古聲調方面，除屬唇音的「背」「不」、「服」「備」外，都是開合分明。此部可得「北與不」、「𢦏與才」、「里與李」、「則與仄」、「𠬝與葡」、「息與塞」相通的聲系。

第二部（宵、藥）

(1)宵部

廟作庿。「廟」（明宵.去。開）。「庿」（明宵.平。開）。

悼作怊。「悼」（定宵.去。開）。「怊」（禪宵.去。開）。

郊作蒿。「郊」（見宵.平。開）。「蒿」（曉宵.平。開）。

敖作囂。「敖」（疑宵.平。開）。「囂」（曉宵.平。開）。

(2)宵藥相通

召作訋。「召」（定宵.去。開）。「勺」（禪藥.入。開）。

趙作邩（竘）。「趙」（定宵.上。開）。「勺」（禪藥.入。開）。

本部中宵、藥兩部有陰入對轉的關係。而聲母的相通有「疑與曉」、「見與曉」、「定與禪」。其中聲母屬定與禪相通的例子有「悼作卲」、「召作訋」、「趙作邩」，分屬卓聲、刀聲、勺聲、小聲聲系。可得「朝與苗」、「卓與刀」、「郊與高」、「敖與囂」、「刀與勺」、「小與勺」相通聲系。

第三部（幽、覺）

(1)幽部

袍作褓。「袍」（並幽.平。開）。「褓」（幫幽.上。開）。

茂作茅。「茂」（明幽.去。開）。「茅」（明幽.平。開）。

---

[10] 清・段玉裁《六書音韻表一・今韻古分十七部表》收於《說文解字注》，頁824。

紂作受。「紂」（定幽.上。開）。「受」（禪幽.上。開）。

早作棗。「早」（精幽.上。開）。「棗」（精幽.上。開）。

周作逈。「周」（章幽.平。開）。「逈」（章幽.平。開）。

守作獸。「守」（書幽.上。開）。「獸」（書幽.去。開）。

舅作咎。「舅」（群幽.上。開）。「咎」（群幽.上。開）。

幼作學。「幼」（影幽.去。開）。「幽」（影幽.平。開）。

(2)覺部

孰作篙。「孰」（禪覺.入。合）。「篙」（端覺.入。合）。

本部中宵與藥有陰入對轉的關係。聲母的通用關係有「幫與並」、「定與禪」、「禪與端」。可得「包與保」、「戊與矛」、「紂與受」、「早與棗」、「周與舟」、「守與嘼」、「臼與咎」、「幼與幽」相通的聲系。

第四部（侯、屋）

(1)屋部

麓作彔。「麓」（來屋.入。合）。「彔」（來屋.入。合）。

(2)侯屋相通

僕作僕。「僕」（並屋.入。合）。「僕」（幫侯.去。合）。

屬作逗。「屬」（禪屋.入。合）。「逗」（定侯.去。開）。

本部侯、屋兩部有陰入對轉的關係。聲母的相通有「並與幫」、「禪與定」。可得「鹿與彔」、「菐與付」、「蜀與豆」相通的聲系。

第五部（魚、鐸）

(1)魚部

菟作余。「菟」（透魚.去。合）。「余」（餘魚.平。合）。

莒作膚。「莒」（見魚.上。合）。「膚」（幫魚.平。合）。

吾作虗。「吾」（疑魚.平。合）。「虗」（曉魚.上。合）。

捨作豫。「捨」（書魚.上。開）。「豫」（餘魚.去。合）。

於作虖。「於」（影魚.平。合）。「虎」（曉魚.上。合）。

許作瞽。「許」（曉魚.上。合）。「瞽」（明魚.平。合）。

滸作滹。「滸」（曉魚.上。合）。「虎」（曉魚.上。合）。

胡作婼。「胡」（匣魚.平。合）。「婼」（幫魚.平。合）。

華作芋。「華」（匣魚.平。合）。「芋」（匣魚.去。合）。

(2)鐸部

蹠作迈。「蹠」（章鐸.入。開）。「迈」（章鐸.入。開）。

炙作庶。「炙」（章鐸.入。開）。「庶」（章鐸.入。開）。

(3)魚鐸相通

素作索。「素」（心魚.去。合）。「索」（心鐸.入。開）。

霸作皀。「霸」（幫魚.去。開）。「皀」（並鐸.入。開）。

本部中魚、鐸有陰入對轉的關係。而聲母相通現象有「幫與並」、「匣與幫」、「見與幫」、「曉與明」、「書與餘」、「餘與透」、「疑與曉」、「影與曉」。可得「古與夫」、「呂與虎」、「午與無」、「午與虎」、「於與虎」、「兔與余」、「余與予」、「五與虎」、「華與于」、「夕與石」、「庶與石」、「素與索」、「霏與白」相通的聲系。

第六部（蒸）

蒸作承。「蒸」（章蒸.平。開）。「承」（禪蒸.平。開）。

本部聲母為章與禪的相通。可得「丞與承」的相通聲系。

第七部（侵、緝）

襟作裣。「襟」（見侵.平。開）。「裣」（見侵.平。開）。

本部可得「林與金」的相通聲系。

第八部（談、葉）

掩作敹。「掩」（影談.上。開）。「敹」（匣談.平。開）。

脅作膸。「脅」（曉葉.入。開）。「膸」（來葉.入。開）。

本部談、葉兩部有陽入對轉的關係。聲母相通有「影與匣」、「曉與來」。可得「奄與炎」、「劦與巤」相通聲系。

第九部（東、冬）

第十部（陽）

將與涍。「將」（精陽.平。開）。「羊」（餘陽.平。開）。

景作競。「景」（見陽.上。開）。「競」（群陽.去。開）。

兄作蹚。「兄」（曉陽.平。合）。「蹚」（匣陽.上。合）。

本部可見聲母「精餘」、「見群」、「曉匣」的相通例。可得「爿與羊」、「京與競」、「兄與王」的相通聲系。

第十一部（耕）

停作廷。「停」（定耕.平。開）。「廷」（定耕.平。開）。

輕作青。「輕」（溪耕.平。開）。「青」（清耕.平。開）。

盈作浧。「盈」（餘耕.平。開）。「浧」（定耕.平。開）。

嬴作珵。「嬴」（餘耕.平。開）。「珵」（定耕.平。開）。

本部可見聲母「餘與定」、「溪與清」相通現象。而可得「盈與呈」、「嬴與呈」、「巠與青」、「亭與廷」的相通聲系。

第十二部（真）

引作瞚。「引」（餘真.上。開）。「瞚」（餘真.平。開）。

本部得「引與寅」的相通聲系。

第十三部（文）

蚡作焚。蚡（幫文.平。合）。「焚」（並文.平。合）。

本部可得「幫與並」的聲母相通現象。並得「分與焚」的相通聲系。

第十四部（元）

元部

返作樊。「返」（幫元.上。合）。「樊」（並元.平。合）。

簡作柬。「簡」（見元.上。開）。「柬」（見元.上。開）。

關作闡。「關」（見元.平。合）。「闡」（見元.去。合）。

貫作聑。「貫」（見元.去。合）。「聑」（見元.去。合）。

願作忨。「願」（疑元.去。合）。「忨」（疑元.平。合）。

怨作肙。「怨」（影元.去。合）。「肙」（影元.平。合）。

焉作安。「焉」（影元.平。開）。「安」（影元.平。開）。

本部可見「幫與並」聲母相通現象。並得「反與楙」、「閒與柬」、「卝與串」、「毌與串」、「原與元」、「夗與肙」、「焉與安」相通的聲系。

第十五部（脂、微、質、物、月）

(1)微

豈作幾。「豈」（溪微.上。開）。「幾」（見微.上。開）。

圍作回。「圍」（匣微.平。合）。「回」（匣微.平。合）。

潰作湏。「潰」（匣微.去。合）。「湏」（匣微.去。合）。

(2)質

鑕作疐。「鑕」（端脂.去。開）。「疐」（端脂.去。開）。

(3)月

奪作敓。「奪」（定月.入。合）。「敓」（定月.入。合）。

蓋作芥（䒿）。「蓋」（見月.入。開）。「介」（見月.入。開）。

(4)脂質相通

必作朼。「必」（幫質.入。開）。「朼」（幫脂.上。開）。

(5)微物相通

遂作述。「遂」（邪微.去。合）。「述」（船物.入。合）

(6)質月相通

馹作䮘。馹（日質.入。開）。「䮘」（疑月.入。開）。

本部中脂與質有陰入對轉的關係；微與物亦有陰入對轉的關係。可見的聲母相通現象有「溪與見」、「邪與船」、「日與疑」。而可得「豈與幾」、「韋與回」、「貴與胃」、「所與疐」、「奪與兌」、「盍與介」、「必與匕」、「豙與朮」、「日與埶」相通的聲系。

第十六部（支、錫）

是作氏。「是」（禪支.上。開）。「氏」（禪支.上。開）。

枝作枳。「枝」（章支.平。開）。「枳」（章支上。開）。

可得「是與氏」、「支與只」聲系相通例。

第十七部（歌）

禍作訛。「禍」（匣歌.上。合）。「訛」（疑歌.平。合）。

聲母匣疑相通，可得「咼」與「化」相通的聲系。

（二）古合韻類

上文已將符合段玉裁古本韻通用者加以歸類，下面討論與古本音不合者。而區分為有陰陽入對轉關係者與無對轉關係者。

1.有陰陽入對轉關係者

(1)侯東相通

重作䞋。「重」（定東.平。合）。「䞋」（章侯.上。合）。

(2)質真相通

慎作訢。「慎」（禪真.去。開）。「訢」（章質.入。開）。

(3)微文相通

錞作鈍。「錞」（定微.上。合）。「鈍」（定文.去。合）。

(4)歌元相通

蔿作遠。「蔿」（匣歌.上。合）。「遠」（匣元.上。合）。

(5)月元相通

賴作蔓。「賴」（來月.入。開）。「蔓」（明元.去。合）。

縣作閷。「縣」（匣元.平。合）。「閷」（疑月.入。合）。

以上五例中，「侯與東」、「微與文」、「歌與元」有陰陽對轉的關係；「真與質」、「元與月」有陽入對轉關係，故得相通。可得「重與主」、「真與所」、「享與屯」、「為與袁」、「賴與萬」、「縣與外」相通聲系。

2.無陰陽入對轉關係者。

(1)侯魚相通

遇作瓜。「遇」（疑侯.去。合）。「瓜」（見魚.平。合）。

寓作宇。「寓」（疑侯.去。合）。「宇」（匣魚.上。合）。

而「侯」、「魚」兩部的陽聲韻「東」、「陽」也見相通例，如：

用作羕。「用」（餘東.去。合）。「羕」（餘陽.去。開）。

這兩部段玉裁分列於四、五兩部，以合韻現象多，故列鄰部。[11]

(2)歌魚相通

痵作瘧。「痵」（從歌.平。開）。「瘧」（從魚.上。開）。

歌魚二部在古代有通讀的例子，《說文・十篇下・奢部》奢的籀文作「奓」，從多聲。「奢」屬魚部，「多」屬歌部。《楚辭・九辯》

[11] 清・段玉裁的《六書音韻表三・古十七部合用類分表》中依古音中常見的合韻現象併其十七部為六大類音，分別是：第一類：第一部。第二類：第二、三、四、五部。第三類：第六、七、八部。第四類：第九、十、十一部。第五類：第十二、十三、十四部。第六類：第十五、十六、十七部。《說文解字注》，頁 839。

以魚部的「瑕」和歌部的「加」押韻。[12]而《十二篇上．鹵部》𪉟「從鹵差省聲……。沛人言若虘」，亦「差」、「虘」通讀例。

而王孫誥戟銘文中的「戟」字作「𨌷」，從「建」聲，建為見母元部字，戟為見母鐸部字，是元鐸的相通。為歌部的陽聲與魚部的入聲的相通。而包山楚簡中「戟」作「𢦒」（簡 61），丯為見母月部字，如此丯、戟則為歌部的入聲與魚部的入聲的相通。

(3)支歌相通

兮作可。「兮」（匣支.平。開）。「可」（溪歌.上。開）。

離作鹿。「離」（來歌.平。開）。「麗」（來支.平。開）。

楚簡中的「鹿」有時當讀為「麗」。如包山簡「舉禱荊王自酓鹿（麗）以就武王」（簡 246）。而歌、支兩部段氏亦列於十六、十七部，因合韻現象多，故列鄰部。關於這二部的相通問題，請看下文討論。

(4)文侵相通

寸作𡚁。「寸」（清文.去。合）。「㚣」（定侵.上。開）。

從㚣得聲的字，古音或在侵部，如朕；或在蒸部，如勝、騰、塍、滕、縢；或在東部，如送。蒸、冬兩部本來如同侵部都收 m 尾，後來變作 ng。

〈尊德義〉的「尊」作「𡚁」。「尊」精母文部，而「𡚁」從㚣聲為定母侵部，此為侵文相通例，而《上博．緇衣》簡 13「民有卷心」，《郭店》作「民有愻心」（簡 26），今本作「民有孫心」（第三章）。「卷」從㚣聲（侵部），沈培將之通讀為「遜」（文部）。[13]

(5)蒸侵相通

---

[12] 李家浩：〈攻敔王姑義𩛥劍銘文及其所反映的歷史〉，《古文字與古代史》第一輯（臺北：中研院史語所，2007 年），頁 301。洪颺：〈從𣪘簋銘文「䙹公休」的釋讀談古文字資料中魚部字和月部字的相通〉，古文字研究會第十八次年會會議論文，2010 年 10 月。復見〈𣪘簋銘文釋讀及相關問題〉，《社會科學戰線》，2011 年 3 期。

[13] 沈培：〈上博簡〈緇衣〉卷字解〉，《華學》第六輯（北京：紫禁城出版社，2003 年），頁 69。

熊作酓。「熊」（匣蒸.平。合）。「酓」（見侵.平。開）。

蒸、侵兩部段氏列為第六、七部。熊上古本在侵部，後來轉入蒸部，楚系青銅器及簡帛中的楚王名中多加有「酓」，而文獻作「熊」，因「熊」本有侵部讀音與「今」同，故得通。[14]楚簡中侵部與蒸部相通的例子，如〈容成氏〉簡 21「中正之旗以熊」的「熊」字作「澳」，「興」為蒸部字，通讀為「熊」。[15]而李家浩認為曾侯乙墓的「翻」（蒸部字），即包山楚簡的「侵」，[16]亦侵蒸相通例。

(6)元真相通

乾作秦。「乾」（群元.平。開）。「秦」（從真.平。開）。

真元二部關係密切，如鄭玄注《儀禮・大射》「綴諸箭蓋」言「古文箭（元部）作晉（真部）」，《楚辭・九歌》以元部的「淺」、「閒」和真部的「翩」押韻，〈抽思〉以「願」（元部）和「進」（真部）為韻。[17]

(7)覺宵相通

叔作弔。「叔」（書覺.入。合）。「弔」（端宵.去。開）。

覺宵二部段氏列二、三兩部。

[14] 對於楚簡楚器作酓，文獻作熊的現象，李新魁、麥耘根據這一現象，並結合方言和藏緬語等方面的證據，認為「熊」字上古音本在侵部，後來才轉入蒸部。藏緬語的證據是麥耘提出來的，還認為「能」字也經歷由侵部轉入蒸部的過程。而〈成之聞之〉簡 18 和〈君子為禮〉簡 9 都有「貴而龕讓」語，裘錫圭主張「龕讓」當讀「抑讓」（與《尚書・無逸》「克自抑畏」，抑同義），抑、一上古音極近，而且「抑」在古書中也有通「揖」的例子。很可能在戰國楚方言中，「能」、「熊」還是侵部字，「一」、「抑」則是緝部字，侵、緝陽入對轉，所以「龕」可以假借為「一」為「抑」。參氏著：〈「東皇太一」與「大龕伏羲」〉，《裘錫圭學術文集》第二卷（上海：復旦大學出版社，2012 年），頁 555。

[15] 洪颺：《古文字考釋通假關係研究》（福州：福建人民出版社，2008 年），頁 104。

[16] 李家浩：〈包山楚簡的旌旆及其他〉，《著名中年語言學家自選集・李家浩卷》（合肥：安徽教育出版社，2002 年），頁 268。

[17] 楊建忠：《秦漢楚方言聲韻研究》（北京：中華書局，2011 年），頁 298。

（三）楚簡中的歌支相通現象

楚簡中常見的語氣詞有「也、矣（壴、歖、㤅）、安（焉）、在（哉）、乎（虐、啓）、夫、而已、已、耳、尒、與、牙（邪）、與（歟）」等，今在〈李頌〉、〈有皇將起〉、〈鶹鷅〉中又大量見到借「可」為「兮」的例子，整理者指出這三篇都是楚辭體的作品，並且將句中當語氣詞的「可」讀為「兮」，以為「可、兮皆從丂得聲，故得相通。」又舉了《老子》「淵兮似萬物之宗」、「荒兮其未央哉」、「儽儽兮若無所歸」、「寂兮寥兮」等諸「兮」字，馬王堆帛書本皆作「呵」為證。[18]

整理者把〈李頌〉、〈有皇將起〉、〈鶹鷅〉諸篇楚辭體作品中的語氣詞「可」都讀為「兮」是可信的，除了與傳世的楚辭體作品皆在句尾（如〈離騷〉）或句中（如《九歌》）大量使用「兮」字，[19]與上舉出土文獻諸篇在隔句或每句句尾出現「可」的形式一致，證明「可」當通讀為「兮」字外，〈有皇將起〉簡 1「能與余相叀（惠）含可=哀城（成）夫含可（兮）」中的「可=」，整理者以為要讀為「兮，何」，「上一『可』字讀為讀為『兮』，係上句，語氣詞。下一『可』字讀為『何』。」[20]即將此二句讀作「能與余相惠含可（兮），何哀成夫含可（兮）」，這一點也是這幾篇作品中借「可」為「兮」的證據。

這種在字上加重文符，讓它讀為音同或音近的兩個字，而其中一

---

[18] 馬承源主編：《上海博物館藏戰國楚竹書（八）》，頁 232。

[19] 楚辭中的屈賦除〈天問〉外，〈離騷〉、《九章》、《九歌》都使用「兮」字。〈離騷〉兩句一韻，上句末尾用「兮」字，下句末尾（或倒第二字）是韻字。《九章》九篇中「兮」字用法多樣，有兩句一韻上句用「兮」，下句用韻者，如〈惜誦〉、〈哀郢〉、〈惜往日〉、〈悲回風〉、〈思美人〉；兩句一韻，兮字用於上句末或下句末或上下兩句句中皆用「兮」者，如〈涉江〉、〈抽思〉、〈懷沙〉；兩句一韻，「兮」字用於下句末者，如〈橘頌〉。《九歌》十一章兩句一韻，句句都用「兮」字，且用於句中。

[20] 馬承源主編：《上海博物館藏戰國楚竹書（八）》，頁 274。

個為語氣詞的例子，還見〈孔子詩論〉簡 8「小旻多㠯=，言不中志也」，句中「㠯=」讀為「疑矣」；以及〈尹誥〉簡 3「於虘=可（何）祚于民」，句中「虘=」要讀作「呼吾」。前一例中「㠯」為「疑」字，用例可參《郭店・緇衣》簡 3、4「子曰：為上可望而智（知）也，為下可類而志也，則君不㠯（疑）其臣，臣不惑於君」等例，因「㠯（疑）」從矣聲，故借其聲符為語氣詞「矣」。後例中前一個「虘」讀為「嗚呼」的「呼」，後一個「虘」則讀為「吾」。在楚簡中「虘」多作第一人稱的「吾」，而「乎」字多作「虖」，而「嗚呼」一詞通常作「於虖」（見〈孔子詩論〉簡 6、〈程寤〉簡 4、〈皇門〉簡 1 等）。但也見少數將「乎」寫作「虘」者，如〈魯邦大旱〉簡 1「毋乃失諸刑與德虘（乎）」。因「虘」「虖」都從虎聲（曉母魚部），故可借來表示「吾」（疑母魚部）、「呼」（曉母魚部），在〈尹誥〉中可視為借「虘」（吾）為「虖」（呼）。

〈李頌〉等篇中的將「可」讀為「兮」的現象，並不是說「可」要讀如今天我們讀的「兮」（胡鷄切，中古匣紐齊韻開口）音，而是「兮」在當時的音，應該是接近「可」聲的（即整理者說的「可、兮皆從丂得聲，故得相通。」）若從出土文獻來看，當時的「可」字可通讀為「何」、「荷」、「呵」、「阿」、「訶」、「可」、「奇」，[21] 都是從可聲的字，因此在出土文獻中「兮」要讀成與「可」聲相同或相近的音，而不會是讀成支部字的音。

出土文獻中出現借「可」（或從可聲之字）為「兮」的現象最早是在馬王堆漢墓帛書中，《老子・甲本・道經》「〔道沖，而用之又弗〕盈也。瀟（淵）呵始（似）萬物之宗。（挫）其□，解其紛，和其光，同〔其塵。湛呵似〕（100）或存。吾不知〔誰〕子也，象帝之先」、「與呵其若〔冬涉水，猶呵（119）其若〕畏四〔鄰，嚴〕呵其若客，渙呵其若淩（凌）澤（釋），□呵其若楃（樸），湷〔呵其若濁，湛呵（120）其〕若浴」、「累呵如〔无所歸。眾人〕皆有

[21] 白於藍：《簡牘帛書通假字字典》（福州：福建人民出版社，2008 年），頁 130-132。

餘，我獨遺。我禺（愚）人之心也，蠢蠢呵。鬻（俗）〔人昭昭，我獨（130）若〕䀏（昏）呵。鬻（俗）人蔡（察）蔡（察），我獨閩（悶）閩（悶）呵。忽呵其若〔海〕，望（恍）呵其若无所止」與「道之物，唯望（恍）唯忽。〔忽呵恍〕（132）呵，中有象呵。望（恍）呵忽呵，中有物呵。灣（幽）呵鳴（冥）呵，中有請（精）吔〈呵〉」，[22] 上舉文字在《乙本・道經》中大致相同。這四段話都可與今本《老子》的第四章、十五章、廿章、廿一章對照，而其中的「呵」字都對應於今本中的「兮」。

其後在阜陽漢簡《詩經》中也見到這種現象，其文字可與今本《詩經》對應的，今本作「兮」字者，在阜簡中多作「旖」，如：「☐自出父旖母旖畜我不萃胡能有☐」（S025）即今本《詩・日月》「日居月諸，東方自出。父兮母兮，畜我不卒。胡能有定，報我不述。」部分內容；「閒₌旖₌方將萬舞日之方中」（S039），即今本《詩・簡兮》「簡兮簡兮，方將萬舞。日之方中，在前之處。」部分內容；「寬旖綽旖」（S065）即〈淇奧〉的「寬兮綽兮」。「旖」從㫃可聲，為從可聲字，這也是「兮」與從「可」聲字可對讀例。馬王堆帛書和阜陽漢簡的抄寫年代都在西漢文帝時，表示在西漢早期的文本中還可見以「可」聲字對讀「兮」的現象。

然在帛書〈五行〉中，出現引《詩・曹風・鳲鳩》的句子，作「尸叴在桑，其子七氏。叔人君子，其宜一氏」（184），與今本《詩經》相較，今本〈鳲鳩〉「兮」字處，帛書作「氏」。前文提到出土文獻中「可」字（或從可聲字）與「兮」字對讀者，「兮」要讀成可聲（溪母歌部），但「氏」為禪母支部字，若說此處的「氏」也要通讀為「兮」的話，就會出現一個字又讀歌部又讀支部的奇怪現象。因此早期龐樸曾以為「氏」是「兮」的錯字，而後來《郭店・五行》出土後，引此句作「弔（淑）人君子其義（儀）翟（一）也」（簡 16），今本的「兮」字，郭店簡作「也」。因此池田知久又認為「『氏』，雖然和《毛詩》

---

[22] 國家文物局古文獻研究室編：《馬王堆漢墓帛書〔壹〕》（北京：文物出版社，1985 年），頁 10。

等的『兮』的音、義都離的相當遠，但這裏姑且可以看作是和『兮』同樣的語氣詞的一種。」[23]其認為「氏和兮的音、義都離的相當遠」，當是把「兮」看成歌部字，若視為支部字，其實與「氏」的音就很接近。

在帛書《老子》前的郭店楚墓《老子》中，其實也不見「兮」字。而對應於今本《老子》「兮」字處，在郭店《老子》中都作「虐」。如「夜虐奴（如）冬涉川，猷（猶）虐（乎）其奴（如）畏四哭（鄰），敢（嚴）虐（乎）其奴（如）客，𡐦（渙）虐（乎）丌（其）奴（如）懌（釋），屯虐（乎）其奴（如）樸，坉虐（乎）其奴（如）濁」（〈老子・甲〉簡 8、9）；「猷（猶）虐（乎）其貴言」（〈老子・丙〉簡 2）。「虐」從虎聲，為魚部字，與歌部字的「兮」和支部字的「氏」都不同，故看成是不同的語氣詞，也很合理的。[24]

因此把帛書〈五行〉中「氏」說成是和「兮」同樣是語氣詞的一種，好像也有可能。只是「氏」作語氣詞的用法罕見，「氏」在楚簡中多與「是」通讀，兩者皆禪母支部字，例見〈孔子詩論〉簡 5、27、〈彭祖〉簡 7、〈融師有成氏〉簡 7、〈莊王既成〉簡 8、〈用曰〉簡 6 等（借氏為是）；以及〈子羔〉簡 1、〈容成氏〉簡 1、46、〈仲弓〉簡 1、2、〈彭祖〉簡 1、〈鮑叔牙與隰朋之諫〉簡 1、〈季康子問於孔子〉簡 3、18（借是為氏）。因此把「氏」視為語助詞，可能性其實不高。然若將「兮」讀成支部字，再將「氏」看作是「兮」的

[23] 池田知久：《馬王堆漢墓帛書五行研究》（北京：中國社會科學出版社，2005 年），頁 186、196。阜陽漢簡《詩經》將〈摽有梅〉首章「摽有梅，其實七兮」，下句引作「□實七也」（S015），一作「兮」一作「也」，可視為用不同語氣詞的例子。

[24] 今本《老子》中的語氣詞「兮」加入文本的時間，有些可能比較晚，如今本廿五章的「寂兮寥兮」，郭店《老子・甲》作「敓纏」（簡 21）、帛書《老子・甲》作「繡呵繆呵」（乙本作「蕭呵漻呵」），北大漢簡《老子》作「肅覺」（2311）。郭店與北大兩個本子的《老子》皆不加「兮」。北京大學出土文獻研究所編：《北京大學藏西漢竹書・貳》（上海：上海古籍出版社，2012 年），頁 201。

通假字（兩者皆支部字），這樣似乎可避免「氏」在出土文獻中罕見直接作語氣詞的缺憾。因此有學者仍主張出土文獻中的「兮」，要讀為支部字，[25]或者主張「兮」本屬歌部字，但很早就變成支部字。

如李學勤在看到〈孔子詩論〉引〈鳲鳩〉，作「尸（鳲）鴼（鳩）曰其義（儀）一氏，心女（如）結也」（簡 22），相當於今本的「兮」字處與帛書〈五行〉一樣，皆作「氏」時，指出「『兮』與『氏』，有學者認為音義都不同，這可能是堅持『兮』在歌部的緣故。實際上『兮』字很早就歸支部，與支部韻字相通的例子很多，從『兮』的『盻』字也在支部。其與章母支部的『氏』通假，可以理解。」[26]

然而如果「兮」本從歌部，後來歸到支部，而歸入的時間很早，那為何到了西漢初年的寫本，還借從歌部的字（如呵、旑）來表「兮」呢？而〈李頌〉等楚辭體文中通篇以「可」作為語助詞的例子，應該說明當時的「兮」字還是從「可」聲的。〈五行〉中特殊的以「氏」為語氣詞，可能還牽涉到其是引用古書的文句，引文通常保守性強，其用字與師法或文本來源有較密切的關係。

最早指出「兮」字從丂聲的是清人孔廣森，其在《詩聲類》中指出：[27]

> 兮，唐韻在十二齊，古音未有確證。然《秦誓》「斷斷猗」，《大學》引作「斷斷兮」，似兮、猗音義相同。猗，古讀阿，

---

[25] 如郭店《老子・丙》簡 5「淡可丌無味也。視之不足見，聖（聽）之不足餌（聞），而不可既也」，劉釗言「『可』讀為『兮』，古音『可』在溪紐歌部，『兮』在匣紐支部，聲為喉牙鄰紐，韻為旁轉，可以相通。」其把「兮」視為支部字。見氏著：《郭店楚簡校釋》，頁 39。

[26] 李學勤：〈《詩論》說《宛丘》等七篇釋義〉，謝維揚、朱淵清主編，《新出土文獻與古代文明研究》（上海：上海大學出版社，2004 年），頁 2。

[27] 清・孔廣森《詩聲類》，收錄於《續修四庫全書》246 冊，經部小學類，據上海辭書出版社藏，清乾隆五十七年孔廣廉謙益堂刻本影印（上海：上海古籍出版社，1995 年）。卷七，陰聲一，頁 416。而嚴可均在《說文聲類》中也主張兮歸歌部，見陳復華、何九盈《古韻通曉》（北京：中國社會科學出版社，1987 年），頁 69。

> 則「兮」字亦當讀「阿」。嘗考《詩》例，助字在韻句下者必自相協。若《墓門》「之、止」同用，《北門》「之、哉」同用，《采薇》「之、矣」同用，皆之、咍部字也。兮字則《旄丘》、《君子偕老》、《遵大路》皆與「也」同用。今讀「兮」為「阿」，於「也」聲正相類。

他認為兮從可聲的理由，其實是看到了古書的中異文與押韻的韻腳，與今日我們利用出土文獻來對讀傳世文獻的方式一樣。《詩經》中將「兮」聲與從「可」聲字通押例，見《魏風・伐檀》首章「坎坎伐檀兮，寘之河之干兮，河水清且漣猗。」句尾皆「兮」，故「猗」當讀「兮」。而《隸釋》載石經《魯詩》殘碑「猗」作正「兮」。[28]

《說文・五篇上・兮部》「兮，語所稽也，從丂八，象氣越于也。」許慎不言兮從丂聲，當是其時「兮」已讀作支部字，故段注言「兮稽疊韻。稽部曰留止也，語於此少駐也，此與哉言之閒也。」不過段注也指出了古書中有借為「可」聲字的例子，如「有假猗為兮者，如《詩》『河水清且漣猗』是也。」說明段玉裁對「兮」字讀音持較保留的看法。

「兮」字在西周金文中見〈兮甲盤〉，其「兮甲」的「兮」字作「兮」形（《集成》16.10174），字形下所從即為「丂」。「兮甲」（又作「兮伯吉父」）一名王國維以為是《詩・小雅・六月》中的「吉甫」，王輝非之，以為「兮疑讀為猗，《詩・魏風・伐檀》『河水清且漣漪』王引之《經傳釋詞》：『猗猶兮也。』漢石經『猗』作『兮』。明・廖用賢《尚友錄》：『猗，望出陳留河南……，猗頓，周魯之窮士，用鹽起家，與王者相埒富。』」[29]王說也是基於兮從可聲，而否定了王國維的「尹吉甫」說。

郭店《老子》中雖然對應於今本作「兮」字處皆作「𧮪」，但有

---

[28] 清・王先謙：《詩三家義集疏》（臺北：明文書局，1988 年），頁 408。

[29] 王輝：《商周金文》（北京：文物出版社，2006 年），頁 243。不過其在《古文字通假釋例》支部字中，將「兮」字標注為（支匣）。參氏著：《古文字通假釋例》（臺北：藝文印書館，1993 年），頁 58。

一處今本作「乎」，而在郭店本中可能要讀為「兮」字者，見《老子・丙》「淡可其無味也」（簡 5），今本卅五章作「淡乎其無味」，而帛書《老子・甲》作「談呵其无味也」（165。乙本作「淡呵其无味也」250）。根據帛書《老子》中的「呵」都對應今本「兮」及郭店《老子》與今本「虖」「兮」相對應的原則，這個「可」字無疑要讀為「兮」，這又是出土楚簡中「兮」要讀「可」聲的證據。此外，楚簡中常見借「鹿（麗）」表「離」的例子（〈容成氏〉簡 41、〈融師有成氏〉簡 6），「離」為來母歌部，而「麗」字古音或歸支部或歸歌部無定說。何九盈曾以馬王堆帛書〈戰國縱橫家書・謂燕王章〉「燕趙之棄齊，說沙也」句中的「說沙」即「脫躧」的通假，證明「麗」當歸歌部。[30]今由楚文字借「借鹿（麗）為離」的現象，也可證其當屬歌部。而「麗」「兮」兩字在楚簡中同屬歌部，到中古時都變成了四等開口的齊韻字（麗屬去聲霽韻、兮屬平聲齊韻），說明兩者的演變過程一致。

而本來從可聲的「兮」，是何時從歌部字轉入了支部字？根據羅常培、周祖謨的研究，從傳世文獻的用韻、異文現象來推測，在西漢時期歌與支幽與宵通押較多，但彼此之間仍然保存分立的形勢。而東漢時期，歌部支韻一系的字（奇，為）已轉入支部。[31]虞萬里則主張戰國楚地方音中歌、支混而不分，西漢時出身楚地及其相關地區的作家作品中反映出歌、支合韻的現象，而至東漢時，由於楚辭、漢賦及經濟流通的影響，歌、支混雜成為一種普通現象。並以為歌部一部分

---

[30] 周波：《戰國時代各系文字間的用字差異現象研究》，頁 57。陳復華、何九盈：《古韻通曉》，頁 342。

[31] 羅常培、周祖謨：《漢魏晉南北朝韻部演變研究》（北京：中華書局，2007 年），頁 13。其又言「西漢時期歌支兩部的讀音是很接近的，很像是併為一部。但是歌部字可以跟魚部字押韻，而支部字絕不跟魚部字押韻，足見歌支兩部還不能就做為一部看待。所以我們還把它分為兩部。可是，到了東漢，歌部和支部有了新的變化。魚部的麻韻一系的字併到歌部裏來，而歌部的支韻一系的字併到支部裏去。」（頁 26）

字流入支部，是方言與方音融合所造成的。[32]

《說文》的重文也反映出歌、支相通的現象，如《一篇下・草部》芰，重文作「茤」，《三篇上・舌部》舓，重文作「䑛」，《九篇上・髟部》鬄，重文作「髢」，《十二篇下・女部》㚻，重文作「娡」，《十二篇下・弓部》弛，重文作「彇」，《十四篇上・車部》輗，重文作「輨」。其中「多」、「宜」、「也」屬歌部；而「支」、「易」、「氏」、「虒」、「兒」屬支部，都是歌、支兩部相通的例子。

因此「兮」字可能本讀為歌部字，在楚簡中仍當讀為歌部字，後來因為歌、支二部產生音變的關係，因而轉入了支部字，至少在東漢時已變成了支部字。

第二節　楚簡一字通讀為多字例探析

以下分析《上博》中的一字通讀為多字例，具體內容詳參文後附的「上博簡一字通讀為多字例表」。分組的原則為以本字的數量為主，若通讀為一個本字，就分為一組，如「伓」字可通讀為「背」、「附」二字，即分為「借伓為背」、「借伓為附」二組。而「戝」、「詎」、「豉」三字同時都可通讀為「誅」，但僅列「借戝為誅」一組，而將其它二字形標注。然若二個不同的借字同時通讀為一個本字時，如楚簡中的「借由為逐」，與「借攸為逐」，則分為二組。本文分組不採用聲系的分法，如區分為「不字聲系」、「母字聲系」、「句字聲系」等，而將衍不聲之字、衍母聲之字、衍句聲之字列於其下，原因是同一聲系的字有時在聲韻結構上仍存在些許差異，如母字聲系的字有「每」、「誨」，「母」「每」為明母之部字，「誨」為曉母之部字，「每」「誨」一屬明母一屬曉母。「包」為幫母幽部字，從包聲的「袍」、

[32] 虞萬里：〈從古方音看歌支的關係及其演變〉，《榆枋齋學術論集》（南京：江蘇古籍出版社，2001 年），頁 19。其以為西漢魚歌相諧的例子，即歌麻相諧（或麻自諧）。知西漢楚辭音系區域中只有歌和魚之麻、支和歌之麻及歌支相諧用例，並無魚歌相諧用例。歌之麻和魚之麻變成《切韻》系統的麻韻，說明它們在上古某一方言區本屬同韻類。

「鮑」則為並母幽部字；「后」為匣母侯部字，從后聲的「詬」「姤」為見母侯部字。因此以聲系來區分容易忽略借字與本字間聲韻的差別。而各組的排列先後為了明顯看出其古音陰入陽聲的組合，故採陰入陽相配的方式羅列，如「之、職、蒸」、「幽、覺、冬」、「宵、藥」、「侯、屋、東」韻部等等（以王力所擬的上古韻 30 部為主）。

一　聲韻皆同例

借字與本字聲韻相同的例子，依韻部排列有以下：（以「某（…）與某」的形式表示，前字為借字，後字為本字）

（一）之職蒸

之部：「不伓與背」[33]（幫之）、「母⿱母心與謀」（明之）、「杍與梓」（精之）、「丌⿱日心與忌（群之）」、「以訇與異」（餘之）。

職部：「得與德」（端職）、「昃與側」（莊職）。

「⿱母心」字從心母聲，《說文・三篇上・言部》謀，下收有「□」、「□」兩個古文，皆從母聲。且《六篇上・木部》梅，下古文作「楳」，《十篇下・心部》悔，許慎言「讀若侮」。知「母」聲與「某」聲可相借用。「杍」字《說文》收錄於「李」字下（《六篇上・木部》），「李」從子聲，故「杍」亦從子聲。子、杍皆精母之部字。據段注所言壁中古文《尚書・梓材》的「梓」正作「杍」，說明「杍」讀為「梓」。[34]「⿱日心」字下半從心，上半從古文「期」，古文「期」從日丌，作「𣅀」（《七篇上・月部》），「期」「丌」古音同。

---

[33] 若該字在《漢字古今音表》中未收錄，則將其所從聲符列於前，並以其聲符的上古音代表該字的上古音。如「伓」字未被收錄，其以「不」為聲符，故將之視同「不」音。

[34] 《說文解字注》，頁 242。《清華・程寤》簡 1「小子發取周廷梓樹于厥間，化為松柏棫柞」的「梓」亦作「杍」。

（二）幽覺冬

幽部：「保與報」（幫幽）、「道與蹈」（定幽）、「翏與聊」（來幽）、「棗杲與早」（精幽）、「獸與守」（書幽）、「卣與攸」（餘幽）、「遊與由」（餘幽）。

覺部：「竺或篙與篤」（端覺）、「篁與築」（端覺）。「㐁宿與夙」（心覺）。

《說文・五篇上・乃部》逌，「讀若攸」，知「卣」「攸」聲同。而覺部的「竺」、「筥」皆為從竹聲之字，《五篇下・亯部》筥，許慎言「從亯竹聲，讀若篤。」知竹、竺、筥、篤音同。又《六篇上・木部》築，下收一古文作「𥳑」，從筥從土，與〈容成氏〉38 簡中假借為「築」的「篁」正為一字。「筥」從竹聲，與「築」音同。「㐁」為「宿」之象形初文，象人臥於簟（㐁）上之形，《七篇下・宀部》宿，為從宀㐁聲字，而「㐁」為古文「夙」。同樣的《七篇上・夕部》夙，下亦收古文「㐁」，[35]知「宿」「夙」音同。然《說文》以為的「夙」古文「㐁」實是「宿」之初文，「夙」字甲骨文作「從丮從夕」形，與此不同，故知「㐁」乃是「夙」的借字，而非戰國時期的異體寫法，因知《說文》的古文中有些實是借字。

（三）宵藥

宵部：「苗窗與廟」（明宵）、「苗窗與貌（明宵）」、「毛毷與苗」（明宵）、「弔弔與刁、（端宵）、「兆逃與盜」（定宵）、「喿勦與肖」（心宵）。

藥部：「雀與爵」（精藥）。

[35] 《說文解字注》，頁 344、318。關於「㐁」的讀音，《說文・三篇上・谷部》「㐁」字，許慎以為「讀若三年導服之導」，段注「〈士虞禮〉注曰『古文禫或為導』」，又「三年導服之導古語蓋讀如澹，故今文變為禫字，是其音不與凡導同也。」（88 頁）「澹」為定母談部字，「簟」、「禫」皆為定母侵部字。談、侵有互諧的情形，見本文的「借晵為琰」例，知「㐁」古音「禫」即「簟」也。

《說文·九篇下·广部》廟，下有一古文作「庿」，亦從「苗」聲，與「寚」字同，皆借「苗」聲表「廟」字。「毣」又見於《八篇下·見部》，作「覒」，與簡文偏旁左右不同，小篆毛聲列於左旁。許慎以為「從見毛聲，讀若苗」，「讀若苗」正與楚簡借毛聲來表苗聲同。又《四篇上·隹部》雀，「讀與爵同」，亦證「雀」「爵」音同。

（四）侯屋東

侯部：「縷與漏」（來侯）、「趣與趨」（清侯）、「句與詬」（見侯）、「句敂與姤」（見侯）、「佝與媾」（見侯）。

東部：「尨與蒙」（明東）。

句聲與后聲相通例，見《說文·三篇上·言部》詬，其或體正作「詢」。

（五）魚鐸陽

魚部：「夫肤與逋」（幫魚）、「寡與顧」（見魚）、「沽與孤」（見魚）、「居與據」（見魚）、「巨與蘧」（群魚）、「虎虐與呼」（曉魚）、「芋與華」（匣魚）、「余敘與豫」（餘魚）、「譽與夜」（餘魚）。

鐸部：「泊與薄」（並鐸）、「虢與赫」（曉鐸）。

陽部：「网罬與亡」（明陽）、「上與尚」（禪陽）、「皇與橫」（匣陽）。

《說文·五篇上·虍部》虖，許慎以為「從虍乎聲」，實際上「虍」聲與「乎」聲同，「虖」是個兩聲字。楚簡中常借「虎」表「乎」，而「乎」為匣母魚部，「虎」為曉母魚部，兩者只有聲母匣、曉稍異，但皆屬牙喉音。且楚簡通假字中曉匣相諧之例不少。[36]而從「乎」聲的「呼」為曉母魚部，正與「虎」聲同。又《七篇下·网部》网，或

---

[36] 曉母和匣母的相諧，據本文所統計，就有「興與熊」、「化與禍」、「化與為」、「爰與湪」四例。

體作「㒺」，緐加「亡」聲，知「网」聲與「亡」聲同。

（六）支錫耕

支部：「俾連與嬖」（幫支）、「枳與肢」（章支）、「枳與枝」（章支）、「氏與是」（禪支）、「氏與是」（禪支）。

耕部：「聖與聲」（書耕）。

「氏」與「是」在楚簡中可互借用，而《說文・十三篇上・糸部》緹，或體作「衹」，正「是」「氏」相借用例。

（七）脂質真

脂部：「閟與閉」（幫脂）、「緀與次」（清脂）、「薺與茨」（從脂）、「耆與祁」（群脂）。

真部：「寅與引」（餘真）。

「齊」聲與「次」聲可相通例見《說文・五篇下・食部》餈，其構形為「從食次聲」，或體作「䭫」，從食齊聲；以及《七篇上・禾部》穧，下或體作「粢」，皆「齊」「次」聲相通之例。而真部的「寅」聲通「引」聲例，則可見《十三篇上・虫部》螾，其或體作「蚓」。

（八）微物文

微部：「畏與威」（影微）、「韋與回」（匣微）、「回與圍」（匣微）。

物部：「率與帥」（生物）。

（九）歌月元

月部：「蔑穢與沫」（明月）、「敓與奪」（定月）[37]、「桀滐與竭」（群月）、「害與曷」（匣月）。

元部：「耑與短」（端元）、「連與輦」（來元）、「串闗與關」（見

---

37 《說文・三篇下・攴部》「敓」下段注以為「此是爭敓正字，後人假奪為敓，奪行而敓廢矣。」《說文解字注》，頁 125。

元）、「干與澗」（見元）、柬與簡（見元）、「筦與管」（見元）、[38]「元恐與願」（疑元）、「安與焉」（影元）、「肙肙𡨦」與怨」（影元）、「緩與輚」（匣元）。

「閶」從門串聲，串聲字與關聲字可通，其例見《說文．十篇下．心部》患，其下古文作「𢝊」，許慎以為「從關省」，乃一個從關省聲的字。而「關」字許慎以為是「從門𢇍聲」（《十二篇上．門部》），其聲符「𢇍」，則為「從絲省丱聲」（《十三篇上．絲部》）。故患字古文「𢝊」，其「門」字內所從的部分為「從丱從心」之字。望山二號墓中的「聯」字作「從耳從串」形，易聲符「𢇍」為「串」。知「串」、「𢇍（丱）」可相通假。[39]「肙」為「肙」的繁體，「肙」在楚簡中其上半多加飾筆，「𡨦」則與《說文．十篇下．心部》怨，下所收古文「𢘈」形近。[40]

上列聲韻皆同的通讀例中整體而言以陰聲韻的假借字為多，若就單個韻部來看，又以元部和魚部內的通讀例最多，見母元部的同音例

[38] 管仲（夷吾）一名，〈季康子問於孔子〉簡 4 作「筦中」，《清華簡．良臣》簡 6 作「龠寺吾」。後者的「龠」當是因義近而通讀為「管」，《說文．二篇下．龠部》「龠，樂之竹管。」（頁 85）

[39] 湖北省文物考古研究所、北京大學中文系編：《望山楚簡》（北京：中華書局，1995 年），頁 115。許慎以為「聯，連也。從耳從絲，從耳，耳連於頰；從絲，絲連不絕也。」（《十二篇上．耳部》）今看來「聯」當為一從「𢇍」聲，即「丱」聲之字，其即古文「卵」字。張世超以為「秦簡文字始增『𢆶』形作『關』，漢印承之作『關』，按秦簡『卵』字作『𢇍』，增『絲』以標音，實秦系文字所特有，則『關』字所從之『𢇍』即『𢇍』之省變也。篆文『關』字形體，即源於此。許慎據小篆訛形解『關』字從『𢇍』聲尚是，然不知所謂『𢇍』者，實即秦文字『𢇍（卵）』之變異矣。」氏著：《金文形義通解》2111 字頭（京都市：中文出版社，1996 年），頁 2771。

[40] 《說文解字注》，頁 516。馮勝君以為「𡨦」即「夗」之變體，《說文》「怨」古文「𢘈」，從令從心。「𡨦」為在「令」上加注聲符「○」。「圓」為匣母文部，「夗」為影母元部。見氏著：〈釋戰國文字中的「怨」〉，中國古文字研究會、浙江省文物考古研究所編：《古文字研究》第廿五輯（北京：中華書局，2004 年），頁 281。

就有四組（串關、干澗、柬簡、筦管），見母魚部的同音例也有三組（寡顧、沽孤、居據）之多。而上博簡中有可以互為假字現象的只有「氏與是」及「回與韋（圍）」。其次有借「竺」字表「篤」，也有借「管」字表「篤」的例子，因竺、管同從竹聲，而管還可繁加土來表「築」音，是個通假現象較多的字符。同樣的例子還有「句」與「后」，「句」為見母侯部，「后」為匣母侯部，雖聲母有異，但從句聲字借來表從后聲字的例子不少，如句與詬，敂與姤。其還可借來表冓聲，也是個常被借來表通假的字。其次從苗聲之字可借表「廟」與「貌」，但「毛」聲之字也可借來表「苗」。又從妻、齊聲之字，都可借來表從次聲之字。[41]

二　聲異韻同例

下將《上博》中一字通讀為多字例裏的借字與本字聲異韻同的例子，依照陰入陽相配的韻部加以排列，以「某與某」（某某）的形式書寫，借字的聲母列於括弧內第一字，本字的聲母列於括弧內第二字。

（一）之職蒸

之部：「不僨與倍」（幫並）、「不僨與負」（幫並）、「某惎與誨」（明曉）、「菜與喜」（清曉）、「才材與緇」（從莊）、「字與置」（從端）、「思與使」（心生）、「圭規與窺」（見溪）。

職部：「惻與賊」（初從）。

蒸部：「乘與勝」（船書）、「興蠅與蠅」（曉餘）、「興潰與熊」（曉匣）。

其中「誨」從「每」聲，「每」為明母之部字，「誨」為曉母之

[41] 齊、妻相通的例子，如《石鼓文・田車》「吾以隮于邍」的「隮」字，作「[illegible]」從阜從齊從妻從片，「片」為「析」之省，此字從「齊」聲又繁加「妻」聲（或說從「妻」聲又繁加「齊」聲）與「析」聲。徐寶貴：《石鼓文整理研究》（北京：中華書局，2008 年），頁 815。

部字，屬明母曉母相諧之例。[42]「謀」亦明母之部，與「每」聲同。「每」乃由「母」分化而來，故「母」、「每」皆明母之部字。故《上博》中有借母聲為某聲的例子（借𢜔為謀），也有借某聲為母聲的例子（借㥼為誨）。「窺」為從規聲字，「規」為見母之部字，「窺」為溪母之部字，兩者聲母有「見」與「溪」，不送氣與送氣的差別。「規」聲則與「圭」聲同。「則」為精母職部字，從「則」聲的「惻」為初母職部字，聲母一為齒頭音精系字，一為正齒音莊系字，這二系聲母在上古音中常互諧，而「賊」為從母，亦精系字。才聲與甾聲可通用的例子，如「[illegible]」，甲骨文從簋從丮，才聲，作「[illegible]」，或易「才」聲為「甾」聲，金文則多作從食從丮甾聲，或從簋𢦏聲，作「[illegible]」或「[illegible]」。《石鼓文・鑾車》作「[illegible]」，才聲，通讀為「載」。[43]

上面例子中，借字與本字的聲母發音不同部位者，[44]有「某」與「誨」（明曉），「菜」與「喜」（清曉）、「才」與「緇」（從莊）、「字」與「置」（從端）、「興」與「蠅」（曉餘）。

（二）幽覺冬

幽部：「保⿰礻保與袍」（幫並）、「缶⿰革缶與鮑」（幫並）、「慆與陶」（透定）、「留⿰車留與簋」（來見）、「秀與陶」（心餘）、「咎與九台」（群見）、「受與紂」（禪定）、「告⿰告攵與遭」（見精）、「告⿰告攵與曹」（見從）、「梂與樛」（群見）。

覺部：「竺與畜」（端透）、「⿱竹毒與孰」（端禪）、「⿱竹毒與熟」（端禪）。

冬部：「戎與農」（日泥）。

---

[42] 趙彤也指出楚簡中有許多曉母與明母交替的例子，如「昏與問」、「昏與聞」、「昏與岷」。見氏著：《戰國楚方言音系》（北京：中國戲劇出版社，2006年），頁 50。

[43] 徐寶貴：《石鼓文整理研究》，頁 839。

[44] 本文區分的上古聲母發音部位為唇音（幫滂並明）、舌頭音（端透定泥）、舌上音（章昌船書禪）、齒頭音（精清從心邪）、正齒音（莊初崇生）、牙音（見溪群疑）、喉音（影曉匣），又將「餘」「來」「日」別列。

其中「袍」與「鮑」都是從「包」聲之字，「包」為幫母幽部字，「袍」、「鮑」皆為並母幽部字，聲母為「並」「幫」之別，而「包」聲與「保」聲，聲韻皆同。「缶」聲與「包」聲相通例，見《說文·五篇下·缶部》匋，許慎言其構形「從缶包省聲」又言「案史篇讀與『缶』同」。[45]這個「讀與『缶』同」說明從「包省聲」的「匋」，讀音與「缶」同，即包聲與缶聲可相通。「曹」為從母幽部字，從曹聲的「遭」為精母幽部字，聲母皆精系的齒頭音。「遭」「曹」與「告」相假，「告」則為見系的牙音。借「梂」為「樛」，即「求聲」與「翏聲」相通例，《一篇上·玉部》球，下有一或體作「璆」，亦屬此例。

上面例子中，借字與本字的聲母發音不同部位者，有「留」與「簋」（來見）、「秀」與「陶」（心餘）、「受」與「紂」（禪定）、「告」與「遭」（見精）、「告」與「曹」（見從）、「筥」與「孰」「熟」（端禪）、「戎」與「農」（日泥）。

（三）宵藥

宵部：「兆𤟅與笑」（定心）、「喿藻與巢」（心崇）、「蒿與郊」（曉見）、「高喬與矯」（見群）、「囂與夭」（曉影）、「爻狢與貌」（匣明）。

「喿」聲與「巢」聲相通的例子可見《說文·一篇下·草部》藻，其有一或體正作「藻」。

上面例子中，借字與本字的聲母發音不同部位者，有「兆」與「笑」（定心）、「喿」與「巢」（心崇）、「蒿」與「郊」（曉見）、「爻」與「貌」（匣明）。

（四）侯屋東

侯部：「豆戝與誅」（定端）、「豆攷與注」（定章）、「鉤與扣」（見溪）、「句與后」（見匣）、「句與後」（見匣）、「句敂與厚」（見匣）、「要與謠」（影餘）。

---

[45] 《說文解字注》，頁 227。

屋部：「斛與握」（見影）。

東部：「穜與舂」（定書）、「同迵與通」（定透）、「龍與恭」（來見）、「頌與容」（邪餘）、「兇聦與聰」（曉清）。

《說文．五篇上．主部》音，下有一或體作「𧯠」，構形為從豆欠。許慎言「音」字「從丶（主）從否，丶亦聲」，此亦為「丶（主）」聲與「豆」聲可相通例。「鉤」從「句」聲，「敂」亦從句聲。《三篇下．攴部》敂，許慎言「從攴句聲，讀若扣」，其正可說明楚簡借「鉤」為「扣」之因。而「頌」從公聲，「公」為見母東部字，從公聲的「頌」為邪母東部字。是個見母和邪母相諧的例子。

上面例子中，借字與本字的聲母發音不同部位者，有「豆」與「注」（定章）、「句」與「后」（見匣）、「句」與「後」、「句」與「厚」（見匣）、「要」與「謠」（影餘）、「鹿」與「獨」（來定）、「斛」與「握」（見影）、「穜」與「舂」（定書）、「龍」與「恭」（來見）、「頌」與「容」（邪餘）、「兇」與「聰」（曉清）。

（五）魚鐸陽

魚部：「膚與莒」（幫見）、「父枚與補」（並幫）、「父⿰父頁與輔」（並幫）、「父仪與傅」（並幫）、「疋與且」（生精）、「疋與雎」（生清）、「者煮與圖」（章定）、「箸與書」（章書）、「處與暑」（昌書）、「虎虗與吾」（曉疑）、「虎虗與梧」（曉疑）、「虎虖與乎」（曉匣）、「虎與恕」（曉書）、「余與序」（餘邪）、「豫與舍」（餘書）、「與懙與赦」（餘書）、「夜與赦」（餘書）。

鐸部：「乇厇與度」（透定）、「石箬與席」（禪邪）、「石沰與蹠」（禪章）、「茖與赫」（見曉）。

陽部：「方忘與病」（幫並）、「丙怲與猛」（幫明）、「卿與亨」（溪曉）、「康與湯」（溪書）、「競與景」（群見）、「向與卿」（曉溪）、「往與廣」（匣見）。

「且」為精母魚部，而從「且」聲的「雎」為清母魚部，聲母同為齒頭音。「乎」為匣母魚部，而從乎聲的「呼」為曉母魚部字，與虎聲同。「恕」從女聲，「女」為泥母魚部，「恕」為書母魚部字，為書母泥母相諧之例。「予」為餘母魚部字，從予聲的「序」為邪母魚部，為餘邪相諧的例子。鐸部的「石」聲與「席」聲相通之例，見《說文・七篇下・巾部》席，其構形為「從巾庶省聲」，並且有一個古文作「𢃩」，許慎以為古文之形乃「從石省」，段注則言「下象形，上從石省聲」。且《十二篇上・手部》拓，或體作「摭」，都說明「石」聲與「庶」聲近。陽部的「方」聲與「丙」聲通例，又可見《八篇上・人部》仿，下收有籀文作「𠤎」，亦「方」聲、「丙」聲通例。

上面例子中，借字與本字的聲母發音部位不同者，有「膚」與「莒」（幫見）、「疋」與「且」（生精）、「疋」與「睢」（生清）、「者」與「圖」（章定）、「虎」與「吾」（曉疑）、「虎」與「梧」（曉疑）、「虎」與「恕」（曉書）、「余」與「序」（餘邪）、「豫」與「舍」（餘書）、「與」與「赦」（餘書）、「夜」與「赦」（餘書）「石」與「席」（禪邪）、「荅」與「赫」（見曉）、「卿」與「亨」（溪曉）、「康」與「湯」（溪書）、「向」與「卿」（曉溪）、「往」與「廣」（匣見）。

（六）支錫耕

支部：「只與岐」（章群）。

錫部：「易與逖」（餘透）。

耕部：「涅與盈」（定餘）、「靜與耕」（從見）、「聖與聽」（書透）。

「支」為章母支部字，從支聲的「肢」「枝」亦為章母支部字，而「岐」則為群母支部字，屬章母與群母相諧的例子。易聲與狄聲的通用，見《說文・二篇下・辵部》逖，下收古文作「逷」，又《十篇下・心部》惕，下收或體作「愁」，知「狄」、「易」音近可通。「呈」聲可通「盈」聲例，如《十三篇上・糸部》縕，其或體正作「緹」，一為「盈」一為「呈」。「爭」為莊母耕部，從爭聲的「靜」為從母耕部。一為正齒音莊系字，一為齒頭音精系字。

上例中，借字與本字的聲母發音部位不同者，有「只」與「岐」

（章群）、「易」與「逖」（餘透）。「浧」與「盈」（定餘）、「靜」與「耕」（從見）、「聖」與「聽」（書透）。

（七）脂質真

脂部：「氐𥄉與示」（端船）、「朿㓨與次」（精清）、「朿㓨與祗」（精章）、「淒與濟」（清精）、「死㳄與伊」（心影）、「泗與伊」（心影）。

質部：「佖與匹」（幫滂）、「七與蟋」（清心）。

真部：「紳與引」（書餘）、「慎與神」（禪船）。

「𥄉」字為從目氐聲字，《說文・八篇下・見部》視，下收有古文「眎」「眡」二字，一從示聲一從氐聲，知「示」聲「氐」音近可通。而《四篇上・目部》亦收有「眡」字，許慎以為「視皃也，從目氐聲。」「氐」「氏」本為一字分化而來，「氐」為端母脂部字，「氏」為禪母支部，「氐」聲較接近「示」聲。而侯馬盟書中的「視」寫作「䚦」，從氐從見。因此《說文》從「氏」的「眡」字，有可能是從「氐」的形變。[46]而「朿」聲字可通「次」聲例，可見《二篇上・走部》趀，許慎以為「讀若資」，[47]又《七篇下・韭部》𩐁，許慎以為「從韭，次、朿皆聲」，[48]皆「朿」聲通「次」聲例。「氐」為端母脂

[46] 「䚦」見山西省文物工作委員會編：《侯馬盟書》（北京：文物出版社，1976年），中所收錄之「侯馬盟書字表」，頁337。戰國印中的「忠信」印，有些將「身」（信）字形近訛寫成「氐」字，見《古璽彙編》2697，其「氐」寫法亦與「𥄉」所從「氐」同。故宮博物院編：《古璽彙編》（北京：文物出版社，1981年），頁258。李家浩：〈從戰國「忠信」印談古文字中的異讀現象〉，《北京大學學報》1987年2期。頁11。《清華簡・周公之琴舞》簡3的「視」作「𥌸」（「𥌸告余顯德之行」），從旨聲，亦脂部字。

[47] 「朿」字，字甲骨文作「朿」（合1385正）。從「朿」的「趀」，石鼓文作「趀」（車工），其在直畫下部多一短横，作為飾筆。而《說文・二篇上・走部》趀，小篆作「趀」保留石鼓文直畫下的豎筆，而缺上部一横畫。徐寶貴：《石鼓文整理研究》，頁832。

[48] 《說文解字注》，頁64、340。關於此字是否次、朿皆聲的問題，因為《石鼓文・鑾車》上有「𣄰」字，從朿從次，為一雙聲字，故徐寶貴以為《說文》

部字，從「氐」聲的「祗」為章母脂部，也是端母與章母的相諧。《八篇上・人部》伊，下收有古文「[illegible]」，許慎言「古文伊從古文死」，知伊聲與死聲近。真部的「申」為書母真部，從申聲的「紳」讀音亦同，而「神」則為船母真部，「書」、「船」皆舌上音章系字。

上例中，借字與本字的聲母發音不同部位者，有「氐」與「示」（端船）、「[illegible]」與「祗」（精章）、「死」與「伊」（心影）、「泗」與「伊」（心影）、「紳」與「引」（書餘）。

（八）微物文

微部：「退與懟」（透定）、「幾與豈」（見溪）、「幾與凱」（見溪）、「讖與愷」（見溪）、「既嘅與氣（見溪）、「韋意與威」（匣影）。

文部：「芬與豶」（滂並）、「焚與紛」（並滂）、「堇瞳與限」（見匣）、「昏與聞」（曉明）、「昏與問」（曉明）。

「對」為端母微部字，從對聲的「懟」為定母微部字，聲母同屬舌頭音。《說文・七篇上・米部》氣，下收一或體作「[illegible]」，從「既」聲，表示「既」、「氣」聲近。「分」為幫母文部，從分聲的「芬」為滂母文部字，幫母滂母皆屬唇音。《八篇上・人部》份，下有一古文「彬」，許慎以為「從彡林，林者從焚省聲」，[49]亦分聲與焚聲通之例。「聞」與「問」都是明母文部字，因此「昏」既可借表「聞」也可表「問」。

以上例子中，借字與本字的聲母發音不同部位者，有「堇」與「限」（見母與匣母）、「昏」與「聞」（曉母與明母）、「昏」與「問」（曉母與明母）。

誤分為皆聲。見氏著：《石鼓文整理研究》，頁 836。

[49] 《說文解字注》，頁 372。同樣的例子又見《三篇下・攴部》「攽」，其「讀與彪同」（頁 124）。而「彪」（《五篇上・虍部》）為「從虍彬聲」（頁 211），「彬」即「份」（《八篇上・人部》）之古文（372 頁）。

（九）歌月元

歌部：「化與過」（曉見）、「化與禍」（曉匣）、「化蒦與撝」（曉匣）。

月部：「發與伐」（幫並）、「大訞與賴」（定來）、「折與杕」（禪定）、「割與會」（見匣）。

元部：「弁與變」（並幫）、「前與延」（從餘）、「卷疾與謎」（見溪）、「緩與寬」（匣溪）、「爰䜌與渙」（匣曉）。

「過」「禍」皆從「咼」聲之字，「過」為見母歌部，「禍」為匣母歌部，為見母與匣母的相諧。楚簡中「化」聲可借表「咼」聲，也可借表「為」聲，「化」聲與「為」聲相通例，見《說文・六篇下・口部》囮，從口化聲，「讀若譌」。「害」為匣母月部字，從「害」聲之「割」為見母月部字，亦為匣母見母相諧例。而與「割」聲相假之「會」則同於「害」聲。從爰聲的字可通假為「寬」也可通假「渙」，一為溪母一為曉母。

以上例子中，借字與本字的聲母發音不同部位者，有「化與過」（曉見）、「大與賴」（定來）、「折與杕」（禪定）、「割與會」（見匣）、「前與延」（從餘）、「緩與寬（匣溪）。

（十）緝侵

緝部：「級與隰」（見邪）。

侵部：「尋䡛與簟」（邪定）、「審與湛」（書定）、「唫與喑」（見影）、「欽與禁」（溪見）、「欽與咸」（溪匣）。

「甚」為禪母侵部，從甚聲的「湛」為定母侵部，為章系字和端系字的相諧。而「欽」聲可通「禁」聲（見母），也可通讀為「咸」聲（匣母）。

（十一）葉談

談部：「監與銜」（見匣）。

以上例子中，借字與本字的聲母發音不同部位者，有「級」與「隰」（見邪）、「尋」與「簟」（邪定）、「審」與「湛」（書定）、「唫」與「喑」（見影）、「欽」與「咸」（溪匣）、「監」與「銜」（見匣）。

這類聲異韻同的一字通讀為多字例中，聲母以與發音部位相同者相諧為多，其中以幫系字最明顯。以下就各系字分別述之。

幫系字多與同是唇音的聲母相諧，此外僅見幫母與見母（膚莒）及明母與曉母（某誨）相諧。而幫系字的互諧又以「幫與並」及「並與幫」次數最多。

端系字中除本系字相諧外，端與船（氐視）、端與禪（篙孰）、定與章（豆注）、定與書（穜舂）、定與心（兆笑）、定與餘（浧盈）、定與來（大賴）相諧的例子也有。前四例都是端系與章系的相諧，說明楚簡的通假例中反映出端系聲母與章系聲母的密切關係。而本系字相諧中以則透母與定母相諧的次數較多。

章系字中除與本系字諧外，也與端系字相諧的現象較多，如章與定（者圖）、書與透（聖聽）、書與定（審湛）、禪與定（受紂、折杕）。還有章與群（只岐）、書與餘（紳引）、禪邪（石席）相諧的現象。

精系字有與端系字諧者，如從與端（字置）、邪與定（尋簟）；也有與章系字諧者，如精與章（朿與祗）；以及與莊系字諧者，如從與莊（才緇）、心與崇（喿巢）、心與生（思使）；與見系字諧者，如從與見（靜耕）；與影系字諧者，如清與曉（菜喜）、心與影（死伊、四伊），有與餘母諧者，如從與餘（前延）、心與餘（秀陶）、邪與餘（頌容）。其中與莊系互諧較多，而與餘母相諧的次數也不容忽視。

莊系字諧聲例子偏少，僅見初與從（惻賊）、生與精（疋且）二例，皆與精系字相諧。可見精莊二系的密切關係。

見系字與本系字及影系字諧聲現象較多，與本系字諧者，如見溪（圭窺、鉤扣、幾豈、幾愷、幾凱、疾譴）、見群（高嬌）、溪見（欽禁）、群見（咎九、求翏、競景）；與影系字相諧者，如見影（斛握、唫喑）、見曉（茖赫）、見匣（句后、句後、句厚、堇限、割會、監銜）、溪曉（卿亨）、溪匣（欽咸），其中以見匣相諧較多見。本系字中以見母的諧聲次數最多，除上舉二系字外，還有見精（告遭）、見從（告曹）、見邪（級隰），都是精系字，見母與精系字諧也是個值得注意的現象。

影系字相諧的字以本系字和見系字較多，前者如曉匣（興熊、虎乎、化禍、化為）、曉影（囂夭）、匣影（韋威）、匣曉（爰渙），後者如曉見（蒿郊、化過）、曉溪（向卿）、曉疑（虎吾、虎梧）、匣見（往廣）、匣溪（緩寬）。還有曉明（昏聞、昏問）、曉書（虎恕）、曉清（兇聰）、影餘（要謠）、曉餘（興蠅）。曉母的諧聲次數多於其它聲母。

餘母字有餘透（易狄）、餘書（與赦、夜赦、豫舍）、餘邪（余序）。來母字有來見（留篕、龍恭）；日母字僅見日泥（戎農）相諧現象。

三　聲同韻異例

以下聲同韻異例，依借字的韻部來排列，並將聲母書於用例前。

（一）之職蒸

之部：幫母「不丕與悲」（之微）、並母「備與服」（之職）、明母「畮與牧」（之職）、餘母「飴與夷」（之脂）、日母「而與爾」（之脂）、日母「而與邇」（之脂）。

職部：匣母「惑與宥」（職之）。

蒸部：端母「登與徵」（蒸之）。

備聲可通服聲的例子如，《說文・十三篇上・糸部》紨，或體作「韛」，而「伏」的古音為並母職部，正與「服」同，說明「伏」「服」音同，而「備」可通「伏」「服」。又「母」聲可通「牧」聲字，如《十三篇下・土部》坶，許慎以「《周書》曰『武王與紂戰於坶野』」作解，而段注言「今〈書序〉『紂』作『受』，『坶』作『牧』」。

上例中之脂兩部相通例不少，楚簡中「管夷吾」又作「筦寺虗」（〈窮達以時〉簡 6）、「龠寺虗」（〈良臣〉簡 6），寺與夷，也是之脂相通的例子。

（二）幽覺冬

幽部：明母「矛柔與侮」（幽之）。

（三）宵藥

宵部：餘母「繇與由」（宵幽）。

藥部：定母「翟與狄」（藥錫）。

「繇」「由」相通例，見《說文・十二篇下・系部》繇，其或體正作「由」。

（四）侯屋東

（五）魚鐸陽

魚部：影母「於與猗」（魚歌）。

「奇」為見母歌部，從奇聲的「猗」為影母歌部，聲母為見母與影母的相諧。

（六）支錫耕

支部：幫母「卑𡍮與躃」（支錫）。

「辟」為幫母錫部，從辟聲的「躃」亦為幫母錫部字，而從辟聲，讀為平聲的「襞」為幫母支部字，與「卑」聲同。

（七）脂質真

脂部：幫母「匕朼與必」（脂質）、影母「伊與抑」（脂質）。

質部：餘母「弋㲻與易」（質錫）。[50]

[50] 「㲻」字在〈競建內之〉簡 10 中通讀為「易牙」的「易」，構形為上從弋

（八）微物文

文部：並母「焚與熉」（文元）。

（九）歌月元

月部：見母「訐與蹇」（月元）、見母「訐與謰」（月元）、匣母「害與盍」（月葉）、匣母「害與蓋」（月葉）、餘母「鳶與說」（元月）。

元部：明母「萬墓與沫」（元月）。

（十）緝侵

侵部：見母「今與躳」（侵冬）。

（十一）葉談

葉部：幫母「法與廢」（葉月）。

上舉例中陰聲與入聲（或入聲與陰聲）對轉者有：「備與服」、「母與牧」、「惑與宥」、「卑與躃」、「匕與必」、「伊與抑」。[51]

陰聲與陽聲對轉者為「登與徵」。入聲與陽聲韻對轉者有：「訐與蹇」（月元）、「訐與謰」（月元）、「鳶與說」（元月）、「萬與沫」（元月）。

下從亥。李存智以為其從亥聲，而與「易」通讀，「亥」為之部字，「易」為錫部字，而得出上古韻部之錫通假的例子。但他也說「戰國楚簡未見之支通假，以之錫通假字組而言，通假字取『亥』字聲符，則與本字的關係為跨攝、不同等第的通假。若以李方桂（1971）四元音的系統而言，之支（錫）二部在楚簡的關係並不密切」。見氏著：〈郭店簡與上博楚簡諸篇音韻研究--陰聲韻部通假關係試探〉，2007 中國簡帛學國際論壇會議論文（臺北：臺灣大學中文系，2007 年 11 月），頁 6。若將所從的「弋」視為聲符，便不會出現之錫通假的特殊現象。

[51] 本文將韻部主要元音相同，韻尾雖不同，但可以互押者，皆稱為「對轉」，包括有陰入對轉、陰陽對轉和陽入對轉三類。

而不同韻部相通假者有：陰聲韻的「不與悲」（之微）、「訇與夷」（之脂）、「而與爾」（之脂）、「而與邇」（之脂）、「矛與侮」（幽之）、「繇與由」（宵幽）、「於與猗」（魚歌）。入聲韻的「翟與狄」（藥錫）、「弋與易」（質錫）、「害與盍」（月葉）、「法與廢」（葉月）、「害與蓋」（月葉）以及陽聲韻的「焚與煩」（文元）、「今與躬」（侵冬）。

不同韻部的相通假，反映出「之微」、「之脂」、「幽之」、「幽宵」、「魚歌」（以為陰聲韻）、「藥錫」、「屋覺」、「質錫」、「月葉」（以上為入聲韻）、「文與元」、「侵與冬」（以上為陽聲韻）相諧的現象。

伍仕謙分析〈王子午鼎〉和〈王孫誥鐘〉銘文的韻腳時曾指出，前者有「之幽合韻」，後者有「陽東合韻」的現象。而兩銘中幽、脂、之或之、脂通押的現象，也說明楚器銘文中之部與脂、幽兩部關係密切。[52]而〈有皇將起〉前八句「又皇將起 (之)含可，惠余教保子 (之)含可。思遊於愛 (微)含可，能與余相惠 (脂)含可，何哀城夫 (魚)含可，能為余拜楮柧 (魚)含可⧄【1】⧄誨 (之)含可，又過而能改 (之)含可。【2】」。其中兩句一韻，押之脂魚之四韻。而前四句若視「之微」、「之脂」為通押，則可視為句句押韻，先押之韻，再轉魚韻，復押之韻。

四　聲韻皆異例

以下聲韻皆異例，仍依借字的韻部排列，並以「某與某」（聲母）（韻部）的形式表示。

---

[52] 伍仕謙：〈王子午鼎、王孫誥鐘銘文考釋〉，《古文字研究》第九輯（北京：中華書局，1984 年），頁 277。〈王子午鼎〉韻脚有「用享以孝(幽)，于我祖皇祖文考(幽)，用祈釁壽(幽)。温恭䟽遲(脂)，畏忌異異(之)，恭厥盟祀(之)，永受其福(之)。余不畏不差(歌)，惠于政德(之)，愻于威儀(歌)。簡簡肅肅，令尹子庚，殹民之所亟(之)，萬年無期(之)，子孫是利(脂)。」

（一）之職蒸

之部：「不與附」（幫並）（之侯）、「栽與鄢」（精影）（之元）。

「附」為從「付」聲之字，「付」為幫母侯部，與「不」同屬幫母。

（二）幽覺冬

幽部：「矛孟與夷」（明餘）（幽脂）、「舊與久」（群見）（幽之）、
「由與逐」（餘定）（幽覺）、「攸與逐」（餘定）（幽覺）。
冬部：「融與眈」（餘端）（冬侵）。

舊聲與久聲相通例，見《說文·十二篇下·匚部》匛，籀文作「匶」，即從舊聲。

（三）宵藥

宵部：「表褜與褫」（幫透）（宵支）、「弔與淑」（端禪）（宵覺）、「弔與叔」（端書）（宵覺）、「繇與囚」（餘邪）（宵幽）。

藥部：「少𡭔與爵」（書精）（宵藥）。[53]

《說文·八篇上·衣部》「表」字下有一古文作「䙼」，從衣麃聲。「褜」為從衣麃省聲字。[54]「叔」為書母覺部字，從叔聲之「淑」為禪母覺部字，兩者聲母屬同部位的舌上音。而「少」聲與「爵」聲

---

[53]「𡭔」又見楚郾客問量（《殷周金文集成》16.10373），馮勝君以為當讀「筲」，並以為其乃容五升的圓筒形器。氏著：《論郭店簡《唐虞之道》、《忠信之道》、《語叢》一～三以及上博簡《緇衣》為具有齊系文字特點的抄本》，頁 267。而李零以「𡭔」在楚簡中通讀為「爵」，說明被認為是古書中的「瓚」的伯公父器那種勺形杯，也當是「爵」。見氏著：《鑠古鑄今》（北京：生活·讀書·新知三聯書店，2007 年），頁 76。

[54]《說文解字注》，頁 394。季旭昇以為此「[illegible]」字為從鹿從裼（或狄聲），為「麃」的異體，因音近而讀為「褫」。見氏著：〈《上博三·周易》簡六「朝三褫之」說」〉，武漢大學簡帛研究網，2004 年 4 月。

音近的例子，如《三篇上・言部》譙「從言焦聲，讀若嚼。誚，古文譙從肖」。知「焦」、「爵」、「肖」音近。而「肖」為「從肉小聲」之字，[55]「小」「少」是同源詞，「小」為心母宵部，「少」為書母宵部。

（四）侯屋東

侯部：「主⿸厂主與濁」（章定）（侯屋）、「主⿰主見與重」（章定）（侯東）。

東部：「贛與坎」（見溪）（東談）、「贛與黔」（見群）（東侵）。

濁從「蜀」聲，「蜀」為禪母屋部字，「濁」為定母屋部，為章系與端系的相諧。「贛」（見東）可通「坎」（溪談），也可通「黔」（群侵），三者聲母皆見系字。「坎」從「欠」聲（溪談），而「贛」亦見有從「欠」者，如曾侯乙墓竹簡的「贛」作「[illegible]」（43、133 簡）或「[illegible]」（67 簡），前者「從章從欠」，後者繁加貝旁。而《說文・六篇下・貝部》贛，籀文作「[illegible]」，正為繁加貝旁的「竷」。[56]「贛」從「竷」聲，而「竷」又從「欠」聲，因此「坎」可通「贛」。而今本《周易》坎卦之「坎」，馬王堆帛書《周易》作「贛」。[57]

（五）魚鐸陽

魚部：「尃與白」（滂並）（魚鐸）、「誌與謁」（溪影）（魚月）、「虎⿸虍吉與虐」（曉疑）（魚藥）。

鐸部：「乇圫與都」（透端）（鐸魚）、「乇（厇）與著」（透端）（鐸魚）。

陽部：「丙楅與平」（幫並）（陽耕）、「亡⿰亡攵與撫」（明滂）（陽魚）。

---

[55] 《說文解字注》，頁 100、172。

[56] 《說文解字注》，頁 283。

[57] 李家浩：〈楚國官印考釋（四篇）〉，《江漢考古》1984 年 2 期。頁 44。

「曷」為匣母月部，從曷聲之「謁」為影母月部字，皆為喉音影系字。「虐」字在《說文・五篇上・虍部》中收一古文作「𧆞」，其即楚簡中與「虐」通假的「唇」，從虎從口。「無」為明母魚部字，從「無」聲的「撫」為滂母魚部字，兩者皆唇音幫系字。「亡」與「無」為魚部與陽部的不同，兩者有陰陽對轉的關係。「攺」字亦見於《三篇下・攴部》，許慎以為「撫也，從攴亡聲，讀與撫同。」楚簡借「攺」表「撫」，正基於其音同。〈祝辭〉有「攺㖤」一辭，正當讀為「撫額」（簡 3）。

（六）支錫耕

支部：「帝啻與敵」（端定）（支錫）、「鷹與存」（定從）（支文）、「鷹瀌與津」（定精）（支真）、「是與蹢」（禪端）（支錫）、「奚與傾」（匣心）（支真）。[58]

（七）脂質真

質部：「即與次」（精清）（質脂）。

真部：「旬與畎」（邪見）（真元）、「申軟與吞」（書透）（真文）。

「即」聲與「次」聲相通例，見《說文・十三篇下・土部》垐，其古文作「堲」。「犬」為溪母元部字，從犬聲的「畎」為見母元部字，同屬牙音見系字。「旬」與「畎」一為真部字，一為元部字。〈孔子詩論〉中相當於今本《詩經・宛丘》篇名的「宛」字作「[illegible]」（21 簡）、「[illegible]」（22 簡），前一字當是後一字的省寫，而後一字上半所從部分，疑為「勹」（伏）。「勹」在楚簡中也有作兩筆不相連者，如〈競建內之〉10 簡的「[illegible]」「[illegible]」（朋），其從的「勹」即與「[illegible]」上半同。而九店楚簡的楚建除名中有作「荀」者，和雲夢秦簡的日書

---

[58] 劉洪濤曾舉出奚與傾相通的間接證據，《荀子・勸學》「不積跬步，無以至千里」，《大戴禮記・勸學》「蹞」作「跬」；《說文》言部「謑」字異體作「[illegible]」，其聲旁「[illegible]」從圭聲。見氏著：《上博竹書《民之父母》研究》，北京大學中國語言文學系碩士學位論文，2008 年 5 月，頁 13。

的秦建除名對照，其相對應的建除名作「惌」，「萄」從「甸」聲，「惌」從「宛」聲。「甸」為定母真部字，「宛」為影母元部字。李家浩以為古代真元二部的字音關係密切，「萄」、「惌」當是一聲之轉。[59]故此例或也可視為真、元兩部相通的例子。

而「申」與「吞」，前者書母真部，後者透母文部，為真部與文部的相諧。真部與文部的相諧，在楚簡中常見的還有「哭」字例。「哭」字見於中山王讐鼎、馬王堆帛書《老子》乙本和《周易》中。中山王讐鼎和《老子》乙本中都通讀為「鄰」，而帛書《周易》中而用為「吝」。「鄰」上古音屬來母真部，「文」屬明母文部，兩者的關係即真、文二部的相諧。「哭」所從的「吅」是古文「鄰」，「哭」是個兩聲字，既可用為「鄰」，亦可用為「吝」。[60]

（八）微物文

微部：「遂與述」（邪船）（微物）、「幾與緝」（見清）（微緝）。

物部：「述與遂」（船邪）（物微）。

文部：「槿與淫」（見餘）（文侵）。

（九）歌月元

歌部：「陸與詭」（匣疑）（歌微）

月部：「丰坓與郤」（見溪）（月鐸）、「割與蓋」（見匣）（月葉）。

元部：「澫與瀨（明來）（元月）、「遂與榮」（見匣）（元耕）、
「柬與厲」（見來）（元月）。

「禾」屬歌部，「危」屬微部，兩部關係密切。[61]「害」為匣母月部，從害聲的「割」為見母月部，為匣母和見母的相諧，而「害」

---

[59] 湖北省文物考古研究所、北京大學中文系編：《九店楚簡》，頁 61、66。

[60] 《九店楚簡》，頁 79。

[61] 歌、微兩部在古書中常通押，見《楚辭．遠遊》叶妃、歌、夷、蛇、飛、徊。而危亦有古音學家歸入歌部者，如李方桂等人。洪颺：《古文字考釋通假關係研究》，頁 145。

與「蓋」聲皆匣母。「漢」從「萬」聲，「瀨」從「賴」聲，兩聲相通例見《說文·十三篇上·虫部》蠆，許慎言「從虫萬聲，讀若賴」。《石鼓·汧殹》「漢又小魚」，即「瀨有小魚」。[62]

（十）緝侵

侵部：「晳與琰」（精餘）（侵談）。

以上例子中聲母為同部位者有以下：

「不與附」（幫並）（之侯）、「舊與久」（群見）（幽之）、「贛與坎」（見溪）（東談）、「贛與黔」（見群）（東侵）、「尃與白」（滂並）（魚鐸）、「乇與都」（透端）（鐸魚）、「丙與平」（幫並）（陽耕）、「亡與撫」（明滂）（陽魚）、「帝與敵」（端定）（支錫）、「即與次」（精清）（質脂）、「丯與郤」（見溪）（月鐸）。

其中又符合陰入對轉、陽入對轉或陰陽對轉者有：「尃與白」（滂並）（魚鐸）、「乇與都」（透端）（鐸魚）、「乇與著」（透端）（鐸魚）、「亡與撫」（明滂）（陽魚）、「帝與敵」（端定）（支錫）「即與次」（精清）（質脂）。

不合者的韻部相諧為陰聲韻中的（之侯）、（幽之）、入聲韻中的（月鐸）及陽聲韻的（東談）、（東侵）、（陽耕）。

聲母不同部位者有以下：

「栽與鄢」（精影）（之元）、「矛與夷」（明餘）（幽脂）、「由與逐」（餘定）（幽覺）、「攸與逐」（餘定）（幽覺）、「融與眈」（餘端）（冬侵）、「表與褫」（幫透）（宵支）、「弔與淑」（端禪）（宵覺）、「弔與叔」（端書）（宵覺）、「繇與囚」（餘邪）（宵幽）、「少與爵」（書精）（宵藥）、「主與濁」（章定）（侯屋）、「主與重」（章定）（侯東）、「虎與虐」（曉疑）（魚藥）。「詓與謁」（溪影）（魚月）、「廌與存」（定從）（支文）、

[62] 徐寶貴：《石鼓文整理研究》，頁 769。

「鷹與津」（定精）（支真）、「是與蹢」（禪端）（支錫）、「奚與傾」（匣心）（支真）、「旬與畎」（邪見）（真元）、「申與吞」（書透）（真文）、「遂與述」（邪船）（微物）、「幾與緝」（見清）（微緝）、「述與遂」（船邪）（物微）、「槿與淫」（見餘）（文侵）、「割與蓋」（見匣）（月葉）、「澫與瀨」（明來）（元月）、[63]「邍與榮」（見匣）（元耕）、「柬與厲」（見來）（元月）、「晉與琰」（精餘）（侵談）。

其中「由與逐」（餘定）（幽覺）、「攸與逐」（餘定）（幽覺）、「少與爵」（書精）（宵藥）、「主與濁」（章定）（侯屋）、「主與重」（章定）（侯東）、「是與蹢」（禪端）（支錫）、「遂與述」（邪船）（微物）、「述與遂」（船邪）（物微）、「澫與瀨」（明來）（元月）、「柬與厲」（見來）（元月）韻部間都有對轉的關係。

而本組例字中在聲母方面，主要仍表現出端系與章系的相諧，如「弔與叔」（端書）、「弔與淑」（端禪）、「主與濁」（章定）、「主與重」（章定）、「申與吞」（書透）、「是與蹢」（禪端）；以及見系與影系的相諧，如「割與蓋」（見匣）、「邍與榮」（見匣）、「祛與謁」（溪影）、「虎與虐」（曉疑）。以及餘母與端系，如「融與眈」（餘端）、「攸與逐」（餘定）、「由與逐」（餘定）；餘母與邪母，如「繇與囚」（餘邪）。餘母與見母，如「槿與淫」（見餘）。餘母與明母，如「矛與夷」（明餘）。餘母與精母，如「晉與琰」（精餘）相諧例子。

在韻部方面，無對轉關係者表現出除了有同聲韻的相諧外，還有

---

[63] 李零以為「澫字從萬得聲，萬在上古音系統中屬明母元韻，似與瀨字讀音相隔，但是現在我們已經知道，古聲旁從萬之字大多應歸入與元韻可以對轉的緝韻（或祭韻），其中半屬明母（如邁、譪），半屬來母（如糲、蠣）。這種半屬明母半屬來母的現象是值得注意的。許多研究上古音的專家都指出，上古來母字的諧聲很複雜，可能有 bl、pl、ml 等複聲母的情況存在。明母來母相諧，古文字材料中『命』『令』不分就是一個例子。」見氏著：〈古文字雜識（六篇）〉，《古文字研究》第十七輯（北京：中華書局，1989 年）。頁 287。

不同聲韻者的相諧，如同陰聲韻相諧者，有「矛與夷」（幽脂）、「表與褫」（宵支）、「繇與囚」（宵幽）；同入聲韻相諧者，有「割與蓋」（月葉）；同陽聲韻相諧者，有「融與眈」（冬侵）、「旬與畎」（真元）、「申與吞」（真文）、「槿與淫」（文侵）、「邍與榮」（元耕）、「朁與琰」（侵談）。

不同聲韻者的相諧，有陰聲與入聲（或入與陰）：「弔與淑」（宵覺）、「弔與叔」（宵覺）、「虎與虐」（魚藥）「詁與謁」（魚月）、「幾與緝」（微緝）。陰聲與陽聲（或陽與陰）：「栽與鄢」（之元）、「廌與存」（支文）、「廌與津」（支真）、「奚與傾」（支真）。

五　楚簡一字通讀為多字例所反映出的上古聲韻現象

從上所列一字通讀為多字例中，本字與借字的聲或韻不同者的聲韻分析，可以得到《上博》簡通讀用例中所反映出的語音現象。其可從聲母和韻母兩分面來說明。

（一）聲母方面的特點

不同讀音的借字與本字，其在聲母方面的諧聲現象有以下幾點：

1.聲母以與發音同部位者互諧為多。即幫系與幫系字互諧、端系與端系字互諧、章系與章系互諧等。而其中又以幫系字及見系字互諧的現次數最多，端系、影系、章系、精系次之。幫系字中以幫母與並母互諧的次數最多，見系字中以見母諧溪母，群母諧見母的次數最多。端系中以透母諧定母；精系中以精母諧清母；影系中以曉母諧匣母次數較多。

這一點我們也可以從上舉的聲符與其所衍聲之字得到證明，如：

「包」為幫母幽部，從包聲的「鮑」為並母幽部，為幫系聲母的互諧。

「對」為端母微部，從對聲的「懟」為定母微部，為端系聲母的互諧。

「申」為書母真部，從申聲的「神」為船母真部，為章系聲母的互諧。

「曹」為從母幽部，從曹聲的「遭」為精母幽部，為精系聲母的互諧。

「規」為見母之部，從規聲的「窺」為溪母之部，為見系聲母的互諧。

「乎」為匣母魚部，從乎聲的「呼」為曉母魚部，為影系聲母的互諧。

2.端系與章系有互諧的現象。端系和章系互諧的次數多於與他系聲母互諧，其中端母與禪母、章母與定母、禪母與定母相諧的次數較多。聲符與其所衍聲之字的例子有：

「氐」為端母脂部，從氐聲的「祗」為章母脂部，屬端系與章系的互諧。

「蜀」為禪母屋部，從蜀聲的「濁」為定母屋部，屬章系與端系的互諧。

「朱」為章母侯部，從朱聲的「誅」為端母侯部，屬章母與端母的互諧。

3.精系與莊系字有互諧現象。其中莊系字只與精系字諧，精系字還見與他系字互諧。聲符與其所衍聲之字的例證有：

「則」為精母職部字，從則聲的「惻」為初母職部字，為精系與莊系的互諧。

4.見系字與影系字有互諧的現象，其中又以見母諧匣母的次數最多，而見母與影曉二母也有諧聲例子。影系字中以曉母與見系字相諧的次數較多。此外見母還與精系字有諧聲現象。

聲符與其所衍聲之字的例證有：

「奇」為見母歌部，從奇聲的「猗」為影母歌部，為見系與影系的互諧。

「高」為見母宵部，從高聲的「蒿」為曉母宵部，為見母與影系的相諧。

「害」為匣母月部，從害聲的「割」為見母月部，為匣母與見母的互諧。

「艮」為見母文部，從艮聲的「限」為匣母文部，為見母與匣母的互諧。

「公」為見母東部，從公聲的「訟」為邪母東部，為見母與精母的相諧。

5.餘母字與多系字都有諧聲現象，如餘與明、餘與端系、餘與見、餘與精系字及影系字。

「舀」為餘母幽部，從舀聲的「慆」為透母幽部，為餘母與端系字互諧。

「予」為餘母魚部，從予聲的「序」為邪母魚部，為餘母與精系字互諧。

見母與餘母的相諧在楚簡中有很多例子，如借「谷」（見屋）為「欲」（餘屋）、借「與」（餘魚）為「舉」（見魚）等，也是個比較特殊的現象。[64]

（二）韻母方面的特點

不同讀音的借字與本字，其在韻部方面的通假現象有以下幾點：

1.借字與本字韻部的相通以相同元音的陰聲、入聲、陽聲對轉為主。如陰入對轉者，有「備（之）與服（職）」、「由（幽）與逐（覺）」、「主（侯）與濁（屋）」、「尃（魚）與白（鐸）」、「卑（支）與辟（錫）」、「匕（脂）與必（質）」、「遂（微）與述（物）」；陽入對轉者，「訐（月）與諫（元）」、「萬（元）與沫（月）」；陰陽對轉：「登（蒸）與徵（之）」、「主（侯）與重（東）」、「亡

[64] 見母諧餘母的例子還可參鍾明立：〈出土文獻中部分喻四字讀如見組聲母反映了上古的實際語言〉，載《古文字研究》第廿六輯（北京：中華書局，2006年），頁444。楚簡中「改」從巳（已）聲，「已」為餘母之韻，而從巳聲之「改」則為見母之韻，兩者屬餘母與見母的相諧。而趙彤將「改」誤為從「巳」聲（邪母之韻），而視為見母與邪母相諧之例。《戰國楚方言音系》，頁65。

（陽）與無（魚）」。其中以陰入對轉的例子最多。

2.聲同韻異的通假例中，除了主要元音相同的韻部的對轉外，不同韻部的相通假都是以同聲的韻部為主，如陰聲的之部與陰聲的微部、脂部通，幽部與之部通，宵部與幽部通、魚部與歌部通。入聲韻的藥部與錫部、屋部與覺部、質部與錫部、月部與葉部，以及陽聲韻的文部與元部、侵部與冬部。

3.聲韻皆異的通假例中，除了主要元音相同的韻部的對轉外，有同陰陽入聲韻部的相通假，以及不同陰陽入聲韻部的相通假。前者如幽部與之部、幽部與宵部、宵部與支部、月部與葉部、冬部與侵部。後者如宵部與覺部、魚部與月部、微部與緝部、支部與文部、支部與真部等。

4.以上的韻部相通中，反映出「之與脂」、「之與幽」、「幽與宵」、「月與葉」以及不同聲的「宵與覺」「支與真」等有合韻的例子。而與之部相通的韻部最多，包括有幽部、侯部、脂部、微部等，顧炎武的十部分韻中即將之、脂、微三韻部合一，我們從楚簡的通假例中同樣可見之、脂、微三部的合韻密切。而楚簡中的宵與幽、宵與覺的合韻現象，也正同顧氏將幽、覺、宵、藥四部同歸為一的用意相當。其次古韻學上的「東冬分立」、「文元分立」、「真文分立」，在楚簡的通假例中都不完全分立，楚簡中有東侵合韻，也有冬侵合韻的現象，[65]因此東冬似可看成一韻，而真部與文部、元部，文部與元部，元部與真部、文部都有合韻現象，與顧炎武將「東冬」合一，「元文真」合一的看法也相近，但由於合韻的數量太少，不能完全確定。

---

[65] 楚簡中的冬侵合韻現象，如〈孔子詩論〉簡 8 的「讒」字，從「蟲」（冬韻）得聲，而讀為「讒」（侵韻）。上古東、冬、侵、談皆收-m 尾，後來東、冬才漸漸變成收-ŋ 尾。可參顏世鉉：〈楚簡「流」、「讒」字補釋〉，收錄於謝維揚、朱淵清編，《新出土文獻與古代文明研究》（上海：上海大學出版社，2004 年），頁 153。本文東、冬、侵、談合韻的例子有「贛與黔」（東侵）、「融與眈」（冬侵）、「贛與坎」（東談）、「朁與琰」（侵談）合韻的例子。

表一　楚簡一字通讀為多字例表

借字本字	聲韻分析	出處	聲韻異同
1.**之韻** ə			
借怌為悲	不(幫之)悲(幫微)	詩論 26	聲同韻異
借伓為背	不背(幫之)	子羔 10、從政乙 3、周易 48、陳公 15	聲韻皆同
借偩為倍	不(幫之)倍(並之)	曹沫 21	聲異韻同
借偩為負	不(幫之)負(並之)	周易 33	聲異韻同
借伓為附	不(幫之)附(並侯)付(幫侯)	競建 3	聲異韻異
借備為服	備(並之)服(並職)	緇衣 9、21、民之 6、7、11、12、13、容成 6、15、41、47、仲弓 13、昭王 1、相邦 1、曹沫 33、52、鮑叔牙 7、季康子 2、4、13、三德 8、9、13、平王問 5、季桓子 7、19、24	聲同韻異
借𣫭為牧	母(明之)牧(明職)	容成 52	聲同韻異
借悔為謀	母謀(明之)	性情 39、緇衣 12、仲弓 5、彭祖 6、曹沫 13、三德 20、用曰 1	聲韻皆同
借𢙾為誨	某(明之)誨(曉之)每(明之)	容成 3	聲異韻同
借杍為梓	杍梓(精之)	多薪 2	聲韻皆同
借莪為鄢	莪(精之)鄢(影元)	平王問 2	聲異韻異
借莪為才	莪(精之)才(從之)	陳公 10	聲異韻同
借菜為喜	菜(清之)喜(曉之)	周易 21	聲異韻同
借紂為緇	才(從之)緇(莊之)	緇衣 1	聲異韻同
借字為置	字(從之)置(端之)	用曰 12	聲異韻同
借思為使	思(心之)使(生之)	曹沫 30、32、36、52、54、姑成 1、5	聲異韻同
借賽為息	賽(心之)息(心職)	靈王 1	聲同韻異
借規為窺	圭(見之)窺(溪之) 規(見之)	容成 10	聲異韻同
借𢘋為忌	丌忌(群之)	平王問 3、天子甲 11昪	聲韻皆同
借𢑚為異	以異(餘之)	三德 3	聲韻皆同
借㠯為夷	以(餘之)夷(餘脂)	周易 55	聲同韻異
借而為爾	而(日之)爾(日脂)	曹沫 7	聲同韻異
借而為邇	而(日之)邇(日脂)	武王 7	聲同韻異
2.**職韻** ək			
借得為德	得德(端職)	民之 7	聲韻皆同
借戾為側	戾側(莊職)	昔者 1、君子 6	聲韻皆同
借惻為賊	惻(初職)賊(從職)	容成 6、42、從政 15	聲異韻同
借惑為宥	惑(匣職)宥(匣之)	仲弓 7、10	聲同韻異
3.**蒸韻** əŋ			
借登為徵	登(端蒸)徵(端之)	性情 12	聲同韻異
借乘為勝	乘(船蒸)勝(書蒸)	[illegible]：柬大王 2 [illegible]：曹沫 33、41、46、49、52	聲異韻同
借[illegible]為蠅	興(曉蒸)蠅(餘蒸)	詩論 28	聲異韻同

借⿰氵興為熊	興(曉蒸)熊(匣蒸)	容成 21	聲異韻同
4.幽韻 u			
借保為報	保報(幫幽)	詩論 15	聲韻皆同
借褓為袍	保(幫幽)袍(並幽) 包(幫幽)	昭王 7	聲異韻同
借⿰革缶為鮑	缶(幫幽)鮑(並幽) 包(幫幽)	競建 1	聲異韻同
借⿱矛心為侮	矛(明幽)侮(明之)	容成 53、季康子 4⿰氵矛	聲同韻異
借⿱矛土為夷	矛(明幽)夷(餘脂)	鬼神 3	聲異韻異
借慆為陶	慆(透幽)陶(定幽)	性情 19	聲異韻同
借道為蹈	道蹈(定幽)	容成 44	聲韻皆同
借獸為守	獸守(書幽)	容成 2、從政 1、昭王 8、曹沫 13、18、季康子 19、22、三德 20	聲韻皆同
借受為紂	受(禪幽)紂(定幽)	容成 42、46、49、50、52、53、鬼神 2	聲異韻同
借⿱早木為早	棗早(精幽)	仲弓 14	聲韻皆同
借秀為陶	秀(心幽)陶(餘幽)	容成 34	聲異韻同
借⿰告攵為遭	告(見幽)遭(精幽)	彭祖 7	聲異韻同
借⿰告攵為曹	告(見幽)曹(從幽)	曹沫 1、13⿱艹敀	聲異韻同
借梂為樛	梂(群幽)樛(見幽)	詩論 10	聲異韻同
借咎為㕤	咎(群幽)九(見幽)	容成 34	聲異韻同
借舊為久	舊(群幽)久(見之)	性情 16、子羔 9、季桓子 18	聲異韻異
借⿱幽子為幼	幽幼(影幽)	靈王 3	聲韻皆同
借卣為攸	卣攸(餘幽)	緇衣 23、周易 1	聲韻皆同
借遊為由	遊由(餘幽)	子羔 7	聲韻皆同
借由為逐	由(餘幽)逐(定覺)	周易 22、32	聲異韻異
借攸為逐	攸(餘幽)逐(定覺)	周易 25	聲異韻異
借翏為聊	翏聊(來幽)	競公虐 10	聲韻皆同
借⿰車留為簋	留(來幽)簋(見幽)	曹沫 2	聲異韻同
5.覺韻 uk			
借竺為篤	竺篤(端覺)	容成 9	聲韻皆同
借竺為畜	竺(端覺)畜(透覺)	周易 22	聲異韻同
借⿱竺心為篤	⿱竹亯(端覺)	性情 24、33	聲韻皆同
借⿱竹⿱亯土為築	⿱竹亯築(端覺)	容成 38	聲韻皆同
借⿱竹亯為孰	⿱竹亯(端覺)孰(禪覺)	子羔 13、容成 46、曹沫 4、君子 11	聲異韻同
借⿱竹亯為熟	⿱竹亯(端覺)熟(禪覺)	柬大王 13	聲異韻同
借⿰亻西為夙	宿夙(心覺)	周易 37、民之 8⿺辶西	聲韻皆同
6.冬韻 uŋ			
借融為眈	融(餘冬)眈(端侵)	周易 25	聲異韻異
借戎為農	戎(日冬)農(泥冬)	容成 1、弟子問 20	聲異韻同
7.宵韻 au			
借⿱𦥑衣為褫	表(幫宵)褫(透支)	周易 6	聲異韻異
借⿱宀苗為廟	苗廟(明宵)	詩論 5、24、平王問 1、天子甲 3	聲韻皆同
借⿱宀苗為貌	苗貌(明宵)	性情 12	聲韻皆同

借毷為苗	毛苗(明宵)	緇衣 14	聲韻皆同
借佴為淑	弔(端宵)淑(禪覺)	緇衣 3、16	聲異韻異
借佴為叔	弔(端宵)叔(書覺)	鮑叔牙 7、9 弔	聲異韻異
借迅為刁	弔刁(端宵)	鮑叔牙 5	聲韻皆同
借逃為盜	兆盜(定宵)	容成 6、42	聲韻皆同
借欸為笑	兆(定宵)笑(心宵)	競建 8	聲異韻同
借尐為爵	少(書宵)爵(精藥)	緇衣 15	聲異韻異
借勦為肖	喿肖(心宵)	競建 9	聲韻皆同
借藻為巢	喿(心宵)巢(崇宵)	容成 40	聲異韻同
借喬為矯	高(見宵)喬(群宵)	姑成 8	聲異韻同
借要為謠	要(影宵)謠(餘宵)	性情 14	聲異韻同
借蒿為郊	蒿(曉宵)郊(見宵)	容成 53、周易 2、柬大王 15	聲異韻同
借囂為夭	囂(曉宵)夭(影宵)	三德 5	聲異韻同
借囂為敖	囂(曉宵)敖(疑宵)	邦人 10	聲異韻同
借佼為貌	爻(匣宵)貌(明宵)	季桓子 8	聲異韻同
借繇為由	繇(餘宵)由(餘幽)	曹沫 42、季康子 13、弟子問 10、季桓子 6	聲同韻異
借繇為囚	繇(餘宵)囚(邪幽)	姑成 9	聲異韻異
8.**藥韻** auk			
借糴為狄	翟(定藥)狄(定錫)	競建 3	聲同韻異
借雀為爵	雀爵(精藥)	詩論 18、27、容成 32、43雚、曹沫 21、37、50	聲韻皆同
9.**侯韻** ɔ			
借豉為誅	豆(定侯)誅(端侯)	容成 50、53、曹沫 27、45証、競公虐 2豉、3	聲異韻同
借豉為注	豆(定侯)注(章侯)	容成 25、26、27	聲異韻同
借庄為濁	主(章侯)濁(定屋)	恆先 4	聲異韻異
借䞋為重	主(章侯)重(定東)	曹沫 54	聲異韻異
借趣為趨	趣趨(清侯)	昭王 6、鬼神 5趣	聲韻皆同
借鉤為扣	鉤(見侯)扣(溪侯)	性情 2	聲異韻同
借句為后	句(見侯)后(匣侯)	詩論 6、23、子羔 12、容成 28、三德 10	聲異韻同
借句為詬	句詬(見侯)	三德 4	聲韻皆同
借敂為姤	句姤(見侯)	周易 40	聲韻皆同
借句為後	句(見侯)後(匣侯)	詩論 15、性情 1、昔者 1、容成 18、20、21、39、從政 13、內禮附、柬大王 14、弟子問 12、三德 1、19、季桓子 15	聲異韻同
借敂為厚	句(見侯)厚(匣侯)	性情 14	聲異韻同
借佝為媾	佝媾(見侯)	周易 34	聲韻皆同
借縷為漏	縷漏(來侯)	周易 45	聲韻皆同
10.**屋韻** ɔk			
借斛為握	斛(見屋)握(影屋)	周易 42	聲異韻同
借鹿為戮	鹿(來屋)離(來歌)	容成 41	聲同韻異
11.**東韻** ɔŋ			
借尨為蒙	尨蒙(明東)	周易 1	聲韻皆同
借穜為舂	童(定東)舂(書東)	容成 21	聲異韻同
借迵為通	迵(定東)通(透東)	容成 25、26	聲異韻同

借頌為容	頌(邪東)容(餘東) 公(見東)	性情 12、從政 6、用曰 7、16	聲異韻同
借贛為坎	贛(見東)坎(溪談)	用曰 7、20	聲異韻異
借贛為黔	贛(見東)黔(群侵)	曹沫 53	聲異韻異
借聎為聰	兇(曉東)聰(清東)	容成 12、17	聲異韻同
借龍為恭	龍(來東)恭(見東)	緇衣 13、14 龔	聲異韻同
12.**魚韻** a			
借肤為逋	夫逋(幫魚)	周易 4	聲韻皆同
借膚為莒	膚(幫魚)莒(見魚)	容成 25	聲異韻同
借尃為攸	尃(滂魚)白(並鐸)	子羔 5	聲異韻異
借枚為補	父(並魚)補(幫魚)	性情 39	聲異韻同
借頌為輔	父(並魚)輔(幫魚)	周易 27、49	聲異韻同
借佼為傅	父(並魚)傅(幫魚)	競建 4	聲異韻同
借煮為圖	者(章魚)圖(定魚)	緇衣 12、魯邦 1圖、曹沫 2、姑成 7	聲異韻同
借箸為書	者(章魚)書(書魚)	武王 2、3	聲異韻同
借處為暑	處(昌魚)暑(書魚)	緇衣 6、容成 22	聲異韻同
借疋為且	疋(生魚)且(精魚)	周易 38	聲異韻同
借疋為雎	疋(生魚)雎(清魚)	詩論 10	聲異韻同
借寡為顧	寡顧(見魚)	用曰 5	聲韻皆同
借沽為孤	沽孤(見魚)	弟子問 16	聲韻皆同
借居為據	居據(見魚)	平王問 4	聲韻皆同
借詁為謁	詁(溪魚)謁(影月)	容成 22	聲異韻異
借巨為蘧	巨蘧(群魚)	弟子問 19	聲韻皆同
借於為猗	於(影魚)猗(影歌)	詩論 22	聲同韻異
借虗為吾	虎(曉魚)吾(疑魚)	詩論 6、緇衣 14、容成 50、53、魯邦 3、仲弓 26、采風 2、昭王 5、柬大王 5、相邦 4、曹沫 10、51、64、競建 8、季康子 11、姑成 2、4、7、弟子問 7、9、14、君子 1、3、鬼神 4、競公虐 1、12、莊王 1、平王問 2、王子木 1、季桓子 7	聲異韻同
借虗為梧	虎(曉魚)梧(疑魚)	容成 41	聲異韻同
借唐為乎	虎(曉魚)乎(匣魚)	詩論 1、魯邦 1、4、5虗、魯邦 5、仲弓 15、25、柬大王 23、曹沫 53、60虖、競建 6、弟子問 1、4、8、14、19、鬼神 4、競公虐 7	聲異韻同
借唐為呼	虎呼(曉魚)	魯邦 5	聲韻皆同
借虗為恕	虍(曉魚)恕(書魚)	民之 11	聲異韻同
借唐為虐	虎(曉魚)虐(疑藥)	姑成 1、競公虐 1唐	聲異韻異
借虖為於	虎(曉魚)於(影魚)	成王 3	聲異韻同
借滸為滸	虎許(曉魚)	昭王 7、陳公 4	聲韻皆同
借芋為華	芋華(匣魚)	詩論 9、交交 1、競建 9	聲韻皆同
借余為序	余(餘魚)序(邪魚) 予(餘魚)	性情 11	聲異韻同
借余為菟	余(餘魚)菟(透魚)	成王 3	聲異韻同
借敘為豫	余豫(餘魚)	容成 27、周易 14余	聲韻皆同

借豫為舍	豫(餘魚)舍(書魚)	曹沫 43、50	聲異韻同
借譽為夜	譽夜(餘魚)	周易 38	聲韻皆同
借⿱與心為赦	與(餘魚)赦(書魚)	仲弓 7、10	聲異韻同
借夜為赦	夜(餘魚)赦(書魚)	季康子 20	聲異韻同
13.**鐸韻** ak			
借泊為薄	泊薄(並鐸)	容成 35、曹沫 54	聲韻皆同
借厇為度	乇(透鐸)度(定鐸)	彭祖 1、三德 7、8、12、天子甲 7	聲異韻同
借圫為都	乇(透鐸)都(端魚)	天子甲 1	聲異韻異
借⿸厂⿱乇見為著	乇(透鐸)著(端魚)	緇衣 23	聲異韻異
借⿱竹石為席	石(禪鐸)席(邪鐸)	君子 4、競公虐 12、天子甲 9	聲異韻同
借⿺辶石為蹠	石(禪鐸)蹠(章鐸)	王子木 1	聲異韻同
借荅為赫	各(見鐸)赫(曉鐸)	容成 1	聲異韻同
借虩為赫	虩赫(曉鐸)	緇衣 9、用曰 5	聲韻皆同
14.**陽韻** aŋ			
借⿱方心為病	方(幫陽)病(並陽)丙(幫陽)	詩論 9、柬大王 2⿸疒方、三德 13⿸疒⿱方心	聲異韻同
借⿰木[illegible]為平	丙(幫陽)平(並耕)	三德 1	聲異韻異
借⿱丙心為猛	丙(幫陽)猛(明陽)	從政 8	聲異韻同
借罔為亡	网亡(明陽)	容成 41	聲韻皆同
借⿰亡攵為撫	亡(明陽)撫(滂魚) 無(明魚)	曹沫 3	聲異韻異
借上為尚	上尚(禪陽)	武王 1	聲韻皆同
借卿為亨	卿(溪陽)亨(曉陽)	周易 2、12、42	聲異韻同
借康為湯	康(溪陽)湯(書陽)	史蒥問 3	聲異韻同
借競為景	競(群陽)景(見陽)	競公虐 1、平王問 1、王子木 1	聲異韻同
借向為卿	向(曉陽)卿(溪陽)	緇衣 12	聲異韻同
借皇為横	皇横(匣陽)	民之 2、民之 6	聲韻皆同
借往為廣	往(匣陽)廣(見陽) 黃(匣陽)	容成 31	聲異韻同
15.**支韻** e			
借⿱卑止為躃	卑(幫支)躃(幫錫)	容成 2	聲同韻異
借⿺辶卑為嬖	俾嬖(幫支)	曹沫 18、35 俾	聲韻皆同
借啻為敵	帝(端支)敵(定錫)	曹沫 14、、51	聲異韻異
借廌為存	廌(定支)存(從文)	緇衣 5、曹沫 14、41	聲異韻異
借⿰氵廌為津	廌(定支)津(精真)	容成 51	聲異韻異
借枳為肢	枳肢(章支)	相邦 3	聲韻皆同
借枳為枝	枳枝(章支)	用曰 15	聲韻皆同
借只為岐	只(章支)岐(群支) 支(章支)	鬼神 2	聲異韻同
借氏為是	氏是(禪支)	詩論 5、27、彭祖 7、鬼神 7、莊王 8、用曰 6	聲韻皆同
借是為氏	是氏(禪支)	子羔 1、容成 1、46、仲弓 1、2、彭祖 1、鮑叔牙 1、季康子 3、11、18	聲韻皆同
借是為讁	是(禪支)讁(端錫)	周易 40	聲異韻異

借奚為傾	奚(匣支)傾(心真)	民之 6	聲異韻異
16.**錫韻** ek			
借易為逖	易(餘錫)逖(透錫)	詩論 2	聲異韻同
17.**耕韻** eŋ			
借浧為盈	浧(定耕)盈(餘耕)	三德 8、用曰 17	聲異韻同
借珵為贏	珵(定耕)贏(餘耕)	成王 3	聲異韻同
借廷為停	廷停(定耕)	陳公 13	聲韻皆同
借聖為聲	聖聲(書耕)	性情 2、民之 5、7、8、10、12、13、容成 16	聲韻皆同
借聖為聽	聖(書耕)聽(透耕)	內禮 10、君子 2	聲異韻同
借靜為耕	靜(從耕)耕(見耕)	容成 13	聲異韻同
18.**脂韻** ei			
借朼為必	匕(幫脂)必(幫質)	緇衣 20	聲同韻異
借閟為閉	閟閉(幫脂)	用曰 3	聲韻皆同
借跜為示	氐(端脂)示(船脂)	緇衣 1	聲異韻同
借宋為次	朿(精脂)次(清脂)	周易 7	聲異韻同
借宋為祗	朿(精脂)祗(章脂)	三德 4	聲異韻同
借淒為濟	淒(清脂)濟(精脂)	容成 31、曹沫 43	聲異韻同
借緀為次	緀次(清脂)	周易 38	聲韻皆同
借薺為茨	薺茨(從脂)	詩論 28	聲韻皆同
借泚為伊	死(心脂)伊(影脂)	容成 26	聲異韻同
借泗為伊	泗(心脂)伊(影脂)	容成 37	聲異韻同
借耆為祁	耆祁(群脂)	緇衣 6	聲韻皆同
借伊為抑	伊(影脂)抑(影質)	子羔 2	聲同韻異
19.**質韻** et			
借佖為匹	佖(幫質)匹(滂質)	曹沫 34、鮑叔牙 5、三德 16	聲異韻同
借即為次	即(精質)次(清脂)	容成 50、性情 16 節	聲異韻異
借七為蟋	七(清質)蟋(心質)	詩論 27	聲異韻同
借弋為易	弋(餘質)易(餘錫)	競建 10	聲同韻異
20.**真韻** en			
借紳為引	紳(書真)引(餘真)	詩論 2	聲異韻同
借軙為吞	申(書真)吞(透文)	子羔 11	聲異韻異
借慎為神	慎(禪真)神(船真)	容成 1	聲異韻同
借旬為畎	旬(邪真)畎(見元)	容成 14	聲異韻異
借寅為引	寅引(餘真)	昭王 7	聲韻皆同
21.**微韻** əi			
借退為懟	退(透微)懟(定微)	詩論 3	聲異韻同
借遂為述	遂(邪微)述(船物)	鬼神 2	聲異韻異
借幾為緝	幾(見微)緝(清緝)	緇衣 17	聲異韻異
借幾為豈	幾(見微)凱(溪微)	仲弓附、競建 9、季康子 14	聲異韻同
借幾為凱	幾(見微)凱(溪微)	民之 1	聲異韻同
借譏為愷	幾(見微)愷(溪微)	交交 1	聲異韻同
借旣為氣	既(見微)氣(溪微)	民之 10旣、12、13、容成 30、從政 9、恆先 1、天子甲 8	聲異韻同

借畏為威	畏威(影微)	性情23愄、季康子9	聲韻皆同
借𢡟為威	韋(匣微)威(影微)	周易11	聲異韻同
借韋為回	韋回(匣微)	弟子問4、15、君子1	聲韻皆同
借回為圍	回圍(匣微)	莊王5	聲韻皆同
22.**物韻** ət			
借述為遂	述(船物)遂(邪微)	容成34、37、39、41、44、恆先12、季康子4、三德15	聲異韻異
借率為帥	率帥(生物)	周易8、曹沫28、32、36	聲韻皆同
23.**文韻** ən			
借芬為豶	芬(滂文)豶(並文)	周易23	聲異韻同
借焚為紛	焚(並文)紛(滂文)	恆先4	聲異韻同
借焚為煩	焚(並文)煩(並元)	三德10	聲同韻異
借鈍為錞	鈍(定文)錞(泥微)	陳公13	聲異韻異
借槿為淫	槿(見文)淫(餘侵)	容成45	聲異韻異
借𥈠為限	堇(見文)限(匣文)艮(見文)	周易48	聲異韻同
借昏為聞	昏(曉文)聞(明文)	昏：子羔4、從政1、3、5、8、9、11、13、16、18、、魯邦3、仲弓1、2、6、8、11、昭王8、季康子6、9、18 𦖞：民之6、姑成2、5、競公虐12 䎽：性情14、緇衣19、容成46、48、從政乙3、周易38、柬大王21、曹沫5、10、13、14、65、弟子問7、9、22、君子3、鬼神5、8、季桓子1、18、用曰17、天子乙1	聲異韻同
借昏為問	昏(曉文)問(明文)	昏：子羔9、仲弓5、9、11、15、彭祖1、相邦2、競建1、2、弟子問11、競公虐4、莊王1 䎽：容成47、柬大王8、22、、曹沫13、36、季康子1、君子4、11、王子木1、季桓子16 𦖞：民之1、武王1、13	聲異韻同
24.**歌韻** ai			
借化為過	化(曉歌)過(見歌)	𢘍：性情21、32、仲弓7、19、20、曹沫23、63 𨑨：緇衣11、采風2、曹沫52、60、弟子問17、三德5、8 𢓜：周易56、王子木1	聲異韻同
借化為禍	化(曉歌)禍(匣歌)	容成16祡、彭祖4𢘍、競建8𥘸、邦人1訛	聲異韻同
借貨為撝	化(曉歌)撝(匣歌)	周易12	聲異韻異
借陒為危	禾(匣歌)危(疑微)	郭.緇衣16	聲異韻異
25.**月韻** at			
借發為伐	發(幫月)伐(並月)	舉治33	聲異韻同
借蔑為沫	蔑沫(明月)	曹沫1穫、曹沫2背、曹沫13𢿌	聲韻皆同
借𧥺為賴	大(定月)賴(來月)	緇衣8	聲異韻同
借敓為奪	敓奪(定月)	緇衣19、三德15、16	聲韻皆同
借折為杕	折(禪月)杕(定月)	詩論18	聲異韻同
借𡉚為郤	丰(見月)郤(溪鐸)	姑成1	聲異韻異

借割為蓋	割(見月)蓋(匣葉)	昔者 2	聲異韻異
借割為會	割(見月)會(匣月)	競公虐 1	聲異韻同
借訐為蹇	訐(見月)蹇(見元)	周易 35	聲同韻異
借訐為諫	訐(見月) 諫(見元)	鬼神 2	聲同韻異
借滐為竭	桀竭(群月)	仲弓 19	聲韻皆同
借害為蓋	害(匣月)盇(匣葉)	季桓子 1、柬大王 13	聲同韻異
借害為曷	害曷(匣月)	詩論 7、曹沫 10、競建 1	聲韻皆同
26.**元韻** an			
借弁為變	弁(並元)變(幫元)	性情 20、三德 5	聲異韻同
借墓為沬	萬(明元)沬(明月)	曹沫 5	聲同韻異
借澫為瀨	澫(明元)瀨(來月)	交交 3	聲異韻異
借耑為短	耑短(端元)	恆先 9、曹沫 30、天子甲 11	聲韻皆同
借前為延	前(從元)延(餘元)	弟子問 1	聲異韻同
借痪為譴	痪(見元)譴(溪元)	競公虐 1	聲異韻同
借閘為關	串關(見元)	詩論 10、容成 18、36、競公虐 8、用曰 3	聲韻皆同
借干為澗	干澗(見元)	容成 26	聲韻皆同
借柬為簡	柬簡(見元)	性情 28、容成 8、19、柬大王 1	聲韻皆同
借敕為厲	柬(見元)厲(來月)	姑成 1	聲異韻異
借笑為管	卷管(見元)	季康子 4	聲韻皆同
借忎為願	元願(疑元)	詩論 14、仲弓 26、彭祖 4、柬大王 21	聲韻皆同
借安為焉	安焉(影元)	民之 3、容成 10、22、35、47、50、53、從政 11、18、恆先 1、柬大王 13、曹沫 8、季康子 1、4、季康子 12、姑成 5、弟子問 6、17、君子 2、鬼神 4、競公虐 3、6、莊王 7、季桓子 24、用曰 3	聲韻皆同
借肙為怨	肙怨(影元)	詩論 3寃、緇衣 6、12[illegible]、容成 36肙、從政 5悁、從政乙 2、曹沫 17	聲韻皆同
借緩為寬	緩(匣元)寬(溪元)	從政 5	聲異韻同
借緩為轅	緩轅(匣元)	容成 1	聲韻皆同
借遠為蔿	遠(匣元)蔿(匣歌)	成王 3	聲同韻異
借[illegible]為渙	爰(匣元)渙(曉元)	周易 54	聲異韻同
借鳶為說	鳶(餘元)說(餘月)	競建 4	聲同韻異
借連為輦	連輦(來元)	曹沫 32	聲韻皆同
27.**緝韻** əp			
借級為隰	級(見緝)隰(邪緝)	競建 1	聲異韻同
28.**侵韻** əm			
借審為湛	審(書侵)湛(定侵)	詩論 21	聲異韻同
借晉為琰	晉(精侵)琰(餘談)	容成 38	聲異韻異
借[illegible]為簟	尋(邪侵)簟(定侵)	詩論 16	聲異韻同
借今為躬	今(見侵)躬(見冬)	周易 35	聲同韻異
借唫為喑	金(見侵)音(影侵)	容成 2、37	聲異韻同
借欽為禁	欽(溪侵)禁(見侵) 金(見侵)	容成 37	聲異韻同
借欽為咸	欽(溪侵)咸(匣侵)	周易 26	聲異韻同

29.**葉韻** ap			
借法為廢	法(幫葉)廢(幫月)	昔者 3、恆先 13、三德 19、天子甲 4	聲同韻異
30.**談韻** am			
借監為銜	監(見談)銜(匣談)	子羔 11	聲異韻同

第四章　楚居中的楚國神話與先祖居地問題

《清華（壹）》中的〈楚居〉述及楚人起源神話、先祖世系以及諸先公先王居地，是目前楚地出土文獻中對於楚先祖名號與世系記載最有系統且詳細的資料，加上其為楚人所記，自述其族氏來源，故相當可信。觀今所公布的《上博》、《清華》諸篇中，不乏記載三代之前的古史，但有些不見記楚國先祖，有些人物則因材料片斷零碎，與楚人的關係難辨，在楚先祖記載方面都不如〈楚居〉可信。如〈子羔〉講堯、舜、禹、契、后稷二代三王，〈容成氏〉提到從上古帝王容成氏、尊膚（盧）氏、茖（赫）疋（胥）氏等到禹、湯、文、武間的傳說及歷史，都未載及楚人先祖；而〈三德〉有高陽與皇后（黃帝）之言（簡 9、10）[1]、〈良臣〉有「黃帝之師：女和、鱏人、保侗；堯之相舜，舜有禹」（簡 1）、〈武王踐阼〉有「黃帝、耑琂（瑞頊）、堯、舜」（簡 1）之統，雖說其中「黃帝」、「顓頊」即《史記·楚世家》載「楚之先祖，出自帝顓頊高陽，高陽者黃帝之孫，昌意之子也」中的楚先祖名，但因文中未言其與楚有關，故無法逕視為楚人先祖。這其間的原因在於這些篇章都是楚人的轉錄本，所載及的世系也都非關楚人的傳說歷史。其次，〈楚居〉篇抄寫的時代與當時楚人對自己祖先神的認知有關，古史辨派倡言「層累地造成的古史觀」，指出古代的傳說歷史中的人物，常常後出現者被排在先出現者之前，發生的次序和排列的系統相反，而這個改造古史的時期就在戰國中晚期。今天我們看到的許多楚國傳世文獻史料，相信有些也是這個浪潮

[1] 〈三德〉簡 10 的「皇句」，曹峰以《黃帝四經》中高陽與黃帝並見的用例來比對，以為其即指「黃帝」。見氏著：〈〈三德〉所見「皇后」為「黃帝」考〉，《上博楚簡思想研究》（臺北：萬卷樓圖書公司，2006 年）。

下的產物。[2]而〈楚居〉篇寫定的時間，正處在這樣的思潮之初。因故以後造的古史來對照〈楚居〉中的記載，特別是楚先祖以前世系的記載，不但能看出傳世文獻與出土文獻中記載的不同，也能推測〈楚居〉寫定之際，楚人的先祖世系至後世之間的變化。本文就嘗試以〈楚居〉中的楚先祖名試論如下。

第一節　關於楚人先祖祝融一名的討論

一　楚器楚簡中的祝融被識出的過程

關於出土文獻中楚人先祖名的討論是從「祝融」開始的，楚帛書中已見有「祝融」一名，其作「[illegible][illegible]」（甲篇第六行 5、6 字）。李學勤首先指出其為「祝[illegible]（融）」，並以為該「[illegible]」字與〈邾公釛鐘〉中「陸[illegible]（終）」的「[illegible]」（《集成》1.102）為一字，進而對祝融、陸終為一神分化說提出肯定的意見。[3]〈邾公釛鐘〉的「[illegible]」字，最早

[2] 顧頡剛以為戰國時勢中有一個種族融合的運動，本來諸夏、蠻夷的界限很嚴，而有很高文化的楚國，卻被中原人以蠻夷的眼光看待，因故在越滅了吳，楚滅了越，南越洞庭，西越巫山，統一了淮水和長江流域後，為了要消滅許多小部族，利用了同種的話來打破種族主義。本來楚的祖先是祝融，到這時改為帝高陽了。顧頡剛：《古史辨自序》（石家莊：河北教育出版社，2000 年），頁 136。

[3] 李學勤：〈補論戰國題銘的一些問題〉，《文物》1960 年 7 期。在李說前主張陸終即祝融者有：郭沫若、楊寬、童書業，見郭永秉：《帝系新研－楚地出土戰國文獻中的傳說時代古帝王系統研究》（北京：北京大學出版社，2008 年），頁 170。後來李零也言及「邾公釛鐘銘陸終之終作[illegible]，祝[illegible]即祝融」，其將「[illegible]」所從「[illegible]」的部分隸作「從亯從木」。《長沙子彈庫戰國楚帛書研究》（北京：中華書局，1985 年），頁 116。推測其當時也贊同「[illegible]」的聲符是「蚰」旁。不過其未贊成「祝融」、「陸終」為同一人。見李零：〈楚國族源、世系的文字學證明〉，收錄於《李零自選集》（桂林：廣西師範大學出版社，1998 年），頁 216。

王國維曾釋為「螽」，並以為「從䖵，𩫖（墉）聲」，而讀為「陸終」。[4]因為「螽」、「終」、「融」三者都屬於冬部字，所以李學勤把「祝[illegible]」讀為「祝融」很快地被學者們所接受。而其還對「䵻」字重新作分析，提出了與王國維不同的看法，如其言：

> 按春秋時青銅器邾公釛鐘銘文有「陸䵻」，王國維《邾公鐘跋》云「䵻字從䖵，𩫖聲。𩫖古墉字。以聲類求之，當是螽，陸螽即陸終也。」王氏說「陸螽」即「陸終」是對的，但他對「䵻」字的分析有缺點，因為「墉」字古音在東部，「螽」字在冬部，是有差別的。王氏沿用王念孫父子的《說文諧聲譜》，沒有區別東冬，實際上「䵻」字應從「蟲」省聲，與「終」同屬冬部。在帛書上讀為「融」，是由於「融」也從「蟲」省聲之故。[5]

因此「䵻」字是從王國維所說的「𩫖」聲，還是從李學勤所說的「蟲省聲」，就有了二種不同的看法，而第一種說法由於還牽涉到楚語中東、冬是否可通的問題，[6]所以問題更複雜。

帛書之後，在楚地出土的望山、包山及葛陵楚簡中都相繼見到「祝䵻」之名。「融」字分別寫作「[illegible]」（《望山一》123）、「[illegible]」（《包山》217）、「[illegible]」（《葛陵》甲三 188），皆作「從䖵（在此指上下二虫形，下同）從𩫖」形。而這三批楚簡中同樣出現了祭祀楚先「老童、祝䵻、毓畬」（《望山一》120、121、122、123、《包山》217、《葛陵》甲三 188）的文字，葛陵簡中的「毓畬」有時還替換作「空畬」（《葛陵》甲三 35）。其中「[illegible]（毓）」字所從的「㐬」，與「䵻」

[4] 王國維：〈邾公鐘跋〉，《觀堂集林》第三冊（北京：中華書局，1991 年），頁 894。

[5] 李學勤：〈祝融八姓〉，《江漢論壇》1980 年 2 期，復收於《李學勤學術文化隨筆》（北京：中國青年出版社，1999 年），頁 20。《清華簡・說命下》亦見「䵻」，辭例為「余惟命汝說䵻朕命」。

[6] 關於上古音東冬是否合韻的問題，于省吾曾據古文字宮、躳、雍等都從吕聲，力主東冬不分，見〈釋[illegible]、吕兼論古韻部東冬的分合〉，《甲骨文字釋林》（北京：中華書局，1979 年），頁 463。

字所從的二虫旁同，作上下二虫形，有時還在二虫中間加上一個「○」，這種加「○」符的二虫形也見於葛陵簡中的「𩫏」字寫法（《葛陵》乙一 22），然這個加了「○」的「䖵」形是否還可視為「蟲」省，就令人起疑。而「㛢酓」的「㛢」初多被隸作「𡢃」，因為上下二虫的寫法與「𩫏」的二虫旁寫法相同，因故「𡢃」或「㛢」字的正確釋讀不僅有關「𡢃酓」或「㛢酓」是何人，也與「𩫏」所從的「䖵」是否能為「蟲省聲」有關。[7]後來由於《郭店》、《上博》楚簡中的「流」字大量出現，分別作「」（㳅，《郭店．緇衣》簡 30、〈周公之琴舞〉簡 9）、「」（𣻅，〈從政〉簡 19）、「」（㳅，〈凡物流形．甲〉簡 1、2、3、〈舉治王天下〉簡 23）形，右旁一作上下二虫形，一作二虫中有「○」形，還有用雙鉤來表示虫形者，故學者們又開始反思「𡢃」可能是與「流」形近的「毓」字。近來李家浩指出「𩫏」、「流」所從的上下二虫字或是在二虫間繁加「○」的字，乃表示「流」義的「蜉蝣」字，當讀為「流」。「流」屬幽部，「融」屬冬部（幽、冬陰陽對轉），「墉」屬東部，古代這三部字音相關，故「𩫏」可視為一雙聲字，「䖵」（㐬）、「𦎫」皆聲。[8]解決了二虫加「○」形的

[7] 李家浩反對將上下二虫形的字視為「蟲」的省寫，其理由是古文字中「蟲」的省寫「䖵」，都是作左右並列結構，沒有作上下重疊結構的。再者如果是「蟲」的省寫，也不會在二虫間加「○」形。見氏著：〈楚簡所記楚人祖先「㛢（鬻）熊」與「穴熊」為一人說〉，《文史》2010 年 3 輯，頁 6。然而前此，其也曾以為「在古文字中，從『虫』旁之字多寫作從二『虫』，如『蛕』『蚺』『蛤』『蝕』等字。古文字的偏旁位置不十分固定，左右並列結構可以寫作上下重疊結構。」見氏著：〈包山竹簡所記楚先祖名及其相關的問題〉，《文史》四十二輯（北京：中華書局，1997 年），頁 8。該文後來收入專書中，其還補充提到「退一步說，即使『蟲』字的省寫或『䖵』字可以作上下二『虫』，但也不會像𤼈鐘『融』所從那樣作二『虫』的頭上下相對之形和像葛陵村竹簡甲三 188、197『㛢』、乙一 22『融』等所從那樣作在上下二『虫』之間加『○』之形。」《安徽大學漢語言文字研究叢書．李家浩》（合肥：安徽大學出版社，2013 年），頁 191。

[8] 李家浩：〈楚簡所記楚人祖先「㛢（鬻）熊」與「穴熊」為一人說〉，頁 12。其曾舉過的東、冬二部可通的例子有：《山海經．西山經》中「鵸渠」，〈上

字，無法視為「蟲省聲」字的問題，其還主張「○」也是繁加的聲符，「○」為「員」，屬匣母文部，與來母幽部的「流」可通。[9]

而楚簡中的「媸（㛮）酓」為「鬻熊」，也是由李學勤首先指出的，相當於「鬻」字的「媸」，其分析為「從女，蟲省聲」，讀為「融」。「融」為喻母冬部，與喻母覺部的「鬻」，正有陰入對轉的關係。[10]然而上文已提及，根據《郭店》及《上博》簡中「流」字寫法，「媸（㛮）」字所從的二虫字當讀「㐬（流）」，而非蟲省。然若所從為「㐬」，「㛮」要如何通讀為「鬻」？李家浩以為「㐬（流）」在楚簡中與「㐬（毓）」同形，楚簡中的上下二虫字除了是「㐬」外，也可能是「毓」，「毓」字右旁「㐬」演變到戰國時，與「㐬（流）」同形。相當於文獻中「鬻熊」的「媸酓」，其「媸」字所從的二虫形，實際上是「㐬（流）」的同形字「毓」，「媸（毓）酓」與文獻中的「鬻熊」正可通。

在望山、包山、葛陵三批楚簡中，常受祭祀的三位祖先，除「祝融、鬻熊」外，還有列於先的「老童」，「老童」見於《大戴禮記．帝繫》及《世本》，為顓頊娶滕氏之子女祿所出，《史記．楚世家》將其名誤作「卷章」。〈楚世家〉還說「卷章（老童）生重黎。重黎為帝嚳高辛居火正，能火融天下，帝嚳命曰祝融。」據此則祝融（重黎）為老童所生。今在〈楚居〉中未見「老童」、「祝融」的世系記載，似乎說明〈楚居〉文本寫定時，尚未明確地將老童、祝融視為楚人先祖，或是季連以上的世系尚未連繫及祝融與老童。反觀三批楚墓

林賦〉作「庸渠」，「蝺」為「蟲」省聲，與「融」聲同，正可讀「庸」；《呂氏春秋．孟夏》的「祝融」，馬王堆帛書《五星占》作「祝庸」。見〈包山竹簡所記楚先祖名及其相關的問題〉，《文史》四十二輯，頁 8。關於「鬻熊」與「穴熊」是否一人的討論，還可參陳偉：〈楚人禱祠記錄中的人鬼系統以及相關問題〉，《古文字與古代史》第一輯（臺北：中研院史語所，2007 年），頁 371。

[9] 李家浩：〈楚簡所記楚人祖先「㛮（鬻）熊」與「穴熊」為一人說〉，頁 30。

[10] 李學勤：〈論包山簡中一楚先祖名〉，《文物》1988 年 8 期。其言「鬻熊的『鬻』是喻母覺部字。我們知道，分別東、冬兩部，幽覺冬三部的就是陰、入、陽的關係……『鬻』字和喻母冬部的『融』字剛好入、陰通轉。『媸』和『融』都是從『蟲』省聲，故可與『鬻』通假」。

簡中受祭的三楚先不包括季連，也說明〈楚居〉寫作背景下的楚先祖認知與望山等三批楚墓主人時不同。而傳世文獻中，懷王時的屈原在〈離騷〉中說到「帝高陽之苗裔兮」，以「高陽」為楚人先祖，然在以上材料中尚未見以其為祖的世系，因故推測從季連上溯到祝融、老童，再到顓頊、黃帝的楚先祖世系，當是一步步建構出來的。[11]

以上略舉了楚地出土文獻中「祝融」及「鬻熊」被認識的過程，而關於楚人的遠祖及先公先王名，還大量地見於〈楚居〉中，部分尚待研究。陳偉曾根據楚簡的祭祀對象用語，提出可將楚人先王名號分為「楚先」、「先公」與「先王」三種，以楚簡中出現的「楚先」、「三楚先」為「楚先」，即楚人遠祖；而楚簡中名為荊王者，包括熊麗至武王一段，屬「先公」；文王以下楚王為「先王」。[12]據此可將〈楚居〉中的楚人先祖及先王名分為三類。以下針對其中有關楚人先祖（「楚先」）的部分加以討論。

二　關於楚簡中的「䖵」符

討論楚人先祖名時，先來看看上文李家浩所指出的上下並列的二虫字。

《上博（八）》及《清華》（壹）、（貳）、（叁）公布後，我們看到了更多從二虫符的字，這個二虫符偏旁有作左右並列結構者，也有作上下結構者，前者見「螽」、「[illegible]」、「蝨」、「[illegible]」；後者

[11] 《葛陵》甲三 11+24 有「昔我先出自𨙶道」語，董珊推測「𨙶道」即「顓頊」（〈新蔡楚簡所見的「顓頊」和「雎漳」〉，簡帛網，2003 年 12 月）。若然，則葛陵簡時代已出現把「顓頊」視為楚先。但由於「𠂤」在楚簡中讀「追」（〈保訓〉簡 8、〈繫年〉簡 17），故李學勤認為「𨙶道」當讀「均隹」，指「妣隹」（季連娶於盤庚之子，曰妣隹）。見氏著：〈論清華簡《楚居》中的古史傳說〉，《中國史研究》2011 年 1 期，頁 55。而〈離騷〉又言「朕皇考曰伯庸」，「伯庸」很可能是祝融，前面說到出土文獻中「祝[illegible]」的「[illegible]」從「𩫖」（墉）聲，其音正同「伯庸」之「庸」。

[12] 陳偉：〈楚人禱祠記錄中的人鬼系統以及相關問題〉，《古文字與古代史》第一輯，頁 383。

見「䗖」、「䗖」、「䗖」、「䗖」形。還有一個從三虫的「■（蟲）」（〈志書乃言〉簡 4）。

虫偏旁作左右並列結構的三字，其所在辭例為：

(1)既醉又𧖴，明日勿稻。（〈耆夜〉簡 7）
(2)𦥑遘𧕫疾。（〈金縢〉簡 3）
(3)則畏𧕫之。（〈芮良夫毖〉簡 10）
(4)自起殘𧕫，邦用不寧。（〈芮良夫毖〉簡 17）
(5)天疾𩙫以雷。（〈金縢〉簡 9）
(6)天反𩙫，禾斯起。（〈金縢〉簡 13）
(7)是使后之身𧏮蠚，不可及于席。（〈赤鵠之集湯之屋〉簡 9）

其中第一字「𧖴」構形為「從舂從䖵」，《清華簡・釋文注釋》讀為「侑」，勸飲義。[13]而第二字「𧕫」字所在句「𦥑遘𧕫疾」，由於有今本〈金縢〉「遘厲虐疾」句可對照，故「𧕫」釋「虐」可信，第三、四例亦同，構形皆為從虐從䖵。第五、六例「𩙫」為風，從「同」（凡加口，並於凡側加一飾筆）繁加「䖵」。第七例「𧏮蠚」《清華簡・釋文注釋》讀為「疴蠚」，釋疴為病；蠚為痛。[14]而在「𧖴」、「𧕫」、「𩙫」、「𧏮」三字中，所加的「䖵」符都不作聲符。

繁加「䖵」符的「風」字，有時也可只加一「虫」形，如「■」（〈芮良夫毖〉簡 21）、「■（颺）文武之剌（烈）」（〈祭公〉簡 8）。似乎說明當「䖵」不是聲符時，作「䖵」或「虫」皆可。若對照《上博》中的「風」字，除此字外目前所見者都只加一「虫」，作「■」形（〈孔子詩論〉簡 3、4、〈弟子問〉簡 4），而「虫」書於字的正下方，與「䖵」字所書位置同。然若視上舉「𧖴」、「𧕫」二字，也可見所從的「䖵」皆書於字的正下方。因此在「風」字中加「虫」與「䖵」

[13] 清華大學出土文獻研究與保護中心編：《清華大學藏戰國竹簡（壹）》下冊，頁 154。

[14] 清華大學出土文獻研究與保護中心編：《清華大學藏戰國竹簡（叁）》下冊，頁 170。並指出〈容成氏〉簡 33 有「𧏮匿」與此同義。

無別，表示加「蚰」符義同於「虫」符。而「虫」為「蟲」，這點我們可由〈周易〉簡 18 相當於今本《周易．蠱》卦名作「[illegible]」（蛊），知「虫」為「蟲」省；因「虫」「蚰」無別，故「蚰」當也表「蟲」。這一點還可由「蠅」字作「[illegible]」（〈孔子詩論〉簡 28）、「蠶」字作「[illegible]」（〈采風曲目〉簡 3）得證。而「蟋蟀」一詞分別寫作「七衠」（〈孔子詩論〉簡 27）、「虬蟹」（〈耆夜〉簡 9））、「蝨蟹」（〈耆夜〉簡 10）三體，更可證從「虫」從「蚰」皆表「蟲」義。

雖然「蚰」表「蟲」義，但上舉「[illegible]」、「[illegible]」、「[illegible]」三字中，從「蚰」（蟲）義可得而說者，或許只有「[illegible]（風）」（《說文．十三篇下．風部》[illegible]「風動蟲生，故蟲八日而化」）。而「[illegible]（虐）」在楚簡中又作「[illegible]」（〈容成氏〉簡 2、〈姑成家父〉簡 1）、「[illegible]」（〈競公虐〉簡 1）、「[illegible]」（〈從政．甲〉簡 15）、「[illegible]」（《上博．緇衣》簡 14）、「[illegible]」（《葛陵》甲三 64）」。其有「[illegible]」、「從疒從[illegible]」、「從示從[illegible]」、「從示從虎」、「從[illegible]從戈」形，都作從「[illegible]」（或「虍」）形，而《說文．五篇上．虍部》虐字古文作「[illegible]」，正為「[illegible]」。卜辭「虐」作「[illegible]」（《合》17192），像虎抓人欲噬形。因此知「虐」字本像虎欲噬人形，其後繁加的「疒」、「示」、「戈」義符，都與疾病、災害、祈求義有關，故「[illegible]」所加的「蚰」也當有此義。在卜辭中「虐」字多與「蠱」、「[illegible]」、「[illegible]」等災禍字並用，[15]「蠱」字所從「蟲」旁在楚簡中可易作「虫」，故「虐」所從的「蚰」或者也可視為「蠱」，表災禍義。〈容成氏〉簡 19、33 的「[illegible]」（苛）、〈鮑叔牙與隰朋之諫〉簡 8 的「[illegible]」、〈競公虐〉簡 1 的「[illegible]」（疥），也都是同樣的例子。葛陵簡中的「尤」作「[illegible]」（甲三 198）、「蚘」（甲三 143）、「[illegible]」（甲三 61），在「尤」字上繁加「心」、「虫」符，也可作為加「虫」有災禍義的例子。〈周公之琴舞〉簡 8 有「[illegible]」為在「舉」上加「虫」符，辭例為「日臯[illegible]不寧」，這種寫法的「舉」未見，推測可能是因有舉罪、舉惡之義而在

[15] 裘錫圭：〈釋「虐」〉，《古文字論集》（北京：中華書局，1992 年），頁 46。

舉上繁加虫。

因此加「虫」、「䖵」符若有表義的作用時，除了表「虫（蟲）」的本義外，還可表「蟲」的災禍義，上舉〈金縢〉的「蠹」、「蚰」與〈赤鵠之集湯之屋〉的「蟲」字都應該都是後一類的意思。而「螽」或許暫可視為繁加一個不表義的「䖵」符偏旁，將「䖵」書於字的正下方，以讓字形結構上下均衡（「（螽）」亦見〈曾仲大父螽簋〉，《集成》4203、4204，為人名）。正同楚簡中加「虫」的字還有「（蟋，愛）」（〈孔子詩論〉簡 15）、「（夏）」（〈容成氏〉簡 47），其雖加「虫」符，但都與蟲義無關。[16]〈程寤〉中有「」（簡 1、4），《清華簡・釋文注釋》作「化為」的合文，[17]「為」字本可讀為「為」「化」二字，因此該字下方所從的「它」形符，除了有與「虫（蟲）」一樣的災禍義外，讓字形結構上下均衡可能也是書手的考量之一。[18]

《上博（八）》及《清華》（壹）、（貳）中從上下並列結構的二虫字，其所在辭例為：

(8)滕（朕）𧊒才（在）滕（朕）辟卲王之所。（〈祭公〉簡 3）
(9)女（汝）毋以戾𢆶（茲）辠𧊒。（〈祭公〉簡 15）
(10)然以讒言相謗。（〈志書乃言〉簡 4）

[16] 魏宜輝推測「夏」所從的「虫」形為手臂的變體。而李運富認為是足形的變體。《楚系簡帛文字形體訛變分析》，南京大學博士學位論文，2003 年，頁 76。〈靈王遂申〉中申城公之子名有作「」、「」（簡 2）、「」、「」（簡 5）者，其中第三體便訛成虫形。

[17] 清華大學出土文獻研究與保護中心編：《清華大學藏戰國竹簡（壹）》下冊，頁 137。

[18] 楚簡中也有一些從斗的字，如「（斗）」（爵，《上博・緇衣》簡 15）、「（斛）」（今本通讀為握，〈周易〉簡 42）、「（抖）」（今本通讀為斗，〈周易〉簡 51）、「（抖）」（斗，〈天子建州・甲〉簡 6）、「（料）」（播，〈尹至〉簡 5），分別從少、角、主、主、釆聲，從斗之義不完全可得而說，其中「播」又寫作「（𣁋）」（《上博・緇衣》簡 15），推測是將所從半弧形字改變為「斗」，裝飾性意味很濃。

(11)乃譴太子龍（共）君而殺之，或譴惠公及文公。（〈繫年〉簡 31、32）

(12)少師亡嬰譴連尹奢而殺之。（〈繫年〉81）

其中(8)(9)所在的「䲰」、「䖵」二字，《清華簡・釋文注釋》分別通讀為「魂」、「辜」，前者有今本〈祭公〉可對（「朕身尚在茲，朕魂在于天，昭王之所勖」），後者從「古」聲，讀為「辜」也是合理。

前面引李家浩說以為上下二虫字為「㐬（流）」或「㐬（毓）」，而字有時還可加上「〇（圓）」聲。「䲰」字從員從「㐬」，其或可作為李說例證。而(6)讀「辜」（見母魚部），與「流」（來母幽部）、「毓」（餘母覺部），皆音隔不通，二虫符無法視為聲符，也無法證明其為「㐬」或「毓」。

(10)(11)(12)例皆為從言的字，(10)(11)當為一字，(12)在二虫間還加上了「〇」符，根據李說當都是「㐬」，而加「〇」聲的字，當證明其為「㐬」無疑。但是該字在(10)中或許可讀「流」（「然以流言相謗」），然而在(11)(12)中就只能讀「讒」，且(12)亦有《左傳・昭公廿年》的「君一過多矣，何信於讒？」句可對讀，讀為「讒」是對的。而上下二虫形的字是否可讀為「讒」？李家浩曾舉〈孔子詩論〉簡 8「巧言則譴=人之害也」，句中的「譴=」字為說，認為此字右旁與習見的上下二虫形（㐬）不同，因右旁下面一個虫的右側有一個小的重文符，故當視為從言蟲聲之字，而通讀為「讒」。[19]意指從「蟲」聲通讀為「讒」正合理，若是從「㐬」聲則難以讀「讒」。

今我們看(11)「譴」字的上下二虫間皆無重文符，且(12)「譴」字的二虫間還加上了「〇」，但這兩個偏旁卻都要讀「蟲」聲。如此一來似乎上下二虫及上下二虫間加「〇」字，又可以讀「蟲」了。因此上下二虫形是否不會是「蟲」，或許也並非絕對。

前面提到從並列二虫的「䖵」者，除了蟲義、災禍義外，還有一

[19] 李家浩：〈楚簡所記楚人祖先「毓（鬻）熊」與「穴熊」為一人說〉，頁 8。

類是具有使字體結構均勻功能的裝飾性偏旁，而(9)「䖵」字的二虫符除勉強說帶有災禍義外，也有表裝飾的功用（(8)「䖵」的二虫形似乎也可以如此看）。因此若以二虫形作裝飾符號時，由於是為了使字體看起來結構勻稱，可寫作左右結構，亦可作上下結構，與「㐬」的上下二虫形不可等同視之。當然這種虫形裝飾符的由來不排除是字體的訛變而來。

因為有這種可作左右、上下形的飾符，所以影響了原本當作左右二虫形的蟲字，使之類化，造成出現上下形的寫法。「䜌」讀「讒」或許就是這樣來的，而「讟」字則是進一步由於「瀸」可作「灟」而類化來的。

然若再回頭思考「祝融」的「䖵」以及「陸終」的「䖵」所從的上下二虫旁時，在無法確定其必為聲符前，將之視為裝飾性的偏旁，似乎也不失為一種可能的解釋。

第二節　關於楚居中楚先祖名的問題

〈楚居〉中提及楚人先祖的內容為：

> 季䜌初降於郻山，氏于空竆。逈出于喬山，宅處爰波，逆上洲水，見盤庚之子，處于方山，女曰妣隹，秉茲衛【1】相，詈冑四方，季䜌䎽亓又嘂（聘），從，及之，盤（判），[20]爰生緹白（伯）、遠中（仲）。毓（游）䠁（徜）羊（徉），先凥于京宗。穴酓遟遷於京宗，爰得【2】妣䢜，逆流戠（載）水，氒腊（狀）䏿（聶）耳，乃妻之，生侸䨓、麗季。麗不從行，渭（潰）自䏻（脅）出，妣䢜賓于天，晉㦸賅（該）亓䏻（脅）㠯楚，氏

20 「盤」，李家浩以為讀《周禮・地官・媒氏》「掌萬民之判」的「判」。鄭玄注：「判，半也。得耦為合，主合其半，成夫婦也」。「判」有合為夫妻之義。見氏著：〈談清華戰國竹簡《楚居》的「夷宅」及其它－兼談包山楚簡的「𥧛人」等〉，《出土文獻（第二輯）》（上海：中西書局，2011 年），頁 56。

【3】今曰楚人。

其中「郻山」即《山海經・中次三經》的「騩山」，〈中次七經〉的「大騩之山」，今河南新鄭密縣一帶的具茨山；「汌水」為《水經》中的「均水」，上中游為河南西南部的淅川，下游為會合淅川以下的丹江；「喬山」為〈中次八經〉中的「驕山」，在漢水以南荊山一帶；「方山」是〈中次四經〉的「柄山」，在均水以北，洛水邊的宜陽、洛寧一帶，其地點皆為李學勤所指出。[21]

此段文字說到了「季䜌」、「緹白」、「遠仲」、「穴酓」、「侸雪」、「麗季」六人，而其世次先後是：

季䜌（妣隹）－緹白、遠仲－穴熊（妣戲）－侸雪、麗季

其中「季䜌」即《大戴禮・帝繫》、《世本・帝繫》及〈楚世家〉中「陸終」第六子，芈姓楚人之祖「季連」。其「連」字簡文作「從車䜌聲」，從「䜌」聲的字可讀如「連」，見於中山國兆域圖版「怏（殃）遫子孫」（《集成》16.10478），其中「遫」字即讀「連（聯）」。「䜌」或主張讀為「䜌」聲，但「䜌（連）」為來母元部字，中古為開口，與「䜌」聲有開合的不同。[22]從「䜌」聲的字，如「鑾」、「巒」、「欒」、「孿」、「孌」、「臠」、「䜌」上古都是來母元部，而中古皆為合口，中古為開口的，只有唇音的「蠻」，故「䜌」「䜌」似不宜混。[23]〈武王踐祚〉簡 9「惡危於忿連」，借「連」為「戾」，

[21] 李學勤：〈論清華簡《楚居》中的古史傳說〉，《中國史研究》2011 年 1 期，頁 54。徐少華以為空竆即今河南臨汝與魯山縣交界的古崆峒山。〈季連早期居地及相關問題考析〉，清華大學出土文獻研究與保護中心編，《清華簡研究・第一輯》（上海：中西書局，2012 年），頁 280。

[22] 程少軒以為「戰國楚地出土文獻所代表語言的歌月元三部，其開合兩呼至少在非唇音部分有嚴格的界限。歌月元三部非唇音的開合兩呼之間較難相通。」〈試說戰國楚地出土文獻中歌月元部的一些音韻現象〉，《簡帛（第五輯）》（上海：上海古籍出版社，2010 年），頁 160。

[23] 清華大學出土文獻研究與保護中心編：《清華大學藏戰國竹簡（壹）》下冊（上海：中西書局，2010 年），釋文以為「䜌，從車，䜌省聲」（182 頁）。

「戾」上古為來母月部，中古亦為開口。

〈楚居〉所提及的「絟白」、「遠仲」、「侸𩁹」三人不見於《大戴禮・帝繫》、《世本・帝繫》與〈楚世家〉中，《世本・世家》說到「季連之後曰鬻熊，事周文王。鬻熊生熊麗，熊麗生熊狂」，[24]以「季連之後」說明「鬻熊」與「季連」二者間的關係，如同〈楚世家〉以「季連之苗裔曰鬻熊」說明兩者關係一般，故在文獻中季連到鬻熊間有一段空白的世系。然因史遷視「穴熊」、「鬻熊」為不同的二人，且以穴熊為季連之孫，而鬻熊為季連之苗裔，故在〈楚世家〉中還提到「季連生附沮，附沮生穴熊。其後中微，或在中國，或在蠻夷，弗能紀其世。」都說明季連到鬻熊間的楚先公世系中有一段渺茫未知的世系。

而〈楚世家〉以為「穴熊」是季連之孫，這種說法來自於《大戴禮・帝繫》的「季連產什祖氏，什祖氏產內（穴）熊」，[25]相同記載還見《世本・帝繫》。因此傳世文獻的說法都是季連生附沮，附沮生穴熊，穴熊之後的世系渺茫難知，一直到鬻熊後才清楚，鬻熊當周文王時，其子曰熊麗。熊麗生熊狂，熊狂生熊繹，熊繹當周成王之時。

因此在傳世文獻中，鬻熊為有明確楚王名譜系之始，而在鬻熊之前可謂神話時代。《世本・姓氏》中說「熊氏，楚鬻熊之後，以王父字為氏」，[26]故鬻熊後多以熊為氏，如以下的熊麗、熊狂、熊繹等，這同樣也說明了楚人視鬻熊為可考的楚人先祖之首，故其當看作楚人

似宜作「從車，䜌聲」。又從「䜌」聲的「𢖍」可讀為「隰」（晉侯對盨）或「襲」（敔簋），兩者上古都屬邪母緝部，中古為開口字。緝部與元部相通的關係，如「萬」在上古音中屬明母元韻，而古聲旁從萬之字，大多歸入與元韻可以對轉的緝韻（或祭韻），其中半屬明母（如邁、勱），半屬來母（如糲、蠣）。

[24] 清・秦嘉謨輯：《世本輯補》，收錄於漢・宋衷注，清・秦嘉謨等輯：《世本八種》（北京：中華書局，2008 年），頁 46。

[25] 清・王聘珍撰，王文錦點校：《大戴禮記解詁》（北京：中華書局，1998 年），頁 128。

[26] 清・秦嘉謨輯：《世本輯補》，收錄於漢・宋衷注，清・秦嘉謨等輯：《世本八種》，頁 298。

先祖進入傳說時代之始的人物。

陳偉、李家浩都曾從楚簡中出現的三楚先名加以討論，主張文獻與楚簡中的「穴熊」即「鬻熊」，[27]兩文也都舉出了最早論證「鬻熊」與「穴熊」為一人說者，是清人孔廣森，其注《大戴禮記・帝繫》「什祖氏產內（穴）熊，九世至于渠婁鯀出」文時說到，「『鬻熊』即『穴熊』聲讀之異，《史》誤分之。穴熊子事文王蚤卒，其孫以『熊』為氏，是為熊麗，歷熊狂、熊繹、熊艾、熊黮、熊勝、熊楊至熊渠，凡九世也。」他的理由是，除了因聲讀之異，可以把「穴熊」讀為「鬻熊」外；《大戴禮記》說「穴熊」九世後是熊渠，而若把「穴熊」改作「鬻熊」，根據《史記・楚世家》的世系來計算，九世後也是熊渠，故兩者當為一人。而今日我們從〈楚居〉中只見「穴酓」卻不見「鬻熊」，且提及「穴酓」生「麗季」來看，「鬻熊」、「穴熊」一人說，當是正確可信的。

既然「穴熊」「鬻熊」為一人，且鬻熊為楚人有系統譜系的先祖之始，故《大戴禮記・帝繫》及《世本・帝繫》中所載鬻熊以前的世次，「季連產什祖氏，什祖氏產穴熊，九世至于渠婁鯀出」，以及《史記，楚世家》的「季連生附沮，附沮生穴熊。其後中微，或在中國，或在蠻夷，弗能紀其世」，都宜改作「季連生附沮，其後中微，或在中國，或在蠻夷，弗能紀其世。後有穴（鬻）熊，事周文王，九世至于渠婁鯀出。」

〈楚世家〉說到季連為陸終末子，其上有昆吾、參胡、彭祖、會人、曹姓，[28]而昆吾氏在夏時嘗為侯伯，彭祖氏在殷之時嘗為侯伯，

[27] 陳偉：〈楚人禱祠記錄中的人鬼系統以及相關問題〉，《古文字與古代史》第一輯；李家浩：〈楚簡所記楚人祖先「毓（鬻）熊」與「穴熊」為一人說〉，《文史》2010 年 3 輯。李家浩認為穴是微部字，毓（鬻）是幽部字，古代幽微兩部的字有關，故得通。

[28] 《國語・鄭語》以為祝融後有八姓，「祝融……其後八姓於周未有侯伯。佐制物於前代者，昆吾為夏伯矣，大彭、豕韋為商伯矣。當周未有。己姓，昆吾、蘇、顧、溫、董。董姓，鬷夷、豢龍，則夏滅之矣。彭姓，彭祖、豕韋、諸稽，則商滅之矣；禿姓，舟人，則周滅之矣。妘姓，鄔、鄶、路、偪陽。

因故季連的時代至少也當夏末之時，而〈楚居〉中提及季連娶了盤庚之女，盤庚在商晚期，故其時代乃在商末。一為夏一為商，此乃神話特性，本無確定時間可考，蓋虛構之說也。[29]然若一旦將之載之史冊，視為信史，就會出現夏末或商末到周文王時的鬻熊之間，王系不明的事實。《大戴禮・帝繫》在季連到穴熊間補了「什祖氏」，史遷則易為「附沮」。當然這段從夏末或商末到周文王時的鬻熊，時間絕非「（什祖（附沮）」一世可當，故史遷才說「其後中微，或在中國，或在蠻夷，弗能紀其世」。也因為其本質是神話故事，本無可證，故略而不言也是可以理解的。因此懷疑《大戴禮記》所說的「什祖氏」或許可能是指略歷十代之世，如同其言及的「（穴熊）九世至于渠婁鯀出」，以「十世」、「九世」這種概括之詞來解決世系不明的問題。[30]故「什

曹姓，鄒、莒，皆為采衛，或在王室，或在夷狄，莫之數矣。而又無令聞，必不興矣；斟姓，無後。融之興者，其在芈姓乎？」上海師範大學古籍整理組：《國語》（臺北：里仁書局，1981 年），頁 511。其與《大戴禮記・帝繫》所載陸終氏後有六姓（昆吾、參胡、彭祖、云鄶、曹姓、芈姓）稍異，因據韋昭注，禿姓為彭姓之別，斟姓是曹姓之別，故兩者皆為六姓。可參李學勤：〈談祝融八姓〉，《李學勤集》（哈爾濱：黑龍江教育出版社，1989 年），頁 75。

29 淺野裕一也認為「或即出於為與周相抗衡的用心，楚王遂於此時開始創作自己的世系譜，使之與周朝一統天下之前的殷王相連。《楚居》篇中所記述季連迎娶殷王盤庚之子的女兒妣隹為妻，遂生綅伯與遠仲兄弟，蓋即出於上述意圖創作而成。」〈清華簡《楚居》初探〉，清華大學出土文獻研究與保護中心編，《清華簡研究・第一輯》，頁 243。

30 關於「什祖氏」或「附沮」致訛之因，趙平安也有其看法，以為「侸叔可以單稱侸，綅伯可以單稱綅，遠仲可以單稱遠。季連的兩個兒子可以連稱綅遠。古時候沒有標點，行文中綅遠是緊緊地聯繫在一起的。綅所從呈與豆形近。豆在侯部定母，附在侯部幫母，韻部相同，聲母有相通之例。遠在元部匣母，沮在魚部從母，魚元兩部主要元音相同，古書或通轉或合韻，從匣兩母亦多通轉之例。由於綅遠和附沮形音上的這種關係，在轉寫流傳過程中，就把綅遠寫成附沮了。」〈「三楚先」何以不包括季連〉，《古文字與古代史》第三輯，頁 378。「綅」所從「呈」是否會訛成「豆」？因穴熊之後還有一「侸叔」，若訛則前後二人變一人，而且「豆」通「附」，「遠」通「沮」之說，

祖氏」當是個虛構出來的氏名，而史遷將之改為「附沮」，去掉「氏」，變成一人名反而不佳。今〈楚居〉中不見有「什祖氏」，正為其虛構的證明，也似乎表示當時尚未以此虛構氏名來解決系譜不明的問題。

傳世文獻中皆無「綅白」、「遠仲」、「侸雪」三人，據〈楚居〉「綅白」、「遠仲」是季歷之子，其世系處於傳世文獻「什祖氏」的位置，而「侸雪」則為鬻熊之後，熊麗之兄，這三人名首見，然而縱使補入了「綅白」、「遠仲」二人，也不能填補從夏末或商晚期到周初這段世系的空白，故很可能這二人也是虛構出來的。從其名字看來，其皆以周人命名習俗為名，依「白（伯）」「仲」「雪（叔）」的順序排列，與〈周本紀〉所載周人進入信史前的先公世系：太王（古公亶父）－太伯、虞仲、王季－文王；〈吳世家〉所載吳人先公世系：太伯、仲雍－季簡－叔達－周章、虞仲，都依伯、仲、季或伯、仲－季－叔－仲的方式命名近似，尤其是吳人始祖的故事，據研究是一個吳人為了華夏化所創造出來的祖先傳說故事，[31]而〈楚世家〉記載楚人先祖時，一直以周王世代作為時間座標，似乎也可視為這種華夏化下的產物。這說明楚人神話時代中某些先祖名被依周人命名方式所虛構出來的可能性很大，然而被虛構出來的「綅白」、「遠仲」、「侸雪」三人，其名字有何意涵？若從楚人的通假用字習慣來看，楚人常將「鬥」寫作「戥」，包山簡「戥（鬥）戟（格）於長沙公之軍」（包山 61），「戥」即讀為「鬥」。[32]「戥」從豆聲，而「豆」上古為定母侯部字，中古為開口；「鬥」為端母侯部字，中古為開口，兩者韻部同而聲皆舌頭音，自然可通。而「遠」又可作「蔿」，《左傳》中楚國的「蔿」氏或作「薳」氏，[33]〈成王為城濮之行〉中的「遠白珵」

在今日所見的楚簡通假用例中皆非常例。

[31] 王明珂：《華夏邊緣－歷史記憶與族群認同》（臺北：允晨文化，1997 年），頁 255。

[32] 周波：《戰國時代各系文字間的用字差異現象研究》，頁 50。

[33] 如《左傳．僖公廿三年》的「叔伯」，杜注以為「楚大夫薳呂臣也」，而《襄廿八年》傳文作「蔿呂臣」。「蔿氏」在靈王以後多稱「薳氏」，如「薳啟疆」（襄廿四年傳）、「薳罷」（襄廿七年傳）、「薳射」（昭五年傳）、

即《僖公廿七年傳》中的「蔿賈（伯嬴）」，「蔿」從「為」聲，匣母歌部字，中古為合口，「遠」匣母元部字，中古為合口，歌、元兩部正為陰陽對轉。

「鬥」、「薳」二氏正是楚國公族大氏，關於楚國的公族，李零曾說到：

> 楚分立較早的公族見於《左傳》記載，最著名的是鬥氏（若敖氏）、屈氏和蔿氏（莊王以後，《左傳》稱為薳氏）。這三支在春秋時期常擔任王室大臣。如鬥氏：緡（武王時的權尹）、祁（武王時的令尹）、穀於菟（成王時的令尹）、勃（成王時的令尹）、宜申（成王時的司馬，穆王時的工尹和商公）、班（成王時的申公）、克（成王時的申公）、般（莊王時的令尹）、伯棼（莊王時的司馬和令尹）、辛（平王和昭王時的鄖公）；屈氏：瑕（武王時的莫敖）、重（武王時的莫敖）、御寇（成王時的息公）、巫（莊王和共王時的申公）、蕩（康王時的連尹和莫敖）、到（康王時的莫敖）、建（康王時的莫敖和令尹）、武（靈王時的莫敖）；蔿氏：呂臣（成王時的令尹）、賈（莊王時的工正和司馬）、艾獵（莊王時的令尹）、子馮（康王時的司馬和令尹）、掩（康王時的司馬）、罷（靈王時的令尹）、啟疆（靈王時的太宰）、固（惠王時的工尹）

因此「遠仲」、「侸雪」二人可能是據「蔿氏」、「鬥氏」所虛構而成，進而加入楚人遠祖世系中。此二氏在楚國初期強大，皆見載於《左傳》，如鬥氏任楚令尹者，成王時即有「鬥穀於菟」（九年）、「鬥宜申」（四十一年）、「鬥勃」（四十五年），莊王時有「鬥椒」（四年）。蔿氏興起略遲，任楚令尹者，有莊王時的「蔿艾獵」（十六年），康王時的「蔿子馮」（廿一年），靈王時的「薳罷」（五年）

「薳洩」（昭六年傳）。

34 李零：〈楚國族源、世系的文字學證明〉，收錄於《李零自選集》，頁 225。

等。[35]《左傳》中都對這二氏的興起與滅亡作了預言，如《宣公二年傳》趙盾對鬥椒說「彼宗競於楚，殆將斃矣。姑益其疾。」透過趙盾之口，說鬥氏一族，世世為楚之強者，然預言其將被滅。而《襄公廿八年傳》楚薳罷如晉涖盟，晉侯享之酒後，賦〈既醉〉一首，叔向聽到後說「薳氏之有後於楚國也，宜哉！承君命，不忘敏。子蕩將知政矣。敏以事君，必能養民，政其焉往？」也透過叔向之口預言薳氏即將壯大的事實。

然而楚公族在鬥氏與蔿（薳）氏之間還有一支成氏，成氏之祖為若敖，若敖之曾孫即楚令尹子玉（成得臣），曾於成王時為令尹，城濮戰敗後死（《左傳‧僖公廿八年》），然其二子成大心（孫伯）與成嘉則於成王、穆王時相繼為令尹，且在楚靈王時還有成虎（昭公十二年），為子玉之孫。

〈楚居〉中的「絓白」可不可能正暗示是成氏一支？「絓」從「呈」聲，在楚文獻中從「呈」聲之字常借為「盈」，如「唯（雖）浧必虛」（〈三德〉簡 8），「呈」為定母耕部字，中古為開口，而「盈」為餘母耕部字，中古為開口，兩者韻部同；而「成」為禪母耕部字，中古亦為開口，故「呈」「成」「盈」三者上古韻皆屬耕部字，且中古開合同，得相通。〈耆夜〉簡 9，周公為武王作詩，內容為「月又城（盈）▆（散）」，其中即借「城」通讀為「盈」。

而若「絓白」、「遠仲」、「侸雪」即暗示「成氏」、「蔿氏」、「鬥氏」之興起，何以不加入「屈氏」？推測可能〈楚居〉所本的這個神話故事被附會入三氏時，「屈氏」一族尚未如前三氏般盛大。〈楚居〉述楚王世系僅止於悼王，考屈氏為令尹者，最早為康王時的屈建，族氏發展的時間晚於「鬥氏」、「成氏」與「蔿氏」，且屈氏出自武王，在時間上也不及出自若敖的鬥氏、成氏與出自蚡冒的蔿氏早，因此還有一種可能是因為屈氏的分出較遲，故只先述及「鬥」「成」「蔿」三氏。而簡文還見「至酓（熊）睪（繹）與屈紃，思（使）若（鄀）

[35] 依《世本‧卷五》「大夫譜」所載，清‧秦嘉謨輯：《世本輯補》，收錄於漢‧宋衷注，清‧秦嘉謨等輯：《世本八種》，頁 55。

噬卜遷（徙）於𡑞宅」，這個「屈約」整理者注「此人與楚武王後裔屈氏無關」，[36]當然從時間上看來屈氏一族出自武王，而熊繹的時代遠在武王前，故這個屈氏不會是出自武王的那個屈氏。陳偉將句中的「與」讀為「舉」，作「舉用」義，[37]簡文意為熊繹舉用屈約，使都噬卜徙𡑞宅，若把這個屈氏也視為預言屈氏將起，而穿插進來的神話人物，似乎就容易理解。

第三節　楚居中楚先祖居地及神話問題

〈楚居〉說到季䜌（連）先凥（處）于京宗，穴熊時「遲遷（徙）於京宗」，到了熊䵣（狂）「亦居京宗」，直至熊䍜（繹）才「與屈約，思（使）若（都）噬卜遷（徙）於𡑞宅」。這說明穴熊後來所徙居的「京宗」，正是其先季䜌（連）曾經居住之地。而從穴熊到熊繹初期都曾居住在「京宗」，後來才遷至「𡑞宅」，說明「京室」是穴熊、熊麗、熊䵣（狂）至熊繹時的居地。文獻中記載楚先人居地者有：

> 楚鬻熊居丹陽，武王徙郢。　　（《世本・居篇》）
> 鬻熊事文王，蚤卒。其子曰熊麗，熊麗生熊狂，熊狂生熊繹。熊繹當周成王之時，舉文武勤勞之後嗣，而封熊繹於楚蠻。封以子男之田。姓羋氏，居丹陽。　　（《史記・楚世家》）
> 昔者楚熊麗始封此睢山之間。　　（《墨子・非攻下》）
> 昔我先王熊繹辟在荊山，蓽路藍縷以處草莽，跋涉山林以事天子，唯是桃弧、棘矢以共禦王事。　　（《左傳・昭公十二年》）

上舉文獻中提到楚先祖居「荊山」、「睢山之間」與「丹陽」，從名稱上看來，兩者並非一處。荊山、睢山為一處，乃楚人蓽路藍縷

[36] 清華大學出土文獻研究與保護中心編：《清華大學藏戰國竹簡（壹）》下冊，頁 184。

[37] 陳偉：〈清華簡〈楚居〉「楩室」故事小考〉，清華大學出土文獻研究與保護中心編，《清華簡研究・第一輯》，頁 274。

以啟山林之處，「丹陽」則是楚人初居的城邑，也是被封以子男之田處。從「丹陽」一名看來，其或在山南或水北地。〈楚居〉中說到楚人先居「京宗」，後遷「𡨧宅」，《清華簡．釋文注釋》以為京宗，「疑與荊山之首景山有關」；𡨧宅，「地名，當即史書中的丹陽。」[38]很有道理。荊山之首為景山，故以景山代表荊山，而景、京不僅音同義也近，故「京宗」即「景山」可信。[39]然而丹陽若是「𡨧宅」，「𡨧宅」又為何地？一直以來論證「丹陽」在何處者眾，今日僅存枝江與丹淅說較為可信，[40]枝江在漢水荊山之南，丹淅則在漢水以北。後來由於淅川下寺發掘了春秋時代楚墓廿多座，主張淅川說者漸多，[41]而最早倡議此說者為清人宋翔鳳，其言「戰國丹陽在商州之東，南陽之西，當丹水、淅水入漢之處，故亦稱丹淅，鬻子所封，正在於此。」[42]然

---

[38] 清華大學出土文獻研究與保護中心編：《清華大學藏戰國竹簡（壹）》下冊，頁 183、184。

[39] 李家浩：〈談清華戰國竹簡《楚居》的「夷宅」及其它－兼談包山楚簡的「𥤮人」等〉，《出土文獻（第二輯）》，頁 56。

[40] 尹弘兵：〈楚都丹陽「丹淅說」與「枝江說」的對比研究〉，《江漢考古》2009 年 4 期。其說到「在楚都丹陽諸說中，當塗說因有明顯錯誤，現已無人信從。秭歸說則隨三峽考古的進展和對楚文化認識的加深，也逐漸為學術界所放棄。」（頁 96）當塗說因楚人當時足跡未達該地，秭歸因所發現的鰱魚山遺址太小，故皆不可信。

[41] 淅川下寺楚墓群中出土有王子午鼎，其為莊王之子，共王兄弟，莊王時曾為令尹。主張丹陽在丹淅之會者有，趙世綱：〈從楚人初期活動看丹陽之所在〉、許天申〈關於楚都丹陽的幾個問題〉、鞠輝：〈淺析楚始都丹陽地望〉。主張在淅川以北，丹江上游的商縣者有，周光林〈楚丹陽地望探析〉；主張由商縣移到丹淅之會者，如石泉：〈再論早期楚丹陽地望－與「南漳說」商榷〉、劉士莪、黃尚明：〈荊山與丹陽〉，見楚文化研究會編：《楚文化研究論集》第四集（鄭州：河南人民出版社，1994 年）。還可參王輝：〈古文字所見的早期秦、楚〉，《古文字與古代史》第二輯（臺北：中研院史語所，2009 年），頁 178。其亦主張楚人興起於商丹盆地，初在丹水之陽，後來遷至丹淅之會。

[42] 清．宋翔鳳：《過庭錄》卷九（合肥：黃山書社，2008 年），「楚鬻熊居丹陽、武王徙郢考」。

而下寺楚墓的年代不過春秋中期，離楚先居丹陽已有一段時期。而且丹淅之地與荊山及沮漳兩水的距離較遠，故主張這一派的學者多將淅川以北，丹水上游商縣的楚山視為荊山，以為即文獻中的荊山。[43]但此地不臨沮漳二水，乃問題最大徵結所在。丹陽枝江說最早見東漢末年穎容的《左傳釋例》，言「楚居丹陽，今枝江縣故城是也。」後來宋衷注《世本．居篇》及杜預的《春秋釋例．氏族譜》都引此說。[44]然枝江雖近沮漳二水與荊山，但仍無法解釋若楚人初期據地於此，如何與遠在黃河流域及關中之地的商、周交通，及與祝融之墟所在（河南新鄭）絕遠，而且不合於《左傳》所記楚國都城及核心區都在漢水中游一帶，更重要的是至前為止不能在此處找到符合鬻熊時代（商周之際）的考古遺址。[45]〈楚居〉說到穴熊徙京宗（景山）後，逆流哉水，此哉水或是源自景山的睢水，而後在熊繹時與屈紃和若嗌徙於夷宅，「若嗌」為鄀人先祖。然楚地亦有二鄀，一為《左傳．僖公廿五年》杜注說到的商密之鄀，今淅川西南；一為《漢書．地理志》所言南郡鄀縣，今湖北宜城東南，地近枝江。《清華簡．釋文注釋》主張此「若嗌」之鄀為商密之鄀，即上鄀（因其附近的春秋楚墓曾出土〈上鄀公簠〉，故名「上鄀」），[46]意乃主丹陽淅江說；而李家浩則從枝江西北宜昌的古名「夷陵」說起，認為「夷宅」即「夷陵」，為古書中的楚先王墓所在地，而若丹陽為枝江，則其位置比丹淅更近夷陵，[47]進而主丹陽枝江說。而在李說之前，李學勤也曾暗示過〈楚居〉中的夷宅

---

[43] 石泉：〈楚都丹陽及古荊山在丹淅附近補證〉，《古代荊楚地理新探》（武漢：武漢大學出版社，1988 年），頁 200。石泉：《古代荊楚地理新探：續集》（武漢：武漢大學出版社，2004 年），頁 2。

[44] 尹弘兵：〈楚都丹陽「丹淅說」與「枝江說」的對比研究〉，頁 96。

[45] 尹弘兵：〈楚都丹陽「丹淅說」與「枝江說」的對比研究〉，頁 100。

[46] 清華大學出土文獻研究與保護中心編：《清華大學藏戰國竹簡（壹）》下冊，註 28，頁 184。又〈上鄀公簠〉見《近出殷周金文集錄》536。

[47] 李家浩：〈談清華戰國竹簡《楚居》的「夷宅」及其它－兼談包山楚簡的「疕人」等〉，《出土文獻（第二輯）》，頁 60。以為當陽季家湖古城遺址或磨盤山遺址即丹陽遺址。

可能在漢水以南，如周昭王時的青銅器〈京師畯尊〉，銘文言昭王伐楚時涉過漢水，表示當時楚都在漢水以南，以及〈楚居〉所記「若嗌」之都，從位置來看，當為湖北宜城東南之鄀。[48]

然而若是楚人的發源地在荊山、睢水後遷枝江一帶，〈楚居〉所說的季連從河南新鄭一帶的郻山抵空竆，再出漢水以南的騳山，又逆上淅川上游的均水，見到居於洛水附近方山的妣隹，二人結為夫妻後，歷游四方到達漢水以南的荊山。這樣的路線近乎不可能。除非把京宗以前的居地視為傳說神話，如同顓頊、老童、祝融在神話中被置於楚人先祖，而且楚先與商周有交通的歷史也要重新考慮，否則〈楚居〉中的地名所在仍不能完全解決楚史中的問題。

其次〈楚居〉中還及言妣戱（列）脅生麗季（熊麗）的神話，脅生故事記載見：

> 陸終氏娶於鬼方氏，鬼方氏之妹，謂之女隤氏，產六子，孕而不粥，三年啟其左脅，六人出焉。其一曰樊，是為昆吾；其二曰惠連，是為參胡；其三曰籛，是為彭祖；其四曰萊言，是為云鄶人，其五曰安，是為曹姓，其六曰季連，是為芈姓。
> （《大戴禮記・帝繫》）
>
> 陸終娶於鬼方氏之妹，謂之女隤。是生六子，孕三年，啟其左脅，三人出焉，破其右脅，三人出焉。（《世本・帝繫》）
>
> 陸終生子六人，坼剖而產焉。其長一曰昆吾；二曰參胡；三曰彭祖；四曰會人；五曰曹姓；六曰季連，芈姓，楚其後也。
> （《史記・楚世家》）

三處記載有所異同，同者皆指陸終（妻女隤）生六子時，孕而

[48] 李學勤：〈論清華簡《楚居》中的古史傳說〉，頁 58。然其又非全然主張楚人與丹淅無關者，如同文以為葛陵簡中的「我先出自𠪚逭」的「𠪚逭」即「妣隹」，其傳說中處於㳇水流域，指出了楚人與今丹淅地區本有著密切的關係（頁 56）。進而沈建華據此立論，重申楚人丹陽在今丹淅地區。見氏著：〈從清華簡《楚居》看丹淅人文區位形成〉，《出土文獻（第二輯）》，頁 67。

不毓。而異者在於《大戴禮記》「三年啟其左脅，六人出焉」，《世本》作「孕三年，啟其左脅，三人出焉，破其右脅，三人出焉」，《史記》則作「坼剖而產焉」。三者比較之下，可能《大戴禮記》的說法早於《世本》，並且《世本》沿襲前者之說而加以改變。而史遷見其怪異不可信，才改為「坼剖而產焉」。

今在〈楚居〉中脅生的對象變成了穴熊（妻妣厲）生麗季（熊麗），但妣厲有二子，一為侸䨻；一為季麗，生侸䨻時不言脅出，生季麗時才脅生，也可見侸䨻為虛構人物的可能性很大。因季麗是楚人普遍認為曾經存在的先祖，且有系譜可尋，故本來為脅生主角的季麗，在加入虛構的侸䨻時，仍未被加以改動。然到了更晚造的《大戴禮記》、《世本》中時，脅生神話的人物卻變成了陸終六子，其很可能是把祝融（陸終）、老童、顓頊等人排在楚先季連前時，同時所作的改造。但這個改動是不是楚人所為則不可知。清楚的一點是，《大戴禮記》、《世本》中的脅生神話，與楚國的歷史沒有太大的關聯，因為季連與昆吾、彭祖等五子皆是脅生對象，六姓各國共同擁有著著這個神話。而〈楚居〉中脅生主角是「熊麗」，其等於是一個楚人自己祖先的神話，因此若《大戴禮記》、《世本》中的脅生故事主角本是陸終六子，是不太可能被楚人私自改造成自己祖先的故事，而不見存其它版本異說的。這個故事的結尾還說明了楚人何以名楚之因，乃「賅（該）亓髗（脅）以楚」，即以荊條包紮纏繞妣厲的傷口，因故這一支民族後來就叫「楚」。這無異是以神話來解釋歷史，有人類學家之神話功能學派所主張的「神話表現信仰，加強信仰，並使信仰成為典章；它保護儀式的效用並包含指導人類的實際規則」（馬凌諾斯基語）的作用了。[49]後造之跡很明顯。

[49] 李達三：〈神話的文學研究〉，《從比較神話到文學》（臺北：東大圖書公司，1993 年），頁 277。馬凌諾斯基著、朱岑樓譯：《巫術、科學與宗教》（臺北：協志工業叢書出版有限公司，1978 年）。而〈楚居〉中的脅生神話討論可參江林昌、孫進：〈《楚居》『脅生』『賓天』的神話學與考古學研究〉，清華大學出土文獻研究與保護中心編，《清華簡研究．第一輯》，頁 296。

本章提出了〈楚居〉中關於楚先名號中的一些問題，首先是「季䜌（連）」的「䜌」簡文作「從車絲聲」，而「絲」聲即「聯（連）」聲，或將其與「䜌」視為一字，然兩者中古開合不同，前者為開口，後者為合口，宜加以區別。

而〈楚居〉提到的「縕白」、「遠仲」、「侸𩃬」三人不見於《大戴禮記・帝繫》、《世本・帝繫》及《史記・楚世家》中，而這三人的世系相當於傳世文獻「什祖氏」的位置，代表了從夏末或殷末到周初的世系，其皆是虛構出來的。若從楚人的通假習慣用字看來，楚人常將「鬥」寫作「戝」，而「遠」又可作「蔿」，「縕」從「呈」聲，常借為「盈」，而與「成」的韻部及開合皆同看來，「縕白」、「遠仲」、「侸𩃬」可能表示「成氏」、「蔿氏」、「鬥氏」，進而虛構出來，加入楚人遠祖世系中的人物，因為三世在楚國初期勢力強大。而簡文也見「至酓繹與屈紃，使鄀嗌卜徙於夷宅」，這個「屈紃」不見文獻記載，且其時代早於出自武王的屈氏一族，推測其也是因後來屈氏的壯大，而穿插進來的神話人物。

「京室」本為季連所居，至穴熊，再到熊繹皆世居於此。熊繹時與屈紃及鄀人遷於「夷宅」。〈楚居〉從「京室」徙「夷宅」的記載，相當於文獻中的從「荊山」與「雎山之間」到「丹陽」，文獻中的「丹陽」雖對枝江說較有利，然若其地為枝江（或枝江附近的宜昌），季連如何從畏山到喬山至京宗，尚無法作出合理的解釋。再者，〈楚居〉中及言妣䶮㝬生麗季的神話，與《大載禮記》、《世本》的女隤氏㝬生六子的說法不同，推測本是楚人的㝬生神話，後隨著楚先的不斷上溯，被轉移到祝融身上，透過此神話我們還知道了楚人名「楚」得名之因。

第五章　繫年中的楚國歷史問題

已公布的《上博》與《清華》中有不少記載與楚國歷史有關的篇章，這些篇章包括《上博（四）》的〈昭王毀室〉、〈昭王與龔之脽〉、〈柬大王泊旱〉；《上博（六）》的〈莊王既成〉、〈申公臣靈王〉、〈平王問鄭壽〉（含〈平王與王子木〉）；《上博（七）》的〈鄭子家喪〉、〈君人者何必安哉〉；《上博（八）》的〈王居〉（含〈志書乃言〉）、〈命〉；《上博（九）》的〈成王為城濮之行〉、〈靈王遂申〉、〈陳公治兵〉、〈邦人不稱〉；《清華（壹）》的〈楚居〉與《清華（貳）》的〈繫年〉。其中〈繫年〉尤為重要，其記載周初到戰國前期的史事，而東周以來部分是以楚、晉兩國歷史為主，旁及當時列國大事，止於楚悼王時。其內容或見諸於傳世古籍而略有異同，或未見於傳世古籍，提供了我們研究先秦時期楚國歷史文化的新材料。甚者，這些簡文都是楚文字所寫，乃楚人所記，故對於其中所載楚國歷史的部分，可信度相當高。[1]

---

[1] 關於〈繫年〉的性質，或以為「〈繫年〉一篇字體是楚文字，但不能由此直接推論這是楚國人的著作……作者即使確是楚人，他的眼光則是全國的，沒有受到狹隘的局限。」李學勤：〈清華簡《繫年》及有關古史問題〉，《文物》2011 年 3 期，頁 70。雖說我們無法肯定〈繫年〉一文祖本最初是否由楚人所寫定，但從其完整無間斷地標記楚王世系（文王到悼王），並且有些篇章用楚王年號來紀事，如廿二章，敘韓趙魏三家與越公翳伐齊而後朝周王之事，與楚人無涉，但附記「楚聲桓王即位元年」（簡 119），可知〈繫年〉一定有楚人手筆在內。〈繫年〉中的楚王連貫世次見：「楚文王」（簡 24）、「生堵囂及成王」（簡 29）、「楚成王」（簡 41）、「楚穆王立八年」（簡 56）、「穆王即世，莊王即立」（簡 58）、「莊王立十又四年」（簡 61）、「莊王即世，共王即位」（簡 77）、「楚康王立十又四年」（簡 96）、「康王即世，孺子王即位」（簡 97）、「孺子王即世，靈王即位」（簡 98）、「靈王見禍，景平王即立」（簡 99）、「景平王即世，昭王即位」（簡 100）、「昭王即世，獻惠王立十又一年」（簡 106）、「楚簡大王立七年」（簡 114）、「楚聲桓王即位元年」（簡

關於〈繫年〉的研究，李學勤指出其體例同於《竹書紀年》，並由〈繫年〉的記載證實西周幽王的申后本西申之子，褒姒之子名「伯盤」，傳世史籍誤作「伯服」。而紂子武庚（王子祿父）作「𡨦子耿」（簡14），可證〈大保簋〉中的「彔子耶」即「武庚」（聖、耿皆耕部字）。以及由簡14「飛廉東逃於商蓋氏。成王伐商蓋，殺飛廉，西遷商蓋之民于邾虘，以御奴𫲨之戎，是秦先人。」的記載知秦人最早居住的地方叫「邾虘」，並推測即《尚書・禹貢》的「朱圉」、《漢書・地理志》天水郡冀縣的「朱圄」，即今甘肅甘谷縣西南，甘谷毛家坪遺址。[2]

陳偉則提出〈繫年〉中不僅楚國的國君以謚稱，封君也有謚稱，而且楚國君稱「即世」，大夫稱「死」，乃有等級差異；而晉君則稱「卒」，此乃內外有別，凡此應是楚人所作的證明。[3]

若根據《上博》、《清華》目前公布的材料，依楚王世系加以粗分，與各楚王世有關的記載包括以下：

文王相關者：〈繫年〉第五章文王伐蔡滅息娶息嬀事；

成王相關者：〈成王為城濮之行〉及〈繫年〉七章晉楚城濮之戰；

穆王相關者：〈繫年〉第十一章宋華元求成於楚事（歷穆、莊）；

莊王相關者：〈莊王既成〉、〈鄭子家喪〉及〈繫年〉第十二、十三章的晉楚邲之戰，十五章莊王以來的吳楚關係，從莊王滅陳取夏姬而巫臣入吳，至平王時費無忌讒毀伍員，使之逃吳，而有雞父之戰、柏舉之戰（歷莊、共、靈、平、昭），其中〈鄭子家喪〉與〈繫年〉十三章都言及邲之役。

共王相關者：〈繫年〉第十六章晉人釋鄖公儀以與楚人弭兵之盟；

119）、「聲王即世，悼哲王即位」（簡 127）。相較於晉公的世系未見有「出公」一世，且「烈公」後記年不清楚，如簡文廿二、廿三章皆載晉事但卻無晉公年號，亦未用韓趙魏三家年號，其中的楚人觀點很明顯。

[2] 李學勤：《初識清華簡》（上海：中西書局，2013 年），頁 91、112、143、151、161。

[3] 陳偉：〈清華大學藏竹書《繫年》的文獻學考察〉，《史林》2013 年 1 期，頁 45。

康王相關者：〈繫年〉第十八章康王以來的晉楚弭兵之盟（歷康、郟敖、靈、平、昭）；

靈王相關者：〈申公臣靈王〉、〈靈王遂申〉及〈繫年〉第十九章楚縣陳、蔡，至吳人遷蔡於州來事（歷靈、平、昭、惠）；

平王相關者：〈平王問鄭壽〉（含〈平王與王子木〉）；

昭王相關者：〈昭王毀室〉、〈昭王與龔之脽〉等；

惠王相關者：〈命〉、〈邦人不稱〉；

簡王相關者：〈柬大王泊旱〉及〈繫年〉第廿一章楚平宋亂與晉戰於黃池事；

聲王相關者：〈繫年〉第廿三章楚宋與晉鄭之間的桂陵、蔑、武陽之戰（歷聲、悼）。

這些楚國的歷史記載，有些是圍繞在楚國與晉、吳、鄭、宋、陳等諸國間發生的國際大事，有些是透過人物對話來呈現故事背後的教化意涵以達以史為鑑的目的。前者大致與《左傳》一類編年史記敘方式相同，後者則同於《國語》一類的寫作手法。[4]而這些記載的下限，根據故事所涉及的人物來判斷，約在悼王年間，[5]然記載春秋以來楚國歷史最豐富的《左傳》，僅止於楚惠王廿一年（魯哀公廿七年）。從惠王中期後至悼王年間的楚國歷史，另徵之《史記・楚世家》卻略

---

[4] 李隆獻曾以「三郤之亡」的故事為例，分析《左傳》、《國語》與〈苦成家父〉文本中的情節結構、人物形象與立場觀點。提到〈苦成家父〉中首尾呼應、傳達特定教化意涵的敘事模式與《國語》相當類似。而苦成家父之言的篇幅與強調，甚至不下《國語》。見氏著：〈先秦傳本／簡本敘事舉隅—以「三郤之亡」為例〉，《臺大中文學報》第卅二期（2010.06），頁 73。

[5] 〈繫年〉廿三章記載了「鄭子陽用滅，亡後於奠。」（簡 132），此事據《史記・六國年表》為楚悼王四年事。而簡文記此事後，後文又有「明歲」、「舊年」字樣，據《清華簡・釋文》「舊年」義為再一年。因之可推測〈繫年〉所記史事晚至悼王六年，甚至更後事。漢・司馬遷著，瀧川龜太郎注：《史記會注考證》（臺北：文史哲出版社，1993 年），頁 278。清華大學出土文獻研究與保護中心編，《清華大學藏戰國竹簡（貳）》（上海：中西書局，2011 年），頁 200。

而不詳，[6]故簡文關於這段期間的記載可補充我們對戰國以來楚國歷史認識的不足。而楚文王至惠王間的歷史，雖見諸《左傳》、《史記》等書，但其記事與簡文部分內容或有不同。故下文將針對〈繫年〉中的楚史相關記載，與《左傳》中的記事加以輯補比較。

第一節　繫年內容可與傳世古籍互證者

根據《上博》及《清華》簡文中所載楚國史事，可與傳世文獻記載相合者（主要指《左傳》，旁及《史記》等書），依事件發生先後，分別敘述討論如下。

一　繫年與左傳等古籍中的楚國史事比較

〈繫年〉中可與《左傳》互證的楚史，依事件發生時間先後，分別敘述討論如下。

（一）文王伐蔡滅息娶息嬀事

文王伐蔡滅息娶息嬀事主要見載於〈莊公十年傳〉與〈莊公十四年傳〉（以下言傳者，皆指《左傳》），事件發生的主因為蔡哀侯與息侯皆娶於陳，息嬀將歸，過蔡，蔡哀侯以「吾姨也」的理由，對息嬀「止而見之，弗賓」。後息侯怒，使謂楚文王，曰：「伐我，吾求救於蔡而伐之」。文王伐息，蔡救息，楚敗蔡師于莘，以蔡侯獻舞歸。

---

6 〈楚世家〉惠王廿年以後至悼王亡之間的記事為：「四十二年，楚滅蔡。四十四年，楚滅杞，與秦平。是時越已滅吳而不能正江、淮北。楚東侵，廣地至泗上。五十七年，惠王卒，子簡王中立。簡王元年，北伐滅莒。八年，魏文侯、韓武子、趙桓子始列為諸侯。二十四年，簡王卒，子聲王當立。聲王六年，盜殺聲王，子悼王熊疑立。悼王二年，三晉來伐楚，至乘丘而還。四年，楚伐周。鄭殺子陽。九年，伐韓，取負黍。十一年，三晉伐楚，敗我大梁、榆關。楚厚賂秦，與之平。二十一年，悼王卒，子肅王臧立。」瀧川龜太郎：《史記會注考證》，頁 642。

數年後，蔡哀侯因莘之役故，「繩息嬀以語楚子」，故楚子如息，以食入享，遂滅息，以息嬀歸。後生堵敖及成王，楚子復伐蔡。

這件事分列於〈莊公十年傳〉與〈莊公十四年傳〉中，兩者相差四年，文王伐蔡的莘之役與娶息嬀事是否相隔四年，由傳文來看並不能判斷，而今〈繫年〉第五章亦記載此事，其記事與《左傳》略有不同，如下：（簡文採寬式隸定，未能隸者附以圖，字後括弧內字為與古書比較後推測的通假字。省去簡文中的重文符，而以重複文字來表示，並根據簡文的鉤識符號加以分段。〔 〕表補字，簡文末附記簡號。）

> 郗（蔡）哀侯取妻於陳，賽（息）侯亦取妻於陳，[7]是賽（息）嬀。賽（息）嬀將歸於賽（息），逃（過）郗（蔡），郗（蔡）哀侯命止之。【23】曰：「以同姓之故，必內」。賽（息）嬀乃內于郗（蔡），郗（蔡）哀侯妻之。賽（息）侯弗順，乃使人于楚文王，【24】曰：「君來伐我，我將求救於郗（蔡），君焉敗之。」文王起師伐賽（息），賽（息）侯求救於郗（蔡），郗（蔡）哀侯率師【25】以救賽（息），文王敗之於新，獲哀侯以歸。
>
> 文王為客於賽（息），郗（蔡）侯與從，賽（息）侯以文【26】王飲酒。郗（蔡）侯知賽（息）侯之誘己也，亦告文王曰：「賽（息）侯之妻甚媺，君必命見之。」文【27】王命見之，賽（息）侯辭。王固命見之。既見之，還。明歲，起師伐賽（息），克之，殺賽（息）侯，取【28】賽（息）嬀以歸，是生堵囂（敖）及成王。文王以北啟出方成，及蘼於汝。改旅於陳，焉【29】取頓以贛（恐）陳侯。【30】

「郗」，簡文作「」形，與〈靈王遂申〉作「」（簡1）、〈邦人不稱〉作「」（簡8）右旁稍異，三字的右旁皆魏《三體石經》古文「蔡」字。其形還與《說文・三篇下・殺部》「殺」字古文「」

[7] 「賽」下原簡誤加重文符號，見清華大學出土文獻研究與保護中心編：《清華大學藏戰國竹簡（貳）》，頁 148。

同形。「蔡」字上古音為清母月部，與「殺」字的生母月部，韻部相同而聲母發音部位同，故相通。《說文》「殺」字下所收古文當是「蔡」字。安徽壽縣出土蔡昭侯墓器中的「蔡」字作「[illegible]」（《集成》4.2216）亦與此同形。而「賽」《左傳》作「息」，「賽」、「息」古音皆心母職部字，亦可相通。[8]〈靈王遂申〉簡1「靈王即位，繙賽不憖」，「繙賽」即「申息」，「息」亦作「賽」。

傳文與簡文相較，在情節結構上，兩者大同小異，異處在於簡文哀侯以「同姓之故」止息媯，傳文則言「吾姨也」；簡文言「蔡侯妻之」，傳文則為「止而見之，弗賓」；傳文載哀侯繩息媯於楚子為莘之役的後四年，且未說明是在何種場合下，簡文則交待是「文王為客於息，蔡侯與從」時，且言及文王命見息媯後，明歲才殺息侯娶息媯，事隔一年，兩者時間不同。而《史記》的〈楚世家〉與〈管蔡世家〉記載此事的時間及情節亦有出入。〈楚世家〉言文王六年伐蔡，虜蔡哀侯以歸。已而釋之；〈管蔡世家〉則載哀侯十一年「息夫人將歸過蔡，蔡侯不敬。息侯怒，請楚文王來伐我。我求救於蔡，蔡必來。楚因擊之，可以有功。楚文王從之，虜蔡哀侯以歸。哀侯留九歲，死於楚。凡立二十年卒。」一言「釋之」，一言「留九歲」，從簡文看來亦未能辨。[9]此外傳文末附記息媯以「未言」之姿事文王，簡文則只

---

[8] 于豪亮以為出土銅器中春秋時的息國器，「息」字有作「寋（塞）」或「鄎」者。見氏著：〈論息國和樊國的銅器〉，《于豪亮學術文存》（北京：中華書局，1985 年），頁 63。作「寋」者見《殷周金文集成》16.10276 號器〈寋公孫脂父匜〉；作「鄎」者見《集成》16.10330 號器〈鄎子行盆〉，而《說文・邑部》「鄎，姬姓之國，在淮北。」也以「鄎」指息國。今從〈繫年〉知「息」亦可作「塞」，可證成于說。然〈寋公孫脂父匜〉為春秋早期器，器主為「寋公孫脂父」，早期學者因〈鄎子行盆〉的「息」作「鄎」，而反對將〈寋公孫脂父匜〉，視為息為國器。今從〈繫年〉知其亦可能為息國器。若與楚滅陳後的陳公室器〈陳公孫脂父鈚〉（《集成》16.9979）比較，推測其可能是息國被滅後，子孫入楚作器。

[9] 清・梁玉繩對〈管蔡世家〉留哀侯九歲的說法，提出「〈楚世家〉言文王虜哀侯，已而釋之，則哀侯不死于楚，與此異詞，莫知孰是。」瀧川龜太郎：《史記會注考證》，頁 574。

強調滅息後楚國的勢力北出方城，至汝水，越蔡取頓恐陳侯，造成陳侯的威脅，不見有「未言」一段。而楚人真正城頓，圍陳已在〈僖公廿三年傳〉》以後。

因故若從人物形象來分析，簡文同傳文皆強調蔡哀侯的好色與息侯的紅顏之怒而導致亡國，讓文王坐收漁翁之利，而使楚人勢力北進。而簡文以載楚人勢力北上的過程為主，故對傳文特意描寫的「息媯未言」情節有所取捨。

比較看來，簡文將文王伐蔡與滅息分屬二年，先與蔡侯為客於息，見息媯後還，次年滅息，復娶息媯較符合事實的發展，而傳文記載此事分列於〈莊公十年傳〉與〈莊公十四年傳〉，其乃據《春秋經．莊公十年》「秋九月，荊敗蔡師于莘」與《春秋經．莊公十四年》「秋七月，荊入蔡」而來。但簡文未載文王滅息娶息媯後，是否「遂伐蔡」，只記「文王以北啟出方成，及𧆑於汝」，言其勢力達汝水一帶。並而觀之，可推測從文王滅息娶息媯，至伐蔡入蔡，使其勢力抵達汝水流域之間，當有二三年的時間，這期間即〈莊公十四年傳〉載「生堵敖及成王焉」的時間，而文王入蔡已到魯莊公十四年時。

而簡文「同姓之故」的說法顯然不如傳文「吾姨也」有理，[10]因息媯為媯姓，與姬姓的蔡侯並不同姓，只能說蔡侯與其夫息侯同姓，或是息媯與蔡侯之妻（皆陳國女子）同姓；且傳文說蔡侯「止而見之，弗賓」的說法也優於簡文「蔡侯妻之」，因簡文後有息侯求救於蔡，哀侯率師以救息語，知蔡侯並未止息媯以妻之。只能說其「私他人之婦女若已妻」。[11]若將簡文與傳文比觀，簡文的描寫手法，顯然不及傳文優美。如簡文「蔡哀侯取妻於陳，息侯亦取妻於陳」，不如傳文「蔡哀侯娶于陳，息侯亦娶焉」；簡文「『君來伐我，我將求救於蔡，君焉敗之。』文王起師伐息，息侯求救於蔡，蔡哀侯率師以救息，文

[10] 用「吾某也」表示身份親密的用法，常見於《左傳》，如〈莊公六年傳〉「楚文王伐申，過鄧。鄧祁侯曰：『吾甥也。』止而享之。騅甥、聃甥、養甥請殺楚子。鄧侯弗許。」鄧侯以「吾甥也」向楚文王表示關係親密。

[11] 程薇：〈清華簡《繫年》與息媯事迹〉，《文史知識》2012 年 4 月，頁 47。復收入《古代簡牘保護與整理研究》（上海：中西書局，2012 年）。

王敗之於新，獲哀侯以歸。」不如傳文「『伐我，吾求救於蔡而伐之』。楚子從之。秋九月，楚敗蔡師于莘，以蔡侯獻舞歸。」簡潔；簡文「蔡侯知息侯之誘己也，亦告文王曰：『息侯之妻甚美，君必命見之』」，亦不如傳文「蔡哀侯為莘故，繩息媯以語楚子」文字簡要生動。

此外，〈繫年〉說到「起師伐息，克之，殺息侯」。息侯被殺的記載，證明《列女傳》中有關息媯與息侯被擄後，同日自殺身亡的說法不可信。[12]

（二）楚晉城濮之戰

關於城濮之戰，見載於〈繫年〉第七章，如下：

> 晉文公立四年，楚成王率諸侯以回（圍）宋伐齊，戍穀，居鑪。晉文公思齊及宋之【41】德，乃及秦師回（圍）曹及五鹿（鹿），伐衛以脫齊之戍及宋之回（圍）。楚王豫（舍）回（圍）歸，居方城。【42】命尹子玉述（遂）率鄭衛陳蔡及群蠻夷之師，以交文公。文公率秦齊宋及群戎【43】之師以敗楚師於城僕，述（遂）朝周襄王于衡澭，獻楚俘馘，盟諸侯於踐土。【44】

此事較完整的記載可見〈僖公廿六年傳〉、〈僖公廿七年傳〉、〈僖公廿八年傳〉。戰事的起因是宋國善於晉侯，叛楚即晉。故楚令尹子玉伐宋，圍緡，復與魯伐齊，取穀。而僖公廿七年冬，楚率陳、蔡、鄭、許之師圍宋。宋人如晉告急，晉於是「蒐於被廬，作三軍，謀元帥」。次年晉侵曹伐衛，取五鹿以釋齊之戍與宋之圍。後楚人救衛，成王入於申，並命申叔去穀，子玉去宋。成王本不欲與晉戰，但子玉堅請，後其率師與晉、宋、齊、秦諸侯之師戰於城濮。楚師敗績，楚人潰逃，晉師食楚師三日穀，師至于衡雍，作王宮於踐土，獻楚俘於周王。

簡文與傳文比較後知，成王率諸侯之師「圍宋伐齊，戍穀，居鑪」的「穀」為齊地「穀」，「鑪」地不詳，字從金𣪊聲。「五鹿」即衛

[12] 程薇：〈清華簡《繫年》與息媯事迹〉，頁 47。

地「五鹿」，簡文在「鹿」字上繁加聲符「彔」，同〈孔子詩論〉簡23「鹿鳴」之「鹿」字寫法。而「楚王豫（舍）回（圍）歸，居方城」，傳文作「楚子入居於申」。比對來看「入申」即「入居方城」之內，申滅於楚文王二年（魯莊公六年），地為南陽，為楚北向抗衡中夏的要地，[13]而子玉此役亦是以申、息之師為主力，故文王所入居之「方城」當是障蔽申地東北一線的方城山，楚人曾因山為固，築連城東向以拒中國。[14]而此役據簡文載楚令尹子玉率鄭、衛、陳、蔡及群蠻夷之師，以交晉文公的秦、齊、宋及群戎之師，《春秋經・僖公廿七年》

[13] 清人顧棟高以為，「余讀《春秋》至莊公六年楚文王滅申，未嘗不廢書而歎也。曰：『天下之勢盡在楚矣。』申為南陽，天下之膂，光武所發跡處。是時齊桓未興，楚橫行南服，由丹陽遷郢，取荊州以立根基。武王旋取羅、鄀，為鄢郢之地，定襄陽以為門戶。至滅申，遂北向以抗衡中夏。」清・顧棟高輯，吳樹平、李解民點校：《春秋大事表・春秋列國疆域表》（北京：中華書局，1993 年），頁 525。

[14] 關於楚地方城所在，歷來有多種不同的說法，《左傳・僖公四年》屈完答齊侯語：「楚國方城以為城」，杜註：「方城山在南陽葉縣南」。而楊伯峻則認為當以姚鼐說法較可信，姚說乃以從淮水以南到江、漢以北，西踰桐柏，東越光、黃這一線的天然屏障，即今之桐別、大別諸山都統稱方城。杜註所說的方城山，楚人曾因山為故築連城，故《水經・潕水注》引盛弘之云：「葉東界有故城，始犨縣，東至瀙水，逕比陽界，南北聯，聯數百里，號為方城，一謂之長城」。楊伯峻：《春秋左傳注》（臺北：洪葉文化事業有限公司，1993 年），頁 292。簡文所入居的方城，當即方城山一線的長城。〈繫年〉第五章的「文王以北啟出方成」，的方城亦當如是觀，因其指楚北向的通道，而出方城山即可達汝水至蔡境。《左傳》中言及方城者，還有〈襄公廿六年傳〉載與公子圍爭囚的穿封戌為「方城外之縣尹」，〈昭公十八年傳〉「葉在楚國，方城外之蔽也。」皆指此。〈繫年〉117簡「楚人豫（舍）回（圍）而還，與晉師戰於長城」，《清華簡・釋文》以為其乃楚長城，即起自至南陽葉縣，沿方城山一線的長城。見清華大學出土文獻研究與保護中心編：《清華大學藏戰國竹簡（貳）》，頁 191。陳偉指出盛弘之所言的長城，南經葉縣東界，將葉縣圍繞在內，乃懷王廿八年四國伐楚，韓魏割占方城之外大片土地，對宛、葉之地構成威脅時所築，非屈完所言方城，古方城乃在葉縣西南。見氏著：〈古地新探三則〉，《江漢考古》1992 年 4 期，頁 44。

載「冬，楚人、陳侯、蔡侯、鄭伯、許男圍宋」，《春秋經・僖公廿八年》載「夏四月己巳，晉侯、齊師、宋師、秦師及楚人戰於城濮，楚師敗績。」簡文未言及楚師有許，經文未言及楚師有衛與群蠻與晉師有群戎事。

從人物形象來看，簡文強調晉文公之德與霸業，欲報齊、宋之恩而伐曹、衛。且於城濮敗楚後，更率諸侯朝周王，盟踐土。對成王亦是從正面描寫，言其面對晉軍時，捨圍而歸，居方城。楚成不願與晉文交戰的理由，在〈僖公廿八年傳〉中透過成王之口說到「晉侯在外十九年矣，而果得晉國。險阻艱難，備嘗之矣；民之情偽，盡知之矣。天假之年，而除其害。天之所置，其可廢乎？」說明晉文是得天命的一方。而簡文與傳文都以為子玉的請戰則是導致楚敗的主因，簡文的「令尹子玉遂率鄭衛陳蔡及群蠻夷之師，以交文公」及傳文的「子玉治兵於蒍，終日而畢，鞭七人，貫三人耳」（〈僖公廿七年傳〉）、「非敢必有功也，願以間執讒慝之口」及要求晉文「請復衛侯而封曹，臣亦釋宋之圍」（〈僖公廿七年傳〉）的描寫，都突顯子玉的「剛而無禮」，及師出無名，因而註定失敗。此三人的形象簡文與傳文描寫一致。而〈成王為城濮之行〉中同樣記載了子玉治兵之事，可與〈僖公廿七年傳〉對讀，其中「三日而畢，斬三人」（簡2）的情節正與傳文所記子玉形象同。知兩者的觀點接近，雖然簡文未見訴諸以天命來論戰爭成敗，但仍突顯子玉請戰之過。也可見簡文雖楚人所寫，但並非單純地僅從敵我的立場來評判戰事。

而傳文中子文與子玉治兵的情節又見〈成王為城濮之行〉，其中就有「子曼受帀於睽，一日而𪑊（畢），不散一人。子玉受帀出之蒍，三日而𪑊（畢），斬三人。」的記載。

（三）宋華元求成於楚事

〈繫年〉十一章載楚穆王時，宋因懼楚來伐，示弱以聽命於楚。而楚王以宋公為驅孟諸之麋的前導，因宋公違命，楚臣申無畏抶宋公之僕。後楚王命申無畏聘於齊，假道而不告於宋，宋人因故而殺之以報復。楚王率師圍宋，宋遣華元為質以求和。簡文如下：

楚穆王立八年，王會諸侯于发（厥）貉，將以伐宋。宋右師芋（華）孫元欲勞楚師，乃行【56】。穆王思（使）毆槑（孟）諸之麋，徙之徒啬。宋公為左芋（盂），鄭伯為右芋（盂）。申公叔侯知之，宋【57】公之車暮駕，用𦡱（抶）宋公之御。穆王即殜，臧（莊）王即位，史孫伯亡畏聘于齊，假路【58】於宋，宋人是故殺孫伯亡畏，敓（奪）其玉帛。臧（莊）王率師回（圍）宋九月，宋人焉為成，以女子【59】與兵車百乘，以芋（華）孫元為質。【60】

簡文可以和以下三段傳文合讀。

1.《左傳・文公十年》

陳侯、鄭伯會楚子于息。冬，遂及蔡侯次於厥貉。將以伐宋。宋華御事曰：「楚欲弱我也。先為之弱乎？何必使誘我？我實不能，民何罪？」乃逆楚子，勞且聽命。遂道以田孟諸。宋公為右盂，鄭伯為左盂。期思公復遂為右司馬，子朱及文之無畏為左司馬。命夙駕載燧，宋公違命，無畏抶其僕以徇。

2.《左傳・宣公十四年》（楚莊十九年）

楚子使申舟聘于齊，曰：「無假道于宋。」亦使公子馮聘于晉，不假道于鄭。申舟以孟諸之役惡宋，曰：「鄭昭、宋聾，晉使不害，我則必死。」王曰：「殺女，我伐之。」見犀而行。及宋，宋人止之。華元曰：「過我而不假道，鄙我也。鄙我，亡也。殺其使者，必伐我。伐我，亦亡也。亡一也。」乃殺之。楚子聞之，投袂而起，屨及於窒皇，劍及於寢門之外，車及于蒲胥之市。秋九月，楚子圍宋。

3.《左傳・宣公十五年》（楚莊廿年）

夏五月，楚師將去宋。申犀稽首于王之馬前，曰：「毋畏知死而不敢廢王命，王棄言焉。」王不能答。申叔時僕，曰：「築室反耕者，宋必聽命。」從之。宋人懼，使華元夜入楚師，登

> 子反之床，起之，曰：「寡君使元以病告，曰：『敝邑易子而食，析骸以爨。雖然，城下之盟，有以國斃，不能從也。去我三十里，唯命是聽。』子反懼，與之盟，而告王。退三十里。宋及楚平。華元為質。盟曰：「我無爾詐，爾無我虞。」

相較之下可見其間敘述有些不同。先是楚人會諸侯於厥貉的時間，「厥貉」簡文作「犮[illegible]」，「犮」為並母月部字，「厥」為見母月部字，兩字韻部同。簡文厥貉之會在穆王八年，傳文則在魯文公十年（穆王九年），有一年的差別。而楚王使宋、鄭二君為驅孟諸麋時，簡文言「毆孟諸之麋，徙之徒啬」，傳文未載徙止之處。且以「宋公為左盂，鄭伯為右盂」與傳文「宋公為右盂，鄭伯為左盂」，左右盂的記載不同。簡文「申公叔侯知之，宋公之車暮駕，用抶宋公之御」相當於傳文「文之無畏為左司馬。命夙駕載燧，宋公違命，無畏抶其僕以徇」一事，簡文以「宋公之車暮駕」作為申無畏抶宋公之御的理由，傳文則作「命夙駕載燧，宋公違命」，合而觀之，當是楚王命宋公之車夙駕，將於清晨陽光未明時田獵，故要求其載燧，用以取火照明，然宋公遲來，故笞擊其御。[15]

簡文「使孫伯亡畏聘于齊，假路於宋，宋人是故殺孫伯亡畏」，根據傳文，則已是魯宣公十四年即楚莊王十九年事。而傳文載從宣公十四年秋九月「楚子圍宋」，到宣公十五年夏五月「宋及楚平，華元為質」事，簡文則作「莊王率師圍宋九月」，兩者時間接近。簡文中抶宋公之御的「申公叔侯」和出使宋的「孫伯亡畏」，若配合傳文來看，當皆是指「文之無畏」（〈文公十年傳〉）、「申舟」（〈宣公十四年傳〉），也即申犀之父（〈宣公十五年傳〉），都是同一人。然因〈僖公廿六年傳〉亦見一「申公叔侯」，故《清華簡．釋文》以為「申公叔侯見《左傳》僖公二十六年，二十八年稱申叔。申無畏又

[15] 清．馬宗璉：《春秋左傳補注》以為「命駕夙載燧」意謂「蓋將焚林而田」，不確。楊伯峻已辨之。見氏著：《春秋左傳注》，頁 578。今比觀簡文更可知其誤。

稱申舟，與申公叔侯並非同族，詳見鄭樵《通志・氏族略》。據本章下文，此處的申公叔侯乃是譌誤。」[16]

〈僖公廿六年傳〉的申公叔侯，曾在城濮戰時戍軍齊地穀，後因成王不欲戰，命之去穀（〈僖公廿八年傳〉），其後不見於傳。宋人程公說《春秋分記》以為楚之申氏有三，申公巫臣之後；申叔時之後；申舟之後。而清人常茂徠的《增訂春秋世族源流圖考》中進而將申公叔侯列為申叔時之父。[17]故《清華簡・釋文》採用的是這一種看法，反對簡文的「申公叔侯」與「申舟」有關，並以為是譌誤。但傳文中實找不到申公叔侯的世系，故清人顧棟高《春秋大事表・春秋列國卿大夫世系》亦未列「申公叔侯」為「申叔時」之父，然從簡文內容看來，申公叔侯為申舟的可能性很大。

再從情節結構來看，簡文重點在闡述楚王找到伐宋的合理籍口，從穆王時的師出無名，到莊王時因宋人殺楚使者孫伯毋畏，致使莊王率師圍宋九月，宋人以以華元為質請成。而宋人殺毋畏之因在於其曾笞宋公之御，面折宋公，使宋公尊嚴掃地。傳文的情節描寫全同簡文，而有更多的細節描寫。如毋畏欲罰宋公暮駕之罪，或謂「國君不可戮也」，警告其不可傷宋君；莊王使毋畏於齊，並要其「無假道于宋」時，毋畏已預言「己必死」；而莊王乃曰「殺女，我伐之。」可見要毋畏強借道入宋乃莊王的預謀。故後來宋人殺毋畏的消息傳來，楚王

---

16 清華大學出土文獻研究與保護中心編：《清華大學藏戰國竹簡（貳）》，頁 161。

17 清・常茂徠：《增訂春秋世族源流圖考》（道光三十年季夏五月，夷門怡古堂刊本），卷五，頁 255。申舟為楚文王之後，故《楚系金文彙編》收錄的〈州𡴘簠〉（補編 44），銘文為「惟正十月初吉庚午，𨜉文王之孫州𡴘擇其吉金，自乍飤匿，永寶用之」，李學勤以為器主是「文之無畏」即「申舟」這一系的後人。見氏著：〈楚國申氏兩簠讀釋〉，《三代文明研究》（北京：商務印書館，2011 年），頁 102。黃錫全則以為文王滅南申設縣後，還東遷申人於今信陽一帶，作為附庸存於楚境，且其還曾一度稱王，〈州𡴘簠〉中的「申文王」可能即稱王後的第一代王。參氏著：〈申文王之孫州𡴘簠銘文及相關問題〉，《古文字研究》第廿五輯（北京：中華書局，2004 年），頁 189。

聞之，「投袂而起。屨及於窒皇，劍及於寢門之外，車及于蒲胥之市。」連鞋、劍都未及穿佩，車未及坐妥，就準備出兵伐宋。傳文著重於莊王形象的描寫，簡文則只選擇記載。但兩者在情節結構、人物形象上的書寫是一致的。

（四）楚晉邲之戰

楚簡記載與邲之戰有關者，包括〈繫年〉十二、十三章與〈鄭子家喪〉。

1.〈繫年〉十二、十三章：

> 楚臧（莊）王立十又四年，王會諸侯于礪（厲），鄭成〈襄〉公自礪（厲）逃歸，臧（莊）王述（遂）加鄭亂，晉成【61】公會諸侯以救鄭，楚師未還，晉成公卒于扈【62】。
>
> ▨〔臧〕王回（圍）鄭三月，鄭人為成。晉中行林父率師救鄭，臧（莊）王述（遂）北【63】▨楚人盟。郘（趙）嘼（旃）不欲成，弗卲（召），射于楚軍之門，楚人被駕以追之，述（遂）敗晉師于河【64】。

簡文記載邲之戰的時間為莊王十四年，起因為鄭襄公自厲之會逃歸，莊王遂伐鄭，而晉人救鄭，莊王圍鄭三月，後與鄭人盟。晉荀林父率師救鄭，欲與楚盟。然晉軍趙旃不欲成，故挑戰楚軍，楚人追之，敗晉師於河。

傳文對此役的記載，見〈宣公九年傳〉（楚莊十四年）、〈宣公十一年傳〉、〈宣公十二年傳〉。

關於莊王會諸侯於厲的時間，傳文未載，杜注以為是（宣公）六年，即傳文「楚伐鄭，取成而還」時，[18]簡文「莊王立十又四年」（魯宣公九年）當也非厲之會時間，而同傳文一樣是指晉成公會諸侯于扈，欲救鄭而卒於扈的時間。晉與諸侯會於扈欲救鄭，但因鄭人與楚

[18] 晉・杜預集解，唐・孔穎達正義：《春秋左傳正義》（臺北：藝文印書館，1997年），頁377、381。

成，故晉反帥諸侯之師以伐鄭，鄭人改盟晉（〈宣公十年傳〉「鄭及楚平，諸侯之師伐鄭，取成而還。」）然因鄭與晉成，楚復伐鄭（〈宣公十一年傳〉「春，楚子伐鄭，及櫟。」），鄭人子良復盟楚於辰陵。又因晉人的威脅，年末鄭又徼事于晉。因此楚王再度率師來圍，鄭二盟二反，故楚子復來圍。此次圍鄭，鄭人曾請卜，問是否再次求成。結果不吉，故鄭伯出降，並以子良為質（〈宣公十二年傳〉「十二年春，楚子圍鄭。旬有七日，鄭人卜行成，不吉；卜臨于大宮，且巷出車，吉。國人大臨，守陴者皆哭。楚子退師，鄭人修城，進復圍之，三月，克之。入自皇門，至於逵路。鄭伯肉袒牽羊以逆。」）。也因此夏六月晉以荀林父將中軍來救鄭。

傳文說到楚子圍鄭「進復圍之，三月，克之。」「三月」一辭從傳文來看可有二解，一是春三月，一是歷時三月。今從簡文來看，以後者為確。

荀林父率師來救鄭，聽說楚、鄭已平，欲還，而先穀欲戰，並搶先渡河，故荀林父只好帶兵從之。楚師次於鄭地郔，欲返楚時，聞晉師渡河，莊王嬖人伍參請戰，令尹孫叔敖弗欲，二人爭辯後，王從伍參之見，改轅北向，次于管以待晉師。莊王先派人偽向晉師求成，而盟本已成，但因晉魏錡、趙旃二人有怨於晉，故怒而挑戰楚師，楚晉軍興，楚大破晉軍於河上。簡文「楚人被駕以追之」，即指傳文「王乘左廣以逐趙旃，趙旃棄車而走林，屈蕩搏之，得其甲裳」（〈宣公十二年傳〉）一事。

從情節結構來看，簡文與傳文一致，而且簡文還強調邲之役的導火線是鄭成公自厲逃歸所引起的。與傳文「厲之役，鄭伯逃歸，自是楚未得志焉。鄭既受盟於辰陵，又徼事于晉。」（《宣公十一年傳》）一致。

2.〈鄭子家喪〉

同樣記載邲之役的還見《上博七．鄭子家喪（甲）〉，其言：[19]

---

[19] 釋文參考林清源：〈《上博七．鄭子家喪》文本問題檢討〉，《古文字與古代史》第三輯（臺北：中研院史語所，2012 年），頁 331。

> 鄭子家喪，邊人來告。臧（莊）王就大夫而與之言曰：「鄭子家殺其君，不穀日欲以告大夫，以邦之病，【1】以及於今。天厚楚邦，囟（使）為諸侯正。今鄭子家殺其君，將保其龔（恭）炎（嚴），以歿入地。如上帝鬼【2】神以為怒，吾將何以答？雖邦之病，將必為師。」乃起師回（圍）鄭三月。鄭人請其故，王命答之曰：「鄭子【3】家顛覆天下之禮，弗畏鬼神之不祥，憾（戕）賊其君。我將必囟（使）子家毋以成名位於上，而滅【4】炎（嚴）於下。」鄭人命以子良為質，命思（使）子家利（梨）木三脅（寸），紎索以紻，毋敢丁門而出，斆（掩）之城基。【5】王許之。師未還，晉人涉，將救鄭，王將還。大夫皆進曰：「君王之起此師，以子家之故。今晉【6】人將救子家。君王必進師以仍之！」王焉還軍，以仍之，與之戰於兩棠，大敗晉師焉。【7】

從簡文「乃起師圍鄭三月」、「鄭人命以子良為質」，都可見與邲之役有關。而「師未還，晉人涉，將救鄭，王將還。大夫皆進曰：『君王之起此師，以子家之故。今晉人將救子家。君王必進師以仍之！』」正是〈宣公十二年傳〉邲之戰前的背景。「邲」地，〈鄭子家喪〉作「兩棠」，同於〈陳公治兵〉（簡4「或與晉人戰於兩棠，師不絕。」）。史籍中亦見此用法，如《呂氏春秋‧至忠》「荊興師，戰於兩棠，大勝晉」、賈誼《新書‧先醒》「楚莊王與晉人戰於兩棠，大克晉人」。[20]

---

[20] 沈祖緜已指出兩棠之役即邲之役，孫人和《左宧漫錄‧兩棠考》亦載「兩棠即邲地也」。然何以一作「兩棠」一作「邲」？陳奇猷、楊伯峻皆主張邲為水名，其上游為榮瀆，又曰南濟，首受黃河，在榮陽曰「狼蕩渠」，「兩棠」即「狼蕩」，文異音同。《水經》「河水東過榮陽縣北，狼蕩渠出焉」即此。楊伯峻：《春秋左傳注》，頁 717。而《呂覽‧至忠》載兩棠之役時，以為時在「荊莊哀王」時，高誘注以為其是「考烈王之子，在春秋後。」畢沅以為「楚莊王也，不當有哀字」。今驗以〈鄭子家喪〉知畢注為正。陳奇猷：《呂氏春秋校釋》（臺北：華正書局，1988 年）頁 580。

〈宣公十一年傳〉載楚師釋鄭圍後，本欲飲馬而歸，後「聞晉師既濟，王欲還，嬖人伍參欲戰。令尹孫叔敖弗欲」，更在伍參與孫叔敖的爭辯後，莊王「改乘轅而北之，次於管以待之」。而〈鄭子家喪〉則以「大夫皆進曰」來說明楚王由欲返國改變為進師的原因，兩者有相通之處。

然而兩處記載此役差異最大者在於楚人圍鄭伐鄭的理由。〈鄭子家喪〉強調楚人伐鄭的理由乃因子家弒其君，楚王是諸侯之首，要替上帝鬼神行道，斲薄其棺以懲戒之。故來救鄭的晉人，為失天道的一方，因此楚能大敗晉師。但這樣的觀點與〈繫年〉及《左傳》有明顯不同，〈繫年〉只論及邲之役的導火線是鄭成公自厲逃歸所引起的，未訴諸仁義，與他章的敘述手法一致，僅著重事件過程和結果的記載，對於發兵者的動機、起兵的合理性及是否符合天道人事的規律並不著墨。但因《左傳》記此事的過程和結果與簡文幾同，故可從傳文看到另一種異於〈鄭子家喪〉，而可代表〈繫年〉與《左傳》的觀點。傳文在邲之役時透過荀林父、士會之口，從政治的角度主張退兵，又引荀首從用兵的角度（「《周易》有之，在〈師〉之〈臨〉，曰『師出以律，否臧，凶。』執事順成為臧，逆為否。」）預言若戰必敗。更載欒書對楚國君臣上下的分析，以為「楚自克庸以來，其君無日不討國人而訓之于民生之不易，禍至之無日，戒懼之不可以怠；在軍，無日不討軍實而申儆之于勝之不可保，紂之百克而卒無後。」（〈宣公十二年傳〉）這種全民一致的憂患意識及共同信念的凝聚，乃楚不可伐的原因。加上晉軍有二憾（魏錡與趙旃），一以求公族未得，一以求卿未果，二人皆怒而欲敗晉師，故晉師若戰必敗。

因此楚人圍鄭的原因到底是〈鄭子家喪〉主張的欲懲子家弒君之罪，還是〈繫年〉及傳文主張的鄭成公逃歸且鄭人貳於楚，便可進一步討論。鄭子家卒的時間，在魯宣公十年，為晉會諸侯于扈救鄭的次年。而鄭伯逃厲之役在魯宣公六年，之後鄭人數次求成於晉，時叛時降於楚、晉之間，而造成楚人圍鄭。楚王伐鄭見〈宣公九年傳〉、〈宣公十年傳〉、〈宣公十一年傳〉，直到〈宣公十二年傳〉的圍鄭，可說年年伐鄭，但子家亡故時間在魯宣公十年末，時楚已伐鄭二次，似乎很難說是造成楚王伐鄭的主因。而且〈宣公十年傳〉記此事時，言「鄭子家卒。鄭人討幽公之亂，斲子家之棺，[21]而逐其族。改葬幽公，謚之曰靈。」並無涉於楚，且以斲棺者是鄭人而非楚王。加上郯之役發生於魯宣公十二年，因此把懲罰子家說成是郯之役的主因，至少從《左傳》或〈繫年〉的記載來看並不合適，頂多只能視為楚王伐鄭的藉口之一而已。

當然〈鄭子家喪〉、〈繫年〉與《左傳》編纂的時間都在郯之役後，編者根據多少可信的史實或只是一個流傳的故事版本所撰，今已無從得知，故很難判斷個中情節的真偽，[22]但從〈鄭子家喪〉與〈繫年〉及《左傳》的寫作體裁上，我們似乎還可以有另一種思考。

在《上博（四）》的〈昭王毀室〉等三篇公布後，陳偉即指出，其都是楚人講述楚事的文本，且體裁上看很像是《國語》一類作品。[23]而關於《國語》類文本的書寫形式，《論衡．案書》言：「左氏傳經，辭語尚略，故復選錄《國語》之辭以實之」[24]、《釋名．釋典藝》曰：

---

[21] 關於「斲子家之棺」的解釋，楊伯峻引《三國志．魏志．王凌傳》、《晉書．劉牢之傳》、《魏書．韓子熙傳》以為「斲棺」為「剖棺見尸也」，反對杜預的「斲薄其棺，不使從卿禮」說。見氏著：《春秋左傳注》，頁709。今從簡文「命思（使）子家利（梨）木三畬（寸）」一語看來，杜注才是對的。

[22] 林清源主張〈鄭子家喪〉故事反應的是楚莊王本身的觀點，而與之記載不同的《左傳》、《史記》則反映晉人解讀時事及漢人解讀春秋歷史的觀點。並強調〈鄭子家喪〉所載楚莊王伐鄭的理由，大概只是檯面上冠冕堂皇的藉口而已，真正的動機應是《左傳》隨武子所說的「怒其貳」，也就是《史記》司馬遷所說的「以鄭與晉盟來伐」。而更對於葛亮、李天虹的「雜糅而成的故事」說，提出檢討，認為〈鄭子家喪〉乃是異於《左傳》、《國語》、《史記》之類傳世史籍的另外一個故事的版本。林清源：〈《上博七．鄭子家喪》文本問題檢討〉，頁 347、349、355。

[23] 陳偉：〈《昭王毀室》等三篇竹書的國別和體裁〉，丁四新主編，《楚地簡帛思想研究（三）》（武漢：湖北教育出版社，2007 年），頁 207。

[24] 漢．王充著，黃暉校釋：《論衡校釋．四》（北京：中華書局，1996 年三版），頁 1165。

「《國語》，記諸國君臣相與言語謀議之得失也」[25]，都說到《國語》重在辭與言語。張以仁以為「大概當時很多國家都有他們的《語》。左傳哀公十三年孔穎達疏謂『國語之書，當國所記。』大概是不錯的。那些『語』，是記錄他們本國大人先生或先賢往哲的嘉言善語的集子。也許那些『語』的來源與記言的右史有關。但決非全部抄自右史，它是經過選擇與潤色的。這種集子，是用來作為他們貴族子弟的教本的。那些國家的《語》集，大概就是後來《國語》的藍本。」[26]

《國語》這種《語》類作品的著作目的，由於在強調嘉言之價值，故記事通常是為了印證言論，因此事件的編纂常經過選擇或潤色，情節記述以簡明扼要為主，側重傳達立即印證之效，其敘述模式大致不出「背景－言語－結果」的結構。[27]而〈鄭子家喪〉中的「背景」即「子家弒君」，「言語」即楚莊王的那段代替上帝鬼神行道之辭，而「結果」本當僅載鄭人以子良為質，且同意斵薄子家之棺，但文本為了加重印證此嘉言的效力，把二年後的邲役戰功也寫進來了。

---

25 漢・劉熙著，清・畢沅疏證，清・王先謙補：《釋名疏證補》，（北京：中華書局，2008 年），頁 214。

26 張以仁：〈國語辨名〉，《國語左傳論集》（臺北：東昇出版事業有限公司，1980 年），頁 14。以「語」為教本，可見《國語・楚語上》〈申叔時論傳太子之道〉上的一段話。申叔時答楚莊王，太子當學者九，「教之《春秋》，而為之聳善而抑惡焉，以戒勸其心；教之《世》，而為之昭明德而廢幽昏焉，以休懼其動；教之《詩》，而為之導廣顯德，以耀明其志；教之《禮》，使知上下之則；教之《樂》，以疏其穢而鎮其浮；教之《令》，使訪物官；教之《語》，使明其德，而知先王之務用明德於民也；教之《故志》，使知廢興者而戒懼焉；教之《訓典》，使知族類，行比義焉。」周・左丘明著，上海師範大學古籍整理組校點：《國語》（臺北：里仁書局，1981 年），頁 528。

27 李隆獻言《國語》的敘事模式大致不出「背景－言語－結果」的三段或四段式結構。交代背景，紀錄人物言論後，再以接納／不聽勸諫的「小結果」進而導致「大結果」之福／禍，佐證所記「言語」，傳達警惕與教化意涵。見氏著：〈先秦傳本／簡本敘事舉隅—以「三郤之亡」為例〉，頁 73。

這種記述體裁與目的不一的原因，造成事件情節有異的現象，也出現在《左傳》與《國語》中，如靈王的乾谿之難，《吳語·夫差伐齊不聽申胥之諫章》以為申亥遇王在王縊死後；〈昭公十三年傳〉則載申亥遇王在王未死前。且《國語》同章有王遇涓人疇一事，而《左傳》無；〈昭公十三年傳〉有申亥二女殉葬事，而《國語》無。《楚語上·蔡聲子論楚材晉用章》記蔡聲子諫子木，謂雍子與於鄢之役；〈襄公廿六年傳〉則謂彭城之役。《楚語下·藍尹亹避昭王而不載章》謂昭王欲執藍尹亹，藍尹亹自辯謂王不應記舊恨，以免蹈子常之覆轍；〈定公五年傳〉則諫昭王者為子西，非藍尹亹本人。楚昭王奔鄖，鄖公之弟懷欲弒王以報父仇，不果。鄖公以王奔隨。及王歸，賞及鄖懷。《楚語下·鄖公辛與弟懷或禮於君或禮於父章》謂昭公述所以賞鄖懷之理由，「或禮於君，或禮於父，均之不亦可乎！」以孝得王之賞；而〈定公五年傳〉則云「大德滅小怨，道也。」以為鄖懷乃叨兄之福，而免難。[28]

因此或可推測〈鄭子家喪〉把邲之役的勝利說成是楚王能懲子家之罪，替上帝鬼神正天下之禮的理由，乃在加重符驗嘉言之效。

〈繫年〉性質類的簡文大致屬於楚人申叔時所說的《春秋》一類，而〈鄭子家喪〉則屬於《語》一類。李零以為《語》類史書，是當時的私史、野史，多臆說與文學想像，它的故事性勝於記錄性，是一種「再回憶」和「再創造」。[29]但從〈鄭子家喪〉內容看來，文中的每一事件都無法說是虛構不實的，只是事情因果的敘述似乎是有更多的選擇性的組合，蓋乃因《語》類性質的史，通常透過人物對話，來闡揚某種正面價值，屬有所為而為者，其背後的教化意義更勝於其它。

[28] 張以仁：〈論《國語》與《左傳》的關係〉，《張以仁先秦史論集》（上海：上海古籍出版社，2010 年），頁 25、27、31、40、49。

[29] 李零：〈從簡帛發現看古書的體例和分類〉，《中國典籍與文化》第 36 期。復收入氏著：《簡帛古書與學術源流》（北京：生活·讀書·新知三聯書局，2004 年），頁 202。

（五）莊王以來的楚吳關係

〈繫年〉十五章載楚莊王至昭王期間，因楚臣入吳，教吳人反楚，造成吳軍入郢之事。所記楚臣包括巫臣與伍子胥。其載如下：

> 楚臧（莊）王立，吳人服于楚。陳公子徵郤（舒）取妻于鄭穆公，是少盐。臧（莊）王立十又五年【74】，陳公子徵余（舒）殺其君靈公，臧（莊）王率師回（圍）陳。王命申公屈巫迈秦求師，得師以【75】來。王入陳，殺徵余（舒），取其室以叙（予）申公。連尹襄老與之爭，奪之少盐。連尹戩（止）於河【76】滩，其子墨要也，或（又）室少盐。臧（莊）王即殜，共王即位。墨要也死，司馬子反與申【77】公爭少盐，申公曰：「氏（是）余受妻也。」取以為妻。司馬不順申公。王命申公聘於齊，申【78】公竊載少盐以行，自齊述（遂）逃迈晉，自晉迈吳，焉始通吳晉之路，教吳人反楚【79】。以至靈王，靈王伐吳，為南懷之行，執吳王子鱥（蹶）繇（由），吳人焉或（又）服於楚。靈王即殜【80】，景平王即位。少師亡嬰（忌）讒連尹額（奢）而殺之，其子伍員與伍之雞逃歸吳。五雞將【81】吳人以回（圍）州來，為長壑而洍之，以敗楚師，是雞父之洍。景平王即殜，昭王即【82】位，伍員為吳大宰，是教吳人反楚邦之諸侯，以敗楚師于柏舉，述（遂）內郢。昭王歸【83】隨，與吳人戰于析。吳王子辰將起禍於吳，吳王闔虘（廬）乃歸，昭王焉復邦。【84】

其中簡文述及莊王時的巫臣，因爭奪「少盐」一事，自晉至吳，教吳人叛楚。這個故事即《左傳》中巫臣竊夏姬的故事。簡文「少盐」即〈成公二年傳〉中的「夏姬」；而簡文後半主要記載昭王時的伍員，因父仇避地於吳，並教吳人反楚事。其中巫臣的相關記載見〈成公二年傳〉、〈成公三年傳〉、〈成公七年傳〉；伍員的相關記載見〈昭公十九年傳〉、〈昭公廿年傳〉、〈昭公廿三年傳〉、〈昭公卅年傳〉、〈昭公卅一年傳〉等。

簡文中關於巫臣的部分與傳文比對後，主要有以下不同：

1. 簡文以為「少盐」為陳公子徵舒之妻，鄭穆公女。而《左傳》中的夏姬歷來都以為是夏徵舒母，起因於〈宣公十三年傳〉載陳靈公與孔寧、儀行父飲於夏氏時，互戲言曰「徵舒似女」，故杜預以來皆認為夏徵舒為夏姬之子（杜注「夏姬，鄭穆公女，陳大夫御叔妻」，又「蓋以夏姬淫放，故謂其子多似以為戲」）。[30]
2. 簡文提及楚王圍陳時，曾命巫臣至秦求師，得師以來。傳文未見。
3. 簡文載楚王殺夏徵舒後，因巫臣至秦求師有功，故將少盐賞予巫臣。而連尹襄老爭之，奪少盐，室之。後襄老死於河雍，其子黑要復室之。黑要死，司馬子反又與巫臣爭少盐。時王命巫臣聘於齊，巫臣竊載少盐，自齊至晉，自晉至吳。教吳人反楚。而簡文中「連尹止於河雍」的「河雍」，即指邲之役。[31]

〈成公二年傳〉載，楚王討陳夏氏後，欲納夏姬，因巫臣反對而作罷，而子反欲取之，巫臣也反對，理由是「是不祥人也！是夭子蠻，殺御叔，弒靈侯，戮夏南，出孔、儀，喪陳國，何不祥如是？」子反乃止。後楚王予以連尹襄老，襄老死於邲，其子黑要復烝焉。巫臣使人自鄭召夏姬，以得襄老尸為由奔鄭，夏姬告王，王許其行。時楚王使巫臣聘於齊，及鄭，偕夏姬奔晉。

簡文楚王賞夏姬予申公的情節不見傳文，但《楚語上・蔡聲子論楚材晉用章》亦見「莊王既以夏氏之室賜申公巫臣，則又畀之子反，卒於襄老。」也載莊王先賞夏姬於申公事。

關於夏姬的身份，除〈成公二年〉說到其曾「夭子蠻，殺御叔，弒靈侯，戮夏南，出孔、儀」外，〈昭公廿年傳〉也借叔向母之口說

[30] 晉・杜預集解，唐・孔穎達正義：《春秋左傳正義》，頁 382。

[31] 《淮南子・人間》「昔者楚莊王既勝晉於河、雍之間，歸而封孫叔敖」，高誘注：「莊王敗晉荀林父之師於邲。邲，河、雍地也」。亦以河、雍間地指「邲」之役。參何寧：《淮南子集釋》（北京：中華書局，1998 年）頁 1241。

到「子靈（巫臣）之妻殺三夫、一君、一子，而亡一國、兩卿矣」。兩段文字相校，推測所殺三夫或是子蠻、御叔、巫臣，一君即陳靈公，一子即夏南，為夏徵舒，兩卿為孔寧、儀行父。然而「子蠻」是誰，於史無徵。杜預以為「子蠻，鄭靈公，夏姬之兄，殺死無後」。然《左傳》中鄭靈公名「子貉」，非子蠻，因〈昭公廿年傳〉還說到夏姬乃「鄭穆少妃姚子之子，子貉之妹也。子貉早死，無後，而天鍾美於是」，故楊伯峻以為「子蠻或是其最早之丈夫」。[32]然而「夭子蠻」的意思，其實很接近「子貉早死」，也因此杜預會以為子蠻指夏姬之兄，即早死的子貉。而常茂徠的《增訂春秋世族源流圖考》就直接把子蠻和子貉視為同一人。[33]常書的看法是正確的，因子貉又稱「太子夷」（〈文公十七年傳〉），古人諸名字間常有相關，「夷」「蠻」「貉」三者義近，「太子夷」、「子蠻」、「子貉」當指同一人。同樣的情形，如與子貉同出於鄭穆的「公子騑」即「子駟」、「公子棄疾」即「子良」（即前文提及邲之戰前為質於楚的子良）、「公子嘉」即「子孔」，皆有義可說。

這樣一來「殺三夫」的「三夫」，就少一人，因「子蠻」是夏姬兄而不是夫，而且「巫臣」是否因夏姬而死，傳文也未見。當然我們也可以把連尹襄老或黑要都算上（御叔、連尹、黑要），而其所殺「一子」，歷來都視為夏徵舒，然若視為「黑要」是否也可行？（即把夏徵舒視為三夫之一，而黑要視為子。「三夫」為御叔、連尹、夏徵舒，「一子」為黑要）這其間種種的可能性表示「殺三夫、一子」的說法是來自於夏姬身世的傳說所造成的。

夏姬是鄭穆公之女，鄭靈公（子貉）之妹，穆公立於魯僖公卅三年，時年廿二，即位廿二年而卒，死時四十四歲（魯宣公三年），[34]而靈公為穆公長子，即位一年為子家所弒（魯宣公四年，605B.C.），

---

[32] 晉・杜預集解，唐・孔穎達正義：《春秋左傳正義》，頁 428。楊伯峻：《春秋左傳注》，頁 804。

[33] 清・常茂徠：《增訂春秋世族源流圖考》，卷三，頁 145。

[34] 楊伯峻：《春秋左傳注》，頁 673。

假設子貉被殺時廿歲，則夏姬為靈公妹，當時應不足廿歲。靈公死至夏徵舒被莊王所殺（魯宣公十一年，598B.C.），只隔七年，時未滿卅歲的夏姬很難想像已有一個力能射殺一君二大夫的兒子。而簡文說少盉是夏徵舒的妻子，從年歲來看，似乎比較恰當。「盉」字從皿孔聲，當讀如孔。「少盉」為其名，穆公有子十三人，其中有「子孔」、「士子孔」二人，〈襄公十九年傳〉說到「子然、子孔，宋子之子也；士子孔，圭嬀之子也。圭嬀之班亞宋子，而相親也；二子孔亦相親也。」雖說夏姬之母為「鄭穆少妃姚子」，不詳何人，但從其為子姓，且名其女為「少孔」來看，很可能與子孔有關，或即子孔之妹。

總之夏姬的身世在當時可能已有多種傳說，或以為夏徵舒母，或以為夏徵舒妻，相同點是與其有關的諸男子，皆因之而亡。而相應於這兩種傳說的《左傳》與〈繫年〉，正是這個故事的兩種不同版本，然今日實不易據〈繫年〉或《左傳》來對史實論斷是非。如同簡文未有傳文以襄老之尸召夏姬，而傳文未有簡文因巫臣至秦求師有功，被賞以少盉的情節。這其間可能除了「傳聞異辭」外，還與作者書寫時的取捨有關。

簡文關於伍員事的記載，說到平王即位，少師讒伍員父連尹奢，致使奢為平王所殺，員與其子伍之雞逃吳，後伍雞將吳師來伐，圍州來，敗楚師於雞父。平王死，昭王即位後，伍員為吳太宰，教吳人伐楚，敗楚師於柏舉，遂入郢。昭王奔隨，與吳師戰於析。後因吳王子晨欲自立為王，吳王闔盧回師，楚人才得以復邦。

這些記載基本上都同於《左傳》，雞父之役見〈昭公廿三年傳〉；柏舉之役見〈定公四年傳〉；楚吳之師戰於析及王子辰自立為王事見〈定公五年傳〉。其中簡文的「王子晨」即「夫概王」，〈定公四年傳〉「十一月庚午，二師陳于柏舉。闔廬之弟夫概王晨請於闔廬曰：『楚瓦不仁，其臣莫有死志。先伐之，其卒必奔；而後大師繼之，必克。』弗許。」「吳王子辰」，傳文作「夫概王晨」。[35]此外還有柏舉之役時

[35] 董珊指出近年流散的銅器，有春秋晚期的〈王子臣俎〉一件及〈王子臣戈〉二套，銘文作鳥蟲書，分別是「王子臣作𪔂彝用終」與「王子臣之用」，

伍員為吳行人(〈定公四年傳〉),而簡文以為吳太宰,言伍員有一子名伍雞,亦未見。

(六)楚共與晉景、厲時的弭兵之盟

〈繫年〉十六章載楚共王時期的楚晉弭兵之盟與鄢陵之戰,內容如下。

> 楚共王立七年,命尹子重伐鄭,為汜之師。晉景公會諸侯以救鄭,鄭人戠(止)芸(鄖)公儀,獻【85】諸景公,景公以歸。一年,景公欲與楚人為好,乃脫芸(鄖)公,囟(使)歸求成,共王使芸(鄖)公聘於【86】晉,得許成。景公史糴之茷聘於楚,且修成,未還,景公卒,臬(厲)公即立。共王使王【87】子辰聘於晉,或(又)修成,王或(又)使宋右師芋(華)孫元行晉楚之成。明歲,楚王子波(罷)會晉文【88】子燮及諸侯之大夫,盟於宋,曰:「爾天下之虓(甲)兵。」明歲,臬(厲)公先起兵,率師會諸侯以伐【89】秦,至于涇。共王亦率師回(圍)鄭,臬(厲)公救鄭,敗楚師於鄢。臬(厲)公亦見禍以死,亡後。

簡文此段記載楚共七年以來的楚晉弭兵之盟,相關記載可參〈成公七年傳〉及成公九到十三年的傳文。內容是說晉景公欲與楚人為好,故釋楚囚鄖公儀,使其返楚求成,共王復使鄖公儀聘於晉以求成。晉使糴之茷來聘楚,未成而晉景公卒。厲公即位,共王使王子辰聘於晉,使宋華元行晉楚之成,楚王子罷會晉文子燮(士燮)及諸侯大夫,

其「王子臣」即「夫概王晨」。見氏著,〈讀清華簡《繫年》〉,復旦大學出土文獻與古文字研究中心網站,2011 年 12 月 26 日。此二器見載於韓自強:〈楚國有銘兵器的重要發現〉,中國古文字研究會等編,《紀念中國古文字研究會成立三十周年國際學術研討會論文集》(2008 年),頁 92-98。俎銘作「王子臣作䵼彝用亯」,器為楚器,銘為鳥篆,時代屬春秋中期偏早。董說不確。

曰「弭天下之兵」。明歲，厲公毀盟，先起師會諸侯伐秦，故楚人圍鄭。而厲公救鄭敗楚師於鄢。

傳文記事不同於簡文者在於，晉人於魯成公九年釋鄖公，楚使公子辰如晉修好。未有再使鄖公如晉事。而因晉景公卒，羅筏入楚未能修好。然當時華元交善於令尹子重及欒武子，故其如晉楚以合晉楚之成。但簡文則書「王又使宋右師華孫元行晉楚之成」，言楚王派華元至晉，促成楚晉之好。見其從楚人立場來寫華元合楚晉盟事。明歲，晉師先以諸侯之師戰秦師，秦師敗績，晉師濟涇。而楚子則伐鄭，華元出奔晉，弭兵之盟破局。

從弭兵之盟後晉人先出師這點看來，當是晉人先背盟，故〈繫年〉主晉先背盟；但《左傳》載晉伐秦時，卻強調秦人背盟，既與晉有令狐之盟，又召狄楚，欲道以伐晉，故晉使呂相絕秦，且出師伐秦。而楚人則趁機伐鄭，背弭兵之盟。《左傳》中先透過子囊之口，強調楚人背盟，又載楚將子反的背信忘禮，更由申叔時之口預言楚人將敗，子反必不免，故有鄢陵之敗。從簡文與傳文內容看來，兩者的立場觀點顯然不同。

（七）楚康以來的楚晉弭兵之盟

〈繫年〉十八章載楚從康王、郟敖、靈王、平王、昭王及晉平公、昭公、頃公、簡公以來的楚晉關係。

> 晉臧坪公立十又二年，楚康王立十又四年，命尹子木會郘（趙）文子武及諸侯之大夫，盟【96】于宋曰：「爾（弭）天下之虢（甲）兵。」康王即殜，孺子王即位。靈王為令尹，令尹會邶（趙）文子及諸侯之大夫，盟于【97】虢，孺子王即殜，靈王即立。靈王先起兵，會諸侯于繡，執（執）徐公，述（遂）以伐徐，克漹（賴）、朱方，伐吳【98】為南懷之行，閼（縣）陳、鄁（蔡）殺鄁（蔡）靈侯。靈王見禍，景平王即立。晉臧坪公即殜，昭公、问（頃）公皆【99】早殜。柬公即立，景平王即殜，昭王即立。許人亂，許公旆出奔晉，晉人羅，城汝昜，

居【100】許公旅於頌（容）城。晉與吳會為一，以伐楚，閔方城。逑（遂）盟諸侯於召陵，伐中山。晉師大疫【101】且飢，食人。楚昭王侵伊洛以復方城之師。晉人且有范氏與中行氏之禍，七歲不解虣（甲）【102】諸侯同盟于鹹泉以反晉，至今齊人以不服于晉，晉公以仢（弱）。【103】

其中簡99的「閑」通讀為「縣」，「閑」在楚簡楚器中讀「間」，如〈莊王既成〉「如四與五之閑」（簡3），〈曾姬壺〉「宅茲漾陵蒿閑」。「閑」為見母元部字，「縣」為匣母元部字，兩者韻部同，且見匣二母在楚簡中多見相通例；[36]「頌」讀為「容」，例見〈性情論〉簡12「貴其義，善其節，好其頌（容），樂其道，悅其教」、〈從政〉簡5、6「君子不緩（寬）則亡以頌（容）百姓」。

這段記載中晉國的世系為減坪公－卲公－同公－柬公，配合〈晉世家〉的世系來看，其即平公－昭公－頃公－定公。所記故事中令尹子木盟趙文子事見〈襄公廿七年傳〉；令尹王子圍盟諸侯於虢事，見〈昭公元年傳〉；靈王會諸侯于申，執徐公，伐賴、朱方與吳事見〈昭公四年傳〉；殺蔡靈侯在〈昭公十一年傳〉；靈王見禍在〈昭公十三年傳〉；遷許於容城事見〈定公四年經〉；諸侯盟於鹹泉見〈定公七年傳〉；晉范氏與中行氏之亂則從魯定公十二年到哀公五年。上舉記事在情節上簡文大致同於傳文。而靈王殺蔡靈侯一事，還可參〈靈王遂申〉，其說到「靈王即位，申賽（息）不憖，王敗蔡靈侯於呂，命申人室出取蔡之器」（簡1），因申、息不服的關係，靈王滅蔡後，以之為縣，並要申息之民取蔡國之器，以為賄。

其中令尹子木盟趙文子事也見〈競公虐〉簡4，「〔屈〕木為成於宋，王命屈木昏（問）軛武子之行安。」

---

[36] 見、匣聲部相通例見：「皇句（后）」（〈三德〉簡10），「句」為見母侯部，「后」為匣母侯部；「九三，艮其瞳（限）」（〈周易〉簡48），「瞳」見母文部，「限」匣母文部；「割（會）疾（譴）」（〈景公虐〉簡1），「割」見母月部，「會」匣母月部。

（八）靈王以來的楚蔡關係

〈繫年〉十九章載陳、蔡兩國由靈王時國滅併於楚縣，到平王時復邦，及後來蔡被吳人遷都於州來之事。簡文如下：

> 楚靈王立，既閥（縣）陳蔡，景平王即位，改邦陳蔡之君，囟（使）各復其邦。景平王即殜，昭【104】〔王〕即位，陳蔡𦍒（胡）反楚，與吳人伐楚。秦異公命子蒲、子虎率師救楚，與楚師會伐陽（唐），閥（縣）之。【105】昭王既復邦，焉克𦍒（胡），回（圍）蔡。昭王即殜，獻惠王立十又一年，蔡昭侯申懼，自歸於吳，吳縵（洩）用（庸）【106】以師逆蔡昭侯，居于州來，是下蔡。楚人焉閥（縣）蔡【107】。

其中昭王時陳、蔡、胡反楚，並與吳人伐楚事見〈定公四年經〉；而秦師救楚乃在柏舉之戰，吳人五戰及郢後，秦哀公因申包胥故，使子蒲、子虎救楚，事見〈定公四年傳〉與〈定公五年傳〉。吳洩庸如蔡納師，而遷蔡於州來事見〈哀公二年傳〉，簡文誤記為惠王十一年，《清華簡．釋文》以為該年楚公孫朝帥師滅陳，簡文可能係將陳、蔡之事混淆而致誤。[37]

二　關於浙大簡左傳的問題

以上列舉〈繫年〉所載楚國史事可與《左傳》等傳世古籍相對讀者。而2011年年底浙江大學藝術與考古博物館公布該館新收藏的戰國楚簡，內容包括〈左傳〉、〈日書〉、〈卜筮祭禱〉、〈遣策〉四部分，其中的〈左傳〉簡抄寫了襄公九年到襄公十年的傳文，竹簡共編124號，計字數在3100字以上。[38]（簡文〈左傳〉部分以下簡稱《浙大簡．左傳》）

---

[37] 清華大學出土文獻研究與保護中心編：《清華大學藏戰國竹簡（貳）》，頁 185。

[38] 曹錦炎編著：《浙江大學藏戰國楚簡》（杭州：浙江大學出版社，2011

目前學界對於《浙大簡》的真偽，有二派極不同的看法，主偽派以邢文為代表，主真派以曹錦炎為代表。邢文在〈浙大藏簡辨偽（上）（下）〉中，從「形制」、「內容」、「鑒定」以及書法的「章法」、「結字」、「筆法」論證此批竹簡為偽作，[39]而曹錦炎則針對所論，指出其所論皆「細枝末節、模棱兩可」，故不會對此作出回應。[40]

若將《浙大簡・左傳》〉與今本《左傳》對讀，可看出其在故事情節方面，與傳本《左傳》無異，只是多見用字與文句的繁簡不同。

故若再進一步將《浙大簡・左傳》與傳本《左傳》的文句加以比對，可發現簡文中的衍字以衍「之」、「得」、「得之」三類最多，而這些衍字出現的文句，有很多是不當加入衍字的，略舉如下：

簡2「陳畚之挶，具綆缶，備水器」。傳文為「陳畚挶，具綆缶，備水器」。畚、挶為二物，不當作「畚之挶」。

簡4「令隧正納之〔郊保〕奔得火城。」傳文為「令隧正納郊保，奔火所。」「奔得火城」，當即「奔火城」義，簡文加「得」不辭。

簡5「（使得丘）閱討之官，官庀之司。向戌之討其得之司討左，亦之如」。傳文作「使華閱討右官，官庀其司。向戌討左，亦如之。」簡文「向戌之討其得之司討左」不辭，其義為「向戌討左（官）」，簡文在「討左」前衍「之討其得之司」，又易「如之」為「之如」。義皆難通。

簡7「（使皇鄖命校）正出馬，工正出車，備得之甲兵，庀得武守。」傳文為「使皇鄖命校正出馬，工正出車，備甲兵，庀武守。」

年）。曹錦炎在《浙江大學藏戰國楚簡》未出版前，曾公布部分簡文內容於〈讀楚簡《左傳》箚記〉中。見東海大學中文系編：《語言文字與文學詮釋的多元對話》（臺中：東海大學中文系，2011 年）。

[39] 邢文：〈浙大藏簡辨偽（上）—楚簡《左傳》〉，《光明日報》2012 年 5 月 28 日 15 版；邢文，〈浙大藏簡辨偽（下）—戰國書法〉，《光明日報》2012 年 6 月 04 日 15 版。

[40] 韓少華：〈「浙大簡」遭質疑整理者稱不必回應〉，《東方早報》，2012 年 6 月 5 日文化 B1 版。

簡文將「備甲兵、庀武守」易為「備得之甲兵，庀得武守。」加入「得之」、「得」字，不辭。

簡9、10「二師令四鄉之正敬宮（〈享〉），祝宗之四馬於墉，盟之用馬於之四墉，祀得之盤庚於西門之外」。傳文作「二師令四鄉正敬享，祝宗用馬於四墉，祀盤庚於西門之外。」其中「祝宗用馬於四墉」句，簡文易為「祝宗之四馬於墉，盟之用馬於之四墉」。前一句少動詞「用」，後一句又繁加「盟之用馬」，「於墉」、「於之四墉」義重複，而「祀盤庚於西門之外」簡文作「祀得之盤庚於西門之外」，亦不辭。

簡15、16「〔故商主大火。商人〕閱其禍得之敗之釁，必得始於火，是以日知其有天道。」傳文作「商人閱其禍敗之釁，必始於火，是以日知其有天道也。」簡文在「禍敗」一詞中加入「得之」二字，使「禍敗之釁」變成「禍得之敗之釁」，義難通。

簡21「是於《周》利得義之和，元亨利貞，之無咎。」傳文作「是於《周易》曰：『隨，元亨利貞，无咎』。」傳文所引為〈隨〉卦卦辭，而簡文在「元亨利貞」前加「利得義之和」，在「無咎」前加「之」，不僅已非卦辭原貌，義又難通。「利得義之和」句當屬下文「利，義之和也」句。

簡31「其庶人力於農穡，商工得之皂隸，不知遷業。」傳文作「其庶人力於農穡。商、工、皁、隸不知遷業」。簡文把「商、工、皁、隸」四民易為「商工得之皂隸」，不辭。

簡33「韓起於得之少欒黶」，傳文作「韓起少於欒黶」，簡文將「於」移於「少」之前，又加入「得之」二字，使全句難曉。

簡39、40「季得武子、齊得崔之杼宋皇鄖從荀罃、士得匄門於鄟門」，傳文作「季武子、齊崔杼、宋皇鄖從荀罃、士匄，門于鄟門。」簡文在「季武子」、「士匄」名中都加入「得」字，而「齊崔杼」則變作「齊得崔之杼」，「得」加於國名與人名間。這種用法在古漢語中未見。人名間加「得」、「得之」者，還見「孟得獻子」（簡102）、「荀得之偃」（簡95）。人名間加「之」者，見「士之弱」（簡11）、「荀之罃」（簡120）、「子之駟」（簡123）。

簡84、85「『……明神得之要盟，背之，可。』皆有乃及晉楚平。」傳文作「『……明神不蠲要盟，背之，可也。』乃及楚平」。簡文「得之要盟」，與傳文「不蠲要盟」，義正相反。而此段文乃鄭子駟、子展欲背晉盟而與楚平時所言，故簡文「及晉楚平」不當，當去「晉」。[41]

從上舉數例看來，都對曹錦炎的說法不利。

本章後附《浙大簡．左傳》釋文可參。

第二節　繫年內容未見於傳世古籍的記載

《左傳》記事止於楚惠王廿年，因此〈繫年〉中有些內容未見於傳文，加上《史記》於楚惠王至悼王之間的歷史記載疏漏甚多，故以下將簡文內容未見史傳者加以蒐羅，而依性質略分為《春秋》類與《語》類二種。兩者的不同主要在於前者是以一個或數個事件的記載為主，通常是戰爭、盟會，甚至祭祀、巡狩等，強調事件相關的人物、時間、結果，以記實為目的，重在附記年份；後者著重在對話，通常透過對

---

[41] 《浙大簡．左傳》加「得之」不當者，還有簡 12「有天道得之，何故？」（傳文「有天道，何故？」）、簡 25「作得之害身，不可謂利。」（傳文「作而害身，不可謂利」）、簡 32「韓厥得之老矣。」（傳文「韓厥老矣」。）、簡 34「魏絳得之多功，以得趙武為之賢」（傳文「魏絳多功，以趙武為賢」）、簡 35「君明、臣得之忠，上得之〔讓〕、下競。」（傳文「君明、臣忠，上讓、下競」）、簡 63「我實不德，而要人得之以盟，豈禮之以哉？」（傳文「我實不德，而要人以盟，豈禮也哉？」）、簡 79「楚子伐鄭。子駟將及得之楚平。」（傳文「楚子伐鄭，子駟將及楚平。」）、簡 80「口血得之未乾而背之，可乎？」（傳文「口血未乾而背之，可乎？」）、簡 81「皆得之固盟『唯強是從』」（傳文「吾盟固云『唯彊是從』」）、簡 93「高子相大子以會之諸侯，將得之社稷之行」（傳文「高子相大子以會諸侯，將社稷是衛，」）、簡 97「丙寅，得之圍之，弗克。」（傳文「丙寅，圍之，弗克。」）、簡 103「主人得之縣布」（傳文「主人縣布」）、簡 110「諸侯宋得之觀禮，」（傳文「諸侯宋、魯，於是觀禮」）、簡 115「晉侯有間，以得之偪陽」（傳文「晉侯有間，以偪陽子歸」）、簡 121「必得之伐〔衛〕」（傳文「必伐衛」）。

話體現人物的性格，或突顯某些價值觀念，強調整體印象，所記錄的事件常與史實不合，但求能達到某些教化的目的即可，故通常不會有詳細的記年。

一　春秋類史料

（一）楚簡王時

1.簡王七年

楚簡大王立七年，宋悼公朝于楚，告以宋司城坡之約公室。王命莫囂陽為率【114】師以定公室，城黃池，城壅丘。晉魏斯、灼（趙）羌（浣）韓啟章率師回（圍）黃池，迶迵而歸之【115】於楚。（廿一章）

2. 簡王九年

王命莫囂陽為率師侵晉，敚（奪）宜陽，回（圍）赤滩，以復黃池之師。魏斯、灼（趙）羌（浣）、韓啟【116】章率師救赤滩，楚人豫（舍）回（圍）而還，與晉師戰於長城。楚師亡工（功），多弃幝（旃）幕，宵壂（遁）楚以【117】與晉固為肙（怨）。（廿一章）

其中記載楚簡王七年命大莫敖陽為平定宋室之亂，城黃池。後晉人魏斯、趙浣、韓啟章率師來圍事。而簡王九年，王再命陽為侵晉，奪宜陽、圍赤滩，以復黃池之辱，然晉人又率師來救，楚師釋圍，戰敗而返。

「莫敖陽為」一名又見曾侯乙墓簡上的記年，作「大莫囂䰜喙適逋之春」（簡1），及葛陵楚簡「大莫囂䧙為戰於長城之〔歲〕」（甲三36）、「〔大〕莫囂昜為、晉帀戰於長〔城之歲〕」（甲三296），李學勤以為陽為適逋之年為楚惠王五十六年，而與晉師戰於長城之年，依〈繫年〉看來為楚簡王九年，兩者相距九年，時間接近。[42]其中惠王五十六年作器，還有出於湖北隨州擂鼓墩一號墓的楚王酓章鎛，銘文為「隹王五十又六祀，返自西䳫，楚王酓章乍曾侯乙宗彝，奠之于西䳫，其永峕（持）用亯。」

（二）楚聲王時

1.聲王元年

楚聖𧻚王即位元年，晉公止會諸侯於任，宋悼公將會晉公，卒于䣜。韓虔、趙蒮（籍）、魏【119】擊率師與越公翳伐齊，齊與越成，以建昜、郘陵之田，且男女服。越公與齊侯貣、魯侯侃【120】盟于魯稷門之外。越公內亯（饗）於魯，魯侯馭，齊侯參乘以內。（廿二章）

2. 聲王？年

晉魏文侯斯從晉師，晉師大敗【121】齊師，齊師北，晉師逐之，內至汧水，齊人且有陳慶子牛之禍，齊與晉成，齊侯【122】盟於晉軍。晉三子之大夫內齊，盟陳和與陳淏於溋門之外，曰：「毋修長城，毋伐亩【123】丘。」晉公獻齊俘馘於周王，述（遂）

---

[42] 李學勤：〈清華簡繫年及有關古史問題〉，《文物》2010 年 3 期。頁 73。「大莫敖陽為晉師戰於長城之歲」本來李學勤經由與〈驫羌鐘〉銘文的「唯廿又再祀」及古本《竹書紀年》載「晉烈公十二年，王命韓景子、趙烈子、翟員伐齊入長城」事比較後，斷定陽為帶兵援齊，與晉師戰於長城事在晉烈公十二年，即楚聲王四年（404 B.C.）。見氏著：〈有紀年楚簡年代的研究〉，《文物中的古文明》（北京：商務印書館，2008 年），頁 435。後來見到〈繫年〉廿一章中的「王命莫囂陽為率師侵晉，奪宜陽，圍赤師瀍，以復黃池之師。魏斯、趙浣、韓啟章率師救赤瀍，楚人舍圍而還，與晉師戰於長城」後又改為簡王九年。《竹書》所載晉烈公十二年事乃伐齊事，而〈繫年〉廿一章所載則為楚侵晉事，因此〈繫年〉此章所載事與〈驫羌鐘〉當無關。

以齊侯貣、魯侯羴（顯）、宋公畋、衛侯虔、鄭伯怨（駘）朝【124】周王于周。【125】（廿二章）

3. 聲王四年

楚聖逗王立四年，宋公畋鄭伯怨（駘）皆朝于楚。王率宋公以城𩏑（榆）關，是（寘）武陽。秦人【126】敗晉師於洛陰，以為楚援。【127】（廿三章）

簡文記載聲王即位時，晉烈公止會諸侯於任，而宋悼公往會，並卒于會。韓虔、趙籍、魏擊率師與越公翳聯合伐齊。後齊與越成，盟於魯稷門之外。聲王四年時，宋休公田、鄭繻公駘皆朝於楚，楚王率宋師城榆關置武陽。時秦人敗晉師於洛陰，以為楚援。

越公翳即《史記．越王句踐世家》中的「王翳」，《越絕書》及《吳越春秋》稱「不揚」，銅器銘文作「者旨不光」、「旨不光」、「不光」、「旨毆」、「毆」。[43]

〈驫羌鐘〉載「唯廿又再祀，驫羌乍戎，氐辟韓宗，融達征秦，迮齊入長城，先會于平陰，武侄寺力，䜌敓楚京。」其中所載驫羌佐韓宗征秦，迮齊入長城，使楚京震慴之事。即古本《竹書紀年》晉烈公十二年「王命韓景子趙烈子翟員伐齊入長城」事，學者以為是周威烈王廿二年事，[44]據〈六國年表〉威烈王廿二年即楚聲王四年，此役當與簡文所載晉師大敗齊師，並獻齊俘馘於周王，及「王率宋公城榆關，寘武陽。秦人敗晉師於洛陰，以為楚援」事有關。

---

[43] 曹錦炎：《越王嗣旨不光劍銘文考》，《文物》1995 年第 8 期。頁 74。周亞：〈越王劍銘與越王世系—兼論越王丌北古劍和越王不光劍的斷代問題〉，《古文字與古代史》（臺北：中研院史語所，2009 年），頁 244。

[44] 《史記．六國年表》晉烈公十二年相當于周威烈王之十六年，然〈六國年表〉有誤，參溫廷敬：〈驫羌鐘銘釋〉，《中山大學史學專刊》1935 年 1 卷 1 期。董珊：〈讀清華簡《繫年》〉，復旦大學出土文獻與古文字研究中心網站，2011 年 12 月 26 日。而銘文中所征之秦，當在山東齊魯之交的秦地。見趙平安：〈山東秦地考〉，《華學》第七輯（廣州：中山大學出版社，2004 年），頁 119。

（三）楚悼王時

1.悼王元年

列（悼）哲王即位。鄭人侵𨐋（榆）關，陽城洹悉君率【127】𨐋（榆）關之師與上國之師以交之，[45]與之戰於桂陵，楚師亡功。競之賈與舒子共戠（止）而死。【128】（廿三章）

2.悼王二年

（明歲）晉𨆼余率晉師與鄭師以內王子定。遊陽公率師以交晉人，晉人還，不果納內王子。【129】（廿三章）

3.悼王三年

（明歲）郎𢧢平君率師侵鄭，鄭皇子、子馬、子池、子垟子率師以交楚人，楚人涉汖，將與之戰，鄭師逃【130】內於蔑。楚師回（圍）之於蔑。盡逾鄭師與其四將軍，以歸於郢，鄭大宰𢡺（欣）亦起禍【131】鄭，鄭子陽用滅，亡後於鄭。（廿三章）

4.悼王四年

（明歲）楚人歸鄭之四將軍與其萬民於鄭。晉人回（圍）津、長陵【132】克之。王命平亦（輿）悼武君率師侵晉，逾郛（郜），戠（止）郲（滕）公涉㴊以歸，以復長陵之師。

5.悼王五年

---

[45] 關於「𨐋」可讀為「榆」，裘錫圭指出其理同於「𡭴（𡭴）」（「踰」的意初文）常借從𧷸聲之字來表示的現象。並指出戰國文字裏似乎只有楚文字使用從「𡭴」聲的「𧷸」，從「𧷸」聲的「犢」字以及以之為聲的那些字，見於璽印的大都屬於三晉。楚簡中也出現了這些字，可能是受了三晉文字的影響。氏著：〈說從「𡭴」聲的從「貝」與從「辵」之字〉，《文史》2012 年第 3 輯，頁 19。

（𣆫年）[46]韓【133】取、魏繫（擊）率師回（圍）武陽，以復郜（部）之師。遫陽公率師救武陽，與晉師戰於武陽之城【134】下，楚師大敗，遫陽公、平亦（輿）悼武君、陽城洹恶君，三執珪之君與右尹卲之𢼄死焉，楚人盡棄其【135】幝（旃）幕、車、兵，犬逸而還。陳人焉反而納王子定於陳，楚邦以多亡城。（廿三章）

6.悼公？年

楚師將救武陽【136】王命平亦（輿）悼武君李人於齊陳淏求師。陳疾目率車千乘，以從楚師於武陽。甲戌，晉楚以【137】戰。丙子，齊師至嵒，述（遂）還。【138】（廿三章）

簡文載悼王即位，鄭人侵榆關，陽城君率師伐之，戰於桂陵，楚師敗，景之賈與舒子共而死。二年，晉鄭兩國欲納王子定。遫陽公率師討晉師，納王子定未果。三年，郎莊平君率師侵鄭，鄭人與之戰，潰逃於蔑，楚師圍之。俘鄭四將軍以歸於郢。時鄭內亂，大宰欣、子陽亂鄭，鄭人誅之。四年，楚人歸鄭四將軍。後晉人圍長陵，王命平

[46] 《清華簡・釋文》以為「𣆫年」的「𣆫」字讀「厭」，與「薦」音近可通，《爾雅・釋言》「薦，再也」，即再一年。清華大學出土文獻研究與保護中心編：《清華大學藏戰國竹簡（貳）》，頁 191。孟蓬生讀為「翌年」，以為翊（翌昱）本从立聲，其本音當在緝部，故可與盍部之𣆫相通。〈清華簡《繫年初札（二則）〉，復旦大學出土文獻與古文字研究中心網站，2011 年 12 月 21 日。又鄔可晶以為𣆫的聲旁「沓」有羊入切一讀，上古屬緝部。「翌」从「立」聲，本來也應屬緝部。新蔡簡有「𣆫日」，范常喜指出當讀為「翌日」。郭店、上博簡「貴而𣆫讓」的「𣆫」，有人主張讀為「揖」，古書中「揖」、「厭」有通假的例子，新蔡簡「王孫𣆫」又作「王孫厭」。可見「翌」、「𣆫」音還不遠。復旦大學出土文獻與古文字研究中心讀書會：〈《清華（二）》討論記錄〉，復旦大學出土文獻與古文字研究中心網站，2011 年 12 月 23 日。〈競公瘧〉簡 10 的「翏𣆫以東」，對照《晏子春秋・景公有疾篇》當讀「聊攝以東」，「𣆫」當讀「攝」，「𣆫」即「沓」省，「攝」為泥母葉部，與「厭」同屬葉部，葉、緝兩部皆為收–p 的入聲韻，關係密切可旁轉相通。

夜君率師侵晉。次年，韓取、魏擊率師圍武陽，遊陽公來救，與晉師戰，楚師大敗，遊陽公、平輿君、陽城君及右尹卲族皆戰死。楚人敗逃，陳人迎王子定於陳。其中「遊陽公」一名又見包山簡，有「魯陽公以楚師後城鄭之歲」（簡2），《包山楚墓》報告以為是在懷王九年（320B.C.），李學勤則主張是悼王八年（394.B.C）事，[47]〈繫年〉載率師救武陽且與晉師戰於武陽之城的遊陽公死於悼王五年，因此可能並非同一人。

上述內容見於《史記》者有，簡文悼王三年「鄭子陽用滅，亡後於鄭」，〈鄭世家〉「（繻公）廿五年，鄭君殺其相子陽。」此事〈年表〉列於悼王四年，晚於簡文一年；王子定奔晉，〈年表〉列於楚悼王三年。

〈繫年〉中的記事，若並載於《史記》中的兩國世家時，通常很容易確定其發生的時間，然而以上諸事，絕少見載於《史記》，而且〈繫年〉所記，除楚王紀年外，無他王紀年可對照，故我們僅能從事件內容去對應楚王紀年，再由楚王紀年對應到諸國紀年，推測是發生在某公某侯幾年之事。如根據〈六國年表〉將楚王某年，對應到晉或宋齊等國的某公或侯幾年。但可行的前提是〈六國年表〉各國王世相對紀年無誤。然而簡文中關於晉國的紀年，與〈六國年表〉實際上存在著不同，〈繫年〉110簡載晉柬公後有敬公，敬公十一年趙桓子會諸侯之大夫與越令尹宋盟于邛以伐齊。這個「晉柬公」前文說到是「晉定公」，故「敬公」為定公之後，而〈六國年表〉定公後即位者為出公，出公後為哀公，哀公後為幽公、烈公、孝公、靜公。並無「敬公」一名；而《竹書紀年》定公後是出公、敬公、幽公、烈公。故〈年表〉的哀公相當於《紀年》的敬公。〈晉世家〉載出公十七年，哀公十八年，而《紀年》則載出公廿三年，敬公十二年（十二年後未列，先暫訂為十二年），[48]則晉出、敬二公之間有五年的誤差。但〈六國年表〉

[47] 李學勤：〈有紀年楚簡年代的研究〉，《文物中的古文明》，頁 456。

[48] 楊家駱主編：《竹書紀年八種》（臺北：世界書局，1989 年四版），頁 248。而錢穆的《王氏古本竹書紀年輯校補正》卻以為「晉敬公與烈公的

哀公年卻列了十九年，唐人張守節《史記正義》言「表云，晉出公錯十八年，晉哀公忌二年，晉懿公驕立十七年而卒。」[49]也因此〈年表〉與《竹書紀年》間有了一年的誤差，〈年表〉晉君記年要晚《紀年》一年。[50]

此外各國曆法不同，也會影響由楚紀年換算成它國紀年的準確性，如楚歲首月份若與晉歲首月份不同，兩者在某些月份發生的事，便會有一年的誤差。如楚曆與秦曆建亥，以亥月為歲首，秦沿用夏曆月次，仍名「十月」，而楚則名「冬夕」。周曆建子，以子月為歲首，故周正一月為秦十一月及楚「屈夕」。然魏曆沿用以寅月為首的夏曆，[51]

年數，《紀年》沒有明文，依據《紀年》魏文侯初立，在敬公六年。烈公十一年田悼子卒，田布殺公孫孫，公孫會以廩邱叛趙，再以魏、齊二國的年代排比推算，敬公當為十八年，烈公為二十六年」。《竹書紀年八種》，頁 102。其〈先秦諸子繫年通表〉載敬公十八年，幽公十七年，楚聲王元年為晉烈公止十年。鄭殺其相子陽在楚悼王四年。錢穆：《先秦諸子繫年》（石家莊：河北教育出版社，2002 年），頁 565。

49 瀧川龜太郎：《史記會注考證》，頁 271。

50 藤田勝久主張《史記》的戰國紀年是以秦紀年和趙紀年的一部分為基礎所編成的。而史遷在編寫六國年表時，是以秦國的信息為基礎，將與秦相關的事分別寫在各國年表上。而〈六國年表〉的紀年有時與《世家》、《列傳》中的紀年有矛盾，平勢隆郎以為是君王卒年與新君即位為同一年所造成的，藤田則主張是部分採用了趙紀年，因歷法的不同導致一年的矛盾。藤田勝久著，曹峰、廣瀨薰雄譯：《《史記》戰國史料研究》（上海：上海古籍出版社，2008 年），頁 42、82、92、118。秦楚曆對照可參《睡虎地秦墓竹簡．日書甲》的〈秦楚月名對照表〉，內容大致為「秦十月楚冬夕；秦十一月楚屈夕；秦十二月楚援夕；秦正月楚刑夷；秦二月楚夏尸；秦三月楚紡月；秦四月楚七月；秦五月楚八月；秦六月楚九月；秦七月楚十月；秦八月楚爨月；秦九月楚獻馬」。其中楚月名為「冬夕、屈夕、援夕、刑夷、夏夕、紡月、七月、八月、九月、十月、爨月、獻馬」；秦月名未改夏曆月次，而以十月為歲首，故秦十月即楚冬夕，兩者皆以亥月為首。而秦四月當楚七月，秦五月當楚八月，秦六月當楚九月，秦七月當楚十月。睡虎地秦墓竹簡整理小組：《睡虎地秦墓竹簡》（北京：文物出版社，1990 年），頁 190。

51 李學勤：〈有紀年楚簡年代的研究〉，《文物中的古文明》，頁 446。

故魏曆正月時周曆為三月，而楚曆則已是四月，因此發生楚曆三月前的事，魏曆未逾年，而楚曆已逾年，兩者會出現一年的差別。

二　語類史料

關於記載與楚王有關的語類史料，有以下。

（一）成王故事

與成王有關故事見〈成王為城濮之行〉，如下：

> 成王為城濮之行，王囟(使)子文教子玉，子文受師於[illegible]。一日而[illegible]（畢），不散一人，子【甲 1】玉受師出之[illegible]，三日而[illegible]（畢）斬三人。舉邦賀子文，以其善行師。王歸，客於子文，子文甚喜，【甲 2】合邦以飲酒。遠（蔿）伯珵（嬴）猷約，須寺侑飲酒子，子文舉[illegible]伯珵（嬴）曰：穀[illegible]余為【甲 3】楚邦老，君王免余罪，以子玉之未患，君王命余受師於[illegible]，一日而[illegible]（畢）【乙 1】不散一人。子玉出之[illegible]，三日而[illegible]（畢），斬三人。王為余[illegible]，舉邦賀余，女【乙 2】獨不余見，飤是[illegible]而弃不思正人之心。伯睈（嬴）曰：「君王謂子玉未患【甲 4】，命君教之。君一日而[illegible]（畢）不散□【乙 3】□子玉之【乙 4】師，既敗師也，君為楚邦老，喜君之善而不憖子玉之師之□【甲 5】

文中所載故事即〈僖公廿七年傳〉以子文、子玉兩人性格差異，治兵方式的不同，透過年幼的蔿賈之口，來預言城濮之役的失敗一事。傳文記載如下：

> 楚子將圍宋，使子文治兵於睽，終朝而畢，不戮一人。子玉復治兵於蔿，終日而畢，鞭七人，貫三人耳。國老皆賀子文，子文飲之酒。蔿賈尚幼，後至，不賀。子文問之，對曰：「不知所賀。子之傳政於子玉，曰：『以靖國也。』靖諸內而敗諸外，所獲幾何？子玉之敗，子之舉也。舉以敗國，將何賀焉？子玉剛而無禮，不可以治民。過三百乘，其不能以入矣。苟入而賀，

何後之有？」

兩文相校知簡文「𧦝」（《說文・三篇上・言部》誖的籀文）當讀「畢」，「不[illegible]一人」的「[illegible]」當是傳文中「鞭打」的意思，其還可與〈繫年〉簡 58「用[illegible]宋公之御」的「[illegible]」比較，該句〈文公十年傳〉作「抶其（宋公）僕以徇」，「抶」字《說文・十二篇上・手部》言「笞擊也」。故「[illegible]」、「[illegible]」都可通讀為「抶」。而簡文言子文「一日而畢，不抶一人」，子玉「三日而畢，斬三人」；傳文作子文「終朝而畢，不戮一人」，子玉「終日而畢，鞭七人，貫三人耳」。兩者在情節上略有不同，而傳文的「不戮一人」當是「不辱一人」，即簡文所寫「不抶一人」意。

傳文中子玉治兵的「蔿」，簡文作「[illegible]」（甲 2）、「[illegible]」（乙 2），後者可能是前字上半的省形。前字作「從虤從又」，從「虤」的部分作兩虎頭形，而後者則省成一虎，同篇簡甲 3 從虍形的字作「[illegible]」，所從虍旁與此形近。而「[illegible]」在句中讀「薳」。淅川下寺二號墓墓主「[illegible]子倗」（《近出殷周金文集錄》1029-1037）即〈襄公廿二年傳〉任楚國令尹的「薳子馮」，「薳」字在銘文中作「從邑從正反雙虎形」，「虤」為聲符，讀如「怨」。[52]此「[illegible]」字又可作「鄬」（M3:1）與「[illegible]」（M2:61），分別以「為」、「化」為聲符。《左傳》中的「蔿」氏有時寫作「薳」，故傳文中的「蔿」、「薳」在青銅器銘文中還可作「[illegible]」、「鄬」、「[illegible]」。「遠」、「為」、「怨」、「化」都屬韻部為歌元一系的字，彼此有陰陽對轉的關係，故可相通。

簡文說「成王為城濮之行，王使子文教子玉」。然而《左傳》載「楚子將圍宋，使子文治兵」。成王是否有城濮之行，以及成王是否因城濮之戰而使子文教子玉治兵，這是簡文不同於傳文的情節，若

---

[52] 李零以為《說文解字》解釋「虤」字為「虎怒也，從二虎」，徐鉉音「五閑切」，古音屬疑母元部，與怨讀音近。《說文》在分析從虤的贙字時也說「從虤對爭貝」。所以我認為這個字就是「怨怒」和「怨對」之「怨」的本字。氏著：《入山與出塞》（北京：文物出版社，2004 年），頁 224。怨（影元）、遠（匣元）、為（匣歌）、化（曉歌），韻母都有陰陽對轉的關係。

據《左傳》所載，城濮之戰的導火線是「宋以其善晉侯也，叛楚即晉」，故「冬，楚令尹子玉、司馬子西帥伐宋，圍緡」(〈僖公廿六年傳〉)。而子玉治兵乃為伐宋之事而來。後來楚子圍宋，宋向晉告急，因此晉蒐於被廬，作三軍，進而伐曹、衛，以救宋(〈僖公廿七年傳〉)。爾後，楚子不欲戰，入居于申，命子玉去宋。但子玉請戰，後與晉、齊、宋、秦師戰于城濮，致使楚師敗績（〈僖公廿八年傳〉)。這段歷史還可與前引的〈繫年〉第七章配合來看，其說到「晉文公立四年，楚成王率諸侯以圍宋伐齊，戍穀，居鑊。晉文公思齊及宋之德，乃及秦師圍曹及五鹿，伐衛以脫齊之戍及宋之圍。楚王舍圍歸，居方城。令尹子玉遂率鄭衛陳蔡及群蠻夷之師，以交文公。」也以楚人「圍宋」為城濮之戰的起因，因此〈成王為城濮之行〉所載「成王為城濮之行，王使子文教子玉」便與〈繫年〉及《左傳》不合，其不僅子玉治兵乃為圍宋，城濮之戰時，楚王入居於申，亦未隨行，故當無有「成王為城濮之行」事。因為〈成王為城濮之行〉屬語類性質，故事件的編纂目的在於透過嘉言來符驗事實，形式上以背景、言語、結果為文本的主要結構，文中的背景即城濮戰前的圍宋，言語即蔿賈對子文所說的話，結果即城濮戰敗，子玉自殺。

其次，令尹子文即《宣公四年傳》中的「鬬穀於菟」，關於他的身世《左傳》中有一段很傳奇的說法，言其乃「虎乳之」，而因「楚人謂乳穀，謂虎於菟，故命之曰鬬穀於菟。」今簡本其名作「穀𧆞余」，相應於「於菟」的字作「𧆞余」，字正從虎頭形。推測可能是非楚地的人見了其從虎字之名，而造出了與虎有關的傳說，楚系文字中從虎者多見（如唬、虘、虖、膚、滤、隲等），這也是非楚系文字習慣的人會誤解的原因所在。如同楚國某些人可能會由於伏羲的「大䶂(熊)」稱號太不雅馴，而有意把它誤讀為「大（太）罷（一）」。[53]

（二）莊王故事

[53] 裘錫圭：〈「東皇太一」與「大䶂伏羲」〉，《裘錫圭學術文集》第二卷（上海：復旦大學出版社，2012 年），頁 560。

與莊王有關故事見〈莊王既成〉，如下：

> 臧（莊）王既成亡鐸（射），以問沈尹子莖，曰：「吾既果成無鐸（射）以供春秋之嘗以【1】待四嬰（鄰）之賓〔客〕。後之人幾可保之？」沈尹固辭。王固問之。沈尹子莖答【2】曰：「四與五之間乎？」王曰：「如四與五之間，載之塼車以上乎？殹（抑）四舿以【3】逾乎？」沈尹子莖曰：「四舿以逾。」【4】

文中「亡鐸」的「鐸」作「[illegible]」，字左旁部分同於《上博・緇衣》簡 21「《詩》云：『備（服）之亡（無）臭』」的「臭」，今本〈緇衣〉對應的句子為「〈葛覃〉曰：『服之無射』」（廿三章），知從「臭」聲的字可通讀為「射」。而簡文中莊王問沈尹子莖這個亡射大鐘將能保有幾代？之後是會被車載北上至晉或船運南下至吳？沈尹子莖則答「船運而下」。鑄鐘故事是當時流行的一個故事母題，類似情節又見〈曹沫之陳〉與《慎子》佚文（《初學記》卷十六所引），二則主角都是魯莊王與曹沫，而歷史上也有周天王鑄亡射的記載（〈昭公廿一年傳〉），故莊王鑄鐘故事虛構的成分很大。

沈尹子莖為邲之役時的中軍將，其人又見載於《呂氏春秋》、《墨子》、《新序》等書。或作「沈尹莖」（《呂覽・贊能》）、「沈尹蒸」（《呂覽・當染》）、「沈尹巫」（《呂覽・尊師》）、「沈尹筮」（《呂覽・察傳》）、「沈尹竺」（《新序・雜事》）。其中「桱」、「莖」為一字，「蒸」為通假，「巫」、「筮」、「竺」為誤寫。《說苑・雜言》載「沈尹名聞天下，以為令尹，而讓孫叔敖，則其遇楚莊王也。」說明其還曾推薦孫叔敖給莊王，而讓令尹之位。

而莊王四代後為平王或昭王時期（若郟敖不計），也正是楚人屢敗於吳之時，柏舉之役，吳人甚至攻入郢都，所以故事內容會說亡射鐘能保有莊王後的「四與五之間」。莊王時有邲之役的勝利，吳亦服於楚，可說是楚人勢力最強盛的時期，因此故事背景會選定此時。然莊王時巫臣通吳，吳已漸漸成為楚患，至昭王五戰及郢，故簡文借沈尹之口推測說此鐘將來會「四舿以逾」，即船載入吳，其寫作的時間也當在昭王以後，應是作者已知吳人入楚事，故編造這個故事。

（三）靈王故事

與靈王有關故事見〈申公臣靈王〉，如下：

> 戢於朸述，繡（陳）公子皇皆（止）皇子。【4】王子回（圍）敓（奪）之，繡（陳）公爭之。王子回（圍）立為王，繡（陳）公子皇見。王曰：「繡（陳）公，【5】〔子〕忘夫析述之下乎？」繡（陳）公曰：「臣不知君王之將為君，如臣知君王【6】之為君，臣將或致焉。」王曰：「不穀以笑繡（陳）公，氏（是）言弃之，今日【7】繡（陳）公事不穀，必以氏（是）心。」繡（陳）公跪拜起，答：「臣為君王臣，君王孚（免）之【8】死，不以振斧㚄（鑕），何敢心之有。」【9】

這個故事說靈王尚未為王時，曾與陳公（穿封戌）爭囚，[54]時陳公據理不讓，靈王強奪之。靈王即位後，問陳公，若當時知我將為王，是否仍會與我爭囚，陳公回答必致囚於王。靈王是以笑，要陳公繼續以當時與己爭囚，不畏強權之心事己。據《左傳》封穿封戌為陳公者為靈王，故靈王實未曾因其與之爭囚而惡之，也因此面對爭囚的怨隙，靈王在故事中能以笑置之。

這個故事顯現靈王好勝爭強，不計前嫌的性格。這個故事也是變造而來的，《左傳》中與之接近的故事見〈襄公廿六年傳〉（楚康王十三年）與〈昭公八年傳〉（楚靈王七年），分別是：

> 楚子、秦人侵吳，及雩婁，聞吳有備而還。遂侵鄭。五月，至于城麇。鄭皇頡戍之，出，與楚師戰，敗。穿封戌囚皇頡。公子圍與之爭之，正於伯州犁。伯州犁曰：「請問於囚。」乃立

[54] 徐少華以為〈申公臣靈王〉中的「申公」是指楚靈王時的申公子亹。〈上博楚簡所載申公、城公考析〉，《荊楚歷史地理與考古探研》（北京：商務印書館，2010年），頁184。然申公子亹未見有與王子圍爭囚事，故當據《左傳》，以陳公穿封戌為是。

> 囚。伯州犂曰：「所爭，君子也，其何不知？」上其手，曰：「夫子為王子圍，寡君之貴介弟也。」下其手，曰：「此子為穿封戌，方城外之縣尹也。誰獲子？」囚曰：「頡遇王子，弱焉。」戌怒，抽戈逐王子圍，弗及。楚人以皇頡歸。

以及〈昭公八年傳〉：

> 使穿封戌為陳公，曰：「城麇之役不諂。」侍飲酒於王，王曰：「城麇之役，女知寡人之及此，女其辟寡人乎？」對曰：「若知君之及此，臣必致死禮以息楚。」

對照之下，推測「枋述」當指「城麇」之役。簡文乃融合以上兩段故事再加以重新創造。所不同的是傳文中當靈王問穿封戌，若知我將來會為王，是否還會與我爭囚？而穿封戌的回答是「必致死禮以息楚」，孔疏言「致死禮者，欲為郟敖致死殺靈王也」，與簡文中的回答殊異，然而簡文的「臣將或致焉」，與傳文的「臣必致死禮」，同用一「致」字，似乎有沿襲的痕跡。《左傳》中對靈王竄立一貫採取撻伐的手法，如〈昭公四年傳〉載靈王戮齊慶封，使之負斧鉞，以徇諸侯，並使言曰「無或如齊慶封，弒其君，弱其孤，以盟其大夫！」慶封卻言：「無或如楚共王之庶子圍，弒其君－兄之子麇－而代之，以盟諸侯！」王因此命使速殺之。

因此這也可以看出是一個楚人版的楚國故事，乃從正面的角度來描寫靈王的形象。〈申公臣靈王〉與上舉〈莊王既成〉被連抄在同一卷簡中，也說明其都是屬於楚王傳記類故事。

(四)平王故事

1.〈平王問鄭壽〉（含〈平王與王子木〉部分）

> 景平王就鄭壽繇之於𡩜（廟）曰：「禍敗因重於楚邦，懼鬼神以取怒，思（使）【1】先王亡所歸，吾何改而可？」鄭壽辭不敢答。王固繇之，答：「如毀新都、戚陵【2】、臨陽，殺左尹宛，少師亡忌」。王曰：「不能」。鄭壽：「如不能，

君王與楚邦懼難。」鄭【3】壽告有疾，不事。明歲，王復見鄭壽，鄭壽出居（據）路以須。王與之語，少少，王笑【4】曰：「前冬言曰：『邦必亡』，我及今可若？」答曰：「臣為君王臣，介備（服）名，君王䢦（遷）尻，辱【5】於老夫。君王所改多多，君王保邦。」王笑，如我得免，後之人何若？答曰：「臣弗【6】知（〈平王與王子木〉【1】）。」

2.〈平王與王子木〉（含〈志書乃言〉部分）

景平王命王子木迈（蹠）城父。過緟（申），睹（舍）食於䣃寍。城公幹胍（遇）【1】，跪於箺中。王子問城公：「此何？」城公答曰：「箺。」王子曰：「箺何以為？」【5】曰：「以種麻。」王子曰：「何以麻為？」答曰：「以為衣。」城公起，曰：「臣將有告，吾先君【2】臧（莊）王迈（蹠）河雍之行，睹（舍）食於䣃寍，酪羹不酸，王曰：「甕不蓋」。先君【3】知甕不蓋，酪不酸，王子不知麻。王子不得君楚邦國，不得【4】楚臣邦（〈志書乃言〉【8】）。

此上兩則故事中，前則以平王與鄭壽的對話，突顯平王欲改楚弱，外敵入侵的窘境，而就教於鄭壽。其時代背景可假設是在楚平王十年的雞父之役後，因平王初期國未有難。而《左傳》於雞父役後，也透過沈尹戌之口說「子常必亡郢」（〈昭公廿三傳〉）、「亡郢之始，於此在矣。王一動而亡二姓之帥，幾如是而不及郢？」（〈昭公廿四年傳〉），甚至借由日食天象，來預言「六年及此月也，吳其入郢乎？」（〈昭公卅一年傳〉）。而吳人始入郢乃在昭王十年的柏舉之役。故〈平王問鄭壽〉中的「使先王無所歸」是加入了後來吳人入郢的情節。簡文中平王以不欲殺郤宛與費亡忌為由，婉拒鄭壽的建言，而鄭壽以為此舉將使楚邦亡。一年後，楚未亡邦，故王以此事揶揄鄭壽。郤宛被殺見〈昭公廿七年傳〉，即楚平王死後的次年，郤宛因費無忌之譖而死於子常之手，子常也因沈尹戌之言而殺費無忌，兩人都死於昭王元年。因此簡文內容言平王不殺此二人而仍保邦，這點是符合史實的，終平王之世二人皆未見殺。

從簡文看來平王是寬厚有餘的人，因而其不忍殺郤宛與費亡忌，而《左傳》中沈尹戌曾言「平王之溫惠恭儉，有過成、莊，無不及焉」（〈昭公廿七年傳〉），看來與簡文中所描寫的平王性格相當一致。

〈平王與王子木〉的故事又見《說苑．辨物》及阜陽漢簡《說類雜事》簡 54 至 58，[55]〈辨物〉內容如下：

> 王子建出守於城父，與成公乾遇於疇中，問曰：「是何也？」成公乾曰：「疇也。」「疇也者，何也？」曰：「所以為麻也。」「麻也者，何也？」曰：「所以為衣也。」成公乾曰：「昔者莊王伐陳，舍於有蕭氏，謂路室之人曰：『巷其不善乎！何溝之不浚也？』莊王猶知巷之不善，溝之不浚，今吾子不知疇之為麻，麻之為衣，吾子其不主社稷乎？王子果不立。」

內容大同小異，而這個故事主要是以王子建不辨五穀，不知民事來預言其將來無法為王。簡文中城公舉莊王河雍之行時知「甕不蓋，酪不酸」的道理，而王子建卻連籌、麻何為亦不知來作比。河雍之行為邲之役，莊王時為楚國最強盛時期，故楚人慣以莊王及河雍之役來作為正向的譬喻。然〈辨物〉改為「莊王伐陳」，就不及簡文故事性強。

王子建為平王的太子，因費無忌之讒而奔宋、鄭，又因與晉人謀襲鄭，亡於鄭。事見〈昭公十九年傳〉、〈昭公廿年傳〉。其有一子名勝，後入吳，楚惠王時子西招之，以為白公。惠王十年，白公為亂，殺子西、子期而劫惠王，事見〈哀公十六年傳〉。太子建因其早亡，故在《左傳》中的記載不多，重點在於其遇讒而亡的不幸遭遇，在鄭時因「暴虐於私邑」（〈哀公十六年傳〉），為邑人所害，死於鄭人

---

[55] 見《阜陽漢簡．春秋事語》十六〈王子建出守於城父〉章，「楚王子建出守於城父遇（53）也成公乾（54）麻麻者何也（55）王伐陳道宿（56）而食謂路室人（57）社稷乎（58）」。韓志強：《阜陽漢簡《周易》研究：附《儒家者言》、《春秋事語》》（上海：上海古籍出版社，2004 年），頁 182、198。

之手，這是惟一與其性格有關的記載。而〈平王與王子木〉中讓其以負面形象出現，有可能是因其子白公勝後來叛楚有關。因此這個故事寫作的時間很有可能是在白公亂後。

白公之亂故事見載〈邦人不稱〉，說到「（葉公子高）如就白公之禍，聞令尹、司馬既死，將遮郢。葉之諸老皆諫曰：『不可，必以師。』葉公子高曰：『不得王，將必死，何以師為？』乃乘馹車五乘，遂至郢。」凸顯了葉公子高的忠良，而在《上博》的楚王臣故事中葉公子高（沈尹諸梁）及其家族，出現的次數較多，如〈命〉有「葉公子高之子」（簡 1）、〈邦人不稱〉有「葉公子高」（簡 5），而〈平王問鄭壽〉中勸楚平王殺左尹宛和少師無忌的人是鄭壽，但在《左傳》中郤宛為費無極所讒害，而勸令尹子常殺無極的人則是左司馬沈尹戌，其人便是葉公子高之父。推測其家族出現次數多的原因，除昭惠二代沈諸梁的功勞極大，平白公之亂，有救亡之功外；其時代較接近《上博》寫定時間或許也有關。

〈平王問鄭壽〉和〈平王與王子木〉也是連抄的兩篇，前者講平王故事，後者則記述王子建故事，兩者都屬於楚王或楚王子故事類。

(五) 昭王故事

1.〈昭王毀室〉

> 昭王為室於死湑之滸，室既成，將落之。王誡邦以飲酒。既型，落之，王內，將格。有一君子，喪備（服）曼廷，將蹠閨。稚人止之，曰：「【1】君王始入室，君之備（服）不可以進。」不止，曰：「小人之告窆，將斷於今日。尔必止小人，小人將訋（召）寇」。稚人弗敢止。至【2】閨。卜令尹陳省為視日，告：「僕之毋辱君王，不䠷僕之父之骨在於此室之階下，僕將埮（掩）亡老▨【3】以僕之不得并僕之父母之骨，私自塼。」卜令尹不為之告。「君不為僕告，僕將訋（召）寇。」卜令尹為之告，〔王〕【4】曰：「吾不知其尔墓，尔姑須。既落，焉從事。」王徙處於坪瀟（瀨），卒以大夫飲酒於坪瀟（瀨）。

因命至俑毀室。【5】

2.〈昭王與龔之腓〉

昭王蹠【5】逃珤，龔之腓馭王。將取車，大尹遇之，披襜衣。大尹內告王：「僕遇腓將取車，披襜衣。腓介趣（趨）君王，不【6】獲寅（引）頸之辠，君王至於定（正）冬而披襜衣！」王訋（召）而余（予）之衽袍。龔之腓披之，其衿見。𨑹（返）逃珤，王命龔之腓【7】毋見。大尹聞之，自訟於王：「老臣為君王獸（守）視之臣，辠其容於死。或聞死言「僕見腓之倉（寒）也，以告君王，今君王或命【8】腓毋見，此則僕之辠也。王曰：「大尹之言腓，何譀有焉。天加禍於楚邦，息（霸）君吳王身至於郢。楚邦之良臣所𩰫（暴）【9】骨。吾未有以憂其子，腓既與吾同車或〔舍之〕衣，思（使）邦人皆見之三日焉。」命龔之腓見。【10】

這二則與昭王有關的故事中，前者記昭王新室成，王將舉行落成之禮，突然有一小人欲闖入，言因其父葬於室下，室成則無法取父骨，讓父母合葬，故要來見王。王知此事後，告小人曰，因不知其父葬於下而為室，故要等到典禮成，再讓其取父之骨。王於典禮完後，徙居他處，並命人毀室。簡文中的「落」見諸於〈昭公四年傳〉「叔孫為孟鐘，曰：『爾未際，饗大夫以落之。』」及〈昭公七年傳〉「楚子成章華之臺，願與諸侯落之。」楊伯峻注「古代凡器用，如鐘、鼓之類，及宗廟，先以豬、羊或雞之血祭之，曰釁。然後饗宴，則名之曰落，猶今言落成典禮。」[56]

後則故事記昭王有一次去逃珤，由龔之腓御王。龔之腓取車時，被大尹看見在嚴冬中僅著薄衣，因此大尹將此事告訴王，王即賞之袍，後來龔之腓穿上袍時，薄衣的衣襟露了出來。返回逃珤後，王命龔之腓不准出現。大尹知道了這件事，去向王請罪，以為是自己的進

[56] 楊伯峻：《春秋左傳注》，頁 1258。

言害了龔之脽，王則解釋說，此時此刻天加禍於楚邦，吳人攻入我郢都，楚國良臣為此役死傷無數，我不但不能憂傷別人戰死的兒子，而且連為我駕車的人卻一件像樣的衣服也沒有。我要讓全國人民皆見龔之脽三天，以彰顯我的過失。

從以上兩則昭王故事可見昭王仁民愛物又有原則的行事風格，愛己子亦愛人之子，楚人以愛子為德，〈昭王十三年傳〉載靈王聞群公子之死，自投于車下，曰：「人之愛其子也，亦如余乎？」又說「余殺人子多矣，能無及此乎？」後縊于芋尹申亥氏。故事中昭王能成全君子父母合葬的孝心，知道百姓之子為國而亡，自己卻不能給予憮恤，甚至自己身邊的人，連件像樣的衣服也沒有。都顯現了他推己及人之心。而這種胸懷也應該是君王當有的，這正是此故事欲現的思想主題。

〈哀公六年傳〉記載昭王有腹心之疾，臣下建議舉行禜祭，將惡疾移於令尹、司馬，而昭王一口回絕。孔子聞之曰：「楚昭王知大道矣！」和簡文的形象相當一致。

（六）簡王故事

簡王故事見〈柬大王泊旱〉，諸家重排簡序的說法頗多，請參本書第一章的討論。以下揀擇部分論述。

1.簡 8、3、4、5、7 組

> 高山深溪。王問釐尹高：「不穀瘙甚病，驟夢高山深溪。吾所得【8】地於膚（莒）中者，無有名山名溪欲祭於楚邦者乎？尚諗（蔽）而卜之於【3】大夏。如褱（孚），將祭之。」釐尹許諾。諗（蔽）而卜之，褱（孚）。釐尹致命於君王：「既諗（蔽）【4】而卜之，褱（孚）。」王曰：「如褱（孚），速祭之。吾瘙，一病。」釐尹答曰：「楚邦有常故【5】焉敢殺祭？以君王之身殺祭，未嘗有。」王內，以安君與陵尹子高：「卿（向）為【7】

2.簡 13、15、16 組

> 「我何為，歲焉簹（孰）？」大宰答：「如君王修郢高（郊）方若然里。君王毋敢戋害【13】㚕（蓋），相徙、中余與五連小子及寵臣皆逗（屬），毋敢執築籁。」王許諾。修四蒿（郊）。【15】三日，王有野色，逗（屬）者有暌人。三日，大雨，邦蕙（賴）之。發馹（馹）迈（蹠）四疆，四疆皆簹（孰）。【16】

簡文說到日旱飢荒使簡王罹病，因其夢到名山大川，故欲祭名山大川以求去病。透過占卜，得到祭祀即可病癒的答案，其即命人速祭。但釐尹告曰，此舉不合常故，因此王轉而詢問他人，後來太宰告之，要其修四郊，王許諾。三日後大雨，四疆皆熟。

故事中反映了楚王能廣納眾言，不惑於鬼神的性格，修四郊，勤民事而天降大雨，物阜民豐。其中「吾所得地於莒中者」事正是〈楚世家〉載「簡王元年北伐滅莒」，得莒地之事。

上舉的莊、靈、平、昭、簡王故事中，不管是莊王的居安思危；靈王的不念舊惡；平王的仁厚溫惠；昭王的推己成人；簡王的不惑鬼神，都是從正面來塑造君王的形貌，故事中很多情節不盡合於史實，其或是選擇性的組合或是改編當時流行的故事，因這類語類性質的故事重點不在記實，而在於背後的教化功能，創作改編是它的特點，這也是其與春秋類故事最大的不同。春秋類以記人、事、時地為主，而語類中的記事通常是為了印證文中的嘉言，因而對故事情節加以選擇或潤色，因此造成了故事版本的多樣性。然而這些語類故事到底是為哪些讀者而作？從內容著重君王行事的記載來看，很可能是給未來將成為國君的人閱讀，至少也是楚王室或貴族子弟們閱讀，故如王子建般不知民事的人，也能入故事，就是因為其有「不得君楚邦國」的特性故被採入，這即是從反面來申說國君當俱備的條件。

綜上所論，本章將楚簡中記載的楚國史事分為兩大類，一類是可與傳世史籍互證者，一類是未見於傳世書籍者，而這些又可分為《春秋》類史料與《語》類史料。與傳世書籍可互證者，包括有「文王伐蔡滅息取息媯」事，其與傳文比較後知文王滅息是文王為客於息而蔡侯與從次年之事，而簡文未有息媯未言的情節；「楚晉城濮之戰」事，根據簡文知楚晉兩方的聯軍還分別有群蠻夷之師及群戎之師的加入；「宋華元求成」事中「申公叔侯」很有可能是「申舟」；「楚晉邲之戰」事中從簡文的「圍鄭三月」，可知傳文的「三月」是指歷時三個月；而〈鄭子家喪〉中的「鄟棺」當是「鄟薄其棺」；「楚吳之役」中的「少盐」即傳文中的夏姬，簡文以為其乃夏徵舒妻，且未載巫臣以襄老之尸召夏姬的情節，兩者記載的不同可能來自傳聞異辭或書寫取捨；「楚共、晉厲時的弭兵之盟」事中華元主盟的楚共、晉厲之盟，由於晉人先背盟伐秦，造成楚圍鄭，與傳文以為楚人先背盟不同。「楚康以來的楚晉弭兵之盟」、「靈王以來的楚蔡關係」在情節結構方面基本上同於傳文。而〈繫年〉可補充《左傳》者，包括增補了簡王、聲王、悼王時期的故事。

未見於傳世史籍者，《春秋》類史料補了簡王、聲王、悼王時期的故事；《語》類的史料舉了楚莊、靈、平、昭、簡王的故事，這類《語》類史料可能是為了某些人而編寫，並不盡合史實，以展現為君之道為主。

〈繫年〉中還有些地方與傳文存在著記敘史觀與記敘方式的不同，這些地方很值得再去分析，簡文敘述文筆大體而言，文采不及傳文，但簡文中有一處描寫情節卻優於傳文，更加生動，這倒是值得提出的，本章就以段文字來作結。

〈成公二年傳〉、〈成公三年傳〉載郤克因在齊國受婦人之辱，而在靡笄之役中敗齊，使齊侯親身朝晉。後來晉公見到郤伯，誇讚曰「子之力也夫！」（相同記載亦見《國語・晉語五》第十一章「郤獻子等各推功於上」）而〈繫年〉十四章則載「齊頃公朝于晉景公，郇之克走援齊侯之帶，獻之景公曰：『齊侯之來也，老夫之力也！』」描寫齊侯朝晉時，郤克手拉住齊侯腰帶，引之於晉公前，說：「齊侯之來也，老夫之力也！」得意之情，溢於言表。

表一　〈繫年〉載楚史內容未見於《左傳》者與〈六國年表〉、《竹書紀年》及《史記》各世家對照表

繫年	六國年表 與古本竹書紀年	世家
簡王七年（425B.C.） 楚簡大王立七年，宋悼公朝于楚，告以宋司城坡之約公室。王命莫囂陽為率師以定公室，城黃池，城罋丘。晉魏斯趙浣韓啟章率師圍黃池，違迵而歸之於楚。（廿一章）	（簡王七年）趙襄子卒。 （簡王八年）魏文侯斯元年。 韓武子（啟章）元年。趙桓子（嘉）元年。	〈楚世家〉（簡王）八年，魏文侯，韓武子、趙武子始列為諸侯。
簡王九年（423B.C.） 王命莫囂陽為率師侵晉，奪宜陽，圍赤滩，以復黃池之師。魏斯、趙浣、韓啟章率師救赤滩，楚人舍圍而還，與晉師戰於長城。楚師亡功，多弃旃幕，宵遁楚以與晉固為怨。（廿一章）	（簡王九年）趙獻侯（完）元年。鄭幽公元年，韓殺之。 （簡王十年）鄭立幽公子為繻公，元年。	〈韓世家〉武子二年伐鄭，殺其君幽公。（楚簡王九年） 〈鄭世家〉幽公元年，韓武子伐鄭，殺幽公。鄭人立幽公弟駘，是為繻公。（楚簡王九年）
聲王元年（407B.C.） 楚聖趄王即位元年，晉公止會諸侯於任，宋悼公將會晉公，卒于𤢺。韓虔、趙籍、魏擊率師與越公翳伐齊，齊與越成，以建昜、邱陵之田，且男女服。越公與齊侯貣、魯侯侃盟于魯稷門之外。越公內饗於魯，魯侯馭，齊侯參乘以內。（廿二章）	（聲王元年）鄭敗韓于負黍。 （齊）與鄭會于西城，伐衛取毋。	〈韓世家〉（景侯虔）二年，鄭敗我負黍。（楚聲王元年） 〈鄭世家〉（繻公）十六年，鄭伐韓，敗韓兵於負黍。（楚聲王元年） 〈田敬仲完世家〉（宣公）四十九年與鄭人會西城，伐衛取毋丘。（楚聲王元年）
聲王？年 晉魏文侯斯從晉師，晉師大敗齊師，齊師北，晉師逐之，內至汧水，齊人且有陳𢼸子牛之禍，齊與晉	（聲王三年）（齊）田會以廩丘反。	〈田敬仲完世家〉宣公五十一年卒。田會自廩丘

成，齊侯盟於晉軍。晉三子之大夫內齊，盟陳和與陳淏於溋門之外，曰：「毋修長城，毋伐亩丘。」晉公獻齊俘馘於周王，述（遂）以齊侯貣、魯侯羴（顯）、宋公畋、衛侯虔、鄭伯駘朝周王于周。（廿二章）		反。（楚聲王三年） 〈齊世家〉宣公五十一年卒，子康公貸立。田會反廩。（楚聲王三年）
聲王四年（404B.C.） 楚聖逗王立四年，宋公畋鄭伯怨（駘）皆朝于楚。王率宋公以城榆關，寘武陽。秦人敗晉師於洛陰，以為楚援。（廿三章）	（聲王四年）齊康公貸元年。 《竹書》（烈公）十二年王命韓景子趙烈子翟員伐齊入長城。（聲王四年）	
	（聲王五年）（魏）初為侯。（韓）初為侯。（趙）初為侯。	〈齊世家〉康公二年，韓趙魏始列為諸侯。（楚聲王五年）
悼王元年（401B.C.） 悼哲王即位。鄭人侵榆關，陽城洹恧君率榆關之師與上國之師以交之，與之戰於桂陵，楚師亡功。競之賈與舒子共戠而死。（廿三章）	宋悼公元年。	
悼王二年（400B.C.） （明歲）晉䡴余率晉師與鄭師以內王子定。遨陽公率師以交晉人，晉人還，不果納內王子。（廿三章）	（悼王二年）三晉來代我（楚）至桑丘。鄭圍陽翟（韓）。	〈鄭世家〉（繻公）二十三年，鄭圍韓之陽翟。（楚悼王二年） 〈楚世家〉悼王二年，三晉來伐楚，至乘丘而還。
悼王三年（399B.C.） （明歲）郎減平君率師侵鄭，鄭皇子、子馬、子池、子垟子率師以交楚人，楚人涉沐，將與之戰，鄭師逃內於蔑。楚師圍之於蔑。盡逾鄭師與其四將	（悼王三年）（楚）歸榆關于鄭。韓烈侯元年。趙武公元年。 王子定奔晉。（周安王三年）	〈韓世家〉（景侯虔）九年，鄭圍我陽翟。（楚悼王二年）

軍，以歸於郢，鄭大宰欣亦起禍鄭，鄭子陽用滅，亡後於鄭。（廿三章） 悼公四年（398B.C.）		
（明歲）楚人歸鄭之四將軍與其萬民於鄭。晉人圍津、長陵克之。王命平亦悼武君率師侵晉，逾郜，戠滕公涉㴊以歸，以復長陵之師。 悼公五年（397B.C.）	（悼王四年）（楚）敗鄭師圍鄭，鄭人殺子陽。鄭殺其相駟子陽。	〈楚世家〉（悼王）四年，楚伐周。鄭殺子陽。 〈鄭世家〉（繻公）廿五年，鄭君殺其相子陽。（楚悼王四年）
（聞年）韓取、魏擊率師圍武陽，以復郜之師。遜陽公率師救武陽，與晉師戰於武陽之城下，楚師大敗，遜陽公、平亦悳武君、陽城洹悉君，三執珪之君與右尹卲之卲死焉，楚人盡棄其旃幕、車、兵，犬逸而還。陳人焉反而納王子定於陳，楚邦以多亡城。（廿三章） 悼王？年	（悼王五年）鄭人殺君。三月盜殺韓相俠累。	
楚師將救武陽王命平亦悼武君李人於齊陳淏求師。陳疾目率車千乘，以從楚師於武陽。甲戌，晉楚以戰。丙子，齊師至喦，遂還。（廿三章）	（悼王六年）鄭相子陽之徒殺其君繻公。 （悼王七年）鄭康公元年。 宋休公元年。	〈鄭世家〉（繻公）廿七年，子陽之黨，共弒繻公駘，而立公弟乙為君，是為鄭君。（楚悼王六年）

以上楚王年與西元年號對照依錢穆《先秦諸子繫年通表》（收錄於《先秦諸子繫年》）

表二　上博簡中與楚王相關的語類性質篇章結構分析表

篇名	背景	言語	結果（印證言論）或教化意涵
成王為城濮之行	城濮戰前	「君王謂子玉未患，命君教之……」(遠白珵言） 「君為楚邦老，喜君之善而不誅子玉之師……」（遠白珵言）	城濮戰敗，子玉自殺。
莊王既成	莊王鑄成亡射大鐘	「吾既果成亡射，以供春秋之嘗，以待四鄰之賓客，後之人幾可保之？」（莊王問） 「四與五之間乎？」（沈尹答） 「如四與五之間，載之塼車以上乎？抑四舿以逾乎？」（莊王問） 「四舿以逾」（沈尹答）	莊王後四代為平王或昭王（若郟敖不計）時期，其時吳有柏舉之役，舉兵攻入楚郢都，印證大鐘將來會四舿以逾的預言。
鄭子家喪	鄭子家殺其君	「鄭子家殺其君，不穀日欲以告大夫，以邦之病，以及於今。天厚楚邦，使為諸侯正。今鄭子家殺其君，將保其恭嚴，以殁入地。如上帝鬼神以為怒，吾將何以答？雖邦之病，將必為師。」（莊王言） 「鄭子家顛覆天下之禮，弗畏鬼神之不祥，戕賊其君。我將必使子家毋以成名位於上，而滅嚴於下。」（莊王言） 「君王之起此師，以子家之故。今晉人將救子家。君王必進師以仍之！」（大夫言）	楚王替天行道，起師圍鄭三月，鄭人使子良來質，並使子家梨木三寸。後遇晉師救鄭，於兩棠大敗晉師。
申公臣靈王	靈王即位，封穿封戌為陳公	「陳公，忘夫析述之下乎？」（靈王問） 「臣不知君王之將為君，如臣知君王之為君，臣將或致焉。」（陳公答） 「不穀以笑陳公，是言棄之，今日陳公事不穀，必以是心。」（靈王答） 「臣為君王臣，君王免之死，不以振斧鑕，何敢心之有。」（陳公答）	因穿封戌事楚王忠，故被封為陳公。而靈王能不念舊惡，故能得臣下之心。
平王問鄭壽	楚敗於吳	「禍敗因重於楚邦，懼鬼神以為怒，使先王無所歸。吾何改而可？」（平王問） 「如毀新都戚陵臨陽，殺左尹宛，少師亡忌。」（鄭壽答） 「不能。」（平王答） 「如不能，君王與楚邦懼難。」（鄭壽答） 「前冬日：『邦必亡我，及今何若？』」	平王不聽鄭壽之言，雖暫時免難，但昭王時吳人入郢，楚幾滅。

		（平王問） 「臣為君王臣，介服名，君王遷處，辱於老夫。君王所改多多，君王保邦。」（平王問） 「如我得免，後之人何若？」（平王問） 「臣弗知」（鄭壽答）	
平王與王子木	平王命王子木蹠城父過申	「此何？」（王子木問） 「籌。」（城公答） 「籌何以為？」（王子木問） 「以種麻。」（城公答） 「何以麻為？」（王子木問） 「以為衣。」（城公答） 「臣將有告，吾先君莊王蹠河雍之行，舍食於鼪鬼，酪羹不酸，王曰：『甕不蓋』。先君知甕不蓋，酪不酸，王子不知麻。王子不得君楚邦國，不得楚臣邦。」（城公告）	以王子木不辨五穀預言其不得君楚邦。而其後因費無忌之讒，亡奔於宋，後死於鄭。
昭王毀室	昭王為室成	「君王始入室，君之服不可以入。」（稚人言） 「小人之告窆，將斷於今日。尔必止小人，小人將召寇。」（小人言） 「僕之毋辱君王，不狀僕之父之骨在於此室之階下，僕將掩亡老☒以僕之不得并僕之父母之骨，私自塼。」（小人告） 「君不為僕告，僕將召寇。」（小人再告） 「吾不知其尔墓，尔姑須。既落，焉從事。」（昭王言）	昭王為成全小人合葬父母之願，而毀其新室。見昭王之愛民。
昭王與龔之脽	昭王逃難，龔之脽御王	「僕遇脽將取車，披裀衣。脽介趨君王，不獲引頸之辠，君王至於正冬而披裀衣！」（大尹告） 「老臣為君王守視之臣，辠其容於死。或聞死言「僕見脽之寒也，以告君王，今君王或命脽毋見，此則僕之辠也。」（大尹再告） 「大尹之言脽何譤有焉。天加禍於楚邦，霸君吳王身至於郢。楚邦之良臣所暴骨。吾未有以憂其子，脽既與吾同車或舍之衣，使邦人皆見之三日焉。」（王言）	昭王賞龔之脽袍，並使邦人皆見之。見昭王之仁心。
簡大王	楚邦大旱	「不穀癛甚病，驟夢高山深溪。吾所得	王廣納眾言，不惑於

泊旱	四疆不熟	地於莒中者，無有名山名溪欲祭於楚邦者乎？尚蔽而卜之於大夏。如孚，將祭之。」（王問） 「既蔽而卜之，孚。」（釐尹致命） 「如孚，速祭之。吾瘙，一病。」（王曰）「楚邦有常故，焉敢殺祭？以君王之身殺祭，未嘗有。」（釐尹答） 「我何為，歲焉熟？」（王問） 「如君王修郢郊方若然里。君王毋敢災害蓋，相徙、中余與五連小子及寵臣皆屬，毋敢執篥籍。」（太宰答）	鬼神，使天雨，四疆皆熟。見簡王之從善如流。

附 《浙大簡・左傳》釋文

（方格內文字為根據殘簡補文；〔 〕表與《左傳》對讀的缺漏抄文；｛ ｝表與《左傳》對讀的衍文；〈 〉表錯字。）

第 1 簡

九年春宋䄜▌樂喜為司城𠂤為政▌史伯氏司里▌火所宅

第 2 簡

至𢓕少𡍯垒｛之｝〔大〕𡍯陳畚｛之｝挶具𦈢缶𠈌水器▌量

第 3 簡

輕重蓄水𡨦積土垒巡丈城善守𦍋𧝄｛旻｝火道史

第 4 簡

𡎼臣具正徒令隊正納｛之｝郊保奔｛旻｝火城史｛旻｝

第 5 簡

閱討｛之｝〔右〕官＝疕｛之｝〔其〕司向戌｛之｝討｛亓旻之司討｝左亦之

第 6 簡

如史樂𨗨疕｛之｝行器亦｛旻｝如之史皇隕命校

第 7 簡

正出馬工正出車𠈌｛旻之｝甲兵疕｛旻｝武守史西

第 8 簡

鉏吾疕｛之｝府守命司宮巷伯｛之｝敬宮｛二帀敬宮｝

第 9 簡

二帀令四鄉｛之｝正敬宮〈享〉祝宗｛之四馬於庸盟之｝

第 10 簡

用馬於｛之｝四墉祀｛旻｝之盘庚於西門之外▌

第 11 簡

晉侯問於士｛之｝弱曰吾｛旻｝聞之宋䄜於是㸒智

第 12 簡

有天道｛旻之｝何故對曰「古之火正或食於心或食

第 13 簡

於咮𠂤出內｛於｝火是古咮為敦｛為｝火𨛜旻之｝

第 14 簡

心為之〔大〕火𨛜唐氏之火〔正〕閔伯居於商丘祀｛之｝〔大〕火

第 15 簡

而〔火〕紀之相土｛之｝因之此｛旻之｝〔故商主大火商人〕閱亓高｛旻｝敗

第 16 簡

之遂必｛旻｝怠於火是㠯日知亓有天道公曰

第 17 簡

可｛旻｝必㘿對曰〔在〕道｛對於道｝國𪛂於像不可

第 18 簡

知也㬎季武子｛㠯｝如晉｛之｝報宣子之聘也

第 19 簡

穆姜薨｛之｝於東宮如｛之｝往而東筮之逃旻之

第 20 簡

｛逃旻之｝𢈈史曰是胃艮〈艮〉𡰪隨艮〈艮〉之亓出也君必｛㠯｝

第 21 簡

速之〈出〉姜曰亡是於周〔易〕｛利旻義之咊｝〔曰隨〕元亯利貞｛之｝無咎元體

第 22 簡

之長也▎亯嘉之會也利義之咊〔也〕貞｛固㠯｝幹｛旻｝之事也體

第 23 簡

〔仁〕足㠯長人嘉悳足㠯會豊利勿足㠯咊義貞固

第 24 簡

〔足〕㠯朝事然古不可亞〔也〕是㠯雖誰〈隨〉｛旻之｝無咎▎

第 25 簡

命我婦人｛之｝與之𪛂〔固在下位而有不仁不可謂元不靖國家不可謂亨〕復〔而〕｛旻之｝害身不可胃利弃位

第 26 簡

而姣不可胃貞有四悳者陸〈隨〉而無咎我皆無之豈陸〈隨〉也哉▎

第 27 簡

我則取惡能無咎㘿▎必死於此弗旻出矣▎

第 28 簡

秦景公史士雃乞帀於楚𤃩㠯伐晉楚子許之子囊曰

第 29 簡

不可尚㑹吾不能與晉爭晉君穎能而史之𧊒不

第 30 簡

失選官不易方亓卿襄｛之｝於善亓｛旻｝夫不失守亓士競

第 31 簡

於教亓庶人力於農穡商工｛旻之｝皀事▎不知遷業

第 32 簡

朝（韓）瘍｛旻之｝老矣知〔罃〕稟與㠯為攻范匄少於中行

第 33 簡

〔偃〕而上之史左｛之｝中軍韓起於｛旻之｝少欒黶而〔欒〕黑上

第 34 簡

之史佐｛之｝上軍魏絳｛旻之｝多功㠯｛旻｝趙武為｛之｝賢

第 35 簡

而為之左▎｛鬼旻䣭之有功｝君明臣｛旻之｝左〈忠〉上｛旻之｝〔讓〕下

第 36 簡

競尚是胄也晉不可敵事之而遂可君亓圖之▎王

第 37 簡

〔曰〕於可吾既許之矣雖不返晉必䣭出帀▎秋〔楚〕子帀

第 38 簡

於武城㠯為秦爰秦人侵晉＝饑弗能敕之∨

第 39 簡

夅｛之｝十月＝者侯伐鄭庚午季｛旻｝武子齊｛旻｝崔｛之｝

第 40 簡

予宋皇鄓從荀莔▎士｛旻｝匄門於專門衛北宮括

第 41 簡

昨人郳人坐荀偃▎韓起門於帀之梁勝人｛旻之□｝

第 42 簡

〔薛人坐欒黶士魴門於北門▎杞人郳人坐趙武魏絳｛於｝

第 43 簡

斬行栗▎甲戌帀於氾▎令於者〔侯〕脩曰器㒒盛餱粻遠

第 44 簡

老幼居疾於虎牢肆眚圍鄭＝人恐乃行成中行獻

第 45 簡

子曰遂圍之㠯待楚人之救也而與之戰▎不然無成

第 46 簡

知武子曰許之盟而還帀㠯敝｛叟之｝楚人吾三分

第 47 簡

四軍與者侯之銳㠯逆𡊼者於我未病楚不能

第 48 簡

矣猶愈於戰暴〔骨〕㠯逞不可㠯爭大萃之未〔艾〕

第 49 簡

君子萃心少人萃力先王之制也者侯皆不欲戰

第 50 簡

乃許鄭成ˇ

第 51 簡

十一月二己亥同盟於戲鄭箙也牆明鄭六

第 52 簡

卿公子騑▎ 公子發▎ 公子嘉▎ 公孫輒▎ 公孫蠆

第 53 簡

公孫舍之返亓夫門子皆從｛夫=｝〔鄭伯〕晉帀帀〈士〉壯子為｛之｝〔載〕

第 54 簡

聿曰自侌日既盟之遂鄭國而不唯晉命是聽而

第 55 簡

或有異〔志〕者有｛叟｝如此｛異志）｝〔盟〕｛者｝公子騑返進曰天

第 56 簡

或鄭國史介居｛於｝二大國之閒▎ 大國不加惪音而

第 57 簡

亂㠯｛一｝要之｛也｝史〔亓〕由神不獲〔歆其〕禋禋祀亓民人不獲

第 58 簡

〔享〕亓土利夫帚辛苦𤔲嗌無所氐告自含日既盟之

第 59 簡

遂鄭國而不唯又

第 60 簡

禮與𢎘可㠯疕民者是坐而敢有異志者亦如是

第 61 簡

荀偃曰改載書公孫舍之曰昭｛之｝大神要言與若

第 62 簡

可改也大國亦可叛也知武子胃獻子曰我

第 63 簡

實不惪而要人｛旻之｝㠯盟豈豊｛之㠯｝〔也〕載非豊

第 64 簡

何㠯宔盟姑盟㠯退脩惪息帀而𡐦終

第 65 簡

必獲鄭何必含日我之不惪民𨡓弃我豈｛旻｝

第 66 簡

唯鄭若能休咊遠人𨡓至何恃於鄭乃盟而還

第 67 簡

晉人不旻志於奠㠯者侯遉伐之十二月=

第 68 簡

癸亥門亓三門戊寅齊於𨙸郐𢜽鄭虘〈次〉於

第 69 簡

郐口而還子孔曰晉帀可𢍁也帀老而卒

第 70 簡

且有𢜽志必大克之子展曰不可∨

第 71 簡

公逆之晉=侯=㠯公宴於可上門｛青於｝公年季武

第 72 簡

子對曰會於沙𢀿之歲寡君㠯生晉侯曰十二年矣|

第 73 簡

是胃一終一𡕒終也國君十五而生子冠而生

第 74 簡

子豊也君可㠯冠也夫=盍為冠具武子對曰

第 75 簡

君冠必以祼亯之豊行之㠯金石之樂行之㠯先

第 76 簡

君之兆凥之含｛旻｝寡君才行未可具也青夷兄夷

第 77 簡

之國而假備焉晉侯曰諾公｛旻之｝還〔及〕衛冠於｛旻｝成公之庿

第 78 簡

假鍾磬與豊｛之｝也|

第 79 簡

楚子伐鄭子馹牆返｛㬅之｝楚坪子孔子驕曰與

第 80 簡

｛之｝大國盟口血｛㬅之｝未干而背之可坪子馹子

第 81 簡

展曰皆｛㬅之｝固盟唯弫是坐今楚帀至晉不我

第 82 簡

救則楚弫矣盟斳之言豈敢背之且要盟

第 83 簡

無質神弗臨也所臨｛之｝唯信者言之瑞也

第 84 簡

膜宔也是古｛㬅此｝臨之明神｛㬅之｝不蠲要盟

第 85 簡

背之可〔也〕｛皆又｝乃返｛晉｝楚平公子罢戎於吕盟同盟｛吕｝於中分楚
莊王夫人卒王未能定鄭而歸

第 86 簡

晉侯帚某所吕息民魏牆青施舍輸急

第 87 簡

聚吕貸自公吕下苟有責〔者〕｛積｝盡出之▌　｛亦｝

第 88 簡

國無縟積亦無困人▌　公無禁利亦無

第 89 簡

貪民祈吕帀失賓吕特牲▌　器用不復車

第 90 簡

箙坐給行之昪年國｛之｝乃〔有〕節三駕而楚不能與爭

第 91 簡

十年春會於相會吳子壽夢也三月癸丑

第 92 簡

齊高厚相〔大〕子光旨先會〔諸侯〕於鐘離不敬士

第 93 簡

壯子曰高子相大子吕會｛之｝者侯▌　牆｛㬅之｝社

第 94 簡

嬰之行〔而皆不敬〕弃｛之｝社嬰〔也〕亓〔將〕不｛㬅｝免｛於｝烏顕㬅
四月二｛於｝

第 95 簡

戊午會於桓晉旬｛旻之｝晏士亡青〔伐〕｛旻｝畐昜而

第 96 簡

封｛旻之｝宋〔向〕戌｛之｝一｛不能與之爭｝旬缶曰｛之｝城少而固朕之不

第 97 簡

武弗朕｛之｝〔為〕笑固青｛之｝百寅▎｛旻之｝圍之弗

第 98 簡

克孟氏之臣秦菫｛之｝〔父輦重〕如｛於吕｝〔役〕稟陽內啓門

第 99 簡

者侯之士門與縣門發郰人紇快之吕門

第 100 簡

出者狄虎虢建｛之｝大車之輪而蒙之

第 101 簡

吕甲為之魯左敎之▎右拔戟吕｛旻｝

第 102 簡

成一隊孟｛旻｝獻子曰寺｛旻｝所胃有力

第 103 簡

如虎者也▎者人｛旻之｝縣布童父登

第 104 簡

之乃桀而鐖之隊則又縣之穌而遉者三▎主人辭焉乃退帶其斷以徇於軍三日

第 105 簡

五月=庚寅荀偃▎士匄逹〔卒〕攻稟陽親受矢石甲午滅

第 106 簡

之書曰遂滅稟｛之稟｝陽言自會也▎吕與｛之｝〔向〕戌=諮曰君若

第 107 簡

｛曰君若｝猶辱真無宋國▎而吕稟昜光啓｛之｝寡君▎羣臣

第 108 簡

｛臣之｝安矣亓何貺如之若專賜臣▎是臣興者侯吕自封

第 109 簡

也｛旻｝亓何罪｛之｝大〔焉〕敢吕死青乃於宋=公=亯晉〔侯〕於楚丘青

第 110 簡

吕桑林旬缶｛吕｝諮〔荀〕晏士匄｛之｝曰青侯宋〔魯於是〕｛旻之｝觀豊

｛有之｝

第 111 簡

魯有帝樂賓祭用之宋𠳵桑林亯君不亦可垺｛㝵之｝𠳵〔舞師題以旌夏〕

第 112 簡

晉侯具而退內於房去旌卒亯而還退茬｛之｝雝｛𠳵㝵｝

第 113 簡

疾〔卜〕｛㝵之｝桑林皆𠳵視旬晏志匄欲奔青壽與旬〔砻〕

第 114 簡

不可曰我辞｛之｝禮矣遠𠳵則之猶有由神於遠加之

第 115 簡

晉侯有列𠳵｛㝵之｝禀易子歸獻於武宮胃之夷〔俘〕禀陽雲

第 116 簡

之沓也史周內史選亓族嗣納者｛之｝霍人豊也▌

第 117 簡

帀逮孟獻子𠳵秦堇父為右生秦丕茲事｛之｝中〔尼〕

第 118 簡

六月二楚子囊鄭子耳伐宋帀於訾毋庚午圍宋，門於

第 119 簡

桐門∨

第 120 簡

晉旬｛之｝旨伐秦𢾅亓逮也▌

第 121 簡

衛侯｛之｝救宋帀於襄牛鄭子展｛之｝曰必｛㝵之｝伐衛

第 122 簡

不肰是不與楚也㝵罪於晉又㝵罪於楚▌ 國

第 123 簡

將若之何子｛之｝馴〔曰〕｛之｝國｛之｝病矣子展曰㝵罪於｛之｝

第 124 簡

｛之㝵朕｝大國必｛㝵之｝亡病不猶〔愈〕於亡垺者｛之｝夫皆𠳵為然

結　　論

本書是以《上海博物館藏戰國楚竹書》（一）至（九）及《清華大學藏戰國竹簡》（壹）至（叁）為主要材料，討論了有關簡的形制、簡文中的錯漏字、特殊用字和語言通假現象，以及楚人的神話與歷史故事。本書共分六章，各章所討論的重點及結論分別是：

緒論部分先論述了已公布的《上博》及《清華》兩批竹簡的內容，進而依〈漢志〉來作分類，其材料反映出目前以六藝略的作品最多，而其中又以春秋類和論語類的篇章較多。再依這兩類作品中的人物或事件來斷代，發現其背景人物或事件主要集中在楚國的平、昭、惠三王之間，也即《清華》寫定（肅、宣時）的一百年前左右。

而這兩批簡的形式可依編繩數及是否留有天頭地角區分為三A、三b、二A三組。目前所見《上博》三A組中最長的是〈性情論〉（57.2公分），二A組中最短的是〈簡大王泊旱〉（24公分），《清華》則約略在45公分上下。兩批簡所抄錄的篇章，有時會在簡背以文字標題註明簡文內容，有時則否，一直以來，皆將這類標題視為篇題，本文主張當視作卷題，其有提示該卷所抄文字的功能。因為竹簡出土時編線已不見，故無法得知當時一卷的簡數。然《上博》有數篇連抄的篇章，加上有文字、編線距幾近的篇章，故可證明當時是以卷為單位。而還可根據〈子羔〉、〈孔子詩論〉、〈魯邦大旱〉一卷的簡數來復原出當時的卷篇。而把抄寫於簡背的篇題視為卷題後，也可以解釋何以這批材料大半未見篇題，及有些篇題與內容關係不大的原因。最後主張可以根據記載楚國王臣故事及形式類似楚辭的文學作品，從這二批簡中區分出一類楚人楚事簡來。

第一章「楚人楚事簡中的重篇文字及楚簡中的錯漏字例校析」先針對《上博》中簡序有改動及重篇中文字可互校的篇章作說明，並將已公布的篇章中的錯漏字等分類為錯字、補字、衍文、倒文例。並歸納出錯字的成因有「不習見而誤」、「形似而誤」、「涉上下文而誤」、「偏旁或部件的訛誤」、「省筆而致訛」、「增添筆畫而致訛」。

第二章「楚人楚事簡及楚器中的用字比較」中先依《說文》序列整理出楚人楚事簡的用字現象，再對其用字現象加以分析，見有「一字形表示多音義」、「一音義用多字形表示」者及特殊習慣用字現象。並進一步與包山簡及《上博》、《清華》簡寫定前的楚器中的用字現象加以分析比較。

第三章「楚人楚事簡及楚簡中的通假習慣用字比較」歸納楚簡中的通假字例，區別出一類借字與本字在字形上沒有共同聲符的例子為「一字通讀為多字例」，並據古韻分部探討其通假的原因，指出本字與借字在聲母間的關係仍以發音部位同者互諧者居多，而端系與章系、精系與莊系、見系與影系也有互諧現象；韻部方面，以相同元音的陰入陽聲對轉為主，而之部與脂、微的互諧也是可注意的現象。

第四章「楚居中的楚國神話與先祖居地問題」中先對楚器中「祝融」一名所從的二虫符作分析，提出其作為裝飾性符號的可能，並認為其或起源於文字的訛變。接著針對〈楚居〉中的「緹伯」、「遠仲」、「侸叔」作討論，以為此三名或據後來楚國成氏、蔿氏、鬥氏的壯大而虛構出來，並加入遠祖世系中。

第五章「繫年中的楚國歷史問題」針對〈繫年〉所載的楚國史事部分，與傳世文獻作比較，分為可與傳世古籍（主要指《左傳》）互證者與未見於傳世古籍者。而後者的內容包括春秋類史料及語類史料，語料史料因為撰寫的目的帶有教化的功能，所以事件的編纂經過選擇，側重傳達立即印證之效，因此很多情節異於古籍中的記載。

附錄一　楚人楚事簡簡文

以下簡文能隸定者依形隸，不能隸者附以圖。方格內文字為根據殘簡空間推測所補簡文；〔 〕表與另本對讀的缺漏抄文；〈 〉表與另本對讀的錯字；{ }表與另本對讀的衍文；▨表不知缺多少字。標點為後加，保留終篇符號，加框以表示。

一、〈莊王既成〉「臧王既城」【1 背】（下接抄申公臣靈王）

臧王既成亡鐸吕昏酷尹子桱，曰：「虗既果城無鐸，吕共萅秋之祟吕【1】時四𡘋之貪俗。遂之人幾可保之？」酷尹固怨。王固昏之。酷尹子桱𠓗【2】曰：「四與五之閑虖？」王曰：「女四與五之閑，軖之塼車吕走虖？殹四[illegible]吕【3】逾虖。酷尹子桱曰：「四[illegible]吕逾。」■【4】

二、〈鄭子家喪〉

（一）甲本

奠子𧰼芒，鄬人坙告。臧王豪夫=而與之言曰：「奠子𧰼殺丌君，不穀日欲吕告夫=，吕邦之𢝊【1】吕忞於含。天遂楚邦囟為者矦正。含奠子𧰼殺亓君，𨠭保亓懈炎吕叟內𡍰。女上帝禍【2】神吕為蒉，虗𨠭可吕𠓗？唯邦之𢝊，𨠭必為帀。乃𨑓帀回奠三月。奠人青亓古，王命𠓗之曰：「奠子【3】𧰼𨔵𨒌天下之豊，弗愳禍神之不恙，𢙇𠚍丌君。我𨠭必囟子𧰼毋吕城名立於上，而威【4】炎於下。奠人命吕子良為𦀚，命思子𧰼利木三𡖠。紝索吕𦁒，毋敢丁門而出，𢿱之城𡋄。【5】王許之。帀未還，晉人涉，𨠭救奠，王𨠭還。夫=皆進曰：「君王之𨑓此帀，吕子𧰼之古。含晉【6】人𨠭救子𧰼。君王必進帀吕迈之！」王安還軍吕迈之，與之戰於兩棠，大敗晉帀安。■【7】

（二）乙本

子𧰼芒鄬人坙告。臧王豪夫=而与之言曰：「奠子𧰼殺亓君，不穀日欲吕告夫=，吕【1】邦之𢝊吕忞於含，而遂楚邦囟為者矦侯正〔今〕奠子𧰼殺亓君，𨠭保亓懈炎吕及內𡍰。女上帝鬼【2】神吕為蒉，虗𨠭可吕𠓗？唯邦之𢝊，𨠭必為帀」。乃記帀回奠三月。奠人情亓古，王命𠓗之曰鄭子【3】𧰼𨔵𨒌天下之豊，弗思〈畏〉禍神之不恙，𢙇𠚍亓君。我𨠭必囟子𧰼毋以成名立於上而滅炎【4】於下。奠人命㠯子良為㲀，命囟子彖利木三奢，紝索㠯綦，毋敢丁門而出，𢾊之城【5】至。王許之。帀未還，晉人涉，𨟻救奠，王𨟻還。夫=皆進曰：「君王之记此帀，㠯子彖之古。含晉人將救【6】子彖，君王必進帀㠯迈之！」王安還軍㠯迈之，與之戰於兩棠，大敗晉帀安。【7】

三、〈申公臣靈王〉（上連抄莊王既成）

戠於朸述，繙公子皇𦣻皇子，【4】王子回攽之，繙公埩之。王子回立為王，繙公子皇見王=曰：「繙公【5】忘夫朸述之下虖？」繙公曰：「臣不智君王之𨟻為君，女臣智君王【6】之為君，臣𨟻或至安。」王曰：「不穀㠯笑繙公，氏言弃之，含日【7】繙公事不穀，必㠯氏心。繙公𡉈拜，记倉：「臣為君王臣，君王孚之【8】死，不㠯㫚釹𧶠，可敢心之又。」▃【9】

四、〈平王問鄭壽〉（文末空白後接抄平王與王子木）

競坪王𦤎奠壽𥚘之於𡰥𢉩，曰：禍敗因童於楚邦。懼䰠神㠯為妄，囟【1】先王亡所𨓏，虐可攺而可？奠壽𢗂不敢倉。王𢡈𥚘之，倉：「女毀新都、𦭝陵【2】、臨昜，敹左尹𦣻少帀亡𢡊。王曰：「不能。」奠壽：「女不能，君王與楚邦懼𩠙。奠【3】壽告又疾，不事。𥁕歲。王逡見奠=壽=出，居𨓏㠯須，王與之𧥺，少=，王笑【4】曰：𡕒畬言曰：『邦必𡚬』，我及含可若？」倉曰：「臣為君王臣，介備名，君王遴𡰥，辱【5】於孝夫。君王所攺（改）多_，君王保邦。王笑：「女我𠭯孚，後之人可若？」倉曰：「臣弗【6】〔智▃（〈平王與王子木〉【1】〕

附、誤入本篇簡文

▃𥁕龔𢀵𢡊，民是𧸁𧸁。▃【7】

五、〈平王與王子木〉（上連抄平王問鄭壽）

競坪王命王子木迈城父。𨚍繙，睹飤於𩁹𡨥。城公𢉩瓜【1】𡎪於𦼞中。王子𦣻城公：「此可？」城公倉曰：「𦼞。」王子曰：「𦼞可㠯為【5】曰㠯穜𣏌。」王子曰：「可㠯𣏌為？」倉曰：「㠯為卒。」城公记曰：「臣𨟻又告，虐先君【2】臧王迈河𨿽之行，睹飤於𩁹𡨥，醓盉不𩊲，王曰：醓不盍。」先君【3】智醓不盍，醓不𩊲，王子不智𣏌。王子不𠭯君楚邦，或不𠭯【4】〔臣楚邦。▃（〈志書乃

言〉【8】））〕

六、〈昭王毀室〉（下接抄昭王與龔之脽）

卲王為室於死沍之滸，室既成，牆袼之。王戒邦夫=㠯歆=。既，訋条之，王內，牆袼。又一君子死備曼廷，牆沍閨。寉人𡍼=曰：【1】「君王䣓內室，君之備不可㠯進。」不𡍼，曰：「少人之告繿，牆剸於含日。尔必𡍼少=人=牆訋寇。」寉人弗敢𡍼。至【2】閨，乩命尹墜昔為視日，告：「僕之母辱君王，不𦣻僕之父之骨才於此室之階下，僕牆埮亡老□【3】㠯僕之不㝵并僕之父母之骨，厶自塼。」乩命尹不為之告。「君不為僕告，僕牆訋寇。」乩命尹為之告，王【4】曰：「虐不暂亓尔墓▌，尔古須既袼安從事。」王遲尻於坪澫，卒㠯夫=歆=於坪澫▌，因命至俑毀室。▬【5】

七、〈昭王與龔之脽〉（上連抄昭王毀室）

卲王沍【5】逃珤，龔之脽馭王。牆取車，大尹遇之，被䘷=，大尹內告王：「僕遇脽牆取車，被䘷=。脽介趣君王，不【6】㝵䀹頸之辠君王，至於定夅而被䘷=！」王訋而余之衽裍。龔之脽被之，亓衿見。𡨦逃珤，王命龔之脽【7】母見。大尹昏之，自訟於王：「老臣為君王獸視之臣，辠亓㝿於死。或昏死言，僕見脽之倉也，㠯告君王，今君王或命【8】脽母見，此則僕之辠也。」王曰：「大尹之言脽，可謝又安？天加禍於楚邦，息君吳王身至於郢，楚邦之良臣所𦣻【9】骨。虐未又㠯𢝁。亓子脽既與虐同車，或□衣，囟邦人膚見之三日安。」命龔之脽見。▬【10】

八、〈命〉「命」【11 背】

鄴公子高之子見於命尹子=昚=胃之曰：「君王竆亡人，命虐為楚邦，忑不【1】能㠯辱釹𨑨。先夫=之𩠐𦘔命，亦可㠯告我。」倉曰：「𠈇既㝵辱視日【2】之廷，命求言㠯倉，唯𢾅於釹𨑨，命勿之敢韋，女㠯𠈇之贜視日也【3】十又厽亡𠈇▌。命尹曰：「先夫=䣓命尹，受司馬，紿楚邦之正，▌頁墜民【6】莫不忎憙▌，四海之內，莫弗▌。子胃昜為孷於先夫=，請昏亓古▌？倉曰：「【7】亡僕之尚楚邦之正，𨒥夅五人，立夅七人，君王之所㠯命與所為於楚【8】邦，必內𠤳之於十𠇯又三，皆亡𦫳安而行之，含見日為楚命尹，𨑕𠇯亡【9】一人，立𠇯亡□一人，而邦正不敗，𠰩𠂤此胃視日，十又厶亡𠰩。」命尹曰：「甚善」。安𢻱【10】𨑕𠇯三人，立𠇯（右）三人。■【11】

九、〈王居〉「王居」【1背】

王居𩵦滿之室，彭𨑥𦥑𧫷閘至命邵昌為之告，王未𠓥之，觀無𢝊【王1】寺箸乃言：「是楚邦之𢓊𥝌人，反𠯑亓口舌，𠂤𢾺譌王、夫=之言，縱【乃言1】不隻辠，或猷走𨘋事王，邦人亓胃之可？王𠬢色曰：「無𢝊，此是【乃言2】胃死辠，𠊀安尔而𢾊尔=亡𠂤𢽳𣔸正我。𣪘忑韋讘𦔻，𠂤𡧋亞𠊀【乃言3】外臣。而居𠊀𡧋=，不爯學進可𠂤𠹭楠我，則戠為民𩠐，𠊀𣉻古【命4】之善臣，不𠂤厶惪厶𢜓內于王門，非而所𠂤𢚔，我不能䏌璧而見聖，【命5】𠊀𠂤尔為遠目𦔻，而縱不為𠊀𢜝𦋞，𠊀父𧻓𣅞咎之又𦔻善【乃言5】𧕿材𠂤為獻，或不能節𦔻，所𠂤辠人。然𠂤讘言相忢，尔思我【乃言4】𠭰忧於邦多𢀈，𠊀欲至尔於辠，邦人亓胃我不能𢜝人，朝𢀳而【乃言6】夕𤅽之，是則𦘔不𣪠之辠也。𨒥𠓥勿然。唯我忢尔，𠊀無女𥙊【乃言7】稷可！而必良𣂑之。」亓𠚤=，令尹子𦮅𢦔。王𦍒之曰：「夫彭𨑥龍𦣞為【王5】𠊀詸之。」命尹𠓥：「命須亓儘。」王胃：「𠊀谷速。」乃許諾，命須𨒥𠎬。王𦍒【王6】命尹：「少進於此。𠊀𢻿恥於告夫=。𨔝日，𨑥自閘至命，昌為之告。𠊀未【王2】□毀亞之，是言既𣉻於眾𢀈，邦人其𣾰志解體，胃【王3】□𦔻能進𨒥人，忢夫=之母𦔻𨑥𠂤員，不𣪠之【王4】□言之𣽟。命尹許諾，乃命彭𨑥為洛𨑥尹。■【王7】

十、〈柬大王泊旱〉

第一組：簡1－簡2－簡8－簡3－簡4－簡5－簡7。

柬大王泊𣶏，命龜尹羅貞於大𩒨，王自臨卜。王向日而立，王滄至【1】𦂂。龜尹𣂑王之庶於日而疠，𢍰𢝊愈𨒊。𦺇尹𣉻王之疠，乘龜尹速卜【2】高山深溪。王𠂤𨒅𦺇尹高：「不𣪠𤻶，甚𤸎，聚夢高山深溪。𠊀所𠭰【8】地於膚中者，無又名山名溪欲祭於楚邦者𠰚？尚詸而卜之於【3】大𩒨。女𠁁，𨠨祭之。」𦺇尹許諾。詸而卜之，𠁁。𦺇尹至命於君王：「既詸【4】而卜之，𠁁。」王曰：

「女褱，速祭之。虗瘱，𣪠𤕫。」𧀍尹倉曰：「楚邦又棠古，【5】安敢𣪊祭？㠯君王之身𣪊祭，未尚又。」王內，㠯告安君與陞尹子高：「卿為【7】

第二組：簡 19－簡 20－簡 21－簡 6－簡 22－簡 23。

厶𧧑，人𤼾笑君。」陞尹、𧀍尹皆紿丌言，㠯告大𠟭：「君，聖人𠪚良𠑗子，𤼾正【19】於君。」大𠟭胃陞尹：「君內而語儯之言於君=王=之瘱從含日㠯瘛。」陞尹與【20】𧀍尹：「又古𥁕？忎𢽸之。」大𠟭言：「君王元君，▌不㠯丌身𡨦𧀍尹之棠古；𧀍尹【21】為楚邦之䰠神宔，不敢㠯君王之身𡨦𢇍䰠神之棠古。夫𡕒=䰠神高明【6】甚，𤼾必𧧑之。君王之𤕫𤼾從含日㠯巳▌。命尹子林𢽸於大𠟭子𡉏：「為人【22】臣者亦又𤔲𥁕？」大𠟭倉曰：「君王元君=善，夫=可𦍒𤔲。」命尹胃大𠟭：「唯【23】

第三組：簡 9－簡 10－簡 11－簡 12。

王若。𤼾鼓而𡘙之，王夢𡉚閨未𢼄，王㠯告𣏌𢊁與中余：「含夕不𣪊【9】夢若此，可？」𣏌𢊁、中余倉：「君王尚㠯𢽸大𠟭晉侯。皮聖人之孫=，𤼾必【10】鼓而𡘙之此可。」大𠟭進倉：「此所胃之㵼母。帝𤼾命之攸者侯之君之不【11】能訋者，而𡑞之㠯㵼。夫唯母㵼而百眚迻㠯𤼽邦𢆶，此為君者之𡑞。」【12】

第四組：簡 14－簡 13－簡 15－簡 16。

王卬天句而泣，胃大𠟭：「一人不能訋正，而百眚㠯𢆶。」侯大𠟭𨕒𨑳。進【14】大𠟭：「我可為，歲安䈞？」大𠟭倉：「女君王攸郢高方若肰里，君王母敢𢦏害【13】𢍉，𣏌𢊁、中余與五連少子及龍臣皆逗，母敢𩌔𥭥𥳑。」王許諾，攸四蒿。【15】𡉚日，王又𡍴色，逗者又𤈼人。三日，大雨，邦𢠵之。𤼭𩣡𨑨四=疆=皆䈞。■【16】

第五組：簡 17、簡 18。

☑𤼾為客告。大𠟭㢸而胃之：「君皆楚邦之𤼾軍，𡕒色而言於廷。王事可【17】必三軍又大事，邦𢆶㠯軒輂，社禝㠯𨖯與？邦𢆶大㵼𤺺𤸊𧧑於邦【18】

十一、〈君人者何必安哉〉

（一）甲本

𨌬戉曰：「君王又白玉三回而不戔，命為君王戔之。敢告於見日。」王乃出而【1】見之。王曰：「𨌬䆮，虗𣪊又白玉三回而不戔才！」𨌬䆮曰：「楚邦之中又𩛥【2】田五貞，竽𥤮𡘾於𡋒；君王又楚，不聖𥵊鐘之聖，此亓一回也。

珪=之君，百【3】售之宔，宮妾㠯十百婁。君王又楚，矦子三人，一人土門而不出，此亓二回也。州徒【4】之樂，而天下莫不語〈之〉王斋=㠯為目躩也。君王龍亓祭而不為亓樂【5】此亓三回也。先王為此，人胃之安邦，胃之利民。含君王𦘒去耳【6】目之欲，人㠯君王為所㠯戱。民又不能也，䰟亡不能也。民乍而囟䎽【7】之。君王唯不長年，可也。戊行年𢁎=矣，言不敢睪身，君人者可必安才！傑【8】、受、幽、萬㾕死於人手。先君需王𩫖渼云薾，君王人者可必安才！▭【9】

（二）乙本

軦戌曰：「君王又白玉三回而不戔，命為君王戔之。敢告於見日。」王乃出而見【1】之。王曰：「軦䆢，虗𨊠又白玉三回而不戔才！」軦䆢曰：「楚邦之中又飴田五【2】貞，竽䆼𡕢於𡋦；君王又楚，不聖籔鐘之聖，此亓一回也。珪=之君，百售之宔，【3】宮妾㠯十百婁。君王又楚，矦子三人，一人土門而不出，此亓二回也。州徒之樂，而【4】天下莫不語先王斋=㠯為目躩也。君王龍亓祭而不為亓樂。此亓三【5】回也。先王為此，人胃之安邦，胃之利民。含君王𦘒去耳目之欲，人㠯君王為【6】所㠯戱。民又不能也，䰟亡不能也。民乍而囟䎽之。君王唯不長年，可【7】也。戊行年𢁎=矣，言不敢睪身，君人者可必安才！傑、受、幽、萬㾕【8】死於人手。先君需王𩫖渼云薾，君人者可必安才！▭【9】

十二、〈成王為城濮之行〉

城王為成僕之行，王囟子䨻㫚子玉，子䨻遚帀於𨙸。一日而䜌，不㪟一人，子【甲 1】玉受帀出之𢧵，三日而䜌漸三人。𦔻邦加子䨻，㠯亓善行帀。王遈，客於子=䨻=甚憙，【甲 2】㱃邦㠯㱃=。遠白珵猷約，須寺𠧴㱃=子=䨻𦔻䜌白珵曰：𣪊㬱余為【甲 3】楚邦老，君王孚余辠，㠯子玉之未患，君王命余遚帀於𨙸，一日而䚷【乙 1】不㪟一人。子玉出之𢧵，三日而䚷，漸三人。王為余𩚬，𦔻邦加余，女【乙 2】蜀不余見，飤是𢧵而弃不思正人之心。伯𤾢曰：「君王謂子玉未患【甲 4】，命君㫚之。君一日而䚷不㪟☐【乙 3】☐子玉之【乙 4】帀，既敗師也，君為楚邦老，憙君之善而不𢝊子玉之帀之☐【甲 5】

十三、〈靈王遂申〉

需王即立，繡賽不憖，王敗郗需医於呂，命繡人室出，取郗之器。韍事人夾郗人之軍門，命人母【1】敢让出。繡城公■丌子■未畜熕，命之遣。■品让出，韍事人志＝，■輮一鞏＝駟，告韍事【2】人：「灷＝學，不能吕它器。曼此車，或不能馯之吕逋，命吕亓箒逋。」韍事人許之。■秉箒吕逋，【3】至鼓瀶，或弃亓箒安。城公懼亓又取安，而■之，京為之惹：「墨邦聿隻，女蜀亡【4】曼！」■不畣。或為之惹，■畣曰：「君為王臣，王㮚述邦弗能岦，而或欲曼安？」城公與■逋，為袼。■【5】

十四、〈陳公治兵〉

王迡鄗之行，楚邦少安，君王安先居灾■之上，吕藋帀让安。命帀让敍取■獸■兔，帀让乃■，不【1】童之於遙，吕■王■ 。三鼓乃行，窒內王■不岦，述鼓乃行，君王憙之，安命陳公恚寺＝。陳公恚【14】既聖命，乃■整帀让。陳公乃■軍，韍史人君魯□【9】又■於君王，吕絰帀＝让＝膚懼，乃各曼亓行。陳公■聖命於君＝王＝不㬪臣之無栽 ，命臣椳韍【10】史人整帀让，不㬪進帀让埶於王所，而岦帀让■ ？不㬪亓啟■■行，述內王■，而母岦帀【7】让■ ？王胃陳公：「女內王■，而母岦帀让，母亦善■ ？」陳□【8】

□此 ，君王不㬪恚之無栽 ，命恚椳韍【6】史人整帀让 ，韍史人必善命之 。命椳敷緩 五人於吾，十人於行＝■不成，■銜敂從瀍。灷＝㮚【11】車為宔安，或時八鼓五禹 ，鉦鐃吕左，錞釪吕右，鍨＝吕廷，木鍨吕记，鼓吕進之，鞞吕岦＝。■■【13】吕戕士喬山吕遷之，又所胃䰟，又所胃恭 ，又所胃谿 ，又所胃一 ，又所胃■ ，陳公恚安巽楚邦之古【12】戰於鄴咎，帀不■ 。畬■、子林與陏人戰於駱州，帀不■ 。安曼亓■■。屈■與陏命尹戰於■，【3】戰而時＝。先君武王與邔人戰於莆寘，帀不■ 。先君□【2】戰於■漳之■，帀不■。或與晉人戰於兩棥，帀不■ 。女既至於■人之閥，㮚出帀，既斯軍，左右【4】司馬進於㮚軍，命出帀让，㮚軍乃許若左右司馬□【5】□之帀让乃出，伓車而戟，㮚軍遙出安，名【15】之曰弇行 ，女閔女逆閔，女開■，女戉■，女迦追，必新□【16】

檜辻、州亓辻𢦏　，女既梁城安，紳兩和而紉之　。必新〼【17】

申於陸陊，則鳶飛，申於䢅鼎，栥卉霜雾，車則〼【19】〼辻𢑁居遙，申於壍，則辻𢑁進退，【18】倆申遙，乃右林左林，申遙若　或倆申𢍉，右林左〼【20】

十五、〈邦人不稱〉

〼子𢑁　，者不㠯至𢦏　。」𡪉尹曰：「天加訛於楚邦，虗君𨘢邑，𢑁視□□【1】亡名女是，古弗智也　，煩天之。女𦙍卲王之亡寅，王於墮寺，戰於瀓，戰於　，戰於長【2】〼亡隨，三戰而三旹，而邦人不稱㦰。女𦙍復邦之遂，盍晃為王　。而邦人【3】不稱𡛥。女𦙍白公之禍，𦕹命尹、司馬既死，䐠𨊠郢。鄭之者老皆柬曰：「不可，必㠯帀。」鄭【4】公子高曰：「不𡕒王，䐠必死，可㠯帀為？」乃𥪰𢯱車五𨌏，逑𨊠郢。至，未𡕒王，卲夫人胃鄭公【5】子高：「先君之子　在外〼【6】〼君之言怹，智周【7.1】乘睪而立之？邦既又王，母安𨍭𠩤？」鄭公子高曰：「一人千君，旗可它果？」【7.2】之或也。而并是二者㠯邦君=猷少之，龍瞿君之不冬。鄭𢓊邦，既言，乃魚固而𡐞=。𨛡【8】大祝𡐞。須邦君加晃，𡕒為備出𦙍。𨛡大祝　二拜頓=曰：「今日迺，既遊邦，或𡕒之。」𨛡大【9】女𦙍王之長也，賞之㠯楚寊。百貞古為鄭連囂與𨛡樂尹，而邦人不稱𣪘。女臣旗【10】𥁕禍，賞之㠯西　田，百貞訋曰：「君王　臣之𦘦命，未尚不許。」訋不受賞。命之為命【11】尹，訋。命之為司馬，訋，曰：「㠯鄭之遠，不可𠛱也。女　為司馬，不攺亓折，而邦人不稱還。」【12】虗敳敢㠯尔𡈼邦。　【13】

十六、〈楚居〉

季𦅫初降於𨛭山，氐于空𥨪。遈出于喬山，砙凥爰波。逆上洲水，見盤庚之子，凥于方山，女曰妣隹，秉茲銜【1】相㝥昏四方，季𦅫𦕹亓又嗚，從，及之盤，爰生綅白、遠中。𡛟賞羊，先凥于京宗。穴酓遟𨒅於京宗，爰𡕒【2】妣𡟤，逆流哉水，乑䐠𡐞耳，乃妻之，生侸𦙃、麗季。麗不從行，渭自𦞦出，妣𡟤賓于天，晋戕賅亓𦞦㠯楚，氐【3】今曰楚人。至酓𢘉亦居京宗。至酓𦤎與屈約，思若嗌卜𨒅於𡔈宅，為梗室=既成，無㠯內之，乃𢶡若人之犝㠯【4】祭。思亓宔，夜而內𡱂，氐今曰𥚸=朼夜。至酓只、酓䑥、酓樊及酓賜、酓𨑥𦘦居𡔈宅。酓𨑥𨒅居發漸。至酓肑、酓【5】摯居發漸。酓摯𨒅居旁屽。至酓綎自旁屽𨒅居喬多。

至酓甬及酓嚴、酓相及酓霝及酓訓、酓噩及若嚣酓義皆居喬多。若嚣酓【6】義遷居箬。至焚冒酓帥自箬遷居焚。至宵嚣酓鹿自焚遷居宵。至武王酓䞣自宵遷居免，安訋▨【7】福。眾不容於免，乃渭疆浧之波而宇人安，氐今曰郢。至文王自疆郢遷居湫=郢=遷居樊=郢=遷為=郢=復【8】遷居免郢，安改名之曰福丘。至堵嚣自福丘遷衮箬郢。至成王自箬郢遷衮湫=郢=遷▨【9】居睽郢。至穆王自睽郢遷衮為郢。至減王遷衮樊=郢=遷居同宮之北。箬嚣记禍，安遷居承=之=埜=▨【10】衮為郢。至龔王、康王、𦣻=王，皆居為郢。至需王自為郢遷居秦溪之上，㠯為處於章華之臺【11】競坪王即立，猷居秦溪之上。至卲王自秦溪之上遷居㜣=郢=遷居鄂=郢=遷衮為郢。盍虜内郢，安復【12】遷居秦=溪=之=上=，復遷衮㜣郢。至獻惠王自㜣郢遷衮為郢。白公记禍，安遷衮湫郢，改為之，安曰肥【13】遺，㠯為處於酉=澫=遷居郄=郢=遷居𦣻吁。王大子㠯邦復於湫郢，王自𦣻吁遷鄀王大子自湫郢【14】遷居疆郢，王自鄀復郄，柬大王自疆郢遷居藍=郢=遷居𨟻=郢=復於鄩，王大子㠯邦居𨟻郢，㠯為處於【15】𨟻郢。至悊折王猷居𨟻郢，𤰔㱐记禍，安遷衮肥遺。邦大瘀，安遷居𦣻郢。▨【16】

十七、〈繫年〉部分

第五章

鄀哀侯取妻於陳，賽=侯亦取妻於陳，是賽=為=腘歸於賽，兆鄀=哀侯命𣥚=【23】曰：「㠯同生之古，必内」。賽為乃內于鄀=哀侯妻之。賽侯弗訓，乃史人于楚文王【24】曰：「君來伐我=腘求栽於鄀，君安敗之。」文王起𡵓伐賽=侯求栽於鄀=哀侯銜市【25】㠯栽賽，文王敗之於新，䧹哀侯㠯歸▌文王為客於賽，鄀侯與從，賽侯㠯文【26】王歆=，鄀侯䜌賽侯之誘㠯也，亦告文王曰：「賽侯之妻甚㜣，君必命見之。」文【27】王命見之，賽侯訋。王固命見之。既見之，還。𣆪歲，起𡵓伐賽，𡨥之，殺賽侯，取【28】賽為㠯歸，是生堵嚣及成王。文王㠯北啟出方成，圾𦯬於汝▌改遊於陳，安【29】取邨㠯贛陳侯。▨【30】

第七章

晉文公立四年，楚成王銜者侯㠯回宋伐齊，戍教，居鑊。晉文公囟齊及宋之【41】悳，乃及秦𠂤回瞥及五襄，伐衛㠯敓齊之戍及宋之回。楚王豫回歸，居方城。【42】命尹子玉述銜奠衛陳鄀及群緣㞋之𠂤，㠯交文=公=銜秦齊宋及群戎【43】之𠂤㠯敗楚𠂤於城僕，述朝周襄王于衡澭，獻楚俘馘，盟者侯於𨙶土。▨【44】

第十一章

楚穆王立八年，王會者侯于𢧵，牆㠯伐宋＝右帀芋孫兀欲𧜭楚帀，乃行。【56】穆王思歐貍者之麋，屢之徒莤。宋公為左芋，奠白為右芋。𦆑公弔侯𦣻之，宋【57】公之車募𦾷，用㮚宋公之馭。穆王即𢗶，減王即立，史孫白亡愳鳴于齊，叚逄【58】於宋＝人是古𣪠孫白亡愳，䡗亓玉帛。減王銜㠯回宋九月，宋人安為成，㠯女子【59】與兵車百䡾，㠯芋孫兀為𢾊。☐【60】

第十二章

楚減王立十又四年，王會者侯于䕠，奠成公自䕠逃𢍰，減王逑加奠𨟻晉成【61】公會者侯㠯𢦏奠，楚𠂤未還，晉成公𡚬于扈。☐【62】

第十三章

☐減王回奠三月，奠人為成。晉中行林父銜㠯𢦏奠，減王逑北【63】☐楚人明。𨛭𦋑不欲成，弗卲，𢭏于楚軍之門，楚人【64】被𦾷㠯𠂤之，逑敗晉𠂤于河。☐【65】

第十五章

楚減王立，吳人服于楚。陳公子諻郐取妻于奠穆公，是少盂。減王立十又五年，【74】陳公子諻余𣪠亓君需公，減王銜㠯回陳。王命𦆑公𨜒晉迈秦求𠂤，𡕒𠂤㠯【75】䢅。王內陳，𣪠㞷余，取亓室㠯叙𦆑公。連尹襄老與之𢪛，敚之少盂。連尹𢧢於河【76】澭，亓子墨要也或室少盂。減王即𢗶，龔王即立。墨要也死，司馬子反與𦆑【77】公𢪛少盂，𦆑公曰：「氏余受妻也。」取㠯為妻。司馬不訓𦆑公。王命𦆑公鳴於齊，𦆑【78】公𦾷載少盂㠯行，自齊逑逃迈晉，自晉迈吳，安𨞮迥吳晉之逄，教吳人反楚。【79】㠯至需＝王＝伐吳，為南𡽌之行，𩰫吳王子鱥繇吳人安或服於楚。需王即𢗶【80】競坪王即立。少帀亡㜪譴連尹𩒨而𣪠之，亓子五員與五之雞逃𢍰吳。五雞逆【81】吳人㠯回州䢅，為長𡢁而𡍊之，㠯敗楚𠂤，是雞父之𡍊。競坪王即𢗶，卲王即【82】立，五員為吳大𢼊，是教吳人反楚邦之者侯，㠯敗楚𠂤于白㠱，逑內郢。卲王𢍰【83】隨，與吳人戰于析。吳王子𠩄牆起禍於吳＝王盍虒乃𢍰，卲王安返邦。【84】

第十六章

楚龍王立七年，命尹子褈伐奠，為沵之𠂤。晉競公會者侯㠯𢦏鄭＝人𢧢芸公義，獻【85】者競＝公＝㠯𨗿。一年，競公欲與楚人為好，乃敚芸公，囟𢍰求成，龍王史芸公鳴於【86】晉，𡕒許成。競公史翟之伐鳴於楚，虞攸成，未還，競公卒，臬公即立。龍王史王【87】子唇嗚於晉，或攸成，王或史宋右帀芋孫兀行晉楚之成。昷歲，楚王子遬會晉文【88】子燮及者侯之夫=，明於宋，曰：「爾天下之甗兵。」昷歲，臬公先起兵，衒自會者侯已伐【89】秦，爭=涇。𨍏王亦衒自回奠，臬公栽奠，敗楚自於㑹。臬公亦見禍已死，亡遂。【90】

第十八章

晉臧坪公立十又二年，楚康王立十又四年，命尹子木會邚文子武及者侯之夫=，明【96】于宋曰：「爾天下之甗兵。」康王即殜，乳=即立。霝王為命=尹=會邚文子及者侯之夫=，明于【97】鄉。乳=王即殜，霝王即立。霝王先起兵，會者侯于繡，敎郐公，述已伐郐，妄灘郝邡，伐吳【98】為南深之行，閑陳、郗敍郗霝侯。霝王見禍，競坪王即立。晉臧坪公即殜，卲公同公膚【99】㬥殜。柬公即立，競坪王即殜，卲王即立。譬人亂，譬公尨出奔晉=人羅，城汝易，居【100】譬公尨於頌城。晉與吳會為一，已伐楚，閔方城。述明者侯於型陸，伐中山。晉自大疫【101】虘飢，飤人。楚卲王戠沪洛以復方城之自。晉人旻又軳与中行氏之禍，七歲不解甗【102】者侯同盟于鹹泉以反晉，至今齊人以不服于晉=公以约。【103】

第十九章

楚霝王立，既閑陳郗，競坪王即立，改邦𨻰郗之君，囟各復亓邦。競坪王即殜，卲【104】王即立，陳郗𢧐反楚，與吳人伐楚。秦異公命子甫、子虎衒自栽楚，與楚自會伐陽，閑之。【105】卲王既復邦，安妄𢧐，回郗。卲王即殜，獻惠王立十又一年，郗卲侯繡懼，自諦於吳=緩用【106】以自逆郗卲侯，居于州來，是下郗。楚人安閑郗。【107】

第廿一章

楚柬大王立七年，宋悼公朝于楚，告以宋司城坡之約公室。王命莫囂昜為衒【114】自以定公室，城黃池，城𩏂丘。晉𡖊畀㚢㚇𠬪啟章衒自回黃池，邍迵而歸之【115】於楚。二年王命莫囂昜為衒自戠晉，𢿢宜昜，回赤𢼸，以復黃池之自。𡖊畀、㚢㚇、𠬪啟【116】章衒自栽赤𢼸，楚人豫回而還，與晉自戩於長城。楚自亡工，多去幝莫，肖墾楚以【117】與晉固為肙。【118】

第廿三章

楚聖𧻚王立四年，宋公畋奠白忍皆朝于楚。王衒宋公以城𩊐闈，是武㫃。秦人【126】敗晉自於䓿会，已為楚敓。聖王即殜。𣦼折王即立。奠人戠傳闈，㫃城洹恶君衒【127】牽闈之自與上或之自以送之，與之戰於珪陸，楚自亡工。競之賈與𨛫子共戦而死。昷【128】歲晉𨊠余衒晉自與奠自吕內王子定。邉易公衒自以送晉=人=還，不果內王子。昷歲【129】郎臧坪君衒自栽奠=皇子=馬、子池、子垟子衒自吕送楚=人=涉沐，䣯與之戰，奠自逃【130】內於蔑。楚自回之於鄭。聿逾奠自與亓四䣯軍，吕歸於郢，奠大剌懲亦记禍於【131】奠=子𢓊用滅，亡遂於奠。昷歲，楚人歸奠之四䣯軍與亓萬民於奠。晉人回津、長陸，【132】㝬之。王命坪亦悼武君衒自栽晉，逾鄵，戦郗公涉澗吕歸，吕復長陸之自。晉年𨙸【133】緅、辔緟衒自回武𢓊，以復鄵之自。邉易公衒自栽武易，與晉自戰於武易之城【134】下，楚自大敗，邉易公、坪亦悼武君、易城洹恶君，三䋣珪之君與右尹卲之妃死安，楚人聿厶亓【135】幝幕、車、兵，犬遊而還。陳人安反而內王子定於陳，楚邦吕多亡城▣楚自䣯栽武易，【136】王命坪亦悼武君李人於齊陳淏求自。陳疾目衒車千䨔，吕從楚自於武易。甲戌，晉楚吕【137】戰。丙子，齊自至喦，述還。▣【138】

十八、〈李頌〉「氏古聖人兼此」【3】

相虐官桓，桐虞怠可。剸外𤼈审，眾木之絽可▌。旃备之旨倉，喿亓方茖可鸝鳥之所集，𡰥時而伎可。木斯蜀生，秦枋之閑。死稟兼成，▣亓不還可。深利【1】冬豆，夸亓不弍可。𨐨木曾枳，滜𨤲丨可。差=君子，𩠯虐桓之蓉可。幾不皆生，則不同可▌，胄羣眾鳥，敬而勿集可。索府宮李，木異頪可。丞歲之啟時，思虐【1 背】桓秀可。豊芋𦃩光，民之所好可。獸勿弜榑，木一心可。愇與他木，非與從風可。氏古聖人兼此咊勿，吕李人情。人因丌情，則樂丌事，遠丌情。【2】

十九、〈蘭賦〉

▨汗雨雾不逄矣。日月遊時，𦬁薛茅豐。夬迲選勿庑才學审【1】▨汗亓不雨，可淵而不沽？備坚庶戒，方時安复▌。緩才蘭可□攸茖而猷不遊氏芳▌，浧訛逅而達𦖞于四方。尻庑幽呆【2】戔䫉螻蛾虫蛇。親眾秉志，綽遠行道。不𨈖又折，蘭斯秉悳。𠬝【3】▨年𡉅亓約會，緇逡亓不長，女蘭之不芳。信蘭亓▣也，風汗【4】之不𣅀天道亓㦰也。𦬁薛之方记，夫亦啻亓歲也▌。蘭又異勿蓼䫉柬膌，而莫之能畬矣。身體𧼈責，而目耳袋矣。▣立數下，而比念高矣。【5】

二十、〈有皇將起〉

又皇𤖯記含可，吏余季保子含可。囟遊於息含可，能與余相吏含可=哀城夫含可，能為余拜楮柧含可⧄【1】⧄譌含可，又[illegible]而能改含可。亡郗又風含可，同郗異心含可。又⧄【2】大逄含可，敢莪與楮含可。慮余子亓速倀⧄【3】含可，鹿尻而同欲含可。遊流天下含可，𤖯莫皇含可。又不善心耳含可，莫不㝵攸含可。女=子𤖯[illegible]含可⧄【4】⧄余子力含可，族纕=必[illegible]毋[illegible]含可。日月卲明含可，視毋㠯三[illegible]⧄【5】也含可。詅三夫之旁也含可，膠膰秀余含可。蜀詅三夫含可，膠膰之腈也含可，詅夫三夫之[illegible]也含可。[illegible]【6】

廿一、〈鶹鷅〉

子遺余孌梟含可，孌梟之止含可。欲〈卒〉而亞臬含可，孌梟之羽含可。子可舍=含可，孌梟[illegible]飛含【1】可，不戠而欲〈卒〉含可【2】

附錄二　楚簡一字通讀為多字例表

下表中的聲韻類別據李珍華等編：《漢字古今音表》（北京：中華書局，1999 年）。排列方式先依借字的韻別為類，韻別的先後依王力的古韻卅部為次。同一韻部中依借字的聲母排列先後為次，聲母的順序依唇（幫系）、舌頭（端系）、舌面（章系）、齒音（精系）、喉音（見系）等為次。篇名的排列以筆劃少者為先，同篇出現的不同通假例以一次為代表，超過一次者，於篇名簡號後註明「等」。

韻別	篇名簡號	通假例	聲系例	借字	本字	通假類型	辭例
之	(職、蒸)						
之	周易 48	借伓為背	不與北	不(幫之)	背(幫之)	聲韻皆同	艮其背,獲其身
之	從政乙 3	借伓為背	不與北	不(幫之)	背(幫之)	聲韻皆同	怒則勝,懼則背,恥則犯
之	陳公治兵 15	借伓為背	不與北	不(幫之)	背(幫之)	聲韻皆同	背車而陳
之	孔子詩論 26	借怌為悲	不與非	不(幫之)	悲(幫微)	聲同韻異	谷風悲
之	周易 33	借偩為負	不與負	不(幫之)	負(並之)	聲異韻同	睽孤,見負途
之	曹沫之陣 21	借偩為倍	不與音	不(幫之)	倍(並之)	聲異韻同	貴賤同等,祿毋倍
之	競建內之 3	借伓為附	不與附	不(幫之)	附(並侯) 付(幫侯)	聲異韻異	不出三年,狄人之附者七百
之	三德 8 等	借備為服	𤰇與𠬝	備(並之)	服(並職)	聲同韻異	衣服過制,失於美,是謂違章
之	孔子見季桓子 7 等	借備為服	𤰇與𠬝	備(並之)	服(並職)	聲同韻異	衣服必中,容貌不異於人
之	平王問鄭壽 5	借備為服	𤰇與𠬝	備(並之)	服(並職)	聲同韻異	介服名
之	民之父母 6 等	借備為服	𤰇與𠬝	備(並之)	服(並職)	聲同韻異	無服之喪
之	仲弓 13	借備為服	𤰇與𠬝	備(並之)	服(並職)	聲同韻異	服之
之	季庚子問孔子 3 等	借備為服	𤰇與𠬝	備(並之)	服(並職)	聲同韻異	民不服焉
之	武王踐阼 2	借備為服	𤰇與𠬝	備(並之)	服(並職)	聲同韻異	端服免逾堂
之	昭王毀室 1	借備為服	𤰇與𠬝	備(並之)	服(並職)	聲同韻異	喪服曼廷將蹠閨
之	相邦之道 1	借備為服	𤰇與𠬝	備(並之)	服(並職)	聲同韻異	先其欲,服其強,牧其惓
之	容成氏 6 等	借備為服	𤰇與𠬝	備(並之)	服(並職)	聲同韻異	甚緩而民服
之	曹沫之陣33 等	借備為服	𤰇與𠬝	備(並之)	服(並職)	聲同韻異	不義則不服
之	緇衣 9 等	借備為服	𤰇與𠬝	備(並之)	服(並職)	聲同韻異	衣服不改
之	鮑叔牙與隰朋之諫 7	借備為服	𤰇與𠬝	備(並之)	服(並職)	聲同韻異	有司祭服無黼
之	用曰 17	借𢘓為謀	母與某	母(明之)	謀(明之)	聲韻皆同	羞聞惡謀
之	仲弓 5	借𢘓為謀	母與某	母(明之)	謀(明之)	聲韻皆同	為之,宗謀汝
之	性情論 39	借𢘓為謀	母與某	母(明之)	謀(明之)	聲韻皆同	速,謀之方也
之	曹沫之陣 13	借𢘓為謀	母與某	母(明之)	謀(明之)	聲韻皆同	有固謀,而亡固城
之	彭祖 6	借𢘓為謀	母與某	母(明之)	謀(明之)	聲韻皆同	忽忽之謀不可行
之	緇衣 12	借𢘓為謀	母與某	母(明之)	謀(明之)	聲韻皆同	君不與小謀大,則大臣不怨
之	容成氏 3	借𢝐為誨	某與母	某(明之)	誨(曉之) 每(明之)	聲異韻同	教而誨之
之	容成氏 52	借畮為牧	母與牧	母(明之)	牧(明職)	聲同韻異	以小會諸侯之師於牧之野
之	莊王既成 3	借𨊠為載	才與𢦏	𨊠(精之)	載(精之)	聲韻皆同	載之塼車以上乎

之	陳公 10	借栽為才	𢦏與才	栽(精之)	才(從之)	聲異韻同	君王不知臣之無才
之	緇衣 1	借紂為緇	才與甾	才(從之)	緇(莊之)	聲異韻同	好美如好緇衣
之	平王問鄭壽 2	借栽為鄢	𢦏與焉	栽(精之)	鄢(影元)	聲異韻異	汝毀新都鄢陵
之	多薪 2	借杍為梓	子與宰	杍(精之)	梓(精之)	聲韻皆同	莫如松梓
之	程寤 4	借杍為梓	子與宰	杍(精之)	梓(精之)	聲韻皆同	梓松柏副,棫覆柞柞
之	用曰 12	借字為置	字與置	字(從之)	置(端之)	聲異韻同	若矢之置於弦
之	周易 21	借菜為喜	采與喜	菜(清之)	喜(曉之)	聲異韻同	亡妄有疾,勿藥有喜
之	姑成家父 1 等	借思為使	思與使	思(心之)	使(生之)	聲異韻同	不使反
之	曹沫之陣30等	借思為使	思與使	思(心之)	使(生之)	聲異韻同	使為前行
之	靈王 1	借賽為息	賽與息	賽(心之)	息(心職)	聲同韻異	靈王即位,申息不憖
之	容成氏 10	借䂓為窺	圭與規	圭(見之)	窺(溪之) 規(見之)	聲異韻同	余穴窺焉
之	天子建州甲 11	借异為忌	丌與己	丌(群之)	忌(群之)	聲韻皆同	故龜有五忌
之	平王問鄭壽 3	借惎為忌	丌與己	丌(群之)	忌(群之)	聲韻皆同	殺左尹宛,少師無忌
之	志書乃言 3	借亓為忌	亓與己	丌(群之)	忌(群之)	聲韻皆同	我也忌韋
之	繫年 81	借其為忌	其與己	其(群之)	忌(群之)	聲韻皆同	少師亡忌
之	三德 3	借𦍎為異	以與異	以(餘之)	異(餘之)	聲韻皆同	天乃降異
之	周易 55	借㠯為夷	以與夷	以(餘之)	夷(餘脂)	聲同韻異	匪夷所思
之	武王踐阼 7	借而為邇	而為爾	而(日之)	邇(日脂)	聲同韻異	視邇所代
之	曹沫之陣 7	借而為爾	而與爾	而(日之)	爾(日脂)	聲同韻異	今異於爾言
之	李頌 2	借李為理	李與理	來(來之)	理(來之)	聲韻皆同	聖人兼此和物以理人情
職	民之父母 7	借得為德	得與德	得(端職)	德(端職)	聲韻皆同	而德既塞於四海矣
職	君子為禮 6	借昃為側	仄與則	昃(莊職)	側(莊職)	聲韻皆同	正視毋側
職	志書乃言 1	借昃為側	仄與則	昃(莊職)	側(莊職)	聲韻皆同	反側其口舌
職	昔者君老 1	借昃為側	仄與則	昃(莊職)	側(莊職)	聲韻皆同	太子側聽
職	仲弓 7 等	借惑為宥	或與有	惑(匣職)	宥(匣之)	聲同韻異	宥過與赦罪
職	容成氏 9	借弋為戴	弋與戴	弋(餘職)	戴(端之)	聲異韻異	履地戴天
職	繫年 20	借戠為戴	戠與戴	弋(餘職)	戴(端之)	聲異韻異	戴公卒
職	李頌 1	借朸為棘	力與棘	力(來職)	棘(見職)	聲異韻同	秦棘之間
蒸	性情論 13	借登為徵	登與數	登(端蒸)	徵(端之)	聲同韻異	幣帛所以為信與徵也
蒸	競公虐 8	借登為蒸	登與蒸	登(端蒸)	蒸(章蒸)	聲異韻同	薪蒸使虞守之
蒸	成王既邦 2	借乘為朕	乘與乔	乘(船蒸)	朕(定侵)	聲異韻異	朕聞哉
蒸	曹沫之陣33等	借乘為勝	乘與乔	乘(船蒸)	勝(書蒸)	聲異韻同	果勝矣
蒸	程寤 3	借承為蒸	承與丞	承(禪蒸)	蒸(章蒸)	聲異韻同	攻于商神,望烝,占于明堂
蒸	楚居 10	借承為蒸	承與丞	承(禪蒸)	蒸(章蒸)	聲異韻同	焉徙居蒸之野
蒸	天子建州乙 6	借興為繩	興與蠅	興(曉蒸)	蠅(餘蒸)	聲異韻同	食以義,立以懸,行以興
蒸	孔子詩論 28	借鼆為蠅	興與蠅	興(曉蒸)	蠅(餘蒸)	聲異韻同	青蠅
蒸	容成氏 21	借瀷為熊	興與能	興(曉蒸)	熊(匣蒸)	聲異韻同	中正之旗以熊
幽	(覺冬)						
幽	孔子詩論 15	借保為報	保與報	保(幫幽)	報(幫幽)	聲韻皆同	敬愛其樹,其報厚矣
幽	昭王與龔之脽 7	借褓為袍	保與包	保(幫幽)	袍(並幽) 包(幫幽)	聲異韻同	王召予之衽袍
幽	競建內之 1	借鞄為鮑	缶與包	缶(幫幽)	鮑(並幽)	聲異韻同	鮑叔牙
幽	季庚子問於孔子 4	借𣲾為侮	矛與母	矛(明幽)	侮(明之)	聲同韻異	君子恭則遂,驕則侮
幽	容成氏 53	借㦽為侮	矛與母	矛(明幽)	侮(明之)	聲同韻異	約諸侯,絕種侮姓
幽	皇門 12	借㦽為媢	矛與冒	矛(明幽)	冒(明幽)	聲韻皆同	天用弗寶,媢夫先受殄罰
幽	蘭賦 1	借茅為茂	矛與茂	矛(明幽)	茂(明幽)	聲韻皆同	蕢薛茂豐
幽	君人者何必 1	借戊為叟	戊與叟	戊(明幽)	叟(生幽)	聲異韻同	范叟

幽	性情論 19	借慆為陶	舀與匋	慆(透幽)	陶(定幽)	聲異韻同	濬深鬱陶
幽	容成氏 44	借道為蹈	道與舀	道(定幽)	蹈(定幽)	聲韻皆同	使民蹈之
幽	容成氏 34	借秀為陶	秀與匋	秀(心幽)	陶(餘幽)	聲異韻同	咎陶乃五讓以天下之賢者
幽	有皇將起 4	借⿺辶舟為周	舟與周	⿺辶舟(章幽)	周(章幽)	聲韻皆同	周流天下今兮
幽	三德 20	借獸為守	獸與守	獸(書幽)	守(書幽)	聲韻皆同	慎守虛咺
幽	尹誥 1	借獸為守	獸與守	獸(書幽)	守(書幽)	聲韻皆同	非民無以守邑
幽	李頌 2	借獸為守	獸與守	獸(書幽)	守(書幽)	聲韻皆同	守物強幹
幽	季庚子問孔子 19 等	借獸為守	獸與守	獸(書幽)	守(書幽)	聲韻皆同	疏言而密守之
幽	昭王與龔之脽 8	借獸為守	獸與守	獸(書幽)	守(書幽)	聲韻皆同	老臣為君王守視之臣
幽	容成氏 2	借獸為守	獸與守	獸(書幽)	守(書幽)	聲韻皆同	跛躃守門,侏儒為矢
幽	從政甲 1	借獸為守	獸與守	獸(書幽)	守(書幽)	聲韻皆同	夫是則守之以信,教之以義
幽	曹沫之陣 13 等	借獸為守	獸與守	獸(書幽)	守(書幽)	聲韻皆同	守邊城奚如
幽	君人者何必安哉 9	借受為紂	受與肘	受(禪幽)	紂(定幽)	聲異韻同	桀紂幽厲辱於人手
幽	容成氏 42 等	借受為紂	受與肘	受(禪幽)	紂(定幽)	聲異韻同	紂不述其先王之道
幽	鬼神之明 2	借受為紂	受與肘	受(禪幽)	紂(定幽)	聲異韻同	及桀紂幽厲,焚聖人
幽	仲弓 14	借⿱朿日為早	棗與早	棗(精幽)	早(精幽)	聲韻皆同	早使不行
幽	繫年 99	借⿱朿日為早	棗與早	棗(精幽)	早(精幽)	聲韻皆同	昭公頃公皆早殜
幽	內禮 8	借考為孝	考與孝	考(溪幽)	孝(曉幽)	聲異韻同	君子曰孝子事父母以食
幽	子羔 9	借舊為久	臼與久	舊(群幽)	久(見之)	聲異韻異	爾聞之也久矣
幽	孔子見季桓 18	借舊為久	臼與久	舊(群幽)	久(見之)	聲異韻異	行年彌久
幽	性情論 16	借舊為久	臼與久	舊(群幽)	久(見之)	聲異韻異	其居節也久
幽	孔子詩論 10	借梂為樛	求與翏	梂(群幽)	樛(見幽)	聲異韻同	樛木之時
幽	志書乃言 5	借咎為舅	咎與臼	咎(群幽)	舅(群幽)	聲韻皆同	吾父兄甥舅
幽	容成氏 34	借咎為㕤	咎與九	咎(群幽)	九(見幽)	聲異韻同	見咎陶之賢也,而欲以為後
幽	子羔 7	借遊為由	斿與由	遊(餘幽)	由(餘幽)	聲韻皆同	亦紀先王之由道
幽	周易 22 等	借由為逐	由與逐	由(餘幽)	逐(定覺)	聲異韻異	良馬逐,利艱貞
幽	周易 1	借卣為攸	卣與攸	卣(餘幽)	攸(餘幽)	聲韻皆同	不有躬,亡攸利
幽	緇衣 23	借卣為攸	卣與攸	卣(餘幽)	攸(餘幽)	聲韻皆同	朋友攸因,因以威儀
幽	周易 25	借攸為逐	攸與逐	由(餘幽)	逐(定覺)	聲異韻異	虎視眈眈,其猶欲逐逐
幽	靈王 3	借⿱𢆶子為幼	幽與幼	幽(影幽)	幼(影幽)	聲韻皆同	小人幼,不能以它器
幽	曹沫之陣 1 等	借⿰告攵為曹	告與曹	告(見幽)	曹(從幽)	聲異韻同	曹沫入見曰
幽	彭祖 7	借⿰告攵為遭	告與曹	告(見幽)	遭(精幽)	聲異韻同	是謂遭殃
幽	曹沫之陣 2	借⿰車留為簋	留與簋	留(來幽)	簋(見幽)	聲異韻同	昔堯之饗舜也,飯於土簋
幽	競公瘧 10	借翏為聊	翏與卯	翏(來幽)	聊(來幽)	聲韻皆同	自姑尤以西,聊攝以東
覺	子羔 13	借⿱竹享為孰	竹與孰	⿱竹享(端覺)	孰(禪覺)	聲異韻同	然則品三王者,孰為
覺	凡物流形 4	借⿱竹享為孰	竹與孰	⿱竹享(端覺)	孰(禪覺)	聲異韻同	五音在人,孰謂之公
覺	君子為禮 11	借⿱竹享為孰	竹與孰	⿱竹享(端覺)	孰(禪覺)	聲異韻同	仲尼與吾子產孰賢
覺	金滕 9	借⿱竹享為熟	竹與孰	⿱竹享(端覺)	孰(禪覺)	聲異韻同	是歲也,秋大熟
覺	柬大王泊旱 13	借⿱竹享為熟	竹與孰	⿱竹享(端覺)	孰(禪覺)	聲異韻同	我何為,歲焉熟
覺	容成氏 46	借⿱竹享為孰	竹與孰	⿱竹享(端覺)	孰(禪覺)	聲異韻同	孰天子而可反
覺	曹沫之陣 4	借⿱竹享為孰	竹與孰	⿱竹享(端覺)	孰(禪覺)	聲異韻同	君子既可知已,孰能并兼人
覺	容成氏 38	借⿱竹享為築	竹與築	⿱竹享(端覺)	築(端覺)	聲韻皆同	為桐宮,築為璿室,飾為瑤臺
覺	周易 22	借竺為畜	竹與畜	竺(端覺)	畜(透覺)	聲異韻同	大畜,利貞
覺	民之父母 8	借⿺辶西為夙	西與夙	宿(心覺) 西(定侵)	夙(心覺)	聲韻皆同	夙夜基命宥密
覺	周易 37	借⿰亻西為夙	西與夙	宿(心覺)	夙(心覺)	聲韻皆同	其來復,吉,有攸往,夙,吉
冬	周易 25	借融為眈	蟲與眈	融(餘冬)	眈(端侵)	聲異韻異	虎視眈眈,其猶欲攸逐逐

冬	弟子問 20	借戎為農	戎與農	戎(日冬)	農(泥冬)	聲異韻同	有農植其耨而歌焉
冬	容成氏 1	借戎為農	戎與農	戎(日冬)	農(泥冬)	聲異韻同	神農氏
宵	(藥)						
宵	周易 6	借褢為褫	表與虒	表(幫宵)	褫(透支)	聲異韻異	朝三褫之
宵	緇衣 14	借毣為苗	毛與苗	毛(明宵)	苗(明宵)	聲韻皆同	苗民非用令,制以刑
宵	天子建州甲 3	借窗為廟	苗與朝	苗(明宵)	廟(明宵)	聲韻皆同	禮之於宗廟也
宵	平王問鄭壽 1	借窗為廟	苗與朝	苗(明宵)	廟(明宵)	聲韻皆同	繇之於宗廟
宵	孔子詩論 5 等	借窗為廟	苗與朝	苗(明宵)	廟(明宵)	聲韻皆同	清廟,王德也,至矣。
宵	性情論 12	借窗為貌	苗與貌	苗(明宵)	貌(明宵)	聲韻皆同	至容貌,所以文節也
宵	孔子見季桓 8	借佼為貌	爻與貌	爻(匣宵)	貌(明宵)	聲異韻同	親有易貌也
宵	鮑叔牙與隰朋之諫 5	借逜為刁	弔與刁	弔(端宵)	刁(端宵)	聲韻皆同	今豎刁匹夫,而欲知萬乘之邦
宵	耆夜 2	借弔為叔	弔與叔	弔(端宵)	叔(書覺)	聲異韻異	周公叔旦為主
宵	楚居 3	借弔為叔	弔與叔	弔(端宵)	叔(書覺)	聲異韻異	乃妻之,生侸叔,麗季
宵	緇衣 3 等	借弔為淑	弔與叔	弔(端宵)	淑(禪覺)	聲異韻異	淑人君子,其儀不忒
宵	鮑叔牙與隰朋之諫 7 等	借弔為叔	弔與叔	弔(端宵)	叔(書覺)	聲異韻異	鮑叔牙
宵	競建內之 8	借䂬為笑	兆與笑	兆(定宵)	笑(心宵)	聲異韻同	內之不得百姓,外之為諸侯笑
宵	容成氏 6 等	借覜為盜	兆與盜	兆(定宵)	盜(定宵)	聲韻皆同	不刑殺而無盜賊
宵	緇衣 15	借𢼸為爵	少與爵	少(書宵)	爵(精藥)	聲異韻異	故上不可以褻刑而輕爵
宵	繫年 135	借悳為悼	刀與卓	悳(禪宵)	悼(定宵)	聲異韻同	坪亦悼武君
宵	容成氏 40	借𣗥為巢	喿與巢	喿(心宵)	巢(崇宵)	聲異韻同	桀乃逃之南巢氏
宵	競建內之 9	借勦為肖	喿與小	喿(心宵)	肖(心宵)	聲韻皆同	寡人之不肖也
宵	姑成家父 8	借囂為矯	高與喬	高(見宵)	喬(群宵)	聲異韻同	乃命長魚矯
宵	性情論 14	借要為謠	要與謠	要(影宵)	謠(餘宵)	聲異韻同	斯喜聞歌謠
宵	三德 5	借囂為夭	囂與夭	囂(曉宵)	夭(影宵)	聲異韻同	民乃夭死
宵	楚居 6	借囂為敖	囂與敖	囂(曉宵)	敖(疑宵)	聲異韻同	若敖熊儀
宵	邦人 10	借囂為敖	囂與敖	囂(曉宵)	敖(疑宵)	聲異韻同	為葉連囂與蔡樂尹
宵	周易 2	借蒿為郊	高與郊	蒿(曉宵)	郊(見宵)	聲異韻同	需于郊
宵	柬大王泊旱 15	借蒿為郊	高與郊	蒿(曉宵)	郊(見宵)	聲異韻同	修四郊
宵	金滕 13	借鄗為郊	高與郊	蒿(曉宵)	郊(見宵)	聲異韻同	王乃出,逆公至郊
宵	容成氏 53	借蒿為郊	高與郊	蒿(曉宵)	郊(見宵)	聲異韻同	武王素甲以陳於殷郊
宵	孔子見季桓 6	借繇為由	繇與由	繇(餘宵)	由(餘幽)	聲同韻異	由仁歟
宵	弟子問 10	借繇為由	繇與由	繇(餘宵)	由(餘幽)	聲同韻異	由,夫以眾犯難,以親受祿
宵	季庚子問於孔子 13	借繇為由	繇與由	繇(餘宵)	由(餘幽)	聲同韻異	由丘觀之,則美
宵	曹沫之陣 42	借繇為由	繇與由	繇(餘宵)	由(餘幽)	聲同韻異	其將卑,父兄不存,由邦御之
宵	姑成家父 9	借繇為囚	繇與囚	繇(餘宵)	囚(邪幽)	聲異韻異	囚之
藥	競建內之 3	借翟為狄	翟與狄	翟(定藥)	狄(定錫)	聲同韻異	不出三年,狄人之附者七百
藥	昭王毀室 2	借訋為召	勺與刀	勺(禪藥)	召(定宵)	聲異韻異	小人將召寇
藥	繫年 96	借邚為趙	勺與刀	勺(禪藥)	趙(定宵)	聲異韻異	趙文子武
藥	孔子詩論 20 等	借雀為爵	小與爵	雀(精藥)	爵(精藥)	聲韻皆同	吾以折杕杜得爵
藥	容成氏 32	借雀為爵	小與爵	雀(精藥)	爵(精藥)	聲韻皆同	始爵而行祿,以讓於又吳迵
藥	曹沫之陣 21 等	借雀為爵	小與爵	雀(精藥)	爵(精藥)	聲韻皆同	刑罰有罪而賞爵有德
藥	容成氏 43	借篧為爵	小與爵	雀(精藥)	爵(精藥)	聲韻皆同	其政治而不賞,官而不爵
藥	耆夜 4	借篧為爵	小與爵	雀(精藥)	爵(精藥)	聲韻皆同	嘉爵速飲,後爵乃從
侯	(屋冬)						
侯	命 2	借僕為僕	付與僕	付(幫侯)	僕(並屋)	聲異韻異	僕既得辱視日
侯	容成氏 25 等	借䜴為注	豆與主	豆(定侯)	注(章侯)	聲異韻同	禹乃通淮與沂,東注之海

侯	容成氏 50 等	借豉為誅	豆與朱	豆(定侯)	誅(端侯) 朱(章侯)	聲異韻同	天將誅焉
侯	曹沫之陣 27	借豉為誅	豆與朱	豆(定侯)	誅(端侯)	聲異韻同	[毋]誅而賞,毋罪百姓,而改其將
侯	曹沫之陣 45	借逗為誅	豆與朱	豆(定侯)	誅(端侯)	聲異韻同	其誅厚且不察
侯	競公虐 3	借豉為誅	豆與朱	豆(定侯)	誅(端侯)	聲異韻同	公盍誅之
侯	柬大王泊旱 15	借逗為屬	豆與蜀	逗(定侯)	屬(章屋)	聲異韻異	五連小子及寵臣皆屬
侯	恆先 4	借圧為濁	主與蜀	主(章侯)	濁(定屋) 蜀(禪屋)	聲異韻異	濁氣生地,清氣生天
侯	曹沫之陣 54	借䞘為重	主與重	主(章侯)	重(定東)	聲異韻異	重賞薄刑
侯	蘭賦 5	借䞘為重	主與重	䞘(章侯)	重(定東)	聲異韻異	身體重輕,而耳目勞矣
侯	昭王與龔之脽 6	借趣為趨	取與芻	趣(清侯) 取(清侯)	趨(清侯) 芻(初侯)	聲韻皆同	脽介趨君王
侯	融師有成氏 5	借趣為趨	取與芻	趣(清侯)	趨(清侯)	聲韻皆同	有目不見,有足不趨
侯	三德 1 等	借句為後	句與後	句(見侯)	後(匣侯)	聲異韻同	卉木須時而後奮
侯	內禮附	借句為後	句與後	句(見侯)	後(匣侯)	聲異韻同	然後奉之以中庸
侯	孔子見季桓 15	借句為後	句與後	句(見侯)	後(匣侯)	聲異韻同	君子互以眾福,後拜四方之位以動
侯	孔子詩論 20	借句為後	句與後	句(見侯)	後(匣侯)	聲異韻同	其言有所載而後納,或前之而後交
侯	弟子問 12	借句為後	句與後	句(見侯)	後(匣侯)	聲異韻同	然後君子
侯	昔者君老 1	借句為後	句與後	句(見侯)	後(匣侯)	聲異韻同	再三,然後並聽之
侯	性情論 1	借句為後	句與後	句(見侯)	後(匣侯)	聲異韻同	待物而後作
侯	柬大王泊旱 14	借句為後	句與後	句(見侯)	後(匣侯)	聲異韻同	王仰天後呼而泣
侯	容成氏 18 等	借句為後	句與後	句(見侯)	後(匣侯)	聲異韻同	不得已,然後敢受之
侯	從政甲 13	借句為後	句與後	句(見侯)	後(匣侯)	聲異韻同	然後能立道
侯	三德 10	借句為后	句與后	句(見侯)	后(匣侯)	聲異韻同	皇后曰
侯	子羔 12	借句為后	句與后	句(見侯)	后(匣侯)	聲異韻同	后稷之母
侯	孔子詩論 6 等	借句為后	句與后	句(見侯)	后(匣侯)	聲異韻同	昊天有成命,二后受之
侯	尹誥 2	借句為后	句與后	句(見侯)	后(匣侯)	聲異韻同	今后胡不監
侯	容成氏 28	借句為后	句與后	句(見侯)	后(匣侯)	聲異韻同	后稷既已受命,乃食於野,宿於野
侯	周易 40	借敂為姤	句與后	句(見侯)	姤(見侯)	聲韻皆同	姤,女壯,勿用取女
侯	三德 4	借句為詬	句與后	句(見侯)	詬(見侯)	聲韻皆同	毋詬政卿於神祇
侯	性情論 3	借鉤為扣	句與扣	鉤(見侯)	扣(溪侯)	聲異韻同	金石之有聲也,弗扣不鳴
侯	性情論 14	借敂為厚	句與厚	敂(見侯)	厚(匣侯)	聲異韻同	其入拔人之心也厚
侯	周易 34	借佝為媾	句與冓	佝(見侯)	媾(見侯)	聲韻皆同	匪寇昏媾
侯	周易 45	借縷為漏	婁與屚	縷(來侯)	漏(來侯)	聲韻皆同	甕敝漏
屋	周易 42	借斛為握	角與屋	斛(匣屋) 角(見屋)	握(影屋)	聲異韻同	若號,一握于笑
屋	蘭賦 2	借彔為麓	鹿與彔	彔(來屋)	麓(來屋)	聲韻皆同	處宅幽麓
屋	容成氏 41	借鹿為離	鹿與離	鹿(來屋)	離(來歌)	聲同韻異	亡宗離族
東	周易 1	借尨為蒙	尨與蒙	尨(明東)	蒙(明東)	聲韻皆同	六四困蒙吝
東	容成氏 21	借穜為舂	童與舂	童(定東)	舂(書東)	聲異韻同	舂不毀米
東	容成氏 25 等	借迵為通	同與甬	迵(定東)	通(透東)	聲異韻同	禹乃通淮與沂,東注之海
東	用曰 7 等	借頌為容	公與容	頌(邪東) 公(見東)	容(餘東)	聲異韻同	曼曼簡簡其容之作
東	性情論 12	借頌為容	公與容	頌(邪東)	容(餘東)	聲異韻同	至容貌,所以文節也
東	從政甲 6	借頌為容	公與容	頌(邪東)	容(餘東)	聲異韻同	君子不寬則無以容百姓
東	曹沫之陣 53	借贛為黔	軟與今	贛(見東)	黔(群侵)	聲異韻異	黔首皆欲或有之

				欠(溪談)	今(見侵)		
東	用曰7等	借贛為坎	軟與欠	贛(見東)	坎(溪談)	聲異韻異	坎坎險險其自視之泊
東	容成氏12等	借聦為聰	兇與悤	兇(曉東)	聰(清東)	聲異韻同	聖聽不聰
東	緇衣2	借墉為厚	庸與厚	墉(餘東)	厚(匣侯)	聲異韻異	以視民厚
東	緇衣14等	借龏為恭	龍與恭	龍(來東)	恭(見東)	聲異韻同	吾大夫恭且儉,麻人不斂
魚	(鐸陽)						
魚	柬大王泊旱3	借膚為莒	虍與呂	膚(幫魚) 虎(曉魚)	莒(見魚) 呂(來魚)	聲異韻同	吾所得地於莒中者
魚	容成氏25	借膚為莒	虎與呂	膚(幫魚)	莒(見魚)	聲異韻同	於是乎競州、莒州,始可處也
魚	繫年105	借𢘓為胡	夫與古	𢘓(幫魚)	胡(匣魚) 古(見魚)	聲異韻同	陳蔡胡反
魚	周易4	借肤為逋	夫與甫	夫(幫魚)	逋(幫魚)	聲韻皆同	不克訟,歸逋其邑人
魚	競建內之4	借仪為傅	父與甫	父(並魚)	傅(幫魚)	聲異韻同	高宗命傅說量之以…
魚	周易27等	借頫為輔	父與甫	父(並魚)	輔(幫魚)	聲異韻同	欽輔頰舌
魚	性情論39	借杈為補	父與甫	父(並魚)	補(幫魚)	聲異韻同	弗補不足
魚	繫年100	借譽為許	無與午	譽(明魚)	許(曉魚) 午(疑魚)	聲異韻同	許人亂
魚	武王踐阼1	借土為覩	土與者	土(透魚)	覩(端魚)	聲異韻同	不可得而覩乎
魚	子道餓1	借憃為圖	者與圖	者(章魚)	圖(定魚)	聲異韻同	願吾子圖之也
魚	凡物流形17	借憃為圖	者與圖	者(章魚)	圖(定魚)	聲異韻同	圖之,如并天下而担之
魚	姑成家父7	借憃為圖	者與圖	者(章魚)	圖(定魚)	聲異韻同	吾子圖之
魚	祭公3	借憃為圖	者與圖	者(章魚)	圖(定魚)	聲異韻同	亡圖不知命
魚	曹沫之陣2	借憃為圖	者與圖	者(章魚)	圖(定魚)	聲異韻同	今邦彌小而鐘愈大,君其圖之
魚	緇衣12	借憃為圖	者與圖	者(章魚)	圖(定魚)	聲異韻同	毋以小謀敗大圖
魚	魯邦大旱1	借圖為圖	者與圖	者(章魚)	圖(定魚)	聲異韻同	子不為我圖之
魚	武王踐阼2等	借箸為書	者與書	者(章魚)	書(書魚)	聲異韻同	師尚父曰在丹書
魚	容成氏22	借𦣞為暑	處與暑	處(昌魚)	暑(書魚)	聲異韻同	夏不敢以暑辭
魚	緇衣6	借𦣞為暑	處與暑	處(昌魚)	暑(書魚)	聲異韻同	日暑雨,小民隹日怨,晉冬耆寒,小民亦隹日怨
魚	柬大王泊旱20	借癥為瘥	虘與差	癥(從魚)	瘥(從歌)	聲同韻異	君王之瘵從今日以瘥
魚	君人者何必安哉7	借乍為詛	乍與且	乍(崇魚)	詛(莊魚)	聲異韻同	民詛而思誰之
魚	周易38	借疋為且	疋與且	疋(生魚)	且(精魚)	聲異韻同	臀無膚,其行次且
魚	孔子詩論10	借疋為雎	疋與且	疋(生魚)	雎(清魚)	聲異韻同	關雎之改
魚	平王問鄭壽4	借居為據	古與豦	居(見魚)	據(見魚)	聲韻皆同	鄭壽出據路以須
魚	平王與王子木1	借胍為遇	瓜與禺	瓜(見魚)	遇(疑侯)	聲異韻異	城公幹遇跪於疇中
魚	弟子問16	借沽為孤	古與瓜	沽(見魚)	孤(見魚)	聲韻皆同	寡聞則孤
魚	用曰5	借寡為顧	寡與顧	寡(見魚)	顧(見魚)	聲韻皆同	視前顧後,九惠是貞
魚	容成氏22	借詓為謁	去與曷	詓(溪魚)	謁(影月) 曷(匣月)	聲異韻異	禹乃建鼓於廷,以為民之有謁告者鼓焉
魚	弟子問19	借巨為蘧	巨與豦	巨(群魚)	蘧(群魚)	聲韻皆同	蘧伯玉侍乎
魚	孔子詩論22	借於為猗	於與奇	於(影魚)	猗(影歌) 奇(見歌)	聲同韻異	猗嗟曰:四矢反,以御亂
魚	成王既邦2	借亞為烏	亞與烏	亞(影魚)	烏(影魚)	聲韻皆同	烏呼,敬之哉
魚	孔子見季桓7	借虗為吾	虎與五	虎(曉魚)	吾(疑魚)	聲異韻同	吾子勿聞
魚	孔子詩論6	借虗為吾	虎與五	虎(曉魚)	吾(疑魚)	聲異韻同	吾敬之
魚	平王問鄭壽2	借虗為吾	虎與五	虎(曉魚)	吾(疑魚)	聲異韻同	吾何改而可
魚	平王與王子木2	借虗為吾	虎與五	虎(曉魚)	吾(疑魚)	聲異韻同	臣將有告吾先君

魚	仲弓 26	借虗為吾	虎與五	虎(曉魚)	吾(疑魚)	聲異韻同	恐貽吾子羞
魚	君子為禮 1 等	借虗為吾	虎與五	虎(曉魚)	吾(疑魚)	聲異韻同	吾語汝
魚	弟子問 6 等	借虗為吾	虎與五	虎(曉魚)	吾(疑魚)	聲異韻同	子曰:貧賤而不約者,吾見之矣
魚	姑成家父 2 等	借虗為吾	虎與五	虎(曉魚)	吾(疑魚)	聲異韻同	以吾族三郤
魚	季庚子問於孔子 11	借虗為吾	虎與五	虎(曉魚)	吾(疑魚)	聲異韻同	故如吾子之疏肥也
魚	采風曲目 2	借虗為吾	虎與五	虎(曉魚)	吾(疑魚)	聲異韻同	毋過吾門
魚	昭王毀室 5	借虗為吾	虎與五	虎(曉魚)	吾(疑魚)	聲異韻同	吾不知其爾墓,爾姑須
魚	柬大王泊旱 5	借虗為吾	虎與五	虎(曉魚)	吾(疑魚)	聲異韻同	吾瘰一病
魚	相邦之道 4	借虗為吾	虎與五	虎(曉魚)	吾(疑魚)	聲異韻同	吾見於君,不問有邦之道
魚	容成氏 53 等	借虗為吾	虎與五	虎(曉魚)	吾(疑魚)	聲異韻同	吾勴天威之
魚	鬼神之明 4	借虗為吾	虎與五	虎(曉魚)	吾(疑魚)	聲異韻同	吾弗知也
魚	曹沫之陣 10 等	借虗為吾	虎與五	虎(曉魚)	吾(疑魚)	聲異韻同	吾聞此言
魚	莊王既成 1	借虗為吾	虎與五	虎(曉魚)	吾(疑魚)	聲異韻同	吾既果成亡射
魚	緇衣 14	借虗為吾	虎與五	虎(曉魚)	吾(疑魚)	聲異韻同	吾大夫恭且儉,靡人不斂
魚	魯邦大旱 3	借虗為吾	虎與五	虎(曉魚)	吾(疑魚)	聲異韻同	否,抑吾子如重命其歟
魚	競公虐 2 等	借虗為吾	虎與五	虎(曉魚)	吾(疑魚)	聲異韻同	吾欲誅諸祝史
魚	競建內之 8	借虗為吾	虎與五	虎(曉魚)	吾(疑魚)	聲異韻同	吾不知其為不善也
魚	容成氏 41	借虗為梧	虎與五	虎(曉魚)	梧(疑魚)	聲異韻同	遂逃去,之蒼梧之野
魚	孔子詩論 1	借虖為乎	虎與乎	虎(曉魚)	乎(匣魚)	聲異韻同	行此者其有不王乎
魚	仲弓 15 等	借虖為乎	虎與乎	虎(曉魚)	乎(匣魚)	聲異韻同	善哉聞乎
魚	弟子問 1 等	借虖為乎	虎與乎	虎(曉魚)	乎(匣魚)	聲異韻同	前陵季子,其天民也乎
魚	柬大王泊旱 23	借虖為乎	虎與乎	虎(曉魚)	乎(匣魚)	聲異韻同	臣者亦有爭乎
魚	鬼神之明 4	借虖為乎	虎與乎	虎(曉魚)	乎(匣魚)	聲異韻同	意其力固不能至焉乎
魚	曹沫之陣 53 等	借虖為乎	虎與乎	虎(曉魚)	乎(匣魚)	聲異韻同	復甘戰有道乎
魚	魯邦大旱 1 等	借虗為乎	虎與乎	虎(曉魚)	乎(匣魚)	聲異韻同	邦大旱毋乃失諸刑與德乎
魚	競公虐 7	借虖為乎	虎與乎	虎(曉魚)	乎(匣魚)	聲異韻同	君祝說,如溥情忍罪乎
魚	競建內之 6	借虖為乎	虎與乎	虎(曉魚)	乎(匣魚)	聲異韻同	為無道,不遷於善而說之可乎哉
魚	魯邦大旱 5	借虖為呼	虎與乎	虎(曉魚)	呼(曉魚)	聲韻皆同	孔子曰:嗚呼
魚	民之父母 11	借虗為恕	虎與女	虎(曉魚)	恕(書魚) 女(泥魚)	聲異韻同	內恕洵悲
魚	姑成家父 1	借虖為虐	虎與虐	虎(曉魚)	虐(疑藥)	聲異韻異	虐于百豫,百豫反之
魚	競公虐 1	借瘧為虐	虎與虐	虎(曉魚)	虐(疑藥)	聲異韻異	齊景公疥且瘧,逾歲不已
魚	昭王 1	借[illegible]為滸	虎與許	虎(曉魚)	許(曉魚)	聲韻皆同	昭王為室於死湑之滸
魚	莊王 3	借[illegible]為於	虎與於	虎(曉魚)	於(影魚)	聲異韻同	穀於菟
魚	孔子詩論 9	借芋為華	于與華	芋(匣魚)	華(匣魚)	聲韻皆同	裳裳者華
魚	交交鳴鳥 2	借芋為華	于與華	芋(匣魚)	華(匣魚)	聲韻皆同	皆華皆英
魚	競建內之 9	借芋為華	于與華	芋(匣魚)	華(匣魚)	聲韻皆同	公身為無道,擁華孟子以馳於郧市
魚	李頌 2	借芋為華	于與華	芋(匣魚)	華(匣魚)	聲韻皆同	豊華緟光
魚	楚居 8	借宇為寓	于與禺	宇(匣魚)	寓(疑侯)	聲異韻異	乃潰疆浧之陂而寓人焉
魚	仲弓 7 等	借懙為赦	牙與赤	與(餘魚) 牙(疑魚)	赦(書魚) 赤(昌鐸)	聲異韻同	惑有過與赦罪
魚	性情論 11	借余為序	余與予	余(餘魚)	序(邪魚) 予(餘魚)	聲異韻同	或序為之節則文也
魚	金縢 2	借余為豫	余與予	余(餘魚)	豫(餘魚)	聲韻皆同	不豫有遲
魚	周易 14	借[illegible]為豫	余與予	余(餘魚)	豫(餘魚)	聲韻皆同	豫,利建侯行師
魚	金縢 1	借[illegible]為豫	余與予	余(餘魚)	豫(餘魚)	聲韻皆同	武王既克殷三年,王不豫有遲

魚	容成氏 27	借敘為豫	余與予	余(餘魚)	豫(餘魚)	聲韻皆同	東注之河,於是乎豫州始可處也
魚	尹誥 4	借舍為予	余與予	舍(書魚) 余(餘魚)	予(餘魚)	聲異韻同	予之吉言
魚	曹沫之陣43等	借豫為舍	予與余	豫(餘魚)	舍(書魚)	聲異韻同	三軍未陳,未舍,行阪濟障,此散果之機
魚	繫年 117	借豫為捨	予與余	豫(餘魚)	捨(書魚)	聲異韻同	楚人捨圍而還
魚	成王 3	借余為菟	余與兔	余(餘魚)	兔(透魚)	聲異韻同	穀於菟
魚	周易 38	借譽為夜	牙與夜	譽(餘魚)	夜(餘魚)	聲韻皆同	暮夜有戎
魚	季庚子問於孔子 20	借夜為赦	夜與赤	夜(餘魚)	赦(書魚)	聲異韻同	大罪則赦之以刑,臧罪則赦之以罰
魚	耆夜 3	借夜為舉	夜與牙	夜(餘魚)	舉(見魚)	聲異韻同	王舉爵酬畢公
鐸	尹至 1 等	借白為亳	白與乇	白(並鐸)	亳(並鐸)	聲韻皆同	唯尹自夏徂亳
鐸	容成氏 8	借攴為専	白與父	白(並鐸)	専(滂魚)	聲異韻異	悅専以不逆
鐸	容成氏 35	借泊為薄	白與父	泊(並鐸)	薄(並鐸)	聲韻皆同	厚愛而薄斂焉
鐸	昭王與龔之脽 9	借怉為霸	白與霸	白(並鐸)	霸(幫魚)	聲異韻異	霸君吳王身至於郢
鐸	三德 7 等	借厇為度	乇與度	乇(透鐸)	度(定鐸)	聲異韻同	喜樂無堇度,是謂大荒
鐸	凡物流形 3	借厇為度	乇與度	乇(透鐸)	度(定鐸)	聲異韻同	天降五度
鐸	天子建州甲 7 等	借厇為度	乇與度	乇(透鐸)	度(定鐸)	聲異韻同	與卿大夫同恥度
鐸	彭祖 1	借厇為度	乇與度	乇(透鐸)	度(定鐸)	聲異韻同	休哉,乃將多問因故,乃不失度
鐸	天子建州甲 1	借垞為都	乇與者	乇(透鐸)	都(端魚)	聲異韻異	邦君建之以都
鐸	緇衣 23	借厇為著	乇與者	乇(透鐸)	著(端魚)	聲異韻異	而惡惡不著也
鐸	天子建州甲 9	借䇘為席	石與席	石(禪鐸)	席(邪鐸)	聲異韻同	天子四避席
鐸	君子為禮 4	借䇘為席	石與席	石(禪鐸)	席(邪鐸)	聲異韻同	淵起,法席曰:敢問何謂也
鐸	武王踐阼 6	借䇘為席	石與席	石(禪鐸)	席(邪鐸)	聲異韻同	銘於席之四端
鐸	競公虐 12	借䇘為席	石與席	石(禪鐸)	席(邪鐸)	聲異韻同	公強起,退席
鐸	平王與王子木 1	借迈為蹠	石與庶	石(禪鐸)	蹠(章鐸) 庶(書魚)	聲異韻同	景平王命王子木蹠城父
鐸	柬大王泊旱 16	借迈為蹠	石與庶	石(禪鐸)	蹠(章鐸)	聲異韻同	發馹蹠四疆,四疆皆熟
鐸	柬大王泊旱 2	借庶為炙	庶與夕	庶(書魚)	炙(章鐸)	聲異韻異	龜尹知王之炙於日而病
鐸	李頌 1 背	借索為素	素與索	索(心鐸)	素(心魚)	聲同韻異	素府宮李,木異類兮
鐸	容成氏 1	借茖為赫	各與赫	各(見鐸)	赫(曉鐸)	聲異韻同	赫胥氏
鐸	用曰 5	借虩為赫	虩與赫	虩(曉鐸)	赫(曉鐸)	聲韻皆同	用曰,寧事赫赫
鐸	緇衣 9	借虩為赫	虩與赫	虩(曉鐸)	赫(曉鐸)	聲韻皆同	赫赫師尹,民具爾瞻
陽	三德 1	借楅為平	丙與平	丙(幫陽)	平(並耕)	聲異韻異	平旦毋哭
陽	三德 13	借㾊為病	方與丙	方(幫陽)	病(並陽) 丙(幫陽)	聲異韻同	身且有病
陽	孔子詩論 9	借㤃為病	方與丙	方(幫陽)	病(並陽)	聲異韻同	黃鳥則困而欲反其故也,多恥者其病之乎
陽	柬大王泊旱 2	借疠為病	方與丙	方(幫陽)	病(並陽)	聲異韻同	龜尹知王之炙於日而病
陽	從政甲 8	借怲為猛	丙與孟	丙(幫陽)	猛(明陽)	聲異韻同	猛則亡親,罰則民逃
陽	曹沫之陣 3	借攺為撫	亡與無	亡(明陽)	撫(滂魚) 無(明魚)	聲異韻異	而撫有天下
陽	武王踐阼 1	借上為尚	上與尚	上(禪陽)	尚(禪陽)	聲韻皆同	王問於師尚父
陽	周易 2 等	借卿為亨	卿與亨	卿(溪陽)	亨(曉陽)	聲異韻同	需,有孚,光亨
陽	史蒥問 3	借漮為湯	康與湯	康(溪陽)	湯(書陽)	聲異韻同	貴於禹湯
陽	平王問鄭壽 1	借競為景	競與京	競(群陽)	景(見陽)	聲異韻同	景平王就鄭壽
陽	平王與王子木	借競為景	競與京	競(群陽)	景(見陽)	聲異韻同	景平王命王子木蹠城父

	1						
陽	競公虐 1	借競為景	競與京	競(群陽)	景(見陽)	聲異韻同	齊景公疥且瘧,逾歲不已
陽	緇衣 12	借向為卿	向與卿	向(曉陽)	卿(溪陽)	聲異韻同	毋以嬖士疾大夫卿使
陽	民之父母 2 等	借皇為橫	皇與黃	皇(匣陽)	橫(匣陽)	聲韻皆同	以橫于天下四方
陽	吳命 5	借往為廣	王與黃	往(匣陽)	廣(見陽) 黃(匣陽)	聲異韻同	以廣東海之表
陽	容成氏 31	借往為廣	王與黃	往(匣陽)	廣(見陽)	聲異韻同	以鼇於溪谷,濟於廣川
陽	志書乃言 5	借䞣為兄	王與兄	往(匣陽)	兄(曉陽)	聲異韻同	吾父兄甥舅
陽	繫年 81	借羌為將	羊與爿	羊(餘陽)	將(精陽)	聲異韻同	伍雞將吳人以圍州來
支	(錫耕)						
支	容成氏 2	借㙗為躃	卑與辟	卑(幫支)	躃(幫錫)	聲同韻異	跛躃守門,侏儒為矢
支	曹沫之陣 18	借連為變	卑與辟	俾(幫支)	變(幫支)	聲韻皆同	以事其便變,所以距內
支	曹沫之陣 35	借俾為變	卑與辟	俾(幫支)	變(幫支)	聲韻皆同	毋變於便變,毋長於父兄
支	曹沫之陣 14 等	借啻為敵	帝與敵	帝(端支)	敵(定錫)	聲異韻異	敵邦交地
支	容成氏 51	借瀌為津	麃與盡	麃(定支)	津(精真)	聲異韻異	涉於孟津
支	凡物流形 17	借麃為存	麃與存	麃(定支)	存(從文)	聲異韻異	危安存亡
支	曹沫之陣 14 等	借麃為存	麃與存	麃(定支)	存(從文)	聲異韻異	三代之陳皆存,或以克,或以亡
支	緇衣 5	借麃為存	麃與存	麃(定支)	存(從文)	聲異韻異	故心以體存,君以民亡
支	用曰 15	借枳為枝	只與支	枳(章支)	枝(章支)	聲韻皆同	罪之枝葉,良人可思
支	李頌 1 背	借枳為枝	只與支	枳(章支)	枝(章支)	聲韻皆同	亂木層枝
支	武王踐阼 8	借枳為枝	只與支	只(章支)	支(章支)	聲韻皆同	枝銘唯曰
支	相邦之道 3	借枳為肢	只與支	枳(章支)	肢(章支)	聲韻皆同	勸於四肢之藝以備軍旅
支	鬼神之明 2	借只為岐	只與支	只(章支)	岐(群支)	聲異韻同	紂止於岐社
支	孔子詩論 5 等	借氏為是	氏與是	氏(禪支)	是(禪支)	聲韻皆同	有成功者何如?曰:頌是也
支	申公臣靈王 8	借氏為是	氏與是	氏(禪支)	是(禪支)	聲韻皆同	陳公事不穀,必以是心
支	季庚子問於孔子 3 等	借氏為是	是與氏	是(禪支)	氏(禪支)	聲韻皆同	民不服焉,是君子之恥也
支	彭祖 7	借氏為是	氏與是	氏(禪支)	是(禪支)	聲韻皆同	是謂遭殃
支	蘭賦 2	借氏為是	氏與是	氏(禪支)	是(禪支)	聲韻皆同	而猶不失是芳
支	子羔 1	借是為氏	是與氏	是(禪支)	氏(禪支)	聲韻皆同	以有虞氏之樂,正瞽叟之子也
支	用曰 6	借是為氏	是與氏	是(禪支)	氏(禪支)	聲韻皆同	凡恭人,非人是恭,厥身是衛
支	仲弓 1 等	借是為氏	是與氏	是(禪支)	氏(禪支)	聲韻皆同	季氏
支	容成氏 1 等	借是為氏	是與氏	是(禪支)	氏(禪支)	聲韻皆同	赫胥氏,喬結氏,倉頡氏
支	彭祖 1	借是為氏	是與氏	是(禪支)	氏(禪支)	聲韻皆同	耇氏執心不妄
支	鮑叔牙與隰朋之諫 1	借是為氏	是與氏	是(禪支)	氏(禪支)	聲韻皆同	有夏氏觀其容以使
支	周易 40	借是為蹢	是與啻	是(禪支)	蹢(端錫)	聲異韻異	羸豕孚蹢躅
支	民之父母 6	借奚為傾	奚為頃	奚(匣支)	傾(心真)	聲異韻異	傾耳而聽之
支	尹誥 2	借麗為離	麗與離	麗(來支)	離(來歌)	聲同韻異	民復之用離心
支	有皇將起 4	借麗為離	麗與離	麗(來支)	離(來歌)	聲同韻異	離居而同欲今兮
錫	孔子詩論 2	借易為逖	易與狄	易(餘錫)	逖(透錫) 狄(定錫)	聲同韻異	其歌引而逖
耕	命 4	借甹為屏	甹與并	甹(滂耕)	屏(並耕) 并(幫耕)	聲異韻同	不稱賢進何以屏輔我
耕	皇門 1	借噂為屏	甹與并	甹(滂耕)	屏(並耕)	聲異韻同	屏朕位
耕	程寤 1	借貞為正	貞與正	貞(端耕)	正(章耕)	聲異韻同	隹王元祀正月既生霸
耕	三德 8	借溋為盈	呈與盈	浧(定耕)	盈(餘耕)	聲異韻同	雖盈必虛
耕	用曰 17	借溋為盈	呈與盈	浧(定耕)	盈(餘耕)	聲異韻同	亡咎惟盈
耕	凡物流形 10	借浧為盈	呈與盈	浧(定耕)	盈(餘耕)	聲異韻同	水之東流將盈
耕	蘭賦 2	借浧為盈	呈與盈	浧(定耕)	盈(餘耕)	聲異韻同	盈�迡而達聞於四方

耕	武王踐阼 8	借桯為楹	呈與盈	桯(定耕)	楹(餘耕)	聲異韻同	楹銘唯曰
耕	成王 3	借珵為嬴	呈與嬴	珵(定耕)	嬴(餘耕)	聲異韻同	爲伯嬴
耕	陳公 13	借廷為停	廷與亭	廷(定耕)	停(定耕)	聲韻皆同	金鐸以停
耕	內禮 10	借聖為聽	聖與聽	聖(書耕)	聽(透耕)	聲異韻同	為少必聽長之命,為賤必聽貴之命
耕	君子為禮 2	借聖為聽	聖與聽	聖(書耕)	聽(透耕)	聲異韻同	聽之而不義,耳勿聽也
耕	程寤 4	借聖為聽	聖與聽	聖(書耕)	聽(透耕)	聲異韻同	發,汝敬聽吉夢
耕	民之父母 5 等	借聖為聲	聖與聽	聖(書耕)	聲(書耕)	聲韻皆同	無聲之樂
耕	容成氏 16	借聖為聲	聖與聽	聖(書耕)	聲(書耕)	聲韻皆同	以定男女之聲
耕	性情論 3	借聖為聲	聖與聽	聖(書耕)	聲(書耕)	聲韻皆同	金石之有聲也,弗扣不鳴
耕	容成氏 13	借靜為耕	青與耕	靜(從耕) 青(清耕)	耕(見耕)	聲異韻同	昔舜耕於歷丘,陶於河濱
耕	蘭賦 5	借青為輕	青與輕	青(清耕)	輕(溪耕)	聲異韻同	身體重輕,而耳目勞矣
脂	(質真)						
脂	楚居 5	借朼為必	匕與必	朼(幫脂)	必(幫質)	聲同韻異	抵今日㮷,㮷必夜
脂	緇衣 20	借朼為必	匕與必	匕(幫脂)	必(幫質)	聲同韻異	苟有車,必視其轍,苟有衣,必視其成
脂	用曰 3	借閟為閉	必與閉	閟(幫脂)	閉(幫脂)	聲韻皆同	其有成德,閉言自關
脂	周易 4	借疐為窒	疐與至	疐(端脂)	窒(端質)	聲同韻異	窒惕
脂	鬼神之明 5	借疐為實	疐與實	疐(端脂)	實(船質)	聲韻皆異	名則可畏,實則可侮
脂	慎子 1	借疐為實	疐與實	疐(端脂)	實(船質)	聲韻皆異	忠實以反俞
脂	命 2	借疐為鑕	疐與所	疐(端脂)	質(端脂)	聲韻皆同	不能以辱斧鑕
脂	申公臣靈王 9	借疐為鑕	疐與所	疐(端脂)	鑕(端脂)	聲韻皆同	不以振斧鑕
脂	緇衣 1	借既為示	氏與示	氏(端脂)	示(船脂)	聲異韻同	有國者彰好彰惡以示民厚
脂	武王踐阼 2	借視為示	視與示	視(禪脂)	示(船脂)	聲異韻同	將以書示
脂	三德 4	借朿為祇	朿與氐	朿(精脂)	祇(章脂)	聲異韻同	毋詬政卿於神祇
脂	周易 7	借宋為次	朿與次	朿(精脂)	次(清脂)	聲異韻同	六四,師左次,亡咎
脂	周易 38	借緀為次	妻與次	緀(清脂)	次(清脂)	聲韻皆同	臀亡膚,其行次且
脂	孔子詩論 28	借薺為茨	齊與次	薺(從脂)	茨(從脂)	聲韻皆同	牆有茨,慎密而不知言
脂	容成氏 31	借淒為濟	妻與齊	淒(清脂)	濟(精脂)	聲異韻同	以躗於溪谷,濟於廣川
脂	曹沫之陣 43	借淒為濟	妻與齊	淒(清脂)	濟(精脂)	聲異韻同	三軍未成,陳未豫,行阪濟障,此散果之機
脂	容成氏 26	借泲為伊	死與尹	死(心脂)	伊(影脂)	聲異韻同	禹乃通伊洛,并里、干澗
脂	容成氏 37	借泗為伊	四與尹	泗(心脂)	伊(影脂)	聲異韻同	湯乃謀戒求賢,乃立伊尹以為佐
脂	緇衣 6	借耆為祁	旨與祁	耆(群脂) 旨(章脂)	祁(群脂)	聲韻皆同	日暑雨,小民隹日怨,晉冬祁寒,小民亦隹日怨
脂	子羔 2	借伊為抑	尹與抑	伊(影脂)	抑(影質)	聲同韻同	抑堯之德則甚明歟
質	三德 16	借佖為匹	必與匹	佖(幫質)	匹(滂質)	聲異韻同	必喪其匹
質	曹沫之陣 34	借佖為匹	必與匹	佖(幫質)	匹(滂質)	聲異韻同	匹夫寡婦之獄訟,君必身聽之
質	鮑叔牙與隰朋之諫 5	借佖為匹	必與匹	佖(幫質)	匹(滂質)	聲異韻同	今豎刁匹夫,而欲知萬乘之邦
質	王居 3	借新為慎	所與真	所(端質)	慎(禪真)	聲異韻異	爾必良慎之
質	性自命出 11	借室為節	至與即	室(書質)	節(精質)	聲異韻同	節性者故也
質	性情論 16	借節為次	即與次	即(精質)	次(清脂)	聲異韻異	居次也久,其反善覆始也
質	容成氏 50	借即為次	即與次	即(精質)	次(清脂)	聲異韻異	成德者,吾敓而代之,其次,吾伐而代之
質	孔子詩論 27	借七為蟋	七與悉	七(清質)	蟋(心質)	聲異韻同	蟋蟀
質	競建內之 10	借衺為易	弋與易	弋(餘質)	易(餘錫)	聲同韻異	或又以豎刁與易牙為相
真	金滕 4	借年為佞	年與佞	年(泥真)	佞(泥耕)	聲同韻異	是佞若巧,能多材多藝

真	吳命 1	借慎為殄	真與㐱	慎(禪真)	殄(定文)	聲異韻異	殄絕我二邑之好
真	尹至 4	借慎為誓	真與折	慎(禪真)	誓(禪月) 折(章月)	聲同韻異	湯盟誓及尹
真	容成氏 1	借慎為神	真與神	慎(禪真)	申(書真)	聲異韻同	神農氏
真	子羔 11	借[illegible]為吞	申與吞	申(書真)	吞(透文)	聲異韻異	取而吞之
真	孔子詩論 2	借紳為引	申與引	紳(書真)	引(餘真)	聲異韻同	其歌引而逖
真	容成氏 14	借旬為畎	旬與犬	旬(邪真)	犬(見元)	聲異韻異	從舜於畎畝之中
真	楚居 11	借秦為乾	秦與乾	秦(從真)	乾(群元)	聲異韻異	靈王自為郢徙居乾溪之上
真	昭王與龔之脽 7	借瞚為引	寅與引	寅(餘真)	引(餘真)	聲韻皆同	不獲引頸之罪
微	(物文)						
微	尹至 1	借微為惛	微與門	微(明微)	惛(明文)	聲同韻異	余惛其有夏眾
微	孔子詩論 3	借退為懟	退與對	退(透微)	懟(定微) 對(端微)	聲異韻同	多言難而怨懟者也
微	鬼神之明 2	借遂為述	遂與述	遂(邪微)	述(船物)	聲異韻異	後世述之
微	凡物流形 4	借[illegible]為氣	既與氣	既(見微)	氣(溪微)	聲異韻同	五氣齊至
微	天子建州甲 8	借[illegible]為氣	既與氣	既(見微)	氣(溪微)	聲異韻同	凡天子歆氣
微	民之父母 10 等	借[illegible]為氣	既與氣	既(見微)	氣(溪微)	聲異韻同	氣志不違
微	恆先 1	借[illegible]為氣	既與氣	既(見微)	氣(溪微)	聲異韻同	有域,焉有氣;有氣,焉有有
微	容成氏 30	借[illegible]為氣	既與氣	既(見微)	氣(溪微)	聲異韻同	舜乃欲會天地之氣而聽用之
微	從政甲 9	借[illegible]為氣	既與氣	既(見微)	氣(溪微)	聲異韻同	聞之曰:志氣不旨,其事不
微	緇衣 17	借幾為緝	幾與咠	幾(見微)	緝(清緝)	聲異韻異	穆穆文王,於緝義止
微	競建內之 9	借幾為豈	幾與豈	幾(見微)	豈(溪微)	聲異韻同	豈不二子之憂也哉
微	仲弓附	借幾為豈	幾與豈	幾(見微)	豈(溪微)	聲異韻同	豈不有匡也
微	李頌 1 背	借幾為豈	幾與豈	幾(見微)	豈(溪微)	聲異韻同	豈不偕生
微	吳命 5	借幾為豈	幾與豈	幾(見微)	豈(溪微)	聲異韻同	豈不右哉
微	武王踐阼 1	借幾為豈	幾與豈	幾(見微)	豈(溪微)	聲異韻同	意豈喪不可得而覩乎
微	季庚子問於孔子 14	借幾為豈	幾與豈	幾(見微)	豈(溪微)	聲異韻同	豈敢不以其先人之傳志告
微	武王踐阼 2	借幾為階	幾與皆	幾(見微)	階(見脂)	聲同韻異	逾堂階南面
微	民之父母 1	借幾為凱	幾與豈	幾(見微)	凱(溪微)	聲異韻同	詩曰:凱悌君子,民之父母
微	交交鳴鳥 1	借[illegible]為愷	幾與豈	幾(見微)	愷(溪微)	聲異韻同	愷悌君子,若玉若英
微	凡物流形甲 9	借回為圍	回與圍	回(匣微)	圍(匣微)	聲韻皆同	十圍之木,其始生如蘖
微	申公臣靈王 5	借回為圍	回與圍	回(匣微)	圍(匣微)	聲韻皆同	王子圍奪之
微	鄭子家喪 3	借回為圍	回與圍	回(匣微)	圍(匣微)	聲韻皆同	起師圍鄭
微	君子為禮 1	借韋為回	韋與回	韋(匣微)	回(匣微)	聲韻皆同	回,君子為禮
微	弟子問 15 等	借韋為回	韋與回	韋(匣微)	回(匣微)	聲韻皆同	回,來,吾告汝
微	顏淵問於孔子 5	借愇為回	韋與回	韋(匣微)	回(匣微)	聲韻皆同	回既昏命矣
微	周易 11	借[illegible]為威	韋與威	韋(匣微)	威(影微)	聲異韻同	六五厥孚交如威如吉
微	季庚子問於孔子 9	借畏為威	畏與威	畏(影微)	威(影微)	聲韻皆同	君子強則遺,威則民不道
微	性情論 23	借[illegible]為威	畏與威	畏(影微)	威(影微)	聲韻皆同	有心威者也
微	楚居 3	借渭為潰	胃與貴	渭(匣微)	潰(匣微)	聲韻皆同	麗不縱行,潰自脅出
物	三德 15	借述為遂	朮與㒸	述(船物)	遂(邪微)	聲異韻異	百事不遂
物	季庚子問於孔子 4	借述為遂	朮與㒸	述(船物)	遂(邪微)	聲異韻異	君子恭則遂,驕則侮
物	恆先 12	借述為遂	朮與㒸	述(船物)	遂(邪微)	聲異韻異	無不得其極而果遂
物	容成氏 34 等	借述為遂	朮與㒸	述(船物)	遂(邪微)	聲異韻異	遂稱疾不出而死
物	繫年 83	借述為遂	朮與㒸	述(船物)	遂(邪微)	聲異韻異	敗楚於柏舉遂入郢

物	周易 8	借率為帥	率與帥	率(生物)	帥(生物)	聲韻皆同	長子帥師,弟子輿尸
物	曹沫之陣28等	借率為帥	率與帥	率(生物)	帥(生物)	聲韻皆同	卒有長,三軍有帥,邦有君
文	周易 23	借芬為豶	分與賁	芬(滂文) 分(幫文)	豶(並文)	聲異韻同	六五:豶豕之牙,吉
文	三德 10	借焚為煩	焚與煩	焚(並文)	煩(並元)	聲同韻異	毋煩姑嫂
文	恆先 4	借焚為紛	焚與分	焚(並文)	紛(滂文)	聲異韻同	紛紛而多綵物
文	陳公 13	借鈍為錞	屯與享	鈍(定文)	錞(泥微)	聲異韻異	錞釪以右
文	周易 48	借䟮為限	堇與艮	堇(見文)	限(匣文) 艮(見文)	聲異韻同	九三艮其限
文	程寤 6	借堇為根	堇與艮	堇(見文)	根(見文)	聲異韻同	如棫柞亡根
文	容成氏 45	借槿為淫	堇與㸒	槿(見文)	淫(餘侵)	聲異韻異	厚樂於酒,溥夜以為淫
文	子羔 4 等	借昏為聞	昏與門	昏(曉文)	聞(明文)	聲異韻同	吾聞夫舜其幼也
文	仲弓 2 等	借昏為聞	昏與門	昏(曉文)	聞(明文)	聲異韻同	聞之,夫季氏河東之盛也
文	季庚子問於孔子 6 等	借昏為聞	昏與門	昏(曉文)	聞(明文)	聲異韻同	丘聞之孟子虞曰
文	昭王與龔之脽 8	借昏為聞	昏與門	昏(曉文)	聞(明文)	聲異韻同	大尹聞之
文	天子建州乙 7	借䎽為聞	昏與門	昏(曉文)	聞(明文)	聲異韻同	不可以不聞恥度
文	孔子見季桓子 1	借䎽為聞	昏與門	昏(曉文)	聞(明文)	聲異韻同	孔子見季桓子,桓子曰:斯聞之
文	用曰 17	借䎽為聞	昏與門	昏(曉文)	聞(明文)	聲異韻同	羞聞惡謀,事既無功
文	君子為禮 3	借䎽為聞	昏與門	昏(曉文)	聞(明文)	聲異韻同	曰:然吾親聞言於夫子
文	周易 38	借䎽為聞	昏與門	昏(曉文)	聞(明文)	聲異韻同	喪羊悔亡,聞言不終
文	弟子問 7 等	借䎽為聞	昏與門	昏(曉文)	聞(明文)	聲異韻同	吾聞父母之喪
文	性情論 14	借䎽為聞	昏與門	昏(曉文)	聞(明文)	聲異韻同	聞笑聲則鮮如也
文	柬大王泊旱 21	借䎽為聞	昏與門	昏(曉文)	聞(明文)	聲異韻同	願聞之
文	容成氏 46 等	借䎽為聞	昏與門	昏(曉文)	聞(明文)	聲異韻同	文王聞之
文	從政甲 1 等	借䎽為聞	昏與門	昏(曉文)	聞(明文)	聲異韻同	聞之曰
文	融師有成氏 5 等	借䎽為聞	昏與門	昏(曉文)	聞(明文)	聲異韻同	有耳不聞,有口不鳴,有目不見
文	民之父母 6	借𦖞為聞	昏與門	昏(曉文)	聞(明文)	聲異韻同	不可得而聞也
文	姑成家父 2 等	借𦖞為聞	昏與門	昏(曉文)	聞(明文)	聲異韻同	郤錡聞之
文	弟子問 11	借昏為問	昏與門	昏(曉文)	問(明文)	聲異韻同	宰我問君子
文	相邦之道 2	借昏為問	昏與門	昏(曉文)	問(明文)	聲異韻同	敢問民事
文	平王與王子木 5	借䎽為問	昏與門	昏(曉文)	問(明文)	聲異韻同	王子問城公,此何?
文	君子為禮 4 等	借䎽為問	昏與門	昏(曉文)	問(明文)	聲異韻同	敢問何謂也?
文	季庚子問於孔子 1	借䎽為問	昏與門	昏(曉文)	問(明文)	聲異韻同	季康子問孔子曰
文	柬大王泊旱 8 等	借䎽為問	昏與門	昏(曉文)	問(明文)	聲異韻同	王以問釐尹高
文	容成氏 47	借䎽為問	昏與門	昏(曉文)	問(明文)	聲異韻同	乃出文王於夏臺之下,而問焉
文	武王踐阼 1 等	借𦖞為問	昏與門	昏(曉文)	問(明文)	聲異韻同	王問於師尚父
歌	(月元)						
歌	有皇將起 1	借可為兮	可與兮	可(溪歌)	兮(匣支)	聲異韻異	有皇將起今兮
歌	李頌 1	借可為兮	可與兮	可(溪歌)	兮(匣支)	聲異韻異	相吾官樹,桐且怡兮
歌	蘭賦 2	借可為兮	可與兮	可(溪歌)	兮(匣支)	聲異韻異	緩哉,蘭兮
歌	鶹鷅 1	借可為兮	可與兮	可(溪歌)	兮(匣支)	聲異韻異	子遺余鶹鷅今兮
歌	邦人 1	借訛為禍	化與禍	化(曉歌)	禍(匣歌)	聲異韻同	天加禍於楚邦
歌	王子木 1	借𡉣為過	化與過	化(曉歌)	過(見歌)	聲異韻同	競平王命王子木蹠城父,過申

歌	周易 12	借貨為撝	化與為	化(曉歌)	撝(匣歌)	聲異韻同	撝謙
歌	郭緇衣 16	借[illegible]為危	禾與危	禾(匣歌)	危(疑微)	聲異韻異	行不危言
月	舉治 33	借發為伐	發與伐	發(幫月)	伐(並月)	聲異韻同	有功而弗伐
月	耆夜 12	借[illegible]為邁	蔑與萬	蔑(明月)	邁(明月)	聲韻皆同	日月其邁
月	曹沫之陳 1	借[illegible]為沫	蔑與末	蔑(明月)	沫(明月)	聲韻皆同	曹沫入見
月	申公臣靈王 4	借敓為奪	兌與奪	敓(定月)	奪(定月)	聲韻皆同	王子圍奪之
月	緇衣 8	借[illegible]為賴	大與賴	大(定月)	賴(來月)	聲異韻同	萬民賴之
月	柬大王泊旱	借[illegible]為蓋	介與盍	介(見月)	蓋(見月)	聲韻皆同	蓋[illegible]愈迲
月	祭公 1	借介為祭	介與祭	介(見月)	祭(精月)	聲異韻同	祖祭公哀余小子昧其在位
月	周易 35	借訐為蹇	干與蹇	訐(見月)	蹇(見月)	聲韻皆同	王臣蹇蹇
月	鬼神 2	借訐為諫	干與柬	訐(見月)	諫(見元)	聲同韻異	殺諫者
月	姑成 1	借[illegible]為郤	丯與郤	丯(見月)	郤(溪月)	聲異韻同	三郤
月	仲弓 19	借滐為竭	桀與曷	桀(群月)	曷(群月)	聲韻皆同	山有崩川有竭
月	繫年 99 等	借[illegible]為縣	外與縣	[illegible](疑月)	縣(匣元)	聲異韻異	縣陳蔡,殺蔡靈侯
月	柬大王泊旱 16	借[illegible]為馹	埶與日	[illegible](疑月)	馹(日質)	聲韻皆異	發馹蹠四疆
月	詩論 8	借折為杕	折與大	折(禪月)	大(定月)	聲異韻同	杕杜則情喜至也
月	季桓子 1	借害為蓋	害與蓋	害(匣月)	蓋(匣葉)	聲同韻異	聞之,蓋賢者
月	曹沫 10	借害為曷	害與曷	害(匣月)	曷(群月)	聲異韻同	以無道稱,曷有弗失
元	楚居 7	借焚為蚡	焚與分	蚡(幫文)	焚(並文)	聲異韻同	蚡冒熊眴
元	三德 5	借弁為變	弁與變	弁(並元)	變(幫元)	聲異韻同	變常易禮,土地乃坼
元	王居 1	借樊為返	棥與反	樊(並元)	返(幫元)	聲異韻同	彭徒返[illegible]關致命
元	昭王與龔之脽 7	借樊為返	棥與反	樊(並元)	返(幫元)	聲異韻同	返逃珤
元	柬大王泊旱 16	借[illegible]為賴	萬與賴	[illegible](明元)	賴(來月)	聲異韻異	三日大雨,邦賴之
元	曹沫之陳 5	借[illegible]為沫	萬與末	[illegible](明元)	沫(明月)	聲同韻異	曹沫
元	恆先 9	借耑為短	耑與短	耑(端元)	短(端元)	聲韻皆同	先有短,焉有長
元	容成氏 26	借干為澗	干與間	干(見元)	間(見元)	聲韻皆同	并里澗
元	柬大王泊旱 1	借柬為簡	柬與閒	柬(見元)	簡(見元)	聲韻皆同	簡大王泊旱
元	王居 1	借[illegible]為關	串與卝	[illegible](見元)	關(見元)	聲韻皆同	彭徒返[illegible]關致命
元	命 5	借[illegible]為貫	串與毌	[illegible](見元)	貫(見元)	聲韻皆同	我不能貫壁而視聽
元	季康子 4	借[illegible]為管	关與官	[illegible](見元)	管(見元)	聲韻皆同	管仲
元	競公瘧 1	借[illegible]為譴	关與遣	[illegible](見元)	譴(溪月)	聲異韻同	會譴
元	姑成 1	借[illegible]為厲	柬與厲	柬(見元)	厲(來月)	聲韻皆異	晉厲公
元	柬大王泊旱 21	借[illegible]為願	元與原	[illegible](疑元)	願(疑元)	聲韻皆同	有故乎,願聞之
元	命 5	借肙為怨	肙與夗	肙(影元)	怨(影元)	聲韻皆同	古之善臣不以私惠私怨入於王門
元	民之 3	借安為焉	安與焉	安(影元)	焉(影元)	聲韻皆同	志亦至焉
元	從政 5	借緩為寬	爰與寬	緩(匣元)	寬(溪元)	聲異韻同	君子不寬則無以容百姓
元	周易 54	借[illegible]為渙	爰與奐	[illegible](匣元)	渙(曉元)	聲異韻同	渙卦
元	容成氏 1	借緩為轅	爰與袁	緩(匣元)	袁(匣元)	聲韻皆同	軒轅氏
元	成王 3	借遠為蔿	袁與為	袁(匣元)	為(匣歌)	聲同韻異	蔿伯贏
元	競建 4	借鳶為說	弋與兌	鳶(餘元)	說(餘月)	聲同韻異	傅說
元	曹沫 32	借連為輦	連與輦	連(來元)	輦(來元)	聲韻皆同	車輦皆載
緝	(侵)						
緝	競建 1	借級為隰	及與[illegible]	級(見緝)	隰(邪緝)	聲異韻同	隰朋
侵	鄭子家喪 5	借[illegible]為寸	斉與寸	斉(定侵)	寸(清文)	聲異韻異	命使子家梨木三寸
侵	金縢 11	借[illegible]為沖	冘與中	沈(定侵)	沖(定冬)	聲同韻異	隹余沖人,亦弗及知
侵	皇門 1	借[illegible]為沖	冘與中	沈(定侵)	沖(定冬)	聲同韻異	朕沖人非敢不用明刑
侵	容成氏 38	借晉為琰	晉與炎	晉(精侵)	琰(餘談)	聲異韻異	兩女琰琬

侵	詩論 16	借䨳為簟	尋與簟	尋(邪侵)	簟(定侵)	聲異韻同	葛簟
侵	詩論 21	借審為湛	審與甚	審(書侵)	湛(定侵)	聲異韻同	湛露
侵	昭王與龔之脽 7	借裣為襟	林與金	裣(見侵)	襟(見侵)	聲韻皆同	其襟現
侵	耆夜 1	借𢦏為戡	今與戡	今(見侵)	戡(溪侵)	聲異韻同	征伐耆,大戡之
侵	周易 35	借今為躬	今與弓	今(見侵)	躬(見冬)	聲同韻異	匪躬之故
侵	容成氏 2	借唫為喑	今與音	今(見侵)	喑(影侵)	聲異韻同	喑聾執燭
侵	楚居 2 等	借酓為熊	今與能	酓 (見侵)	熊(匣蒸)	聲異韻異	穴熊遲徙於京宗
葉	(談)						
葉	楚居 3	借䰟為脅	劦與巤	䰟(來葉)	脅(曉葉)	聲異韻同	巫并賅其脅以楚
談	鄭子家喪甲 5	借敾為掩	奄與炎	敾(匣談)	掩(影談)	聲異韻同	掩之城基

參考書目

壹、古籍

〔秦〕呂不韋編，陳奇猷校釋：《呂氏春秋校釋》，臺北：華正書局，1988 年 8 月

〔漢〕司馬遷著，瀧川龜太郎考證：《史記會注考證》，臺北：文史哲出版社，1993 年 10 月

〔漢〕許　慎著，〔清〕段玉裁注：《說文解字注》，臺北：書銘出版公司，1997 年 8 月。

〔漢〕劉　安編，何寧集釋：《淮南子集釋》（新編諸子集成第一輯），北京：中華書局，1998 年 10 月。

〔晉〕杜　預集解，〔唐〕孔穎達正義：《春秋左傳正義》，臺北：藝文印書館，1997 年 8 月。

〔清〕王引之：《經義述聞》，臺北：臺灣商務印書館，1979 年 1 月。

〔清〕王聘珍撰，王文錦點校：《大戴禮記解詁》，北京：中華書局，1998 年 12 月。

〔清〕王先謙：《詩三家義集疏》，臺北：明文書局，1988 年 10 月。

〔清〕孔廣森：《詩聲類》，收錄於《續修四庫全書》246 冊，經部小學類，據上海辭書出版社藏，清乾隆五十七年孔廣廉謙益堂刻本影印，上海：上海古籍出版社，1995 年 8 月。

〔清〕宋翔鳳：《過庭錄》，合肥：黃山書社，2008 年 6 月。

〔清〕俞　樾：《古書疑義舉例五種》，臺北：長安出版社，1978 年 5 月。

〔清〕常茂徠：《增訂春秋世族源流圖考．卷五．楚》，道光三十年季夏五月，夷門怡古堂刊本。

〔清〕秦嘉謨輯：《世本輯補》，收錄於〔漢〕宋衷注，〔清〕秦嘉謨等輯：《世本八種》，北京：中華書局，2008 年 8 月。

〔清〕顧棟高輯，吳樹平、李解民點校：《春秋大事表》，北京：中

華書局，1993 年 6 月。

楊家駱主編：《竹書紀年八種》，臺北：世界書局，1989 年 4 月。

貳、今人著作

三畫　于、山

于省吾：《甲骨文字釋林》，北京：中華書局，1979 年 6 月。

于豪亮：〈帛書《周易》〉，《文物》1984 年 3 期。

于豪亮：《于豪亮學術文存》，北京：中華書局，1985 年 1 月。

山西省文物工作委員會編：《侯馬盟書》，北京：文物出版社，1976 年 12 月。

四畫　王、尹

王　輝：《古文字通假釋例》，臺北：藝文印書館，1993 年 4 月。

王　輝：《商周金文》（北京：文物出版社，2006 年 1 月

王　輝：〈也說崇源新獲楚青銅器群的時代〉，《高山鼓乘集　王輝學術文存二》，北京：中華書局，2008 年 11 月。

王　輝：〈古文字所見的早期秦、楚〉，《古文字與古代史》第二輯，臺北：中研院史語所，2009 年 12 月。

王國維：《觀堂集林》，北京：中華書局，1991 年 12 月。

尹弘兵：〈楚都丹陽「丹淅說」與「枝江說」的對比研究〉，《江漢考古》2009 年 4 期。

五畫　石、白

石　泉：〈楚都丹陽及古荊山在丹淅附近補證〉，《古代荊楚地理新探》，武漢：武漢大學出版社，1988 年 6 月。

石　泉：《古代荊楚地理新探：續集》，武漢：武漢大學出版社，2004 年 1 月。

白於藍：《簡牘帛書通假字字典》，福州：福建人民出版社，2008 年 1 月。

六畫　池、邢、朱

池田知久：《馬王堆漢墓帛書五行研究》，北京：中國社會科學出版

社，2005 年 4 月。

邢　文：〈浙大藏簡辨偽（上）－楚簡《左傳》〉，《光明日報》2012 年 5 月 28 日 15 版。

邢　文：〈浙大藏簡辨偽（下）－戰國書法〉，《光明日報》2012 年 6 月 04 日 15。

朱德熙：《朱德熙古文字論集》，北京：中華書局，1995 年 2 月。

七畫　沈、宋、李、何、邱

沈　培：〈上博簡〈緇衣〉𢜝字解〉，《華學》第六輯，北京：紫京城出版社，2003 年 6 月。

沈　培：〈小議上博簡《鮑叔牙與隰朋之諫》中的虛詞「凡」〉，《出土文獻與古文字研究》第一輯，上海：復旦大學出版社，2006 年 12 月。

沈　培：〈從戰國簡看古人占卜的「蔽志」〉，《古文字與古代史》第一輯，臺北：中研院史語所，2007 年 9 月。

沈　培：〈《上博（六）》中《平王問鄭壽》和《平王與王子木》應是連續抄寫的兩篇〉，《簡帛（第六輯）》，上海：上海古籍出版社，2011 年 11 月。

宋華強：《新蔡葛陵楚簡初探》，北京：線裝書局，2008 年 8 月。

李　零：《長沙子彈庫戰國楚帛書研究》，北京：中華書局，1985 年 7 月。

李　零：〈楚國銅器銘文編年滙釋〉，《古文字研究》第十三輯，北京：中華書局，1986 年 6 月。

李　零：〈楚景平王與古多字諡－重讀「秦王卑命」鐘銘文〉《傳統文化與現代化》1996 年 6 期。

李　零：〈楚國族源、世系的文字學證明〉，收錄於《李零自選集》，桂林：廣西師範大學出版社，1998 年 2 月。

李　零：《上博楚簡三篇校讀記》，臺北：萬卷樓圖書有限公司，2002 年 3 月。

李　零：《簡帛古書與學術源流》，北京：生活・讀書・新知三聯書店，2004 年 4 月。

李　零：《入山與出塞》，北京：文物出版社，2004 年 6 月。

李　零：《郭店楚簡校讀記：增訂本》，北京：中國人民大學出版社，2007 年 8 月。

李　零：《鑠古鑄今》，北京：生活・讀書・新知三聯書店，2007 年 8 月。

李天虹：〈郭店竹簡《窮達以時》篇 14、9 號簡再讀〉，《古文字研究》廿八輯，北京：中華書局，2010 年 10 月。

李天虹：〈湖北出土楚簡（五種）格式初析〉，《江漢考古》2011 年 4 期。

李守奎：〈《保訓》二題〉，《出土文獻（第一輯）》，上海：中西書局，2010 年 8 月。

李守奎：〈《楚居》中的樊字及出土楚文獻中與樊相關文例的釋讀〉，《文物》2011 年 3 期。

李均明：〈清華簡首集簡冊文本解析〉，清華大學出土文獻研究與保護中心等編：《古代簡牘保護與整理研究》，上海：中西書局，2012 年 6 月。

李松儒：〈《凡物流形》甲乙本字跡研究〉，《簡帛（第五輯）》，上海：上海古籍出版社，2010 年 10 月。

李松儒：《戰國簡帛字跡研究》，吉林大學歷史文獻學專業博士學位論文，2012 年 6 月。

李松儒：〈《天子建州》甲乙本字迹研究〉，中國文化遺產研究院編：《出土文獻研究》第十一輯，上海：中西書局，2012 年 12 月。

李珍華、周長楫編撰：《漢字古今音表》，北京：中華書局，1999 年 1 月。

李家浩：〈從戰國「忠信」印談古文字中的異讀現象〉，《北京大學學報》1987 年 2 期。

李家浩：〈包山竹簡所記楚先祖名及其相關的問題〉，《文史》四十二輯，北京：中華書局，1997 年 1 月。

李家浩：《著名中年語言學家自選集・李家浩卷》，合肥：安徽教育出版社，2002 年 12 月。

李家浩：〈攻敔王姑義䧅劍銘文及其所反映的歷史〉，《古文字與古代史》第一輯，臺北：中研院史語所，2007 年 9 月。

李家浩：〈楚簡所記楚人祖先「毓（鬻）熊」與「穴熊」為一人說〉，《文史》2010 年 3 輯。

李家浩：〈談清華戰國竹簡《楚居》的「夷宅」及其他－兼談包山楚簡的「宨人」等〉，清華大學出土文獻研究與保護中心編：《出土文獻》第二輯，上海：中西書局，2011 年 11 月。

李家浩：《安徽大學漢語言文字研究叢書．李家浩卷》，合肥：安徽大學出版社，2013 年 5 月。

李學勤：〈論包山簡中一楚先祖名〉，《文物》1988 年 8 期。

李學勤：《李學勤集》，哈爾濱：黑龍江教育出版社，1989 年 5 月。

李學勤：〈試論楚公逆編鐘〉，《文物》1995 年 2 期。

李學勤：《李學勤學術文化隨筆》，北京：中國青年出版社，1999 年 1 月。

李學勤：〈《詩論》說《宛丘》等七篇釋義〉，謝維揚、朱淵清主編，《新出土文獻與古代文明研究》，上海：上海大學出版社，2004 年 4 月。

李學勤：《中國古代文明研究》，上海：華東師範大學出版社，2005 年 4 月。

李學勤：《周易溯源》，成都：巴蜀書社，2006 年 1 月。

李學勤：〈試釋楚簡《鮑叔牙與隰朋之諫》〉，《文物》2006 年 9 期。

李學勤：〈論「景之定」及有關史事〉，《文物》2008 年第 2 期。

李學勤：〈清華簡整理工作的第一年〉，《清華大學學報》（哲學社會科學版），2009 年 5 期。

李學勤：〈論清華簡《保訓》的幾個問題〉，《文物》2009 年 6 期。

李學勤：〈清華簡九篇綜述〉，《文物》2010 年 5 期。

李學勤：〈論清華簡《楚居》中的古史傳說〉，《中國史研究》2011 年 1 期。

李學勤：〈清華簡與《尚書》、《逸周書》的研究〉，《史學史研究》

2011年2期。

李學勤：〈清華簡《繫年》及有關古史問題〉，《文物》2011年3期。

李學勤：〈楚國申氏兩簠讀釋〉，《三代文明研究》，北京：商務印書館，2011年11月。

李學勤：《初識清華簡》，上海：中西書局，2013年6月。

何　浩：〈魯陽君、魯陽公及魯陽設縣的問題〉，《中原文物》1994年4期。

何琳儀：〈楚王領鐘器主新探〉，《東南文化》1999年3期。

何琳儀：〈釋塞〉，《中國錢幣》2002年2期。

何琳儀：〈滬簡《周易選釋》〉，收錄於劉大鈞編：《簡帛考論》，上海：上海古籍出版社，2007年5月。

邱德修：〈《上博・八》「二聲字」研究〉，《第廿三屆中國文字學國際學術研討會論文集》，臺中：靜宜大學中文系，2012年6月1日。

八畫　林、孟、吳、周

林志鵬：《戰國諸子評述資料輯校及相關文獻探討－以《莊子・天下》為主要線索》，北京大學博士後研究工作報告，2010年8月。

林素清：〈上博四《內禮》篇重探〉，《簡帛（第一輯）》，上海：上海古籍出版社，2006年10月。

林素清：〈上博八〈命〉篇研究〉，《第廿三屆中國文字學國際學術研討會論文集》，臺中：靜宜大學中文系，2012年6月1日。

林清源：〈《上博七・鄭子家喪》文本問題檢討〉，《古文字與古代史》第三輯，臺北：中研院史語所，2012年3月。

孟蓬生：〈上博竹書周易字詞考釋〉，《華學》第八輯，北京：紫禁城出版社，2006年8月。

吳曉懿：〈《上海博物館藏戰國楚竹書（四）所見官名輯證》〉，《簡帛（第五輯）》，上海：上海古籍出版社，2010年10月。

周　波：《戰國時代各系文字間的用字差異現象研究》，復旦大學古典文獻學專業博士學位論文，2008年4月。

周長楫、李珍華編撰：《漢字古今音表》，北京：中華書局，1999年

1月。

周鳳五：〈郭店竹簡的形式特徵與分類意義〉，《郭店楚簡國際學術研討會論文集》，武漢：湖北人民出版社，2000年5月。

周鳳五：〈上海博物館楚竹書《彭祖》重探〉，《南山論學集》，北京：北京圖書館出版社，2006年5月。

周鳳五：〈上博六《莊王既成》、《申公臣靈王》、《平王問鄭壽》、《平王與王子木》新探〉，收錄於上海社會科學院編：《傳統中國研究集刊》第三輯，上海：上海人民出版社，2007年11月。

九畫　洪、故、荊、風

洪　颺：《古文字考釋通假關係研究》，福州：福建人民出版社，2008年9月。

故宮博物院編：《古璽彙編》（北京：文物出版社，1981年12月）。

荊門市博物館編：《郭店楚墓竹簡》，北京：文物出版社，1998年5月。

風儀誠：〈戰國兩漢「于」、「於」二字的用法與古書的傳寫習慣〉，《簡帛》第二輯，上海：上海古籍出版社，2007年11月。

風儀誠：〈古代簡牘形式的演變〉，《簡帛》第四輯，上海：上海古籍出版社，2009年10月。

十畫　郭、馬、孫、徐

郭永秉：《帝繫新研－楚地出土戰國文獻中的傳說時代古帝王系統研究》，北京：北京大學出版社，2008年9月。

馬王堆漢墓帛書整理小組：《馬王堆漢墓帛書〔壹〕》，北京：文物出版社，1989年3月。

馬承源主編：《上海博物館藏戰國楚竹書（一）》，上海：上海古籍出版社，2001年11月。

馬承源主編：《上海博物館藏戰國楚竹書（二）》，上海：上海古籍出版社，2002年12月。

馬承源主編：《上海博物館藏戰國楚竹書（三）》，上海：上海籍出版社，2003年12月。

馬承源主編：《上海博物館藏戰國楚竹書（四）》，上海：上海古籍出版社，2004 年 12 月。

馬承源主編：《上海博物館藏戰國楚竹書（五）》，上海：上海古籍出版社，2005 年 12 月。

馬承源主編：《上海博物館藏戰國楚竹書（六）》，上海：上海古籍出版社，2007 年 7 月。

馬承源主編：《上海博物館藏戰國楚竹書（七）》，上海：上海古籍出版社，2008 年 12 月。

馬承源主編：《上海博物館藏戰國楚竹書（八）》，上海：上海古籍出版社，2011 年 5 月。

馬承源主編：《上海博物館藏戰國楚竹書（九）》，上海：上海古籍出版社，2012 年 12 月。

孫沛陽：〈簡冊背劃線初探〉，《出土文獻與古文字研究》第四輯，上海：上海古籍出版社，2011 年 12 月。

徐少華：《周代南土歷史地理與文化》，武漢：武漢大學出版社，1994 年 11 月。

徐少華：《荊楚歷史地理與考古探研》，北京：商務印書館，2010 年 11 月。

徐少華：〈上博八所見「令尹子春」及其年代試析－兼論出土文獻整理與解讀中的二重證法〉，《出土文獻研究方法國際學術研討會會議論文集》，臺北：臺灣大學中文系，2011 年 11 月 26 日。

徐少華：〈季連早期居地及相關問題考析〉，清華大學出土文獻研究與保護中心編，《清華簡研究・第一輯》，上海：中西書局，2012 年 12 月。

徐富昌：〈戰國楚簡異體字類型舉隅－以上博楚竹書為中心〉，《臺大中文學報》卅四期，2011 年 6 月。

徐寶貴：《石鼓文整理研究》，北京：中華書局，2008 年 1 月。

十一畫　清、黃、曹、陳、國

清華大學出土文獻研究與保護中心編：《清華大學藏戰國竹簡（壹）》，上海：中西書局，2010 年 12 月。

清華大學出土文獻研究與保護中心編：《清華大學藏戰國竹簡（貳）》，上海：中西書局，2011 年 12 月。

清華大學出土文獻研究與保護中心等編：《古代簡牘保護與整理研究》，上海：中西書局，2012 年 6 月。

清華大學出土文獻研究與保護中心編：《清華大學藏戰國竹簡（叁）》，上海：中西書局，2012 年 12 月。

清華大學出土文獻研究與保護中心編：《清華簡研究．第一輯》，上海：中西書局，2012 年 12 月。

黃盛璋：〈三晉銅器的國別、年代與相關制度問題〉，《古文字研究》十七輯，北京：中華書局，1989 年 6 月。

黃錦前：《楚系銅器銘文研究》，安徽大學文學、漢語言文字學專業博士學位論文，2009 年 6 月。

黃錦前：〈略論子季嬴諸器的歸屬問題〉，《江漢考古》2011 年 1 期。

曹　峰：〈〈三德〉所見「皇后」為「黃帝」考〉，《上博楚簡思想研究》，臺北：萬卷樓圖書公司，2006 年 12 月。

曹方向：《上博簡所見楚國故事類文獻校釋與研究》，武漢大學歷史文獻學專業博士學位論文，2013 年 5 月。

曹錦炎：〈上海博物館藏戰國竹書《楚辭》〉，《文物》2010 年 2 期。

曹錦炎：〈讀楚簡《左傳》箚記〉，東海大學中文系編：《語言文字與文學詮釋的多元對話》，臺中：東海大學中文系，2011 年 2 月。

曹錦炎編著：《浙江大學藏戰國楚簡》，杭州：浙江大學出版社，2011 年 12 月。

陳　來：〈竹簡《五行》篇與子思思想研究〉，《北京大學學報》2007 年 3 月。

陳　偉：〈《昭王毀室》等三篇竹書的國別與體裁〉，收錄於丁四新主編，《楚地簡帛思想研究（三）》，武漢：湖北教育出版社，2007 年 6 月。

陳　偉：〈楚人禱祠記錄中的人鬼系統以及相關問題〉，《古文字與古代史》第一輯，臺北：中研院史語所，2007 年 9 月。

陳　偉等著：《楚地出土戰國簡冊〔十四種〕》，北京：經濟科學出版社，2009 年 9 月。

陳　偉：《新出楚簡研讀》，武漢：武漢大學出版社，2010 年 3 月。

陳　偉：〈《君人者何必安哉》新研〉，《古文字與古代史》第三輯，臺北：中研院史語所，2012 年 3 月。

陳　偉：〈楚人禱祠記錄中的人鬼系統以及相關問題〉，《古文字與古代史》第一輯，臺北：中研院史語所，2007 年 9 月。

陳　劍：〈談談《上博（五）》的竹簡分篇、拼合與編聯問題〉，武漢大學簡帛網，2006 年 2 月。

陳　劍：〈金文「彖」字考釋〉，《甲骨金文考釋論集》，北京：線裝書局，2007 年 4 月。

陳斯鵬：《簡帛文獻與文學考論》，廣州：中山大學出版社，2007 年 12 月。

陳斯鵬：《楚系簡帛中字形與音義關係研究》，北京：中國社會科學出版社，2011 年 3 月。

陳復華、何九盈：《古韻通曉》，北京：中國社會科學出版社，1987 年 10 月。

國家文物局古文獻研究室編：《馬王堆漢墓帛書〔壹〕》，北京：文物出版社，1985 年 3 月。

十二畫　湖、馮、張、程、單

湖北省荊沙鐵路考古隊：《包山楚簡》，北京：文物出版社，1991 年 10 月。

湖北省文物考古研究所、北京大學中文系編：《望山楚簡》，北京：中華書局，1995 年 6 月。

馮勝君：《論郭店簡《唐虞之道》、《忠信之道》、《語叢》一～三以及上博簡《緇衣》為具有齊系文字特點的抄本》，北京大學博士後研究工作報告，2004 年 8 月。

馮勝君：〈從出土文獻談先秦兩漢古書的體例〉，《文史》2004 年第 4 輯。

馮勝君：〈釋戰國文字中的「怨」〉，中國古文字研究會、浙江省文物考古研究所編：《古文字研究》第廿五輯，北京：中華書局，2004 年 10 月。

馮勝君：〈從出土文獻看抄手在先秦文獻傳佈過程中所產生的影響〉，《簡帛》第四輯，上海：上海古籍出版社，2009 年 10 月。

馮勝君：〈出土材料所見先秦古書的載體以及構成和傳佈方式〉，《出土文獻與古文字研究》第四輯，上海：上海古籍出版社，2011 年 12 月。

張世超：《金文形義通解》，京都市：中文出版社，1996 年 8 月。

張政烺：《馬王堆帛書周易經傳校讀》，北京：中華書局，2008 年 4 月。

張政烺：《張政烺文史論集》，北京：中華書局，2004 年 1 月。

張涌泉：《漢語俗字研究》，北京：商務印書館，2010 年 10 月。

張連航：〈楚王子王孫器銘考述〉，《古文字研究》廿四輯，北京：中華書局，2002 年 7 月。

張新俊：《上博楚簡文字研究》，吉林大學歷史文獻學專業博士學位論文，2005 年 4 月。

程少軒：〈試說戰國楚地出土文獻中歌月元部的一些音韻現象〉，《簡帛（第五輯）》，上海：上海古籍出版社，2010 年 10 月。

程鵬萬：《安徽壽縣朱家集出土青銅器銘文集釋》，哈爾濱：黑龍江人民出版社，2009 年 12 月。

單育辰：《楚地戰國簡帛與傳世文獻對讀之研究》，吉林大學歷史文獻學專業博士學位論文，2010 年 6 月。

十三畫　福、楊、裘、趙、楚、復、賈

福田哲之：〈上博楚簡《內禮》的文獻性質－以與《大戴禮記》之《曾子立孝》、《曾子事父母》比較為中心〉，《簡帛（第一輯）》，上海：上海古籍出版社，2006 年 10 月。

福田哲之：〈上海博物館藏戰國楚簡「字書」的相關情報〉，《中國研究集刊》第卅四號，大阪大學中國哲學研究室，2007 年 6 月。

楊　寬：《戰國史》，上海：上海人民出版社，1991 年 11 月。

楊建忠：《秦漢楚方言聲韻研究》，北京：中華書局，2011 年 12 月。

楊樹達：《積微居金文說》，北京：中華書局，1997 年 12 月。

裘錫圭：《古文字論集》，北京：中華書局，1992 年 8 月。

裘錫圭：《中國出土古文獻十論》，上海：復旦大學出版社，2004 年 12 月。

裘錫圭：〈說從「𡿪」聲的從「貝」與從「辵」之字〉，《文史》2012 年 3 期。

裘錫圭：《裘錫圭學術文集》，上海：復旦大學出版社，2012 年 10 月。

趙　彤：《戰國楚方言音系》，北京：中國戲劇出版社，2006 年 5 月。

趙平安：〈山東秦地考〉，《華學》第七輯，廣州，中山大學出版社，2004 年 12 月。

趙平安：《金文釋讀與文明探索》，上海：上海古籍出版社，2011 年 10 月。

趙平安：〈「三楚先」何以不包括季連〉，《古文字與古代史》第三輯，臺北：中研院史語所，2012 年 3 月。

楚文化研究會編：《楚文化研究論集》第四集，鄭州：河南人民出版社，1994 年 6 月。

復旦大學出土文獻與古文字研究中心研究生讀書會：〈《上博七·武王踐阼》校讀〉，《出土文獻與古文字研究》第三輯，上海：復旦大學出版社，2010 年 7 月。

賈連翔：〈清華簡九篇書法現象研究〉，清華大學出土文獻研究與保護中心等編：《古代簡牘保護與整理研究》，上海：中西書局，2012 年 6 月。

鄒芙都：《楚系銘文綜合研究》，成都：巴蜀書社，2007 年 11 月。

十四畫　廖、虞

廖名春：〈楚簡《仲弓》與《論語·子路》仲弓章讀記〉，《淮陰師範學院學報》2005 年 1 期。

廖名春：〈清華簡與《尚書》研究〉，《文史哲》2010 年 6 期。

虞萬里：〈從古方音看歌支的關係及其演變〉，《榆枋齋學術論集》，南京：江蘇古籍出版社，2001 年 8 月。

虞萬里：〈清華簡《尹誥》「隹尹既返湯咸又一悳」解讀〉，《史林》2011 年 2 期。

十五畫　禤、劉

禤建聰：《戰國楚簡字詞研究》，中山大學漢語言文字學專業博士論文，2006 年 4 月。

劉　釗：《郭店楚簡校釋》，福州：福建人民出版社，2003 年 12 月。

劉　嬌：《西漢以前古籍中相同或類似內容重複出現現象的研究－以出土簡帛古籍為中心》，復旦大學中國古典文獻學專業博士學位論文，2009 年 4 月。

劉信芳：〈上博藏竹書〈柬大王泊旱〉聖人諸梁考〉，《中國史研究》2007 年 4 期。

劉信芳：《楚簡帛通假彙釋》，北京：高等教育出版社，2011 年 1 月。

劉信芳：《楚系簡帛釋例》，合肥：安徽大學出版社，2011 年 12 月。

劉洪濤：《上博竹書《民之父母》研究》，北京大學漢語言文字學專業碩士學位論文，2008 年 5 月。

劉彬徽：《楚系青銅器研究》，武漢：湖北教育出版社，1995 年 7 月。

劉彬徽：《楚系金文彙編》，武漢：湖北教育出版社，2009 年 5 月。

劉國忠：《走進清華簡》，北京：高等教育出版社，2011 年 4 月。

劉傳賓：《郭店竹簡研究綜論（文本研究篇）》，吉林大學歷史文獻學專業博士學位論文，2010 年 10 月。

十六畫　錢

錢　穆：《先秦諸子繫年：外一種》，石家莊：河北教育出版社，2000 年 1 月。

十七畫　鍾

鍾明立：〈出土文獻中部分喻四字讀如見組聲母反映了上古的實際語言〉，載《古文字研究》第廿六輯，北京：中華書局，2006 年 11 月。

十八畫　顏、韓、魏

顏世鉉：〈楚簡「流」、「讒」字補釋〉，收錄於謝維揚、朱淵清編，《新出土文獻與古代文明研究》，上海：上海大學出版社，2004 年 4 月。

韓　巍：〈西漢竹書《老子》簡背劃痕的初步分析〉，收錄於北京大學中國古代史研究中心編：《『簡牘與早期中國』學術研討會暨第一屆出土文獻青年學者論壇論文集》，2012 年 10 月。

韓志強：《阜陽漢簡《周易》研究：附《儒家者言》、《春秋事語》》，上海：上海古籍出版社，2004 年 7 月。

魏宜輝：《楚系簡帛文字形體訛變分析》，南京大學考古與博物館學專業博士學位論文，2003 年 4 月。

魏慈德：〈從出土文獻的通假現象看「改」字的聲符偏旁〉，《文與哲》第十四期，2009 年 6 月。

十九畫　蘇、羅

蘇建洲：《《上博楚竹書》文字及相關問題研究》，臺北：萬卷樓圖書股份有限公司，2008 年 1 月。

羅常培、周祖謨：《漢魏晉南北朝韻部演變研究》，北京：中華書局，2007 年 6 月

廿畫　龐

龐　樸：《竹帛〈五行〉篇校注及研究》，臺北：萬卷樓圖書公司，2000 年 12 月。

廿一畫　顧

顧頡剛：《古史辨自序》，石家莊：河北教育出版社，2000 年 7 月。

後　記

本書內容是我近年來關於楚簡的研讀成果，其中大半篇章都是先發表於學術研討會上，後被收錄於論文集或刊登在期刊論文中，分別有：

第一章第二節，以〈楚簡中的錯漏字例探析〉〉為名，發表於第廿一屆中國文字學國際學術研討會（臺北，東吳大學中文系，2010 年 4 月 30 日），後收錄於東吳大學中國文學系主編：《第廿一屆中國文字學國際學術研討會論文集》（臺北：東吳大學中國文學系，2010 年），頁 393-410。

第二章第二節部分內容，以〈從楚簡的通假用字習慣來看《上博·周易》抄本的特殊性〉為名，發表於第十九屆中國文字學全國學術研討會（臺南：嘉南藥理科技大學 2008 年 5 月 24 日），後收錄於汪中文主編：《第十九屆中國文字學全國學術研討會論文集》（臺北：新文京開發出版股份有限公司，2009 年），頁 171-180。

第二章第三節，以〈楚器楚簡文中所表現出的楚人用字特色〉為名，發表於第廿三屆中國文字學國際術研討會（臺中：靜宜大學中文系，2012 年 6 月 2 日）。

第三章第一節部分內容，以〈試論楚簡中兮字的讀音〉為名，發表於中國古文字研究會第十九屆學術年會（上海：復旦大學出土文獻與古文字研究中心，2012 年 10 月 24 日），後收錄於中國古文字研究會、復旦大學出土文獻與古文字中心編：《古文字研究》第廿九輯（北京：中華書局，2010 年），頁 713-717。

第三章第二節以〈上博楚簡一字通讀為多字例探析〉為名，發表於第二十屆中國文字學國際學術研討會（高雄：中山大學中文系，2009 年 5 月 1 日），後收錄中山大學中國文學系編：《第二十屆中國文字學國際學術研討會論文集》（高雄：中山大學中文系，2009 年），頁 149-186。

第四章部分內容曾以〈清華簡〈楚居〉中楚先祖相關問題試論〉

為名，發表於 2011 年出土文獻研究視野與方法研討會（臺北：政治大學中國文學系，2011 年 6 月 11 日），後刊載於政大中文系編：《出土文獻研究視野與方法（第三輯）》（臺北：臺灣書房出版有限公司，2012 年），頁 131-152。

第五章部分內容曾以〈楚簡中的楚國史事輯補〉為名，發表於第二屆中國古典文獻學國際學術研討會（臺北：東吳大學中國文學系，2012 年 4 月 28 日）。後刊載於《東華漢學》第十七期（2013 年），頁 1-48。

而本書中數章內容的寫作曾獲得國科會補助，包括：

第一章獲九十八年度國家科學委員會專題研究計畫補助（計畫編號：NSC 98-2410-H-259-054-），計畫名稱：「上博簡中的錯別字探析」。

第三章獲九十七年度國家科學委員會專題研究計畫補助（計畫編號：NSC 97-2410-H-259-031-），計畫名稱：「楚簡一字通讀為多字例探析」。

第五章獲一〇一年度國家科學委員會專題研究計畫補助（計畫編號：NSC 101-2410-H-259-045-），計畫名稱：「上博清華簡中的楚國史事輯證」。

特此銘謝。

另外本書在寫作的過程中，程少軒先生、劉源先生幫我改正初稿及惠寄資料，劉釗先生幫我作序，李家浩先生寄來大作數本，讓我得以觀學術之堂奧，都是讓我銘感於內的。而洪德榮、陳微誼、方美霞、李心同學曾幫我製表、打字、修圖，在此一併致謝。

國家圖書館出版品預行編目資料

新出楚簡中的楚國語料與史料 / 魏慈德著. --
臺北市：五南, 2014.01
面； 公分. -- (出土思想文物與文獻研究叢書 ; 41)
ISBN 978-957-11-7471-6（精裝）
1.簡牘學 2.史料 3.研究考訂
796.8 102026576

出土思想文物與文獻研究叢書41

4I16 **新出楚簡中的楚國語料與史料**

作 者 魏慈德(408.9)

發 行 人 楊榮川
出 版 者 五南圖書出版股份有限公司
地 址 台北市和平東路２段３３９號４樓
電 話 ０２－２７０５５０６６
傳 真 ０２－２７０５６１００
郵政劃撥 ０１０６８９５３
網 址 http://www.wunan.com.tw
電子郵件 wunan@wunan.com.tw
劃撥帳號 ０１０６８９５３
戶 名 五南圖書出版股份有限公司

顧 問 林勝安律師事務所 林勝安律師

出版日期 2014年 1 月 初版一刷
2016年 4 月 初版二刷
定 價 新台幣1500元整